A REVOLTA DE ATLAS

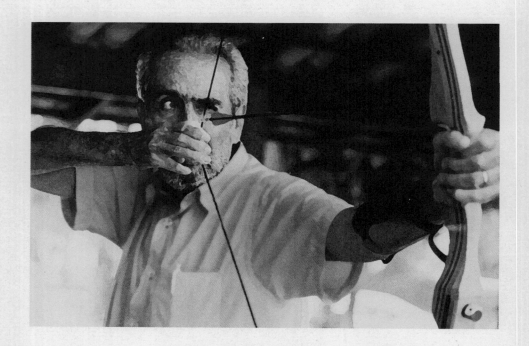

O ARQUEIRO

GERALDO JORDÃO PEREIRA (1938-2008) começou sua carreira aos 17 anos, quando foi trabalhar com seu pai, o célebre editor José Olympio, publicando obras marcantes como *O menino do dedo verde*, de Maurice Druon, e *Minha vida*, de Charles Chaplin.

Em 1976, fundou a Editora Salamandra com o propósito de formar uma nova geração de leitores e acabou criando um dos catálogos infantis mais premiados do Brasil. Em 1992, fugindo de sua linha editorial, lançou *Muitas vidas, muitos mestres*, de Brian Weiss, livro que deu origem à Editora Sextante.

Fã de histórias de suspense, Geraldo descobriu *O Código Da Vinci* antes mesmo de ele ser lançado nos Estados Unidos. A aposta em ficção, que não era o foco da Sextante, foi certeira: o título se transformou em um dos maiores fenômenos editoriais de todos os tempos.

Mas não foi só aos livros que se dedicou. Com seu desejo de ajudar o próximo, Geraldo desenvolveu diversos projetos sociais que se tornaram sua grande paixão.

Com a missão de publicar histórias empolgantes, tornar os livros cada vez mais acessíveis e despertar o amor pela leitura, a Editora Arqueiro é uma homenagem a esta figura extraordinária, capaz de enxergar mais além, mirar nas coisas verdadeiramente importantes e não perder o idealismo e a esperança diante dos desafios e contratempos da vida.

A REVOLTA DE ATLAS
AYN RAND

3

Título original: *Atlas Shrugged*

Copyright © 1957 por Ayn Rand
Copyright renovado © 1985 por Eugene Winick, Paul Gitlin e Leonard Peikoff
Copyright da tradução © 2010 por Editora Arqueiro Ltda.

Todos os direitos reservados. Nenhuma parte deste livro pode ser utilizada ou reproduzida sob quaisquer meios existentes sem autorização por escrito dos editores.

tradução: Paulo Henriques Britto
preparo de originais: Cristiane Pacanowski
revisão: Isabella Leal, Jean Marcel Montassier e Luis Américo Costa
diagramação: Valéria Teixeira
capa: Natali Nabekura
imagem de capa: © 2018 por Anna e Elena Balbusso,
da edição da The Folio Society para *A revolta de Atlas*, de Ayn Rand
impressão e acabamento: Santa Marta

CIP-BRASIL. CATALOGAÇÃO NA PUBLICAÇÃO
SINDICATO NACIONAL DOS EDITORES DE LIVROS, RJ

R152r
v. 3
    Rand, Ayn, 1905-1982
      A revolta de Atlas, volume 3 / Ayn Rand ; [tradução Paulo Henriques Britto].
- 1. ed. - São Paulo : Arqueiro, 2021.
      608 p. ; 23 cm.

      Tradução de: Atlas shrugged
      ISBN 978-65-5565-156-0

      1. Ficção americana. I. Britto, Paulo Henriques. II. Título.

21-70232
                CDD: 891.73
                CDU: 82-3(470+571)

Leandra Felix da Cruz Candido - Bibliotecária - CRB-7/6135

Todos os direitos reservados, no Brasil, por
Editora Arqueiro Ltda.
Rua Funchal, 538 – conjuntos 52 e 54 – Vila Olímpia
04551-060 – São Paulo – SP
Tel.: (11) 3868-4492 – Fax: (11) 3862-5818
E-mail: atendimento@editoraarqueiro.com.br
www.editoraarqueiro.com.br

SUMÁRIO

PARTE I NÃO CONTRADIÇÃO

CAPÍTULO 1   O TEMA
CAPÍTULO 2   A CORRENTE
CAPÍTULO 3   O CUME E O ABISMO
CAPÍTULO 4   OS MOTORES IMÓVEIS
CAPÍTULO 5   O APOGEU DOS D'ANCONIA
CAPÍTULO 6   OS NÃO COMERCIAIS
CAPÍTULO 7   EXPLORADORES E EXPLORADOS
CAPÍTULO 8   A LINHA JOHN GALT
CAPÍTULO 9   O SAGRADO E O PROFANO
CAPÍTULO 10   A TOCHA DE WYATT

PARTE II ISSO OU AQUILO

CAPÍTULO 1   O HOMEM CUJO LUGAR ERA A TERRA
CAPÍTULO 2   A ARISTOCRACIA DO PISTOLÃO
CAPÍTULO 3   CHANTAGEM BRANCA
CAPÍTULO 4   A SANÇÃO DA VÍTIMA
CAPÍTULO 5   CONTA A DESCOBERTO
CAPÍTULO 6   O METAL MILAGROSO
CAPÍTULO 7   A MORATÓRIA DOS CÉREBROS
CAPÍTULO 8   POR NOSSO AMOR
CAPÍTULO 9   O ROSTO SEM DOR, SEM MEDO E SEM CULPA
CAPÍTULO 10   O CIFRÃO

PARTE III A = A

CAPÍTULO 1	ATLÂNTIDA, 9	
CAPÍTULO 2	A UTOPIA DA GANÂNCIA, 75	
CAPÍTULO 3	A ANTIGANÂNCIA, 156	
CAPÍTULO 4	ANTIVIDA, 216	
CAPÍTULO 5	AMOR FRATERNAL, 273	
CAPÍTULO 6	O CONCERTO DA LIBERTAÇÃO, 344	
CAPÍTULO 7	"QUEM ESTÁ FALANDO É JOHN GALT", 391	
CAPÍTULO 8	O EGOÍSTA, 482	
CAPÍTULO 9	O GERADOR, 552	
CAPÍTULO 10	EM NOME DO QUE HÁ DE MELHOR EM NÓS, 578	

PARTE III

A = A

CAPÍTULO 1

ATLÂNTIDA

Quando Dagny abriu os olhos, viu sol, folhas verdes e o rosto de um homem e pensou: eu sei o que é isso. Era o mundo que ela esperava ver quando tinha 16 anos – e agora o via. Ele parecia tão simples, tão natural, que o que sentia era como uma bênção concedida ao Universo, expressa em três palavras: *Mas é claro!*

Olhava para o rosto de um homem que se ajoelhara a seu lado e sabia que, em todos aqueles anos, era *isto* que teria dado sua vida para ver: um rosto sem sinal de dor, nem medo nem culpa. Na forma de sua boca havia orgulho, e mais: era como se ele se orgulhasse de ser orgulhoso. As linhas angulosas de suas faces a faziam pensar em arrogância, tensão, zombaria. No entanto, o rosto não exprimia nada disso, apenas o produto final desses fatores: um olhar de determinação serena e de certeza, de uma inocência implacável, que jamais pediria nem concederia perdão. Era um rosto que nada tinha a esconder, que não fugia de nada, que não tinha medo de ver nem de ser visto, de modo que a primeira coisa que ela compreendeu a seu respeito foi a perceptividade intensa de seus olhos. Era como se sua faculdade de visão fosse seu instrumento mais amado, e a prática da visão fosse para ele uma aventura exultante, ilimitada, como se seus olhos concedessem um valor superlativo a si próprio e ao mundo – a si próprio por sua capacidade de ver, e ao mundo por ser ele um lugar tão bom de se ver. Por um momento, Dagny teve a impressão de estar na presença de um ser que era consciência pura, porém ela jamais se impressionara tanto com o corpo de um homem quanto com aquele. O tecido fino de sua camisa parecia ressaltar, não ocultar, a estrutura de seu corpo. Sua pele estava queimada de sol e em seu corpo havia a dureza, a força esguia e elástica e a precisão limpa de uma fundição, como se ele fosse de metal fundido, porém um metal de brilho fraco, como uma liga de cobre e alumínio. A cor de sua pele se confundia com o castanho-claro dos cabelos, que tinha laivos de dourado, e seus olhos completavam as cores, sendo a única parte do metal que preservava o brilho: seus olhos eram do verde fundo e escuro da luz que brilha numa superfície metálica. Ele a fitava com um leve esboço de sorriso, não com um olhar de quem descobre algo, e sim de quem contempla algo conhecido – como se ele também estivesse vendo algo que esperava havia muito e que jamais pusera em dúvida.

É este o seu mundo, pensou Dagny, *é assim que os homens devem ser e encarar suas existências* – e tudo mais que havia, todos os anos de horror e luta, não passava de uma piada de mau gosto. Ela riu para o homem, um sorriso cúmplice, de alívio, de quem zomba de todas as coisas a que jamais terá de dar importância outra vez. Ele riu também: era o mesmo sorriso, como se ele sentisse o que Dagny sentia e soubesse o que ela estava exprimindo.

– Nós nunca devíamos ter levado nada daquilo a sério, não é? – sussurrou ela.

– Não, nunca.

E então, recobrando totalmente a consciência, se deu conta de que jamais vira aquele homem antes.

Tentou se afastar dele, mas de sua intenção resultou apenas um leve movimento de cabeça sobre a grama que sentia debaixo dos cabelos. Tentou se levantar, mas sentiu uma pontada de dor nas costas, que a impediu de se mexer.

– Não se mova, Srta. Taggart. A senhorita está machucada.

– O senhor me conhece? – perguntou ela, com voz dura e impessoal.

– Há muitos anos.

– Eu o conheço?

– Creio que sim.

– Como o senhor se chama?

– John Galt.

Ela o encarou, imóvel.

– Por que está assustada? – perguntou ele.

– Porque acredito no que o senhor disse.

Ele sorriu, como se apreendesse sua confissão do significado que aquele nome tinha para ela. Era o sorriso do adversário que aceita um desafio – e do adulto que vê uma criança se iludir.

Dagny sentia que recobrava a consciência após um desastre que destruíra mais que um avião. Ela não conseguia mais juntar os pedaços nem lembrar as coisas que soubera a respeito dele. Sabia apenas que seu nome significava um vácuo negro que ela lentamente teria que preencher. Não poderia fazer isso agora, pois a presença daquele homem a cegava, como um holofote que a impedisse de ver as formas que havia na escuridão ao seu redor.

– Era o senhor que eu estava seguindo?

– Era.

Ela olhou à sua volta: estava deitada na grama, num campo ao sopé de um precipício de granito de mais de 1.000 metros de altura. Ao longe, na outra extremidade do campo, via rochedos, pinheiros e copas de bétulas que ocultavam a muralha daquele lado. Seu avião não fora destruído – estava pousado a poucos metros dali, sobre a grama. Não havia nenhuma outra aeronave à vista, nenhuma estrutura, nem sinal de moradia humana.

– Que vale é este? – perguntou ela.

O homem sorriu:

– O terminal da Taggart.

– O que o senhor quer dizer?

– A senhorita vai entender.

Um leve impulso de antagonista a fez tentar verificar que forças ainda lhe restavam. Podia mexer os braços e as pernas e conseguia levantar a cabeça, mas sentia uma dor forte quando respirava fundo e viu um filete de sangue escorrer por uma de suas pernas.

– É possível sair daqui? – perguntou ela.

A voz do homem era séria, porém havia um toque malicioso em seus olhos verdes e metálicos quando respondeu:

– Na verdade, não. No momento, sim.

Dagny fez menção de se levantar quando o homem se abaixou para ajudá-la, mas ela reuniu todas as suas forças num movimento súbito e brusco e escapou dele.

– Acho que consigo... – ia dizendo, e caiu sobre o homem no momento em que seus pés se plantaram no chão e sentiu uma pontada de dor vinda de um dos calcanhares.

Ele a tomou nos braços, sorrindo.

– Não, não consegue, Srta. Taggart – disse ele, começando a atravessar o campo.

Dagny permanecia imóvel, os braços em volta do homem, a cabeça no ombro dele, pensando: *Por alguns minutos, enquanto este estado de coisas perdurar, tenho o direito de me entregar completamente, esquecer tudo e me permitir sentir... Quando experimentei isso antes?* Houvera um momento em que essas mesmas palavras lhe ocorreram à mente, mas ela não se lembrava de quando fora. Já havia experimentado aquilo – a sensação de certeza, de ter chegado ao fim, ao que não pode ser questionado. Mas era novidade a sensação de ser protegida, de que era certo aceitar aquela proteção, se entregar – certo porque esse tipo de proteção não era contra o futuro, mas contra o passado, não a proteção de quem é poupado da batalha, e sim a de quem a venceu, não uma proteção concedida à sua fraqueza, e sim à sua força. Sentia a pressão das mãos do homem contra seu corpo com uma intensidade anormal, como sentia os fios dourados e avermelhados de seu cabelo, a sombra de seus cílios sobre a pele do rosto a alguns centímetros do dela, e pensava: *Protegida de quê?... Era ele o inimigo... mas era mesmo?... Por quê?...* Ela não sabia, não conseguia pensar agora no motivo. Foi necessário um esforço para lembrar que ela tivera um objetivo e uma motivação algumas horas antes e se obrigou a relembrá-los.

– O senhor sabia que eu o estava seguindo? – perguntou ela.

– Não.

– Onde está seu avião?

– No campo de pouso.

– Onde fica?

– Do outro lado do vale.

– Não vi nenhum campo de pouso neste vale quando olhei para baixo. Nem sequer vi campos. Como é que pode?

O homem olhou para o céu.

– Olhe bem. A senhorita vê alguma coisa lá em cima?

Ela virou a cabeça para trás, olhando direto para o céu, não vendo nada além do azul sereno da manhã. Depois de algum tempo, percebeu faixas tremeluzentes de ar.

– Ondas de calor – disse ela.

– Raios de refrator – corrigiu ele. – O fundo do vale que a senhorita viu é um pico de 2.600 metros de altitude, a nove quilômetros daqui.

– O quê?

– Um pico onde nenhum piloto jamais pensaria em pousar. O que a senhorita viu foi o reflexo dele projetado sobre este vale.

– Como?

– Pelo mesmo processo que gera miragens nos desertos: a refração de uma imagem numa camada de ar aquecido.

– Como?

– Por meio de uma camada de raios à prova de tudo, menos de uma coragem como a sua.

– Como assim?

– Nunca imaginei que algum avião tentasse descer até 200 e poucos metros do chão. A senhorita atingiu a camada de raios, alguns dos quais têm o efeito de desligar os motores elétricos. Foi a segunda derrota que a senhorita me infligiu: também nunca fui seguido.

– Por que essa camada de raios?

– Porque este lugar é propriedade privada, e pretende-se que continue a ser.

– O que é este lugar?

– Já que está aqui, vou mostrá-lo à senhorita. Depois respondo às suas perguntas.

Dagny não disse nada, porém percebeu que havia feito perguntas a respeito de tudo, menos sobre ele próprio. Era como se ele fosse um todo único que ela tivesse apreendido à primeira vista, como um absoluto irredutível, como um axioma que não pode ser explicado, como se soubesse tudo a respeito dele pela percepção direta e só lhe restasse agora identificar o que ela já sabia.

Ele a estava carregando por uma trilha estreita que descia até o fundo do vale. Nas encostas ao seu redor, erguiam-se, retos, pinheiros altos e escuros como pirâmides, de uma simplicidade masculina, como esculturas reduzidas a uma forma essencial, contrastando com o rendado complexo e feminino das folhas das bétulas que tremiam ao sol. Por entre elas passavam raios de sol que iluminavam os cabelos do homem e o rosto dos dois. Dagny não podia ver o que estava mais adiante, além das curvas da trilha.

A todo instante seus olhos se voltavam para o rosto daquele homem. Ele a olhava de vez em quando. De início, ela desviara a vista, como se apanhada em flagrante. Depois, como se aprendendo com ele, resolveu encará-lo sempre que ele olhava para ela, sabendo que ele sabia o que ela sentia e que não escondia dela o significado de seu olhar.

Ela sabia que o silêncio dele era uma confissão idêntica à sua. Ele não a segurava de modo impessoal, como um homem segura uma mulher ferida. Era um abraço, embora Dagny não sentisse na postura dele nada que indicasse isso. Sentia-o apenas por meio de sua certeza de que todo o corpo dele estava consciente de estar segurando o dela.

Dagny ouviu o ruído da cascata antes de ver o fio d'água brilhante que despencava entre as pedras. O som vinha misturado a um ritmo longínquo em sua mente, que não parecia mais alto do que a lembrança de um som, porém passaram pela cachoeira e o ritmo continuou. Ela ouvia ainda o ruído da água, mas o outro som ia se tornando cada vez mais distinto, aumentando não em sua mente, mas vindo de algum lugar em meio às folhas. A trilha fez uma curva, revelando uma clareira, e Dagny viu uma casinha num barranco mais embaixo, o sol brilhando no vidro de uma janela aberta. Ao mesmo tempo que se lembrou da experiência que a fizera querer se entregar ao momento presente – fora uma noite num vagão de segunda classe do Cometa, quando ouviu pela primeira vez o tema do Quinto Concerto de Halley –, ela percebeu que o ouvia agora, ouvia-o sendo executado ao piano, nos acordes límpidos e claros que evidenciavam um toque poderoso e confiante.

Ela lhe perguntou à queima-roupa, como se esperasse pegá-lo desprevenido:

– É o Quinto Concerto de Richard Halley, não é?

– É.

– Quando foi que ele o compôs?

– Por que a senhorita não lhe pergunta isso pessoalmente?

– Ele está aqui?

– É ele que está tocando. Aquela é a casa dele.

– Ah...!

– A senhorita vai conhecê-lo depois. Ele sabe que as obras dele são os únicos discos que a senhorita gosta de ouvir à noite, quando está sozinha.

– Como é que ele sabe disso?

– Eu disse a ele.

A expressão no rosto de Dagny era uma pergunta que começaria com: "Mas como foi que...?" Porém viu o olhar dele e riu, e seu riso era uma manifestação sonora do significado daquele olhar.

Não posso questionar nada, pensou Dagny, *não posso ter dúvidas, não agora que essa música se eleva triunfante em meio às folhas das árvores banhadas de sol, a música da libertação, tocada da maneira correta, da maneira que minha mente imaginou ouvi-la num vagão de segunda classe, em meio ao ritmo dolorido das rodas de um trem. É isso que minha mente viu naqueles sons naquela noite: este vale, este sol matinal e...*

E então Dagny não conteve uma interjeição de espanto, visto que depois da curva, do alto de um penhasco, a cidade se descortinava no fundo do vale.

Não era bem uma cidade, e sim apenas um aglomerado de casas esparsas, do centro do vale até o sopé das montanhas, que as fechavam dentro de um círculo nítido e indevassável. Eram residências, pequenas e novas, com formas despojadas e angulosas, além de janelas amplas que reluziam ao sol. Ao longe, Dagny julgou divisar estruturas mais altas, de onde saía fumaça. Pareciam fábricas. Porém mais perto, no alto de uma fina coluna de granito cuja base era um penhasco mais embaixo que terminava à altura dos olhos de Dagny, havia um cifrão de um metro de altura, feito de ouro maciço, elevando-se sobre a cidade. Era seu brasão, sua marca registrada, seu farol, que refletia os raios de sol, tal qual um transmissor de energia que os enviasse, como uma bênção, através do ar por cima dos telhados.

– O que é isso? – perguntou ela, apontando para o cifrão.

– Ah, é uma brincadeira do Francisco.

– Francisco... de quê? – sussurrou ela, já sabendo a resposta.

– Francisco d'Anconia.

– Ele também está aqui?

– Deve chegar um dia desses.

– Por que essa brincadeira dele?

– Ele deu aquele cifrão como presente de aniversário ao dono do vale e então nós todos o adotamos como nosso símbolo. Gostamos da ideia.

– Não é o senhor o dono do vale?

– Eu? Não. – O homem olhou para o sopé do penhasco e acrescentou, apontando: – O dono é aquele lá.

No fim da estrada de terra lá embaixo, um carro havia parado e dois homens subiam a trilha agora com passos rápidos. Dagny não podia lhes distinguir os rostos. Via apenas que um era magro e alto, o outro mais baixo e mais musculoso. Desapareceram numa curva, enquanto o homem continuava descendo a trilha carregando-a.

Encontraram-se com os dois quando eles surgiram de repente de trás de uma rocha, poucos metros abaixo. Ao ver o rosto dos dois, Dagny sentiu algo semelhante a um choque físico.

– Ora, essa não! – disse o homem musculoso, que ela não conhecia, olhando para ela.

Dagny estava olhando para o homem alto e distinto a seu lado: era Hugh Akston.

Foi ele o primeiro a falar, fazendo uma mesura e sorrindo para ela:

– Srta. Taggart, é a primeira vez que alguém me desmente. Eu não sabia, quando lhe disse que a senhorita jamais o encontraria, que da próxima vez que eu a visse a senhorita estaria nos braços dele.

– Nos braços de quem?

– Ora, do homem que inventou o motor.

Dagny conteve um grito e fechou os olhos. Então entendeu que já devia ter concluído aquilo. Quando voltou a abri-los, estava olhando para John Galt. Ele tinha nos lábios um leve sorriso zombeteiro, como se soubesse perfeitamente o que aquilo representava para ela.

– Teria sido bem feito se houvesse partido o pescoço! – disse o homem musculoso, com uma zanga nascida da preocupação, quase afeto. – Que perigo correu! Logo a senhorita, que teria sido tão bem recebida se tivesse tentado entrar pela porta da frente!

– Srta. Taggart, este é Midas Mulligan – disse Galt.

– Ah – disse ela, com voz débil, e riu. Já não conseguia mais se espantar com nada. – Será que eu morri no avião, e isto aqui é uma espécie de outra existência?

– Isto aqui é mesmo outra existência – disse Galt. – Só que a senhorita não morreu. Não é justamente o contrário?

– Ah, sim – sussurrou ela e sorriu para Mulligan. – Onde fica a porta da frente?

– Aqui – respondeu ele, apontando para a própria testa.

– Perdi a chave – disse ela com simplicidade, sem ressentimento. – No momento, estou sem todas as minhas chaves.

– Pois vai encontrá-las. Mas que diabos estava fazendo naquele avião?

– Eu o estava seguindo.

– *Ele?* – E apontou para Galt.

– É.

– Sorte sua estar viva! Machucou-se muito?

– Acho que não.

– A senhorita vai ter que responder a algumas perguntas, depois que estiver recuperada. – Virou-se bruscamente e saiu andando em direção ao carro, porém parou e olhou para Galt: – E essa, agora? Está aí uma coisa que não havíamos previsto: a primeira fura-greve.

– A primeira... o quê? – perguntou ela.

– Deixe isso para lá – disse Mulligan e olhou para Galt. – O que vamos fazer agora?

– Deixe comigo – respondeu ele. – Eu assumo a responsabilidade. Você fica com Quentin Daniels.

– Ah, *ele* não vai dar nenhum problema. Só precisa conhecer o lugar. O restante ele já sabe.

– É. Ele entendeu praticamente tudo sozinho. – Percebendo que Dagny o olhava sem entender, acrescentou: – Por uma coisa tenho de lhe agradecer, Srta. Taggart: me sinto honrado por ter escolhido Daniels para me substituir. Ele merece.

– Onde ele está? – perguntou ela. – O que aconteceu?

– Bem, Midas nos encontrou no campo de pouso, foi até minha casa e levou Daniels com ele. Eu ia tomar o café da manhã com eles, mas vi seu avião descendo naquele pasto. Eu era a pessoa que estava mais perto.

– Chegamos aqui o mais depressa possível – disse Mulligan. – Pensei que quem estava naquele avião, fosse quem fosse, merecia morrer. Jamais imaginei que fosse uma das duas únicas pessoas no mundo para quem eu abriria uma exceção.

– Quem é a outra? – perguntou ela.

– Hank Rearden.

Dagny estremeceu. Era como um golpe que a atingisse, vindo de muito longe. Ela não entendeu por que Galt parecia observá-la com atenção e por que surgiu em seu rosto uma expressão diferente, por um instante breve demais para capturar.

Havia chegado ao carro, um Hammond conversível, com a capota abaixada. Era um dos modelos mais caros, fabricado havia alguns anos, porém muito bem conservado. Galt colocou Dagny cuidadosamente no banco de trás, segurando-a com um dos braços dobrado. De vez em quando ela sentia uma dor lancinante, mas sua atenção estava voltada para fora. Olhava para as casas mais distantes da cidade enquanto Mulligan ligava o carro. Quando passaram pelo cifrão de ouro, um raio de sol refletido chegou até seus olhos e iluminou seu rosto.

– Quem é o dono deste vale? – perguntou ela.

– Eu – disse Mulligan.

– E ele? – Dagny apontou para Galt.

Mulligan deu uma risadinha:

– Ele trabalha aqui.

– E o senhor, Dr. Akston? – perguntou ela.

Akston olhou para Galt:

– Sou um dos dois pais dele, Srta. Taggart. O que não o traiu.

– Ah! – exclamou ela, juntando mais uma peça do quebra-cabeça. – O seu terceiro aluno?

– Isso.

– O assistente de guarda-livros! – gemeu ela de repente, lembrando-se de mais uma coisa.

– Como assim?

– Foi assim que o Dr. Stadler se referiu a Galt. Segundo ele, era isso que seu terceiro aluno havia virado.

– Errou para mais – disse Galt. – Pelos padrões dele e do mundo dele, não sou nem isso.

O carro agora subia uma estrada em direção a uma casa isolada num desfiladeiro acima do vale. Ela viu um homem descendo uma trilha, no alto, em direção à cidade. Estava de macacão de brim azul e carregava uma marmita. Havia algo de familiar no seu passo apressado. Quando o carro passou por ele, Dagny viu seu rosto de relance e se virou para trás, gritando, em parte por causa da dor causada pelo movimento, em parte pelo inesperado do que vira:

– Ah, pare! Pare! Não o deixe sumir!

Era Ellis Wyatt.

Os três homens riram, mas Mulligan parou o carro.

– Ah... – disse Dagny, sem graça, como se pedindo desculpas. Só então percebeu que não havia perigo de que Wyatt desaparecesse dali.

Wyatt estava correndo em direção ao carro: ele também a reconhecera. Quando alcançou o automóvel, agarrou-o, para deter seu próprio movimento, e ela viu o rosto jovem, sorridente, triunfante que só vira uma vez antes: na plataforma de Wyatt Junction.

– Dagny! Finalmente você veio? É uma das nossas?

– Não – disse Galt. – Ela estava no avião que caiu.

– *O quê?*

– O avião da Srta. Taggart caiu. Você não viu?

– Caiu? *Aqui?*

– É.

– Ouvi um avião, mas... – Sua expressão de espanto se transformou num sorriso ressentido, irônico e simpático. – Sei. Mas, Dagny, que loucura!

Ela olhava para Wyatt involuntariamente, sem conseguir ligar o passado ao presente. E, impotente – como quem fala com um amigo morto, num sonho, dizendo-lhe as coisas que perdeu a oportunidade de lhe dizer em vida –, Dagny disse, pensando num telefone tocando, sem ninguém atender, há quase dois anos, as palavras que sempre pretendera lhe dizer se alguma vez o encontrasse de novo:

– Eu... eu tentei falar com você.

Ele sorriu:

– E nós estamos desde aquele dia tentando falar com você, Dagny... Até logo mais. Não se preocupe, não vou desaparecer... e acho que você também não vai.

Acenou para os outros e foi embora, balançando a marmita. Quando Mulligan deu a partida no carro, ela olhou para cima e viu que Galt a observava com atenção. O rosto dela endureceu, como se admitindo abertamente sua dor e desafiando a satisfação que esse fato pudesse proporcionar a ele.

– Está bem – disse ela. – Já entendi que vocês querem me fazer experimentar toda sorte de choques.

Mas não havia nem crueldade nem pena no rosto de Galt, e sim apenas um olhar de justiça:

– Nossa primeira regra aqui, Srta. Taggart, é que cada um tem sempre que ver tudo com os próprios olhos.

O carro parou na frente da casa isolada. Era feita de blocos de granito, e a fachada era quase toda de vidro.

– Eu mando o médico para cá – disse Mulligan antes de se afastar, depois que Galt saltou do carro com Dagny nos braços.

– É a sua casa? – perguntou ela.

– É – respondeu ele, abrindo a porta com um chute.

Levou-a para dentro da sala de visitas, enquanto raios de sol entravam e faziam reluzir as paredes de pinho envernizado. Havia alguns móveis feitos à mão, um teto com vigas nuas, uma porta em arco que dava para uma pequena cozinha com prateleiras rústicas, uma mesa de madeira simples e, surpreendentemente, um fogão elétrico cromado. A casa tinha um ar de simplicidade primitiva de cabana, contendo apenas as coisas mais essenciais, porém organizada com uma habilidade moderníssima.

Galt a carregou pela sala riscada por raios de sol até um pequeno quarto de hóspedes e a colocou na cama. Por uma janela aberta, ela viu uma longa encosta rochosa e pinheiros contra o céu. Viu pequenos riscos nas paredes de madeira, que pareciam inscrições feitas por pessoas diferentes, mas não lhe era possível lê-las. Viu uma outra porta entreaberta, a do quarto de Galt.

– Estou aqui como hóspede ou como prisioneira? – perguntou ela.

– Essa escolha caberá à senhora.

– Não posso optar quando estou lidando com um desconhecido.

– Desconhecido? Mas a senhora não batizou uma linha ferroviária com meu nome?

– Ah!... É mesmo... – Mais uma peça se encaixou no lugar. – É. Eu... – Dagny olhava para aquele homem alto de cabelos rajados de sol, com um sorriso contido nos olhos impiedosamente penetrantes. Ela via neles a luta para construir a Linha John Galt e os dias de verão da viagem inaugural. Estava pensando que, se fosse possível um ser humano simbolizar a ferrovia, então ele seria o escolhido. – É... é verdade... – Porém, lembrando-se do restante, acrescentou: – Mas era o nome do meu inimigo.

Ele sorriu:

– É a contradição que a senhorita vai ter de resolver mais cedo ou mais tarde.

– Foi o senhor, não foi, que destruiu minha linha ferroviária?

– Não, não fui eu, não. Foi a contradição.

Dagny fechou os olhos e, após um breve instante, perguntou:

– Daquelas histórias todas que ouvi a seu respeito, quais eram verdadeiras?

– Todas.

– Foi o senhor que as espalhou?

– Não. Para quê? Nunca fiz questão de que falassem de mim.

– Mas o senhor sabe que se tornou uma lenda?

– Sei.

– O jovem inventor da Companhia de Motores Século XX é a única versão verdadeira da lenda, não é?

– Concretamente verdadeira, é.

Dagny não conseguia dizer aquilo com tom de indiferença. Em sua voz havia algo de ofegante, e a pergunta saiu quase como um sussurro:

– O motor... o motor que eu encontrei... foi o *senhor* que o criou?

– Sim.

Ela não pôde conter o entusiasmo que a fez levantar a cabeça.

– O segredo da transformação da energia... – começou ela, mas parou.

– Eu poderia lhe explicar em 15 minutos – disse ele, respondendo à súplica desesperada que ela não chegara a fazer –, mas nada neste mundo pode me obrigar a dar essa explicação. Se compreender isso, compreenderá tudo o que a intriga.

– Aquela noite... há 12 anos... uma noite de primavera, quando o senhor saiu de uma assembleia de 6 mil assassinos... essa história é verdadeira, não é?

– É.

– O senhor disse a eles que ia parar o motor do mundo.

– Foi o que fiz.

– O que foi que o senhor fez?

– Não fiz *nada*, Srta. Taggart. E esse é todo o meu segredo.

Ela o olhou em silêncio por um longo momento. Ele esperava como se pudesse ler seus pensamentos.

– O destruidor... – disse ela, num tom de espanto e de esperança.

– ... a criatura mais malévola que já existiu – arrematou ele, como se estivesse fazendo uma citação, e ela reconheceu as próprias palavras –, o homem que está roubando os cérebros do mundo.

– Há quanto tempo você vem me observando com tanta atenção? – perguntou ela.

Foi apenas uma pausa momentânea, mas ela teve a impressão de que o olhar de Galt foi intensificado, como se a visse agora com mais atenção, e Dagny percebeu a ênfase em sua voz, embora ele falasse baixo:

– Há anos.

Dagny fechou os olhos, relaxando os músculos, desistindo. Sentia uma indiferença estranha, leve, como se de repente só quisesse se entregar à própria impotência.

O médico que entrou era um homem de cabelos grisalhos, com um rosto sereno e pensativo e modos firmes e discretamente confiantes.

– Srta. Taggart, este é o Dr. Hendricks – disse Galt.

– O Dr. Thomas Hendricks?! – exclamou ela, com a indelicadeza involuntária de uma criança. Era o nome de um grande cirurgião, que se aposentara e sumira havia seis anos.

– Sim, claro – disse Galt.

O cirurgião sorriu para ela, em resposta:

– Midas me disse que seu problema era choque, não o já sofrido, e sim os que a senhorita ainda tem pela frente.

– Bem, deixo-a em suas mãos – disse Galt – e vou até o mercado comprar suprimentos para o café da manhã.

Dagny observou a eficiência e a rapidez com que o Dr. Hendricks examinou suas feridas. Trouxera consigo algo que ela jamais tinha visto: um aparelho de raios X portátil. Ficou sabendo que havia rasgado a cartilagem de duas costelas, torcido o tornozelo, ralado um dos joelhos e um cotovelo, e tinha algumas manchas roxas espalhadas pelo corpo. Quando as mãos rápidas e competentes do Dr. Hendricks terminaram de fazer os curativos, Dagny teve a impressão de que seu corpo era um motor que havia sido checado por um mecânico de primeira e que agora nada mais era necessário.

– Aconselho-a a ficar de cama, Srta. Taggart.

– Ah, não! Se eu tiver cuidado e andar devagar, não vai ter problema.

– A senhorita está precisando de repouso.

– O senhor acha que vou conseguir repousar?

– Acho que não – respondeu ele, sorrindo.

Quando Galt voltou, ela já estava vestida. O Dr. Hendricks falou a ele sobre o estado de Dagny e acrescentou:

– Amanhã volto para examiná-la de novo.

– Obrigado – disse Galt. – Mande a conta para mim.

– De jeito nenhum! – exclamou ela, indignada. – Eu é que vou pagar.

Os dois se entreolharam, como quem ouve um mendigo contar vantagens.

– Depois nós discutimos isso – disse Galt.

O Dr. Hendricks saiu, e ela tentou se levantar, mancando, apoiando-se nos móveis. Galt a tomou nos braços, levou-a até a copa e a sentou a uma mesa posta para dois.

Dagny se deu conta de que estava com fome ao ver a cafeteira no fogão, os dois copos de suco de laranja, os pesados pratos brancos de cerâmica reluzentes sobre a mesa de madeira polida.

– Quando a senhorita dormiu e comeu pela última vez? – perguntou Galt.

– Não sei... eu jantei no trem, com... – Sacudiu a cabeça, com uma ironia amarga e involuntária: *Com o vagabundo*, pensou, com uma angústia desesperada, tentando fugir de um vingador que não a perseguia e que era impossível encontrar, o vingador que agora a encarava do outro lado da mesa, bebendo suco de laranja. – Não sei... parece que faz séculos, que foi em outro continente...

– Como foi que a senhora começou a me seguir?

– Aterrissei no aeroporto de Afton no momento em que seu avião estava decolando. O homem do aeroporto me disse que Quentin Daniels tinha entrado na aeronave com o senhor.

– Lembro-me de ver seu avião esperando para pousar. Pois foi a única ocasião em que não pensei na senhorita. Achei que viria de trem.

Ela o encarou e perguntou:

– O que o senhor quer dizer com isso?

– Isso o quê?

– A única ocasião em que não pensou em mim.

Ele também a encarou e ela percebeu o movimento sutil que já verificara ser típico dele: o esboço de sorriso em sua boca orgulhosamente obstinada.

– Entenda isso como quiser – respondeu ele.

Dagny deixou passar um momento, para enfatizar sua escolha pela severidade de sua expressão, e depois perguntou com a voz fria, num tom inamistoso de acusação:

– O senhor sabia que eu vinha buscar Daniels?

– Sabia.

– E o senhor o pegou rápido para que eu não tivesse tempo de falar com ele? A fim de me derrotar, sabendo muito bem o que essa derrota representaria para mim?

– Claro.

Foi ela quem desviou os olhos e se calou. Galt se levantou para preparar o restante do café da manhã. Ela o observou fazendo as torradas, fritando ovos com bacon. Em seus gestos havia uma habilidade tranquila e espontânea, mas era uma destreza que dizia respeito a outra profissão. Suas mãos se mexiam com a precisão e a rapidez de um engenheiro que aciona os botões de um painel de controle. De repente, Dagny se lembrou de onde já vira um desempenho de competência absurdo como aquele.

– Foi isso que o senhor aprendeu com o Dr. Akston? – perguntou ela, apontando para o fogão.

– Entre outras coisas.

– Ele lhe ensinou a gastar tempo – o *seu* tempo! – nesse tipo de trabalho? – Dagny não conseguiu conter um tremor de indignação.

– Já gastei tempo em trabalhos muito menos importantes.

Quando ele colocou o prato à sua frente, Dagny perguntou:

– Onde o senhor comprou essa comida? Aqui tem armazém?

– O melhor do mundo. O dono é Lawrence Hammond.

– *O quê?*

– Lawrence Hammond, o fabricante de carros. O bacon é da fazenda de Dwight Sanders, o dos aviões. Os ovos e a manteiga, do juiz Narragansett, do Tribunal Superior do Estado de Illinois.

Ela olhou para o prato com um olhar amargo, quase como se tivesse medo de tocar naquela comida.

– É o café da manhã mais caro que já comi, levando-se em conta o valor do tempo do cozinheiro e de todos os outros.

– De um ponto de vista, é verdade. Mas, de outro, é o mais barato, porque nem um tostão foi parar no bolso dos saqueadores que a obrigam a pagar ano após ano e no fim a deixam passar fome.

Após um longo silêncio, Dagny perguntou, com simplicidade, quase melancolicamente:

– O que os senhores estão fazendo aqui?

– Vivendo.

Ela nunca ouvira aquela palavra utilizada com tanto sentido.

– Qual o seu trabalho? – perguntou ela. – Midas Mulligan diz que o senhor trabalha aqui.

– Sou uma espécie de faz-tudo.

– O quê?

– Sempre que alguma coisa pifa, como a rede de distribuição de eletricidade, me chamam.

Ela olhou para Galt e de repente tentou se levantar com um movimento brusco, desviando a vista para o fogão elétrico, porém a dor a obrigou a permanecer sentada.

Ele riu:

– É, é isso mesmo, mas calma, senão o Dr. Hendricks vai obrigá-la a ficar de cama.

– A eletricidade... – disse ela, engasgando-se – a eletricidade aqui é gerada pelo seu motor?

– É.

– Ele foi terminado? Está funcionando?

– Foi graças a ele que preparei seu café da manhã.

– Quero vê-lo!

– Não vá se aleijar só para olhar para esse fogão. É um fogão comum, como qualquer outro, só que seu consumo de energia sai cerca de 100 vezes mais barato. E não vou lhe mostrar mais nada, Srta. Taggart.

– O senhor me prometeu mostrar todo o vale.

– E vou mostrar. Mas não o gerador.

– O senhor me leva para conhecer o vale agora, assim que acabarmos de comer?

– Se a senhorita quiser... e estiver em condições de se mexer.

– Estou, sim.

Ele se levantou, foi até o telefone e discou um número.

– Alô, Midas?... É... É mesmo? É, ela está bem... Você me aluga seu carro por hoje?... Obrigado. Ao preço de sempre: 25 centavos... Dá para você mandá-lo?... Você tem uma bengala ou algo assim? Ela vai precisar... Hoje à noite? É, acho que sim. Vamos, sim. Obrigado.

Galt desligou. Ela o olhava sem acreditar no que ouvira.

– Quer dizer que o Sr. Mulligan, que tem cerca de 200 milhões de dólares, se não me engano, vai lhe cobrar 25 centavos para lhe emprestar o carro?

– Isso mesmo.

– Meu Deus, será que ele não podia lhe dar o carro por cortesia?

Ele a olhou por um momento, examinando seu rosto, como se quisesse que ela percebesse seu olhar irônico.

– Srta. Taggart, não temos leis neste vale, nem regulamentos, nem nenhuma espécie de organização formal. Viemos para cá a fim de descansar. Mas temos certos costumes que todos nós observamos, porque têm a ver com as coisas das quais queremos descansar. Por isso, lhe aviso que há uma palavra que é proibida neste vale: "dar".

– Desculpe – disse ela. – O senhor tem razão.

Galt encheu novamente a xícara de Dagny e lhe ofereceu um maço de cigarros. Ela sorriu e pegou um: nele havia um cifrão.

– Se a senhorita não estiver muito cansada à noite – disse ele –, Mulligan nos convidou para jantar. Vão estar lá alguns convidados que acho que a senhorita vai gostar de ver.

– Ah, mas é claro! Não vou estar cansada. Acho que não quero nunca mais me sentir cansada.

Estavam terminando o café quando viram o carro de Mulligan parando à frente da casa. O motorista saltou, subiu correndo o caminho que levava à porta da frente e entrou, sem tocar a campainha nem bater na porta. Dagny levou um momento para se dar conta de que o rapaz apressado, ofegante e descabelado que havia entrado era Quentin Daniels.

– Srta. Taggart, desculpe! – exclamou ele. – O tom de culpa desesperada de sua voz contrastava com a expressão de entusiasmo em seu rosto. – Eu nunca havia faltado com minha palavra antes! É indesculpável, não posso lhe pedir que me perdoe e sei que não vai acreditar em mim, mas a verdade é que eu... eu esqueci.

Ela olhou para Galt:

– Acredito.

– Esqueci que eu havia prometido esperar, esqueci tudo... só lembrei alguns minutos atrás, quando o Sr. Mulligan me disse que seu avião caiu aqui, e então percebi que a culpa era minha, e que se alguma coisa tivesse acontecido com a senhorita... ah, meu Deus! A senhorita está bem?

– Estou. Não se preocupe. Sente-se.

– Não sei como é que alguém pode esquecer que deu sua palavra de honra. Não sei o que aconteceu comigo.

– Pois eu sei.

– Srta. Taggart, eu estava trabalhando no motor havia meses, com base naquela hipótese específica, e quanto mais eu trabalhava, mais a coisa parecia impossível. Passei os últimos dois dias no meu laboratório, tentando resolver uma equação matemática que parecia sem solução. Pensei que não desistiria, mesmo que morresse na frente daquele quadro-negro. Ele chegou tarde da noite. Acho que nem percebi quando entrou. Disse que queria falar comigo, e eu lhe pedi que esperasse e continuei. Acho que esqueci a presença dele. Não sei por quanto tempo ele ficou esperando, observando, mas o que lembro é que de repente ele apagou todo o quadro-negro e escreveu uma única equação, uma equação simples. E foi então que percebi sua presença! E gritei – porque ainda não era a solução, mas era um caminho que levava à solução, e eu jamais pensara nele, mas percebi na mesma hora que era aquilo! Lembro que perguntei: "Como é que o senhor sabe?" E ele respondeu, apontando para uma fotografia do seu motor: "Fui eu que o fiz." E não me lembro de mais nada,

Srta. Taggart... quer dizer, nada referente a minha vinda, porque depois disso começamos a falar sobre eletricidade estática e conversão de energia e o motor.

– Viemos até aqui falando sobre física – comentou Galt.

– Ah, lembro que o senhor me perguntou se eu iria com o senhor – disse Daniels – e se eu estaria disposto a nunca mais voltar e abandonar tudo... Tudo? Abandonar aquele Instituto morto que está sendo engolido pelo mato, abandonar meu futuro como escravo, abandonar Wesley Mouch e o Decreto 10.289 e as criaturas subanimalescas que rastejam pelo chão, rosnando que não existe mente!... Srta. Taggart – e Daniels ria, exultante –, ele estava me perguntando se eu abandonaria *aquilo* para vir com *ele*! Ele teve que repetir a pergunta, não consegui acreditar no que eu ouvira na primeira vez, não acreditava que haveria necessidade de fazer aquela pergunta para um ser humano, que um ser humano tivesse que pensar nas opções. Ir? Eu teria pulado do alto de um arranha-céu para segui-lo e ouvir a fórmula antes de cairmos na calçada!

– Eu o compreendo – disse ela, com um olhar melancólico, quase de inveja. – Além disso, você fez o que eu lhe paguei para fazer: você me levou até o segredo do motor.

– Vou ser zelador aqui, também – disse Daniels, sorrindo com satisfação. – O Sr. Mulligan disse que ia me dar o emprego de zelador... *da usina*. E, quando eu tiver aprendido, vou ser promovido a eletricista. Não é incrível, esse Midas Mulligan? É isso que eu quero ser quando tiver a idade dele. Quero ganhar dinheiro. Milhões. Tanto quanto ele.

– Daniels! – Dagny riu, lembrando-se do autocontrole de Daniels, de sua precisão, sua lógica fria de jovem cientista. – O que deu em você? Onde você está? Sabe o que está dizendo?

– Estou *aqui*, Srta. Taggart, e aqui as possibilidades são ilimitadas! Vou ser o maior eletricista do mundo, e o mais rico! Vou...

– Vai voltar para a casa de Mulligan – interrompeu Galt – e dormir durante 24 horas, senão não deixo você nem chegar perto da usina.

– Sim, senhor – disse Daniels, obediente.

O sol já havia descido do alto dos picos, desenhando um círculo brilhante de granito e neve em torno do vale, quando saíram da casa. De repente, Dagny teve a sensação de que nada existia fora daquele círculo e gozou a sensação deliciosa e altiva de ter consciência da finitude, de que tudo aquilo que interessa está ao alcance da vista. Queria estender o braço sobre os telhados da cidade lá embaixo, sentindo que as pontas de seus dedos tocariam os picos do outro lado do vale. Porém não podia levantar os braços. Apoiando-se com um deles na bengala e com o outro no braço de Galt, arrastando os pés com esforço, caminhou até o carro como uma criança aprendendo a andar.

Sentou-se ao lado de Galt e ele deu a partida no carro. Contornaram a cidade e chegaram à residência de Midas Mulligan. Era a maior casa do vale, a única de dois andares, uma curiosa mistura de fortaleza com casa de campo, com grossas paredes de granito e amplas varandas, e ficava no alto de um penhasco. Galt parou o carro para que Daniels saltasse e depois seguiu em frente, por uma estrada que gradualmente subia as montanhas.

Dagny pensou na riqueza de Mulligan, no carro luxuoso que Galt dirigia e se perguntou pela primeira vez se Galt era rico também. Olhou para as roupas dele: as calças cinzentas e a camisa branca pareciam ser de um material resistente, feito para durar; seu cinto de couro estava gasto; o relógio em seu pulso era um instrumento de precisão, porém de aço inoxidável. A única coisa nele que indicava luxo eram seus cabelos, que, agitados pelo vento, pareciam de ouro e cobre.

Subitamente, depois de uma curva, Dagny viu amplas pastagens verdes se estendendo até uma casa ao longe. Ali havia carneiros, alguns cavalos, pocilgas, grandes celeiros de madeira e, mais adiante, um hangar de metal que não parecia condizente com a fazenda.

Um homem com uma camisa colorida de vaqueiro caminhava em direção aos recém-chegados. Galt parou o carro e acenou para ele, porém não disse nada em resposta ao olhar interrogativo de Dagny. Deixou que ela descobrisse por si própria, quando o homem chegou mais perto, que era Dwight Sanders.

– Bom dia, Srta. Taggart – disse ele, sorrindo.

Em silêncio, ela contemplou suas mangas arregaçadas, suas botas pesadas, o gado ao redor.

– Quer dizer que isso é tudo o que resta da sua companhia de aviões – disse ela.

– Não. Há também aquele excelente monoplano, meu melhor modelo, que a senhorita amassou naquela aterrissagem forçada.

– Ah, também já soube? É, era um dos seus, um ótimo avião. Mas acho que o estraguei.

– A senhorita devia consertá-lo.

– Acho que não tem conserto.

– Eu sei consertá-lo.

Eram essas as palavras, o tom de confiança, que ela não ouvia havia anos. Era isso que ela não esperava mais encontrar, porém seu esboço de sorriso terminou com uma risada amarga.

– Consertar como? Numa fazenda? – perguntou ela.

– Não, ora. Na Aviões Sanders.

– Onde fica?

– O que a senhora acha? Lá em Nova Jersey, naquele prédio que o primo de Tinky Holloway comprou de meus sucessores falidos com um empréstimo do governo e uma isenção de impostos? Naquele prédio onde ele produziu seis aviões que nunca decolaram e oito que chegaram a voar, mas caíram, cada um levando 40 passageiros?

– Então onde?

– Onde quer que eu esteja.

Apontou para o outro lado da estrada. Por trás dos pinheiros, Dagny viu o retângulo de concreto de uma pista de pouso no fundo do vale.

– Temos alguns aviões aqui, e sou eu quem cuida deles. Crio porcos e cuido dos aviões. Estou me dando muito bem como produtor de presunto e bacon, sem precisar dos homens de quem eu comprava esses produtos antigamente. Mas aqueles homens não são capazes de produzir aviões sem mim, e, sem mim, não são capazes nem sequer de produzir presunto e bacon.

– Mas o senhor não está mais fabricando aviões.

– Não. Nem os motores a diesel que lhe prometi. Desde a última vez que a vi, projetei e fabriquei apenas um trator – isto é, um único exemplar, feito à mão. Aqui não é necessário produzir em massa. Mas, com esse trator, quatro horas de trabalho rendem tanto quanto oito antes – e Sanders estendeu o braço, apontando para o vale, como se fosse um cetro. Os olhos de Dagny acompanharam o gesto, e ela viu, ao longe, numa encosta, terraços verdejantes – na criação de vacas e galinhas do juiz Narragansett – e o braço de Sanders se moveu lentamente, indicando um longo trecho dourado ao pé de uma garganta, e depois uma faixa de um verde violento –, nas plantações de trigo e fumo de Midas Mulligan – e seu braço se elevou, apontando para um trecho da encosta coberto de verde – e nos pomares de Richard Halley.

Os olhos dela repetiram lentamente a trajetória que seu braço havia descrito, vez após vez, muito depois que ele o baixou, porém Dagny disse apenas:

– Entendo.

– Agora a senhorita acredita que posso consertar seu avião?

– Sim. Mas o senhor já o viu?

– Claro. Midas chamou dois médicos imediatamente: Hendricks para a senhora, e a mim para o seu avião. Mas vai sair caro.

– Quanto?

– Duzentos dólares.

– Duzentos dólares? – repetiu ela, sem acreditar. O preço era baixo demais.

– Em ouro, Srta. Taggart.

– Ah!... Mas onde eu posso comprar ouro?

– Não pode – respondeu Galt.

Ela levantou a cabeça, num gesto de desafio.

– Não?

– Não. Lá onde a senhorita vive, as leis proíbem a compra de ouro.

– E as suas, não?

– Não.

– Então me venda um pouco. Determine o preço. Qualquer quantia que eu pago.

– Com que dinheiro? A senhorita não tem um tostão.

– *O quê?* – A herdeira da Taggart jamais esperara ouvir aquilo.

– Neste vale, a senhorita não tem um tostão. Os milhões de dólares que possui em ações da Taggart Transcontinental aqui não servem para comprar um quilo de bacon na fazenda de Sanders.

– Entendo.

Galt sorriu e se virou para Sanders.

– Conserte o avião. Mais cedo ou mais tarde a Srta. Taggart vai pagar.

E deu a partida no carro, enquanto Dagny, muito tesa, não fez nenhuma pergunta.

Entre os penhascos à sua frente se descortinou uma extensão de azul-turquesa, e a estrada terminou. Ela levou um segundo para perceber que era um lago. As águas tranquilas pareciam condensar o azul do céu e o verde das montanhas cobertas de pinheiros numa cor tão pura e tão brilhante que, em contraste, o céu parecia de um cinza fosco. Uma torrente de espuma jorrava do meio dos pinheiros e despencava da rocha, desaparecendo nas águas plácidas do lago. Ao lado do riacho havia uma pequena construção de granito.

Galt parou o carro no momento exato em que um homem robusto veio até a porta. Era Dick McNamara, que fora o melhor empreiteiro de Dagny.

– Bom dia, Srta. Taggart! – disse ele, contente. – Ainda bem que a senhorita não se machucou muito.

Dagny inclinou a cabeça, numa saudação silenciosa, como se saudasse a perda e a dor do passado, daquela tarde infeliz em que Eddie Willers, com uma expressão de desespero no rosto, veio lhe dizer que aquele homem havia desaparecido. *Não me machuquei muito?*, pensou ela. *Mas me machuquei, sim, só que não no avião, e sim naquela tarde, na minha sala vazia...* Dirigiu-se a McNamara:

– O que você está fazendo aqui? Por que me traiu quando eu mais precisava de você?

Ele sorriu, apontando para a construção de pedra e para o cano que desaparecia no mato.

– Eu cuido dos serviços de distribuição de água e energia e da rede telefônica.

– Sozinho?

– No começo, sim. Mas a gente cresceu tanto de um ano para cá que tive de contratar três homens para me ajudar.

– Que homens? De onde vieram eles?

– Um é professor de economia e não conseguia arranjar emprego lá fora porque ensinava que não se pode consumir mais do que se produz. O outro é professor de história e não conseguia arrumar emprego porque ensinava que não foram os favelados que construíram este país. E o terceiro é um professor de psicologia que não conseguia arrumar emprego porque ensinava que os homens são capazes de pensar.

– Eles trabalham para você como bombeiros e guarda-fios?

– A senhorita não imagina como eles são bons nesse tipo de trabalho.

– E quem os substituiu nas universidades?

– Aqueles que as universidades querem agora. – McNamara riu. – Quanto tempo faz que eu traí a senhorita? Não chega nem a três anos, não é? Foi a Linha John Galt que me recusei a construir. Onde está sua linha ferroviária agora? Mas as *minhas* linhas cresceram, dos três quilômetros que Mulligan mandou construir no começo para as centenas de quilômetros de canos e fiações, tudo dentro deste vale. – McNamara viu a expressão involuntária de entusiasmo no rosto dela, aquela expressão que indica admiração no rosto de uma pessoa competente. Ele sorriu, olhou para Galt e disse em voz baixa:

– Sabe, Srta. Taggart, pensando bem... talvez eu é que tenha sido fiel à Linha John Galt e a senhorita que a traiu.

Dagny olhou para Galt. Ele observava seu rosto, mas ela não via nada nele. O carro prosseguiu, contornando o lago. Dagny perguntou a Galt:

– O senhor escolheu este caminho de propósito, não foi? Está mostrando todos os homens que... – Dagny parou; não conseguiu dizer o que pretendera dizer, e concluiu: – ... que perdi?

– Estou lhe mostrando todos os homens que tirei da senhorita – respondeu ele, com firmeza.

É esta a raiz, pensou Dagny, *da ausência de culpa no rosto dele*: ele adivinhara as palavras que ela não quisera dizer para não magoá-lo: rejeitara uma consideração que não se baseava nos seus valores – e, com a certeza orgulhosa de quem tem razão, pronunciara com orgulho o que ela ia dizer como uma acusação.

Mais adiante ela viu um cais de madeira avançando sobre as águas do lago. Uma jovem estava deitada nele, ao sol, olhando para uma série de caniços de pesca. Ao ouvir o ruído do carro, se pôs de pé num salto e correu até a estrada. Estava de calças compridas, arregaçadas acima dos joelhos, mostrando as pernas nuas, e os cabelos negros e longos estavam despenteados. Galt acenou para ela.

– Oi, John! Quando você chegou? – perguntou ela.

– Hoje de manhã – respondeu ele, sorrindo e seguindo em frente.

Dagny olhou para trás e percebeu o olhar que a jovem ainda dirigia a Galt. E muito embora aquele olhar exprimisse a aceitação serena de uma desesperança, juntamente com adoração, ela sentiu algo que jamais havia experimentado antes: uma pontada de ciúme.

– Quem é ela? – perguntou.

– Nossa melhor pescadora. Ela abastece a mercearia de Hammond.

– E o que mais ela faz?

– Quer dizer que a senhorita já percebeu que aqui todo mundo é mais de uma coisa, não é? Ela é escritora. O tipo de escritora que lá fora não consegue mais publicar nada. Ela acredita que quem trabalha com palavras trabalha com a mente.

O carro entrou numa estrada estreita e íngreme, que subia por entre arbustos e pinheiros. Dagny percebeu o que viria pela frente quando viu uma placa feita à mão pregada a uma árvore com os dizeres: garganta de Buena Esperanza.

Não era uma garganta, e sim uma muralha de pedra recoberta com uma rede complexa de canos, bombas e válvulas, como trepadeiras a galgar as encostas. No alto havia uma grande placa de madeira – e a violência orgulhosa das letras, que anunciavam sua mensagem a um emaranhado indevassável de samambaias e galhos de pinheiro, era ainda mais característica do que as palavras em si: Petróleo Wyatt.

Era petróleo que escorria, numa curva brilhante, da boca de um cano para dentro de um tanque ao pé da ribanceira, o único sinal da tremenda luta secreta que transcorria dentro da pedra, o único objetivo de todo aquele maquinário intrincado, mas ele não lembrava as instalações de uma torre de petróleo, e Dagny se deu conta de que estava testemunhando o segredo que permanecia oculto na garganta de Buena Esperanza: percebeu que aquilo era petróleo extraído de xisto betuminoso por meio de um processo que os homens haviam considerado impossível.

Ellis Wyatt estava no alto da ribanceira, examinando o mostrador de vidro de um medidor engastado na rocha. Viu o carro parando lá embaixo e gritou:

– Oi, Dagny! Estou descendo em um minuto!

Havia mais dois homens trabalhando com ele: um grandalhão musculoso, numa bomba no meio da rocha, e um rapaz, ao lado do tanque no chão. O rapazinho era louro e tinha no rosto uma expressão de pureza incomum. Dagny estava certa de que conhecia aquele rosto, mas não conseguia se lembrar de onde o vira. O rapaz percebeu seu olhar confuso, sorriu e, como se para ajudá-la, assobiou bem baixinho, de modo quase inaudível, as primeiras notas do Quinto Concerto de Halley. Era o jovem guarda-freios do Cometa.

Ela riu:

– Então era mesmo o Quinto Concerto de Richard Halley, não era?

– Claro – respondeu ele. – Mas a senhorita acha que eu ia dizer isso a uma traidora?

– Uma o quê?

– Então é para isso que eu lhe pago? – perguntou Ellis Wyatt, aproximando-se. O garoto riu e correu de volta para a manivela que havia abandonado por um instante. – A Srta. Taggart não podia despedi-lo se você vagabundeasse, mas eu posso.

– É esse um dos motivos pelos quais eu larguei a ferrovia, Srta. Taggart – disse o rapaz.

– Você sabia que eu o roubei de você? – perguntou Wyatt. – Ele era seu melhor guarda-freios e agora é meu melhor mecânico. Mas ele não vai acabar nem comigo nem com você.

– Com quem, então?

– Com Richard Halley. É o melhor aluno dele.

Dagny sorriu:

– Eu sei. Aqui só se empregam aristocratas para fazer os trabalhos mais miseráveis.

– São todos aristocratas, é verdade – disse Wyatt –, porque sabem que não existe trabalho miserável, apenas homens miseráveis que não se dispõem a trabalhar.

O grandalhão ouvia a conversa com curiosidade lá de cima. Dagny levantou a vista para ele. O homem parecia um motorista de caminhão. Ela perguntou:

– E você, o que era lá fora? No mínimo, professor de filologia comparada, não é?

– Não, senhora – respondeu ele. – Eu era motorista de caminhão. – E acrescentou: – Mas não queria continuar nisso o restante da vida, não.

Ellis Wyatt olhava à sua volta com um orgulho juvenil, como se pedisse ansiosamente um elogio: o orgulho do anfitrião em uma recepção formal em sua sala de visitas, a ânsia de um artista no vernissage de sua exposição. Dagny sorriu e perguntou, apontando para as máquinas:

– Petróleo de xisto?

– É.

– O processo que você estava pesquisando no tempo em que vivia na Terra? – Aquilo lhe escapou sem querer, e Dagny não pôde conter uma leve interjeição de espanto com o que ela própria dissera.

Ele riu:

– No tempo em que eu vivia no inferno. Agora é que estou na Terra.

– Quanto você produz?

– Duzentos barris por dia.

Dagny disse, com tristeza:

– E você que pretendia produzir, por esse processo, o bastante para encher cinco composições de carros-tanques por dia!

– Dagny – disse ele, sério, apontando para o tanque –, um litro desse petróleo vale mais que todo o carregamento de um trem de petróleo lá no inferno, porque esse é *meu*, todo meu, para ser gasto única e exclusivamente por mim. – Levantou a mão suja de óleo, exibindo as manchas como se fossem um tesouro, e uma gota negra na ponta de seu dedo brilhou como uma joia ao sol. – Meu. Será que você permitiu que eles a derrotassem a ponto de você esquecer o significado dessa palavra, a sensação que ela provoca? Devia tentar reaprendê-la.

– Você está escondido neste fim de mundo – disse ela, desolada – e produzindo 200 barris de óleo, quando podia estar inundando todo o mundo de petróleo.

– Para quê? Para alimentar os saqueadores?

– Não! Para ganhar a fortuna que você merece.

– Mas agora sou mais rico do que era no mundo. O que é a riqueza senão um meio de expandir a própria vida? Há duas maneiras de conseguir isso: ou produzindo mais ou produzindo mais depressa. E é isso que estou fazendo: fabricando tempo.

– Como assim?

– Estou produzindo tudo de que necessito, trabalhando para aperfeiçoar meu método, e cada hora que economizo é uma hora de vida que ganho. Antes eu levava cinco horas para encher esse tanque. Agora levo três. As duas horas que ganhei são minhas, assim como se eu houvesse atrasado a hora da minha morte. Ganho mais duas para cada cinco horas de vida que ainda tenho. São duas horas que não preciso gastar numa tarefa, que posso investir numa outra; mais duas horas para trabalhar, crescer, andar para a frente. Essa é a minha caderneta de poupança. Existirá algum cofre-forte que possa proteger essa minha poupança no mundo exterior?

– Mas que espaço você tem para andar para a frente? Onde está o seu mercado?

Wyatt deu uma risada:

– Mercado? Agora trabalho para meu próprio uso, não para o lucro; para o *meu* uso, não para o lucro dos saqueadores. Apenas aqueles que aumentam minha vida, e não a devoram, constituem meu mercado. Apenas aqueles que produzem, e não os que consomem, podem constituir um mercado. Negocio com aqueles que criam vida, não com os canibais. Se meu óleo pode ser produzido com menor esforço, peço menos àqueles com quem eu o troco pelas coisas de que necessito. Aumento um pouco a duração da vida deles com cada litro do meu óleo que eles queimam. E, visto que eles são homens como eu, estão sempre inventando maneiras de fazer mais depressa aquilo que produzem. Assim, cada um deles me concede mais um minuto, hora ou dia com o pão que compro deles, ou as roupas, a lenha, o metal – dizendo isso, Wyatt olhou para Galt –, um ano a mais com cada mês de energia elétrica que adquiro. Este é o nosso mercado, e é assim que ele funciona para nós. Mas as coisas não eram assim no mundo exterior. Em que ralo eles despejavam lá os nossos dias, nossas vidas e nossa energia? Em que esgoto sem fundo e sem futuro, de coisas que nunca foram pagas? Aqui trocamos realizações, não fracassos; valores, não necessidades. Somos todos livres em relação uns aos outros, porém todos crescemos juntos. Riqueza, Dagny? E que riqueza é maior do que ser dono da sua própria vida e empenhá-la no crescimento? Toda coisa viva precisa crescer. Não pode parar. Ou cresce ou morre. Olhe... – Wyatt apontou para uma planta que se esforçava para sair de baixo de uma pedra pesada, um caule longo e contorcido pela luta desigual, com vestígios de folhas moles e amarelentas e um único broto verde apontando para o sol com o desespero de um último esforço vão. – É isso que estão fazendo conosco lá no inferno. Você é capaz de me ver me sujeitando a isso?

– Não – murmurou ela.

– Consegue ver John se sujeitando a isso? – perguntou Wyatt, apontando para Galt.

– De jeito nenhum!

– Então não se espante com nada que você vir neste vale.

Ela permaneceu calada enquanto o carro seguia em frente. Galt não dizia nada.

Numa encosta distante, no meio de uma floresta densa, Dagny viu um pinheiro cair de repente, descrevendo uma curva, como um ponteiro de relógio, e, com um estrondo, desaparecer de vista. Ela viu que ali havia o dedo do homem.

– Quem é o madeireiro daqui? – perguntou.

– Ted Nielsen.

Aos poucos as curvas da estrada se tornavam mais suaves e a subida, menos íngreme. Ali o relevo era menos acentuado. Dagny viu um pedaço de terra cor de ferrugem dentro do qual havia dois quadrados, cada um de um tom diferente de verde: o verde-escuro dos pés de batata e o verde-claro prateado dos repolhos. Um homem de camisa vermelha dirigia um pequeno trator, cortando ervas daninhas.

– Quem é o produtor de repolhos? – perguntou ela.

– Roger Marsh.

Dagny fechou os olhos. Pensou no mato que subia os degraus de uma fábrica fechada e trepava em sua fachada de ladrilhos, a algumas centenas de quilômetros dali, além das montanhas.

Agora a estrada descia para o fundo do vale. Dagny via os telhados da cidade lá embaixo e o ponto reluzente do cifrão de ouro ao longe, na extremidade oposta do vale. Galt parou o carro à frente do primeiro prédio que havia na encosta, acima da altura dos telhados, um edifício de tijolos de cuja chaminé saía uma leve névoa avermelhada. Dagny quase sentiu um choque ao ver sobre a porta do prédio esta placa tão lógica: "Fundição Stockton".

Quando saltou do carro, apoiada na bengala, para a estrada ensolarada e depois entrou na escuridão úmida do prédio, o choque que ela sentiu foi em parte causado pela sensação de anacronismo, em parte pela nostalgia que o lugar lhe inspirou. Aquilo era o Leste industrializado, que ainda há pouco lhe parecia algo desaparecido havia séculos. Era aquela visão que ela tanto adorava, a fumaça avermelhada subindo, as vigas de aço, as fagulhas emergindo de repente de fontes invisíveis, as chamas súbitas irrompendo em meio a uma névoa escura, os moldes de areia cheios de metal incandescente. A névoa ocultava as paredes do prédio, tornando indefinido seu tamanho – e, por um momento, aquilo era a grande fundição extinta de Stockton, Colorado, era a Motores Nielsen... era a Siderúrgica Rearden.

– Oi, Dagny!

O rosto sorridente que emergiu da neblina era de Andrew Stockton, que estendeu a ela a mão suja com um gesto de orgulho confiante, como se naquela palma estivesse contida toda a visão momentânea que ela havia experimentado.

Dagny apertou a mão dele.

– Oi – disse ela, em voz baixa, sem saber se estava saudando o passado ou o futuro. Então sacudiu a cabeça e perguntou: – Quer dizer que você não está plantando batatas nem fabricando sapatos? Você conseguiu ficar na sua velha profissão?

– Ah, aqui quem faz sapatos é o Calvin Atwood, da Empresa de Energia Elétrica da Cidade de Nova York. Além disso, minha profissão é das mais antigas e mais imediatamente necessárias em qualquer lugar. Mesmo assim tive que brigar e derrubar um concorrente.

– *O quê?*

Stockton sorriu e apontou para a porta de vidro de uma sala ensolarada:

– Lá está meu concorrente arruinado.

Dagny viu um jovem debruçado sobre uma mesa comprida, trabalhando num modelo complexo de um molde de broca. Tinha as mãos finas e poderosas de um pianista clássico, e o rosto sério de um cirurgião na mesa de operações.

– Ele é escultor – disse Stockton. – Quando cheguei aqui, ele e o sócio tinham uma fundição artesanal que era também oficina de consertos. Abri uma fundição de verdade e roubei toda a clientela dele. O rapaz não podia fazer o que eu faço, e, afinal, para ele era apenas um bico, já que o negócio dele é fazer esculturas, mesmo. Assim, acabou trabalhando para mim. Agora está ganhando mais do que antes e trabalhando menos horas por dia. O ex-sócio dele era químico e resolveu partir para a agricultura. Produziu um fertilizante que duplicou a produção de algumas plantações aqui... Você falou em batatas? Pois a produção de batatas foi a que mais aumentou.

– Então alguém pode levar você a quebrar, também?

– Claro. A qualquer momento. Conheço um homem que seria capaz disso e que provavelmente vai me quebrar, mesmo, assim que vier para cá. Mas para ele eu trabalhava até como varredor. Ele chegaria aqui e triplicaria a produção de todo mundo.

– Quem?

– Hank Rearden.

– É... – murmurou ela. – Claro!

Dagny não sabia por que dissera aquilo com tanta certeza. Sentia ao mesmo tempo que a presença de Rearden neste vale era uma impossibilidade e que ali era o lugar dele, mais do que de ninguém. Era esse o lugar de sua juventude, de onde ele começara, e ao mesmo tempo o lugar que ela passara a vida toda procurando, que lutara para descobrir, o objetivo de sua luta sofrida... Parecia-lhe que as espirais daquela névoa entrecortada de chamas tragavam o tempo, fechando-o num estranho círculo. E um pensamento vago passou voando pela sua mente como a sequência de uma frase inacabada: conservar intacta a juventude é chegar, no fim, à visão da qual se partiu – e ao mesmo tempo ouviu a voz de um vagabundo numa lanchonete, dizendo: "John Galt encontrou a fonte da juventude que ele queria trazer para os homens. Só que nunca voltou... porque viu que era impossível trazê-la de lá."

Das profundezas da névoa brotou uma nuvem de fagulhas, e Dagny viu as costas largas do contramestre, que fez um sinal com um dos braços, comandando alguma atividade invisível. O homem deixou a cabeça inclinar para trás, para gritar uma ordem – ela viu de relance seu perfil e prendeu a respiração. Stockton percebeu, riu e gritou:

– Ken, venha cá! Tem uma velha amiga sua aqui!

Dagny olhou para Ken Danagger, que se aproximava. O grande industrial, que ela tentara desesperadamente convencer a não desaparecer, agora trajava um macacão sujo.

– Oi, Srta. Taggart. Bem que eu disse que íamos voltar a nos ver em breve.

Ela baixou a cabeça, como se concordando e o cumprimentando, mas por um momento sua mão apertou com força a bengala, e ela relembrou a última vez que o vira, aquela hora de espera agoniada, depois o rosto distante do outro lado da mesa e uma porta que se fechava após a saída de um desconhecido, fazendo tilintar os painéis de vidro.

Foi um momento tão breve que dois dos homens presentes só poderiam entendê-lo como uma saudação – mas foi para Galt que ela olhou quando levantou a cabeça e viu que ele a olhava como se soubesse o que ela estava sentindo: percebeu que Dagny compreendera quem havia acabado de sair da sala de Danagger naquele dia. O rosto de Galt não lhe disse nada em resposta: havia nele aquela expressão de severidade respeitosa que um homem ostenta perante o fato de que a verdade é a verdade.

– Eu não esperava – disse ela a Danagger, em voz baixa. – Eu não esperava voltar a vê-lo jamais.

Danagger a olhava como se ela fosse uma criança prodígio descoberta por ele e que ele agora contemplava achando graça.

– Eu sei – respondeu Danagger. – Mas por que a senhorita está tão chocada?

– Eu... Mas é tão absurdo, isso! – E apontou para seu traje.

– Qual o problema?

– Quer dizer que é assim que o senhor terminou?

– Nada disso! Estou apenas começando.

– O que pretende fazer?

– Mineração. Mas não carvão, e sim ferro.

– Onde?

Ele apontou para as montanhas:

– Bem ali. Já viu alguma vez Midas Mulligan fazer um mau investimento? A senhora não imagina o que existe naquelas rochas, para quem sabe procurar. É o que tenho feito: procurar.

– E se não achar minério de ferro?

Ele deu de ombros:

– Há outras coisas a fazer. Na minha vida toda, o que sempre faltou foi tempo, nunca o que fazer.

Ela olhou para Stockton com curiosidade e lhe perguntou:

– Então você está dando treinamento para um homem que pode vir a ser seu concorrente mais perigoso?

– Só gosto de empregar homens assim. Dagny, será que você já está sendo influenciada pelos saqueadores de tanto viver entre eles? Está achando que a capacidade de um homem pode representar uma ameaça para outro?

– Não, não! Mas é que eu achava que só eu não pensava assim no mundo.

– Quem tem medo de contratar os homens mais capazes que há é um trapaceiro que não merece estar onde está. Para mim, o maior trapaceiro do mundo, mais desprezível que um criminoso, é o empregador que rejeita candidatos por serem bons demais. Isso é o que eu sempre pensei, e... mas de que você está rindo?

Ela o ouvia com um sorriso entusiasmado e surpreso:

– É tão surpreendente ouvir isso, porque é tão certo!

– O que mais seria possível pensar?

Dagny riu baixinho:

– Sabe, quando era garota, eu pensava que todo empresário pensava assim.

– E depois?

– Depois, aprendi que não é isso que eles pensam.

– Mas é verdade, não é?

– Aprendi a não esperar dos outros a verdade.

– Mas é racional, não é?

– Desisti de esperar dos outros o que é racional.

– Ninguém jamais pode desistir disso – disse Ken Danagger.

Haviam voltado para o carro e já desciam as últimas curvas da estrada quando Dagny olhou para Galt, que se virou para ela na mesma hora, como se já esperasse aquilo.

– Foi o senhor que foi falar com Danagger naquele dia, não foi? – perguntou ela.

– Fui eu.

– Então o senhor sabia que eu estava esperando na antessala?

– Sabia.

– O senhor sabia o que eu estava sentindo, olhando para aquela porta fechada?

Dagny não soube definir a natureza do olhar que ele lhe dirigiu. Não era piedade, porque ela não parecia ser o objeto do olhar; era a espécie de olhar com que se contempla o sofrimento, só que não parecia se dirigir ao sofrimento dela.

– Claro – disse ele baixo, quase alegre.

A primeira loja que havia na única rua do vale era como um teatro aberto: uma estrutura quadrada sem a parede da frente, um palco preparado com cores vivas, como se para uma comédia musical – cubos vermelhos, círculos verdes, triângulos dourados, que eram caixotes cheios de tomates, barris de alface, pirâmides de laranjas; no fundo o sol brilhava em prateleiras de metal. A placa na marquise informava: Mercearia Hammond. Um homem de aparência distinta, em mangas de camisa, com um perfil severo e têmporas encanecidas, pesava um pedaço de manteiga para uma moça atraente que esperava ao balcão, com uma postura espontânea, como uma dançarina. Seu vestido de algodão se balançava de leve ao vento, como um traje de corista. Dagny sorriu sem querer, embora o homem fosse Lawrence Hammond.

As lojas eram estruturas de apenas um andar. À medida que o carro ia passando por elas, Dagny ia vendo nomes conhecidos nas placas, como se fossem títulos em páginas de um livro folheado rapidamente: Venda do Mulligan, Artigos de Couro Atwood, Madeiras Nielsen, depois o cifrão encimando a porta de uma pequena fábrica, juntamente com os dizeres: Companhia de Fumos Mulligan.

– Midas Mulligan tem algum sócio? – perguntou Dagny.

– O Dr. Akston – respondeu Galt.

Os transeuntes eram poucos, alguns homens, um número ainda menor de mulheres, e andavam com a rapidez de quem tem um objetivo definido, como se cada um fosse executar uma tarefa específica. Todos paravam ao ver o carro, saudavam Galt com um gesto e olhavam para Dagny com a curiosidade sem surpresa de quem a reconhecia.

– Quer dizer que havia muito tempo que me esperavam por aqui? – perguntou ela.

– Continuamos esperando.

À beira da estrada, Dagny viu uma estrutura de vidro e madeira que, por um instante, lhe pareceu apenas uma moldura para um quadro que representasse uma mulher alta e delicada, de cabelos de um louro claro, com um rosto tão belo que parecia distante, como se o artista só tivesse conseguido esboçá-lo, sem torná-lo completamente real. No instante seguinte, a mulher mexeu a cabeça, e Dagny se deu conta de que havia pessoas sentadas às mesas colocadas dentro da estrutura, que aquilo era uma lanchonete, que a mulher estava em pé atrás do balcão, e que era Kay Ludlow, a estrela de cinema que ninguém esquecia, mesmo que só a tivesse visto uma vez. A estrela que se aposentara e desaparecera cinco anos antes e fora substituída por moças de nomes e rostos permutáveis. Mas, ao se surpreender com essa constatação, Dagny se lembrou do tipo de filmes feitos agora e achou que a lanchonete de vidro era um lugar melhor para a beleza de Kay do que um filme que glorificava tudo o que é vulgar, justamente por ser desprovido de glória.

O prédio seguinte era pequeno e chato, de granito, sólido e bem construído. As linhas daquele bloco retangular eram tão precisas quanto os vincos de um traje a rigor, porém Dagny viu, como um fantasma momentâneo, um enorme arranha-céu riscando a neblina de Chicago, o edifício que um dia ostentara a placa que ela via agora, com letras douradas, acima de uma modesta porta de pinho: Banco Mulligan.

Ao passar pelo banco, Galt diminuiu a velocidade do carro como se enfatizasse aquele movimento.

O próximo prédio era pequeno, de tijolos, e a placa informava: Casa da Moeda Mulligan.

– Casa da Moeda? – perguntou Dagny. – Para que Mulligan quer isso?

Galt enfiou a mão no bolso e colocou duas pequenas moedas na palma estendida de Dagny. Eram pequenos discos de ouro reluzente e estavam fora de circulação desde os tempos de Nat Taggart. Nelas via-se de um lado a cabeça da Estátua da Liberdade e, no outro, lia-se a inscrição "Estados Unidos da América – Um Dólar". Porém as datas eram recentes, e a mais antiga havia sido feita dois anos antes.

– É o dinheiro que usamos aqui – disse ele. – Feito na Casa da Moeda Mulligan.

– Mas... com que autoridade?

– Veja o que está gravado na moeda, nos dois lados.

– O que vocês usam como trocado?

– Também moedas cunhadas por Mulligan, só que de prata. Não aceitamos nenhuma outra moeda aqui no vale. Só aceitamos valores *objetivos*.

Dagny examinava as moedas:

– Parece... parece algo que surgiu na primeira manhã da era dos meus ancestrais.

Ele apontou para o vale:

– É mesmo, não é?

Dagny não parava de olhar para aquelas duas gotinhas de ouro, finas, delicadas, quase sem peso, na palma de sua mão, sabendo que toda a rede da Taggart Transcontinental se baseara naquilo, que aquilo fora a pedra fundamental que sustentara todas as pedras fundamentais, todos os arcos, todas as vigas das estradas de ferro, das pontes, do Edifício Taggart... Sacudiu a cabeça e devolveu as moedas a Galt.

– O senhor não está facilitando as coisas para mim – disse ela, em voz baixa.

– Muito pelo contrário.

– Por que não diz logo as coisas todas que quer que eu entenda?

Com um gesto amplo, Galt indicou a cidade e a estrada por onde eles vinham.

– E não é justamente isso que estou fazendo?

Seguiram em silêncio. Depois de algum tempo, ela perguntou, no tom seco de quem apenas pede uma informação:

– Quanto Midas Mulligan já faturou neste vale?

Ele apontou para a frente:

– Calcule.

A estrada aqui era mais rústica e eles estavam se aproximando das residências do vale. As casas não se alinhavam ao longo da estrada, porém se espalhavam de modo irregular pela área, por sobre as elevações e os pontos baixos do terreno. Eram pequenas e simples, construídas com materiais encontrados no local, principalmente granito e pinho, com muita engenhosidade e economia de esforço físico. Cada casa dava a impressão de ter sido construída por um único homem. Não havia duas casas semelhantes, e a única coisa que tinham em comum era a marca de uma mente apreendendo um problema e o resolvendo. De vez em quando, Galt apontava para uma casa, escolhendo as das pessoas que Dagny conhecia – e ela tinha a impressão de que era uma lista de citações da mais rica bolsa de valores do mundo, ou de um quadro de honra:

– Ken Danagger... Ted Nielsen... Lawrence Hammond... Roger Marsh... Ellis Wyatt... Owen Kellogg... Dr. Akston...

A casa do cirurgião era a última, um chalé pequeno com uma varanda grande, no alto de uma escarpa ao sopé das montanhas. Depois de passar por ela, a estrada começava a subir em curvas fechadas e a pista se estreitava, reduzindo-se a uma passagem apertada entre duas muralhas de pinheiros antiquíssimos, com troncos altos e retos, semelhantes a colunas, e galhos que se confundiam no alto, mergulhando a estrada subitamente no silêncio e na penumbra. Não havia marcas de rodas na fina faixa de terra. A estrada parecia abandonada e esquecida, e bastavam alguns minutos e umas poucas curvas para que se tivesse a impressão de estar muito longe de tudo – e a única coisa que interrompia a quietude era um ou outro raio de sol que se esgueirava entre as árvores e aparecia no meio da floresta de vez em quando.

Quando Dagny viu de repente uma casa à margem da estrada, foi como se ouvisse um ruído repentino: perdida na solidão, separada de toda existência humana, ela parecia o refúgio secreto de algum grande desafio ou dor. Era a casa mais humilde do vale, uma cabana feita de troncos de árvores, marcada com riscos escuros de muitas chuvas. Apenas suas amplas janelas resistiam às tempestades com a serenidade intacta, lisa e reluzente do vidro.

– De quem é essa... Ah! – Ela prendeu a respiração e desviou a vista. Acima da porta, atingido por um raio de sol, havia o desenho desbotado e gasto pelos ventos de muitos séculos: era o brasão de prata de Sebastián d'Anconia.

Como se em resposta ao gesto incontido de fuga esboçado por Dagny, Galt parou o carro bem em frente à casa. Por um momento, se entreolharam: o olhar dela era uma pergunta; o dele, uma ordem. O rosto dela exprimia uma franqueza desafiadora; o dele, uma severidade indevassável. Ela compreendeu o objetivo de Galt, mas não o que o motivara a agir assim. Obedeceu e, apoiada em sua bengala, saiu do carro e ficou observando a casa.

Contemplou o brasão de prata que viera de um palácio de mármore na Espanha, passara por um barraco nos Andes e terminara numa cabana no Colorado – o brasão dos homens que jamais se sujeitavam. A porta da cabana estava trancada. O sol não atingia a escuridão além das janelas, e galhos de pinheiro se estendiam sobre o telhado como braços protetores, compassivos, conferindo uma bênção solene. Sem outro ruído que não um graveto se partindo aqui e uma gota caindo ali no meio da floresta, separados um do outro por longos intervalos, o silêncio parecia conter toda a dor que se ocultara aqui, porém jamais ganhara voz. Com um respeito delicado, resignado, conformado, Dagny ouvia as palavras: *Vamos ver se você vai honrar Nat Taggart mais que eu a Sebastián d'Anconia... Dagny! Me ajude a ficar. A recusar. Embora ele tenha razão!...*

Virou-se e olhou para Galt, lembrando-se de que fora *ele* o homem contra quem ela tinha sido incapaz de ajudar Francisco d'Anconia. Estava no carro, sentado no banco do motorista. Não havia saltado para acompanhá-la ou ajudá-la, como se quisesse que ela reconhecesse o passado e respeitasse a privacidade daquela saudação solitária. Dagny percebeu que ele estava na mesma posição de antes, o antebraço apoiado no volante no mesmo ângulo, os dedos imobilizados na mesma posição, como os de uma estátua. Seus olhos a fitavam, mas isso era tudo o que ela podia perceber em seu rosto: que ele a olhava atentamente, sem se mexer.

Depois que ela voltou para o carro e sentou-se a seu lado, Galt disse:

– Foi o primeiro homem que tirei da senhorita.

Com uma expressão séria e desafiadora, que não ocultava nada, ela perguntou:

– O que o senhor sabe a respeito disso?

– Nada que ele tenha me dito com palavras. Tudo o que ele me disse através do tom de voz sempre que falava da senhorita.

Dagny baixou a cabeça. Havia captado o toque de sofrimento na neutralidade levemente exagerada de seu tom.

Galt deu a partida, e a explosão do ruído do motor destruiu a história encerrada em seu silêncio; então seguiram em frente.

A estrada se alargou um pouco. Mais adiante havia um trecho banhado de sol. Dagny viu de relance alguns fios brilhando entre os galhos, ao se aproximarem de uma clareira. Um prédio pequeno e discreto se destacava da encosta, sobre uma proeminência rochosa do solo. Era um cubo simples de granito, do tamanho de um quarto de despejo, sem janelas nem qualquer outro tipo de abertura que não uma porta de aço, com um emaranhado de antenas metálicas saindo do telhado. Galt não parou o carro nem fez qualquer menção àquela estrutura. Subitamente Dagny perguntou:

– O que é aquilo?

Dagny percebeu um leve sorriso nos lábios de Galt quando ele respondeu:

– A casa de força.

– Ah, pare, por favor!

Atendendo a seu pedido, ele deu marcha a ré e parou. Ao dar seus primeiros passos sobre a subida de pedra, Dagny se deteve, como se não fosse necessário andar mais, como se não fosse possível subir mais, e ficou imóvel, tal como ficara no momento em que seus olhos contemplaram o vale pela primeira vez, um momento que unia seu início à sua meta.

Ela contemplava a estrutura, e toda a sua consciência estava absorta numa única visão e numa única e indizível emoção, mas ela sempre soubera que uma emoção era uma soma totalizada pela máquina de calcular da mente, e o que sentia agora era a soma instantânea de todos os pensamentos que não lhe era necessário evocar, a soma final de uma longa série, como uma voz que lhe perguntasse, por meio de um sentimento, se ela havia tentado segurar Quentin Daniels, sem qualquer esperança de vir a utilizar o motor, apenas para saber que ainda havia realizações como aquela no mundo. Se, como um mergulhador num oceano de mediocridade, sob a pressão de homens com olhos de gelatina, vozes de borracha, convicções em espiral, almas que jamais se comprometiam com nada e mãos que jamais realizavam nada, ela havia se agarrado, como a uma corda salva-vidas e a um tubo de oxigênio, à ideia de uma realização superlativa da mente humana. Se, ao ver os restos do motor, numa súbita emoção incontrolada, como um último protesto de seus pulmões devorados pela corrupção, o Dr. Stadler havia exclamado de espanto ao ver algo que não lhe inspirava desprezo, e sim admiração, e se essa exclamação traduzia todo o objetivo e razão de sua vida. Se ela havia sido impelida e motivada desde a juventude por uma fome de competência limpa, dura e radiante, então era isso que ela via à sua frente agora, feita, realizada, a concretização do poder de uma mente incomparável sob a forma de uma rede de fios que brilhavam tranquilamente ao sol de verão, extraindo uma energia incalculável do interior secreto de um pequeno cubo de pedra.

Dagny pensou que aquela estrutura, com a metade do tamanho de um vagão, podia substituir as usinas do país, aqueles enormes conglomerados de aço, combustível e esforço. Pensou que a corrente que fluía daquele cubo poderia retirar pesos de muitas toneladas dos ombros daqueles que o construíssem ou o usassem, acrescentando horas, dias e anos de tempo livre a suas vidas, desde um momento extra para levantar a cabeça do trabalho e olhar para o sol lá fora, ou um maço de cigarros a mais comprado com o dinheiro que se economizou na conta de luz, até a hora a menos no expediente de todas as fábricas que usassem aquela energia, ou uma viagem de um mês pelo mundo afora, com uma passagem paga por um dia de trabalho, num trem movido pela energia desse motor. Pensou em toda a energia daquele peso, daquele trabalho, daquele tempo sendo substituída e paga pela energia de uma única mente que soubera ligar certos fios segundo determinadas ligações entre seus pensamentos. Porém ela sabia que não havia significado nos motores, nas fábricas nem nos trens, que seu único significado residia no homem que goza sua vida, seu objetivo verdadeiro, e que a admiração que lhe inspirava aquela realização se dirigia ao homem que a criara, ao poder e à visão radiante que nele residiam e que enxergavam na Terra um lugar a ser gozado, e soubera que a realização da felicidade própria era o objetivo, a justificativa e o significado da vida.

A porta da estrutura era de aço inoxidável liso e lustroso, levemente azulado, e brilhava ao sol. Acima da porta havia uma inscrição no granito, único adorno daquele prédio austero:

JURO POR MINHA VIDA E POR MEU AMOR À VIDA QUE
JAMAIS VIVEREI POR OUTRO HOMEM, NEM PEDIREI
A OUTRO HOMEM QUE VIVA POR MIM.

Dagny se virou para Galt. Ele estava a seu lado, a seguira, sabendo que aquela saudação se dirigia a ele. Ela olhava para o homem que inventara o motor, mas o que via era a figura descontraída e natural de um trabalhador em seu ambiente próprio, exercendo sua função própria. Percebeu a leveza incomum de sua postura, como se ele não pesasse nada, que revelava um controle absoluto do próprio corpo – um corpo alto vestido com roupas simples: camisa fina, calças leves, cinto em torno de uma cintura fina – e cabelos soltos que a brisa fazia brilhar como se fossem de metal. Dagny o fitava como olhara para a estrutura que ele construíra.

Então percebeu que as duas primeiras frases que haviam trocado ainda pairavam no ar, preenchendo o silêncio – que tudo o que fora dito desde então tinha aquelas palavras como pano de fundo, que ele soubera aquilo, não a deixara se esquecer daquilo. De repente se deu conta de que estavam sozinhos. Essa consciência enfatizava o fato em si e não permitia qualquer outra implicação, porém continha nessa ênfase todo o significado do que não fora dito. Estavam sozinhos numa floresta silenciosa, ao pé de uma estrutura que parecia um templo antigo, e ela sabia qual era o rito apropriado como culto a se oferecer num altar como aquele. Sentiu uma pressão súbita na garganta e sua cabeça se inclinou para trás um pouco, apenas o bastante para que ela sentisse uma leve corrente de ar nos cabelos, mas era como se estivesse deitada no espaço, contra o vento, e sua consciência não contivesse nada além das pernas daquele homem e o formato de sua boca. Galt a olhava, o rosto imóvel salvo pelo leve apertar das pálpebras que dava a impressão de que protegia os olhos de uma luz demasiadamente intensa. Foi como uma sucessão de três instantes – este era o primeiro. No segundo, ela sentiu uma pontada de triunfo feroz ao se dar conta de que o esforço dele, a luta dele eram mais difíceis de suportar do que as dela – e então ele desviou o olhar e levantou a cabeça para ver a inscrição no templo.

Dagny deixou que ele o fizesse por um instante, quase como se num gesto de piedade condescendente para com um adversário que tentava recuperar as forças, e então perguntou, com um tom de orgulho imperioso, apontando para a inscrição:

– O que é aquilo?

– O juramento feito por toda pessoa que está neste vale, menos a senhorita.

Olhando para a inscrição, Dagny disse:

– Sempre segui essa norma de vida.

– Eu sei.

– Mas não acho que o senhor a siga corretamente.

– Então a senhorita vai ter que descobrir quem é que está errado.

Ela andou até a porta de aço, com uma súbita confiança sutilmente acentuada pela maneira como caminhava, um simples toque de esforço, apenas a consciência do poder que lhe era conferido pela dor que ele sentia, e tentou, sem pedir permissão, virar a maçaneta da porta. Mas a porta estava trancada e nem sequer tremeu sob a pressão da mão de Dagny, como se a tranca estivesse unida à pedra com o aço da porta.

– Não tente abrir essa porta, Srta. Taggart. – Galt se aproximou dela, com passos um pouco lentos demais, como se enfatizando a atenção que ela dava a cada um deles. – Não há força física capaz de abri-la. Apenas um pensamento pode abrir essa porta. Se a senhorita tentasse arrombá-la com os melhores explosivos do mundo, as máquinas lá dentro seriam destroçadas muito antes de a porta ceder. Mas basta chegar ao pensamento necessário que o segredo do motor será seu, bem como... – então, pela primeira vez, Dagny ouviu um leve tremor na voz de Galt – qualquer outro segredo que a senhorita queira conhecer.

Ele a encarou por um momento, como se estivesse se abrindo completamente para seu entendimento, e então, com um sorriso estranho e sutil, como quem ri de uma ideia que lhe ocorre, acrescentou:

– Vou lhe mostrar como é.

Deu um passo para trás. Então, parado, o rosto voltado para a inscrição na pedra, repetiu aquelas palavras lentamente, num tom uniforme, como se mais uma vez estivesse fazendo o juramento. Não havia nenhuma emoção em sua voz, nada além da enunciação clara daquelas palavras que ele pronunciava com plena compreensão do que significavam – porém Dagny compreendeu que estava presenciando o momento mais solene que jamais teria chance de testemunhar: estava vendo a alma desnudada de um homem e o que lhe custara pronunciar essas palavras. Ouvia um eco do dia em que ele pronunciara aquele juramento pela primeira vez, com pleno conhecimento dos anos que teria pela frente, e sabia que espécie de homem se havia levantado para encarar 6 mil rostos numa noite escura de primavera e por que eles tiveram medo dele. Sabia que isto era o nascimento e o âmago de todas as coisas que haviam acontecido no mundo nos 12 anos que se seguiram àquele momento. Sabia que isto era muito mais importante do que o motor oculto, dentro daquele cubo, e compreendeu tudo isso ao ouvir um homem dizendo para si próprio, renovando seu juramento:

– Juro por minha vida... e por meu amor à vida... que jamais viverei por outro homem... nem pedirei a outro homem... que viva... por mim.

Dagny não ficou surpresa – aquilo lhe pareceu natural e quase sem importância – quando, ao fim da frase, viu a porta se abrir lentamente, sem que ninguém tocasse nela, para dentro, revelando a escuridão do interior. No momento em que uma luz elétrica se acendeu dentro da estrutura, Galt agarrou a maçaneta e fechou a porta, trancando-a novamente.

– É uma fechadura operada por sons – disse ele, com o rosto sereno. – Essa frase é a combinação de sons que a abre. Não me preocupo em lhe revelar o segredo porque sei que a senhorita jamais pronunciará essas palavras até que as entenda da maneira que eu quero que sejam entendidas.

Dagny baixou a cabeça:

– É verdade.

Ela o seguiu em direção ao carro, lentamente, sentindo-se subitamente cansada demais para se mexer. Jogou-se no banco e fechou os olhos, mal ouvindo o motor dar a partida. O cansaço e as emoções acumuladas nas horas que não dormira a atingiram de repente, apesar da barreira de tensão que seus nervos haviam erigido para detê-los. Dagny ficou imóvel, incapaz de pensar, de reagir ou de lutar, esvaziada de todas as emoções, menos de uma.

Não disse nada. Só abriu os olhos quando o carro parou à frente da casa de Galt.

– Melhor descansar – disse ele – e dormir agora mesmo, se quiser ir ao jantar de Mulligan hoje à noite.

Ela concordou com a cabeça, obediente. Arrastou-se até a casa, rejeitando sua ajuda. Com esforço, lhe disse que estava bem, fugiu para a privacidade do quarto e fechou a porta.

Caiu de bruços na cama. Não era apenas o cansaço físico. Era a súbita ideia fixa de uma sensação tão completa que se tornava insuportável. Embora a força de seu corpo lhe faltasse e a mente perdesse a faculdade da consciência, uma única emoção se alimentava de seus últimos vestígios de energia, compreensão, julgamento, controle, não lhe restando nada com que pudesse lhe resistir ou direcioná-la, tornando-a incapaz de desejar, fazendo-a apenas sentir, reduzindo-a a mera sensação – uma sensação estática, sem início nem objetivo. Ela não parava de ver a imagem daquele homem em sua mente – em frente à porta da casa de força –, não sentia mais nada, nenhuma vontade, nenhuma esperança, nenhuma estimativa a respeito de seus sentimentos, nenhum nome para lhe dar, nenhuma relação consigo mesma. Ela própria não mais existia, não era uma pessoa, só uma função, a função de vê-la, e aquela visão era seu próprio significado e objetivo, sem nenhuma outra finalidade a atingir.

Com o rosto enterrado no travesseiro, Dagny relembrou vagamente o instante em que decolara do campo de pouso em Kansas. Sentiu o pulsar do motor, a aceleração de um movimento que acumulava força em linha reta para uma meta única – e, no momento em que as rodas do avião se elevaram do solo, ela adormeceu.

▲▲▲

O fundo do vale era como uma lagoa, ainda refletindo a luz do céu, um brilho que passava de ouro a cobre. As margens desapareciam na penumbra e os picos assumiam uma tonalidade azul enfumaçada enquanto Dagny e Galt, no carro, iam em direção à casa de Mulligan.

Não havia sinal de cansaço nem de violência nela. Acordara quando o sol se punha. Ao sair do quarto, encontrara Galt à sua espera, sentado imóvel, à luz de um abajur. Ele a olhara, e ela – parada no vão da porta, o rosto relaxado, os cabelos penteados, a postura descansada e confiante – tinha a mesma aparência que teria à porta de seu escritório no Edifício Taggart, não fosse pelo ligeiro ângulo de seu corpo inclinado sobre a bengala. Ele a fitou ainda por um momento, e ela se perguntou por que se sentia tão certa de que era essa a imagem que ele via: ela à porta de seu escritório, como uma visão há muito sonhada e proibida.

Sentada ao lado dele no carro, Dagny não sentia nenhuma vontade de falar, sabendo que nem ela nem ele poderiam ocultar o significado daquele silêncio. Ela viu algumas luzes se acenderem nas casas mais distantes do vale e em seguida viu as janelas iluminadas da casa de Mulligan, logo adiante. Perguntou então:

– Quem vai estar lá?

– Alguns de seus amigos mais recentes – respondeu Galt – e de meus amigos mais antigos.

Mulligan os esperava à porta. Ela percebeu que seu rosto sério e anguloso não era tão duro e inexpressivo quanto imaginara: havia nele uma expressão de contentamento, que no entanto era incapaz de amolecer suas feições. Essa expressão tinha apenas o efeito de riscá-las, como sílex, e delas arrancar chispas de humor que brilhavam sutilmente nos cantos de seus olhos, um humor mais sagaz e mais exigente e, no entanto, mais caloroso do que um sorriso.

Ele abriu a porta da casa movendo o braço um pouco mais devagar do que seria normal, dando uma ênfase imperceptivelmente solene ao gesto. Ao entrar na sala, Dagny viu à sua frente sete homens que se levantaram ao vê-la.

– Cavalheiros... a Taggart Transcontinental – anunciou Mulligan.

Falou sorrindo, mas até certo ponto a sério. Algo em sua voz fez com que o nome de uma rede ferroviária parecesse ser – como o fora no tempo de Nat Taggart – um título honorífico.

Dagny inclinou a cabeça lentamente, saudando aqueles homens que – ela sabia – possuíam padrões de valor e honra iguais aos seus, que reconheciam a glória daquele título tanto quanto ela, e percebeu, com uma súbita pontada de tristeza, que havia muito tempo sentia falta daquela espécie de reconhecimento.

Lentamente, como uma saudação, seu olhar passou de um rosto a outro: Ellis Wyatt, Ken Danagger, Hugh Akston, o Dr. Hendricks, Quentin Daniels, e Mulligan pronunciou o nome dos outros dois:

– Richard Halley e o juiz Narragansett.

O leve sorriso nos lábios de Halley parecia lhe dizer que eles já se conheciam havia anos – o que era verdade, considerando-se as noites que ela passara sozinha ao lado do toca-discos. A figura austera e encanecida do juiz a fez se lembrar de que certa vez ouvira alguém dizer que ele parecia uma estátua de mármore – uma estátua de mármore vendada, o tipo de figura que desaparecera dos tribunais do país na mesma época em que as moedas de ouro sumiram.

– Aqui já é seu lugar há muito tempo, Srta. Taggart – disse Mulligan. – Não era assim que esperávamos que a senhorita viesse, mas... Bem-vinda à sua casa.

Não!, era o que ela queria responder, porém se deu conta de que o que disse foi:

– Obrigada.

– Dagny, quantos anos serão necessários para aprender a ser você mesma? – perguntou Ellis Wyatt, segurando-a pelo cotovelo, conduzindo-a a uma cadeira, sorrindo de sua expressão de impotência, da luta travada em seu rosto entre um sorriso e uma resistência a rir. – Não finja que não nos compreende. Você compreende muito bem.

– Jamais fazemos afirmações, Srta. Taggart – disse Hugh Akston. – Este é o crime moral característico de nossos inimigos. Nós não dizemos, e sim *mostramos*. Não alegamos, *provamos*. Não é sua obediência que tentamos conquistar, e sim sua convicção racional. Conhece agora todos os elementos de nosso segredo. Cabe à senhorita tirar a conclusão. Podemos ajudá-la a identificá-la, mas não a aceitá-la. Vê-la, conhecê-la e aceitá-la são coisas que cabem à senhorita.

– Sinto-me como se soubesse qual é a conclusão – respondeu ela, com simplicidade –, mais ainda, como se a conhecesse desde sempre, só que nunca a encontrasse. E agora tenho medo, não de ouvi-la, apenas medo por ela estar tão próxima.

Akston sorriu:

– O que a senhorita acha disto? – E apontou para a sala ao seu redor.

– Isto? – Ela riu de repente, olhando para os rostos daqueles homens contra o fundo das grandes vidraças iluminadas pelos últimos raios dourados do sol. – Para mim, é como... Sabe, jamais imaginei que voltaria a vê-los algum dia, às vezes me perguntava quanto daria para vê-los ainda que de relance, ouvir alguma palavra de vocês, e agora... agora é como aquele sonho que a gente imagina na infância, quando pensa que algum dia, no céu, vai conhecer aqueles grandes homens que não conheceu na Terra, e fica escolhendo, de todos os séculos passados, quais a gente gostaria de encontrar.

– Bem, eis uma pista referente à natureza de nosso segredo – disse Akston. – Pergunte a si própria se o sonho do céu e da grandeza deve esperar por nós na sepultura, ou se deve ser nosso aqui e agora, na Terra.

– Eu sei – disse ela num sussurro.

– E, se a senhorita encontrasse esses grandes homens no céu, o que diria a eles? – perguntou Ken Danagger.

– Acho que... "oi", só isso.

– Não – disse Danagger. – A senhorita ia querer ouvir deles uma certa coisa. Eu também não sabia, até que o vi pela primeira vez. – E ao dizer isso Danagger apontou para Galt. – Foi então que ele me disse, e percebi do que sentira falta durante toda a minha vida. Ia querer que eles olhassem e dissessem: "A senhorita agiu direito."

Ela baixou a cabeça e concordou com um movimento silencioso, mantendo a cabeça bem baixa, para que ele não percebesse as lágrimas que subitamente lhe haviam brotado nos olhos.

– Pois bem, Dagny – prosseguiu Danagger –, você agiu direito! Direito até demais. E agora é hora de descansar daquele fardo que nenhum de nós jamais deveria ter carregado.

– Cale a boca – repreendeu-o Mulligan, olhando para a cabeça baixa de Dagny com preocupação.

Porém ela levantou a cabeça, sorridente, e disse a Danagger:

– Obrigada.

– Já que você falou em descansar, então deixe que ela descanse – disse Mulligan. – Foi demais para ela num dia só.

– Não – discordou ela, sorrindo. – Continuem. Digam o que tiverem para dizer.

– Depois – disse Mulligan.

O jantar foi servido por Mulligan e Akston, auxiliados por Quentin Daniels, em pequenas bandejas de prata, colocadas sobre os braços das poltronas. Estavam espalhados pela sala, o brilho do céu morrendo nas janelas e a luz elétrica cintilando nas taças de vinho. No recinto havia uma atmosfera luxuosa, porém era o luxo de uma simplicidade requintada. Dagny reparou na mobília cara, cuidadosamente escolhida por critérios de conforto, adquirida em algum lugar numa época em que o luxo ainda era uma arte. Não havia objetos supérfluos, porém ela percebeu na parede uma pequena tela de um mestre renascentista, que valia uma fortuna, e um tapete oriental que, por sua textura e cor, merecia estar exposto num museu sob uma redoma. *É este o conceito de riqueza de Mulligan*, pensou ela: a riqueza da seleção, não a da acumulação.

Daniels estava sentado no chão, com sua bandeja no colo, e parecia completamente à vontade ali, olhando para ela de vez em quando, sorrindo como um irmão mais moço bem moleque que conhecia um segredo que ela ainda não descobrira. Ele chegara ao vale uns dez minutos antes dela, pensou Dagny, mas já era um deles, enquanto ela ainda era uma estranha.

Galt estava sentado um pouco afastado, fora do círculo de luz projetado pelo abajur, no braço da poltrona do Dr. Akston, e não dissera uma palavra. Havia se colocado em segundo plano, deixando Dagny com os outros e assistindo a tudo como se fosse um espetáculo no qual ele não teria mais nenhuma participação. Porém Dagny a toda hora olhava para ele, atraída pela certeza de que aquele espetáculo era algo escolhido e montado por ele, que fora ele quem o iniciara havia muito tempo e que todos os outros sabiam disso tão bem quanto ela.

Dagny percebeu que havia outra pessoa que olhava para Galt, involuntariamente, quase de modo furtivo, como se se esforçasse para não confessar a solidão de uma longa separação: Hugh Akston. Não lhe dirigia a palavra, como se sua presença lhe bastasse. Porém, quando Galt se debruçou para a frente e lhe caiu sobre o rosto uma mecha de cabelo, Akston estendeu a mão e a recolocou no lugar, e sua mão, por um instante imperceptível, tocou a testa do aluno: foi o único sinal de emoção que se permitiu, a única saudação, um gesto paternal.

Quando deu por si, Dagny estava conversando com os homens, alegre e descontraída. *Não*, pensou, *o que estou sentindo não é tensão, e sim um vago espanto por não estar sentindo a tensão que deveria.* O que havia de anormal naquilo era a sensação de normalidade e simplicidade.

Dagny mal se dava conta das perguntas que fazia, à medida que se dirigia ora a um, ora a outro interlocutor, porém suas respostas ficavam gravadas em sua mente, uma por uma, apontando para um desenlace.

– O Quinto Concerto? – disse Richard Halley, respondendo a uma pergunta sua. – Eu o compus há 10 anos. Aqui o chamamos de Concerto da Libertação. Obrigado por tê-lo reconhecido com base em umas poucas notas assobiadas no meio da noite... É, eu soube... E, como a senhorita conhecia minha obra, era de esperar que, ao ouvi-lo, entendesse que esse concerto diz tudo o que eu vinha tentando dizer, tudo o que queria exprimir antes. É dedicado a ele – acrescentou Halley, apontando para Galt. – Não, Srta. Taggart, não abandonei a música de jeito nenhum. O que a faz pensar assim? Compus mais nos últimos 10 anos do que em qualquer outro período da minha vida. Posso tocar o que a senhorita quiser quando for à minha casa... Não, Srta. Taggart, lá fora não vou publicar nada, nem uma nota dessas músicas será ouvida fora deste vale.

– Não, Srta. Taggart, não larguei a medicina – disse o Dr. Hendricks, respondendo a outra pergunta. – Nos últimos seis anos tenho feito pesquisas. Descobri um método para proteger os vasos sanguíneos do cérebro dos derrames. Assim será afastado o terrível perigo de uma paralisia súbita... Não, não divulgarei nada a respeito de meu método ao mundo exterior.

– O direito, Srta. Taggart? – perguntou o juiz Narragansett. – Que direito? Eu não o abandonei, ele é que deixou de existir por lá. Continuo trabalhando na profissão que escolhi e servindo à causa da justiça... Não, a justiça nunca deixa de existir. Como isso poderia acontecer? O que ocorre é que os homens a perdem de vista, e então é a justiça que os destrói. Mas não é possível a justiça deixar de existir, porque justiça e existência são um o atributo do outro, porque justiça é reconhecer o que existe... Mas não abandonei minha profissão. Estou escrevendo um tratado sobre a filosofia do direito. Vou demonstrar que o maior dos males da humanidade, a mais destrutiva das máquinas de semear horrores de todas que os homens inventaram, é o direito não objetivo... Não, Srta. Taggart, meu tratado não será publicado lá fora.

– O meu trabalho, Srta. Taggart? – perguntou Midas Mulligan. – É fazer transfusões de sangue, e continuo a fazer isso. Meu trabalho é alimentar com um combustível vital as plantas que são capazes de crescer. Porém pergunte ao Dr. Hendricks se é possível salvar com sangue um organismo que se recusa a funcionar, uma carcaça podre que pretende existir sem qualquer esforço. Meu banco de sangue é o ouro. O ouro é um combustível que faz maravilhas, mas nenhum combustível funciona na ausência de motor... Não, não abandonei meu trabalho. Apenas me cansei de trabalhar para um matadouro, no qual se tira sangue de seres saudáveis para injetá-lo em corpos semimortos.

– Nenhum de nós abandonou nada – afirmou Hugh Akston. – Verifique suas premissas, Srta. Taggart. O mundo é que abandonou muita coisa... Por que um filósofo não pode trabalhar numa lanchonete? Ou numa fábrica de cigarros, como faço agora? Todo trabalho é um ato filosófico. E quando os homens aprenderem a considerar o trabalho produtivo, bem como aquilo que é sua fonte, o padrão de seus valores morais, eles chegarão àquele estado de perfeição que lhes pertence de direito, mas que eles perderam... A fonte do trabalho? É a mente humana, Srta. Taggart, a mente racional do homem. Estou escrevendo um livro sobre isso, no qual defino uma filosofia moral que aprendi com meu próprio aluno. É, ela poderia salvar o mundo... Não, não vou publicá-la no mundo exterior.

– Por quê? – quis saber ela. – Por quê? O que vocês estão fazendo, todos vocês?

– Estamos em greve – respondeu John Galt.

Todos se voltaram para ele, como se estivessem esperando por sua voz e por aquela palavra. Dagny ouviu a passagem vazia do tempo dentro de si, o súbito silêncio que se instaurou na sala, ao olhar para Galt, do outro lado do círculo de luz. Estava sentado confortavelmente no braço de uma poltrona, debruçado para a frente, o braço no joelho, a mão dependurada – e em seus lábios era o leve sorriso que dava às suas palavras o tom de irrevogabilidade fatal:

– Por que essa ideia causa espanto? Só há um tipo de homem que nunca entrou em greve na história da humanidade. Todos os outros tipos e classes pararam quando bem entenderam e apresentaram exigências ao mundo, afirmando-se indispensáveis, menos os homens que sempre carregaram o mundo nos ombros, o mantiveram vivo e suportaram torturas como única forma de pagamento, porém jamais abandonaram a humanidade. Pois chegou a vez deles. Que o mundo descubra quem eles são, o que fazem e o que acontece quando eles se recusam a trabalhar. Esta é a greve dos homens que usam suas mentes, Srta. Taggart. A mente humana está em greve.

Dagny permaneceu imóvel. Apenas levou os dedos, lentamente, até a testa.

– Por toda a história – prosseguiu Galt –, a mente sempre foi considerada algo de mau, e todo tipo de insulto – herege, materialista, explorador –, todo tipo de iniquidade – exílio, perda de cidadania, expropriação –, todo tipo de castigo – escárnio, tortura, morte – já foram infligidos àqueles que assumiram a responsabilidade de encarar o mundo pelos olhos de uma consciência viva e realizar o ato crucial de estabelecer conexões racionais. Porém foi apenas na medida em que alguns homens – acorrentados, presos, escondidos, nas mansardas dos filósofos, nas lojas dos comerciantes – continuaram a pensar que a humanidade póde sobreviver. Através de todos os séculos em que foi cultivada a estupidez, em que toda estagnação foi suportada pelos homens, em que toda brutalidade foi cometida por eles, foi graças aos homens que percebiam que o trigo precisa de água para crescer, que pedras dispostas numa curva formam um arco, que 2 mais 2 são 4, que o amor não se faz com tortura e a vida não se faz com destruição, foi graças apenas a esses homens que a humanidade aprendeu a experimentar aqueles momentos em que foi possível captar a glória de ser humana, e foi apenas o somatório desses momentos que tornou possível sua sobrevivência. Foi o homem que usava a mente que lhe ensinou a fazer pão, a curar feridas, a forjar armas e a construir a cadeia na qual o jogaram. Ele foi o homem de energia extravagante e generosidade imprudente que sabia que a estagnação não é o destino do homem, que a impotência não é sua natureza, que o engenho de sua mente é seu poder mais nobre e mais elevado – e foi servindo esse amor à existência que só ele sentia que prosseguiu trabalhando, trabalhando a qualquer preço, trabalhando para os que o roubavam, para os que o prendiam, para os que o torturavam, pagando com sua vida o privilégio de salvar a vida deles. Era esta sua glória e sua culpa: deixar que eles lhe ensinassem a sentir-se culpado de sua glória, aceitar o papel de bode expiatório e, como castigo pelo pecado de ser inteligente, morrer em holocausto como um animal irracional.

Dagny não fez menção de que iria interrompê-lo, então ele prosseguiu:

– O mais trágico e grotesco da história da humanidade é que, em todos os altares que foram construídos, quem era imolado era sempre o homem, e quem era adorado era sempre o animal. Eram sempre os atributos do animal, e não os do homem, que a humanidade cultuava: o ídolo do instinto e o ídolo da força. Os místicos e os reis: os místicos, que ambicionavam uma consciência irresponsável e cujo poder emanava da afirmativa de que suas emoções obscuras eram superiores à razão, que o conhecimento vinha através de acessos cegos e imotivados, e deveria ser seguido cegamente, sem jamais ser questionado; e os reis, cujo poder emanava de suas garras e seus músculos, cujo método era a conquista e cujo objetivo era o saque, cuja justificativa única eram as armas. Os defensores da alma humana se interessavam pelos sentimentos e os do corpo humano, pelo estômago – porém ambos tinham em comum estarem contra a mente. No entanto, ninguém, nem mesmo o mais baixo dos seres humanos, pode renunciar completamente a seu cérebro. Ninguém jamais acreditou no irracional, e sim no injusto. Sempre que um homem denuncia a mente é porque seu objetivo é algo cuja natureza a mente não lhe permite confessar. Quando ele afirma contradições, ele o faz cônscio de que alguém há de aceitar o ônus do impossível, alguém fará com que isso funcione para ele ao preço do próprio sofrimento ou da própria vida – a destruição é o preço de toda contradição.

Todos o olhavam com admiração, e ele continuou a explicar a Dagny o que ela ansiara tanto por ouvir:

– Foram as vítimas que tornaram possível a injustiça. Foram os defensores da razão que possibilitaram o domínio dos irracionais. A espoliação da razão foi o objetivo de todas as seitas antirracionais que já surgiram. A espoliação da capacidade foi o objetivo de todas as seitas que já pregaram o autossacrifício. Os espoliadores sempre souberam disso. Nós, não. Chegou a hora de enxergarmos isso também. O que agora querem que adoremos é a figura nua, deformada e irracional – antes fantasiada de deus ou rei – do incompetente. Esse é o novo ideal, a nova meta, o novo objetivo de vida, e todos os homens serão recompensados à medida que se aproximarem de tal ideal. Dizem que vivemos na era do homem comum – um título a que qualquer homem pode aspirar, com base na distinção que jamais obteve. Ele agora se elevará por obra dos esforços que não fez, será honrado pelas virtudes que não demonstrou ter, será pago pelos bens que não produziu. Mas nós, para pagar pelo crime de sermos competentes, nós teremos de trabalhar para sustentar esse homem, seguir suas ordens, sendo nossa única recompensa a satisfação dele. Como somos nós os que mais têm a dar, teremos menos a dizer. Como temos mais capacidade de pensar, não nos será permitido ter pensamentos próprios. Como temos melhor discernimento quanto a ações práticas, não nos permitirão escolher nossos atos. Trabalharemos sob decretos e controles, criados por aqueles que são incapazes de trabalhar. Eles usarão nossa energia, porque não têm nenhuma para oferecer, e nossos produtos, porque não sabem produzir.

– Mas isso não é impossível? Você acha que isso pode ser posto em prática? – perguntou Dagny.

– Bom, eles sabem que é impossível. Quem não sabe é a senhorita, e eles dependem de a senhorita não o saber. Eles precisam que continue a trabalhar até não poder mais, a alimentá-los enquanto aguentar. Quando for destruída, haverá outra vítima que começará a alimentá-los enquanto se esforça para sobreviver – e cada vítima sucessiva durará menos tempo. E se a senhorita, ao morrer, lhes deixar uma rede ferroviária, seu sucessor morrerá e lhes deixará um pão. Isso não preocupa os saqueadores do momento. O plano deles, como os planos de todos os reis saqueadores que já existiram, só prevê que o saque dure até o fim de suas vidas. Antes sempre durou, porque em uma única geração não se esgota o número de vítimas. Mas desta vez *não vai durar*. As vítimas estão em greve. Em greve contra o martírio e contra o código moral que exige o martírio. Em greve contra aqueles que acreditam que um homem deve viver para o bem de outro. Em greve contra a moralidade dos canibais, seja ela praticada no corpo ou no espírito. Nós nos recusamos a lidar com homens segundo códigos que não o nosso, que é um código moral segundo o qual cada homem é um fim em si, não um meio para outros atingirem seus fins. Não queremos obrigá-los a adotar nosso código. Eles estão livres para acreditar no que quiserem. Porém desta vez eles vão ter que acreditar no que quiserem, mas viverão sem nossa ajuda. E, de uma vez por todas, vão ter que aprender o verdadeiro significado de suas crenças. Elas já existem há séculos, sancionadas apenas pelas próprias vítimas, pela aceitação por parte delas do castigo que lhes é imposto por violarem um código impossível de cumprir. Mas esse código foi feito para ser violado. Ele se sustenta não naqueles que o observam, mas nos que o violam; uma moralidade que sobrevive não baseada nos santos, e sim nos pecadores.

Ele parou por um instante, como se dando tempo para que ela assimilasse tudo o que lhe dizia. Então continuou, encarando-a:

– Pois resolvemos que não seremos mais pecadores. Paramos de violar esse código moral. Vamos erradicá-lo de uma vez por todas por meio do único método a que ele é incapaz de resistir: vamos cumpri-lo. É o que estamos fazendo. Ao lidar com nossos semelhantes, estamos observando seu código de valores ao pé da letra e os poupando dos males que eles denunciam. A mente é má? Retiramos da sociedade os produtos de nossas mentes, e nem sequer uma única ideia nossa será conhecida nem usada pelos homens. Então a capacidade é um mal egoísta que não dá nenhuma oportunidade àqueles que são menos capazes? Nós nos retiramos da concorrência e abrimos todas as oportunidades para os incompetentes. Tentar enriquecer é ganância, a raiz de todo mal? Não estamos mais tentando fazer fortuna. É um mal tentar ganhar mais do que o mínimo necessário à subsistência? Só assumimos os cargos mais humildes e só produzimos, por nosso próprio esforço, aquilo que atende a nossas necessidades imediatas, e não ameaçamos o mundo com um centavo, com uma ideia inovadora sequer. É um mal ter sucesso, já que os fortes triunfam em detrimento dos fracos? Não mais fazemos os fracos arcarem com o ônus de nossa ambição – agora podem prosperar livremente sem nós. É mau ser empregador? Não oferecemos mais empregos. É mau possuir propriedade? Não possuímos nada. É mau gozar a vida? Não buscamos gozar nada do mundo deles, e – o que foi mais difícil para nós – agora o que sentimos pelo mundo deles é aquela emoção que eles consideram ideal: a indiferença, o vazio, o zero, a marca da morte... Estamos dando aos homens tudo o que eles há séculos afirmam desejar e considerar virtuoso. Agora vamos ver se é isso mesmo que eles querem.

– Foi o senhor que iniciou essa greve? – perguntou Dagny.

– Fui eu. – Galt se levantou, as mãos nos bolsos, o rosto iluminado. Ela o viu sorrir: um sorriso fácil, sem esforço, implacável, nascido da certeza. Ele prosseguiu: – Falam tanto em greve; dizem que o homem excepcional depende muito do comum. Gritam que o industrial é um parasita, que são seus empregados que o sustentam, criam sua riqueza, tornam possível seu luxo... o que seria dele se todos eles sumissem? Pois bem. Proponho mostrar ao mundo quem depende de quem, quem sustenta quem, quem é a fonte de riqueza, quem torna a vida de quem possível e o que acontece com quem quando a outra parte some.

As janelas agora estavam escuras e refletiam as brasas dos cigarros. Galt pegou um cigarro na mesa a seu lado, e à luz do fósforo Dagny viu por um instante o brilho do cifrão de ouro entre seus dedos.

– Eu parei e aderi à greve dele – acrescentou Hugh Akston – porque não podia me considerar colega de profissão de homens que afirmam que o intelectual é aquele que nega a existência do intelecto. Ninguém daria trabalho a um bombeiro encanador que tentasse provar sua excelência profissional afirmando a inexistência dos canos. Porém parece que esses padrões não são considerados necessários entre os filósofos. Mas aprendi com meu próprio aluno que fui eu que tornei possível esse estado de coisas. Quando os pensadores aceitam como colegas de profissão aqueles que negam a existência do pensamento, como membros de uma outra escola de pensamento, então são eles os responsáveis pela destruição da mente. Eles concedem ao inimigo sua premissa básica, e assim a razão aprova a demência formal. Uma premissa básica é um absoluto que não admite a cooperação com sua antítese nem tolera a tolerância. Do mesmo modo e pelo mesmo motivo que o banqueiro não pode aceitar nem fazer circular dinheiro falso, concedendo-lhe a sanção, a honra e o prestígio de seu banco, assim como não pode aceitar o argumento do falsificador de que a tolerância deve levá-lo a aceitar o dinheiro falso como uma mera diferença de opinião, assim também não posso conceder o título de filósofo ao Dr. Simon Pritchett nem entrar em competição com ele. O Dr. Pritchett não possui nada depositado no banco da filosofia, nada senão sua intenção declarada de destruí-lo. Ele tenta faturar em cima do poder de que a razão goza entre os homens, negando-o. Ele tenta gravar o selo da razão nos planos dos saqueadores a quem serve. Tenta usar o prestígio da filosofia para conseguir a escravização do pensamento. Mas esse prestígio é uma conta que só pode existir enquanto eu estiver lá para assinar os cheques. Ele que se vire sem mim. Dou a ele e àqueles que lhe confiam a formação de seus filhos exatamente o que exigem: um mundo de intelectuais sem intelecto e pensadores que afirmam não serem capazes de pensar. Estou fazendo o que pedem. Estou obedecendo. E, quando virem a realidade absoluta de seu mundo sem absolutos, não estarei lá e não serei eu quem pagará o preço de suas contradições.

– O Dr. Akston entrou em greve baseado no princípio do sistema bancário – disse Mulligan. – Pois eu entrei em greve com base no princípio do amor. O amor é a forma mais elevada de reconhecimento que conferimos aos valores superlativos. Foi o caso Hunsacker que me fez largar tudo – quando um tribunal me mandou atender, dando prioridade de acesso ao dinheiro de meus clientes, à exigência daqueles que provassem que não tinham o direito de exigir coisa alguma. Queriam que eu desse dinheiro ganho com o trabalho de seus proprietários a vagabundos cujo único argumento era sua incapacidade de ganhar dinheiro com seu próprio trabalho. Nasci numa fazenda, eu conhecia o significado do dinheiro. Já havia lidado com muitos homens em minha vida. Vi-os crescer. Fiz minha fortuna aprendendo a distinguir determinado tipo de homem: aquele que jamais pede fé, esperança nem caridade, e sim oferece fatos, provas e lucros. Você sabe que investi dinheiro em Hank Rearden na época em que ele começava a subir, quando tinha conseguido sair de Minnesota para comprar as siderúrgicas na Pensilvânia? Pois, quando olhei para a ordem judicial em minha mesa, tive uma visão. Vi uma imagem com tanta clareza que mudou para mim a aparência de todas as coisas. Vi o rosto alegre e os olhos vivos de Rearden quando jovem, tal como era quando o conheci. Vi-o caído aos pés de um altar, seu sangue escorrendo para dentro da terra, e em pé naquele altar estava Lee Hunsacker, com seus olhos cheios de remelas, gemendo que nunca lhe tinham dado uma oportunidade... É estranho como as coisas se tornam simples depois que a gente as vê com clareza. Não foi difícil fechar o banco e sumir: eu estava vendo, pela primeira vez na vida, aquilo que era a razão de minha existência, aquilo que eu amava.

Dagny olhou para o juiz Narragansett.

– O senhor largou tudo pelo mesmo motivo, não foi?

– Foi – respondeu o juiz. – Larguei tudo quando o tribunal de apelação revogou minha decisão. Escolhi minha profissão porque decidi ser um guardião da justiça. Mas as leis que eu era obrigado a cumprir me faziam cometer a pior injustiça concebível. Queriam que eu usasse a força para violar os direitos de homens desarmados, que haviam me procurado para que eu protegesse esses direitos. Os litigantes obedecem à decisão de um tribunal exclusivamente com base na premissa de que existe uma norma de conduta *objetiva*, aceita por ambas as partes. Ora, percebi que uma das partes estava sujeita a essa norma, mas a outra não estava: que uma ia obedecer a uma regra enquanto a outra ia impingir um desejo arbitrário seu – sua *necessidade* –, e a lei ia se colocar do lado do desejo. O papel da Justiça seria defender o injustificável. Entrei em greve porque não me seria possível suportar ouvir a palavra "meritíssimo" dirigida a mim por um homem honesto.

Os olhos de Dagny lentamente se voltaram para Richard Halley, como se ela ao mesmo tempo lhe implorasse que contasse sua história e exprimisse seu medo de ouvi-la. Ele sorriu.

– Que os homens tivessem me obrigado a lutar como lutei, eu lhes perdoaria – disse ele. – O que não pude perdoar foi a maneira como encararam meu sucesso. Jamais senti ódio durante todos os anos em que fui rejeitado. Se meu trabalho era algo novo, eu tinha que lhes dar tempo para aprender; se eu me orgulhava de ser o primeiro a desvendar um novo caminho para atingir alturas que ninguém conseguira antes, não tinha o direito de reclamar se os outros demoravam para me seguir. Era isso que eu dizia a mim mesmo durante todos aqueles anos: apenas de vez em quando, à noite, eu não conseguia esperar nem acreditar mais, e exclamava "Por quê?", mas não tinha resposta. Então, na noite em que resolveram me aplaudir, me coloquei perante eles no palco, pensando que era esse o momento pelo qual eu lutara tanto, querendo sentir isso, mas não sentindo nada. Eu estava vendo todas as outras noites do passado, ouvindo aquele "Por quê?" que continuava sem resposta, e aqueles aplausos pareciam tão vazios quanto a indiferença de antes. Se eles tivessem dito "Nos desculpe por termos demorado e obrigado por esperar", eu não pediria mais nada e lhes daria tudo o que tinha para dar. Mas o que eu via em seus rostos, no modo como se dirigiam a mim quando vieram todos me elogiar, era a coisa que sempre ouvi dizerem aos artistas, só que eu jamais conseguira acreditar que alguém fosse capaz de dizer aquilo a sério. Pareciam me dizer que não me deviam nada, que sua surdez me proporcionara um objetivo moral, que fora meu dever lutar, sofrer, suportar, por eles, todos os deboches, todo o desprezo, a injustiça, a tortura que *eles* resolveram me impor, suportar tudo isso para poder lhes ensinar a gostar do meu trabalho, que eles tinham direito de fazer isso, que era isso que cabia a mim. E então compreendi a natureza do saqueador espiritual, coisa que nunca tinha conseguido conceber antes. Vi-os enfiando a mão em minha alma, do mesmo modo como enfiavam a mão nos bolsos de Mulligan, para expropriar o valor de minha pessoa, do mesmo modo como expropriavam a riqueza dele. Vi a malícia impertinente da mediocridade ostentando com orgulho o próprio vazio como uma lacuna a ser preenchida pelos corpos de seus superiores. Vi-os tentando – do mesmo modo como tentaram se alimentar com o dinheiro de Mulligan – se alimentar das horas em que compus minha música, daquilo que me fez compô-la, tentando ganhar amor-próprio arrancando de mim a aceitação de que *eles* eram o objetivo da minha música, de modo que, precisamente por causa de minha realização, não eram eles que reconheciam meu valor, e sim eu que reconhecia o valor deles... Foi naquela noite que jurei nunca mais deixar que eles ouvissem nem sequer uma nota composta por mim. As ruas estavam vazias quando saí do teatro. Fui o último a sair – e vi um homem que nunca tinha visto antes esperando por mim, perto de um poste de iluminação. Ele não precisou me dizer muita coisa. Mas a obra que dediquei a ele se chama Concerto da Libertação.

Dagny olhou para os outros.

– Por favor, me exponham suas razões – disse ela, com uma leve ênfase no tom de voz, como se estivesse sendo derrotada porém quisesse levar a derrota até o fim.

– Parei quando a medicina foi colocada sob controle estatal há alguns anos – contou o Dr. Hendricks. – A senhorita imagina o que é preciso saber para operar um cérebro? Sabe o tipo de especialização que isso requer, os anos de dedicação apaixonada, implacável, absoluta para atingi-la? Foi isso que me recusei a colocar à disposição de homens cuja única qualificação para mandar em mim era sua capacidade de vomitar as generalidades fraudulentas graças às quais conseguiram se eleger para cargos que lhes conferem o privilégio de impor sua vontade pela força das armas. Não deixei que determinassem o objetivo ao qual eu dedicara meus anos de formação, nem as condições sob as quais eu trabalharia, nem a escolha de pacientes, nem o valor de minha remuneração. Observei que, em todas as discussões que precediam a escravização da medicina, tudo se discutia, menos os desejos dos médicos. As pessoas só se preocupavam com o "bem-estar" dos pacientes, sem pensar naqueles que o proporcionavam. A ideia de que os médicos teriam direitos, desejos e opiniões em relação à questão era considerada egoísta e irrelevante. Não cabe a eles opinar, diziam, e sim apenas "servir". Que um homem disposto a trabalhar sob compulsão é um irracional perigoso demais para trabalhar até mesmo num matadouro é coisa que jamais ocorreu àqueles que se propunham a ajudar os doentes tornando a vida impossível para os sãos. Muitas vezes me espanto diante da presunção com que as pessoas afirmam seu direito de me escravizar, controlar meu trabalho, dobrar minha vontade, violar minha consciência e sufocar minha mente – porque o que elas vão esperar de mim quando eu as estiver operando? O código moral delas lhes ensinou que vale a pena confiar na virtude de suas vítimas. Pois é essa virtude que eu agora lhes nego. Que elas descubram o tipo de médico que o sistema delas vai produzir. Que descubram, nas salas de operação e nas enfermarias, que não é seguro confiar suas vidas às mãos de um homem cuja vida elas sufocaram. Não é seguro se ele é o tipo de homem que se ressente disso – e é menos seguro ainda se ele é o tipo de homem que *não* se ressente.

– Eu parei – disse Ellis Wyatt – porque não quis servir a refeição dos canibais e ainda por cima ter que prepará-la.

– Descobri – disse Ken Danagger – que os homens contra quem eu lutava eram impotentes. Essas pessoas incapazes, sem objetivo, irresponsáveis e irracionais – não era eu que precisava delas, não cabia a elas me dar ordens, não cabia a mim lhes obedecer. Parei para que elas também descubram o que eu descobri.

– Parei – disse Quentin Daniels – porque, se existe um grau de culpa, então o cientista que coloca sua mente a serviço da força bruta é o maior criminoso existente na Terra.

Calaram-se. Dagny se virou para Galt.

– E o senhor? – perguntou ela. – O senhor foi o primeiro. Por que foi levado a fazer o que fez?

Ele deu uma risadinha:

– Porque me recusei a nascer com pecado original.

– O que quer dizer com isso?

– Nunca senti culpa por ter capacidade. Nunca senti culpa por ter inteligência. Nunca senti culpa por ser homem. Não aceito culpa imerecida e portanto sempre pude conhecer meu valor e merecê-lo. Desde pequeno, sinto que seria capaz de matar o homem que afirmasse que existo para satisfazer suas necessidades, e sei que esse é o sentimento moral mais elevado que há. Naquela noite, na assembleia da Século XX, quando ouvi dizerem coisas abomináveis num tom de elevação moral, vi a raiz da tragédia do mundo, a chave dela e a solução. Vi o que tinha que ser feito. E o fiz.

– E o motor? – perguntou Dagny. – Por que o abandonou? Por que o largou para os herdeiros de Starnes?

– Era propriedade do pai deles. Ele me pagara para fazê-lo. Foi feito no tempo em que eu era empregado dele. Mas eu sabia que seus herdeiros nada fariam com o motor e que ninguém jamais ouviria falar dele. Era meu primeiro modelo experimental. Só eu ou alguém como eu poderia terminá-lo, ou mesmo entender o que ele era. E eu sabia que ninguém como eu chegaria perto daquela fábrica depois.

– O senhor tinha consciência do que representava seu motor?

– Tinha.

– E sabia que o estava abandonando para apodrecer?

– Sabia. – Galt olhou para as janelas escuras e riu baixinho, mas não havia humor em seu riso. – Olhei para meu motor pela última vez antes de ir embora. Pensei nos homens que afirmam que a riqueza é uma questão de recursos naturais, e nos que afirmam que a riqueza é uma questão de se apossar das fábricas, e naqueles que afirmam que as máquinas condicionam os cérebros humanos. Pois lá estava o motor que poderia condicioná-los, e lá permaneceu ele exatamente tal como é sem a mente humana: um amontoado de pedaços de metal e fios, enferrujando. A senhorita está pensando no grande serviço que o motor poderia ter prestado à humanidade se tivesse sido comercializado. Acho que, no dia em que os homens compreenderem o significado do abandono daquele motor num monte de lixo, ele terá prestado um serviço ainda maior.

– Quando o senhor o abandonou, esperava ver esse dia chegar?

– Não.

– Esperava vir a ter oportunidade de reconstruí-lo em outro lugar?

– Não.

– E assim mesmo o abandonou num monte de lixo?

– Por amor ao significado que esse motor tinha para mim – disse ele lentamente. – Eu tive que deixá-lo apodrecer e desaparecer para sempre – e Galt a encarou, falando com uma voz firme, implacável, sem qualquer hesitação ou inflexão – do mesmo modo que a senhorita terá de deixar os trilhos da Taggart Transcontinental apodrecerem e desaparecerem.

Ela também o encarou, de cabeça erguida, e disse lentamente, num tom de súplica orgulhosa:

– Não me obrigue a responder agora.

– Não. Nós lhe diremos tudo o que a senhorita quiser saber. Não vamos insistir para que tome uma decisão. – Então acrescentou, com uma voz tão suave que a surpreendeu: – Eu já disse que essa indiferença em relação a um mundo que deveria ser nosso era a coisa mais difícil de conseguir. Todos nós passamos por isso.

Dagny contemplou aquela sala silenciosa e inexpugnável, e a luz – gerada pelo motor de Galt – que iluminava os rostos mais serenos e confiantes que ela jamais vira.

– O que o senhor fez quando saiu aquela noite da Século XX? – perguntou ela.

– Saí e me dediquei à tarefa de procurar as últimas chamas que ainda brilhavam nas trevas cada vez mais profundas da barbárie, os homens capazes, os indivíduos dotados de uma mente, com o intuito de observar sua trajetória, sua luta e sua agonia, para depois colhê-los, quando eu estivesse certo de que eles já haviam visto o bastante.

– O que o senhor lhes dizia para fazê-los largar tudo?

– Dizia-lhes que eles estavam certos.

Com o olhar, Dagny lhe dirigiu uma pergunta muda. Ele respondeu:

– Dei-lhes o orgulho que eles não sabiam que tinham. Dei-lhes as palavras com que identificá-lo. Dei-lhes aquela coisa sem preço de que necessitavam, que desejavam, e no entanto não sabiam que era necessária: uma sanção moral. A senhorita disse que eu era um destruidor e caçador de homens, não é? Eu era o chefe da greve, o líder da revolta das vítimas, o defensor dos oprimidos, dos deserdados, dos explorados... e quando *eu* uso essas palavras, elas realmente têm seus sentidos literais.

– Quem foram os primeiros a segui-lo?

Galt esperou um momento, para enfatizar sua resposta, e disse então:

– Meus dois melhores amigos. Um deles a senhorita conhece. A senhorita sabe, talvez melhor do que ninguém, o preço que ele pagou por me seguir. Nosso professor, o Dr. Akston, foi o próximo. Ele passou para nosso lado após uma noite de conversa. William Hastings, que foi meu chefe no laboratório de pesquisas da Século XX, levou um ano debatendo-se consigo mesmo e demorou para se juntar a nós. Mas veio para nosso lado. Depois Richard Halley. Depois Midas Mulligan.

– ... que levou 15 minutos – acrescentou Mulligan. Dagny se virou para ele:

– Foi o senhor que desenvolveu este vale?

– Fui – disse Mulligan. – Antes era apenas meu refúgio particular.

Comprei-o há muitos anos. Adquiri uma grande extensão destas montanhas, em parcelas, de fazendeiros e criadores de gado que nem sabiam o que possuíam. O vale não aparece em nenhum mapa. Construí esta casa quando resolvi abandonar tudo. Fechei todas as entradas, salvo uma estrada, tão bem camuflada que ninguém poderá encontrá-la, e trouxe para cá tudo de que eu necessitava, de modo que pudesse viver aqui o restante da minha vida e nunca mais tivesse que olhar para a cara de um saqueador. Quando soube que o John havia convencido o juiz Narragansett também, convidei o juiz para vir morar aqui. Então chamamos Richard Halley. Os outros, de início, ficaram de fora.

– Não tínhamos nenhuma regra – disse Galt –, salvo uma. Quando um homem fazia nosso juramento, isso o obrigava a uma única coisa: a não trabalhar em sua profissão, não dar ao mundo os frutos de sua mente. Fora isso, cada um podia fazer o que quisesse. Os que tinham dinheiro se aposentavam e viviam de economias. Os que tinham de trabalhar arranjavam o trabalho mais humilde possível. Alguns de nós éramos famosos; outros, como aquele jovem guarda-freios seu, descoberto por Halley, nós conseguimos segurar antes que fossem torturados. Mas não abandonávamos nossas mentes nem o trabalho que amávamos. Cada um de nós continuava a trabalhar em sua verdadeira profissão, do modo que quisesse, nas horas vagas, porém em segredo, para seu próprio benefício exclusivamente, sem dar nada aos homens, sem compartilhar nada. Estávamos espalhados por todo o país, como párias, o que aliás sempre havíamos sido, só que agora aceitávamos conscientemente nossa posição. Nosso único alívio eram as raras ocasiões em que podíamos nos encontrar. Constatamos que ainda gostávamos de nos encontrar, para não nos esquecermos de que ainda existiam seres humanos no mundo. Assim, resolvemos que, durante um mês, todos os anos, nos reuniríamos neste vale, para descansar, viver num mundo racional, exercer abertamente nossas verdadeiras profissões, trocar nossas realizações num lugar em que a realização merece pagamento, não expropriação. Cada um de nós passava um mês por ano construindo sua casa aqui e arcava com as próprias despesas. Isso tornava o restante do ano mais fácil de suportar.

– Como a senhora vê – disse Hugh Akston –, o homem é mesmo um animal social, só que não da maneira como o afirmam os saqueadores.

– Foi a destruição do Colorado que incrementou o desenvolvimento deste vale – disse Mulligan. – Ellis Wyatt e os outros se instalaram aqui em caráter permanente porque tinham que se esconder. O que puderam trazer para cá de suas fortunas, eles o converteram em ouro ou máquinas, como eu havia feito. Aí já éramos em número suficiente para desenvolver o vale e criar empregos para aqueles que lá fora eram obrigados a trabalhar. Agora já atingimos o estágio de podermos quase todos viver aqui o tempo todo. O vale é quase autossuficiente, e os produtos que ainda não produzimos aqui, eu os compro lá fora por intermédio de uma rede secreta. É um agente especial, um homem que não deixa meu dinheiro chegar até os saqueadores. Não somos um Estado, nem uma sociedade, apenas uma associação voluntária de homens unidos exclusivamente pelo interesse pessoal de cada um. Sou o proprietário do vale e vendo terras aos outros que estão interessados. Em caso de litígio, o juiz Narragansett é o árbitro. Até agora ele não foi consultado nenhuma vez. Dizem que é difícil as pessoas entrarem em acordo. A senhorita não imagina como é fácil, quando as duas partes envolvidas tomam como princípio moral absoluto que ninguém existe para servir a ninguém e que a razão é o único meio de troca. Está cada vez mais próximo o dia em que todos nós teremos de vir morar aqui, porque o mundo está caindo aos pedaços tão depressa que logo todos estarão morrendo de fome. Mas nós vamos poder nos sustentar neste vale.

– O mundo está se acabando mais depressa do que esperávamos – comentou Hugh Akston. – As pessoas param e abandonam tudo. Os tripulantes dos trens congelados, os bandos de saqueadores, os desertores são gente que nunca ouviu falar de nós, que não faz parte de nossa greve, que age por conta própria, numa reação natural do que esses homens ainda têm de racional. É o mesmo tipo de protesto que o nosso.

– Quando começamos, não tínhamos em mente nenhum limite de tempo – disse Galt. – Não sabíamos se viveríamos o bastante para assistir à libertação do mundo ou se teríamos que legar nossa luta e nosso segredo às gerações futuras. Sabíamos apenas que não aceitávamos outra forma de vida que não esta aqui. Mas agora já achamos que vamos poder ver, e não vai demorar muito, o dia de nossa vitória, de nossa volta.

– Quando? – sussurrou Dagny.

– Quando o código moral dos saqueadores entrar em colapso. – Vendo que ela o observava com um olhar que exprimia esperança e ao mesmo tempo era uma pergunta, Galt acrescentou: – Quando o código da autoimolação for levado até as últimas consequências pela primeira vez, quando os homens não encontrarem mais vítimas prontas para obstruir a trajetória da justiça e receber a punição elas próprias, quando os pregadores do autossacrifício descobrirem que aqueles que estão dispostos a colocá-lo em prática nada têm para sacrificar, e os que têm não estão mais dispostos a fazê-lo, quando os homens virem que nem seus corações nem seus músculos podem salvá-los, mas que a mente que eles amaldiçoaram não está mais lá para atender a seus pedidos de socorro, quando sofrerem a queda inevitável, por serem homens sem mentes, quando não lhes restar mais nenhum vestígio de autoridade, nem de lei, nem de moralidade, nem de esperança, nem de comida, nem nenhuma maneira de obter nenhuma dessas coisas, quando entrarem em colapso e o caminho estiver desimpedido, então voltaremos para reconstruir o mundo.

O Terminal Taggart, pensou Dagny. Ouviu as palavras ecoando em sua mente entorpecida, o somatório de um ônus que ela não tivera tempo de pesar. *Era isto o Terminal Taggart*, pensou, *esta sala, e não aquele salão imenso em Nova York. Era este seu objetivo, o fim da linha, o ponto além da curvatura da Terra onde as duas linhas retas dos trilhos se encontravam e desapareciam, impelindo-a para a frente, como haviam impelido Nathaniel Taggart – era esta a meta que Nat Taggart vira ao longe, era este o ponto para onde até hoje ele olhava em frente, de cabeça erguida, por sobre a multidão que zanzava no terminal de granito. Era por isto que me dedicara aos trilhos da Taggart Transcontinental, como ao corpo de um espírito ainda não encontrado. Eu o encontrara agora, encontrara tudo o que sempre quisera, ali, naquela sala, e era meu – o preço era aquela rede ferroviária, os trilhos que desapareceriam, as pontes que desmoronariam, os sinais luminosos que se apagariam... E no entanto... Tudo que eu sempre quis*, pensou ela, desviando a vista da figura de um homem com cabelos da cor do sol e olhos implacáveis.

– Não é preciso responder agora.

Dagny levantou a cabeça. Ele a olhava como se tivesse lido seus pensamentos.

– Jamais exigimos que alguém concorde conosco – disse Galt. – Jamais dizemos a alguém mais do que a pessoa está preparada para ouvir. A senhorita foi a primeira pessoa a conhecer nosso segredo antes do tempo. Mas a senhorita está aqui e tinha que saber. Agora já sabe a natureza exata da escolha que terá de fazer. Se lhe parece difícil, é porque ainda acha que uma coisa não exclui a outra. Mas a senhorita vai se convencer de que não há outro jeito.

– Vocês me dão tempo?

– O seu tempo não é nosso para lhe podermos dar. Não tenha pressa. Só a senhorita pode decidir o que vai fazer, e quando. Sabemos qual é o preço dessa decisão. Nós o pagamos. O fato de já estar aqui talvez torne a coisa mais fácil... ou mais difícil.

– Mais difícil – sussurrou ela.

– Eu sei.

Galt havia falado com uma voz tão baixa quanto a dela, com o mesmo som de quem fala quando já se esgota seu fôlego, e durante um instante Dagny se desligou da sala ao seu redor, como no instante após levar um soco, porque sentia que este – e não os momentos em que ele a carregara nos braços pela encosta abaixo – fora o momento de maior proximidade física entre ambos.

Quando, de volta, no carro, seguiam rumo à casa de Galt, havia uma lua cheia no céu do vale, como uma lanterna achatada e redonda, sem raios, cercada de uma névoa luminosa, que não chegava até o chão, e a iluminação parecia vir de um brilho esbranquiçado, anormal, que brotava do chão. No silêncio estranho daquela paisagem sem cores, a Terra parecia envolta num véu de distância. Suas formas não se combinavam formando uma paisagem única, porém não parava de passar por eles, como uma foto estampada numa nuvem. De repente, Dagny se deu conta de que estava sorrindo. Estava olhando para as casas do vale lá embaixo. As janelas acesas eram filtradas por uma névoa azulada, os contornos das paredes se dissolviam, longas tiras de neblina escorriam por entre as casas, em ondas lentas e tranquilas. Parecia uma cidade afundando na água.

– Como vocês chamam este lugar? – perguntou Dagny.

– Eu o chamo vale de Mulligan – disse ele. – Os outros o chamam vale de Galt.

– Eu o chamaria de... – Porém Dagny não terminou a frase.

Galt olhou para ela. Dagny sabia o que ele via em seu rosto. Ele desviou a vista.

Ela percebeu um leve movimento nos lábios dele, como quem solta a respiração à força. Dagny baixou a vista e deixou o braço cair, encostando-o no lado do carro, como se sua mão de repente houvesse se tornado pesada demais para a fraqueza de seu cotovelo.

A estrada foi ficando mais escura à medida que iam subindo, e os galhos dos pinheiros se confundiam no alto. Mais adiante, acima de uma encosta de rocha nua, Dagny viu o luar refletido nas janelas da casa de Galt. Recostou a cabeça no encosto do banco e ficou imóvel. Não pensava mais no carro, porém sentia apenas o movimento que a impelia para a frente, vendo as gotas d'água que brilhavam nos galhos dos pinheiros e que eram, na realidade, estrelas.

Quando o carro parou, Dagny não se permitiu pensar no motivo pelo qual não observou Galt ao saltar. Não viu que ele ficou parado por um momento, olhando para as janelas escuras. Não o ouviu se aproximar, porém sentiu o impacto de suas mãos com uma intensidade extraordinária, como se fosse a única coisa da qual agora pudesse ter consciência. Ele a levantou em seus braços e começou a subir lentamente o caminho que levava até a casa.

Andava sem olhar para ela, segurando-a com força, como se tentasse conter a passagem do tempo, como se seus braços ainda estivessem agarrando o momento em que ele a levantara, encostando-a em seu peito. Dagny sentia seus passos como se fossem um movimento contínuo em direção a um objetivo, como se cada passo fosse um instante separado em que ela não ousava pensar no seguinte. Sua cabeça estava perto da dele, os cabelos dele roçavam seu rosto, e ela sabia que nenhum dos dois faria com que seus rostos se aproximassem um milímetro a mais. Foi um momento súbito e entorpecido de suave embriaguez, completo por si só. Seus cabelos se confundiram como os raios de dois corpos no espaço em que haviam conseguido se encontrar. Ela viu que ele caminhava de olhos fechados, como se até mesmo a visão agora fosse uma coisa inoportuna.

Galt entrou em casa e, ao atravessar a sala, não olhou para a esquerda, como ela também não o fez, mas Dagny sabia que os dois estavam vendo a porta à esquerda que levava ao quarto dele. Galt caminhou pela escuridão até o raio de luar que caía sobre a cama do quarto de hóspedes e a colocou sobre a cama. Por um momento, ela sentiu que suas mãos permaneceram em contato com os ombros e a cintura dele. Quando as mãos dele se afastaram de seu corpo, ela percebeu que aquele momento havia terminado.

Galt deu um passo atrás e apertou um interruptor, inundando o quarto de uma luz crua e reveladora. Permaneceu parado, com um rosto sério e repleto de expectativa, como se exigisse que ela olhasse para ele.

– A senhorita já esqueceu que pretendia me matar assim que me visse?

Foi a imobilidade desprotegida de seu corpo que tornou aquela lembrança real. O arrepio que a fez se levantar foi como um grito de terror e uma negação, porém ela enfrentou o olhar do homem e respondeu, com voz controlada:

– É verdade.

– Então faça o que havia planejado.

Com voz baixa e intensa, que era ao mesmo tempo uma entrega e uma repreensão irônica, ela retrucou:

– Ora, o senhor sabe muito bem que isso não tem mais sentido, não é?

Galt sacudiu a cabeça.

– Não. Faço questão de lhe lembrar de que era essa sua intenção. E a senhorita tinha razão, no passado. Enquanto a senhorita fazia parte do mundo exterior, era necessário me destruir. E, das duas alternativas que agora tem à sua frente, uma delas a levará um dia a ser obrigada a fazer isso.

Dagny não respondeu nada e ficou olhando para o chão. Galt viu seus cabelos balançarem quando ela sacudiu a cabeça com veemência, negando.

– A senhorita é o único perigo que me ameaça, a única pessoa que poderia me entregar a meus inimigos. Se voltar a eles, é o que a senhorita há de fazer. Opte por isso, se quiser, porém aja com plena consciência do que faz. Não me responda agora. Mas enquanto isso... – a tensão da severidade na voz de Galt era consequência do esforço voltado contra si próprio – ... lembre-se de que eu conheço o significado das duas respostas.

– Tanto quanto eu? – perguntou ela, num sussurro.

– Sim.

Galt se virou para sair, e de repente o olhar de Dagny recaiu sobre as inscrições que ela já vira, porém depois esquecera, nas paredes do quarto.

Eram inscrições no verniz da madeira, que revelavam claramente a pressão do lápis nas mãos que as fizeram, cada uma com uma letra e uma violência específicas: "Você vai conseguir – Ellis Wyatt." "Amanhã de manhã tudo estará bem – Ken Danagger." "Vale a pena o esforço – Roger Marsh." Havia outras.

– O que é isso? – perguntou ela.

Galt sorriu:

– Foi neste quarto que eles passaram a primeira noite no vale. A primeira noite é a mais difícil. É o último esforço para romper com lembranças do passado, e o mais duro. Faço-os dormir aqui porque podem me chamar, se quiserem. Venho falar com eles quando não conseguem dormir. A maioria não consegue. Mas quando chega a manhã já estão recuperados... Todos já passaram por este quarto. Agora o chamam de câmara de torturas ou antessala porque todo mundo tem que entrar no vale pela minha casa. – Virou-se para sair, mas parou na porta e acrescentou: – Nunca pensei que a senhorita viesse a dormir neste quarto. Boa noite, Srta. Taggart.

CAPÍTULO 2

A UTOPIA DA GANÂNCIA

— Bom dia.

Dagny olhou para Galt da porta do quarto. Ele estava do outro lado da sala de visitas. Pelas janelas atrás dele, viam-se as montanhas, com aquela tonalidade de rosa-prateado que parece mais luminosa que a luz do dia, com a promessa de uma luz ainda por vir. O sol já havia saído do horizonte, porém ainda não atingira o alto da barreira de montanhas. Assim, era o brilho do próprio céu que anunciava o nascer do sol. Ela já ouvira um som alegre que parecera saudar o amanhecer, não o canto dos pássaros, e sim o telefone, que tocara havia pouco. Via agora o dia nascer não nos galhos verdejantes lá fora, mas no brilho do fogão cromado, de um cinzeiro de vidro sobre a mesa, das alvas mangas da camisa de Galt. Sem querer, percebeu que sua própria voz exprimia um sorriso semelhante ao dele ao retribuir a saudação:

– Bom dia.

Ele estava juntando papéis cheios de cálculos que estavam em sua mesa e os colocando no bolso.

– Tenho que ir até a casa de força – disse. – Acabaram de me ligar para dizer que a tela de raios está com algum problema. Parece que por culpa do seu avião. Volto daqui a meia hora para preparar nosso café da manhã.

Foram a simplicidade descontraída da voz dele, sua maneira de encarar a presença de Dagny e a rotina matinal da casa com coisas já estabelecidas, que já não queriam dizer nada para os dois, que deram a ela a sensação de que Galt dava toda uma ênfase especial àquilo e que estava consciente de que o fazia. Ela respondeu com a mesma naturalidade:

– Se o senhor me der a bengala que deixei dentro do carro, quando voltar o café da manhã já estará pronto.

Galt a olhou um pouco espantado. Seu olhar se fixou nos curativos do tornozelo de Dagny e depois nos braços expostos pela blusa de mangas curtas, num dos quais se via uma atadura grande na altura do cotovelo. Porém a blusa transparente, o colarinho aberto, o cabelo caído nos ombros inocentemente nus cobertos apenas pelo tecido fino da blusa, tudo isso lhe emprestava um ar de menina, não de convalescente, e sua postura dava a impressão de que os curativos eram irrelevantes.

Ele sorriu, não exatamente dela, mas como se de repente tivesse se lembrado de algo que o fizesse sorrir.

– Como a senhorita quiser – disse.

Era estranho ficar sozinha na casa dele. Em parte, era uma emoção que ela jamais experimentara antes: um respeito profundo que a fazia prestar atenção nas próprias mãos, como se tocar em qualquer objeto ao seu redor fosse uma intimidade excessiva; em parte, era uma sensação ousada de bem-estar, de sentir-se em casa ali, como se fosse ela a dona do proprietário daquela casa.

Era estranho sentir uma felicidade tão pura por fazer algo tão corriqueiro quanto preparar o café da manhã. O trabalho parecia um fim em si, como se encher uma cafeteira, espremer laranjas e cortar pão fossem coisas que se fazem por amor, pelo prazer que se espera nos movimentos de uma dança e que tão raramente se encontra. Surpreendeu-se ao se dar conta de que não experimentava um prazer desse tipo ao trabalhar desde os tempos da estação de Rockdale.

Estava pondo a mesa quando viu um vulto de homem subir apressadamente o caminho que levava à casa, uma figura rápida e ágil que pulava sobre as pedras com tanta facilidade como se voasse. Abriu a porta gritando – "John!" – e ele parou de repente quando viu Dagny. Trajava um suéter azul-escuro e calças da mesma cor, tinha cabelos dourados e um rosto de uma beleza tão perfeita que ela ficou imóvel, olhando para ele, de início não por admirar sua beleza, mas por não acreditar no que via.

O homem a olhava como se não esperasse encontrar uma mulher nessa casa.

Então ela percebeu que seu olhar mudou: agora era de reconhecimento, e o espanto era de outra espécie, meio irônico, meio triunfante, culminando num risinho.

– Ah, então *a senhorita* também passou para o nosso lado?

– Não – respondeu ela, seca. – Sou uma fura-greve.

Ele riu, como um adulto ri de uma criança que usa termos científicos que ela ainda não compreende.

– Se a senhorita sabe o que está dizendo, deve saber que isso não é possível, não aqui.

– Entrei de penetra.

O homem reparou em seus curativos, com um olhar quase insolente de tão curioso.

– Quando?

– Ontem.

– Como?

– De avião.

– O que a senhorita estava fazendo sobrevoando esta região?

O homem tinha os modos diretos e arrogantes de um aristocrata ou de um marginal – parecia aristocrata e estava vestido como marginal. Ela o examinou por um momento, fazendo-o esperar de propósito.

– Eu estava tentando aterrissar numa miragem pré-histórica – disse por fim. – E foi o que fiz.

– É mesmo uma fura-greve – disse ele, rindo, como se compreendesse tudo. – Onde está o John?

– O Sr. Galt está na casa de força. Deve voltar a qualquer momento.

Sem pedir permissão, o homem sentou-se numa poltrona, como se estivesse em casa. Dagny, calada, voltou ao trabalho. Ele ficou observando-a com um largo sorriso, como se vê-la dispondo talheres numa mesa de copa fosse um paradoxo curioso.

– O que Francisco disse quando a viu aqui? – perguntou ele.

Dagny se virou para ele com um movimento um tanto repentino, porém conseguiu manter um tom neutro ao responder:

– Ele ainda não chegou.

– Ainda não? – O homem parecia surpreso. – Tem certeza?

– Foi o que me disseram.

O homem acendeu um cigarro. Ao vê-lo, Dagny ficou imaginando que profissão ele teria escolhido, amado e depois abandonado para vir morar neste vale. Não lhe ocorria nenhuma ideia, nenhuma possibilidade parecia a correta. Então se deu conta de que estava pensando que seria bom ele não ter profissão nenhuma, pois qualquer tipo de trabalho parecia perigoso demais para aquela beleza incrível. Era uma sensação impessoal. Ela não o olhava como se ele fosse um homem, e sim como se fosse uma obra de arte animada – e lhe parecia um absurdo que o mundo exterior houvesse sujeitado uma perfeição como aquela aos choques, às tensões e às cicatrizes reservadas a todo homem que amava seu trabalho. Porém essa sensação parecia equivocada, porque os traços de seu rosto possuíam aquela dureza que resiste a todo e qualquer perigo.

– Não, Srta. Taggart – disse ele de repente, percebendo seu olhar –, a senhorita nunca me viu antes.

Ficou chocada ao se dar conta de que o examinava de maneira indiscreta.

– E como é que o senhor sabe quem eu sou? – perguntou ela.

– Primeiro porque já vi sua foto nos jornais muitas vezes. Segundo, que eu saiba, a senhorita é a única mulher que ainda resta no mundo exterior que teria permissão de entrar no vale de Galt. Terceiro, a senhorita é a única mulher corajosa – e pródiga – o bastante para continuar a ser uma fura-greve.

– O que o faz ter certeza de que sou mesmo uma fura-greve?

– Se não fosse, saberia que não é este vale, e sim a concepção de vida de quem vive no mundo exterior, que é uma miragem pré-histórica.

Ouviram um ruído de motor e viram o carro parando lá embaixo, à frente da casa. Dagny percebeu que o homem se pôs de pé imediatamente ao ver Galt no carro. Não fosse a evidente conotação de ânsia de vê-lo, pareceria um gesto instintivo de respeito militar.

Ela observou que, ao entrar, Galt parou quando viu o homem. Percebeu que ele sorriu, mas notou que sua voz parecia estranhamente baixa, quase solene, como se traduzisse uma sensação inconfessa de alívio, quando ele saudou o visitante:

– Oi.

– Oi, John – disse o homem, alegre.

Ela percebeu que o aperto de mãos veio um instante depois e durou um pouco mais do que seria normal, como se, da última vez que se viram, os dois pensassem que talvez jamais voltassem a se ver.

Galt se virou para ela.

– Já se conhecem? – perguntou, dirigindo-se a ambos.

– Não exatamente – disse o visitante.

– Srta. Taggart, lhe apresento Ragnar Danneskjöld.

Ela pôde imaginar a expressão que havia feito quando ouviu a voz de Danneskjöld, que parecia longínqua, dizer:

– Não precisa se assustar, Srta. Taggart. Aqui no vale de Galt, não ofereço perigo a ninguém.

Ela só foi capaz de sacudir a cabeça. Quando conseguiu falar de novo, disse:

– Não é o que o senhor faz com os outros... é o que fazem com o senhor... – O riso de Danneskjöld pôs fim ao estupor momentâneo de Dagny.

– Cuidado, Srta. Taggart. Se já está começando a pensar assim, não vai continuar a ser fura-greve por muito tempo. – E acrescentou: – Mas é bom começar adotando os bons hábitos da gente do vale de Galt, não os maus. Há 12 anos que eles vivem se preocupando comigo... à toa. – Olhou para Galt.

– Quando você chegou? – perguntou Galt.

– Ontem, tarde da noite.

– Sente-se. Você vai tomar o café da manhã conosco.

– Mas onde está Francisco? Por que ainda não chegou?

– Não sei – respondeu Galt, franzindo a testa um pouco. – Perguntei no aeroporto ainda há pouco. Ninguém tem notícias dele.

Quando Dagny se virou para voltar à cozinha, Galt fez menção de segui-la.

– Não – disse ela. – Hoje sou eu que me encarrego disso.

– Deixe-me ajudá-la.

– Aqui ninguém pede ajuda a ninguém, não é?

Ele sorriu e disse:

– É verdade.

Dagny jamais experimentara o prazer de andar como se seus pés não deslocassem peso algum, como se o apoio da bengala fosse apenas um toque de elegância; o prazer de perceber seus pés traçarem linhas rápidas e retas, sentindo a precisão absoluta e espontânea de seus gestos, o prazer que experimentava agora ao colocar comida nos pratos à frente dos dois homens. Sua postura lhes dizia que ela sabia que estava sendo observada por eles – sua cabeça estava erguida como se ela fosse uma atriz entrando em cena, uma mulher adentrando um baile, a vencedora de um concurso silencioso.

– Francisco vai gostar de saber que foi a senhorita quem o substituiu hoje – comentou Danneskjöld quando ela se sentou à mesa.

– Como assim?

– É que hoje é 1º de junho, e nós três, John, Francisco e eu, há 12 anos tomamos o café da manhã juntos nessa data.

– Aqui?

– No início, não. Mas aqui, sim, desde que esta casa foi construída, há oito anos. – Deu de ombros, sorrindo. – Para um homem que tem nas costas mais séculos de tradição do que eu, é estranho ser ele o primeiro a quebrar essa nossa tradição.

– E o Sr. Galt? – perguntou ela. – Quantos séculos de tradição ele tem nas costas?

– John? Nenhum. Porém pela frente tem todos os séculos futuros.

– Deixemos os séculos para lá – disse Galt. – Falemos sobre o ano que passou. Como foi? Perdeu algum de seus homens?

– Não.

– Perdeu muito tempo?

– Quer saber se eu me feri? Não. Não sofro um arranhão desde aquela única vez, há 10 anos, quando eu ainda era um amador, e da qual você já devia ter esquecido. Não me arrisquei nem um pouco este ano. Aliás, minha situação era de muito maior segurança do que se eu fosse dono de uma farmácia numa cidade do interior, estando em vigor o Decreto 10.289.

– Perdeu alguma batalha?

– Não. Este ano só o inimigo saiu perdendo todas as vezes. Os saqueadores perderam a maior parte de seus navios para mim, e a maior parte de seus homens para você. O seu ano também foi bom, não foi? Eu sei, porque estou informado. Desde nosso último café da manhã, você ganhou todo mundo que queria lá do Colorado, e mais alguns trunfos, como Ken Danagger. Mas vou lhe falar sobre um trunfo ainda maior, que já é quase seu. Você vai ganhá-lo dentro em breve, porque está por um fio, está quase convencido. Ele salvou minha vida, para você ver como a coisa está.

Galt se recostou na cabeça e apertou os olhos:

– Quer dizer que você não se arriscou este ano, hein?

Danneskjöld riu:

– Ah, realmente eu corri um pequeno risco. Valeu a pena. Foi o melhor encontro que já tive na vida. Estou ansioso para lhe falar disso pessoalmente. Você vai gostar de saber. Sabe quem foi? Hank Rearden. Eu...

– Não!

Foi a voz de Galt, gritando uma ordem. Havia no som um toque de violência que nenhum de seus interlocutores jamais ouvira antes em sua voz.

– O quê?! – exclamou Danneskjöld em voz baixa, sem acreditar no que ouvia.

– Não fale nisso agora.

– Mas você sempre disse que Hank Rearden era o homem que você mais queria ver aqui.

– E é. Mas depois você me conta.

Dagny examinou atentamente o rosto de Galt, porém não conseguiu encontrar nenhuma pista. Viu apenas uma expressão fechada e impessoal, de determinação ou autocontrole, que tornava tensa a pele de seu rosto e afinava seus lábios. *De tudo o que ele poderia saber a respeito de mim,* pensou ela, *a única coisa que justificaria aquela atitude era algo que ele não tinha meio de saber.*

– O senhor conheceu Hank Rearden? – perguntou ela a Danneskjöld. – E ele salvou sua vida?

– É verdade.

– Eu queria que o senhor contasse como foi.

– Não – disse Galt.

– Por quê?

– A senhorita não é uma das nossas.

– Entendo. – Ela sorriu, com um leve ar de desafio. – O senhor teme que eu o impeça de converter Hank Rearden?

– Não, não era nisso que eu estava pensando.

Dagny percebeu que Danneskjöld examinava o rosto de Galt, como se também ele achasse aquela atitude inexplicável. Galt lhe retribuiu o olhar abertamente, como se o desafiasse a encontrar a explicação e garantisse que ele não conseguiria fazê-lo. Dagny viu que Danneskjöld de fato não conseguiu, ao observar que um leve toque de humor amolecia a expressão do anfitrião.

– Que mais você fez este ano? – perguntou Galt.

– Desafiei a lei da gravidade.

– Não é a primeira vez que você faz isso. Como foi dessa vez?

– Voei do meio do oceano Atlântico até o Colorado num avião com um carregamento de ouro muito superior ao recomendado pelas normas de segurança. Espere só até Mulligan ver a quantidade que tenho para depositar. Meus clientes este ano vão ficar bem mais ricos... Ah, você já disse à Srta. Taggart que ela é uma de minhas clientes?

– Ainda não. Pode dizer a ela, se quiser.

– Eu... o que foi mesmo que o senhor disse que eu sou? – perguntou Dagny.

– Não se assuste, Srta. Taggart – disse Danneskjöld. – E não levante objeções. Estou acostumado a rebatê-las. Aqui neste vale sou mesmo uma espécie de marginal. Eles não aprovam meu método de combate. John não aprova, o Dr. Akston não aprova. Acham que minha vida é valiosa demais para eu arriscá-la desse jeito. Mas é que meu pai era bispo, e de tudo o que ele pregava só uma frase eu aceitei: "Aquele que vive pela espada há de morrer pela espada."

– Como assim?

– A violência não funciona na prática. Se os homens acreditam que a força combinada de seus músculos é um meio prático de me subjugar, então que tentem ver em que vai dar um conflito em que num dos lados só se utiliza a força bruta, ao passo que no outro a força é governada pela mente. Até mesmo John concorda que na época em que vivemos eu tenho o direito moral de optar pelo caminho que escolhi. Estou fazendo a mesma coisa que ele, só que à minha maneira. Ele está roubando dos saqueadores o espírito humano; eu estou roubando deles o produto do espírito humano. Ele retira deles a razão; eu, a riqueza. Ele sangra a alma do mundo; eu, o corpo. A lição que eles têm que aprender é a que ele está ensinando, só que sou impaciente e estou apressando o processo de aprendizagem. Mas, como John, estou simplesmente seguindo o código moral deles e me recusando a aceitar que eles imponham dois pesos e duas medidas em proveito deles e à minha custa. Ou à custa de Rearden. Ou à sua custa.

– Do que o senhor está falando?

– Falo de um método de cobrar imposto dos que cobram impostos. Todos os métodos de tributação são complexos, mas esse é muito simples, porque representa a quintessência dos outros. Deixe-me explicar.

Dagny o ouviu. Escutou uma voz cristalina explicitando, num tom seco e meticuloso de guarda-livros, um relatório sobre transferências de dinheiro, contas bancárias, formulários de imposto de renda, como se estivesse lendo as páginas poeirentas de um livro-razão, no qual cada anotação equivalia a uma oferta de seu próprio sangue como caução, a ser derramado a qualquer momento, ao menor descuido do guarda-livros. Enquanto o ouvia, ela contemplava a perfeição de seu rosto e pensava que era essa cabeça que o mundo colocara a prêmio, num valor de milhões de dólares, para que a destruíssem... O rosto que ela considerava belo demais para se expor às cicatrizes de uma carreira produtiva – ela pensava, perdendo metade do que ele dizia, meio entorpecida –, o rosto belo demais para correr qualquer risco... Então lhe ocorreu que sua perfeição física era apenas uma ilustração simples, uma lição infantil que davam a ela, nos termos mais óbvios, a respeito da natureza do mundo exterior e do valor dado ao ser humano numa era infra-humana. *Por mais injustificável ou errônea que fosse a conduta dele*, pensou ela, *como poderiam eles... não!* O que ele fazia estava mesmo certo, e isto era o mais horrível de tudo: ele não tinha outro caminho a percorrer senão esse, e ela não podia nem aprová-lo nem lhe fazer nenhuma crítica.

– ... e os nomes de meus clientes, Srta. Taggart, foram escolhidos cuidadosamente, um por um. Eu me certifiquei da natureza do caráter e da carreira profissional de cada um. Na minha lista de restituições, o seu nome foi um dos primeiros.

Dagny se obrigou a manter o rosto impassível e respondeu simplesmente:
– Sei.

– Seu dinheiro é dos últimos a serem restituídos. Está aqui no Banco Mulligan e lhe será entregue assim que se juntar a nós.

– Sei.

– Porém a sua conta não é tão grande como algumas outras, muito embora lhe tenham roubado grandes quantias nos últimos 12 anos. Nas cópias das suas declarações de renda que Mulligan vai lhe entregar, verá que só vou lhe devolver os impostos que pagou sobre seu salário de vice-presidente de operações, não o que pagou sobre sua renda como acionista da Taggart Transcontinental. A senhorita mereceu tudo o que ganhou como acionista, e nos tempos de seu pai eu lhe teria devolvido todos os seus lucros, mas sob a administração de seu irmão a Taggart se tornou também uma saqueadora, lucrando por meio da força, de favores do governo, subsídios, moratórias e decretos. A senhorita não foi responsável por nada disso. Aliás, foi a maior vítima dessa política, porém só restituo dinheiro ganho pela capacidade produtiva, nunca lucros auferidos por intermédio de saques.

– Compreendo.

Haviam terminado o café da manhã. Danneskjöld acendeu um cigarro e, por um instante, olhou para Dagny através de uma baforada de fumaça, como se percebesse a violência do conflito que se travava em sua mente. Então ele sorriu para Galt e se levantou.

– Vou indo – disse ele. – Minha mulher está me esperando.

– *O quê?!* – exclamou ela.

– Minha mulher – repetiu ele, alegre, como se não entendesse o motivo do espanto dela.

– Quem é sua mulher?

– Kay Ludlow.

As implicações desse fato eram mais do que Dagny podia assimilar.

– Quando... quando vocês se casaram?

– Há quatro anos.

– Como é que o senhor pôde se expor numa cerimônia de casamento?

– Nós nos casamos aqui, numa cerimônia oficializada pelo juiz Narragansett.

– Como... – Dagny tentou se calar, mas as palavras lhe saíram dos lábios sem querer, como um protesto indignado e incontido que ela não sabia se dirigido contra ele, contra o destino ou contra o mundo exterior – como ela pode passar 11 meses por ano pensando que, a qualquer momento, o senhor pode...? – Não terminou a frase.

Danneskjöld sorriu, porém Dagny percebeu a imensa seriedade daquilo que fora necessário para que ele e sua mulher pudessem ter direito a esse sorriso.

– Ela suporta isso, Srta. Taggart, porque não acreditamos que esta Terra é um vale de lágrimas em que o homem está condenado à destruição. Não achamos que a tragédia é nosso destino natural e não vivemos sempre temendo o desastre. Não pensamos no desastre enquanto não temos motivos específicos para esperá-lo, e, quando o encontramos, temos liberdade para combatê-lo. Não é a felicidade, mas o sofrimento, que consideramos antinatural. Não é o sucesso, e sim a calamidade, que consideramos a exceção anormal na vida humana.

Galt o levou até a porta, em seguida voltou, sentou-se à mesa e, com um gesto descansado, pegou a cafeteira para servir-se de mais uma xícara de café.

Num salto Dagny se pôs de pé, como se impelida por um jato que destruísse uma válvula de segurança.

– Acha que vou aceitar o dinheiro dele?

Galt esperou até que sua xícara estivesse cheia, então levantou a vista e respondeu:

– Acho, sim.

– Pois não vou! Não vou deixar que ele arrisque a vida por isso!

– A senhorita nada pode fazer a esse respeito.

– Posso não aceitar o dinheiro!

– Isso, sim.

– O dinheiro vai ficar nesse banco até o dia do Juízo!

– Não. Se a senhorita não o reclamar, uma parte dele – uma parte bem pequena – será entregue a mim, em seu nome.

– Em *meu* nome? Por quê?

– Para pagar sua estadia e alimentação aqui.

Dagny ficou olhando para ele, e a expressão de raiva se transformou em surpresa. Lentamente, sentou-se em sua cadeira outra vez.

Ele sorriu:

– Quanto tempo a senhorita está pretendendo ficar aqui? – Galt percebeu o olhar de impotência que ela lhe dirigiu. – Não pensou nisso? Pois eu já pensei. Vai ficar aqui um mês. O mês de nossas férias, como todos nós. Não estou lhe pedindo seu consentimento, afinal a senhorita não pediu o nosso para vir aqui. Desrespeitou nossas regras, portanto, terá de assumir as consequências. Ninguém sai deste vale durante este mês. É claro que eu poderia deixá-la sair, mas não vou. Nenhuma regra exige que eu a impeça de sair, mas, como a senhorita entrou à força, tenho o direito de fazer o que quiser – e vou mantê-la aqui simplesmente porque quero tê-la por perto. Se, ao fim de um mês, a senhorita preferir voltar, então poderá ir embora. Mas, antes disso, não.

Dagny estava imóvel; seu rosto parecia relaxado, e seus lábios esboçaram um leve sorriso, um sorriso perigoso de adversário. Porém seus olhos estavam ao mesmo tempo friamente brilhantes e dissimulados, como os de um adversário que pretende lutar mas espera perder.

– Está bem – disse ela.

– Vou lhe cobrar casa e comida, pois é contra nossas regras sustentar uma pessoa que não produz. Alguns de nós têm esposas e filhos, mas nesses casos há uma troca recíproca e um tipo de pagamento mútuo – e Galt lhe dirigiu um olhar – que não posso cobrar. Portanto, vou lhe cobrar 50 centavos por dia, e a senhorita me pagará quando aceitar sua conta no Banco Mulligan. Se não a aceitar, Mulligan descontará essa quantia de sua conta e me dará o dinheiro quando eu o pedir.

– Aceito as condições – disse ela, com a voz matreira, confiante e vagarosa de quem faz um negócio. – Porém não permito que esse dinheiro seja usado para pagar minhas despesas.

– Então como vai pagá-las?

– Com meu trabalho.

– Que tipo de trabalho?

– Vou ser sua cozinheira e empregada.

Pela primeira vez, Dagny viu-o reagir ao inesperado de um modo e com uma violência que ela não imaginara. Galt apenas deu uma gargalhada, porém o riso mostrava que ela havia conseguido atingi-lo além de suas defesas, com algo muito além do significado imediato de suas palavras. Ela sentiu que conseguira atingir seu passado, despertar nele alguma lembrança com um significado todo seu, que ela não podia saber qual era. Ele ria como se visse uma imagem distante, como se risse dela, como se isso fosse sua vitória – e dela também.

– Se o senhor me contratar – disse ela com uma expressão séria e cortês e um tom de voz seco, impessoal e objetivo –, eu preparo suas refeições, arrumo a casa, lavo as roupas e faço todas as outras tarefas que normalmente cabem a uma criada, e recebo como pagamento casa, comida e dinheiro para uma ou outra peça de vestuário necessária. Nos primeiros dias, meus ferimentos talvez prejudiquem um pouco meu trabalho, mas isso não vai durar muito tempo e logo vou poder fazer tudo.

– É isso que a senhorita quer fazer?

– Sim, é isso... – respondeu ela e se calou antes que completasse: mais do que qualquer outra coisa no mundo.

Ele ainda sorria, achando graça naquilo, mas era como se aquela graça pudesse ser transformada numa glória resplandecente.

– Está bem, Srta. Taggart – disse ele. – Está contratada.

Ela baixou a cabeça, num gesto seco e formal:

– Obrigada.

– Vou lhe pagar 10 dólares por mês, além da casa e da comida.

– Muito bem.

– Serei o primeiro homem do vale a ter empregada. – Levantou-se, pôs a mão no bolso e tirou uma moeda de ouro de 5 dólares, colocando-a na mesa. – É um adiantamento de seu salário.

Ao pegar a moeda, Dagny ficou surpresa ao constatar que experimentava a sensação ansiosa, desesperada e trêmula de esperança que sente uma moça ao arranjar seu primeiro emprego: a esperança de merecê-lo.

– Sim, senhor – disse ela, baixando a vista.

◢◢◢

Owen Kellogg chegou na tarde do terceiro dia da estada de Dagny no vale. Ela não sabia o que o chocara mais quando ele saiu do avião: a presença dela, ali, ao lado da pista de aterrissagem, ou suas roupas – a blusa transparente comprada na loja mais cara de Nova York e o vestido de algodão estampado comprado no vale por 60 centavos –, sua bengala, seus curativos, ou a sacola de compras que ela levava.

Kellogg estava no meio de um grupo de homens e, ao vê-la, parou e depois correu até ela como se impelido por uma emoção tão forte que, qualquer que fosse sua natureza, parecia terror.

– Srta. Taggart... – sussurrou ele e não disse mais nada.

Dagny riu, tentando lhe explicar como havia chegado ao vale antes dele. Kellogg a escutou como se tudo aquilo fosse irrelevante e então deu vazão ao sentimento do qual tentava se recuperar:

– Mas achávamos que a senhorita tinha morrido.

– Quem achava isso?

– Todos... quer dizer, todo mundo lá no mundo exterior.

Então Dagny parou de sorrir de repente, enquanto ele exprimia felicidade em sua voz pela primeira vez:

– A senhorita não lembra? Pediu que eu telefonasse para Winston, Colorado, para avisar que estaria lá ao meio-dia do dia seguinte, ou seja, anteontem, 31 de maio. Mas não chegou a Winston, e no fim da tarde foi divulgado em todas as estações de rádio que a senhorita havia desaparecido num desastre de avião em algum lugar das montanhas Rochosas.

Lentamente, ela concordou com a cabeça, apreendendo aquilo em que não havia pensado antes.

– Quando ouvi a notícia, eu estava no Cometa – disse ele –, parado numa pequena estação no interior do Novo México. O chefe do trem o segurou lá por uma hora, enquanto eu o ajudava a confirmar a história pelo telefone. Ele estava tão chocado com a notícia quanto eu. Aliás, todos estavam: a tripulação do trem, o agente da estação, os guarda-chaves. Ficaram todos ao meu redor enquanto eu ligava para as redações dos jornais de Denver e de Nova York. Não nos informaram muita coisa. Só sabiam que seu avião havia decolado do campo de pouso de Afton pouco antes do amanhecer do dia 31, que a senhora parecia estar seguindo o avião de um desconhecido, que o funcionário do campo de pouso viu seu monomotor indo para sudeste e que depois ninguém mais a vira... e que havia equipes de salvamento procurando os destroços de seu avião em toda a região das montanhas Rochosas.

Dagny não conseguiu conter a pergunta:

– O Cometa chegou a São Francisco?

– Não sei. Desisti quando ele estava se arrastando pelo norte do Arizona. Foram tantos atrasos, tantos problemas, tantas ordens contraditórias que saltei e passei a noite pegando caronas até chegar ao Colorado. Peguei caminhões, carroças, tudo, para chegar lá na hora certa – quer dizer, para chegar ao nosso ponto de encontro, onde o avião de Mulligan nos pegou para nos trazer aqui.

Dagny começou a andar lentamente em direção ao carro que deixara estacionado em frente à Mercearia Hammond. Kellogg a seguiu e quando falou outra vez foi num tom mais baixo, mais lento, como se houvesse um assunto que ambos queriam evitar.

– Arranjei emprego para Jeff Allen – disse ele, com o tom de voz solene de quem diz: cumpri seu último desejo. – Seu agente lá de Laurel o pôs para trabalhar assim que o viu. Ele precisava muito de homens. Isto é, de homens capazes.

Haviam chegado ao carro, porém não entraram.

– A senhorita se machucou muito? O desastre não foi muito sério?

– Não, absolutamente. Amanhã já não estarei precisando do carro do Sr. Mulligan e daqui a um ou dois dias não vou precisar mais nem desta coisa. – Jogou a bengala com um gesto de desprezo para dentro do carro. Ficaram parados, em silêncio.

– O último telefonema que dei daquela estação no Novo México – disse ele, lentamente – foi para a Pensilvânia. Falei com Hank Rearden e lhe contei tudo o que eu sabia. Ele ouviu, depois fez uma pausa e disse: "Obrigado por me ligar." – Kellogg baixou os olhos e acrescentou: – Espero nunca mais na minha vida ouvir uma pausa como aquela.

Ele levantou a vista para ela. Em seu olhar não havia nenhuma censura, apenas a compreensão do que ele não entendia quando Dagny lhe fizera aquele pedido.

– Obrigada – disse ela, abrindo a porta do carro. – Quer uma carona? Tenho que voltar logo e aprontar o jantar antes que meu patrão chegue em casa.

Foi no primeiro momento após voltar para a casa de Galt, quando estava sozinha naquela sala silenciosa e ensolarada, que Dagny se deu conta do que estava sentindo. Olhou para a janela, para as montanhas que obstruíam o céu para o leste. Pensou em Rearden, sentado a sua mesa naquele momento, a 3 mil quilômetros dali, o rosto impassível contendo sua agonia, tal como vinha suportando golpe após golpe durante todos esses anos, e sentiu uma vontade desesperada de lutar a seu lado, lutar por ele, pelo passado dele, por aquela tensão em seu rosto e pela coragem que a inspirava, assim como queria lutar pelo Cometa, que se arrastara, num derradeiro esforço, por trilhos apodrecidos através de um deserto. Estremeceu, fechando os olhos, sentindo-se culpada de uma dupla traição, como se estivesse pairando entre o vale e o restante do mundo, sem ter direito a fazer parte de nenhum dos dois.

A sensação desapareceu quando se sentou à mesa de frente para Galt. Ele a olhava abertamente, com um olhar límpido, como se a presença dela fosse uma coisa normal e como se ele não quisesse fazer mais nada senão olhar para ela.

Dagny se recostou na cadeira, como se reconhecesse o significado daquele olhar e o aceitasse, e disse, num tom seco e eficiente que negava esse reconhecimento:

– Examinei suas camisas e vi que numa faltavam dois botões, e outra está puída na altura do cotovelo esquerdo. Quer que eu as conserte?

– Claro, se a senhorita souber fazer isso.

– Sei, sim.

Aparentemente, isso não alterou a natureza do olhar de Galt. Apenas teve o efeito de acentuar o que nele havia de satisfação, como se ele desejasse que Dagny dissesse justamente isso. Ela não sabia se era mesmo satisfação o que havia naquele olhar; estava certa apenas de que Galt não quisera que ela dissesse nada.

Pela janela da copa, ela viu que nuvens carregadas haviam apagado os últimos vestígios de luz do céu para os lados do leste. Não entendeu por que sentiu de repente uma vontade de não olhar para fora, de se ater aos reflexos dourados de luz sobre a madeira da mesa, sobre a casca do pão, a cafeteira de cobre, os cabelos de Galt, de se agarrar a uma pequena ilha no limiar do vazio.

Então ouviu sua própria voz de repente, sem querer, fazendo uma pergunta, e percebeu que era essa a traição que ela tentava evitar:

– É permitido realizar alguma forma de comunicação com o mundo exterior?

– Não.

– Nenhuma? Nem mesmo um bilhete sem endereço de remetente?

– Não.

– Nem sequer um recado, que nada tenha a ver com o segredo do vale?

– Daqui, este mês, não. Nunca, para ninguém do mundo exterior.

Dagny percebeu que estava evitando o olhar de Galt e se obrigou a erguer a cabeça e a encará-lo. O olhar dele havia mudado; agora era atento, fixo, implacavelmente perceptivo. Observando-a como se soubesse o motivo daquela pergunta, Galt indagou:

– Quer pedir uma permissão excepcional?

– Não – respondeu ela, sem baixar a vista.

No dia seguinte, após o café da manhã, ela estava sentada em seu quarto, cuidadosamente costurando um remendo na manga da camisa de Galt, com a porta fechada, para que ele não a visse realizando sem muito jeito aquela tarefa que ela jamais tentara antes, quando ouviu um carro parando na frente da casa.

Ouviu os passos de Galt atravessando apressados a sala e o ouviu abrir a porta e gritar com alívio, raiva e felicidade:

– Até que enfim!

Dagny se pôs de pé, porém se conteve: ouviu que a voz de Galt subitamente assumia um tom sério, como se em reação a algo que o chocara.

– O que houve?

– Oi, John – disse uma voz límpida e serena, que parecia controlada, porém exprimia exaustão.

Ela sentou-se na cama, subitamente sem forças: era a voz de D'Anconia.

Ouviu Galt perguntar, com um tom de voz severo e preocupado:

– O que foi?

– Depois eu explico.

– Por que você se atrasou tanto?

– Vou ter que ir embora de novo daqui a uma hora.

– Ir embora?

– John, só vim para lhe dizer que este ano não vou poder ficar aqui.

Houve uma pausa, e então Galt perguntou, com voz grave:

– Então foi uma coisa... muito séria, mesmo?

– Foi. Eu... talvez eu volte antes do fim do mês. Não sei. – Acrescentou, com um esforço desesperado: – Não sei se quero me ver livre disso o mais rápido possível ou se... ou não.

– Francisco, você seria capaz de suportar um choque agora?

– Eu? Nada mais poderia me chocar agora.

– Ali no meu quarto de hóspedes está uma pessoa que você precisa ver.

Vai ser um choque para você, por isso acho melhor ir logo avisando: a pessoa em questão ainda é fura-greve.

– O *quê*? Um fura-greve? Na *sua* casa?

– Vou lhe contar como...

– Isso eu faço questão de ver com meus próprios olhos!

Ouviu o riso de desprezo de D'Anconia e seus passos apressados, viu a porta de seu quarto ser aberta e percebeu vagamente que foi Galt quem a fechou depois, deixando-os a sós.

Dagny não seria capaz de dizer por quanto tempo D'Anconia ficou parado, em pé, olhando para ela, porque só começou a entender o que acontecia realmente quando o viu cair de joelhos e agarrá-la, apertando o rosto contra suas pernas. No momento, teve a impressão de que o arrepio que percorreu o corpo dele e depois o deixou imóvel havia passado para o dela, permitindo-lhe recuperar os movimentos.

Atônita, percebeu que sua mão estava acariciando delicadamente os cabelos dele, ao mesmo tempo que pensava que não tinha o direito de fazer aquilo, sentindo uma corrente de serenidade fluindo de sua mão, envolvendo os dois, apagando o passado. Ele não se mexia, não emitia som algum, como se o ato de abraçá-la exprimisse tudo aquilo que tinha a dizer.

Quando D'Anconia levantou a cabeça, seu olhar parecia expressar o que ela sentira quando abriu os olhos no vale: era como se para ele jamais tivesse existido dor no mundo. Ele ria.

– Dagny, Dagny, Dagny! – E sua voz dava a impressão de que ele estava não confessando algo reprimido há anos, e sim repetindo algo sabido há muito, e rindo da ideia de que aquilo jamais tivesse sido reprimido. – Dagny, é claro que eu a amo. Você ficou com medo quando ele me obrigou a dizê-lo? Pois vou dizê-lo sempre que você quiser: eu a amo, querida, e sempre a amarei... não se preocupe comigo, não me importa que você jamais volte a ser minha, que diferença faz? Você está viva e está aqui e agora sabe tudo. E é tão simples, não é? Você agora entende por que tive de abandoná-la? – Com um gesto, ele apontou para o vale. – Eis a *sua* terra, o *seu* reino, o *seu* mundo... Dagny, sempre amei você e, se a abandonei, foi por amor a isso.

D'Anconia tomou as mãos dela, apertou-as contra seus lábios e as segurou ali, não como um beijo, e sim como um longo momento de repouso, como se o esforço de falar o distraísse do fato de que ela estava presente e como se ele estivesse confuso com o excesso de coisas a dizer, com a pressão de todas as palavras guardadas durante aqueles anos de silêncio.

– As mulheres de minha vida. Você não acreditou nisso, não é? Jamais toquei nelas... mas acho que você sabe disso, sempre soube. O papel de playboy foi algo que tive de encarnar para que os saqueadores não suspeitassem de que eu estava destruindo a Cobre D'Anconia às vistas de todo mundo. É a falha do sistema deles: eles atacam todo e qualquer homem honrado e amistoso, mas assim que veem um vagabundo inconsequente e desajuizado ficam achando que é amigo deles, que não oferece perigo – é essa a visão do mundo que eles têm. Mas estão aprendendo! Estão vendo se o mal é mesmo uma coisa que não oferece perigo, se a incompetência funciona!

Ela o fitava com curiosidade, ansiosa por ouvir o que ele tinha a dizer.

– Dagny, foi na noite que eu descobri que a amava – foi então que eu me convenci de que tinha de partir. Foi quando você entrou no meu quarto no hotel, naquela noite, quando eu vi como você era, o que era, o que representava para mim – e o que a aguardava no futuro. Se você fosse menos, talvez tivesse me segurado mais um pouco. Mas foi você, *você*, o argumento final que me fez abandoná-la. Pedi sua ajuda naquela noite, contra John Galt. Mas eu sabia que você era a melhor arma que ele tinha contra mim, embora nem você nem ele soubessem. Você era tudo o que ele buscava, tudo o que ele nos dizia que era a causa pela qual devíamos viver ou morrer, se necessário... Eu estava pronto para Galt, quando ele me chamou a Nova York, de repente, naquela primavera. Havia algum tempo que eu não tinha notícia de John. Ele estava lutando contra o mesmo problema que eu. Ele o resolveu... Você se lembra disso?

– Sim, Francisco, me lembro.

– Foi aquela vez que você passou três anos sem que eu a procurasse. Dagny, quando assumi a responsabilidade pela empresa de meu pai, quando comecei a lidar com todo o sistema industrial do mundo, foi então que comecei a ver a natureza do mal de cuja existência eu já suspeitava, porém achava algo monstruoso demais para ser verdade. Vi os vermes cobradores de impostos que havia séculos tinham se desenvolvido sobre a D'Anconia como bolor, sangrando a empresa sem nenhum direito de fazê-lo. Vi o governo criando normas para me prejudicar, porque eu tinha sucesso, e para ajudar meus concorrentes, porque eles eram vagabundos fracassados. Vi os sindicatos ganharem todas as disputas contra mim, porque era graças a mim que eles podiam viver. Vi que era considerado direito qualquer desejo de ganhar dinheiro que partisse de alguém incapaz de ganhá-lo com seu esforço, porém eram considerados gananciosos os que podiam trabalhar para merecê-lo. Vi os políticos piscando o olho para mim, dizendo que não me preocupasse, porque eu podia trabalhar um pouquinho mais e passar todos os outros para trás. Examinei os lucros, projetei para o futuro e vi que quanto mais eu trabalhava, mais eu apertava a corda no meu pescoço. Vi que minha energia estava sendo desperdiçada, que os parasitas que se alimentavam de mim estavam também servindo de pasto para outros; que estavam presos em sua própria armadilha – e que não havia nenhuma razão para aquilo, nenhuma resposta que alguém conhecesse. Vi que os esgotos do mundo, no qual escorria o sangue produtivo, levavam a alguma névoa úmida que ninguém jamais devassara, enquanto as pessoas se limitavam a dar de ombros e a dizer que a vida na Terra fatalmente era uma coisa má. E então vi que todo o sistema industrial do mundo, com todas as suas máquinas magníficas, seus altos-fornos de milhares de toneladas, seus cabos oceânicos, seus escritórios de mogno, suas bolsas de valores, seus anúncios luminosos, seu poder, sua riqueza – tudo aquilo era administrado não por banqueiros e diretorias, mas por qualquer humanitarista de barba malfeita em qualquer botequim vagabundo, por qualquer rosto inchado de malícia que pregasse que a virtude deve ser castigada por ser virtude, que o objetivo da capacidade é servir a incompetência, que o homem só tem o direito de existir para o bem dos outros...

D'Anconia fez uma breve pausa, como que para recuperar o fôlego.

– Bem, eu entendi. Não via nenhuma maneira de combater aquilo. Mas John descobriu um modo. Na noite em que ele nos chamou a Nova York, éramos só mais dois além dele, eu e Ragnar. Ele nos disse o que tínhamos de fazer e que espécie de homem deveríamos recrutar. Ele havia saído da Século XX e estava morando numa água-furtada num bairro miserável. Foi até a janela e apontou para os arranha-céus da cidade. Disse que tínhamos que apagar as luzes do mundo e que, quando víssemos as luzes de Nova York se apagarem, saberíamos que havíamos triunfado. Não nos pediu para nos juntarmos a ele imediatamente. Disse-nos que pensássemos e levássemos em conta tudo o que aconteceria com nossas vidas. Dei-lhe minha resposta na manhã do segundo dia, e Ragnar algumas horas depois, à tarde... Dagny, foi a manhã depois daquela nossa última noite juntos. Eu havia visto uma verdade irrefutável, aquilo pelo qual eu tinha que lutar. Foi pela sua aparência naquela noite, pela maneira como você falou sobre sua rede ferroviária, pela sua aparência naquela vez que tentamos ver Nova York do alto de uma pedra perto do rio Hudson – eu tinha que salvá-la, limpar o caminho para você a fim de permitir que encontrasse a sua cidade, e não deixar que você passasse o restante da vida tropeçando, debatendo-se numa névoa envenenada, com os olhos ainda voltados para a frente, como naquele dia de sol, para encontrar, no fim da sua estrada, não as torres de uma cidade, mas um bêbado gordo, sujo e aleijado desfrutando o prazer de viver bebendo o gim que a *sua* vida se esvaiu para pagar! *Você* não conhecer nenhuma alegria para que *ele* a conhecesse? *Você* gastar-se para servir o prazer dos outros? *Você* servir de meio enquanto o infra-humano seria o fim? Dagny, era isso que eu via, era isso que eu não podia deixar que fizessem com você! Com você e com qualquer outra criança que olhasse para o futuro com olhos como os seus, com qualquer pessoa que tivesse a sua fibra e fosse capaz de viver um momento de vida orgulhosa, sem culpa, confiante, feliz. Era esse o meu amor, esse estado do espírito humano, e a abandonei para que você lutasse, sabendo que, se eu perdesse você, assim mesmo seria você o prêmio que eu estaria ganhando a cada ano de luta. Mas agora você entende, não é? Já viu este vale. É o lugar aonde queríamos chegar quando éramos crianças, eu e você. Chegamos lá. O que mais posso pedir agora? Só ver você aqui...

Dagny percebeu quando ele a olhou com doçura, mas não fez nenhum comentário.

– John disse que você é uma fura-greve. Ah, é só uma questão de tempo, mas você vai ser uma das nossas, porque sempre foi. Se ainda não entende isso, vamos esperar, não me importa – desde que você esteja viva, que eu não tenha que continuar sobrevoando as montanhas Rochosas procurando os destroços do seu avião!

Dagny não pôde conter uma interjeição de espanto ao entender por que ele não havia chegado no vale na data combinada.

D'Anconia riu:

– Não faça essa cara. Não olhe para mim como se eu fosse uma ferida que você tem medo de tocar.

– Francisco, eu o feri de tantas maneiras diferentes...

– Não! Você não me feriu, nem ele, também. Não fale nisso, ele é que foi ferido, mas vamos salvá-lo e ele também virá para cá, que é o lugar dele, e vai entender, e ele também poderá rir disso tudo. Dagny, eu não achava que você ia ficar esperando, não tinha essa esperança, sabia o risco que corria, e, se tinha que ser alguém, ainda bem que foi ele.

Ela fechou os olhos e apertou os lábios, para não gemer.

– Amor, não! Você não entende que eu aceito?

Mas não é, pensou ela, *não é ele, e não posso lhe dizer a verdade, porque é um homem a quem talvez eu jamais o diga e que talvez jamais venha a ser meu.*

– Francisco, eu o amei, sim... – disse ela e prendeu a respiração, chocada, percebendo que não fora sua intenção dizer aquilo, nem conjugar o verbo naquele tempo.

– Mas você ainda me ama – disse ele, calmo, sorrindo. – Ainda me ama, mesmo que haja uma manifestação desse amor que você sempre há de sentir e querer porém não me dará mais. Continuo a ser quem eu era, e você sempre me verá tal como sou, e sempre me concederá a mesma coisa, ainda que haja algo maior que você concede a outro homem. Sinta você o que sentir por ele, isso não vai mudar o que sente por mim, e não será traição, porque vem da mesma raiz, é a mesma reação aos mesmos valores. Aconteça o que acontecer no futuro, seremos sempre o que éramos um para o outro, eu e você, porque você sempre me amará.

– Francisco – sussurrou ela –, você sabe disso?

– Claro. Você não entende agora? Dagny, toda forma de felicidade é a mesma coisa, todo desejo é movido pelo mesmo motor, o nosso amor por um único valor, pela maior potencialidade de nossa existência – e toda realização é uma manifestação dele. Olhe ao seu redor. Você vê quanta coisa se oferece a nós aqui, neste mundo sem obstáculos? Você vê quanta coisa estou livre para fazer, experimentar, realizar? Você vê que tudo isso é parte do que você é para mim, como eu sou uma parte disso para você? E, se eu a vir sorrindo de admiração ao ver um novo forno para fundição que construí, será uma outra forma do que eu sentia na cama com você. Se eu vou querer dormir com você? Desesperadamente. Se vou invejar o homem que dorme com você? Claro. Mas o que importa? É tanta coisa: ter você aqui, amá-la e estar vivo.

Com o rosto sério, Dagny baixou os olhos, como numa atitude de reverência, e disse lentamente, como quem cumpre uma promessa solene:

– Você me perdoa?

Ele pareceu não entender. Depois deu um riso alegre, lembrando-se, e respondeu:

– Ainda não. Não há nada a perdoar, porém perdoarei quando você se juntar a nós.

D'Anconia se levantou e a fez se levantar também. Quando a abraçou, o beijo que trocaram foi a súmula de seu passado comum, seu fim e o selo de aceitação.

Quando saíram do quarto, Galt, que estava do outro lado da sala, se virou para eles. Estava olhando pela janela, contemplando o vale – e Dagny teve certeza de que ele estivera ali durante todo aquele tempo. Viu seus olhos examinando os rostos dos dois, lentamente passando de um para outro. Seu rosto ficou menos tenso quando constatou a mudança ocorrida no rosto de D'Anconia.

Ele sorriu e perguntou a Galt:

– Por que você está olhando para mim desse jeito?

– Você faz ideia de como estava a sua cara quando chegou?

– Ah, é mesmo? É porque passei três noites sem dormir. John, você me convida para jantar? Quero saber como essa fura-greve veio parar aqui, mas corro o risco de dormir de repente no meio de uma frase, embora no momento eu tenha a impressão de que nunca mais vou precisar dormir. Por isso, acho melhor ir para casa e só voltar à noite.

Galt o olhava com um leve sorriso:

– Mas você não ia partir dentro de uma hora?

– O quê? Não... – disse ele, espantado por um momento. – Não! – E caiu na gargalhada. – Não preciso mais! Claro, eu não lhe expliquei nada. Eu estava procurando por Dagny. Procurando... os destroços do avião dela. Disseram que ela havia desaparecido nas montanhas Rochosas.

– Sei – disse Galt em voz baixa.

– Eu seria capaz de imaginar qualquer coisa, menos que o avião dela tinha resolvido cair no vale de Galt. – D'Anconia falava com alegria, com aquele tom de alívio que chega quase a encontrar prazer no horror do passado, desafiando-o com o presente. – Fiquei sobrevoando sem parar a região entre Afton, Utah, e Winston, Colorado, examinando cada pico e cada garganta, todos os vestígios de automóveis nos vales lá embaixo, e, sempre que via um, eu... – Parou e foi como se estremecesse. – Então, à noite, saíamos a pé, subindo montanhas a esmo, sem pistas, sem nenhum plano, andando, andando, até o dia nascer, e... – Deu de ombros, tentando se livrar daquilo e sorrir. – Eu não desejaria isso ao meu pior...

Parou de repente. Seu sorriso desapareceu e voltou-lhe ao rosto um pálido reflexo da expressão que estivera estampada nele por três dias, como se de repente lhe houvesse voltado à memória uma imagem esquecida.

Após um longo momento, D'Anconia se dirigiu a Galt:

– John – disse ele, com a voz estranhamente séria –, será que podíamos avisar ao mundo exterior que Dagny está viva... pois pode haver alguém que... esteja se sentindo como eu estava?

Galt o encarava:

– Você quer poupar aos do mundo exterior alguma das consequências de permanecerem lá?

D'Anconia baixou os olhos, porém respondeu com firmeza:

– Não.

– Piedade, Francisco?

– É. Deixe isso para lá. Você tem razão.

Galt se virou com um movimento que parecia estranhamente incondizente com ele: um movimento disrítmico, abrupto, como se fosse involuntário.

Permaneceu virado para o outro lado. D'Anconia o observou surpreso e perguntou, com voz suave:

– O que foi?

Galt se virou e o encarou por um momento, sem dizer nada. Dagny não conseguiu identificar a emoção que suavizou as linhas de seu rosto: tinha algo de um sorriso, de ternura, de dor, e algo mais elevado que parecia tornar supérfluos todos esses conceitos.

– Todos nós tivemos que pagar algo nessa batalha – disse Galt –, mas você foi quem pagou o preço mais alto, não é?

– Quem? Eu? – D'Anconia sorriu, sem acreditar no que ouvia. – Claro que não! O que há com você? – Deu uma risadinha e acrescentou: – Piedade, John?

– Não – disse Galt com firmeza.

Dagny viu que D'Anconia o olhava com uma expressão de quem não tinha entendido – porque Galt falara olhando não para ele, mas para ela.

◄◄◄

Quando Dagny entrou pela primeira vez na casa de D'Anconia, a impressão imediata que teve não foi a mesma que tivera ao vê-la de fora, fechada e silenciosa. Agora sentiu não uma solidão trágica, e sim uma claridade revigorante. Os cômodos eram simples e tinham pouca mobília. Parecia que a casa fora construída com a habilidade, a impaciência e o jeito decidido que eram típicos dele. Parecia o acampamento de um desbravador de fronteiras, improvisado, feito apenas para servir de ponto de apoio para um longo salto para o futuro, um futuro em que haveria tanta atividade que não se podia perder tempo com conforto no presente. Havia naquela casa o brilho não de um lar, mas dos andaimes recém-montados no local onde seria construído um arranha-céu.

D'Anconia estava em pé no meio da sala de visitas, um quadrado de quatro metros, contemplando-a como se fosse o salão de um palácio. De todos os lugares nos quais Dagny já o vira, este era o que parecia mais adequado a ele. Assim como a simplicidade de suas roupas, juntamente com seu porte, lhe davam um ar de aristocrata, assim também o que havia de rústico naquela sala lhe conferia a aparência de refúgio de um grande senhor. Existia ali um único toque de nobreza: num nicho recortado na parede de troncos de madeira havia duas taças de prata antigas, cujos ornamentos complexos tinham exigido de um artesão mais trabalho demorado e caro do que fora necessário para construir aquela cabana, e cuja superfície fora polida pela passagem de mais séculos do que tinham sido necessários para o crescimento dos pinheiros usados na construção das paredes da casa. No meio daquela sala, os modos descontraídos e naturais de D'Anconia tinham um toque de orgulho discreto, como se seu sorriso dissesse a Dagny silenciosamente: "Isto é o que eu sou, e o que sempre fui durante todos esses anos."

Ela olhou para as taças de prata.

– É – disse D'Anconia, respondendo à pergunta que ela não chegara a fazer –, elas eram de Sebastián d'Anconia e sua mulher. São as únicas coisas de meu palácio em Buenos Aires que trouxe para cá – isso e o brasão lá fora. Não quis ficar com mais nada. Daqui a uns poucos meses, todo o restante vai desaparecer. – Deu uma risada. – Vão confiscar tudo, tudo o que resta da Cobre D'Anconia, porém vão se espantar. Não vão achar tanto quanto imaginam. Quanto ao palácio, não vão ter dinheiro nem para manter a calefação em funcionamento.

– E depois? – perguntou Dagny. – O que você vai fazer?

– Eu? Vou trabalhar na Cobre D'Anconia.

– Como assim?

– Lembra-se daquele velho ditado: "O rei morreu, viva o rei"? Quando o cadáver da propriedade de meus ancestrais for removido da minha frente, minha mina será o novo corpo da D'Anconia, o tipo de propriedade que meus ancestrais sempre quiseram ter, pelo qual trabalharam, que mereciam, mas jamais possuíram.

– A *sua* mina? Que mina? Onde?

– Aqui – disse ele, apontando para as montanhas. – Você não sabia?

– Não.

– Tenho uma mina de cobre que os saqueadores jamais vão descobrir. Fica aqui, nestas montanhas. Fui eu que a descobri, fui eu que fiz a primeira escavação. Faz mais de oito anos. Fui o primeiro homem a quem Mulligan vendeu terras neste vale, então comprei essa mina e comecei a cavá-la com minhas próprias mãos, tal como Sebastián d'Anconia começou. Agora tenho um superintendente lá, o melhor técnico que eu tinha no Chile. A mina produz todo o cobre de que precisamos e meus lucros são depositados no Banco Mulligan. Daqui a uns meses, esse dinheiro será tudo o que terei. E tudo de que terei necessidade.

"... para conquistar o mundo", seu tom de voz parecia dar a entender, do jeito como ele pronunciou sua última frase. E Dagny ficou maravilhada ao constatar a diferença que havia entre a maneira como D'Anconia pronunciara aquela última palavra e o som vergonhoso, sentimental, meio gemido e meio ameaça, mistura de mendigo com assaltante, que tinha na boca dos homens daquele século a palavra "necessidade".

– Dagny – disse ele, à janela, como se olhasse para picos não de montanhas, mas de séculos –, o renascimento da Cobre D'Anconia, e do mundo, tem que começar aqui, nos Estados Unidos. Este foi o único país da história nascido não do acaso e de lutas tribais cegas, mas do produto racional da mente humana. Este país foi construído com a supremacia da razão, e durante um século magnífico ele redimiu o mundo. Terá que fazê-lo outra vez. O primeiro passo da D'Anconia, como de qualquer outro valor humano, tem de ser aqui, porque o restante do mundo chegou à consumação das crenças que tem desde o início dos tempos – fé mística, supremacia do irracional, com dois monumentos como meta: o hospício e o cemitério... Sebastián d'Anconia cometeu um erro ao aceitar um sistema segundo o qual a propriedade que conquistara por direito era dele não por direito, mas por permissão. Seus descendentes pagaram por esse erro. Eu fiz o último pagamento... Creio que ainda hei de ver o dia em que, nascidas de suas raízes neste solo, as minas, os fornos, os desembarcadouros da

D'Anconia voltarão a se espalhar pelo mundo, chegando até meu país, e serei o primeiro a trabalhar na reconstrução dele. Creio que ainda verei isso, mas não posso ter certeza. Ninguém pode prever quando os outros resolverão voltar à razão. Talvez no fim de minha vida eu só tenha conseguido criar essa mina, a D'Anconia nº 1, no vale de Galt, Colorado, Estados Unidos. Mas não esqueça, Dagny, que minha ambição era duplicar a produção de cobre de meu pai. Se no final de minha vida eu só produzir meio quilo de cobre por ano, serei mais rico que meu pai, mais rico que *todos* os meus ancestrais, com os milhares de toneladas que produziam, porque esse meio quilo de cobre será *meu por direito* e será usado para manter um mundo que saiba disso!

Era esse o D'Anconia que ela conhecera na infância, no porte, no jeito, no brilho intacto de seus olhos – e Dagny, quando deu por si, estava lhe fazendo perguntas sobre sua mina de cobre, tal como lhe perguntara a respeito de seus projetos industriais quando caminhavam à margem do Hudson, recuperando a sensação de que o futuro era todo deles.

– Vou levá-la para ver a mina – disse ele – assim que seu tornozelo ficar completamente sarado. Temos que subir uma trilha íngreme e estreita para chegar lá, ainda não há estrada. Vou lhe mostrar o forno para fundição que estou projetando. Já estou trabalhando nele há algum tempo. É complexo demais para o nosso volume de produção atual, mas quando ela for suficiente para justificar sua utilização... veja só quanto tempo, trabalho e dinheiro vamos poder economizar!

Estavam sentados lado a lado no chão, debruçados sobre os papéis que ele havia espalhado, examinando diagramas complicados, com o mesmo entusiasmo e seriedade com que antes examinavam pedaços de metal no ferro-velho.

Dagny se debruçou mais para a frente no momento exato em que ele foi pegar outro papel e sem querer encostou no ombro dele. Sem querer, permaneceu parada por um instante, apenas uma breve pausa num movimento contínuo, e seus olhos encontraram os de D'Anconia. Ele estava virado para baixo, olhando para ela, sem esconder o que sentia nem pedir nada mais que aquilo. Ela recuou, sabendo que havia sentido o mesmo desejo que ele.

Então, com a velha sensação que experimentara por ele no passado, Dagny apreendeu algo que sempre fizera parte de si, mas que pela primeira vez lhe aparecia com clareza: se aquele desejo era uma celebração da vida, então o que ela sentira por D'Anconia sempre fora uma celebração de seu futuro, tal qual um momento de esplendor ganho como pagamento parcial de um total desconhecido, afirmação de alguma promessa a vir. No instante em que ela compreendeu isso, conheceu também o único desejo que jamais experimentara não como um indicador do futuro, mas como o presente inteiro e definitivo. Entendeu-o por meio de uma imagem: um homem em pé à entrada de uma pequena estrutura de granito. *A forma final da promessa que sempre me impeliu para a frente*, pensou ela, *é o homem que, talvez, permaneça para sempre uma promessa inatingível.*

Mas isto, refletiu Dagny, consternada, era aquela visão do destino humano que ela mais abominara e rejeitara: a ideia de que o homem estava fadado a ser eternamente atraído por uma visão do inatingível ao longe, fadado a aspirar sempre, porém a jamais realizar. A *sua* vida, os *seus* valores não podiam levá-la àquilo, pensou. Jamais encontrara beleza na ânsia pelo impossível e nunca constatara que o possível estava além de seu alcance. Porém agora o encontrara e não conseguia achar uma resposta.

Não posso abandoná-lo, nem abandonar o mundo, pensou Dagny, olhando para Galt naquela noite. A resposta parecia mais difícil de encontrar quando ele estava presente. Ela sentia que não havia problema algum, que nada poderia se justapor ao fato de vê-lo, que nada teria o poder de fazê-la partir, e, ao mesmo tempo, que não teria o direito de olhar para ele se fosse obrigada a abandonar sua rede ferroviária. Sentia-se dona dele, sentia que desde o início ele e ela compreendiam o que jamais fora dito – e, ao mesmo tempo, que ele era capaz de desaparecer da sua vida, em alguma rua no mundo exterior, e passar por ela com sincera indiferença.

Observou que ele não lhe perguntara nada a respeito de D'Anconia. Quando ela lhe falou de sua visita, não encontrou nenhuma reação no rosto de Galt, nem aprovação nem ressentimento. Julgou divisar em sua expressão séria e atenta uma nuance imperceptível – era como se esse assunto fosse algo a respeito do qual ele tivesse resolvido não ter quaisquer sentimentos.

A leve apreensão que Dagny sentia se transformou numa dúvida, e esta virou uma espécie de broca que penetrava cada vez mais fundo em sua mente nas noites que se seguiram – quando Galt saía de casa e ela ficava sozinha. Dia sim, dia não, ele saía após o jantar, sem lhe dizer aonde ia, voltando à meia-noite ou mesmo mais tarde. Ela tentava não perceber em si própria a tensão e a inquietação com que esperava por sua volta. Não lhe perguntava aonde ia nessas noites. A relutância que a impedia de perguntar nada mais era que seu desejo insistente de saber. Então se calava como uma forma vagamente intencional de desafio, em parte a ele, em parte à sua própria ansiedade.

Não reconhecia as coisas que temia, nem as nomeava, para não lhes conferir solidez. Conhecia-as apenas pela pressão incômoda de uma emoção não admitida. Em parte, era um ressentimento selvagem, de uma espécie que jamais experimentara antes, que era uma reação ao medo de que houvesse alguma mulher em sua vida. Porém o ressentimento era suavizado por algo de saudável que havia naquilo que lhe inspirava temor, como se essa ameaça pudesse ser combatida, ou mesmo, se necessário, aceita. Mas havia outro medo, pior do que esse: o espectro sórdido do autossacrifício, a suspeita – que ela não podia expressar – de que ele queria se retirar do caminho de Dagny, deixando-o desimpedido para que ela fosse obrigada a voltar para o homem que era seu maior amigo.

Passaram-se alguns dias antes que ela tocasse no assunto. Então, durante o jantar, numa das noites em que ele ia sair, Dagny de repente se deu conta do prazer curioso que experimentava ao vê-lo comer a refeição que ela havia preparado – e de repente, sem querer, como se aquele prazer lhe conferisse um direito que ela não ousava identificar, como se o prazer, e não a dor, vencesse sua resistência, se deu conta de que estava perguntando a Galt:

– O que o senhor faz à noite quando sai?

Ele respondeu com simplicidade, como se achasse que ela já soubesse:

– Dou aulas.

– O quê?

– É um curso de física que eu dou todos os anos neste mês. É meu... de que a senhorita está rindo? – perguntou ele, ao ver a expressão de alívio, de riso silencioso, no rosto dela, que parecia não ser dirigida ao que ele dizia. E então, antes que ela respondesse, Galt sorriu de repente, como se tivesse adivinhado a resposta, e Dagny viu algo de intensamente pessoal naquele sorriso, que era quase uma intimidade insolente, que contrastava com a maneira calma, impessoal e descontraída com que ele prosseguiu:

– Este é o mês em que mostramos uns aos outros nosso verdadeiro trabalho. Richard Halley vai dar recitais, Kay Ludlow vai se apresentar em duas peças criadas por escritores que não divulgam suas obras no mundo exterior, e eu dou aulas, comunicando os resultados das pesquisas que fiz no último ano.

– As aulas são de graça?

– Claro que não. Cada aluno paga 10 dólares pelo curso.

– Quero assistir a suas aulas.

– Não – disse Galt, sacudindo a cabeça. – A senhorita pode ir aos concertos, assistir às peças, qualquer coisa que seja entretenimento, mas não pode estar presente às minhas aulas nem a qualquer outra apresentação de ideias que possa depois levar para o mundo exterior. Além disso, meus clientes, isto é, meus alunos, são todos indivíduos que têm um objetivo prático para fazer meu curso: Dwight Sanders, Lawrence Hammond, Dick McNamara, Owen Kellogg e mais uns outros. Este ano ganhei mais um aluno: Quentin Daniels.

– É mesmo? – perguntou Dagny, quase enciumada. – Como é que ele pode fazer um curso tão caro?

– Ele vai pagar à prestação. Vale a pena investir nele.

– Onde são as aulas?

– No hangar, na fazenda de Dwight Sanders.

– E onde o senhor trabalha durante o ano?

– No meu laboratório.

Cuidadosa, Dagny insistiu:

– E onde é seu laboratório? Aqui, no vale?

Galt a fitou por um momento, para que ela percebesse que ele estava achando graça naquilo e sabia aonde ela queria chegar, e respondeu:

– Não.

– Então o senhor está vivendo no mundo exterior esses anos todos?

– Estou.

– E tem... – Dagny achava a ideia insuportável – tem um emprego como os outros?

– Claro. – O toque de ironia em seu olhar pareceu ser acrescido de algum significado especial.

– Não me diga que é assistente de guarda-livros!

– Não.

– Então o que é?

– Tenho o tipo de emprego que o mundo quer que eu tenha.

– Onde?

Galt sacudiu a cabeça:

– Não, Srta. Taggart. Caso resolva sair deste vale, esta é uma das coisas que a senhorita não pode saber.

Ele sorriu novamente, com aquele toque pessoal de insolência que agora parecia dizer que ele sabia a ameaça contida na sua resposta e o que ela representava para Dagny, e então se levantou da mesa.

Depois que ele saiu, Dagny teve a impressão de que o movimento do tempo era um peso opressivo no silêncio da casa, como uma massa estacionária, semissólida, que deslizasse lentamente, espichando-se, num ritmo tal que ela não tinha como saber se haviam passado minutos ou horas. Largada numa poltrona na sala, sentia-se oprimida por aquela lassidão pesada e indiferente que não é preguiça, e sim a frustração de uma vontade de cometer uma violência secreta, vontade que nenhum gesto mais contido pode satisfazer.

Aquele prazer especial que Dagny sentira ao vê-lo comer a refeição que ela havia preparado – pensou ela, imóvel, de olhos fechados, os pensamentos atravessando, como o tempo, algum mundo de lentidão difusa – era o de saber que havia lhe proporcionado um prazer dos sentidos, que ela lhe tenha proporcionado um tipo de satisfação física... *Há um motivo, pensou, para uma mulher querer preparar comida para um homem... não, não como um dever, como um trabalho cotidiano, apenas como um ritual raro e especial simbolizando o... mas o que fizeram disso aqueles que vivem falando sobre o dever da mulher? A execução castrada de um trabalho brutalizante de escravo era considerada uma virtude própria da mulher, ao passo que aquilo que lhe emprestava significado era considerado um pecado vergonhoso: o trabalho de lidar com gordura, vapor e cascas sujas numa cozinha fedorenta era tido como uma coisa espiritual, o cumprimento de uma obrigação moral – ao passo que o encontro de dois corpos num quarto era encarado como volúpia física, um ato de entrega a instintos animais, sem glória, sem significado, sem nada de que os animais envolvidos pudessem se orgulhar.*

Subitamente, se pôs de pé. Não queria pensar no mundo exterior e em seu código moral. Mas sabia que não era nisso que estava pensando e não queria pensar naquilo a que sua mente voltava insistentemente, o assunto ao qual voltava contra sua vontade, como se tivesse vontade própria.

Dagny andava de um lado para outro da sala, detestando o que havia de feio, desconjuntado e descontrolado em seus movimentos, por um lado querendo que sua movimentação quebrasse aquela quietude e por outro sabendo que não era dessa maneira que desejava quebrá-la. Acendia um cigarro, para ter por um instante a ilusão de que estava fazendo algo com um objetivo, mas no instante seguinte o apagava, contrariada por estar realizando um ato meramente substituto. Olhava em volta como um mendigo inquieto, implorando aos objetos concretos que lhe fornecessem uma motivação, tentando achar alguma coisa para limpar, consertar, lustrar – sabendo ao mesmo tempo que nenhuma tarefa valeria a pena ser feita. "O fato de nada valer a pena" – disse-lhe uma voz severa em sua mente – "é apenas um biombo para esconder um desejo valioso demais: o que você quer?" Acendeu um fósforo, levando com raiva a chama à ponta do cigarro que, constatou, pendia apagado do canto de sua boca. "O que você quer?", repetia a voz, severa como a voz de um juiz. *Quero que ele volte!*, respondeu ela, jogando aquelas palavras, como um grito mudo, para algum acusador dentro de si, quase como quem joga um osso para uma fera que o persegue, na esperança de distraí-la, para que ela não veja a presa maior à sua frente.

Quero que ele volte, disse ela baixinho, em resposta à acusação de que não havia motivo para aquela impaciência tão forte. *Quero que ele volte*, implorou ela, em resposta à fria consciência de que a resposta anterior não satisfazia o juiz. *Quero que ele volte!*, gritou em tom de desafio, esforçando-se para não gritar a frase mais essencial, que não contivesse nenhuma palavra supérflua, e exprimisse tão somente o que ela queria.

Sentiu que sua cabeça caía de cansaço, como se tivesse levado uma surra demorada. O cigarro que viu entre seus dedos mal havia começado a queimar. Dagny o esmagou e se jogou novamente na poltrona.

Não estou me esquivando a nada, pensou, *não é fuga, é que simplesmente não consigo encontrar uma solução...* "O que você quer", disse a voz, enquanto ela se debatia em meio à névoa cada vez mais espessa, "será seu, se você o tomar, só que qualquer coisa menos que a aceitação total, menos que sua convicção total, seria uma traição a tudo o que ele representa..." *Então que ele me amaldiçoe*, pensou ela, como se a voz agora estivesse perdida e não a pudesse ouvir, *que me amaldiçoe amanhã... Quero... que ele volte...* Não ouviu resposta, porque sua cabeça havia caído contra o encosto da poltrona. Adormecera.

Quando abriu os olhos, viu Galt em pé a um metro de sua poltrona, olhando para ela. Parecia estar observando-a havia algum tempo.

Dagny viu seu rosto e, com a clareza de uma percepção concentrada, o significado da expressão dele: era o significado que ela passara horas reprimindo. Viu isso e não se espantou, porque não havia ainda recuperado a consciência da razão pela qual deveria ficar surpresa.

– É assim que a senhorita fica – disse ele, em voz baixa – quando adormece em seu escritório.

Então ela percebeu que Galt, também, ainda não estava plenamente consciente de que ela o estava ouvindo: seu jeito de falar dissera a ela quantas vezes ele já pensara aquilo e por que pensara.

– Há no seu rosto a expressão de quem vai acordar num mundo onde não haverá nada a esconder nem a temer – disse ele.

E então Dagny percebeu que a primeira expressão que surgira no próprio rosto fora um sorriso. Compreendeu isso no momento em que este desapareceu, em que se deu conta de que ela e ele estavam acordados.

– Só que aqui isso é verdade – acrescentou ele, em voz baixa, com plena consciência do que dizia.

A primeira emoção que ela sentiu no mundo real foi uma sensação de poder. Empertigou o corpo na poltrona, sentindo que um por um de seus músculos iam ganhando movimento. Com voz lenta, num tom de curiosidade ociosa, de quem já entendeu as implicações da situação, que lhe emprestou à voz um leve toque de desdém, Dagny perguntou:

– Como pode saber como fico em... meu escritório?!

– Já disse que a venho observando há anos.

– Como pode me observar tão bem? De onde?

– Não vou lhe responder agora – disse ele com simplicidade, mas sem desafiá-la.

O leve movimento de seu ombro para trás, a pausa e o tom de voz mais baixo e grave emprestaram um toque de triunfo à voz de Dagny ao perguntar:

– Quando me viu pela primeira vez?

– Há 10 anos – respondeu ele, encarando-a, para que ela visse que ele respondia também à pergunta que ela não fizera explicitamente.

– Onde? – A pergunta foi quase uma ordem.

Galt hesitou, e então Dagny viu em seu rosto um sorriso que de início se restringiu a seus lábios, não chegando aos olhos, o tipo de sorriso de quem contempla – com prazer, amargura e orgulho – algo que adquiriu por um preço exorbitante. Seus olhos pareciam estar voltados não para Dagny, mas para a moça que ela fora naquela época.

– No subsolo do Terminal Taggart – respondeu ele.

De repente, ela se deu conta de sua postura: havia escorregado novamente poltrona abaixo, descuidada, quase deitada, uma das pernas esticada para a frente – e com sua blusa sóbria e transparente, a saia larga de camponesa com o estampado de cores violentas, as meias finas e os sapatos abertos, não parecia uma executiva de uma rede ferroviária. A consciência desse fato a atingiu em resposta ao olhar dele, que parecia ver não o inatingível, e sim aquilo que de fato era: sua criada. Ela percebeu o momento em que um leve esforço do brilho de seus olhos verde-escuros dissipou o véu da distância, fazendo-o ver, em lugar do passado, a presença imediata dela. Dagny enfrentou seu olhar com aquela expressão de insolência que é um sorriso sem movimento dos músculos faciais.

Galt desviou os olhos, mas, enquanto ia para o outro lado da sala, o som de seus passos era tão eloquente como o som de uma voz. Dagny percebeu que ele tinha vontade de sair da sala, como sempre fazia. Jamais ficava por mais tempo do que o necessário para lhe dar boa-noite quando chegava em casa. Ela contemplou seu esforço: não sabia se era o seu jeito de andar, saindo numa direção e logo tomando outra, ou se era a consciência de que seu corpo havia se tornado um instrumento para a percepção direta do corpo dele, como um espelho que refletisse tanto os movimentos quanto as causas. Sabia apenas que ele, que jamais lutara contra si próprio e jamais perdera uma batalha, agora não tinha forças para sair da sala.

Seus movimentos não pareciam exprimir tensão. Ele tirou o paletó e o jogou para o lado, ficando em mangas de camisa e sentando-se de frente para ela, ao lado da janela do outro lado da sala. Porém sentou-se no braço de uma poltrona, como se não estivesse saindo nem ficando.

Dagny sentia-se meio tonta, uma sensação leve, quase frívola, de triunfo, por ver que estava conseguindo detê-lo quase como se por meio do contato físico: durante um instante breve e perigoso, era até uma forma de contato mais satisfatória.

Teve, então, uma sensação súbita de choque, que a cegou, quase como se fosse atingida por um golpe, como se tivesse soltado um grito interior. Confusa, tentou descobrir a causa e viu que não era mais do que o fato de que ele havia se inclinado um pouco para o lado, formando uma posição em que exibia a linha longa que ia de seu ombro até o ângulo da cintura, descendo os quadris e as pernas. Ela desviou a vista, para que Galt não visse que estava tremendo – e perdeu toda a ilusão de triunfo, de que era ela que detinha o poder.

– Vi-a muitas vezes depois da primeira – disse ele em voz baixa e controlada, porém um pouco mais lenta que de costume, como se pudesse controlar tudo, menos sua necessidade de falar.

– Onde?

– Em muitos lugares.

– Mas sempre dando um jeito de não ser visto? – Dagny tinha certeza de que um rosto como aquele não lhe passaria despercebido.

– Sim.

– Por quê? Estava com medo?

– Estava.

Galt disse isso com simplicidade, e Dagny levou um momento para entender que ele estava admitindo o que representaria para ela vê-lo.

– Sabia quem eu era ao me ver pela primeira vez?

– Claro. Meu segundo pior inimigo.

– O quê? – Dagny não esperava por aquilo, por isso acrescentou, com voz mais calma: – Quem é o pior de todos?

– O Dr. Robert Stadler.

– Então me classificava junto a ele?

– Não. Ele é meu inimigo conscientemente. O homem que vendeu a alma. Não pretendemos recuperá-lo. A senhorita era uma das nossas. Eu já sabia, muito antes de vê-la. E sabia que seria a última a se juntar a nós e a mais difícil de derrotar.

– Quem lhe disse isso?

– Francisco.

Ela ficou em silêncio por um instante e então perguntou:

– O que ele disse?

– Disse que, de todos os nomes em nossa lista, a senhorita seria a mais difícil de convencer. Foi então que ouvi falar a seu respeito pela primeira vez. Foi Francisco que pôs seu nome na lista. Disse-me que a senhorita era a única esperança, o único futuro da Taggart Transcontinental, que resistiria a nós por muito tempo, que lutaria desesperadamente por sua rede ferroviária, porque tinha um excesso de resistência, de coragem e de dedicação ao trabalho. – Galt olhou para ela. – Não me disse mais nada. Falava como se estivesse apenas comentando a respeito de um grevista em potencial. Eu sabia que a senhorita fora amiga de infância dele, mais nada.

– Quando o senhor me viu?

– Dois anos depois.

– Como?

– Por acaso. Era tarde da noite... numa plataforma de passageiros do Terminal Taggart. – Dagny percebeu que aquilo era uma forma de rendição: ele não queria dizer aquilo, mas era obrigado a falar. Ela percebeu tanto a intensidade contida quanto a força da resistência em sua voz: ele precisava falar, porque tinha que se dar e essa era uma forma de contato. – A senhorita estava de vestido longo. Trajava um manto que quase lhe caía do corpo. À primeira vista, vi apenas seus ombros nus, suas costas e seu perfil. Por um instante, pareceu que o manto ia cair e a senhorita ia ficar nua. Então vi o vestido longo, cor de gelo, como a túnica de uma deusa grega. Mas percebi também que seus cabelos eram curtos e seu perfil era imperioso, duas características típicas da mulher americana. A senhorita parecia absurdamente deslocada numa estação de trem, e não era numa estação de trem que eu a via, e sim num cenário que jamais me assaltara a mente antes. Mas então, de repente, percebi que seu lugar era mesmo aquele, entre trilhos, fuligem e vigas, que aquele era o lugar adequado para o vestido longo, os ombros nus e aquele rosto cheio de vida – uma estação ferroviária, não um apartamento repleto de cortinas. A senhorita parecia um símbolo do luxo, e seu lugar era ali, a fonte dos luxos. Parecia levar riqueza, graça, extravagância e alegria de viver àqueles que merecem tais coisas, os homens que criaram as ferrovias e as fábricas, e tinha em sua expressão uma mistura de energia com a recompensa da energia, da competência e do luxo combinados – e eu era o primeiro homem a afirmar de que modo essas duas coisas eram inseparáveis. Então pensei que, se os homens da nossa época dessem forma aos verdadeiros deuses e construíssem uma estátua que representasse o significado de uma ferrovia americana, seria a sua estátua... Aí vi o que a senhorita estava fazendo e compreendi quem era. Estava dando ordens a três funcionários do terminal. Não pude ouvir suas palavras, mas sua voz parecia rápida, precisa e confiante. Entendi que era Dagny Taggart. Aproximei-me o bastante para ouvir duas frases. "Quem disse isso?", perguntou um dos homens. "Fui eu", respondeu a senhorita. Não ouvi mais nada. Nem precisava.

– E depois?

Galt levantou a vista lentamente até encontrar os olhos dela do outro lado da sala, e a intensidade que fez sua voz baixar lhe emprestou um tom suave e um toque de autoironia, ao mesmo tempo desesperada e quase terna:

– Então compreendi que abandonar meu motor não seria o preço mais alto que eu teria de pagar por essa greve.

Dagny se perguntava que sombra anônima – entre os passageiros que passavam apressados por ela, tão insubstanciais e insignificantes quanto o vapor das locomotivas –, que rosto fora o dele; perguntava-se até que ponto ele se aproximara dela naquele instante desconhecido.

– Ah, por que não falou comigo naquele instante, ou depois?

– Lembra o que estava fazendo no terminal naquela noite?

– Lembro vagamente que uma noite me chamaram de uma festa onde eu estava. Meu pai estava viajando e o novo administrador do terminal tinha feito alguma bobagem, causando um engarrafamento nos túneis. O administrador antigo tinha inesperadamente pedido demissão na semana anterior.

– Fui eu que o fiz se demitir.

– Entendo...

Sua voz foi morrendo aos poucos, como se abandonasse o som, à medida que seus olhos foram se fechando, abandonando a visão. *Se ele não tivesse suportado aquilo naquele dia*, pensou ela, *se ele tivesse vindo me buscar, naquele dia ou depois, que espécie de tragédia teria ocorrido?* Dagny se lembrava do que havia sentido ao dizer que mataria o destruidor assim que o visse... *E o teria feito mesmo* – o pensamento não foi expresso em palavras, e sim apenas como uma pressão e um tremor no estômago –, *eu o teria matado, depois, se descobrisse quem ele era... e eu teria que descobrir...* Dagny estremeceu, porque sabia que assim mesmo queria que ele a tivesse procurado, porque a ideia que sua mente não admitia, mas que a invadia assim mesmo, como uma coisa escura e quente penetrando-lhe o corpo, era: *eu o teria matado, mas só depois de...*

Dagny abriu os olhos e compreendeu que aquele pensamento estava tão claro para ele nos olhos dela quanto o estava para ela nos olhos dele. Percebeu seu olhar dissimulado, a tensão de sua boca e viu a agonia a que ele fora reduzido: sentiu-se dominada pela vontade exultante de fazê-lo sofrer, de observar esse sofrimento, até ela própria e ele não suportarem mais, e então torná-lo indefeso de tanto prazer.

Galt se levantou e desviou os olhos, e Dagny não sabia se era sua cabeça levemente erguida ou se a tensão de seu rosto que fazia com que ele tivesse uma expressão curiosamente calma e límpida, como se toda a emoção lhe tivesse sido extirpada e restasse apenas a pureza nua da estrutura.

– Todos os homens de que sua rede ferroviária precisava e que perdeu nos últimos 10 anos – disse ele – foram embora por minha causa. – Havia em sua voz o tom inexpressivo e a simplicidade luminosa de um contador que explica a um comprador imprudente que o preço é um absoluto a que não se pode fugir. – Retirei todas as vigas que sustentavam a Taggart Transcontinental, e, se a senhorita resolver voltar, verei tudo desabar sobre sua cabeça.

E se virou para sair da sala. Ela o deteve. Foi sua voz, mais do que suas palavras, que o fez parar: uma voz baixa, sem qualquer emoção, como um peso que afunda, e com um tom abafado, como um eco interior, semelhante a uma ameaça. Uma voz de quem implora, ainda mantendo um conceito de honra, porém há muito tempo pouco se importando com ela:

– O senhor quer me prender aqui, não é?

– Mais do que qualquer outra coisa no mundo.

– Há um meio de me prender.

– Eu sei.

A voz de Galt soou como a dela. Ele esperou, para recuperar o fôlego.

Quando falou, sua voz estava baixa e límpida, com um toque de ênfase que indicava consciência acentuada, quase um sorriso de compreensão:

– O que quero é que a senhorita aceite este lugar. De que adiantaria a sua presença física sem qualquer significado? Seria o tipo de realidade falsificada com que a maioria das pessoas se engana durante toda a vida. Não sou capaz disso. – Virou-se para sair. – Nem a senhorita. Boa noite, Srta. Taggart. – Então foi para seu quarto e fechou a porta.

Deitada em sua cama, no escuro, incapaz de pensar ou dormir, Dagny estava além do domínio do pensamento, e a violência surda que ocupava toda a sua mente parecia ser apenas uma sensação nos músculos, porém seu tom e suas sombras contorcidas eram como um grito, uma súplica, que ela entendia não em termos de palavras e sim de dor: *Que ele venha aqui, que não suporte mais – que se dane tudo, minha ferrovia, a greve dele, todos os nossos princípios! Que tudo se dane, tudo o que já fomos e somos! Ele viria, se eu fosse morrer amanhã – então que eu morra, mas só amanhã –, que ele venha aqui, a qualquer preço que ele determinar, não me resta mais nada que eu não queira vender a ele – é isto que é ser um animal? É, é isso, sou um animal...* Deitada de costas, as palmas das mãos apertadas contra o lençol ao lado do corpo, para se impedir de se levantar e caminhar até o quarto dele, sabendo que ela seria capaz até mesmo disso. *Não sou eu, é um corpo que não posso suportar nem controlar...* Mas em algum lugar dentro de si, não como palavras, mas como um ponto radiante de tranquilidade, estava o juiz que parecia observá-la, não mais a condenando com severidade, porém aprovando e achando graça, como se dissesse: "Seu corpo? Se esse homem não fosse o que você sabe que ele é, seu corpo por acaso a reduziria a isso? Por que é o corpo *dele* que você quer, e não nenhum outro? Você realmente quer que se danem os seus princípios, seus e dele? Quer que se dane algo que você está honrando neste exato momento, pelo seu próprio desejo?" Não era necessário ouvir aquelas palavras, ela já as conhecia, sempre as conhecera. Depois de algum tempo, o que havia de radiante nelas desapareceu, restando apenas a dor e as mãos apertadas contra o lençol – e uma dúvida quase indiferente: estaria ele também acordado, sentindo a mesma tortura?

Dagny não ouvia nenhum ruído em toda a casa, e nos troncos das árvores lá fora não via nenhuma luz vinda do quarto dele. Muito tempo depois ouviu, vindo do quarto escuro de Galt, dois sons que responderam a suas perguntas, então entendeu que ele estava acordado e não viria: foram o ruído de um passo e o som de um isqueiro sendo aceso.

▲▲▲

Richard Halley parou de tocar e, ainda sentado ao piano, se virou para Dagny. Viu-a baixar o rosto, o movimento involuntário de quem oculta uma emoção demasiadamente forte. Então se levantou, sorriu e disse a ela, em voz baixa:

– Obrigado.

– Mas não... – sussurrou Dagny, sabendo que ela é que sentia gratidão e que seria inútil manifestá-la. Estava pensando nos anos que Halley havia passado em sua casinha na encosta do vale compondo as obras que acabara de tocar para ela, o tempo em que todos esses sons magníficos estavam sendo formados por ele como um monumento fluido à ideia de que o sentimento da vida é o sentimento da beleza – enquanto ela caminhava pelas ruas de Nova York buscando, em vão, alguma espécie de prazer com os guinchos de uma sinfonia moderna correndo atrás dela, como se cuspidos pela garganta infeccionada de um alto-falante que tossisse seu malévolo ódio pela vida.

– Mas o agradecimento foi sincero – disse Halley, sorrindo. – Sou um homem de negócios e nunca faço nada de graça. A senhorita me pagou. Agora entende por que eu queria tocar para a senhorita hoje?

Dagny levantou a cabeça. Halley estava em pé no meio da sala de sua casa; eles estavam sozinhos. Pela janela aberta entrava a noite de verão, e viam-se as árvores escuras numa longa sucessão de plataformas que desciam até o vale ao longe, repleto de luzes.

– Srta. Taggart, ainda há muitas pessoas para quem minha música é tão importante quanto é para a senhorita?

– Não muitas – respondeu Dagny com simplicidade, sem orgulho nem bajulação, mas como um tributo pessoal aos valores exigentes envolvidos.

– É este o pagamento que exijo. Poucas pessoas podem pagar tanto. Não me refiro ao seu prazer, nem à sua emoção – as emoções que se danem! Refiro-me à sua *compreensão* e ao fato de que o prazer que a senhorita sentiu foi da mesma natureza que o meu, veio da mesma fonte: a sua inteligência, o julgamento consciente de um cérebro capaz de julgar minha obra pelos padrões dos mesmos valores que me guiaram ao compô-la – ou seja, não o fato de que a senhorita *sentiu*, e sim de que sentiu o que *eu* queria que sentisse; não o fato de que a senhora admira minha obra, e sim de que a admira pelos motivos por que *eu* quero que ela seja admirada. – Halley riu. – Na maioria dos artistas, só há uma paixão mais violenta do que o desejo de serem admirados: o medo de identificarem a natureza da admiração que recebem. Mas é um medo que nunca senti. Eu não minto a mim mesmo a respeito de minha obra nem da reação que quero despertar no ouvinte, porque dou muito valor a ambas. Não quero ser admirado sem motivo, emocionalmente, intuitivamente, instintivamente, nem cegamente. Não gosto de nenhum tipo de cegueira, pois tenho muito a mostrar, nem de surdez, pois tenho muito a dizer. Não quero ser admirado pelo *coração* de ninguém, e sim pela *cabeça* de alguém. E, quando encontro um ouvinte com essa capacidade tão valiosa, então minha execução é uma transação em que ambas as partes lucram. O artista é um comerciante, Srta. Taggart, o mais rígido e mais exigente dos comerciantes. Agora me entende?

– Entendo – disse ela, sem acreditar no que ouvia, porque estava vendo o seu próprio símbolo de orgulho moral escolhido pelo homem que ela menos esperava que o escolhesse.

– Se entende, por que o olhar tão trágico de alguns instantes atrás? O que a entristece?

– Os anos em que sua obra permaneceu sem plateia.

– Não é verdade. Tenho dado dois ou três concertos por ano. Aqui, no vale de Galt. Semana que vem vou me apresentar. Espero que a senhorita venha. O ingresso custa 25 centavos.

Dagny teve que rir. Ele sorriu e, em seguida, seu rosto lentamente assumiu uma expressão de seriedade, como se agora estivesse imerso numa contemplação muda. Ficou olhando pela janela, para um ponto na escuridão onde, numa clareira, descorado pela luz do luar, apenas com um brilho metálico, o cifrão de ouro se destacava como uma curva de aço brilhante gravada no céu.

– Srta. Taggart, entende por que eu troco três dúzias de artistas modernos por um único negociante de verdade? Por que eu tenho muito mais em comum com Ellis Wyatt ou Ken Danagger – o qual, aliás, não tem nenhum ouvido musical – do que com homens como Mort Liddy ou Balph Eubank? Seja uma sinfonia ou uma mina de carvão, todo trabalho é um ato de criação que vem da mesma fonte: a capacidade íntegra de ver com os próprios olhos, ou seja, a capacidade de realizar uma identificação racional, isto é, a capacidade de ver, relacionar e fazer o que antes não era visto, relacionado nem feito. A visão fulgurante que, segundo dizem, pertence àqueles que fazem sinfonias e romances – o que eles imaginam ser, o que impulsiona os homens que descobriram como utilizar o petróleo, como explorar uma mina, como elaborar um motor elétrico? Aquele fogo sagrado que dizem arder nos músicos e nos poetas – o que eles imaginam que leve um industrial a desafiar todo mundo para lançar um novo metal, a agir como os inventores do avião, os construtores das ferrovias, os descobridores de micróbios ou de continentes de todas as épocas? Uma dedicação intransigente à busca da verdade, Srta. Taggart. Já ouviu os moralistas e os amantes das artes de qualquer século falarem sobre a intransigente dedicação do artista à busca da verdade?

Ela não fez menção de responder, então Halley prosseguiu:

– Pois não há exemplo maior dessa dedicação do que o homem que diz que a Terra gira, ou que diz que uma liga de aço e cobre tem certas propriedades que lhe permitem que ela faça certas coisas, que *seja* e *faça* certas coisas; e, ainda que o mundo o torture ou o arruíne, ele não prestará falso testemunho contra sua mente! É *isso*, Srta. Taggart, é esse tipo de espírito, de coragem, de amor à verdade – e não o de um vagabundo sujo que anda por aí afirmando orgulhoso que quase chegou à perfeição dos loucos, porque é um artista que não faz a menor ideia do que seu trabalho é ou significa, que não é limitado por conceitos tão grosseiros quanto "ser" e "significar", que é veículo de mistérios mais elevados, que não sabe como nem por que o criou, algo que simplesmente saiu dele de maneira espontânea, como vômito de um bêbado, que ele não pensou, não se rebaixou a pensar, simplesmente *sentiu*, bastou-lhe sentir – ele *sente*, esse calhorda flácido, de boca mole, olhos esquivos, que baba e treme!

Ele não parava de fitá-la, e Dagny viu toda a emoção daquelas palavras estampada nos olhos dele.

– Eu, que sei quanta disciplina, quanto esforço, quanta tensão mental, quanto trabalho, quanto senso de clareza são necessários para produzir uma obra de arte... Eu, que sei que criar exige um trabalho em comparação com o qual ser condenado a serviços forçados é descanso – uma severidade de que nenhum sargento sádico é capaz –, prefiro o homem que explora uma mina de carvão a qualquer veículo ambulante de mistérios mais elevados. O homem que explora a mina sabe que não são seus sentimentos que fazem com que os vagões carregados de minério andem em seus túneis subterrâneos – e ele sabe o que é que os faz andar. Sentimentos? Ora, é claro que nós sentimos, ele sente, eu, a senhorita – aliás, somos as únicas pessoas capazes de sentir –, e sabemos de onde vêm nossos sentimentos. Mas o que não sabíamos e ficamos muito tempo sem tentar entender é a natureza daqueles que afirmam não serem capazes de explicar seus sentimentos. Estamos aprendendo agora. Foi um erro caro. E os maiores culpados vão pagar o preço mais alto – o que é justo. Os maiores culpados foram os verdadeiros artistas, que agora verão que são os primeiros a serem exterminados e que prepararam o triunfo de seus exterminadores ao ajudá-los a destruir seus únicos protetores. Pois, se existe um insensato mais patético do que o empresário que não sabe que é o expoente do espírito criativo humano mais elevado, esse insensato é o artista que acha que o empresário é seu inimigo.

É verdade, pensou ela, enquanto caminhava pelas ruas do vale, olhando, com entusiasmo infantil, para as vitrines, que brilhavam ao sol. Os empreendimentos comerciais ali eram seletivos e voltados para um objetivo, como a arte, e a arte – pensou, na escuridão de uma sala de concertos feita de madeira, ouvindo a violência controlada e a precisão matemática da música de Halley – tinha a disciplina severa de um empreendimento comercial.

Em ambos havia o esplendor da engenharia, pensou ela, sentada em um dos diversos bancos enfileirados ao ar livre, assistindo ao desempenho de Kay Ludlow num palco. Era uma experiência que desde a infância ela não desfrutava: ficar fascinada, durante três horas, por uma peça que contava uma história que não conhecia, por meio de frases que jamais ouvira, sobre um tema que não era uma velha repetição secular. Era o prazer esquecido de ser enfeitiçada pelo engenhoso, o inesperado, o lógico, o claro, o novo – e vê-lo representado pela arte superlativa de uma mulher que encarnava uma personagem cuja beleza de espírito era equivalente à sua beleza física.

– É por isso que estou aqui, Srta. Taggart – disse Kay Ludlow, sorrindo em resposta ao comentário de Dagny, após o espetáculo. – Lá fora tentam degradar toda e qualquer qualidade de grandeza humana que eu tenha o talento de representar. Eles só me faziam representar símbolos de depravação, só prostitutas, mulheres dissolutas, destruidoras de lares, sempre derrotada no fim por uma mocinha que personificava a virtude da mediocridade. Usavam meu talento para difamá-lo. Foi por isso que vim para cá.

Desde a infância, pensou Dagny, *que não sentia tanto entusiasmo por uma representação teatral – a sensação de que há na vida coisas que vale a pena alcançar, e não a sensação de ter examinado um esgoto que não tinha nenhum motivo para ser mostrado*. Enquanto a plateia se levantava e ia embora na escuridão, Dagny ficou a identificar os espectadores: Ellis Wyatt, o juiz Narragansett, Ken Danagger – homens que, segundo diziam, desprezavam todas as formas de arte.

A última imagem que captou naquela noite foi a de duas figuras eretas e esbeltas caminhando juntas por uma trilha entre as pedras. A luz de um holofote fez brilhar por um momento o ouro de seus cabelos. Eram Kay Ludlow e Ragnar Danneskjöld. Dagny ficou a imaginar se teria coragem de voltar para um mundo em que aqueles dois estavam condenados à destruição.

Ela revivia sua infância toda vez que encontrava os dois filhos da moça que era dona da padaria. Via-os com frequência perambulando pelas trilhas do vale: dois seres destemidos, de 7 e 4 anos. Pareciam encarar a vida tal como ela a encarara quando criança. Não havia neles a expressão que costumava ver nas crianças do mundo exterior – uma expressão de medo, de segredo misturado com zombaria, de proteção contra os adultos, de um ser que descobre que está ouvindo mentiras e aprendendo a odiar. Os dois meninos tinham a confiança aberta e alegre de dois gatinhos que não se sentem ameaçados; tinham uma consciência inocente e natural, sem arrogância ou vaidade, do próprio valor, e com uma certeza igualmente inocente de que qualquer estranho seria capaz de reconhecer seu valor. Tinham aquela curiosidade ansiosa de quem se aventura a ir a qualquer lugar com a certeza de que na vida não há nada que não mereça nem possa ser descoberto. Parecia que, se encontrassem o mal, o rejeitariam com desprezo, não por ser perigoso, mas por ser algo estúpido; que não o aceitariam, resignados, como a lei da existência.

– Eles representam a minha escolha de profissão, Srta. Taggart – disse a jovem mãe em resposta ao comentário de Dagny, enquanto embrulhava um pão, sorridente. – Representam a profissão pela qual optei, e que, apesar de tanta bobagem que se fala sobre a importância de ser mãe, lá fora é impossível praticar. Creio que a senhora já conheceu meu marido: é o professor de economia que trabalha para Dick McNamara. A senhora sabe, é claro, que neste vale não há compromissos coletivos, que aqui não podem entrar parentes a menos que cada indivíduo faça o juramento do grevista por convicção individual. Vim para cá não apenas por causa da profissão de meu marido, mas por causa da minha. Vim aqui para criar meus filhos como seres humanos. Eu não seria capaz de entregá-los a sistemas educacionais que têm por objetivo impedir o desenvolvimento do cérebro da criança, convencê-la de que a razão é impotente, de que a existência é um caos irracional que ela é incapaz de enfrentar, e reduzi-la a um estado de terror crônico. A senhorita se surpreende com a diferença que há entre meus filhos e as crianças do mundo exterior? Mas o motivo é muito simples. É porque aqui no vale de Galt não há quem não considere monstruoso apresentar a uma criança a mais leve insinuação do irracional.

Dagny pensou nos professores que as escolas do mundo tinham perdido quando olhou para os três alunos do Dr. Akston, na noite de sua reunião anual.

A única outra pessoa que ele havia convidado era Kay Ludlow. Os seis estavam sentados no quintal da casa do Dr. Akston, iluminados pelo sol poente. O vale a seus pés, ao longe, se condensava numa vaga bruma azulada.

Dagny olhava para os três alunos do Dr. Akston, três figuras flexíveis e ágeis que repousavam em espreguiçadeiras, satisfeitas, trajando calças compridas, camisas de golas abertas e blusões: John Galt, Francisco d'Anconia e Ragnar Danneskjöld.

– Não fique deslumbrada, Srta. Taggart – disse o Dr. Akston, sorrindo –, nem caia no erro de achar que esses três alunos meus são criaturas sobre-humanas. São algo muito maior e mais surpreendente que isso: são *homens normais* – coisa que o mundo jamais viu –, e a proeza que eles realizaram é a de ter conseguido sobreviver tal como são. Realmente, é necessário possuir uma mente excepcional e uma integridade mais excepcional ainda para permanecer imune às influências das doutrinas do mundo que destroem o cérebro, o peso do mal acumulado há séculos – permanecer *humano*, já que o humano é o racional.

Dagny sentiu algo de novo na atitude do Dr. Akston, alguma mudança na severidade de sua reserva habitual. Ele parecia incluí-la em seu círculo, como se ela fosse mais que uma simples convidada. D'Anconia agia como se sua presença naquela reunião fosse algo natural, motivo de alegria. O rosto de Galt não traía nenhuma reação e seus modos eram os de um acompanhante cortês, que a trouxera lá a pedido do Dr. Akston.

Ela percebeu que o olhar do Dr. Akston se voltava para ela com insistência, como se ele se orgulhasse de ostentar seus alunos diante de uma observadora que lhes dava valor. Sua conversa voltava sempre ao mesmo tema, como um pai que encontrou um interlocutor interessado no assunto que mais o atrai:

– Deveria ter conhecido esses três na faculdade, Srta. Taggart. Seria impossível encontrar três rapazes "condicionados" por meios tão diferentes, mas – danem-se os condicionadores! – eles devem ter se escolhido à primeira vista, em meio aos milhares de estudantes daquela universidade. Francisco, o mais rico herdeiro do mundo; Ragnar, o aristocrata europeu; e John, o self-made man, no sentido mais estrito do termo, vindo de lugar nenhum, sem um tostão, sem pais, sem nada. Na verdade, era filho de um mecânico de posto de gasolina em um cruzamento qualquer no interior de Ohio e saiu de casa aos 12 anos para ganhar a vida. No entanto, sempre imaginei que ele veio ao mundo como Minerva, a deusa da sabedoria, que saltou de dentro da cabeça de Júpiter, armada e já adulta... Lembro o dia em que vi os três pela primeira vez. Estavam no fundo da sala de aula – eu estava dando um curso especial para alunos de pós-graduação, um curso tão difícil que poucos se aventuravam a frequentá-lo. Aqueles três pareciam jovens demais até mesmo para primeiranistas – tinham 16 anos na época, conforme vim a saber depois. No fim daquela aula, John se levantou para me fazer uma pergunta. Era uma pergunta que eu, como professor, me orgulharia de ouvir de um aluno que estivesse estudando filosofia há seis anos. Era uma pergunta a respeito da metafísica de Platão que o próprio

Platão não tivera o bom senso de formular. Respondi e pedi a John que viesse falar comigo na minha sala depois da aula. Ele veio, todos os três vieram. Vi os outros dois na antessala e os deixei entrar. Falei com eles durante uma hora, depois cancelei todos os meus compromissos e então conversamos durante o restante do dia. Depois disso, dei um jeito para que se matriculassem naquele curso e ganhassem os créditos. Eles se matricularam e tiraram as maiores notas da turma... Estavam se formando em duas carreiras: física e filosofia. A escolha deles surpreendia a todos, menos a mim: os pensadores modernos consideravam desnecessário perceber a realidade, e os físicos modernos achavam desnecessário pensar. Eu, não. O que me surpreendia era que aqueles três meninos concordavam comigo... Robert Stadler era o diretor do departamento de física, e eu, do de filosofia. Ele e eu suspendemos todas as regras e restrições para esses três alunos; nós os dispensamos de todos os cursos rotineiros e não essenciais. Só lhes demos os trabalhos mais difíceis e permitimos que se formassem nas duas disciplinas em quatro anos. Eles *trabalharam*. Não só na faculdade como também para ganhar a vida, fora do campus, durante quatro anos. D'Anconia e Ragnar ganhavam mesadas dos pais; John não tinha um tostão. Mas todos os três trabalhavam em regime de tempo parcial, para ganhar experiência e dinheiro: D'Anconia, numa fundição de cobre; John, numa oficina de reparo de locomotivas; e Ragnar – ao contrário do que a senhorita deve imaginar – era o mais sossegado e mais estudioso dos três e trabalhava na biblioteca da universidade. Tinham tempo para tudo o que queriam fazer, mas não para pessoas nem para atividades comunitárias no campus. Eles... Ragnar! – gritou o Dr. Akston de repente, severo. – Não sente no chão!

Danneskjöld havia saído da espreguiçadeira e agora estava sentado na grama, com a cabeça apoiada nos joelhos de Kay Ludlow. Levantou-se, obediente, rindo. O Dr. Akston sorriu, quase pedindo desculpas.

– É um velho hábito meu – explicou ele a Dagny. – Um reflexo "condicionado", imagino. Era o que eu sempre dizia a ele nos tempos da faculdade, quando o pegava sentado no chão do meu quintal, em noites frias e nevoentas. Ele era imprudente, me fazia ficar preocupado, deveria saber que era perigoso e...

O Dr. Akston parou de repente e percebeu, nos olhos surpresos de Dagny, que ela pensava na mesma coisa que ele: pensava nos perigos que Ragnar resolvera enfrentar quando adulto. Akston deu de ombros e abriu as mãos, num gesto de impotência, de quem ri de si próprio. Kay sorriu para ele, compreensiva.

– Minha casa ficava perto do campus – prosseguiu ele, suspirando –, num penhasco alto, à margem do lago Erie. Passávamos muitas noites juntos, nós quatro. Ficávamos assim mesmo como estamos agora, no quintal lá de casa, só que à nossa frente não víamos montanhas de granito, e sim a extensão do lago, que se perdia no horizonte. Nessas noites eu trabalhava mais que em qualquer sala de aula, tendo que responder a todas as perguntas que eles me faziam, discutindo as questões que levantavam. Por volta da meia-noite, eu fazia chocolate quente e os obrigava a beber – sempre desconfiei de que nunca comiam direito por falta de tempo –, e depois continuávamos a conversar, enquanto o lago desaparecia na escuridão e o céu parecia ficar mais claro que a Terra.

Dagny olhava interessada para Akston, que prosseguiu:

– Houve algumas ocasiões em que continuamos a conversar até que reparei de repente que o céu estava ficando mais escuro e o lago mais claro, e que se aproximava o momento do romper da manhã. Eu não devia fazer isso, sabia que eles já dormiam pouco, mas às vezes eu perdia a noção da hora. Quando eles estavam lá, sempre me dava a impressão de que estávamos no início da manhã de um dia longo e inesgotável que se estendia à nossa frente. Eles nunca falavam do que tinham vontade de um dia poder fazer, nunca ficavam a imaginar se alguma onipotência misteriosa lhes havia concedido algum talento incognoscível que lhes permitisse fazer o que queriam fazer – falavam só das coisas que *iam* fazer. Será que o afeto nos faz covardes? Sei que as únicas vezes em que eu sentia medo era quando, ao ouvi-los, pensava no que estava acontecendo com o mundo e no que eles teriam de enfrentar no futuro. Medo? Sim, porém era mais que medo. Era o tipo de emoção que faz com que um homem seja capaz de matar – quando eu pensava que o mundo caminhava rumo ao objetivo de destruir esses meninos, que esses três filhos meus estavam marcados para a imolação. Ah, sim, eu teria matado – mas quem? Era todo mundo e não era ninguém; não havia um inimigo específico, nenhum centro, nenhum vilão. Não era o assistente social incapaz de ganhar dinheiro, nem o burocrata ladrão com medo da própria sombra: era o mundo todo caminhando para uma obscenidade de horror, empurrado pela mão de todo homem que se supunha decente e acreditava que a necessidade é mais sagrada do que a capacidade, que a piedade é mais sagrada do que a justiça. Mas tais momentos eram apenas ocasionais. Esse sentimento não me dominava constantemente. Eu ouvia meus filhos e sabia que nada poderia derrotá-los. Olhava para eles, sentados em meu quintal, e ao longe via os prédios altos e escuros daquilo que ainda era um monumento ao pensamento livre – a Universidade Patrick Henry – e mais ao longe via as luzes de Cleveland, o brilho alaranjado das siderúrgicas por trás das chaminés, os pontos vermelhos de luz das torres de rádio, os longos riscos brancos dos holofotes dos aeroportos no negrume do céu – e pensava que, em nome de toda a grandeza que jamais existiu neste mundo, a grandeza da qual eles três eram os últimos descendentes, eles venceriam...

Por um breve instante, Akston fez uma pausa e olhou ao longe, para a imensidão do vale que os cercava, antes de fitá-la novamente.

– Lembro que uma noite percebi que John estava sem dizer nada havia muito tempo e vi que ele havia adormecido, deitado no chão. Os outros dois confessaram que ele não dormia havia três dias. Mandei os outros para casa na mesma hora, mas não tive coragem de acordar John. Era uma noite agradável de primavera. Peguei um cobertor para ele e deixei que dormisse ali mesmo. Fiquei sentado a seu lado até o dia nascer, e, ao contemplar seu rosto à luz das estrelas e depois ao primeiro raio de sol que tocou sua testa tranquila, o que senti foi não uma prece, pois não rezo, e sim aquele estado de espírito do qual a prece é uma distorção: uma dedicação total, confiante, afirmativa do meu amor ao que é certo, à certeza de que o que é correto ia vencer e de que aquele menino teria o futuro que merecia. – O Dr. Akston levantou o braço e indicou o vale. – Eu não esperava que fosse tão grande assim... nem tão duro.

Já havia escurecido, e as montanhas se confundiam com o céu. Soltas no espaço, viam-se as luzes do vale ao longe, o hálito vermelho da fundição de Stockton no alto, as janelas iluminadas da casa de Mulligan, enfileiradas, como um vagão de trem suspenso no céu.

– Eu tinha um rival – disse o Dr. Akston lentamente. – Era Robert Stadler... Não faça essa cara, John, isso são águas passadas... John o amou certa época. Bem, eu também... não exatamente, mas o que eu sentia por um cérebro como o de Stadler era quase amor, era o mais raro dos prazeres: a admiração. Não, eu não o amava, mas ele e eu sempre nos sentíamos como os últimos sobreviventes de alguma era ou terra moribunda, naquele pântano de mediocridade ao nosso redor. O pecado mortal de Robert Stadler foi ele jamais identificar qual era sua verdadeira pátria... Ele detestava a burrice. Era a única emoção que eu o via manifestar em relação às pessoas – um ódio cortante, amargo, extenuado, dirigido a todas as pessoas incompetentes que ousavam se opor a ele. Ele queria impor sua vontade, queria que o deixassem sozinho para seguir seu caminho, queria tirar da sua frente as pessoas que o atrapalhavam, mas jamais identificou o meio de fazê-lo, nem a natureza de seu caminho e de seus inimigos. Ele tomou um atalho. A senhorita sorri? A senhorita o odeia, não é?

– Bom, posso dizer que não o admiro...

– É, a senhorita sabe a espécie de atalho que ele escolheu... Ele lhe disse que nós só disputávamos esses três alunos. Isso era verdade – ou melhor, não era assim que eu encarava a coisa, mas sabia que era assim que ele a via. Bem, se éramos rivais, eu tinha uma vantagem: sabia por que eles precisavam de nossas duas profissões. Stadler jamais entendeu por que eles se interessavam pela minha. Jamais entendeu quanto ela era importante para si próprio – aliás, foi por isso que ele se tornou o que se tornou. Mas, naquela época, ele ainda estava vivo o suficiente para apreender esses três alunos. "Apreender" dá a ideia exata: como a inteligência era o único valor que cultuava, ele agarrava e apreendia os três como se fossem um tesouro só seu. Stadler sempre fora um homem muito solitário. Creio que, em toda a sua vida, Francisco e Ragnar foram seu único amor, e John sua única paixão. Era John, em particular, que ele considerava seu herdeiro, seu futuro, sua imortalidade. John queria ser inventor, ou seja, ia ser físico; ia fazer pós-graduação com Stadler. Francisco pretendia sair da faculdade, após se formar, para trabalhar – ia ser a combinação perfeita de nós dois, seus pais intelectuais: um industrial. E Ragnar... a senhorita sabe a profissão que ele havia escolhido, Srta. Taggart?

– Não faço ideia – ela respondeu.

– Não queria ser piloto de provas, nem explorador de selvas, nem mergulhador. Era algo que exigia muito mais coragem. Ragnar queria ser filósofo. Um filósofo abstrato, teórico, acadêmico, enclausurado em sua torre de marfim... É, Robert Stadler os amava. E, no entanto, eu disse ainda há pouco que teria sido capaz de matar para protegê-los; só que não havia ninguém para matar. Se fosse essa a solução – e é claro que não era –, o homem que eu teria que matar era Robert Stadler. Se há alguém que tem mais culpa individual pelo mal que agora está destruindo o mundo, é ele. *Ele* tinha inteligência suficiente para não cair no que caiu. Foi a única pessoa honrada e competente que emprestou seu nome para justificar os saqueadores. Foi ele que entregou a ciência ao poder dos saqueadores armados. John não esperava isso. Nem eu... John voltou à universidade para fazer seu curso de pós-graduação em física. Porém não o terminou. Largou a faculdade no dia em que Robert Stadler endossou a criação do Instituto Científico Nacional. Encontrei-me com Stadler por acaso, num corredor da universidade, quando ele saía do escritório depois de sua última conversa com John. Parecia mudado. Espero nunca mais ver uma mudança como aquela no rosto de um homem. Ele me viu e, sem entender por que o fazia – só que eu entendia –, se virou para mim e exclamou: "Estou cheio de vocês, seus idealistas utópicos!" Virei-me para o outro lado. Percebi que tinha ouvido um homem pronunciar a sentença de morte contra si próprio... Srta. Taggart, lembra-se da pergunta que fez a respeito dos meus três alunos?

– Lembro – sussurrou ela.

– Com base na sua pergunta, deu para eu imaginar a natureza do que Robert Stadler lhe disse a respeito deles. Diga-me, por que ele os mencionou?

O Dr. Akston percebeu o movimento sutil dos lábios de Dagny, que formaram um sorriso amargo.

– Stadler me contou a história dos três para justificar sua crença na futilidade da inteligência humana, para exemplificar sua falta de esperança. Ele disse: "A capacidade deles era do tipo que se espera que, no futuro, mude o rumo do mundo."

– E não foi isso que eles fizeram?

Dagny concordou com a cabeça, mantendo-a inclinada por algum tempo, em sinal de aquiescência e como uma homenagem.

– O que eu quero que a senhorita entenda é até onde vai a malevolência daqueles que afirmam estar convictos de que este mundo é, por natureza, o reino do mal, onde o bem não tem possibilidade de vencer. Eles que verifiquem suas premissas. Que verifiquem seus padrões de valor. Que se perguntem, antes de se concederem a abominável licença dos que assumem que o mal é uma necessidade, se eles sabem o que é o bem e quais são as condições que este exige. Robert Stadler agora acredita que a inteligência é inútil e que a vida humana só pode ser irracional. Será que ele queria que John Galt se tornasse um grande cientista trabalhando sob as ordens do Dr. Floyd Ferris? Queria que Francisco d'Anconia se tornasse um grande industrial, trabalhando sob as ordens de Wesley Mouch, para beneficiar esse sujeito? Que Ragnar Danneskjöld se tornasse um grande filósofo disposto a pregar, sob as ordens do Dr. Simon Pritchett, que não existe mente e que a força é o único direito? Seria esse futuro algo que Stadler teria considerado racional?

Embora ela não tenha feito nenhum comentário, Akston percebeu que Dagny compreendera o que ele queria dizer.

– Quero que a senhorita observe que aqueles que mais se dizem desiludidos, que mais choram o fracasso da virtude, a futilidade da razão, a impotência da lógica, são os que mais conseguiram obter o resultado completo, exato e lógico das ideias que sempre pregaram, de uma lógica tão impiedosa que não ousam identificá-la. Num mundo que proclama a inexistência da mente, que justifica o império da força bruta, que castiga os competentes em favor dos incompetentes, que sacrifica os melhores em favor dos piores, num mundo assim, os melhores têm de se voltar contra a sociedade e se tornar seus piores inimigos. Num mundo assim, John Galt, o homem de poder intelectual incalculável, permanecerá como trabalhador braçal; Francisco d'Anconia, o milagroso produtor de riquezas, se tornará um playboy; e Ragnar Danneskjöld, o homem esclarecido, se tornará um sujeito violento. A sociedade e o Dr. Robert Stadler conseguiram realizar tudo o que pregavam. Por que reclamam agora? Queixam-se de que o Universo é irracional? E é? – Seu sorriso exprimia uma certeza serena e impiedosa. – Todo homem constrói seu mundo à sua imagem e semelhança. Ele tem o poder de escolher, mas não tem o poder de fugir à necessidade de escolher. Se abdica de seu poder, abdica da condição de homem, e o caos esmagador do irracional é o que ele coloca como sua esfera de existência, por sua livre escolha. Todo aquele que conserva uma única ideia não corrompida por qualquer concessão à vontade de outrem, que cria um palito de fósforos ou um jardim feito à imagem e semelhança de sua ideia – esse, na medida em que o faz, é um homem, e essa é a única medida de sua virtude. Esses – disse o Dr. Akston, apontando para seus alunos – não fizeram concessões. Isto – disse, apontando para o vale – é a medida do que eles preservaram e do que são...

A pausa que ele fez foi breve, apenas para retomar o fôlego e concluir:

– Agora posso repetir minha resposta à pergunta que me fez, sabendo que vai me entender perfeitamente. A pergunta era se eu me orgulhava do que meus três filhos haviam se tornado. Estou mais orgulhoso do que jamais sonhei que um dia viria a me sentir. Orgulho-me de tudo o que eles fizeram, de todos os objetivos que se colocaram, e de todos os *valores* que escolheram. E *esta*, Dagny, é a minha resposta completa.

Akston pronunciou de repente seu primeiro nome no tom que um pai usaria ao se dirigir à filha; enunciou as duas últimas frases olhando não para ela, mas para Galt. Dagny viu que este lhe respondeu com um olhar franco, mantido por um instante, como um sinal de afirmação. Então o olhar de Galt procurou os olhos de Dagny, que viu que ele a observava como se ela ostentasse o título que ele lhe conferira silenciosamente, embora não o pronunciasse, e que nenhum dos outros havia percebido – e viu, nos olhos de Galt, a ironia, por perceber que ela se espantara. Um olhar que ao mesmo tempo lhe dava apoio e – inacreditavelmente – exprimia ternura.

▲▲▲

A mina de cobre D'Anconia nº 1 era um pequeno corte na superfície da montanha, que dava a impressão de que uma faca dera alguns talhos angulosos, deixando na pedra, vermelha como uma ferida, uma série de plataformas sobre seu dorso de um marrom avermelhado. O sol a iluminava. Dagny estava à margem de um caminho, amparada de um lado por Galt e do outro por Francisco. O vento que soprava em seus rostos descia em direção ao vale, 700 metros abaixo dali.

Aquilo, pensou ela, era a história da riqueza do homem escrita nas montanhas. Havia alguns pinheiros acima do corte na pedra, contorcidos pelas tempestades que séculos atrás caíram sobre aquela encosta selvagem. Seis homens trabalhavam na escavação, e uma quantidade enorme de máquinas complicadas traçava linhas delicadas contra o céu; a maior parte do trabalho estava a cargo das máquinas.

Dagny percebeu que D'Anconia estava exibindo seus domínios para Galt tanto quanto para ela, talvez até mais.

– Você não vem aqui desde o ano passado, John... Espere até daqui a um ano. Lá fora só tenho o que fazer mais alguns meses; depois me dedicarei exclusivamente à minha mina aqui.

– Nada disso, John! – disse ele depois, em resposta a uma pergunta, porém Dagny percebeu de repente o que havia de especial em seu olhar sempre que ele estava voltado para Galt: era exatamente o que ela percebera nele naquele momento em que D'Anconia, no quarto de Dagny, se agarrava a uma mesa para sobreviver a um momento insuportável. Naquele instante, ele parecera ver alguém a sua frente. *É Galt*, pensou ela, fora a imagem de Galt que lhe dera forças.

Uma parte de Dagny sentia um vago temor: o esforço que Francisco fizera naquele momento para aceitar aquela perda e seu rival, como o pagamento que sua batalha lhe impunha, lhe custara tanto que ele agora não conseguia suspeitar da verdade que o Dr. Akston adivinhara. *O que acontecerá com ele quando descobrir?*, pensou, e ouviu uma voz amarga dentro de si própria lembrando-lhe de que talvez jamais houvesse nenhuma verdade desse tipo para ele descobrir.

Uma parte de Dagny sentia uma vaga tensão ao ver de que modo Galt olhava para D'Anconia: era um olhar aberto, simples, sem reservas, de entrega a um sentimento incontido. E ela sentiu a preocupação ansiosa que jamais assumira explicitamente nem deixara de lado totalmente: quem sabe se aquele sentimento de Galt o levará ao horror da renúncia?

No entanto, o que mais ocupava sua mente era uma imensa sensação de libertação, como se ela estivesse rindo de todas as suas dúvidas. A toda hora Dagny olhava para trás, para o caminho pelo qual haviam subido a encosta, três quilômetros cansativos de pista contorcida que descia, como um precário saca-rolhas, da ponta de seus pés até o fundo do vale. Seus olhos não se cansavam de examiná-la, e sua mente disparava para uma meta que só ela conhecia.

Do fundo do vale subiam as plataformas de granito, arbustos, pinheiros e um tapete de musgo. Gradualmente iam desaparecendo o musgo e os arbustos, porém os pinheiros seguiam, cada vez menos numerosos, até que só restassem algumas árvores isoladas, escalando a pedra nua em direção ao branco esplêndido da neve nas fendas dos picos. Dagny contemplava o espetáculo das mais engenhosas máquinas de mineração que jamais vira e depois olhava para a trilha, onde as mulas, a forma mais antiga de transporte com seus cascos lerdos e seus corpos que balançavam de um lado para outro, contrastavam com as máquinas.

– Francisco – perguntou Dagny, apontando –, quem projetou essas máquinas?

– São apenas adaptações de equipamentos comuns.

– Mas quem as adaptou?

– Eu. Temos poucos trabalhadores. É preciso compensar.

– Você está desperdiçando muita mão de obra e muito tempo transportando o minério no lombo de mulas. Você deveria construir uma ferrovia até o fundo do vale.

Dagny estava olhando para baixo e não percebeu o olhar súbito e ansioso que D'Anconia dirigiu a seu rosto, nem o toque de cautela em sua voz:

– Eu sei, mas é uma coisa tão trabalhosa que a produção atual da mina não justifica.

– Bobagem! É muito mais simples do que parece. Lá para o leste há uma passagem em que a pedra é mais mole e menos íngreme. Não seriam necessárias muitas curvas, uns cinco quilômetros ou menos de trilhos seriam suficientes. – Dagny estava apontando para o leste e não percebeu a intensidade com que os dois homens olhavam para seu rosto. – Uma pista de bitola estreita seria o bastante... como as primeiras ferrovias... foi assim que elas começaram: nas minas, só que de carvão... Olhe, está vendo aquela plataforma ali? Ali passa perfeitamente uma pista com bitola de um metro, não precisa nem alargar. Está vendo aquele trecho de quase um quilômetro em que a subida é gradual? O aclive ali não deve ser mais do que quatro por cento, qualquer locomotiva aguenta. – Dagny falava depressa, alegre, cheia de certeza, sem pensar em nada senão no prazer de exercer sua função natural, em seu mundo natural, onde nada poderia ser mais importante do que propor uma solução para um problema. – A estrada se paga em três anos. Assim à primeira vista, eu diria que o mais caro vai ser um viaduto, talvez dois, de aço, e há um trecho em que talvez seja necessário abrir um túnel, mas é pouca coisa, uns 30 metros, ou menos. Vou precisar fazer um viaduto com estrutura de aço naquela garganta, mas a coisa não é tão complicada quanto pode parecer... eu mostro, vocês me arranjam um pedaço de papel?

Dagny não percebeu a rapidez com que Galt lhe apresentou um caderno e um lápis – ela os tomou, como se já esperasse que estivessem ali, como se estivesse dando ordens numa obra, onde detalhes desse tipo não poderiam obrigá-la a perder tempo.

– Vou lhe dar uma ideia geral da coisa. Se a gente cravar umas vigas diagonais na encosta... – prosseguiu Dagny, desenhando rapidamente enquanto falava – o vão é de no máximo uns 200 metros... isso eliminaria esse último quilômetro de pista cheia de curvas... os trilhos podem ser lançados em três meses, e...

Ela parou. Quando olhou para os dois, em seu rosto não havia mais nenhum entusiasmo. Amarrotou o papel e o jogou no chão.

– Ah, para quê?! – exclamou, com um tique de desespero que até então não estivera presente. – Construir cinco quilômetros de ferrovia e abandonar um sistema transcontinental!

Os dois homens estavam olhando para ela e não havia em seus rostos nenhum sinal de censura, apenas um olhar de compreensão que era quase compaixão.

– Desculpem – disse Dagny em voz baixa, desviando o olhar para o chão.

– Se você mudar de ideia – disse D'Anconia –, eu a contrato imediatamente. Ou, se desejar, Mulligan lhe faz um empréstimo em cinco minutos para financiar a ferrovia, se quiser ser a proprietária.

Dagny sacudiu a cabeça.

– Não posso – sussurrou. – Ainda não... – Levantou os olhos, sabendo que eles compreendiam a natureza de seu desespero e que era inútil ocultar seu conflito. – Já tentei largar tudo uma vez... sei como vai ser... cada viga, cada dormente que eu lançar aqui vai me lembrar aquele outro túnel, e... e a ponte de Nat Taggart... Ah, se ao menos eu nunca mais ouvisse falar nessas coisas! Se eu pudesse ficar aqui e jamais saber o que está acontecendo com a rede, e não ser informada quando ela se acabar!

– Pois vai ter que saber, sim – disse Galt, com aquele tom impiedoso que lhe era característico, que parecia implacável por ser simples, despido de qualquer valor emocional, salvo o respeito aos fatos. – Vai ter que ser informada a respeito dos estertores finais da Taggart Transcontinental. Vai ter que saber de todos os desastres, de todos os trens cancelados, de todas as linhas abandonadas. Vai saber quando a Ponte Taggart desabar. Ninguém fica neste vale senão por livre e espontânea escolha, plenamente consciente de todas as implicações da decisão. Ninguém fica aqui falseando a realidade de nenhum modo.

Dagny olhou para ele, a cabeça erguida, sabendo a oportunidade que estava rejeitando. Pensou que nenhum homem, no mundo exterior, lhe diria aquilo naquele momento – pensou no código do mundo, que acreditava na mentira caridosa. Sentiu uma pontada de repulsa por aquele código, vendo de repente, pela primeira vez, toda a sua feiura, e se orgulhou imensamente do rosto tenso e limpo do homem à sua frente. Ele viu a forma tensa da boca de Dagny controlando-se com firmeza, porém suavizada por alguma emoção trêmula. Então ela respondeu, em voz baixa:

– Obrigada. O senhor tem razão.

– Não precisa me responder agora – disse ele. – Quando tiver decidido, me avise. Ainda resta uma semana.

– Está bem – disse ela, calma. – Só mais uma semana.

Galt se virou, pegou o desenho amarrotado que ela jogara no chão, dobrou-o cuidadosamente e o guardou no bolso.

– Dagny – disse D'Anconia –, quando pesar sua decisão, pense na primeira vez que você largou tudo, se quiser, mas leve em conta todos os fatores envolvidos. Neste vale, você não vai se torturar trocando telhas e construindo caminhos que não levam a nada.

– Diga-me – perguntou ela de repente –, como foi que você descobriu onde eu estava daquela vez?

Ele sorriu.

– Foi John que me disse. O destruidor, lembra? Você não entendia por que o destruidor não mandou ninguém para buscar você. Mas ele mandou, sim. Foi ele que me enviou lá.

– Ele?

– Foi.

– O que ele lhe disse?

– Não disse muita coisa, não. Por quê?

– O que ele disse? Você lembra as palavras exatas!

– Lembro, sim. Disse: "Se você quer uma oportunidade, aproveite. Você merece." Lembro, porque... – Virou-se para Galt com uma expressão de quem tem uma pequena dúvida. – John, nunca entendi direito por que você disse isso. Por quê? Por que falou em oportunidade?

– Você se incomoda se eu não responder agora?

– Não, mas...

Alguém o chamou da mina, e ele saiu rapidamente, como se aquele assunto não merecesse mais atenção.

Dagny se deu conta do tempo que levou para se virar para Galt. Sabia que ele estava olhando para ela. Não percebeu nada em seus olhos senão um toque de ironia, como se ele soubesse que resposta ela procurava, a qual não encontraria em seu rosto.

– Então deu a ele uma oportunidade que *o senhor* queria?

– Eu não poderia ter nenhuma oportunidade até que ele tivesse tido todas.

– Como sabia o que ele merecia?

– Há 10 anos que eu fazia a ele perguntas a seu respeito, sempre que eu podia, de todas as maneiras, de todos os ângulos. Não, ele não me disse, foi a maneira como ele falava a seu respeito que me fez entender. Ele não queria contar, mas falava com muita empolgação, ao mesmo tempo entusiasmado e relutante, e então compreendi que não era apenas uma amizade de infância. Eu sabia a importância daquilo de que ele abrira mão quando aderiu à greve e sabia que não fora para sempre. Eu estava apenas me informando a respeito de uma das mais importantes grevistas em potencial, como eu me informava a respeito de muitos outros.

O toque irônico permanecia em seu olhar. Ele sabia que era aquilo que Dagny queria ouvir, mas que não era essa a resposta à única pergunta que ela temia.

Ela olhou para o rosto de Galt, depois para a figura de D'Anconia, que se aproximava. Agora não escondia mais de si própria que a ansiedade súbita e pesada que a oprimia era o medo de que Galt os jogasse os três no desespero e no desperdício do autossacrifício.

D'Anconia chegou até eles e olhou para Dagny com olhar inquisidor, como se ponderasse uma pergunta, porém uma pergunta que dava um toque de alegria descuidada a seu olhar.

– Dagny, resta apenas uma semana – disse ele. – Se você resolver voltar, durante muito tempo não a teremos aqui outra vez. – Não havia tristeza nem censura em sua voz, apenas um toque de suavidade que denunciava sua emoção. – Se você for embora agora, é claro que vai voltar um dia, mas não tão cedo. E eu, daqui a alguns meses, virei morar aqui para sempre. Assim, se você partir, não a verei talvez por anos. Gostaria que você passasse a última semana comigo. Gostaria que se mudasse para minha casa. Que fosse minha convidada, por nenhum motivo em particular, apenas porque eu gostaria.

D'Anconia falava com simplicidade, como se não fosse possível esconder nada entre eles três. Dagny não viu sinal de espanto no rosto de Galt. Sentiu uma tensão súbita em seu peito, algo duro, imprudente, quase mau, uma excitação obscura que a impelia cegamente à ação.

– Mas tenho um emprego – disse ela com um sorriso estranho, olhando para Galt. – Tenho uma tarefa a cumprir.

– Não vou lhe cobrar isso – disse Galt, e Dagny ficou irritada com seu tom de voz, que não lhe oferecia nenhum significado oculto e respondia apenas ao sentido literal do que ela dissera. – Pode largar o serviço quando quiser. A decisão é sua.

– Não é, não. Aqui sou uma prisioneira. Já esqueceu? Aqui eu obedeço ordens. Não tenho preferências, nem desejos a manifestar, nem decisões a tomar. Quero que a decisão seja sua.

– Quer que seja minha?

– Quero!

– A senhora acaba de manifestar um desejo.

O que havia de irônico na voz de Galt era seu tom de seriedade, e Dagny lhe retrucou em tom de desafio, sem sorrir, como se o desafiasse a continuar fingindo que não estava entendendo:

– Está bem. É o que eu desejo!

Ele sorriu, como quem ri de uma trama complexa urdida por uma criança, porque já a descobriu há muito tempo.

– Muito bem. – Porém Galt não sorriu quando, virando-se para D'Anconia, disse: – Então... não.

Tudo o que Francisco vira no rosto de Dagny fora a atitude de desafio contra um adversário que era o mais severo dos professores. Ele deu de ombros, contrariado, porém sorridente:

– Você deve estar com a razão. Se não conseguir impedi-la de voltar, ninguém mais vai conseguir.

Dagny não estava ouvindo o que D'Anconia dizia. Estava aturdida pelo imenso alívio que a atingira ao ouvir a negativa de Galt, um alívio que a fazia compreender como era imenso o medo que ela estava sentindo antes. Só depois que tudo aconteceu é que ela se deu conta de quanto estava em jogo e entendeu que, se a resposta de Galt fosse outra, seria, para ela, como se o vale tivesse sido destruído.

Ela sentia vontade de rir, de abraçar os dois e celebrar. Não fazia mais diferença saber se ela ia ficar no vale ou voltar para o mundo exterior. Uma semana era um tempo infindável. Ambas as alternativas pareciam inundadas por um sol eterno – e nenhuma luta era dura, concluiu ela, se era *esta* a natureza da existência. O alívio não vinha do fato de que ele não ia abrir mão dela, nem da certeza de que ela venceria – e sim da certeza de que ele permaneceria sempre tal como era.

– Não sei se vou voltar para o mundo ou não – disse ela, séria, porém com um leve tremor de voz causado pela violência controlada que era pura felicidade. – Desculpem por eu não haver ainda me decidido. De uma coisa apenas estou certa: de que não vou ter medo de decidir.

D'Anconia achou que a súbita alegria no rosto de Dagny provava que o incidente não tivera importância. Porém Galt compreendeu e a fitou com um olhar que era em parte irônico, em parte uma censura áspera.

Não disse nada enquanto não ficaram a sós. Quando estavam os dois descendo a trilha em direção ao vale, Galt a observou outra vez, com um toque mais intenso de ironia no olhar, e disse:

– Você resolveu me testar para ver se eu cairia na forma mais abjeta de altruísmo?

Ela não respondeu, porém o olhou com uma expressão aberta, sem defesas, de concordância.

Galt deu uma risada breve e desviou a vista. Alguns passos adiante ele disse devagar, como quem faz uma citação:

– Ninguém fica aqui falseando a realidade *de nenhum* modo.

Em parte, a intensidade do alívio que ela experimentara – pensou Dagny, caminhando silenciosamente a seu lado – devia-se ao choque de um contraste. Ela vira, com nitidez súbita e imediata da percepção sensorial, uma imagem exata de Galt: ao abrir mão da mulher que desejava, em favor do amigo, por meio de uma falsidade perderia seu maior sentimento e sairia da vida de Dagny, apesar do que aquilo custasse a ele e a ela, e depois passaria o restante da vida desolado por causa daquilo que não havia alcançado e realizado. Ela, consolando-se com uma segunda opção, fingindo um amor que não sentia, abraçando livremente o fingimento, já que isso seria necessário para o autossacrifício de Galt, viveria o restante da vida com um desejo sem esperanças, aceitando, como alívio para uma ferida que não cicatrizaria, alguns momentos de afeição cansada, e também o princípio de que o amor é vão e a felicidade não pode ser encontrada na Terra. E D'Anconia, debatendo-se na névoa enganadora de uma realidade falsa, vivendo uma falsidade perpetrada pelas duas pessoas que mais amava e em quem mais confiava, viveria para sempre no andaime precário de uma mentira, dependurado sobre o abismo da descoberta de que não era o homem que ela amava, e sim apenas um substituto aceito de mau grado, meio por caridade, meio por carência, e sua perceptividade se tornaria um perigo, de modo que sua frágil felicidade dependeria de que ele se entregasse à letargia da estupidez, e ele terminaria aceitando a terrível ideia rotineira de que a realização é impossível para o homem. Eles três, a quem todas as coisas boas da vida tinham sido oferecidas, terminariam como cascas vazias amarguradas, exclamando em desespero que a vida é frustração – a frustração de não poder tornar real a irrealidade.

Mas isso, pensou Dagny, *é o código moral dos homens do mundo exterior, um código que lhes ordenava que agissem com base nas fraquezas, nas mentiras e na estupidez dos outros, e é isso a vida, essa luta numa névoa de fingimentos e insinuações, essa crença de que os fatos não são sólidos nem definitivos, esse estado em que, negando toda e qualquer forma de realidade, os homens caminham trôpegos vida afora, irreais e informes, e morrem sem jamais terem nascido. Assim*, pensou ela, contemplando os telhados reluzentes do vale por entre os ramos verdes das árvores, *os homens são límpidos e firmes como o sol e as rochas, e a imensa felicidade do alívio que ela sentira viera da convicção de que nenhuma batalha era difícil, nenhuma decisão era perigosa num lugar onde não era necessário se defrontar com incertezas viscosas e evasivas impalpáveis.*

– Já lhe ocorreu alguma vez, Srta. Taggart – disse Galt, num tom natural de quem está apenas falando em termos teóricos, porém como se tivesse lido seus pensamentos –, que não há conflitos de interesses entre os homens, nem na indústria nem no comércio nem em seus desejos mais íntimos, se eles suprimem o elemento irracional de sua imagem do possível e o elemento destrutivo de sua imagem do prático? Não há conflitos nem necessidade de sacrifícios, e nenhum homem representa uma ameaça aos objetivos dos outros, se os homens compreendem que a realidade é um absoluto que não pode ser falseado, que a mentira não funciona, que o gratuito não pode ser possuído, que o imerecido não pode ser dado, que a destruição de um valor que existe não confere valor ao que não existe. O negociante que quer conquistar um mercado sufocando um concorrente superior, o trabalhador que quer uma parte da riqueza de seu patrão, o artista que inveja o talento maior de seu rival – todos eles querem erradicar de sua existência certos fatos, e o único meio de realizar seu desejo é a destruição. Se insistirem, jamais vão conquistar o mercado, a fortuna nem a imortalidade – apenas destruirão a produção, os empregos e a arte. Desejar o irracional é inútil, quer as vítimas do sacrifício sejam voluntárias, quer não. Porém os homens jamais deixarão de desejar o impossível nem perderão a vontade de destruir – enquanto a autodestruição e o autossacrifício continuarem a lhes ser oferecidos como meios práticos de garantir a felicidade dos beneficiados. – Galt olhou para ela e acrescentou, falando devagar e com uma leve ênfase, alterando um pouco seu tom impessoal: – Apenas a minha felicidade pode ser realizada ou destruída por mim. A senhorita deveria ter tido mais respeito por ele e por mim e não temer o que temeu.

Dagny não respondeu. Parecia-lhe que uma palavra agora faria transbordar a felicidade daquele momento. Limitou-se a se virar para ele com um olhar de aquiescência desarmado, humilde, que seria um pedido de desculpas não fosse a felicidade radiante nele contida.

Galt sorriu, com ironia, compreensão, quase camaradagem, por terem eles dois tantas coisas em comum, aprovando os sentimentos de Dagny.

Caminharam em silêncio, e Dagny tinha a impressão de que aquilo era apenas um passeio num dia de verão, episódio de uma juventude despreocupada que ela jamais tivera; apenas um passeio no campo dado por duas pessoas que eram livres para se entregar ao prazer de caminhar ao sol, sem nenhum problema a resolver. A sensação de leveza que Dagny sentia se combinava com a sensação física de descer a encosta, e era como se ela não precisasse fazer nenhum esforço para andar, e sim precisasse apenas se conter para não sair voando. Caminhava contendo o impulso que a puxava para baixo, o corpo inclinado para trás, a saia esticada pelo vento, como uma vela que lhe freasse os movimentos.

Separaram-se no fim da trilha. Ele foi se encontrar com Mulligan e Dagny foi à Mercearia Hammond. A lista de compras para o jantar que ela levava era sua única preocupação na vida.

Sua esposa – pensou ela, mentalizando conscientemente a palavra que o Dr. Akston não pronunciara, a palavra que há muito ela sentia, mas jamais pronunciara –, *há três semanas que ela era sua esposa em todos os sentidos menos um, e esse último era ainda algo a que ela teria de fazer jus. Porém o restante era real, e agora ela já podia se permitir ter consciência do fato, senti-lo, viver com aquele único pensamento durante aquele único dia.*

Os artigos que Lawrence Hammond colocava sobre o balcão lustroso de sua loja eram os mais reluzentes que ela jamais vira. Ao observá-los, tinha consciência imperfeita de algum elemento perturbador, algo errado, que sua mente estava demasiadamente ocupada para perceber. Só se deu conta do que era quando viu Hammond fazer uma pausa, franzir o cenho e olhar para cima, para o céu.

– Acho que alguém está tentando repetir sua façanha, Srta. Taggart – disse Hammond.

Enquanto ele falava, Dagny percebeu o ruído de um avião sobrevoando o vale, um som que desde o início do mês não se ouvia por lá.

Correram para a rua. Acima do círculo fechado de montanhas, uma cruzinha prateada rodava em círculos, como uma libélula reluzente que estivesse prestes a roçar os picos com as asas.

– Que diabo ele está fazendo? – perguntou Lawrence Hammond.

Às portas de todas as lojas havia gente parada, olhando silenciosamente para cima.

– Não estão... esperando ninguém? – perguntou Dagny, e se deu conta, surpresa, da angústia que havia em sua voz.

– Não – disse Hammond. – Quem era para estar aqui está aqui. – Não parecia preocupado. Sua voz exprimia apenas uma imensa curiosidade.

O avião era agora como um risco, um cigarro prateado, contra as encostas das montanhas, e estava perdendo altura.

– Parece um monoplano particular – comentou Hammond, apertando os olhos por causa do sol. – Não é avião militar.

– Será que a tela de raios vai funcionar? – perguntou ela, tensa, num tom cheio de ressentimento dirigido ao inimigo que se aproximava.

Hammond riu.

– Funcionar?

– Será que ele vai nos ver?

– Aquela tela é mais segura do que um cofre-forte subterrâneo, Srta. Taggart. Como aliás a senhorita deveria saber.

O avião subiu e, por um momento, se reduziu a um ponto brilhante, como um pedaço de papel no vento. Pareceu hesitar, depois mais uma vez desceu numa espiral.

– Que diabo ele quer?! – exclamou Hammond.

Os olhos de Dagny subitamente se fixaram no rosto de Hammond.

– Ele está procurando alguma coisa – disse Hammond. – O quê?

– Vocês têm um telescópio?

– Há um, sim, no aeroporto, mas... – Hammond ia perguntar por que a voz dela estava tão estranha, mas Dagny já estava atravessando a rua correndo, depois seguindo em direção ao aeroporto, sem saber por que estava correndo, impulsionada por uma razão que ela não tinha tempo nem coragem de identificar.

Ela encontrou Dwight Sanders usando o pequeno telescópio da torre de controle, observando o avião com interesse, com uma expressão intrigada no rosto.

– Quero olhar! – exclamou ela.

Agarrou o tubo de metal, encostou o olho na lente, guiando a luneta com a mão lentamente para acompanhar o movimento do avião – então Sanders viu que a mão dela estava imóvel, porém seus dedos não soltavam o telescópio, e ela continuava debruçada sobre o aparelho. Quando Sanders se aproximou, viu que a lente estava encostada em sua testa.

– O que foi, Srta. Taggart?

Ela levantou a cabeça lentamente.

– É alguém que a senhorita conhece?

Ela não respondeu. Foi embora depressa, num zigue-zague incerto. Não ousava correr, mas tinha que fugir, que se esconder. Não sabia se tinha medo de ser vista pelos homens ao seu redor ou se pelo avião – a aeronave cujas asas prateadas ostentavam o número que ela sabia ser de Hank Rearden.

Dagny parou ao tropeçar numa pedra e cair. Só então percebeu que havia corrido. Achava-se num pequeno barranco acima do campo de pouso, invisível para quem estava na cidade, do qual avistava o céu. Levantou-se, agarrando-se à muralha de granito para não cair, sentindo o calor do sol sobre a pedra debaixo de suas mãos – ficou parada, as costas apertadas contra a rocha, incapaz de se mexer e de desviar a vista do avião.

O monomotor voava em círculos lentos, ora descendo, ora subindo outra vez, tentando – tal como ela tentara, pensou Dagny – enxergar destroços de algum avião em meio àquela infinidade de fendas e rochas, com visibilidade insuficiente para encontrar algo, porém suficiente para incentivar a busca. Rearden estava procurando os destroços do avião de Dagny. Não havia desistido, e por mais que lhe houvessem custado aquelas três semanas, sentisse ele o que sentisse, a única coisa que ele mostrava ao mundo, sua única reação, era aquele zumbido monótono e insistente do motor de um frágil avião, sobrevoando e examinando cada metro quadrado daquela serra inacessível.

A pureza luminosa do céu de verão era tal que o avião parecia estar muito perto. Dagny o via se balançar ao sabor das correntezas, se inclinar quando atingido por uma lufada de vento. Parecia-lhe impossível que Rearden não visse nada num ar tão límpido. Descortinava-se todo o vale, banhado em sol, repleto de vidraças reluzentes e gramados verdejantes, saltando à vista – o fim daquela busca torturante, a realização de desejos que ele nem mais sonhava serem possíveis, não os destroços de um avião e um corpo destruído, e sim a presença livre dela e a liberdade dele. Tudo o que ele jamais buscara agora estava à sua frente, aberto, à sua espera, bastando que ele descesse, atravessando aquele ar puro e limpo todo seu, pedindo-lhe apenas a capacidade de ver.

– Hank! – gritou ela, agitando os braços em desespero. – Hank!

Recostou-se na pedra, sabendo que seria impossível se comunicar com ele, que não havia como fazê-lo ver, que nada neste mundo poderia atravessar aquela tela senão a mente e a visão dele. De repente, e pela primeira vez, Dagny sentiu que aquela tela não era algo intangível, e sim a barreira mais absoluta do mundo.

Recostada na rocha, silenciosa e resignada, Dagny ficou a contemplar as espirais vãs do avião, o apelo incessante daquele motor, um apelo a que ela não podia atender. O avião desceu abruptamente, mas logo em seguida começou a subir pela última vez, riscando uma diagonal contra o fundo de montanhas e saindo do vale. Então, como se mergulhando num lago sem margens e sem saída, foi descendo lentamente até desaparecer.

Com amarga compaixão, Dagny pensou em tudo o que ele não conseguira ver. *E eu?*, pensou. Se deixasse o vale, a tela se fecharia para ela exatamente como se fechara para ele agora. A Atlântida desapareceria sob uma tela de raios mais inviolável que o fundo do oceano, e ela, também, teria de lutar pelas coisas que não soubera ver. Ela, também, precisaria lutar contra uma miragem de selvageria primitiva, enquanto a realidade de tudo o que desejava estaria para sempre fora de seu alcance.

Porém o que a atraía ao mundo exterior, o que a compelia a seguir o avião, não era a imagem de Rearden – sabia que não podia voltar para ele, mesmo se voltasse para o mundo –, e sim a visão da coragem dele e da de todos aqueles que ainda lutavam pela sobrevivência. Ele não desistira de procurar o avião de Dagny, mesmo muito depois que todos os outros tinham desistido. Assim, também, ele não abandonaria suas siderúrgicas, nem nenhum outro objetivo que escolhera, enquanto lhe restasse uma única chance que fosse. Estaria ela realmente certa de que não restava nenhuma chance para o mundo da Taggart Transcontinental? Estaria mesmo convencida de que a situação da guerra era tal que não valia a pena lutar? Eles tinham razão, os homens de Atlântida, de desaparecer quando se convenciam de que não estavam abandonando nada de valor – mas enquanto ela não se convencesse de que não restava nenhuma chance, nenhuma batalha a lutar, ela não tinha o direito de permanecer entre eles. Era essa a questão que a atormentava havia semanas, porém não a levara a nenhuma resposta.

Passou aquela noite acordada, imóvel, seguindo – como um engenheiro, como Hank Rearden – um processo de raciocínio frio, preciso, quase matemático, sem pensar em custos nem em sentimentos. A agonia que ele vivera em seu avião ela experimentava num cubo silencioso de escuridão, procurando, mas não encontrando, uma resposta. Olhou para as inscrições nas paredes do quarto, que ainda podia divisar à luz das estrelas, mas a ajuda que aqueles homens haviam pedido em seu momento de maior agonia era algo que ela não podia pedir.

◢◢◢

– Sim ou não, Srta. Taggart?

Dagny olhou para os rostos dos quatro homens, na penumbra da sala de Mulligan: Galt, em cujo rosto se via a atenção serena e impessoal do cientista; D'Anconia, cujo rosto ostentava um esboço de sorriso que ocultava qualquer emoção, um que seria adequado a qualquer resposta que ela desse; Hugh Akston, que tinha um olhar suave e compassivo; e Midas Mulligan, que fizera a pergunta sem nenhum toque de rancor na voz. A 3 mil quilômetros dali, naquela hora do entardecer, um calendário se acendia sobre os telhados de Nova York, anunciando: 28 de junho – e, de repente, Dagny teve a impressão de que o via, acima das cabeças daqueles homens.

– Ainda tenho mais um dia – disse ela com firmeza. – Não podem esperar? Acho que já tomei minha decisão, mas ainda não tenho certeza absoluta, e precisarei de toda a certeza possível.

– É claro – concordou Mulligan. – Aliás, você pode esperar até a manhã de depois de amanhã. Nós esperamos.

– Podemos esperar até depois disso – disse Akston –, ainda que na sua ausência, se necessário.

Dagny estava em pé ao lado da janela, encarando os quatro, e por um momento sentiu a satisfação de sentir-se ereta, com mãos que não tremiam, com uma voz tão controlada, tão livre de queixas e piedade quanto as deles. Por um momento, essa ideia a fez sentir-se mais próxima deles.

– Se sua incerteza – disse Galt – se deve, ainda que em parte, a um conflito entre seu coração e sua mente, siga a sua mente.

– Leve em conta as razões que nos fazem estar convencidos de que temos razão – disse Akston –, mas não o fato de que estamos convencidos.

Se você está, ignore com certeza. Não tente colocar nosso discernimento como substituto do seu.

– Não leve em conta o fato de nós sabermos o que é melhor para o seu futuro – disse Mulligan. – Nós sabemos, sim, mas só vai ser o melhor quando a senhorita mesma souber.

– Não leve em consideração nossos interesses e desejos – disse D'Anconia. – Você não tem obrigações com ninguém além de você mesma.

Dagny sorriu, nem triste nem alegre, pensando que nenhum daqueles conselhos lhe seria dado no mundo exterior. E sabendo quanto eles queriam ajudá-la, embora qualquer ajuda fosse impossível, Dagny achou que lhe cabia tranquilizá-los.

– Eu lhes impus minha presença à força – disse em voz baixa – e tive que arcar com as consequências de meu ato. É o que estou fazendo.

Sua recompensa foi ver Galt rir: aquele sorriso era como uma condecoração militar que lhe fosse conferida.

Ao desviar a vista, se lembrou de repente de Jeff Allen, o vagabundo que encontrara no Cometa, no momento em que ela o admirou por ele tentar lhe dizer que sabia aonde ia, para lhe poupar o ônus de sua falta de objetivo e destino. Dagny sorriu, pensando que já vivera a mesma situação desempenhando os dois papéis, e sabia agora que nada era mais vil nem mais vão do que a tentativa de jogar sobre outra pessoa o ônus de haver renunciado ao direito de escolher. Sentiu uma tranquilidade estranha, quase uma sensação de confiança. Sabia que era tensão, porém de uma grande clareza. Deu-se conta de que estava pensando o seguinte: ela está funcionando bem numa situação de emergência, posso confiar nela – e então percebeu que estava pensando em si própria.

– Deixe isso para depois de amanhã – disse Mulligan. – Hoje a senhorita ainda está aqui.

– Obrigada.

Permaneceu ao lado da janela, enquanto eles continuaram a discutir os problemas do vale. Era a reunião de fim de mês. Haviam acabado de jantar, e Dagny pensava na primeira vez que jantara naquela casa, um mês antes. Naquela noite usara, tal como agora, o conjunto cinzento que costumava trajar no trabalho, não a saia de camponesa que era tão boa para usar ao Sol. *Ainda estou aqui hoje*, pensou, apertando a mão contra o parapeito da janela, numa atitude possessiva.

O sol ainda não havia desaparecido por trás das montanhas, porém o céu tinha um tom de azul uniforme, profundo, enganosamente límpido, que se confundia com o azul das nuvens invisíveis, formando um todo que ocultava o Sol. *Apenas as fímbrias das nuvens são contornadas por um fino risco de fogo, que parece um tubo retorcido de néon*, pensou ela, *como um mapa de uma bacia hidrográfica, como um mapa de uma rede ferroviária traçado no céu com fogo branco.*

Ouviu Mulligan lendo para Galt a lista dos nomes daqueles que não iam voltar para o mundo exterior.

– Temos empregos para todos eles – disse Mulligan. – Este ano só vão voltar uns 10 ou 12, mais para terminar o que ainda têm por fazer: converter em ouro suas posses e voltar para cá em caráter permanente. Acho que este é nosso último mês de férias, porque em menos de um ano estaremos todos morando aqui no vale.

– Ótimo – disse Galt.

– Aliás, não vamos ter opção, do jeito que as coisas estão caminhando lá fora.

– É.

– Francisco – perguntou Mulligan –, você volta daqui a uns meses?

– Em novembro, o mais tardar – respondeu. – Eu aviso pelo rádio de ondas curtas quando estiver pronto para voltar. Vocês ligam o aquecimento da minha casa?

– Eu ligo – disse Akston. – E preparo seu jantar quando você estiver para chegar.

– John – disse Mulligan –, imagino que dessa vez você não volte para Nova York.

Galt o olhou por um momento e respondeu com voz tranquila:

– Ainda não decidi.

Dagny percebeu o espanto com que D'Anconia e Mulligan o olharam de repente, debruçando-se para a frente, e viu que Akston só fixou seu olhar nele depois de algum tempo. Não parecia estar surpreso.

– Você não está pensando em voltar para aquele inferno por mais um ano, está? – perguntou Mulligan.

– Estou.

– Mas por quê, John?

– Eu lhe digo depois que me decidir.

– Mas não resta mais nada para você fazer. Já temos todo mundo que nos interessa, até onde sabemos. Nossa lista está completa. Só falta Hank

Rearden, e esse vamos conquistar em menos de um ano, e mais a Srta. Taggart, se ela resolver voltar. Só. O seu trabalho está encerrado. Lá fora não resta mais nada a fazer, senão esperar o colapso final, quando o telhado desabar sobre as cabeças de todos.

– Eu sei.

– John, a sua cabeça é a que eu menos gostaria de ver lá quando isso acontecer.

– Você nunca precisou se preocupar comigo.

– Mas você não vê a que ponto eles chegaram? Estão a um passo da violência pura e simples. Que nada! Na verdade, já deram esse passo irrevogável há muito tempo! Mas em breve verão o que significa o que eles fizeram, tudo vai explodir na cara deles – a violência clara, cega, arbitrária, sanguinolenta, atingindo vítimas a esmo. Não quero ver você no meio disso.

– Eu sei cuidar de mim.

– John, não há motivo para você se arriscar – disse D'Anconia.

– Qual o risco que eu corro?

– Os saqueadores estão preocupados com as pessoas que desapareceram. Estão desconfiando de alguma coisa. Você é quem menos deveria aparecer por lá. Sempre há a possibilidade de que eles descubram quem e o que você é.

– Sempre há uma possibilidade. Mas é pequena.

– Mas não há nenhum motivo para você se expor. Não resta nada que eu e Ragnar não possamos resolver.

Akston os observava silenciosamente, recostado em sua cadeira. Havia em seu rosto aquela expressão intensa, nem triste nem exatamente alegre, do homem que observa uma sequência de eventos que o interessa, só que já enxergando alguns lances à frente.

– Se eu voltar – disse Galt –, não vai ser a serviço. Vai ser para conquistar a única coisa que quero do mundo para mim, agora que meu trabalho já está feito. Nunca tirei nada do mundo e nunca quis nada. Mas há uma coisa que o mundo ainda retém e que é minha. Dela não abro mão. Não, não pretendo violar meu juramento, não vou negociar com os saqueadores, não vou ajudar ninguém que está lá, nem saqueadores nem neutros – nem fura-greves. Se eu for, não vai ser por ninguém, só por mim, e não acho que esteja arriscando minha vida, mas, se estou... bem, agora estou livre para fazê-lo.

Galt não estava olhando para Dagny, porém ela teve que desviar a vista e se encostar à janela, porque suas mãos tremiam.

– Mas, John – exclamou Mulligan, indicando o vale com o braço –, se alguma coisa acontecer com você, o que nós... – Parou de repente, com ar culpado.

Galt deu um risinho.

– O que você ia dizer?

Mulligan fez um gesto de quem se entrega.

– Ia dizer que, se alguma coisa acontecer comigo, vou morrer como o maior fracassado do mundo? – continuou Galt.

– Está bem – assentiu Mulligan, culpado –, não vou dizer isso. Não vou dizer que não podemos fazer nada sem você, não seria verdade. Não vou lhe pedir que fique aqui por nós. Jamais pensei em apelar para uma bobagem dessas, mas que tentação! Quase entendo por que as pessoas fazem isso. Sei que, se você quer arriscar sua vida, a vida é sua... Estou só pensando que... ah, meu Deus, John, sua vida é tão valiosa!

Galt sorriu:

– Eu sei. É por isso que não acho que a estou arriscando: acho que vou vencer.

D'Anconia, calado, contemplava Galt atentamente, com uma expressão interrogativa no rosto, não como se tivesse encontrado uma resposta, mas como se de repente tivesse entrevisto uma pergunta.

– Escute, John – disse Mulligan –, já que você ainda não decidiu se vai ou não... você ainda não decidiu, não é?

– Não, ainda não.

– Nesse caso, posso mencionar algumas coisas para você levar em conta?

– Diga lá.

– O que eu temo são os perigos do acaso, imprevisíveis, sem sentido, os perigos de um mundo caindo aos pedaços. Pense só na ameaça representada por máquinas complexas nas mãos de imbecis cegos e covardes enlouquecidos pelo medo. Pense só nas estradas de ferro – você vai se arriscar a cair numa coisa horrorosa como aquele acidente do túnel de Winston cada vez que pegar um trem –, e vai haver mais acidentes desse tipo, cada vez mais. Vai chegar a um ponto em que todos os dias acontecerá um acidente sério.

– Eu sei.

– E a mesma coisa vai acontecer em todas as outras atividades, onde quer que se utilizem máquinas, as máquinas que eles julgavam capazes de substituir nossas mentes. Desastres de aviões, explosões de depósitos de petróleo, acidentes em altos-fornos, incêndios causados por fios de alta tensão, desabamentos em metrôs e viadutos – tudo isso vai acontecer. As mesmas máquinas que tornavam as vidas deles protegidas agora vão constituir um perigo constante.

– Eu sei.

– Sei que você sabe, mas levou em conta todas as possibilidades específicas? Já se permitiu visualizá-las? Quero que você tenha em mente o quadro exato que o espera, antes de concluir se há alguma coisa que justifique seu retorno. Você sabe que as cidades é que serão mais atingidas. As cidades foram feitas pelas ferrovias e vão ser destruídas junto com elas.

– É verdade.

– Quando as ferrovias forem interrompidas, a cidade de Nova York vai começar a passar fome em dois dias. As reservas de alimentos de lá só duram isso. Ela é alimentada por um continente com quase 5 mil quilômetros de largura. Como vão levar comida até Nova York? Com decretos e carroças puxadas por bois? Mas, antes que isso aconteça, vão passar por todas as agonias: escassez, falta, revoltas populares, a violência cega em meio ao silêncio cada vez maior.

– É verdade.

– Primeiro vão perder os aviões, em seguida os automóveis, os caminhões e as carroças.

– É verdade.

– Depois param as fábricas, os altos-fornos e a seguir as rádios. Por fim, a rede elétrica vai pifar.

– É verdade.

– Este continente está se aguentando por um fio. Haverá um trem por dia apenas, depois só um trem por semana... depois a Ponte Taggart desaba, e...

– Isso, não!

Era a voz de Dagny, e todos se viraram para ela. Seu rosto estava pálido, porém mais calmo do que da última vez que ela falara com eles.

Lentamente, Galt se pôs de pé e inclinou a cabeça, como quem aceita um veredicto.

– Então a senhora já tomou sua decisão.

– Já.

– Dagny – disse Akston –, lamento. – Falava em voz baixa, com esforço, como se suas palavras se esforçassem sem êxito para preencher o silêncio da sala. – Preferia que fosse possível não ver isto acontecendo, tudo seria preferível... menos vê-la ficar aqui por não ter coragem de assumir suas convicções.

Ela abriu as mãos espalmadas, viradas para a frente, os braços caídos ao longo do corpo, um gesto de franqueza simples, e disse, dirigindo-se a todos os presentes, com tanta tranquilidade que pôde até manifestar emoção:

– Quero que saibam de uma coisa: já desejei poder morrer daqui a mais um mês, só para poder passá-lo neste vale, tamanha a minha vontade de ficar aqui. Mas, enquanto eu estiver viva, não posso abandonar uma batalha que acho que cabe a mim lutar.

– É claro – disse Mulligan, respeitoso –, se a senhorita ainda pensa assim.

– Se querem saber qual é a única razão que me obriga a voltar, eu lhes digo: não consigo abandonar à ruína toda a grandeza do mundo, tudo aquilo que era meu e de vocês, que foi feito por nós e ainda é nosso por direito – porque não consigo acreditar que os homens sejam capazes de se recusar a ver, de permanecer cegos e surdos para sempre, quando a verdade é nossa e suas vidas dependem de eles a aceitarem. Eles ainda amam a vida – e é *isso* o que ainda resta de suas mentes e que não foi corrompido. Enquanto os homens desejarem viver, não posso perder essa batalha.

– E eles ainda desejam viver? – perguntou Akston em voz baixa. – Não, não me responda agora. Apenas leve esta pergunta consigo. É a última premissa que você ainda terá de verificar.

– A senhorita parte como nossa amiga – disse Mulligan –, e, se vamos combater tudo o que a senhorita fizer, é porque sabemos que está errada, não por sermos seus inimigos.

– Você vai voltar – afirmou Akston –, porque seu erro é uma falha de conhecimento, não uma falha moral, não uma entrega ao mal, e sim o último ato da tragédia de uma vítima de sua própria virtude. Vamos esperar por você, Dagny, e, quando voltar, já terá descoberto que nunca é necessário que haja conflitos entre seus desejos, nenhum choque de valores tão trágico quanto esse que você tem suportado com tanta coragem.

– Obrigada – disse ela, fechando os olhos.

– Precisamos discutir as condições de sua partida – disse Galt, falando num tom de voz seco de executivo. – Primeiro, tem de dar sua palavra de que não vai revelar nosso segredo, nem mesmo em parte, nem nossa causa, nem nossa existência, nem este vale, nem onde a senhorita passou o mês, a ninguém no mundo exterior, jamais, sob quaisquer circunstâncias.

– Dou minha palavra.

– Em segundo lugar, a senhorita jamais vai tentar encontrar este vale outra vez. Não pode vir aqui sem ser convidada. Se quebrar a primeira condição, não vai nos colocar em grande perigo. Se quebrar a segunda, vai. Por uma questão de princípios, jamais nos colocamos à mercê da boa vontade de ninguém, ou de uma promessa que pode ser quebrada pela outra parte. Também não esperamos que coloque nossos interesses acima dos seus. Como a senhorita acredita que sua opção é a certa, pode ocorrer de um dia julgar necessário trazer nossos inimigos até este vale. Portanto, eliminaremos essa possibilidade. A senhorita vai ser transportada daqui num avião, de olhos vendados, e será levada até um lugar de onde lhe seja impossível reencontrar o vale.

Dagny baixou a cabeça:

– Está certo.

– Seu avião está consertado. Quer ficar com ele, assinando uma autorização de saque em sua conta no Banco Mulligan?

– Não.

– Então ficaremos com ele, até que se disponha a pagar. Depois de amanhã, levarei a senhorita em meu avião até um local fora do vale de onde lhe seja fácil arranjar outro transporte.

Dagny baixou a cabeça:

– Muito bem.

Já estava escuro quando saíram da casa de Mulligan. Para voltar à de Galt, tinham de atravessar o vale, passando pela cabana de D'Anconia, e os três caminharam juntos. Em meio à escuridão, viam-se algumas janelas iluminadas aqui e ali, e a névoa já descia lentamente, passando pelas vidraças como sombras de um mar longínquo. Caminhavam em silêncio, porém o som de seus passos, confundindo-se num ruído único e ritmado, era como uma fala a ser entendida, que não tinha outra maneira de se exprimir.

Depois de algum tempo, D'Anconia disse:

– Não muda nada, apenas adia o fim mais um pouco, e o último trecho é sempre o mais difícil... mas é o último.

– Espero que sim – disse ela. Um momento depois, repetiu, em voz baixa: – O último é o mais difícil. – Virou-se para Galt. – Posso lhe fazer um pedido?

– Pode.

– Posso ir embora amanhã?

– Se assim desejar.

Quando D'Anconia falou novamente, um instante depois, foi como se estivesse respondendo à pergunta que ela não chegara a formular:

– Dagny, nós três estamos apaixonados... – e ela se virou para ele num movimento brusco – ... pela mesma coisa, ainda que a forma varie. Não se espante por não sentir nenhum afastamento entre nós. Você continuará a ser uma de nós enquanto permanecer apaixonada por suas ferrovias e locomotivas, e elas vão trazê-la sempre de volta a nós, por mais vezes que você se perca. O único homem que jamais se salvará é aquele que não tem paixão.

– Obrigada – disse ela em voz baixa.

– Por quê?

– Pelo... seu tom de voz.

– E como é meu tom de voz? Diga, Dagny.

– É como se... como se você estivesse feliz.

– E estou, mesmo, exatamente como você está. Não me diga o que está sentindo. Eu sei. Mas o inferno que a gente é capaz de suportar é tão grande quanto o amor que a gente tem. O inferno que eu seria incapaz de suportar seria ver você indiferente.

Ela concordou com a cabeça, em silêncio, incapaz de identificar com alegria qualquer componente de seu estado de espírito naquele momento, e ao mesmo tempo sentindo que ele tinha razão.

Fiapos de névoa semelhante a fumaça riscavam o disco da Lua, e àquela luz difusa Dagny não conseguiu discernir as expressões nos rostos dos dois enquanto caminhava entre eles: as únicas expressões que percebia eram as silhuetas eretas de seus corpos, o som ininterrupto de seus passos e uma vontade de continuar a andar sem parar, uma sensação que ela não conseguia definir, mas que sabia que não era dúvida nem dor.

Quando se aproximaram da cabana de D'Anconia, ele parou, apontando para a porta com um gesto que era como se ele abraçasse os outros dois.

– Não querem entrar? Afinal, é a última vez que vamos estar juntos por algum tempo. Vamos brindar a este futuro no qual nós três estamos confiantes.

– Estamos mesmo? – perguntou ela.

– Estamos, sim – respondeu Galt.

Dagny olhou para os rostos dos dois quando D'Anconia acendeu a luz da casa. Não conseguia definir suas expressões, pois não era felicidade nem qualquer emoção desse tipo. Seus rostos estavam tensos e solenes, mas de uma solenidade radiante, pensou ela, se tal coisa era possível, e essa sensação estranha lhe dizia que o próprio rosto ostentava a mesma expressão.

O anfitrião foi pegar três taças no armário, mas parou, como se tivesse lembrado alguma coisa. Colocou apenas uma taça de cristal na mesa, depois pegou as duas taças de prata de Sebastián d'Anconia e as colocou ao lado da outra.

– Você vai direto para Nova York, Dagny? – perguntou ele, num tom de voz tranquilo, trazendo uma garrafa de vinho envelhecido.

– Vou – respondeu ela, igualmente tranquila.

– Vou a Buenos Aires depois de amanhã – disse ele, tirando a rolha da garrafa. – Não tenho certeza se vou passar em Nova York depois, mas, se eu for, será perigoso para você me ver.

– Quanto a isso, não me importo – disse ela –, a menos que você ache que não posso mais ver você.

– É verdade, Dagny. Não pode. Não em Nova York.

Estava servindo o vinho quando se virou para Galt.

– John – perguntou D'Anconia –, quando você vai resolver se fica aqui ou volta para lá?

Galt o encarou e então disse lentamente, no tom de voz de quem sabe todas as consequências do que ia dizer:

– Já decidi, Francisco. Vou voltar.

A mão de D'Anconia se imobilizou. Por um longo momento ele só enxergava o rosto de Galt, mas depois olhou para Dagny. Colocou a garrafa na mesa e, embora não desse um passo para trás, foi como se seu olhar recuasse para englobar os dois.

– Mas claro – disse ele.

Agora parecia que ele havia recuado mais ainda e estava vendo todos os anos que haviam se passado. Sua voz tinha um tom uniforme, sem inflexões, como convinha.

– Eu já sabia há 12 anos – disse ele. – Eu já sabia antes mesmo de você e deveria ter entendido que você perceberia. Aquela noite, quando você nos chamou a Nova York, entendi que era... – D'Anconia se dirigia a Galt, porém seus olhos se fixaram em Dagny – ... tudo o que você procurava... tudo o que você nos dizia que merecia a dedicação de nossas vidas, ou mesmo o sacrifício delas, se necessário. Eu deveria ter compreendido que você também pensaria assim. Não poderia ter sido diferente. Foi como tinha que ser. Já estava tudo definido, há 12 anos. – Olhou para Galt e riu baixinho. – E você diz que fui *eu* quem mais perdeu?

Virou-se num movimento rápido demais, e, então, com um gesto lento demais, como se para dar ênfase ao que fazia, terminou de servir o vinho, enchendo as três taças. Pegou as duas de prata, olhou-as por um instante e então entregou uma a Dagny e outra a Galt.

– Tome – disse ele. – Você merece... e não foi o acaso.

Galt tomou a taça que ele oferecia, mas foi como se a aceitação fosse expressa pelo olhar que os dois trocaram.

– Eu daria tudo para que fosse diferente – disse Galt –, menos aquilo que é impossível dar.

Dagny pegou sua taça, olhou para D'Anconia e deixou que ele a visse olhar para Galt.

– É verdade – disse ela, como se respondesse a uma pergunta. – Mas eu nada fiz para merecer, e o que você já pagou, eu estou pagando agora, e não sei se jamais ganharei o suficiente para me livrar de minhas dívidas, mas, se o inferno é o preço e a medida, então que eu seja a mais gananciosa de nós três.

Enquanto bebiam, Dagny, em pé, de olhos fechados, sentindo o vinho descer pela garganta, entendeu que, para todos os três, aquele momento era o mais terrível – e o mais exultante – de suas vidas.

Dagny não disse nada a Galt enquanto caminhavam o último trecho da trilha em direção à casa dele. Não virou a cabeça para fitá-lo, achando que até um olhar de relance seria perigoso demais. No silêncio em que estavam mergulhados, sentia ao mesmo tempo a tranquilidade de uma compreensão completa e a tensão da consciência de que eles não deviam dar nome às coisas que compreendiam.

Porém ela o encarou, quando estavam na sala de estar da casa dele, com absoluta confiança, como se de repente tivesse certeza de um direito seu – a certeza de que ela se controlaria e de que agora não havia perigo em falar. Falou sem emoção, nem como uma súplica, nem como um brado de triunfo. Apenas afirmava um fato:

– O senhor vai voltar para o mundo exterior porque eu vou estar lá.

– É.

– Não quero que vá.

– Sua opinião não conta.

– O senhor vai por minha causa.

– Não, vou porque quero.

– Vai me deixar vê-lo lá?

– Não.

– Não poderei vê-lo?

– Não.

– Não vou saber onde o senhor está nem o que faz?

– Não.

– E vai me vigiar, como antes?

– Mais do que antes.

– Seu objetivo é me proteger?

– Não.

– Então o que é?

– Estar lá no dia em que a senhorita resolver se juntar a nós.

Ela o encarou com atenção, sem se permitir esboçar qualquer outra reação, como se tentasse encontrar uma resposta para a primeira coisa que não havia conseguido entender completamente.

– Não restará mais nenhum de nós por lá – explicou ele. – O perigo será muito grande. Eu serei sua última chave antes que a porta deste vale se feche definitivamente.

– Ah! – Dagny reprimiu a exclamação antes que se transformasse num gemido. Então, recobrando a postura de impessoalidade, perguntou: – E se eu lhe dissesse que minha decisão é definitiva e que nunca vou me juntar a vocês?

– Estaria mentindo.

– E se eu resolvesse agora afirmar que é mesmo definitiva, se desse minha palavra, independentemente do que viesse a acontecer no futuro?

– Independentemente dos fatos que a senhorita viesse a constatar e das convicções que viesse a formar?

– Sim.

– Seria pior do que uma mentira.

– O senhor está certo de que minha decisão é equivocada?

– Estou.

– O senhor acredita que cada um deve ser responsável pelos seus próprios erros?

– Acredito.

– Então por que não deixa que eu assuma as consequências do meu?

– É o que estou fazendo, é o que a senhorita vai fazer.

– E se eu só resolver que quero voltar para este vale quando for tarde demais? Por que o senhor teria que se arriscar mantendo essa porta aberta para mim?

– Eu não tenho que me arriscar a nada. Eu não o faria se não visasse a um objetivo egoísta.

– Que objetivo egoísta?

– Quero-a aqui.

Dagny fechou os olhos e inclinou a cabeça, aceitando abertamente a derrota – derrota na argumentação e na sua tentativa de encarar com calma todas as implicações daquilo que ia abandonar.

Então levantou a cabeça, como se tivesse absorvido a franqueza dele, e olhou para ele, sem esconder nem seu sofrimento, nem seu desejo, nem sua tranquilidade, sabendo que todos os três estavam contidos em seu olhar.

O rosto de Galt estava agora como estivera no primeiro momento ensolarado em que ela o vira: um rosto de serenidade implacável e perceptividade inflexível, sem dor, nem medo, nem culpa. Pensou que, se lhe fosse possível ficar olhando para ele, para aquelas sobrancelhas retas acima dos olhos verde-escuros, para a curva da sombra que lhe acentuava a forma da boca, para a pele lisa como metal líquido que aparecia acima da gola aberta da camisa, para a postura natural e relaxada de suas pernas – ela gostaria de ficar naquele lugar, daquele modo, o restante da vida. E no momento seguinte compreendeu que, se aquele desejo lhe fosse concedido, a contemplação perderia todo o seu significado, porque ela teria traído todas as coisas que davam valor a essa contemplação.

Então, não como uma lembrança, mas como uma experiência presente, Dagny reviveu o momento em que, parada ao lado da janela de seu quarto em Nova York, olhando para a cidade mergulhada na neblina, vira a forma inatingível da Atlântida afundar e se perder – e compreendeu que estava vendo agora a resposta àquele momento. Sentia não as palavras que havia então dirigido à cidade, e sim aquela sensação não traduzida, das quais brotaram as palavras: *Você, a quem sempre amei e que jamais encontrei, você, que eu esperava encontrar no fim dos trilhos, além do horizonte...*

Disse então, em voz alta:

– Quero lhe dizer o seguinte: comecei minha vida com um único princípio absoluto, o de que o mundo era meu para que eu o moldasse à imagem e semelhança de meus valores mais elevados, para jamais ser trocado por um padrão mais baixo, por mais prolongada e difícil que fosse minha luta. – "Você, cuja presença sempre *senti* nas ruas da cidade", a voz sem palavras dizia dentro de si, "e cujo mundo eu queria construir..." – Agora sei que eu estava lutando por este vale – "é meu amor por você que me impulsionava..." –, era este vale que eu via como algo possível, e eu não o trocaria por nada, nem o entregaria a uma força malévola desprovida de inteligência. – "... meu amor e minha esperança de chegar a você, e meu desejo de merecê-lo no dia em que o visse frente a frente..." – Estou voltando para lutar por este vale, liberá-lo desta existência clandestina, recuperar para ele o domínio que lhe cabe por direito, fazer com que toda a Terra pertença ao senhor de fato, tal como já lhe pertence em espírito, e encontrá-lo outra vez no dia em que puder lhe entregar todo o mundo. Ou, se eu fracassar, permanecer exilada deste vale até o fim de meus dias – "mas o que restar de minha vida ainda será seu, e seguirei em frente em seu nome, ainda que jamais possa pronunciá-lo, continuarei a servi-lo, ainda que jamais possa vencer, seguirei em frente, para merecê-lo no dia em que eu o vir de novo, embora esse dia jamais venha a chegar." – Vou lutar por este vale, mesmo que tenha que lutar contra o senhor, mesmo que o senhor me amaldiçoe, me chame de traidora... mesmo que eu nunca mais possa voltar a vê-lo.

Galt permanecera imóvel, ouvindo-a, sem nenhuma modificação em seu rosto: apenas seus olhos se fixaram nela, como se ele estivesse ouvindo todas as palavras, mesmo as que ela não havia pronunciado. Ele respondeu com a mesma expressão no rosto, como se ela fosse necessária para manter um circuito que ainda não deveria ser interrompido, e sua voz imitou algo do tom da voz dela, como se assinalasse que falavam no mesmo código, uma voz sem sinal de emoção, salvo no espaçamento dado às palavras:

– Se a senhorita fracassar, como outros já fracassaram em sua busca de um ideal que deveria ser possível, mas que permaneceu para sempre fora de seu alcance; se, como eles, concluir que os valores mais elevados que se tem não são jamais atingidos, e sua visão mais sublime nunca é concretizada, não amaldiçoe este mundo como eles fizeram, não amaldiçoe a existência. A senhorita já viu a Atlântida que eles buscavam, ela existe, é aqui. Mas aqui há que se entrar nu e sozinho, sem os trapos das falsidades seculares, com a mais pura clareza mental; não com um coração inocente, mas com algo muito mais raro – uma mente intransigente – como única bagagem e chave. Aqui a senhorita não entrará enquanto não aprender que não é necessário convencer nem conquistar o mundo. Quando tiver aprendido isso, verá que, durante todos os anos de sua luta, nada a impediu de entrar na Atlântida e não havia cadeias que a detivessem, salvo aquelas que usou por sua própria vontade. Durante todos esses anos, aquilo que a senhorita mais desejava ter estava à sua espera – e Galt olhou para ela – com tanta persistência quanto a da senhorita quando lutava, tão apaixonadamente, tão desesperadamente quanto a senhorita, só que com uma certeza maior do que a sua. Vá e continue sua luta. Continue carregando fardos que não escolheu, sofrendo castigos que não mereceu, acreditando que é justo oferecer o próprio espírito ao mais injusto dos torturadores. Mas, nos seus piores momentos, lembre-se de que já viu outro tipo de mundo. Lembre-se de que pode chegar a ele assim que resolver enxergar. Lembre-se de que ele estará esperando, que é real, é possível... é seu.

Então Galt virou a cabeça um pouco para o lado e, com a mesma voz límpida, porém quebrando o circuito com os olhos, perguntou:

– A que horas a senhorita quer partir amanhã?

– Ah...! Cedo, mas numa hora que seja conveniente para o senhor.

– Então apronte o café da manhã às sete, e nós partiremos às oito.

– Está bem.

Galt pôs a mão no bolso e entregou a Dagny um pequeno disco de metal reluzente, que ela não reconheceu de início. Ela olhou para a palma de sua mão: era uma moeda de 5 dólares, de ouro.

– É o que faltava pagar do seu salário – disse ele.

A mão de Dagny se fechou sobre a moeda num gesto um tanto precipitado, porém sua voz estava tranquila e fria quando respondeu:

– Obrigada.

– Boa noite, Srta. Taggart.

– Boa noite.

Dagny não dormiu nas últimas horas que lhe restavam. Ficou sentada no chão do quarto, o rosto encostado na cama, sentindo apenas a presença de Galt do outro lado da parede. Por vezes, tinha a impressão de que ele estava à sua frente, e ela, a seus pés. Foi dessa maneira que ela passou sua última noite com ele.

◢◢◢

Dagny saiu do vale tal como havia entrado nele, sem levar nada. Deixou as poucas coisas que havia comprado – a saia de camponesa, uma blusa, um avental, algumas peças de lingerie – dobradas numa gaveta no quarto. Olhou-as por um momento, antes de fechar a gaveta, pensando que, se voltasse, talvez ainda as encontrasse lá. Não levou consigo nada além da moeda de 5 dólares e as ataduras que ainda tinha amarradas em torno das costelas.

O sol já tocava os picos das montanhas, desenhando um círculo de luz na fronteira do vale, quando ela entrou no avião. Recostou-se no banco ao lado de Galt e viu seu rosto debruçado sobre o dela, como naquela primeira manhã, no momento em que ela abrira os olhos. Então fechou os olhos e sentiu as mãos de Galt amarrando a venda atrás de sua cabeça.

Ouvia a partida do motor não como um som, mas como o estremecimento de uma explosão dentro de seu corpo, só que era como um estremecimento longínquo, como se a pessoa que o sentisse se machucasse se não estivesse tão distante.

Dagny não sentiu quando as rodas se levantaram do chão, nem quando o avião saiu do círculo de picos. Permaneceu imóvel – o ritmo do motor era a única coisa que lhe dava a sensação do espaço, como se estivesse sendo tragada por uma corrente de som que de vez em quando a balançava. O som vinha do motor dele, do controle das mãos dele sobre o manche. Ela se apegou àquele som – o restante tinha de ser suportado, sem resistência.

Ela continuava imóvel, as pernas esticadas para a frente, as mãos segurando os braços do assento, sem nenhuma sensação de movimento nem mesmo qualquer percepção do próprio corpo que lhe desse a consciência do tempo: sem espaço, sem visão, sem futuro, com a noite das pálpebras fechadas sob a pressão da venda – e a consciência de que ele estava a seu lado era sua única realidade constante.

Não falavam. Uma vez ela disse de repente:

– Sr. Galt...

– Sim?

– Não. Nada. Eu só queria saber se o senhor ainda estava aí.

– Sempre estarei aqui.

Ela não sabia por quantos quilômetros a lembrança daquelas palavras lhe pareceu um marco pequeno, sumindo na distância até desaparecer por completo. Depois só havia a imobilidade de um presente indivisível.

Dagny não sabia se havia se passado um dia ou uma hora quando sentiu de repente o movimento de descida súbita que significava que o avião ia pousar ou se espatifar no chão – para ela, as duas possibilidades pareciam iguais.

Sentiu o impacto das rodas contra o chão como uma sensação estranhamente retardada, como se tivesse sido necessária uma fração de segundo para que pudesse acreditar nela.

Notou um movimento irregular do avião sobre o chão, depois a parada repentina e o silêncio, em seguida as mãos de Galt tocando-lhe os cabelos, tirando a venda.

Dagny viu um sol forte, uma planície ampla coberta de ervas secas que se estendia até o céu, sem montanhas que a detivessem, uma estrada deserta e o contorno indefinido de uma cidade a menos de dois quilômetros de distância. Olhou para o relógio: 47 minutos atrás, ainda estava no vale.

– Lá há uma estação da Taggart – disse ele, apontando para a cidade. – De lá a senhorita pode pegar um trem.

Ela concordou com a cabeça, como se compreendesse.

Galt não a acompanhou quando ela desceu do avião. Ficou debruçado sobre o manche, virado para a porta aberta, e os dois se entreolharam. Dagny o encarava, o rosto levantado, os cabelos esvoaçando ao vento, a linha reta de seus ombros esculpida pelo conjunto sóbrio e elegante, na imensidão de uma planície vazia.

Ele apontou para o leste, para cidades invisíveis.

– Não me procure por lá. Não vai me encontrar, até me querer por ser eu quem sou. E, quando me quiser assim, serei o homem mais fácil de achar.

Dagny ouviu o ruído da porta se fechando. Aquele som lhe pareceu mais alto do que o barulho da partida do motor em seguida. Ficou observando o avião se afastar, deixando uma trilha de ervas amassadas. Depois viu uma faixa de céu entre as rodas e as ervas.

Olhou ao seu redor. Acima da cidade distante, havia uma névoa avermelhada de calor, e as formas pareciam tremer sob aquele fardo cor de ferrugem. Uma chaminé desmoronada se elevava acima dos telhados. Uma coisa esfiapada, seca, amarelada farfalhava ao vento, em meio às ervas a seu lado: era um pedaço de jornal. Dagny olhava para esses objetos com um olhar vazio, sem conseguir torná-los reais.

Levantou os olhos para o avião. Viu suas asas diminuírem no céu, e o som do motor foi morrendo. Subia mais e mais, como uma cruz de prata alongada. Depois a curva de sua trajetória foi acompanhando o céu, aproximando-se da superfície, e a seguir pareceu não se mover mais, e sim minguar. Dagny ficou a contemplá-la, como uma estrela se apagando, passando de cruz a ponto, a fagulha, até não saber mais se estava vendo alguma coisa. Quando se deu conta de que havia muitas outras fagulhas como aquela em todo o céu, compreendeu que o avião já havia desaparecido.

CAPÍTULO 3

A ANTIGANÂNCIA

— O que estou fazendo aqui? – perguntou o Dr. Robert Stadler. – Por que me chamaram aqui? Exijo uma explicação. Não estou acostumado a ser chamado para o outro lado do continente assim sem mais nem menos, de repente.

O Dr. Floyd Ferris sorria.

– O que me dá ainda mais motivo para ficar satisfeito com o fato de o senhor ter vindo. – Era impossível saber se o tom de sua voz exprimia gratidão ou empáfia.

O sol estava inclemente, e o Dr. Stadler sentia o suor lhe escorrendo pela testa. Não podia começar uma discussão muito delicada no meio de uma multidão que se acomodava nas arquibancadas ao redor deles – uma discussão que por três dias ele vinha tentando iniciar, sem sucesso. Ocorreu-lhe que era exatamente por isso que o Dr. Ferris adiara até aquele momento a hora de se encontrar com ele, porém o Dr. Stadler afastou aquele pensamento do mesmo modo como espantou um inseto que tentou pousar em sua testa suada.

– Por que não consegui entrar em contato com o senhor? – perguntou. A arma fraudulenta do sarcasmo parecia agora menos eficaz do que nunca, mas era a única de que ele dispunha: – Por que me mandou recados em papel timbrado, escritos num estilo que parece mais apropriado para... – ia dizer "ordens", mas se corrigiu: – ... informes militares do que para uma correspondência científica?

– É um assunto oficial – disse o Dr. Ferris com delicadeza.

– O senhor entende que eu estava ocupadíssimo e que interrompeu meu trabalho?

– Mas claro – respondeu o Dr. Ferris em tom neutro.

– Entende que eu poderia ter me recusado a vir?

– Mas veio – disse Ferris baixinho.

– Por que não me deram uma explicação? Por que o senhor não me procurou pessoalmente, em vez de mandar um daqueles jovens mal-encarados falando aquelas baboseiras que parecem uma mistura de ciência com jornalismo marrom?

– Eu estava muito ocupado – disse o Dr. Ferris, num tom agradável.

– Então podia me dizer o que está fazendo aqui no meio de uma planície de Iowa... e o que eu estou fazendo aqui, aliás? – Com um gesto de desprezo apontou para a planície poeirenta a se perder no horizonte e as três arquibancadas de madeira. Elas haviam sido instaladas recentemente, e a própria madeira parecia transpirar. Stadler via as gotas de resina brilhando ao sol.

– Vamos assistir a um acontecimento histórico, Dr. Stadler. Um momento decisivo na história da ciência, da civilização, do bem-estar social e da adaptabilidade política. – A voz do Dr. Ferris era como a de um relações-públicas que decorou o texto de um folheto. – O alvorecer de uma nova era.

– Que acontecimento? Que nova era?

– Como o senhor pode ver, apenas os cidadãos mais distintos, a nata de nossa elite intelectual, foram escolhidos para ter o privilégio especial de testemunhar este evento. Não poderíamos deixar de chamar o senhor, não é? E estamos certos, naturalmente, de que podemos contar com a sua lealdade e a sua cooperação.

O Dr. Stadler não conseguia olhar o Dr. Ferris nos olhos. As arquibancadas estavam cada vez mais cheias, e o Dr. Ferris se interrompia a todo momento a fim de acenar para todo tipo de gente, pessoas que o Dr. Stadler jamais vira antes, mas que eram importantes, como indicava a deferência alegre e informal dos acenos de Ferris. Todos pareciam conhecê-lo e o procuravam como se ele fosse o mestre de cerimônias – ou a estrela – do evento.

– O senhor poderia ter a bondade de me dizer exatamente... – começou o Dr. Stadler.

– Oi, Spud! – exclamou o Dr. Ferris acenando para um homem corpulento e grisalho que ostentava um uniforme de gala de general.

Stadler insistiu, num tom de voz mais elevado:

– Como eu ia dizendo, o senhor poderia ter a bondade de parar um minuto e me dizer que diabo...

– Mas é muito simples. É o triunfo definitivo da... Com licença, um minutinho, Dr. Stadler – disse Ferris apressadamente, saindo em disparada, como um lacaio excessivamente servil ao ouvir uma campainha, em direção a um grupo de arruaceiros de meia-idade. Porém se virou para trás para acrescentar, em tom reverente, duas palavras que lhe pareciam valer por uma explicação completa: – *A imprensa!*

O Dr. Stadler sentou-se no banco de madeira, sentindo uma inexplicável repulsa pelo contato com qualquer objeto ao seu redor. As três arquibancadas, espaçadas, formavam um semicírculo, como se fosse uma espécie de circo particular, com capacidade para cerca de 300 pessoas. Era como se fosse ser encenado algum espetáculo – só que à frente da plateia havia uma planície vazia que se estendia até o horizonte, com uma casa de fazenda a quilômetros dali.

Em frente de uma das arquibancadas, que parecia estar reservada para a imprensa, havia microfones de rádio. Diante de uma outra, a tribuna reservada às autoridades, havia uma espécie de painel de controle portátil, com algumas chaves de metal polido e reluzente. No estacionamento improvisado atrás das arquibancadas, alguns carros de luxo novos em folha agradavam à vista. Porém, sobre uma colina a uns 300 metros dali, havia uma construção que causava ao Dr. Stadler uma vaga sensação de mal-estar. Era uma estrutura pequena, baixa, não identificável, com paredes de pedra grossas, sem janelas, apenas umas poucas fendas protegidas por grossas barras de ferro, e uma cúpula grande, grotescamente desproporcional, que parecia afundar o prédio no chão. Da base da cúpula se ramificavam umas coisas irregulares que lembravam funis de barro malfeitos e que não pareciam ser apropriadas à era industrial nem servir a nenhum propósito conhecido. Havia um ar malévolo em torno daquele prédio, como se fosse um cogumelo venenoso inchado. Era evidentemente moderno, mas suas linhas grosseiras e irregulares lhe davam uma aparência de estrutura primitiva desencavada no meio da selva, apropriada para ritos selvagens secretos.

Stadler suspirou, irritado. Estava cansado de segredos. Os carimbos "confidencial" e "ultraconfidencial" apareciam no convite que exigia sua presença em Iowa dois dias depois, sem dizer por quê. Dois jovens que se diziam físicos apareceram no Instituto para levá-lo. Seus telefonemas ao escritório de Ferris em Washington não foram atendidos. Durante uma cansativa viagem num avião do governo, seguida de um desagradável percurso num carro oficial, os jovens falaram sobre a ciência, as emergências, os equilíbrios sociais e a necessidade de se manter segredo, e no fim o Dr. Stadler estava sabendo ainda menos que antes. Percebia apenas que, no falatório dos jovens, duas palavras que também apareciam no convite eram repetidas incessantemente, termos que eram de mau agouro, em se tratando de uma questão que ainda era desconhecida para ele: exigências de "lealdade" e "cooperação".

Os jovens o colocaram num banco na primeira fileira de uma das arquibancadas e desapareceram, como peças de um mecanismo que agora não tinham mais nenhuma utilidade, e ele se viu face a face com o Dr. Ferris. Agora, olhando ao redor, vendo os gestos vagos, excitados e joviais de Ferris no meio de um círculo de jornalistas, Stadler teve uma impressão de confusão, de incompetência caótica e desordenada – e de um mecanismo bem azeitado, produzindo precisamente a impressão desejada no momento exato.

Invadiu-o um pânico súbito e entendeu, num lampejo, apesar de resistir à ideia, que sentia uma vontade louca de fugir dali, porém expulsou o pensamento de sua mente. Sabia que o segredo mais misterioso do evento – mais crucial, mais intocável, mais letal que o que estava escondido dentro do prédio-cogumelo, fosse o que fosse – era o fato que o havia motivado a vir.

Pensou que jamais teria de conhecer seu próprio motivo. Pensou isso não por meio de palavras, mas do espasmo súbito e doentio de uma emoção que, parecendo raiva, lhe proporcionava uma sensação ácida. As palavras que apareceram em sua mente, tais quais haviam aparecido quando ele resolvera vir, eram como uma fórmula mágica que se recita quando necessário e que representa um limite além do qual não se pode aventurar: *O que se há de fazer quando se tem de lidar com gente?*

O Dr. Stadler observou que a arquibancada reservada para aqueles que Ferris chamara de elite intelectual era maior do que a destinada às autoridades. Não pôde conter um sentimento arisco de prazer ao se dar conta de que havia sido colocado na primeira fileira. Virou-se para olhar para as fileiras atrás da sua. A sensação que experimentou foi um pequeno choque: aquela multidão aleatória, gasta, sem brilho, não era o que chamaria de elite intelectual. Viu homens de uma agressividade defensiva e mulheres com roupas de mau gosto – avistou rostos maus, rancorosos, desconfiados, que ostentavam a única marca incompatível com o brilho intelectual: a marca da incerteza. Não conseguiu ver nenhum rosto conhecido, nenhum que fosse famoso ou que parecesse ter possibilidade de um dia vir a sê-lo. Não entendia qual o critério que tinha sido empregado para selecionar aquelas pessoas.

Então viu uma figura alta e desajeitada na segunda fileira: um homem idoso, com um rosto comprido e frouxo, que lhe parecia vagamente familiar, embora não se lembrasse de nada a seu respeito. Era como uma fotografia que tivesse visto certa vez numa publicação de mau gosto. Debruçou-se para o lado e perguntou a uma mulher, apontando:

– Por favor, pode me dizer quem é aquele senhor?

A mulher respondeu, num sussurro cheio de respeito:

– É o Dr. Simon Pritchett!

Stadler virou para outro lado, desejando que ninguém o visse, que ninguém jamais soubesse que ele fizera parte daquele grupo.

Levantou a vista e viu que Ferris estava trazendo todos os jornalistas até ele. Viu-o gesticular em sua direção, como um guia turístico, e afirmar, quando estava próximo dele o suficiente para ser ouvido:

– Mas por que perder tempo comigo, quando ali se encontra o principal responsável pelo evento de hoje, o homem que tornou tudo isso possível: o Dr. Robert Stadler?

Por um momento fugidio, pareceu-lhe ver uma expressão inesperada nos rostos gastos e cínicos dos jornalistas, que não era bem de respeito nem esperança, mas um eco desses sentimentos, como um vago reflexo da expressão que talvez tivessem assumido quando jovens ao ouvir o nome de Robert Stadler. Naquele momento, sentiu um impulso que seria incapaz de admitir: a vontade de dizer a eles que não sabia nada a respeito do evento de hoje, que tinha menos poder do que eles, que fora trazido até ali como vítima de alguma vigarice, quase como... como um prisioneiro.

Em vez disso, começou a responder às perguntas que lhe faziam no tom arrogante e condescendente de um homem que conhece os segredos das mais altas autoridades:

– Sim, o Instituto Científico Nacional se orgulha dos serviços por ele prestados à nação... O Instituto não é manipulado por nenhum interesse privado e ganancioso. É dedicado ao bem-estar da humanidade como um todo... – disse ele, cuspindo, como um ditafone, as banalidades repugnantes que já ouvira da boca do Dr. Ferris.

Não se permitiu se conscientizar de que o que sentiu naquele momento foi ódio por si próprio. Identificou a emoção, mas não o objeto ao qual estava dirigida: *É ódio dos homens ao meu redor*, pensou. Eram eles que o estavam obrigando a representar aquela comédia vergonhosa. *Afinal*, pensou, *o que se há de fazer quando se tem de lidar com gente?*

Os jornalistas estavam anotando suas respostas. Havia agora em seus rostos a expressão de um autômato que faz de conta que está ouvindo uma notícia nos pronunciamentos vazios feitos por outro autômato.

– Dr. Stadler – disse um deles, apontando para o prédio na colina –, é verdade que o senhor considera o Projeto X a maior realização do Instituto Científico Nacional?

Houve um silêncio súbito.

– O... Projeto X...?! – exclamou Stadler.

Percebeu que havia algo de terrivelmente inesperado no seu tom de voz, pois viu que todos os jornalistas levantaram a cabeça, como se um alarme houvesse soado. Viu-os esperar, os lápis parados no ar.

Por um momento, ao notar que os músculos de seu rosto forjavam um sorriso, sentiu um terror informe, quase sobrenatural, como se novamente observasse o funcionamento de uma máquina bem azeitada, como se estivesse preso nela, fosse parte dela, fazendo aquilo que ela o obrigava a fazer.

– O Projeto X? – disse em voz baixa, num tom misterioso de conspirador. – Bem, senhores, o valor e as motivações de qualquer realização do Instituto não podem ser questionados, tendo em vista que se trata de uma instituição sem fins lucrativos. É preciso dizer mais?

Levantou a vista e percebeu que o Dr. Ferris passara toda a entrevista ao lado dos jornalistas. Talvez fosse sua imaginação, mas lhe parecia que o rosto de Ferris agora estava menos tenso e mais impertinente.

Dois carros reluzentes entraram no estacionamento a toda velocidade e frearam ruidosamente. Os jornalistas abandonaram o Dr. Stadler no meio de uma frase e foram correndo em direção ao grupo que estava saindo dos carros.

Stadler se virou para Ferris:

– O que é esse Projeto X? – perguntou, severo.

O Dr. Ferris lhe dirigiu um sorriso ao mesmo tempo inocente e insolente.

– Uma iniciativa sem fins lucrativos – respondeu ele e foi correndo receber os recém-chegados.

Com base nos cochichos respeitosos da multidão, o Dr. Stadler ficou sabendo que o homenzinho com o terno de linho surrado, que parecia um advogado de porta de cadeia e caminhava a passos largos no centro do grupo, era o Sr. Thompson, o chefe de Estado. Ele sorria, franzia o cenho e respondia às perguntas dos jornalistas. O Dr. Ferris se introduziu no grupo, com a graça de um gato se esfregando nas pernas dos donos.

O grupo se aproximou, e o Dr. Stadler viu que Ferris o estava trazendo em sua direção.

– Sr. Thompson – disse o Dr. Ferris, pomposo, quando chegaram –, tenho o prazer de lhe apresentar o Dr. Robert Stadler.

Stadler viu os olhinhos de rábula o examinarem por uma fração de segundo: havia neles um toque de respeito supersticioso, como se contemplassem um fenômeno místico além do entendimento do Sr. Thompson – e tinham a esperteza aguda e calculista de um cabo eleitoral que acha que nada no mundo é imune a seus padrões éticos, um olhar equivalente às palavras: o que você está levando nisso?

– É uma honra, doutor, uma honra – disse o Sr. Thompson, falando depressa e apertando-lhe a mão.

O Dr. Stadler ficou sabendo também que o homem alto, de costas arredondadas e cabelo cortado à escovinha, era o Sr. Wesley Mouch. Não percebeu o nome dos outros cujas mãos apertou. Quando o grupo se afastou em direção à tribuna das autoridades, teve a sensação desagradável de ter descoberto uma coisa inaceitável: o fato de que sentira um prazer ansioso ao ser cumprimentado pelo advogadozinho.

Um grupo de jovens que mais pareciam lanterninhas de cinema apareceu de repente com carrinhos de mão repletos de objetos reluzentes, que começaram a distribuir entre os presentes. Eram binóculos. O Dr. Ferris assumiu seu posto em frente a um microfone ao lado da tribuna das autoridades. Quando Mouch fez sinal, sua voz soou de repente, espalhando-se pela planície, uma voz untuosa, de uma solenidade fraudulenta, que, graças ao engenho do inventor do microfone, parecia a voz poderosa de um gigante:

– Senhoras e senhores...

A multidão fez silêncio imediatamente, e todas as cabeças se viraram de súbito para a figura graciosa do Dr. Floyd Ferris.

– Senhoras e senhores, meus privilegiados ouvintes, escolhidos, em reconhecimento às suas distintas carreiras públicas e à sua lealdade social, para testemunhar a inauguração de uma realização científica de importância tamanha, de alcance tão fenomenal, de possibilidades tão gigantescas que, até o presente momento, só era conhecida por muito poucos, e assim mesmo apenas pela designação "Projeto X".

Stadler apontou seu binóculo para a única coisa que havia para se ver: a casa ao longe.

Viu que era uma casa de fazenda abandonada havia muitos anos. O céu aparecia por entre as vigas nuas do telhado, e as janelas vazias ostentavam alguns cacos de vidro irregulares. Existia também um celeiro caindo aos pedaços, uma torre de moinho enferrujada e os restos mortais de um trator emborcado.

Ferris falava sobre a abnegação dos cientistas, dedicados ao trabalho altruístico e à pesquisa perseverante, para tornar possível o Projeto X.

Era estranho, pensou o Dr. Stadler, examinando as ruínas da fazenda, que houvesse um rebanho de cabras no meio daquela desolação. Havia umas seis ou sete, algumas cochilando, outras mastigando letargicamente umas poucas folhas de capim que o sol inclemente tinha poupado.

– O Projeto X – disse o Dr. Ferris – tem a ver com certos aspectos do fenômeno sonoro. A ciência dos sons tem certos desdobramentos surpreendentes, que o leigo mal pode imaginar...

A cerca de 20 metros da casa, o Dr. Stadler viu uma estrutura recém-construída, que não parecia servir para coisa alguma: uma armação de aço que se elevava alguns metros, sem sustentar nada, sem levar a lugar nenhum.

Ferris começou a falar sobre a natureza das vibrações sonoras.

Stadler apontou o binóculo para o horizonte além da fazenda, porém não havia mais nada para se ver. O movimento súbito e forçado de uma das cabras o fez olhar de novo para elas. Então percebeu que os animais estavam presos por correntes a estacas cravadas no chão.

– ... e foi descoberto – prosseguiu o Dr. Ferris – que há certas frequências das vibrações sonoras que não podem ser suportadas por nenhuma estrutura, orgânica ou inorgânica...

O Dr. Stadler percebeu uma manchinha prateada se movimentando entre as cabras. Era um cabrito que não fora acorrentado e pulava ao redor da mãe.

– ... o raio sonoro é controlado por um painel dentro de um gigantesco laboratório subterrâneo – disse o Dr. Ferris, apontando para o prédio na colina. – A esse painel demos o apelido de "Xilofone", porque há que ter muito cuidado na hora de bater nas teclas, ou melhor, de ligar as chaves, para não haver erro. Para esta ocasião especial, instalamos aqui – e Ferris apontou para o painel de controle à frente da tribuna das autoridades – uma extensão do Xilofone, a fim de que os senhores possam assistir a toda a operação e ver como é simples...

O Dr. Stadler sentia prazer ao contemplar o cabrito, uma sensação que o tranquilizava. A criaturinha teria no máximo uma semana de vida e parecia uma bola de pelos brancos com patas longas e graciosas. Pulava com uma alegria feroz, que parecia propositadamente desajeitada, com as quatro patas duras e retas. Parecia estar pulando por causa do sol, do ar estival, da felicidade de descobrir a própria existência.

– ... o raio sonoro é invisível, inaudível e perfeitamente controlável quanto ao alvo visado, à direção e ao alcance. Seu primeiro teste público, que os senhores vão presenciar dentro de alguns instantes, irá cobrir apenas uma distância pequena, três quilômetros, com absoluta segurança, com uma margem de 30 quilômetros de espaço vazio além do alvo. O atual equipamento é capaz de gerar raios, através dos orifícios que podem ser vistos sob a cúpula, por toda uma região com raio de 150 quilômetros, cuja periferia vai da margem do rio Mississippi, mais ou menos na altura da ponte da Taggart Transcontinental, até Des Moines e Fort Dodge, Iowa; Austin, Minnesota; Woodman, Wisconsin; e Rock Island, Illinois. Isto é apenas o início. Temos os conhecimentos tecnológicos necessários para construir geradores com alcance de até 500 quilômetros, mas por não termos conseguido obter em tempo hábil a quantidade necessária de um metal altamente resistente ao calor, como o metal Rearden, tivemos que nos contentar com o atual equipamento. Em homenagem a nosso grande chefe de Estado, o Sr. Thompson, cujo governo clarividente concedeu ao Instituto Científico Nacional as verbas sem as quais o Projeto X não teria sido possível, esta grande invenção será doravante conhecida pelo nome de Harmonizador Thompson!

A multidão aplaudiu. O Sr. Thompson permaneceu imóvel, mantendo o rosto rígido. O Dr. Stadler tinha certeza de que aquele advogado de porta de cadeia estava tão relacionado ao projeto quanto qualquer um daqueles lanterninhas, que não tinha nem inteligência, nem iniciativa, nem mesmo a malícia necessária para influenciar a invenção de um novo tipo de ratoeira, e que ele também não passava de uma peça de uma máquina silenciosa – um mecanismo que não tinha centro, nem líder, nem direção; que não fora posto para funcionar pelo Dr. Ferris nem por Wesley Mouch, nem por nenhuma daquelas criaturas deslumbradas nas arquibancadas, nem por nenhuma das criaturas atuando nos bastidores –, uma máquina impessoal, que não pensava, não tinha existência física, que ninguém controlava, da qual todos não passavam de peças, uns mais, outros menos, conforme seu grau de malignidade. Stadler se agarrou a seu banco: tinha vontade de saltar dali e sair correndo.

– ... e quanto à função e ao objetivo do raio sonoro, nada direi: deixarei que ele fale por si próprio. Agora veremos como ele funciona. Quando o Dr. Blodgett acionar as chaves do Xilofone, sugiro que os senhores fixem a vista no alvo, que é aquela casa a três quilômetros daqui. Não haverá mais nada para se ver. O raio em si é invisível. Todos os pensadores progressistas há muito tempo estão de acordo: não existem entidades, apenas ações; não há valores, apenas consequências. Agora, senhoras e senhores, veremos a ação e as consequências do Harmonizador Thompson.

O Dr. Ferris fez uma mesura, se afastou lentamente do microfone e veio sentar-se ao lado do Dr. Stadler.

Um homem gorducho, ainda jovem, se colocou ao lado do painel de controle e olhou para o Sr. Thompson com um ar de expectativa. O chefe de Estado ficou um instante com uma expressão bovina no rosto, como se houvesse se esquecido de algo, até que Wesley Mouch se debruçou em sua direção e lhe sussurrou algo no ouvido.

– Contato! – gritou o Sr. Thompson.

O Dr. Stadler achou insuportável o movimento gracioso, ondulado, afeminado com que o Dr. Blodgett acionou a primeira chave do painel e depois a outra. Levou o binóculo aos olhos e fitou a casa distante.

No instante em que focalizou a lente, viu uma cabra tentando se livrar da corrente para alcançar um cardo alto e seco. No instante seguinte, ela deu um salto, de pernas para o ar, esticando as patas com movimentos bruscos, em seguida caiu num monte de sete cabras que se debatiam em convulsões. Quando o Dr. Stadler conseguiu acreditar no que via, a pilha de cabras estava imóvel: apenas uma das patas se destacava da massa, rija como uma vara, balançando-se como se sacudida por um vento forte. A casa foi reduzida a pedaços de pau, desabando, então seguiu-se uma chuva de tijolos da chaminé. O trator foi reduzido a uma panqueca. A torre se espatifou; seus pedaços atingiram o chão quando a roda do moinho ainda descrevia uma longa curva no ar, como se movida pela própria vontade. A estrutura de aço nova e sólida desabou como uma pilha de fósforos em que alguém soprou. Foi tão rápido, tão simples, sem que houvesse qualquer resistência, que Stadler não sentiu horror, não sentiu nada. Não era a realidade que ele conhecia – era como um pesadelo de criança em que os objetos materiais pudessem ser dissolvidos por meio de um desejo mau.

O Dr. Stadler baixou o binóculo. Agora via uma planície vazia. Não havia fazenda, não havia nada ao longe senão um risco escuro que parecia a sombra de uma nuvem.

Um grito alto e agudo se elevou dos bancos de trás – era uma mulher que desmaiava. Ele não entendeu por que a mulher levou tanto tempo para começar a gritar – e então se deu conta de que não havia se passado um minuto desde que a primeira chave fora acionada.

Levantou o binóculo outra vez, quase como se tivesse esperanças de só ver uma sombra de nuvem. Mas os objetos materiais ainda estavam lá: era um monte de lixo. Moveu o binóculo, vendo toda a extensão da destruição, e percebeu que estava procurando o cabrito. Não o encontrou, pois só havia uma pilha de pelos cinzentos.

Quando abaixou o binóculo e se virou, viu o Dr. Ferris olhando para ele.

Tinha certeza de que, durante todo o teste, Ferris não havia olhado para o alvo, e sim para o seu rosto, no intuito de ver se Robert Stadler suportaria o raio.

– É só – comentou o gorducho Dr. Blodgett ao microfone, no tom de voz servil de um vendedor. – Não há nenhum prego nem rebite em seu lugar na estrutura de aço, nem nenhum vaso sanguíneo intacto nos corpos dos animais.

A multidão estava indócil, com movimentos nervosos e cochichos estridentes.

As pessoas se entreolhavam, levantando-se incertas e sentando-se de novo, querendo tudo menos aquela pausa. Havia um toque de histeria contida nos cochichos. Pareciam estar aguardando que alguém lhes dissesse o que pensar daquilo.

O Dr. Stadler viu uma mulher recebendo ajuda para descer do alto da arquibancada, de cabeça baixa, com um lenço apertado contra a boca: estava nauseada.

Virou para o lado e viu que o Dr. Ferris ainda estava olhando para ele.

Stadler recuou um pouco, com o rosto austero e cheio de desprezo – o rosto do maior cientista da nação –, e perguntou:

– Quem inventou essa coisa horrível?

– O senhor.

O Dr. Stadler ficou olhando para o outro, imóvel.

– É apenas um dispositivo prático – disse o Dr. Ferris, num tom de voz agradável – baseado nas suas descobertas teóricas, nas suas valiosas pesquisas a respeito da natureza dos raios cósmicos e da transmissão de energia no espaço.

– Quem trabalhou no projeto?

– O senhor os consideraria uns cientistas de terceira. Na verdade, não, houve muita dificuldade. Nenhum deles teria sido capaz de conceber o passo inicial que levou à sua fórmula de transmissão de energia, mas, de posse dela, o restante foi fácil.

– Qual o objetivo prático dessa invenção? Quais as suas "possibilidades gigantescas"?

– Mas o senhor não vê? É um instrumento de grande valor para a segurança pública. Nenhum inimigo poderia atacar quem possuísse uma arma como essa. A nação estará livre do perigo de qualquer agressão e poderá planejar seu futuro na mais completa segurança. – Em sua voz havia um tom curiosamente descuidado, de improvisação, como se ele nem esperasse nem tentasse convencer seu interlocutor. – Vai eliminar os atritos sociais, promover a paz, a estabilidade e, como já demos a entender, a harmonia. Eliminará todo o perigo de guerra.

– Que guerra? Que agressão? O mundo inteiro está passando fome, todas essas repúblicas populares vivem das esmolas que lhes damos. Onde é que o senhor está vendo perigo de guerra? O senhor acha que esses selvagens maltrapilhos vão nos atacar?

Ferris o olhou bem nos olhos.

– Os inimigos internos podem vir a ser tão perigosos quanto os externos – respondeu ele. – Talvez até mais. – Desta vez seu tom de voz indicava que ele esperava ser entendido, estava certo de ser entendido. – Os sistemas sociais são muito precários. Mas imagine só a estabilidade que poderia ser garantida pela instalação de alguns destes dispositivos científicos em lugares estratégicos. Isso garantiria um estado de paz permanente, o senhor não acha?

O Dr. Stadler não se mexeu nem disse nada. À medida que os segundos se passavam e seu rosto permanecia inalterado, começou a dar a impressão de que estava paralisado. Seus olhos pareciam indicar que ele finalmente vira aquilo que já sabia desde o início, que passara anos tentando não ver. Seus olhos diziam que agora ele se debatia entre o que via à sua frente e o poder de negar sua existência.

– Sei lá do que o senhor está falando! – exclamou de repente. O Dr. Ferris sorriu:

– Nenhum empresário ou industrial ganancioso teria financiado o Projeto X – disse em voz baixa, no tom de uma conversa informal. – Não teria dinheiro para tal. É um investimento imenso, sem nenhuma perspectiva de lucro financeiro. Que lucro isso poderia dar? Aquela fazenda agora não dará mais lucro nenhum. – Apontou para o risco escuro ao longe. – Mas, como o senhor mesmo observou com muita propriedade, o Projeto X tinha de ser um empreendimento sem fins lucrativos. Ao contrário do que se daria com uma empresa particular, o Instituto Científico Nacional não teve nenhuma dificuldade de levantar verbas para o projeto. O senhor não se lembra de nenhum problema financeiro no Instituto de dois anos para cá, não é? E antigamente isso era tão comum... Como era difícil convencê-los a aprovar as verbas necessárias para o progresso da ciência! Eles sempre exigiam alguma engenhoca em troca do dinheiro, como o senhor dizia. Pois essa engenhoca era algo de que algumas pessoas do governo realmente iam gostar. Elas fizeram com que as outras a aprovassem também. Não foi difícil. Aliás, muitas das outras sentiram-se seguras ao votar a favor de um projeto secreto. Estavam convictas de que devia ser uma coisa importante, tendo em vista que elas não eram consideradas importantes o bastante para ter acesso ao segredo. Claro que houve alguns céticos. Mas estes cederam quando se lembraram de que o chefe do Instituto Científico Nacional era o Dr. Robert Stadler, cujo discernimento e integridade não podiam questionar.

Stadler estava olhando para as unhas.

O guincho súbito do microfone fez com que a multidão imediatamente se tornasse atenta. As pessoas pareciam estar à beira do pânico. Um anunciador de voz de metralhadora, cuspindo sorrisos, gritou alegremente que agora a plateia ouviria a transmissão radiofônica que daria a toda a nação a notícia da grande descoberta. Então, olhando para o relógio, para o roteiro e para Wesley Mouch, que deu o sinal, berrou para a cabeça de cobra do microfone – para ser ouvido nas salas de visitas, escritórios, gabinetes e quartos da nação:

– Senhoras e senhores, o Projeto X!

O Dr. Ferris se debruçou em direção ao Dr. Stadler – enquanto a voz ruidosa do anunciador atravessava todo o país, descrevendo a invenção – e disse, como quem faz um comentário de passagem:

– É de importância vital que não se façam críticas ao projeto em todo o país neste momento delicado. – E acrescentou, meio como um comentário sem importância, meio como uma brincadeira: – Aliás, que não se façam críticas a nada em momento algum.

– ... e os líderes políticos, culturais, intelectuais e morais da nação – berrava o locutor ao microfone – que testemunharam esse grande evento, como representantes de seus setores e em seu próprio nome, vão agora dizer a vocês quais são suas impressões!

O Sr. Thompson foi o primeiro a subir a escada de madeira que levava à plataforma do microfone. Fez um discurso breve, saudando a aurora de uma nova era e afirmando, no tom belicoso de quem desafia inimigos não especificados, que a ciência pertencia ao povo e que todo homem na face da Terra tinha o direito de participar das vantagens criadas pelo progresso tecnológico.

Depois Mouch se pronunciou. Falou sobre o planejamento social e a respeito da necessidade de apoio unânime aos planejadores. Mencionou a disciplina, a unidade, a austeridade e o dever patriótico de suportar dificuldades passageiras.

– Mobilizamos os melhores cérebros do país para trabalhar pelo bem-estar de vocês. Essa grande invenção foi produto do gênio de um homem cuja devoção à causa da humanidade não pode ser questionada, um homem unanimemente reconhecido como o maior cérebro do século: o Dr. Robert Stadler!

– O quê? – reagiu o Dr. Robert Stadler, virando-se para Ferris, que o encarou com um olhar paciente.

– Ele não pediu minha permissão para dizer isso! – exclamou o Dr. Stadler, mas em voz baixa.

Ferris espalmou as mãos, num gesto de quem ao mesmo tempo faz uma censura e se exime de qualquer responsabilidade.

– Isso é o que dá, Dr. Stadler, ficar se perturbando com questões políticas, que o senhor sempre considerou coisas que não mereciam sua atenção. Ora, não é função do Sr. Mouch pedir permissão a ninguém.

A figura encurvada que agora se destacava contra o céu, enrolada no microfone, falando com o tom entediado e zombeteiro de quem conta uma piada indecente, era o Dr. Simon Pritchett. Estava dizendo que a nova invenção era um instrumento de bem-estar social, que garantia a prosperidade geral, e que todo aquele que questionasse esse fato evidente não podia ser senão um inimigo da sociedade, devendo, portanto, ser tratado como tal.

– Essa invenção, que devemos ao Dr. Robert Stadler, esse grande amante da liberdade...

O Dr. Ferris abriu uma pasta, pegou umas folhas de papel bem datilografadas e se virou para Stadler.

– O senhor vai ser o ponto alto do programa – disse. – Será o último a falar, nos minutos finais da transmissão de uma hora. – Entregou os papéis. – Eis o discurso que o senhor vai fazer. – Seu olhar disse o restante: que não fora por acaso que escolhera aquelas palavras.

O Dr. Stadler pegou as folhas, porém com as pontas dos dedos, como se fosse um papel sujo prestes a ser jogado fora.

– Não lhe pedi que o senhor me fizesse o favor de escrever o meu discurso – afirmou ele.

O sarcasmo em sua voz deu a pista ao Dr. Ferris: não era hora para sarcasmos.

– Eu não podia permitir que o senhor perdesse seu tempo precioso preparando um discurso – disse. – Eu sabia que o senhor compreenderia.

Falou num tom de polidez espúria, para ser entendido como tal, como quem dá esmola a um mendigo, concedendo ao outro uma maneira de manter as aparências.

A reação de Stadler o perturbou: ele nem sequer se dignou a dizer nada em resposta, nem a olhar para as folhas de papel.

– A falta de fé – rosnava um orador corpulento, no tom de quem puxa uma briga na rua – é a única coisa que temos a temer! Se tivermos fé nos planos de nossos líderes, eles vão dar certo, e todos nós teremos prosperidade, lazer e abundância. São esses sujeitos que vivem semeando dúvidas e destruindo o nosso moral que causam a pobreza e a escassez de produtos. Mas não vamos deixar que eles continuem a fazer isso por muito tempo, não. Estamos aqui para proteger o povo, e, se algum deles aparecer por aqui com suas dúvidas, vai ver o que é bom.

– Seria uma infelicidade – disse o Dr. Ferris em voz baixa – despertar a animosidade do público contra o Instituto Científico Nacional num momento tenso como o atual. Há muita insatisfação e inquietação no país, e, se as pessoas não entenderem bem a natureza da nova invenção, elas podem descarregar sua raiva em todos os cientistas. E eles nunca tiveram muita popularidade entre as massas.

– Paz – dizia uma mulher alta e esbelta, entre suspiros, ao microfone. – Essa invenção é um novo instrumento de paz. Ela nos protegerá das agressões de inimigos egoístas, nos permitirá respirar mais livres e nos ensinará a amar o próximo. – A mulher tinha um rosto ossudo e uma boca cheia de azedume de tantos coquetéis. Trajava um esvoaçante vestido azul, que a fazia parecer uma harpista. – Pode ser considerada aquele milagre que sempre se julgou impossível, o sonho de todas as eras: a síntese final entre a ciência e o amor!

O Dr. Stadler olhou para os rostos da plateia. Agora estavam todos sentados imóveis, ouvindo com atenção, porém havia em seus olhos uma expressão de penumbra, de quem aceita o medo como uma condição permanente, de feridas recentes que começam a infeccionar. Aquelas pessoas sabiam, tanto quanto o Dr. Stadler, que eram o alvo dos funis disformes que saíam da cúpula do edifício-cogumelo. E ele se perguntava de que modo elas estariam naquele momento sufocando as próprias mentes e fugindo daquela verdade. Sabia que as palavras que elas estavam ansiosas por absorver e nas quais acreditar eram as correntes que as prendiam, tais como as que haviam prendido as cabras, para que não escapassem do alcance daqueles funis. Estavam ansiosas por acreditar. O Dr. Stadler via- -as apertar os lábios e, de vez em quando, dirigir um olhar desconfiado à pessoa ao lado, como se o horror que as ameaçava não fosse o raio sonoro, e sim os homens que as fariam reconhecer nele uma coisa horrível. Seus olhos perdiam o brilho, porém o que neles ainda restava da aparência de ferida era como um pedido de socorro.

– Por que o senhor acha que elas pensam? – perguntou o Dr. Ferris em voz baixa. – A razão é a única arma do cientista, e ela não tem nenhum poder sobre os homens, não é? Num momento como o atual, em que o país está caindo aos pedaços, a turba está sendo levada ao desespero cego, à beira de uma revolta violenta, é necessário manter a ordem por todos os meios disponíveis. O que se há de fazer quando se tem de lidar com gente?

Stadler não respondeu.

Uma mulher gorda e gelatinosa, com um sutiã pequeno demais sob um vestido escuro e manchado de suor, dizia ao microfone – e Stadler não conseguia acreditar no que ouvia de início – que a nova invenção devia ser recebida com gratidão em particular pelas mães do país.

Ele desviou a vista. Ao olhá-lo, Ferris não viu nada além da linha nobre de sua testa alta e a ruga amarga no canto da boca.

De repente, fora de contexto, sem aviso prévio, Robert Stadler se virou para ele. Foi como um esguicho de sangue brotando de uma ferida quase cicatrizada que se abrisse de repente: no rosto de Stadler estavam estampados o horror, a dor, a sinceridade, como se naquele momento ele e Ferris fossem seres humanos. Ele gemeu, com desespero e incredulidade:

– Num século civilizado, Ferris, num século civilizado!

O Dr. Ferris se deu ao luxo de dar uma risadinha prolongada e discreta.

– Sei lá do que o senhor está falando! – respondeu ele, como quem faz uma citação.

Stadler baixou a vista.

Quando Ferris falou de novo, havia em sua voz um leve toque de algo que Stadler não pôde identificar, só que era certamente algo inadmissível numa conversa civilizada.

– Seria uma infelicidade – disse Ferris – se acontecesse qualquer coisa que ameaçasse o Instituto Científico Nacional. Seria uma infelicidade se ele fosse fechado, ou se algum de nós fosse obrigado a deixá-lo. Para onde iríamos? Hoje em dia o cientista é um luxo exorbitante, e não restam muitas pessoas e instituições que possam arcar com as necessidades mais prementes, quanto mais os luxos. Não há portas abertas para nós. Não seríamos bem recebidos nos departamentos de pesquisa de indústrias como... a Siderúrgica Rearden. Além disso, se fizéssemos algum inimigo, o mesmo inimigo seria temido por todo aquele que se sentisse tentado a nos empregar. Um homem como Rearden lutaria por nós. Será que um homem como Orren Boyle faria o mesmo? Mas tudo isso não passa de especulação teórica, porque na prática todas as instituições privadas de pesquisa foram fechadas pelo Decreto 10.289, de autoria, caso não saiba, do Sr. Wesley Mouch. Será que o senhor está pensando nas universidades? Elas estão na mesma situação. Não podem fazer inimigos. Quem nos defenderia? Talvez um homem como Hugh Akston nos defendesse, mas pensar nisso é cair num anacronismo. Ele pertencia a uma era passada. As condições vigentes em nossa atual realidade socioeconômica há muito tempo tornaram impossível a existência de homens do tipo dele. E não creio que o Dr. Simon Pritchett e os membros da geração por ele formada possam ou queiram nos defender. Jamais acreditei na eficácia dos idealistas. O senhor acredita? Seja como for, na era em que vivemos não há lugar para idealismos pouco práticos. Se alguém quisesse atacar uma política do governo, de que modo se manifestaria? Por intermédio desses cavalheiros da imprensa, Dr. Stadler? Desse microfone? Haverá ainda algum jornal independente no país? Uma estação de rádio que não seja controlada? Ou qualquer propriedade privada? Ou uma opinião pessoal? – Agora estava claro: era o tom de voz de um rufião. – Eis o único luxo ao qual hoje em dia *ninguém* se pode "dar": ter uma opinião pessoal.

Os lábios do Dr. Stadler se mexeram, duros, como os músculos das cabras:

– O senhor está falando com Robert Stadler.

– Sei disso. Justamente porque sei é que estou falando. "Robert Stadler" é um nome ilustre, e eu acharia terrível se ele fosse destruído. Mas o que é um nome ilustre hoje em dia? Ilustre para quem? – Indicou as arquibancadas com um gesto. – Para essas pessoas que o senhor vê ao seu redor? Se elas acreditam quando lhes dizem que um instrumento de morte é um instrumento de prosperidade, também não acreditariam se lhes dissessem que Robert Stadler é um traidor e um inimigo do Estado? O senhor acha que teria importância o fato de que isso não é verdade? Está pensando na verdade, Dr. Stadler? As questões de verdadeiro ou falso não entram em jogo nas questões sociais. Os princípios não têm qualquer influência sobre as questões públicas. A razão não tem nenhum poder sobre os seres humanos. A lógica é impotente. A moralidade é supérflua. Não me responda agora, Dr. Stadler. O senhor vai me responder ao microfone. É o próximo orador.

Contemplando o risco escuro da fazenda ao longe, o Dr. Stadler sabia que o que estava sentindo era terror, mas não se permitiu pensar na natureza daquele terror. Ele, que fora capaz de estudar as partículas e subpartículas do espaço cósmico, não se permitia examinar seu sentimento e constatar que ele era constituído de três partes. Uma delas era o terror de uma visão que lhe parecia crescer diante de seus olhos, a imagem da inscrição gravada, em sua homenagem, à porta do Instituto: "À mente destemida, à verdade inviolável." Outra parte era o medo animal, irracional, da destruição física, um medo humilhante que, no mundo civilizado de sua juventude, ele julgava que jamais viria a experimentar. E a terceira parte era a terrível constatação de que, ao se trair a primeira, cai-se necessariamente no mundo da segunda.

Com passos firmes e lentos, caminhou em direção ao palanque dos oradores, a cabeça erguida, os papéis do discurso amarrotados em sua mão. Parecia estar caminhando para a forca ou para a guilhotina. Assim como toda a vida da pessoa lhe aparece no instante da morte, ele caminhava ouvindo a voz do apresentador lendo, para toda a nação, a lista das realizações de Robert Stadler. Uma leve convulsão percorreu o rosto de Stadler ao ouvir as palavras "ex-diretor do departamento de física da Universidade Patrick Henry". E percebeu – de certa distância, não como se o conhecimento do fato estivesse dentro de si, mas em alguma pessoa que ele estivesse deixando para trás – que a multidão estava prestes a assistir a um ato de destruição mais terrível do que a demolição da fazenda.

Ele já havia subido os três primeiros degraus do palanque quando um jovem jornalista correu em sua direção e agarrou o corrimão para detê-lo.

– Dr. Stadler! – exclamou ele, num sussurro desesperado. – Diga-lhes a verdade! Diga-lhes que o senhor nada teve a ver com isso! Diga-lhes o que representa essa máquina infernal e para que fim ela deverá ser usada! Diga à nação que espécie de gente está querendo governá-la! Ninguém poderá questionar sua palavra! Diga-lhes a verdade! Salve-nos! Só o senhor pode fazer isso!

Stadler olhou para baixo. O jornalista era jovem, e seus movimentos e sua voz tinham uma clareza rápida e intensa que é a marca da competência. Entre seus colegas mais velhos, corruptos, que haviam chegado aonde estavam graças a favores e proteção, ele se destacara como repórter político graças à sua inegável competência. Em seus olhos via-se uma inteligência ansiosa e destemida – eram como os olhos que no passado o Dr. Stadler vira nas salas de aula. Percebeu que os olhos do rapaz eram castanho-claros levemente esverdeados.

Stadler se virou e viu que Ferris correra até ele, como um criado ou carcereiro.

– Não admito ser insultado por jovens marginais desleais movidos por intuitos traidores – disse o Dr. Stadler bem alto.

Ferris se virou imediatamente para o rapaz, com o rosto distorcido pela raiva motivada pelo inesperado da coisa, e gritou:

– Me dê suas credenciais de jornalista e sua licença de trabalho!

– Orgulho-me – disse o Dr. Robert Stadler ao microfone para a nação atenta, lendo o papel que tinha na mão – de saber que meus anos de trabalho a serviço da ciência me concederam a honra de colocar nas mãos de nosso grande líder, o Sr. Thompson, um novo instrumento com um potencial incalculável de influência civilizadora e libertadora sobre a mente do homem...

▲▲▲

O céu tinha um hálito estagnado de fornalha, e as ruas de Nova York eram como canos em que corresse não ar e luz, e sim poeira derretida. Dagny estava parada numa esquina, onde saltara do ônibus do aeroporto, contemplando a cidade com um espanto passivo. Os prédios pareciam desgastados por semanas de calor estival, mas as pessoas pareciam desgastadas por séculos de angústia. Ela ficou a contemplá-las, presa de uma imensa sensação de irrealidade.

Era essa a única sensação que ela vinha experimentando desde o início daquela manhã – desde o momento em que, após caminhar por uma estrada vazia, entrara numa cidade desconhecida e perguntara ao primeiro passante onde ela estava.

– Watsonville.

– Que estado, por favor?

O homem olhou para ela e respondeu:

– Nebraska.

E foi logo se afastando.

Dagny sorrira com tristeza, sabendo que o homem devia estar imaginando de onde ela estava vindo, e que nenhuma explicação que ele fosse capaz de imaginar seria tão fantástica quanto a verdade. Porém era Watsonville que lhe parecia fantástica, enquanto ela caminhava pelas ruas da cidade em direção à estação ferroviária. Havia perdido o hábito de encarar o desespero como o aspecto normal e dominante da existência humana, tão normal que passava despercebido. Ao vê-lo agora, sentia o impacto de sua inutilidade insensata. Via a marca da dor e do medo nos rostos das pessoas, e a expressão de quem evita encarar uma realidade desagradável – pareciam estar todos participando de um imenso fingimento, representando um ato que visava exorcizar a realidade, deixando que o mundo permanecesse invisível, recusando-se a viver, com medo de algo sem nome e proibido –, porém o que era proibido era o simples ato de encarar a natureza da dor que sentiam e questionar a obrigação de suportá-la. Via isso com tanta clareza que sentia uma vontade insistente de se aproximar dos estranhos que passavam por ela, sacudi-los, rir na cara deles e gritar: "Parem com isso!"

Não havia motivo para as pessoas serem tão infelizes, pensava. Não havia razão nenhuma. E então se lembrava de que a razão era precisamente a força que elas haviam expulsado de suas vidas.

Pegou um trem da Taggart rumo ao aeroporto mais próximo. Não se identificou para ninguém, pois parecia irrelevante fazê-lo. Sentou-se ao lado da janela num vagão de segunda classe, como uma estrangeira que tem de aprender a língua ininteligível das pessoas ao seu redor. Pegou um jornal que alguém havia largado ali. Com certo esforço, conseguiu entender o que estava escrito, mas não compreendeu por que alguém se dera ao trabalho de escrever coisas tão infantis e sem sentido. Surpresa, leu numa coluna de Nova York um trecho muito enfático, segundo o qual o Sr. James Taggart afirmava que a irmã havia falecido num desastre de avião e que eram portanto falsos certos rumores impatrióticos que circulavam. Lentamente, lembrou-se do Decreto 10.289 e se deu conta de que Jim estava constrangido com as suspeitas de que ela havia desertado.

A redação do parágrafo dava a entender que seu desaparecimento tivera muita repercussão e ainda estava sendo discutido. Isso era indicado por outros fatos: uma menção à trágica morte da Srta. Taggart num artigo sobre o número crescente de desastres de avião – e, na última página, um anúncio oferecendo uma recompensa de 100 mil dólares para quem encontrasse os destroços de seu avião, assinado por Henry Rearden.

Esse anúncio foi como uma pontada; o restante parecia não ter significado. Então, lentamente, compreendeu que sua volta era um acontecimento, seria uma notícia importante. Sentiu um cansaço letárgico diante da perspectiva de uma recepção emocionante, de encarar Jim e a imprensa, de testemunhar toda a confusão que haveria. Seria bom se ela não precisasse estar presente àquilo tudo.

No campo de pouso, viu um repórter de jornal do interior entrevistando alguns funcionários do governo que estavam embarcando no avião. Esperou até que ele terminasse. Então se aproximou dele e lhe mostrou seus documentos, fazendo-o arregalar os olhos, e dizendo:

– Sou Dagny Taggart. Por favor, avise que estou viva e estarei em Nova York hoje à tarde.

O avião estava prestes a decolar, então ela pôde escapar da necessidade de responder a perguntas.

Dagny contemplou as planícies, os rios, as cidades que passavam a uma distância inacessível e percebeu que a sensação de distanciamento que se tem de um avião quando se olha para a Terra era a mesma que ela sentia quando olhava para as pessoas, só que a distância entre ela e as pessoas parecia ainda maior.

Os passageiros estavam ouvindo alguma transmissão radiofônica, que, a julgar por seus rostos, devia ser importante. De vez em quando ouvia vozes enganosas falando a respeito de uma nova invenção que ia trazer benefícios indefinidos ao bem-estar de um público indefinido. As palavras eram evidentemente escolhidas com a intenção de não expressar qualquer significado específico. Ela não entendia como alguém podia fingir que aquilo que estava ouvindo era um discurso, porém era isso que os passageiros estavam fazendo. Eram como crianças que, ainda sem terem aprendido a ler, abrem um livro e dizem em voz alta o que bem entendem, fazendo de conta que estão lendo as linhas incompreensíveis à sua frente. *Só que*, pensou Dagny, *a criança sabe que está brincando de faz de conta, ao passo que essas pessoas fingem que não estão fingindo: é a única forma de vida que conhecem.*

Ainda estava tomada pela sensação de irrealidade quando o avião aterrissou, quando conseguiu escapulir despercebida de uma multidão de repórteres – pegando o ônibus do aeroporto em vez de ir para o ponto de táxi –, e quando, após a viagem de ônibus, se viu numa calçada de Nova York, contemplando-a. Parecia uma cidade abandonada.

Não sentiu que estava chegando a casa ao entrar em seu apartamento. Parecia que aquele lugar era uma máquina que ela usava para algum objetivo totalmente desprovido de importância.

Porém sentiu sua energia despertar, como se uma névoa começasse a se dissipar – um toque de significado – quando pegou o telefone e ligou para o escritório de Rearden na Pensilvânia.

– Ah, Srta. Taggart... Srta. Taggart! – exclamou, gemendo de felicidade, a voz da severa e fria Srta. Ives.

– Alô, Srta. Ives. Não a assustei, assustei? A senhorita não sabia que eu estava viva?

– Ah, sabia, sim! Ouvi no rádio hoje de manhã.

– O Sr. Rearden está?

– Não, senhorita. Ele... ele está nas montanhas Rochosas, procurando... quer dizer...

– Sei, sei. A senhorita sabe como eu posso entrar em contato com ele?

– Ele deve ligar a qualquer momento. Deve estar pousando agora mesmo em Los Gatos, Colorado. Liguei para ele assim que ouvi a notícia, mas ele não estava, e deixei recado para ele me ligar. É que passa a maior parte do tempo voando, mas vai me ligar assim que voltar para o hotel.

– Qual é o nome do hotel?

– Hotel Eldorado, em Los Gatos.

– Obrigada, Srta. Ives. – Dagny ia desligar.

– Ah, Srta. Taggart!

– Sim?

– O que aconteceu com a senhorita? Onde estava?

– Eu... eu lhe digo depois. Estou em Nova York. Quando o Sr. Rearden telefonar, diga que estou no meu escritório.

– Sim, senhorita.

Dagny desligou, porém sua mão permaneceu sobre o telefone, apegada a seu primeiro contato com um assunto de importância. Olhou para o apartamento ao seu redor e para a cidade lá fora. Não sentia nenhuma vontade de voltar à névoa morta de um mundo sem significado.

Pegou o fone e ligou para Los Gatos.

– Hotel Eldorado – disse uma voz sonolenta e ressentida de mulher.

– Por favor, queria deixar um recado para o Sr. Henry Rearden. Quando ele chegar, peça-lhe que...

– Um minuto, por favor – disse a voz, arrastada, no tom impaciente de quem se ressente de ter que fazer qualquer esforço, encarando-o como uma imposição.

Ouviu estalidos, zumbidos, intervalos de silêncio e de repente uma voz de homem, firme e clara:

– Alô?

Era Hank Rearden.

Ela olhou para o fone como se fosse o cano de uma arma, sentindo-se incapaz de respirar.

– Alô? – repetiu ele.

– Hank, é você?

Dagny ouviu um som baixo, mais um suspiro do que uma interjeição, e depois um silêncio longo, pontuado por estalidos.

– Hank! – Nada. – Hank! – gritou, apavorada. Pareceu-lhe ouvir um sussurro, que não era uma pergunta, e sim uma afirmação, que dizia tudo:

– Dagny.

– Hank, desculpe... ah, querido, desculpe! Você não sabia?

– Onde você está, Dagny?

– Você está bem?

– Claro.

– Você não sabia que eu voltei, que eu estou... viva?

– Não... não sabia.

– Ah, meu Deus, desculpe eu ter ligado, eu...

– O que você está dizendo? Dagny, onde você está?

– Em Nova York. Você não ouviu no rádio?

– Não. Acabei de chegar.

– Não lhe deram recado para ligar para a Srta. Ives?

– Não.

– Você está bem?

– Agora?

Dagny ouviu-o rir baixinho. Estava ouvindo um riso preso há muito tempo, o som da juventude, cada vez mais intenso em sua voz.

– Quando você voltou? – perguntou ele.

– Hoje de manhã.

– Dagny, onde você estava?

Ela não respondeu imediatamente.

– Meu avião caiu – disse ela. – Nas montanhas Rochosas. Umas pessoas me encontraram e me ajudaram, mas não pude me comunicar com ninguém.

Ele parou de rir:

– Foi coisa séria?

– Ah... ah, o desastre? Não. Não me machuquei. Não muito.

– Então por que não pôde avisar ninguém?

– Não havia... nenhum meio de comunicação.

– Por que você demorou tanto para voltar?

– Eu... não posso explicar agora.

– Dagny, você estava em perigo?

O toque ao mesmo tempo alegre e triste em seu tom de voz era quase de arrependimento:

– Não.

– Você estava presa?

– Não... não exatamente.

– Então você podia ter voltado antes, mas não voltou?

– É verdade, mas não posso lhe dizer mais nada.

– Onde é que você estava, Dagny?

– Você se importa se a gente deixar para falar sobre isso depois? Quando eu estiver com você, podemos conversar.

– Está bem. Não vou fazer mais perguntas. Me diga só uma coisa: você está bem agora?

– Se estou bem? Estou.

– Quer dizer, sofreu algum ferimento sério, alguma coisa de consequências permanentes?

Em tom descontraído e sério ao mesmo tempo, ela respondeu:

– Ferimento, não, Hank. Quanto a consequências permanentes, não sei.

– Você vai estar em Nova York hoje à noite?

– Mas claro. Eu... voltei para ficar.

– É mesmo?

– Por que você pergunta isso?

– Não sei, acho que porque... porque já me acostumei a procurar por você e não encontrar.

– Eu voltei.

– Está certo. Até daqui a algumas horas. – Fez uma pausa, como se o significado daquela frase fosse forte demais para ser verdadeiro. – Daqui a algumas horas – repetiu, com firmeza.

– Vou estar aqui.

– Dagny...

– Sim?

Rearden deu uma risadinha.

– Nada, nada. Só queria ouvir a sua voz mais um pouco. Desculpe. Quer dizer, não isso. Quer dizer, não quero dizer nada agora.

– Hank, eu...

– Depois, minha querida. Até logo.

Ela ficou olhando para o telefone mudo. Pela primeira vez desde que chegara de volta, sentiu uma dor violenta, mas que a fez sentir-se viva, porque valia a pena senti-la.

Ligou para sua secretária na Taggart Transcontinental, só para dizer que estaria no escritório em meia hora.

A estátua de Nathaniel Taggart era uma coisa real, Dagny sentiu ao encará-la no Terminal Taggart. Teve a impressão de que ela e a estátua estavam sozinhas num grande templo repleto de ecos, com fantasmas sem forma e sem substância aparecendo e sumindo ao redor delas. Ficou parada, olhando para a estátua, como se estivesse se dedicando a ela por um momento. Voltei – era essa a única palavra que Dagny tinha para lhe oferecer.

No vidro da porta de sua sala, ainda se lia a inscrição "Dagny Taggart". Quando entrou na antessala, viu nos rostos de sua equipe a expressão de uma pessoa que está morrendo afogada e vê uma corda salva-vidas. Viu Eddie Willers em pé atrás de sua mesa, no cubículo de vidro, com um homem à sua frente. Ele fez menção de se aproximar dela, porém parou, como se estivesse preso. Dagny cumprimentou com os olhos cada uma das pessoas ao seu redor, sorrindo para elas como quem sorri para crianças condenadas à morte, e depois caminhou em direção à mesa de Willers.

Ele olhava para ela como se não visse mais nada no mundo, porém permanecia parado, rígido, como se para fingir que estava prestando atenção ao homem à sua frente.

– Locomotiva? – dizia o homem, com uma voz ao mesmo tempo brusca, em *staccato*, e arrastada e anasalada. – Locomotiva não é problema. É só pegar...

– Oi – disse Willers, baixinho, com um sorriso contido, como se estivesse se dirigindo a uma visão longínqua.

O homem se virou para olhar para ela. Tinha uma pele amarelada, cabelos crespos, um rosto duro com músculos macios, e a beleza revoltante dos padrões estéticos dos botequins. Seus olhos castanhos baços eram vazios como vidro.

– Srta. Taggart – disse Willers, com um tom severo, como se estivesse dando um tabefe no homem, para ele aprender a se comportar direito num lugar de respeito, coisa que ele jamais vira antes –, apresento-lhe o Sr. Meigs.

– Prazer – disse o homem, sem interesse, e se virou para Willers como se ela não estivesse presente, prosseguindo: – É só pegar os Cometas de amanhã e de terça-feira e mandar as locomotivas para o Arizona para transportar as toranjas, usando todos os vagões que iam transportar o carvão de Scranton. Dê as ordens imediatamente.

– De jeito nenhum! – exclamou Dagny, achando aquilo tão inacreditável que nem ficou zangada.

Willers não disse nada.

Meigs olhou para ela com uma expressão que teria sido de espanto se seus olhos fossem capazes de exprimir uma reação qualquer.

– Dê as ordens – disse ele a Willers, sem nenhuma ênfase especial, e saiu.

Willers fazia anotações num pedaço de papel.

– Você está maluco? – perguntou ela.

Ele levantou a vista para ela, com um olhar exausto, como quem tomou uma surra demorada.

– Não tem jeito, Dagny – disse ele, com uma voz sem vida.

– O que é aquilo? – perguntou ela, apontando em direção à porta pela qual o Sr. Meigs acabara de sair.

– O diretor de unificação.

– *O quê?*

– O representante do governo encarregado do Plano de Unificação das Ferrovias.

– O que é isso?

– É... Ah, espere, Dagny, você está bem? Você se machucou? O avião caiu?

Dagny jamais imaginara como seria o rosto de Eddie Willers quando ele começasse a envelhecer, mas era o que estava vendo agora – havia envelhecido aos 35 anos, e no intervalo de um mês. Não era uma questão de textura nem de rugas; era o mesmo rosto com os mesmos músculos, só que saturado de resignação, de dor aceita como algo inevitável.

Ela sorriu, com carinho e confiança, compreendendo, pondo de lado todos os problemas, e disse, estendendo a mão:

– Estou bem, Eddie. Oi.

Ele lhe tomou a mão e a levou aos lábios, algo que jamais fizera antes, uma atitude que não era nem ousada nem humilde, apenas pessoal.

– O avião caiu, sim – disse ela –, e para você não ficar preocupado, Eddie, vou lhe dizer a verdade: não me machuquei muito, não. Mas não é isso que vou dizer à imprensa e aos outros. Portanto, não comente nada com ninguém.

– Claro.

– Eu não tinha como me comunicar com ninguém, mas não que eu estivesse ferida. Não posso lhe dizer mais nada, Eddie. Não me pergunte onde estive nem por que demorei tanto para voltar.

– Está bem.

– Agora me diga: o que é o Plano de Unificação das Ferrovias?

– É... Ah, Dagny, se você não se importa, prefiro que o Jim lhe explique. Não se preocupe, que ele vai explicar logo. É que eu não tenho estômago... a menos que você queira que eu fale – acrescentou, com esforço, por disciplina.

– Não, não é preciso. Me diga só se eu entendi bem: o tal unificador quer que você cancele o Cometa por dois dias a fim de usar as locomotivas para transportar toranjas no Arizona?

– Isso.

– E cancelou um trem transportador de carvão para usar os vagões no transporte das toranjas?

– É...

– *Toranjas?*

– Isso mesmo.

– Por quê?

– Dagny, "por quê" é uma expressão que não se usa mais.

Após uma pausa, ela perguntou:

– Você faz ideia do motivo?

– Se eu faço ideia? Eu sei o motivo.

– Então o que é?

– O trem é para os irmãos Smather. Eles compraram uma plantação de toranjeiras no Arizona há um ano, de um homem que foi à falência por causa da Lei da Igualdade de Oportunidades. A plantação era dele havia 30 anos. Um ano antes os irmãos Smather viviam de rifas. Compraram a plantação por meio de um empréstimo do governo para auxiliar regiões necessitadas, como o Arizona. Eles têm amigos em Washington.

– E daí?

– Dagny, todo mundo sabe. Todos sabem como andam os horários dos trens de três semanas para cá e por que alguns distritos e alguns clientes conseguem transporte e outros não. Só que a gente tem que fazer de conta que não sabe. Temos que fingir que acreditamos que todas as decisões são tomadas para o "bem-estar do público" – e que o bem-estar da cidade de Nova York exige que grande quantidade de toranjas seja transportada imediatamente. – Willers fez uma pausa e acrescentou: – O diretor de unificação é quem decide o que é bem-estar do público e é a autoridade única no que diz respeito à utilização de locomotivas e vagões de qualquer ferrovia nos Estados Unidos.

Houve um momento de silêncio.

– Entendo – disse ela. Em seguida perguntou: – O que fizeram com relação ao túnel de Winston?

– Ah, foi abandonado há três semanas. Nem chegaram a desenterrar os trens. O equipamento pifou.

– E os planos de reconstruir a velha linha que contornava o túnel?

– Também foram abandonados.

– Então não estamos mais realizando transportes transcontinentais?

Willers lhe dirigiu um olhar estranho.

– Ah, estamos, sim – disse, sarcástico.

– Via desvio da Ocidental de Kansas?

– Não.

– Eddie, o que aconteceu de um mês para cá?

Ele sorriu, como se suas palavras fossem uma confissão:

– Estamos ganhando dinheiro de um mês para cá.

Dagny viu se abrir a porta do corredor e entrar James Taggart, acompanhado do Sr. Meigs.

– Eddie, você gostaria de estar presente a esta reunião? – perguntou ela. – Ou prefere não ir?

– Prefiro estar presente.

O rosto de Jim parecia um pedaço de papel amassado, embora sua carne macia e inchada não estivesse mais enrugada que antes.

– Dagny, temos muita coisa a estudar, uma série de mudanças importantes que... – disse ele num tom estridente, como se sua voz chegasse antes dele. – Ah, é um prazer tê-la de volta, sã e salva – acrescentou, impaciente, lembrando-se. – Mas há uma questão urgente...

– Vamos à minha sala – disse ela.

Sua sala era como uma reconstituição histórica, restaurada e mantida por Eddie Willers. O mapa, o calendário, o retrato de Nat Taggart estavam nas paredes. Não restava nenhum vestígio dos tempos de Clifton Locey.

– Posso me considerar ainda vice-presidente de operações desta rede? – perguntou ela, sentando-se à sua mesa.

– Mas é claro – apressou-se Taggart a responder, num tom de acusação, quase de desafio. – É claro que é, você não se demitiu, não é?

– Não, não me demiti.

– Bem, a coisa mais urgente é dizer isso à imprensa, anunciar que você voltou, que está trabalhando e onde você estava e... aliás, onde é mesmo que você estava?

– Eddie – disse ela –, por favor, anote e despache o seguinte comunicado à imprensa: meu avião teve uma pane quando eu estava sobrevoando as montanhas Rochosas, indo em direção ao Túnel Taggart. Me perdi, tentei fazer uma aterrissagem forçada e caí numa região montanhosa desabitada, no Wyoming. Fui encontrada por um velho pastor e sua esposa, que me levaram para a cabana deles, no meio do mato, a 80 quilômetros da vila mais próxima. Eu estava muito machucada, e fiquei inconsciente a maior parte do tempo durante duas semanas. O velho casal não tinha telefone, rádio, nenhum meio de comunicação ou transporte, apenas um caminhão velho que pifou quando eles tentaram usá-lo. Tive que ficar com eles até me restabelecer o bastante para poder andar. Caminhei os 80 quilômetros até o sopé da serra, então peguei uma carona até uma estação da Taggart em Nebraska.

– Sei – disse Taggart. – Bem, quando você der a entrevista coletiva...

– Não vou dar nenhuma entrevista coletiva.

– O quê? Mas eles estão me telefonando o dia todo! Estão esperando! É essencial! – Parecia estar em pânico. – É de importância crucial!

– Quem está telefonando o dia todo?

– Gente de Washington... e outros... Estão aguardando sua declaração.

Dagny apontou para as anotações feitas por Willers:

– Eis a minha declaração.

– Mas isso não basta! Você tem que dizer que não pediu demissão.

– Mas isso está na cara, não é? Eu estou aqui.

– Você tem que dizer alguma coisa.

– Que tipo de coisa?

– Uma coisa pessoal.

– A quem?

– À nação. As pessoas estavam preocupadas. Você tem que tranquilizá-las.

– Se alguém estava preocupado comigo, vai se sentir tranquilizado com a minha declaração.

– Não é isso que eu quero dizer!

– Então o que quer dizer?

– Quero dizer que... – Parou, evitando o olhar de Dagny. – Quero dizer... – Sentou-se, procurando as palavras, estalando as juntas dos dedos.

Taggart estava nas últimas, pensou ela. A impaciência nervosa, a voz estridente, o ar de pânico eram coisas novas. Explosões grotescas de ameaça impotente haviam substituído sua postura de autocontrole cauteloso.

– Quero dizer... – Ele estava tentando encontrar as palavras que exprimissem o que queria dizer sem exprimi-lo, pensou ela, que a fizessem compreender aquilo que ele não queria que fosse compreendido. – Quero dizer, o público...

– Sei o que você quer dizer – disse ela. – Não, Jim, não vou tranquilizar o público a respeito do estado da nossa empresa.

– Ora, já vai você...

– O público tem mais é que ficar intranquilo, o que aliás é sinal de bom senso da parte dele. Agora, vamos ao que interessa.

– Eu...

– Vamos ao que interessa, Jim.

Ele olhou para o Sr. Meigs, que estava sentado, sem dizer nada, de pernas cruzadas, fumando um cigarro. Usava uma jaqueta que parecia uma túnica militar, mas não era. A carne de seu pescoço extravasava do colarinho, e a carne de seu corpo forçava a cintura estreita da calça que visava disfarçar a gordura. Usava um anel com um brilhante amarelo grande que refulgia quando ele mexia os dedos curtos e grossos.

– Você já conhece o Sr. Meigs – disse Taggart. – Que bom, vocês dois vão se entender muito bem. – Fez uma pausa, esperando alguma reação, mas nenhum dos dois disse nada. – O Sr. Meigs é o representante do Plano de Unificação das Ferrovias. Você vai ter muitas oportunidades de cooperar com ele.

– O que é o Plano de Unificação das Ferrovias?

– É um... um novo dispositivo nacional que entrou em vigor três semanas atrás, e que você vai entender e aprovar e achar muito prático. – Dagny ficou deslumbrada com a futilidade do método de Taggart: ele agia como se, ao especificar qual seria sua opinião de antemão, tornasse impossível que ela a alterasse depois. – É um plano de emergência que salvou o sistema nacional de transportes.

– Como é o plano?

– Naturalmente, você está a par das imensas dificuldades de se realizar qualquer obra no atual período de emergência. Temporariamente, não se podem construir ferrovias. Assim, o principal problema do país é preservar o setor de transportes *como um todo*, preservar as redes existentes tais como estão. A sobrevivência da nação exige que...

– Como é o plano?

– Como política de sobrevivência nacional, todas as ferrovias do país foram unificadas numa rede única, compartilhando seus recursos. Toda a renda bruta das redes é entregue à Junta de Unificação das Ferrovias em Washington, que atua como síndico de todo o setor e divide o total da renda entre as diversas ferrovias, segundo um... um princípio de distribuição mais moderno.

– Que princípio?

– Não se preocupe, que os direitos de propriedade foram integralmente preservados e protegidos, só que sob uma nova forma. Cada ferrovia continua responsável por suas próprias operações, seus horários e a manutenção de suas linhas e seus equipamentos. Como contribuição ao plano de unificação, toda ferrovia permite que qualquer outra utilize seus recursos de graça, quando necessário. No fim do ano, a Junta distribui o total da renda bruta, e cada ferrovia recebe determinada quantia, não como se fazia pelo método antigo – pelo número de viagens ou pela tonelagem de carga transportada –, e sim com base na necessidade da ferrovia. Assim, como a preservação da linha é a principal necessidade, cada ferrovia é paga em função da quilometragem das linhas de sua propriedade e por ela conservadas.

Dagny ouvia as palavras e entendia seu significado, mas não conseguia lhes conceder realidade – reagir com raiva, preocupação, oposição. Era uma loucura, um pesadelo, que só se baseava no faz de conta. Sentiu uma apatia, um vazio, e teve a sensação de que estava sendo jogada num mundo no qual a indignação moral é irrelevante.

– Que trilhos estamos utilizando para nosso transporte transcontinental? – perguntou ela com uma voz seca e sem inflexões.

– Ora, os nossos, naturalmente – respondeu Taggart mais que depressa –, quer dizer, de Nova York a Bedford, Illinois. Daí em diante usamos os da Sul-Atlântica.

– Até São Francisco?

– É bem mais rápido do que pelo longo desvio que você tentou utilizar.

– Nós usamos os trens sem pagar pelo uso dos trilhos?

– Além disso, o seu desvio não ia durar, porque os trilhos da Ocidental de Kansas estavam estragados, e...

– Sem pagar nada pelo uso dos trilhos da Sul-Atlântica?

– Bem, mas eles usam a nossa ponte no Mississippi e a gente não cobra nada.

Depois de uma pausa, Dagny perguntou:

– Você já consultou um mapa?

– Claro – disse Meigs, inesperadamente. – Vocês têm mais quilometragem do que qualquer outra rede do país. Assim, não têm com que se preocupar.

Willers caiu na gargalhada.

Meigs olhou para ele com um olhar vazio.

– O que deu em você? – perguntou ele.

– Nada – disse Willers, num tom cansado. – Nada.

– Sr. Meigs – disse Dagny –, se consultar um mapa, o senhor verá que dois terços dos custos de manutenção de trilhos para nosso transporte transcontinental recaem sobre uma outra companhia.

– É claro – disse ele, porém seus olhos se apertaram, desconfiados, como se não entendesse por que ela fizera uma afirmação tão explícita.

– Enquanto nós recebemos por quilômetros de trilhos inúteis, que não são usados para nada – disse Dagny.

Meigs compreendeu e se recostou em sua cadeira, como se a discussão não lhe interessasse mais.

– Isso não é verdade! – exclamou Taggart. – Estamos usando muitos trens locais para servir a região por onde passava a nossa linha transcontinental: Iowa, Nebraska e Colorado, e, do outro lado do túnel, Califórnia, Nevada e Utah.

– Estamos operando dois trens locais por dia – disse Willers no tom seco e inocente de um relatório. – Menos ainda, em alguns lugares.

– O que determina o número de trens que cada linha é obrigada a utilizar? – perguntou Dagny.

– O bem-estar do público – respondeu Taggart.

– A Junta de Unificação – disse Willers.

– Quantos trens foram eliminados no país nas últimas três semanas?

– Na verdade – disse Taggart, ansioso –, o plano ajudou a harmonizar o setor e a eliminar a concorrência desenfreada.

– Eliminou 30 por cento dos trens do país – disse Eddie. – A única concorrência que há agora é nos requerimentos dirigidos à Junta pedindo permissão para cancelar trens. A ferrovia que sobreviver vai ser aquela que conseguir ficar sem trem nenhum.

– Alguém já calculou quanto tempo a Sul-Atlântica vai poder continuar funcionando?

– Isso não é da sua... – foi dizendo Meigs.

– *Por favor*, Cuffy! – exclamou Taggart.

– O presidente da Sul-Atlântica – disse Willers, impassível – se suicidou.

– Isso não tem nada a ver! – gritou Taggart. – Foi por problemas pessoais.

Dagny ficou calada, olhando para eles. Ainda havia um toque de espanto na sua indiferença entorpecida: Jim sempre conseguira fazer com que seus fracassos desabassem sobre as companhias mais fortes ao seu redor, e sobreviver fazendo com que elas arcassem com as consequências de seus erros, como fizera com Dan Conway e com as indústrias do Colorado. Mas isso agora não tinha nem sequer a racionalidade de um saque – atacar os restos mortais de um concorrente mais fraco, já quase falido, só para ganhar mais alguns instantes, colocando apenas um osso frágil entre si próprio e o abismo.

O hábito da razão quase a levou a falar, a discutir, a demonstrar o óbvio, porém Dagny olhou para os rostos dos homens e viu que eles sabiam. Em algum sentido diferente do dela, de algum modo inconcebível para ela, eles tinham consciência de tudo o que ela poderia lhes dizer. Era inútil provar para eles o horror irracional do que eles estavam fazendo e de suas consequências. Tanto Meigs quanto Taggart estavam cientes disso – e o segredo dessa consciência eram os meios pelos quais eles fugiam à finalidade do que sabiam.

– Estou entendendo – disse ela em voz baixa.

– Mas o que você queria que eu fizesse? – gritou Taggart. – Abandonasse o nosso tráfego transcontinental? Abrisse falência? Transformasse a ferrovia numa porcaria de uma rede local da Costa Leste? – As duas palavras pronunciadas por Dagny pareciam tê-lo atingido com mais violência do que qualquer objeção indignada o teria feito. Ele parecia tremer de pavor ante aquilo que Dagny afirmara estar entendendo. – Eu não pude fazer nada! Nós precisávamos de uma linha transcontinental! Não havia como contornar o túnel! Não tínhamos dinheiro para arcar com quaisquer custos adicionais! Alguma coisa precisava ser feita! Precisávamos de trilhos!

Meigs o encarava com um olhar misto de surpresa e asco.

– Não estou discutindo, Jim – disse Dagny secamente.

– Não podíamos deixar que uma rede ferroviária como a Taggart

Transcontinental acabasse! Teria sido uma catástrofe de dimensões nacionais! Tínhamos que pensar em todas as cidades e indústrias e clientes e passageiros e funcionários e acionistas cujas vidas dependem de nós! Não foi só pensando em nós, e sim no bem-estar do público! Todos concordam que o Plano de Unificação das Ferrovias é uma coisa prática! Os mais bem informados...

– Jim – disse Dagny –, se você tem mais alguma coisa para me dizer, diga.

– Você nunca considera o aspecto social das coisas – disse ele num tom aborrecido, recuando.

Ela percebeu que essa forma de fingimento era tão irreal para o Sr. Meigs quanto o era para ela, ainda que pela razão oposta. Ele estava encarando Jim com desprezo e tédio. De repente, Dagny entendeu que Jim era um homem que havia tentado encontrar um caminho intermediário entre dois polos – Meigs e ela própria – e que agora estava vendo que seu caminho estava se estreitando e ele seria esmagado entre dois muros retos.

– Sr. Meigs – perguntou ela, com um toque de curiosidade irônica na voz –, qual é seu plano econômico para depois de amanhã?

Os olhos castanhos e sem vida de Meigs se voltaram para ela, sem expressão.

– A senhorita não é prática – disse ele.

– É perfeitamente inútil teorizar a respeito do futuro – interveio Taggart – quando temos de administrar a crise presente. A longo prazo...

– A longo prazo, todos nós estaremos mortos – disse Meigs. Em seguida, se pôs de pé. – Estou de saída, Jim. Não tenho tempo para perder com conversas. – E acrescentou: – Fale com ela a respeito daquele problema dos desastres de trem, para que ela dê um jeito, já que dizem que essa menina é tão boa em matéria de ferrovias.

Meigs disse aquilo sem intenção de ofendê-la – era o tipo de homem que não sabe quando está ofendendo ou sendo ofendido.

– Até mais, Cuffy – disse Taggart, enquanto Meigs saía sem olhar para ninguém.

Taggart fitou Dagny, um olhar cheio de medo e expectativa, como se temesse o comentário que ela iria fazer, mas, ao mesmo tempo, quisesse desesperadamente ouvir alguma palavra de seus lábios, qualquer palavra.

– E então? – perguntou ela.

– O que você quer dizer com isso?

– Tem mais alguma coisa a discutir?

– É, eu... – Parecia decepcionado. – Tenho! – exclamou, em tom de desespero. – Tenho outro assunto a discutir, o mais importante de todos, o...

– O número cada vez maior de desastres ferroviários?

– Não! Nada disso.

– Então o que é?

– É que... você vai se apresentar no programa de rádio de Bertram Scudder hoje à noite.

Ela se recostou em sua cadeira:

– Vou mesmo?

– Dagny, é fundamental, é crucial, não há outra alternativa, recusar-se está fora de questão, em épocas como esta a gente não tem escolha, e...

Ela olhou para o relógio:

– Eu lhe dou três minutos para explicar, se você quer que eu o ouça. E é melhor ser direto.

– Está bem! – disse ele, em desespero. – É considerado da maior importância nos altos escalões, quer dizer, por Chick Morrison, Wesley Mouch e o Sr. Thompson, os mais altos escalões, mesmo, que você faça um discurso à nação, para levantar o moral do povo, sabe, dizendo que não se demitiu.

– Por quê?

– Porque todo mundo pensava que você tivesse se demitido! Você não sabe o que tem acontecido ultimamente, mas... mas é uma coisa meio estranha. O país está cheio de boatos, de todo tipo, sobre todos os assuntos, todos eles perigosos. Quer dizer, prejudiciais. As pessoas só fazem cochichar. Não acreditam nos jornais, não acreditam nos melhores oradores, mas acreditam em todo boato assustador que aparece por aí. As pessoas... as pessoas parecem estar à beira do pânico.

– E daí?

– Um dos problemas é essa história infernal desses grandes empresários que desaparecem sem mais nem menos! Ninguém consegue explicar isso, e está todo mundo assustado. Os boatos mais histéricos andam circulando, mas o que mais se diz é que nenhuma pessoa decente quer trabalhar para essa gente. Quer dizer, o governo. Entende? Você nem imagina que é tão famosa, mas é, ou ficou depois do desastre de avião. Todo mundo achou que você havia desrespeitado a lei, ou seja, o Decreto 10.289, e desertado. As pessoas não... não conseguem entender o decreto, e há muita... agitação. Então, é importante que você fale no rádio, diga às pessoas que não é verdade que o Decreto 10.289 está destruindo a economia, que é uma boa lei que visa ao bem de todos, e que se todo mundo for paciente mais um pouquinho as coisas vão melhorar e a prosperidade vai voltar. Ninguém acredita mais nas autoridades. Você... você é uma empresária, uma entre os poucos que ainda restam, e a única que voltou depois de ter aparentemente desaparecido. Você é conhecida como... como uma reacionária que se opõe às políticas do governo. Assim, as pessoas vão acreditar em você. Dagny, você poderia influenciá-las muito, aumentar sua confiança, levantar seu moral. Você entende?

Taggart sentia-se encorajado pela expressão estranha que via no rosto da irmã, uma expressão contemplativa que era quase um meio sorriso.

Ela parecia ouvir, ao mesmo tempo que ouvia as palavras de Taggart, a voz de Rearden lhe falando numa tarde de primavera, mais de um ano antes: "Eles precisam de algum tipo de sanção nossa. Não sei qual a natureza dessa aprovação, mas sei, Dagny, que, se damos valor a nossas vidas, é preciso que não o façamos. Se eles torturarem você, mesmo assim não o faça. Mesmo que eles destruam sua rede ferroviária e minhas siderúrgicas, não o faça."

– Agora você entende?

– Ah, é claro que entendo, Jim!

Ele não conseguiu interpretar o tom de voz de Dagny. Era grave, uma mistura de gemido com risada e com exclamação de vitória. Mas era o primeiro som que ela emitira que continha emoção, e ele resolveu seguir em frente. Não tinha outra opção senão ter esperança.

– Eu prometi ao pessoal lá de Washington que você ia falar! Nós não podemos deixá-los na mão em algo tão sério! Não podemos deixar que questionem nossa lealdade. Já está tudo combinado. Você vai ser a personalidade convidada do programa de Bertram Scudder de hoje, às 22h30. É um programa de rádio em que ele entrevista pessoas famosas, um programa exibido em cadeia nacional, com muitos ouvintes, mais de 20 milhões. O escritório do Condicionador do Moral...

– *O quê?*

– O Condicionador do Moral, Chick Morrison, já me telefonou três vezes, para se certificar de que vai tudo correr direitinho. Eles deram ordem a todos os radialistas para que anunciassem em todas as estações do país, o dia inteiro, que todos deviam ouvir o programa de Scudder hoje à noite.

Jim olhou para ela com uma expressão que ao mesmo tempo demandava uma resposta e exigia que ela reconhecesse que sua resposta era o que menos importava naquelas circunstâncias.

– Você sabe o que eu penso das políticas do governo e do Decreto 10.289 – disse ela.

– Numa situação dessas, não podemos nos dar ao luxo de pensar!

Ela deu uma gargalhada.

– Mas será que você não entende que não pode se recusar a ir agora? – gritou ele. – Se você não aparecer depois de todos esses anúncios, vai estimular todos os boatos, vai ser uma verdadeira declaração de dissidência!

– A armadilha não vai funcionar, Jim.

– Que armadilha?

– Essa que você está armando.

– Eu não sei o que você quer dizer!

– Sabe, sim. Você sabia, todos vocês sabiam, que eu me recusaria. Então me colocou numa armadilha pública, para que minha recusa se tornasse um escândalo terrível para você, mais terrível do que eu ousaria causar, segundo você calculava. Vocês estavam contando comigo para salvá-los do buraco que vocês mesmos cavaram. Pois não vou.

– Mas eu prometi!

– *Eu* não prometi nada.

– Mas a gente não pode se recusar! Você não vê que eles nos têm na palma da mão? Que estão com a faca e o queijo na mão? Não percebe o que eles podem fazer contra nós com essa Junta de Unificação, ou com o Conselho de Unificação, ou com a moratória sobre nossas debêntures?

– Eu já sabia disso havia dois anos.

Taggart tremia. Havia algo de informe, desesperado, quase supersticioso, no terror que ele sentia, desproporcional aos perigos que mencionava. De repente, Dagny sentiu-se convicta de que o terror vinha de algo mais profundo do que o medo de vinganças burocráticas, de que essas vinganças eram a única identificação desse terror que ele se permitia fazer, uma identificação que o tranquilizava, por ter um quê de racionalidade, e ocultava a causa profunda. Ela estava certa de que Taggart temia não o pânico da população, e sim o próprio pânico – de que ele, Chick Morrison, Wesley Mouch e todos os outros saqueadores precisavam que ela sancionasse seus atos não para tranquilizar suas vítimas, mas para tranquilizar a si próprios, embora a ideia aparentemente esperta e prática de iludir suas vítimas fosse a única identificação que eles davam à sua própria motivação, à sua própria insistência histérica. Com um misto de desprezo e admiração – admiração pela magnitude do que ela contemplava –, Dagny se perguntava qual seria a degradação interior a que aqueles homens haviam chegado para que pudessem atingir um tal nível de hipocrisia: precisar arrancar a aprovação de uma vítima para lhes servir de sanção, eles que achavam que estavam apenas enganando o mundo.

– Não temos alternativa! – exclamou Taggart. – Ninguém tem nenhuma alternativa!

– Saia daqui – disse ela, com a voz muito tranquila e bem baixa.

Algo no som da voz de Dagny atingiu o que havia de inconfessado na mente de Taggart, como se, embora jamais o tivesse colocado em palavras, ele soubesse que aquele som provinha da consciência desse fato oculto. Ele saiu da sala.

Dagny olhou para Willers. Ele parecia um homem cansado de lutar contra mais um daqueles acessos de náusea que estava começando a aprender a suportar, sabendo que se tratava de um mal crônico.

Após um momento, ele perguntou:

– Dagny, que fim levou Quentin Daniels? Você estava perseguindo o avião dele, não é?

– É – respondeu Dagny. – Ele foi embora.

– Para o destruidor?

Aquela palavra a atingiu como um soco. Era a primeira vez que o mundo exterior atingia aquela presença radiante que ela guardara dentro de si o dia todo, uma visão silenciosa e imutável, uma visão só sua, que não podia ser afetada por nada do que havia ao seu redor, algo sobre o qual não cabia pensar, algo que ela sentia como a origem de sua força. Agora Dagny se dava conta de que, no mundo deles, no mundo em que ela estava, o nome daquela visão era "o destruidor".

– É – disse ela com esforço, com uma voz apática –, para o destruidor.

Então segurou-se às bordas da mesa, para ganhar forças e conservar sua postura, e disse, com um leve sorriso:

– Bem, Eddie, vejamos o que duas pessoas pouco práticas, como eu e você, podem fazer no sentido de impedir a ocorrência de desastres de trens.

Duas horas depois, quando ela estava sozinha à sua mesa, debruçada sobre papéis que só continham números, mas que para ela eram como um filme que narrasse toda a história da rede ferroviária nas últimas quatro semanas, a campainha tocou e a voz da secretária disse:

– A Sra. Rearden quer falar com a senhora.

– O *senhor* Rearden? – perguntou ela espantada, sem poder acreditar em nenhuma das duas hipóteses.

– Não, a *senhora* Rearden.

Dagny esperou um instante, depois disse:

– Peça-lhe para entrar, por favor.

Havia no porte de Lillian Rearden algum toque de ênfase especial quando ela entrou na sala e caminhou até a mesa de Dagny. Trajava um conjunto feito sob medida, com um laço frouxo, de cor muita viva, caindo-lhe ao lado, dando um toque de incongruência elegante, e um chapeuzinho inclinado num ângulo que, por ser engraçado, era considerado elegante. Seu rosto estava um pouco tranquilo demais, seus passos um pouco lentos demais, e ela estava quase rebolando ao caminhar.

– Como tem passado, Srta. Taggart? – perguntou ela com uma voz preguiçosamente cortês, uma voz de sala de visitas que, naquele escritório, era tão incongruente quanto seu conjunto e laço.

Dagny fez uma mesura séria com a cabeça.

Lillian olhou ao redor. Havia em seu olhar a mesma espécie de humor que existia em seu chapéu, que parecia exprimir maturidade por meio da convicção de que tudo o que há na vida é ridículo.

– Queira sentar-se – disse Dagny.

Lillian sentou-se, assumindo uma postura confiante, graciosa e descontraída.

Quando se virou para Dagny, continuava com a expressão de humor no rosto, só que agora com uma nuance um pouco diferente: parecia dar a entender que elas duas compartilhavam um segredo que faria com que sua presença ali parecesse absurda para o mundo, mas absolutamente lógica para elas duas. O silêncio de Lillian reforçava essa ideia.

– Em que lhe posso ser útil?

– Vim lhe dizer – respondeu Lillian, num tom de voz agradável – que a senhorita vai participar do programa de Bertram Scudder de hoje.

Lillian não percebeu nenhum sinal de espanto no rosto de Dagny, nenhum choque, e sim apenas o olhar interessado do engenheiro que examina um motor que está produzindo um som estranho.

– A senhora está perfeitamente ciente do significado da frase que pronunciou? – perguntou Dagny.

– Mas claro!

– Então queira sustentar sua afirmação.

– Como assim?

– Queira me explicar.

Lillian deu uma risadinha, cuja brevidade forçada traía que não era essa a atitude que ela esperava.

– Estou certa de que não será necessário dar longas explicações – disse ela. – A senhorita sabe por que sua participação no programa é importante para as pessoas que estão no poder. Eu sei por que se recusou a participar. Sei o que pensa a esse respeito. Talvez nunca tenha dado importância ao fato, mas sabe que eu sempre fui favorável ao sistema vigente. Portanto, a senhorita há de compreender por que estou interessada nessa questão e por que estou desempenhando este papel. Quando seu irmão me disse que a senhorita havia recusado, resolvi intervir, porque sou uma das muito poucas pessoas que sabem que a senhorita não está em condições de poder se recusar.

– Eu ainda não estou entre essas poucas pessoas – disse Dagny.

Lillian sorriu:

– É verdade, preciso explicar mais um pouco. A senhorita compreende que sua participação no programa terá para as pessoas que estão no poder a mesma importância que... a assinatura de meu marido no Certificado de Doação que entregou ao governo a propriedade do metal Rearden. A senhorita já observou como o governo menciona esse fato com frequência em todas as suas propagandas?

– Eu não sabia disso – retrucou Dagny, seca.

– Ah, é claro, a senhorita passou quase dois meses afastada, por isso não tem visto a afirmação, constantemente divulgada pela imprensa, pelo rádio, pelos discursos, de que até mesmo Hank Rearden aprova o Decreto 10.289, visto que ele voluntariamente entregou seu metal à nação. Até mesmo Rearden. Esse fato desestimula muitos obstinados e ajuda a mantê-los na linha. – Lillian se recostou e perguntou, como quem faz uma indagação por simples curiosidade: – A senhorita já perguntou a Hank por que ele assinou?

Dagny não respondeu. Parecia não perceber que lhe fora feita uma pergunta. Permanecia imóvel, com o rosto sem qualquer expressão, mas seus olhos pareciam maiores do que o normal e fitavam Lillian, como se agora ela estivesse muito interessada em ouvir tudo o que a outra tinha a dizer.

– É, eu sabia que a senhorita não estava ciente. É claro que ele não lhe disse o porquê – disse Lillian, com a voz mais confiante, como se agora visse que à sua frente o caminho estava desimpedido. – Mas é importante que saiba por que ele assinou, pois é pelo mesmo motivo que a senhorita vai participar do programa de Bertram Scudder de hoje.

Lillian fez uma pausa, querendo que a outra insistisse para que ela continuasse, mas Dagny esperou.

– É um motivo – disse Lillian – que certamente vai lhe agradar, no que diz respeito à atuação de meu marido. Pense no que representou para ele assinar aquele papel. O metal Rearden era sua maior realização, a súmula de toda a sua vida, o símbolo fundamental de seu orgulho. E meu marido, como a senhorita certamente há de saber, é um homem extremamente passional, e seu orgulho é, talvez, sua maior paixão. O metal Rearden era para ele mais do que uma realização: era o símbolo de sua capacidade de realização, de sua independência, de sua luta, de sua ascensão. Era sua propriedade, sua por direito, e a senhorita sabe o que significam os direitos para um homem tão rígido quanto ele, e o que significa a propriedade para um homem tão possessivo quanto ele. Hank seria perfeitamente capaz de morrer para defender seu metal, para não entregá-lo a homens que desprezava. Era o que o metal representava para ele, e no entanto abriu mão dele. Há de gostar de saber que foi pela *senhorita* que ele o fez. Pela sua reputação e sua honra. Ele assinou o Certificado de Doação que entregou o metal Rearden quando lhe foi dito que, se ele não o fizesse, a relação adúltera em que ele estava envolvido com a senhorita seria divulgada ao mundo. Ah, temos provas e mais provas, os detalhes mais íntimos. Creio que a senhorita segue uma filosofia que desaprova o sacrifício, mas neste caso em particular, como mulher, certamente há de sentir-se gratificada ante a grandeza do sacrifício que um homem fez para defender o privilégio de usar o seu corpo. A senhorita sem dúvida desfrutou muitos prazeres nas noites que ele passou na sua cama. Agora há de sentir prazer ao saber quanto essas noites lhe custaram. E como... A senhorita gosta de falar direto, não é mesmo, Srta. Taggart? E, como optou pela condição de prostituta, tiro o meu chapéu para a senhorita, pois o seu preço foi muito mais alto do que o de qualquer uma de suas colegas.

A voz de Lillian vinha se tornando involuntariamente mais áspera, como uma broca que quebra a toda hora por não conseguir encontrar o veio da rocha. Dagny continuava olhando para ela, porém em seu olhar e sua postura não havia mais nenhuma intensidade. Lillian não entendia por que tinha a impressão de que o rosto de Dagny estava iluminado por um holofote. Não via nele nenhuma expressão em particular: era apenas um rosto livre de qualquer tensão e a claridade parecia decorrer de sua estrutura, da precisão de seus planos agudos, da firmeza da boca, da fixidez dos olhos. Lillian não conseguia decifrar a expressão que havia nos olhos. Parecia incongruente, a tranquilidade não de uma mulher, mas de um estudioso, com aquele quê de luminoso que caracteriza o destemor daquele que sabe.

– Fui eu – disse Lillian em voz baixa – que informei os burocratas do adultério de meu marido.

Dagny percebeu pela primeira vez um toque de sentimento nos olhos sem vida de Lillian: parecia prazer, mas tão distante que era como o sol refletido na superfície morta da Lua e, de lá, na água estagnada de um pântano. Brilhou por um instante e sumiu.

– Fui eu – disse Lillian – que tirei o metal Rearden de meu marido. – Era quase o tom de quem faz uma súplica.

Para a consciência de Dagny, seria impossível compreender o significado daquela súplica ou descobrir que reação Lillian procurara despertar nela por meio da súplica. Percebeu apenas que a mulher não encontrou o que procurava, quando a ouviu dizer, com uma voz subitamente estridente:

– A senhorita me compreende?

– Compreendo.

– Então sabe o que estou exigindo e que tem de me obedecer. Ele e a senhorita se achavam invencíveis, não é? – Estava tentando falar com a voz controlada, mas sem sucesso. – A senhorita sempre pôde fazer apenas aquilo que queria, um luxo ao qual nunca pude me dar. Pelo menos uma vez, para compensar, vou vê-la fazendo o que eu quero. A senhorita não pode fazer nada. Não pode me impedir nem com todo esse dinheiro que é capaz de ganhar e eu não sou. Não há lucro que possa me oferecer; eu não tenho ganância. Não estou sendo paga pelos burocratas para fazer isso. Estou agindo sem pensar em lucro. Sem lucro. A senhorita me compreende?

– Compreendo.

– Então não serão necessárias explicações adicionais. Basta lembrar que todas as provas, registros de hotéis, recibos de joias, coisas do gênero, continuam nas mãos das pessoas certas e serão divulgadas em todos os programas de rádio de amanhã, a menos que a senhora compareça ao programa de hoje. Estamos entendidas?

– Sim.

– Então qual é a sua resposta? – Lillian viu aqueles olhos luminosos de estudioso se fixarem nela, e de repente teve a impressão de que a outra estava vendo demais nela – e, ao mesmo tempo, nem sequer a estava vendo.

– Ainda bem que a senhorita me disse – respondeu Dagny. – Hoje à noite estarei no programa de Bertram Scudder.

◄◄◄

Um facho de luz branca iluminava o metal reluzente de um microfone, no centro de uma gaiola de vidro que a aprisionava juntamente com Bertram Scudder. O brilho do metal era de um azul-esverdeado. O microfone era feito de metal Rearden.

Lá em cima, por trás de uma vidraça, Dagny via duas fileiras de rostos olhando para ela: o rosto frouxo e ansioso de James Taggart, tendo a seu lado Lillian Rearden, que colocara o braço sobre o braço dele, para tranquilizá-lo; um homem que viera de Washington de avião e que lhe fora apresentado como Chick Morrison; e um grupo de jovens assessores dele, que falavam sobre curvas de porcentagens de influência intelectual e se comportavam como guardas de trânsito.

Bertram Scudder parecia ter medo de Dagny. Agarrava-se ao microfone, cuspindo palavras, na sua delicada rede metálica, para os ouvidos da nação, apresentando o assunto de seu programa de hoje. Estava tentando parecer cético, superior e histérico ao mesmo tempo, dar a impressão de que era um homem que ria da vaidade de todas as crenças dos homens e, portanto, merece o crédito imediato de todos aqueles que o ouvem. Em sua nuca havia uma pequena mancha brilhosa de suor. Scudder estava narrando, com detalhes floreados, o mês de convalescença que Dagny passara na cabana isolada de um pastor, depois, sua heroica caminhada de 80 quilômetros montanha abaixo, para poder reassumir suas obrigações para com o povo nesta hora de grave emergência nacional:

– ... e se algum de vocês se deixou enganar por boatos maliciosos que visam minar sua fé no grande programa social de nossos líderes, vocês podem confiar na palavra da Srta. Taggart, a qual...

Em pé, Dagny olhava para o facho de luz e para as partículas de poeira que nele flutuavam. Observou que uma delas era um ser vivo: um mosquito, cujas asinhas em movimento brilhavam, lutando para conseguir alguma coisa que só ele sabia, e Dagny o observava, sentindo-se tão distante do objetivo daquele inseto quanto do objetivo do mundo.

– ... a Srta. Taggart é uma observadora imparcial, uma brilhante empresária que já criticou muito os programas do governo e pode ser considerada uma representante do ponto de vista arquiconservador de gigantes da indústria, como Hank Rearden. No entanto, até mesmo ela...

Dagny se surpreendia ao constatar como era fácil não ter que sentir nada; parecia estar nua perante uma multidão, e um facho de luz bastava para sustentá-la, porque nela não pesava nenhuma dor, nenhuma esperança, nenhum arrependimento, nenhuma preocupação, nenhum futuro.

– ... e agora, senhoras e senhores, apresento-lhes a heroína de hoje, esta convidada tão inesperada, a...

A dor a atingiu de repente como uma punhalada, como se lhe perfurasse a carne um estilhaço de vidro de uma parede protetora destruída pela consciência de que agora chegara a sua vez de falar. Voltou a atingi-la durante o momento em que relembrou o nome do homem a quem ela se referira como "o destruidor": não queria que ele ouvisse o que ela teria de dizer agora. *Se você ouvir* – a dor era como uma voz dentro dela –, *não vai acreditar nas coisas que eu lhe disse. Não, pior ainda, nas coisas que eu não disse, mas que você sabia e acreditava e aceitava. Você vai pensar que eu não as pronunciei livremente, que os dias que passei com você foram uma grande mentira – isto vai destruir meu único mês e 10 de seus anos. Não era assim que eu queria que você descobrisse, não assim, não hoje – mas você vai saber, você que sempre me observou, que viu cada movimento meu, que está me vendo agora, embora eu não saiba de onde. Você vai me ouvir, mas tenho que falar.*

– ... a última descendente de um nome ilustre na história de nossa economia, a executiva de uma rede ferroviária, coisa que só é possível nos Estados Unidos, a vice-presidente de operações de uma grande empresa: Srta. Dagny Taggart!

Então ela sentiu o contato do metal Rearden, quando seus dedos se fecharam em torno do cabo do microfone. E de repente aquilo lhe parecia fácil, não a facilidade drogada da indiferença, mas a facilidade alegre, clara, viva da ação.

– Vim aqui para lhes falar a respeito do programa social, do sistema político e da filosofia moral atualmente vigentes neste país.

Havia uma calma, uma naturalidade, uma certeza tão completas no som de sua voz que bastava o som para torná-la imensamente persuasiva.

– Vocês ouviram dizer que eu acredito que este sistema tem como motivação a depravação, como objetivo o saque, como método a mentira, a fraude e a força, e como único resultado a destruição. Também ouviram dizer que eu, como Hank Rearden, sou uma defensora leal deste sistema e que estou colaborando voluntariamente com ele e suas políticas atualmente adotadas, como o Decreto 10.289. Estou aqui para esclarecer a verdade. É verdade que compartilho das opiniões de Rearden. As convicções políticas dele são iguais às minhas. Como vocês sabem, ele foi muitas vezes acusado de ser um reacionário que se opunha a todas as medidas, aos slogans e às premissas do sistema vigente. Agora ele está sendo elogiado como nosso maior industrial, cuja avaliação das políticas econômicas merece toda a confiança. É verdade. Podem confiar nele. Se vocês estão começando a temer que estão sendo dominados por um mal irresponsável, que o país está afundando e que em breve a fome será geral, pensem nas opiniões de nosso maior industrial, que sabe quais são as condições necessárias para que a produção seja possível e o país possa sobreviver. Pensem em tudo o que vocês sabem a respeito das posições por ele assumidas. No tempo em que Rearden tinha permissão de falar, ele afirmava que as políticas deste governo estavam levando à escravidão e à destruição. Porém ele jamais criticou o resultado final dessas políticas – o Decreto 10.289. Vocês lembram que ele lutou pelos seus direitos – os dele e os de vocês – de ser independente, de ter sua propriedade. Porém ele não atacou o Decreto 10.289. Vocês foram informados de que ele assinou voluntariamente o Certificado de Doação que entregou o metal Rearden a seus inimigos. Ele assinou o documento que, com base em tudo o que ele havia feito antes, era de esperar que ele se recusasse a assinar, mesmo que isso lhe custasse a vida. Isso – conforme tem sido repetido vez após vez – só pode querer dizer que ele reconhece a necessidade do Decreto 10.289 e resolveu sacrificar seus interesses pessoais pelo bem da nação. Vocês têm ouvido dizer constantemente que devem julgar as opiniões dele com base no que motivou seu ato. Concordo sem reservas: *julguem as opiniões dele com base no que motivou esse ato*. E, independentemente do valor que vocês deem à minha opinião, e de qualquer coisa que eu possa dizer nesse sentido, julguem minhas opiniões também com base no que motivou esse ato, porque as convicções de Hank Rearden são também as minhas. Durante dois anos, fui amante de Rearden. Que uma coisa fique clara: estou dizendo isso não como uma confissão envergonhada, e sim com o mais elevado orgulho. Fui sua amante. Dormi com ele, na cama dele, nos braços dele. Agora não há nada que alguém possa dizer a meu respeito que eu não tenha dito antes. Será inútil tentar me difamar: conheço a natureza das acusações e eu própria irei enumerá-las. Se senti desejo físico por ele? Senti. Se fui impulsionada por uma paixão de meu corpo? Fui. Se experimentei a forma mais violenta do prazer sensual? Experimentei. Se isso faz com que, para vocês, eu seja uma mulher desmoralizada, isso é problema de vocês. O que me importa é o que eu mesma penso de meus atos.

Scudder pregara os olhos nela. Não era isso que ele esperava ouvir e, num pânico vago, sentia que não devia deixar que aquilo continuasse. Mas ela era a convidada especial que o pessoal de Washington o mandara tratar com cuidado, e ele não sabia se devia ou não interrompê-la. Além do mais, gostava de ouvir esse tipo de coisa. Na sala ao lado, James Taggart e Lillian Rearden estavam estatelados, como animais paralisados pelos faróis de um trem que vem em sua direção. Eram os únicos ali presentes que sabiam da relação entre o que Dagny estava dizendo e o tema do programa. Era tarde demais para fazerem alguma coisa. Não ousavam assumir a responsabilidade por qualquer iniciativa, ou pelo que quer que viesse a acontecer em seguida. Na sala dos controles, um jovem intelectual da assessoria de Chick Morrison estava pronto para tirar do ar o programa em caso de qualquer problema, porém não viu nenhum significado político no que estava ouvindo, nada que pudesse ser perigoso para aqueles a quem servia. Estava acostumado a ouvir confissões arrancadas de vítimas por pressões desconhecidas e concluiu que aquela reacionária estava sendo forçada a confessar um escândalo e que sua fala tinha talvez algum valor político. Sem falar que estava curioso para ouvir aquilo.

– Orgulho-me de ter sido escolhida por ele para lhe dar prazer e de ter escolhido a ele para o mesmo fim. Não foi, como acontece com a maioria de vocês, um ato de indulgência fortuita e desprezo mútuo. Foi o clímax da admiração que um sentia pelo outro, com plena consciência dos valores que nos levaram a fazer essa escolha. Somos pessoas que não desassociam os valores de suas mentes das ações de seus corpos, que não relegam seus valores a sonhos vazios, porém os concretizam, que dão forma material a pensamentos e realidade a valores. Somos aqueles que fazem aço, ferrovias e felicidade. E aqueles de vocês que odeiam a felicidade humana, que querem que a vida dos homens seja só sofrimento e fracasso, que querem que os homens peçam desculpas por serem felizes, ou terem sucesso, ou capacidade, ou realizações, ou riqueza – a estes, estou dizendo agora: eu quis Hank Rearden, eu o obtive, eu fui feliz, conheci a felicidade pura, integral, livre de culpas, a felicidade que vocês têm medo de ouvir ser confessada por um ser humano, a felicidade que só conhecem no ódio que sentem por aqueles que merecem atingi-la. Bem, nesse caso, me odeiem – porque eu a atingi!

– Srta. Taggart – disse Scudder, nervoso –, não estamos nos desviando do assunto da...? Afinal, seu relacionamento pessoal com o Sr. Rearden não tem qualquer significado político que...

– Eu também achava que não tinha. E, naturalmente, estou aqui para lhes falar a respeito do sistema político e moral vigente. Bem, eu achava que sabia tudo sobre Rearden, mas havia uma coisa que só fui saber hoje. Soube que foi uma ameaça de chantagem, de divulgar o nosso relacionamento amoroso, que o obrigou a assinar o Certificado de Doação que entregou ao governo o metal Rearden. Foi chantagem, praticada pelos funcionários deste governo, pelos dirigentes desta nação, pelos...

No momento em que a mão de Scudder se levantou para derrubar o microfone, ouviu-se um leve estalido antes de ele se espatifar no chão: o policial intelectual havia tirado a transmissão do ar.

Dagny riu, mas não havia ninguém para ver e ouvir a natureza daquele riso. As figuras que apareciam por trás da vidraça estavam gritando umas com as outras. Chick Morrison gritava palavrões impublicáveis para Bertram Scudder. Este estava gritando que ele fora contra o plano desde o início, mas que o haviam obrigado a colocá-lo em prática. James Taggart parecia um animal mostrando os dentes, rosnando para dois dos assessores mais jovens de Morrisson e se esquivando dos rosnados de um terceiro assessor mais velho. Os músculos do rosto de Lillian Rearden estavam estranhamente frouxos, como os membros de um animal deitado numa estrada, intacto porém morto. Os condicionadores do moral se perguntavam, aos gritos, o que o Sr. Mouch ia pensar.

– O que vou dizer a eles? – o apresentador do programa gritava, apontando para o microfone. – Sr. Morrison, a audiência está esperando, o que devo dizer?

Ninguém lhe respondia. Não estavam brigando sobre o que deviam fazer, e sim a respeito de quem era a culpa.

Ninguém disse uma palavra a Dagny, nem sequer olhou em sua direção. Ninguém a deteve, quando ela saiu do estúdio.

Entrou no primeiro táxi que viu e deu o endereço de seu apartamento. Quando o carro deu a partida, ela percebeu que o rádio estava ligado, mas que só se ouviam estalidos secos: era a estação do programa de Bertram Scudder.

Dagny se recostou no assento, percebendo apenas a sensação desoladora de que aquilo tudo talvez fizesse com que certo homem nunca mais quisesse vê-la. Pela primeira vez, sentiu como era absoluta a impossibilidade de encontrá-lo – se ele não quisesse ser encontrado – nas ruas da cidade, nas cidades de um continente, nos vales das montanhas Rochosas onde se escondia por trás de uma tela de raios. Mas uma coisa lhe restava, como um tronco flutuando no vazio, o tronco ao qual ela se agarrara durante o programa de rádio – e ela sabia que era a coisa que não podia abandonar, mesmo que viesse a perder todo o restante. Era o som da voz dele lhe dizendo: "Ninguém fica aqui falseando a realidade de nenhum modo."

– Senhoras e senhores – disse a voz do apresentador do programa de Scudder de repente –, por causa de problemas de ordem técnica fora de nosso controle, esta estação ficará fora do ar enquanto são feitos os ajustes necessários.

O motorista deu uma risadinha cheia de desprezo e desligou o rádio.

Quando ela saltou do táxi e lhe estendeu uma nota, o homem lhe entregou o troco e de repente se debruçou para fora a fim de ver seu rosto melhor. Dagny tinha certeza de que fora reconhecida e o encarou com austeridade por um instante. Seu rosto endurecido e sua camisa remendada estavam gastos por uma luta sem esperança. Ao entregar ao motorista uma gorjeta, ouviu dele um agradecimento sério demais, enfático demais para se referir apenas àquelas moedas:

– *Muito obrigado*, minha senhora.

Ela se virou mais que depressa e entrou no prédio, para que ele não visse a emoção que de repente se tornara incontrolável.

De cabeça baixa, Dagny destrancou a porta de seu apartamento e se assustou ao ver, pelo tapete iluminado, que a luz estava acesa, antes mesmo de levantar a cabeça subitamente. Deu um passo à frente e viu Rearden em pé do outro lado da sala.

Duas coisas a chocaram: uma, a própria presença inesperada de Rearden; outra, a expressão em seu rosto. Havia nele uma tranquilidade tão firme, tão confiante, tão madura, expressa no sutil sorriso, na claridade dos olhos, que era como se ele houvesse envelhecido muitos anos em um mês, mas envelhecido apenas em visão, em estatura, em força. Ela teve a impressão de que o homem que vivera um mês de agonia, que ela havia ferido tanto e que agora teria de ferir ainda mais, iria lhe dar forças e consolo, as forças que protegeriam a ambos. Ficou parada por um instante, mas viu que o sorriso de Rearden se intensificava, como se ele estivesse lendo seus pensamentos e lhe dizendo que ela nada tinha a temer. Dagny ouviu um estalido de leve e viu, na mesa ao lado dele, o mostrador iluminado de um rádio silencioso. Os olhos dela dirigiram uma pergunta silenciosa aos dele, e ele lhe respondeu com um leve movimento de pálpebras. Ele ouvira o programa.

Os dois começaram a caminhar um em direção ao outro no mesmo instante. Ele a segurou pelos ombros para ampará-la. O rosto dela estava virado para cima, porém Rearden não lhe tocou os lábios, e sim a mão, e lhe beijou o pulso, os dedos, a palma, como única forma de saudação que coroava todo o sofrimento de sua espera. E de repente, esmagada pelo peso daquele dia, daquele mês inteiro, Dagny caiu nos braços dele chorando, encostada no corpo dele, chorando como jamais havia chorado antes, como mulher, entregando-se à dor e tentando, ainda uma vez, porém em vão, protestar contra ela.

Mantendo-a em pé e movido apenas pelo próprio corpo e não pelo dela, ele a conduziu até o sofá e tentou fazê-la sentar-se a seu lado, mas ela foi escorregando até o chão, sentou-se a seus pés, apertou o rosto contra seus joelhos e chorou sem defesas, sem disfarces.

Ele não a levantou. Deixou-a chorar, apertando-a com seu braço. Dagny sentia a mão do homem em sua cabeça, em seu ombro. Sentia a proteção de sua firmeza, uma firmeza que parecia lhe dizer que, assim como as lágrimas dela eram para os dois, assim era a consciência dele de que conhecia sua dor e a sentia e a entendia, porém conseguia observá-la com tranquilidade – e sua tranquilidade parecia ter o efeito de tirar dos ombros dela aquele fardo, lhe conceder o direito de se entregar às lágrimas aqui, aos pés dele, ao lhe dizer que ele era capaz de arcar com o peso que ela não suportava mais. Dagny percebia vagamente que esse era o verdadeiro Hank Rearden, e por mais insultuosa que fosse a crueldade com a qual ele encarara as primeiras noites que haviam passado juntos, por mais vezes que ela tivesse parecido ser a mais forte dos dois, a força sempre estivera dentro dele e na base do relacionamento entre eles – e essa força dele a protegeria se as dela lhe faltassem.

Quando Dagny levantou a cabeça, ele estava sorrindo para ela.

– Hank... – sussurrou ela, cheia de culpa, desesperadamente surpresa com a própria fraqueza.

– Não fale, querida.

Ela apertou novamente o rosto contra os joelhos dele. Ficou parada, tentando descansar, tentando resistir à pressão de um pensamento sem palavras: ele suportara e aceitara a fala dela no rádio apenas como confissão de seu amor. Esse fato fazia com que a verdade que ela agora teria de lhe dizer se tornasse um golpe mais desumano do que uma pessoa tinha o direito de desferir e lhe inspirava terror a ideia de que ela teria forças para fazê-lo.

Quando Dagny levantou a vista novamente, ele correu os dedos por sua testa, jogando para trás os fios de cabelos que lhe caíam no rosto.

– Acabou, querida – disse ele. – O pior já passou, para nós dois.

– Não, Hank, não passou.

Ele sorriu. Puxou-a para cima, fazendo-a sentar-se a seu lado, apoiando a cabeça em seu ombro.

– Não diga nada agora – disse ele. – Você sabe que nós dois compreendemos tudo o que tem que ser dito, e vamos falar, mas só depois que essa sua dor tiver diminuído.

Correu a mão pela manga da blusa de Dagny, depois por uma dobra de sua saia, com uma pressão tão leve que parecia que a mão não estava sentindo o corpo dentro das roupas, como se ele estivesse reafirmando sua posse não do corpo dela, mas apenas da visão daquele corpo.

– Você sofreu demais – disse ele. – Eu também. Eles que nos ataquem. Não há motivo para nós nos atacarmos também. Por pior que venha a ser o que ainda teremos de enfrentar, não podemos causar sofrimento um ao outro. Não criemos mais dor. Que isso venha do mundo deles. Não de nós. Não tenha medo. Não vamos nos ferir. Não agora.

Ela levantou a cabeça, sacudindo-a, com um sorriso amargo nos lábios – havia uma violência desesperada naquele movimento, porém o sorriso era sinal de recuperação, da determinação de enfrentar o desespero.

– Hank, o inferno que você passou por minha culpa no mês passado... – Sua voz estava trêmula.

– Não foi nada, comparado com o inferno que você teve que passar por minha culpa ainda há pouco. – Sua voz estava firme.

Ela se levantou e começou a andar de um lado para outro, para provar sua força. Seus passos eram como palavras que lhe dissessem que não era mais necessário que ele lhe poupasse qualquer sofrimento. Quando ela parou e se virou para encará-lo, ele se levantou, como se compreendesse.

– Sei que piorei a sua situação – disse ela, apontando para o rádio.

Ele sacudiu a cabeça:

– Não.

– Hank, tenho que lhe dizer uma coisa.

– Eu também. Posso falar primeiro? Sabe, é uma coisa que eu deveria ter lhe dito há muito tempo. Você me deixa falar? Não diz nada até eu terminar?

Ela concordou com a cabeça.

Ele esperou um momento, olhando para Dagny, em pé à sua frente, como se para vê-la por inteiro, apreender este momento e tudo o que levara até ele.

– Eu a amo, Dagny – disse ele em voz baixa, com a simplicidade de uma felicidade completa, porém sem sorrir.

Ela teve vontade de falar, mas sabia que não podia, não poderia, mesmo se ele lhe permitisse. Conteve as palavras que não havia pronunciado, e o movimento dos lábios foi sua única resposta. Depois baixou a cabeça, numa atitude de aceitação.

– Eu amo você. Com o mesmo valor, a mesma expressão, com o mesmo orgulho e o mesmo significado com que amo meu trabalho, minhas siderúrgicas, meu metal, as horas que passo em meu escritório, num alto-forno, num laboratório, numa mina, como amo minha capacidade de trabalhar, como amo minha vida e meus conhecimentos, como amo a ação de minha mente quando ela resolve uma equação química ou apreende um nascer do sol, como amo as coisas que fiz e as que senti, como produto *meu*, como opção *minha*, como forma de *meu* mundo, como meu melhor espelho, como a esposa que nunca tive, como aquilo que torna possível todas as outras coisas: como minha força para viver.

Dagny não baixou a cabeça, porém manteve o rosto virado para a frente, desprotegido, para ouvir e aceitar, como ele a queria e como ele merecia.

– Amei-a desde o dia em que a vi, num vagão num desvio da estação de Milford. Amei-a quando viajamos na cabine da primeira locomotiva a percorrer a Linha John Galt. Amei-a na varanda da casa de Ellis Wyatt. Amei-a na manhã seguinte. Você sabia. Mas sou eu que tenho de dizer isso a você, como estou dizendo agora: para poder redimir todos aqueles dias e fazer com que eles sejam integralmente o que foram para nós dois. Sempre amei você. Você sabia. Eu, não. E, porque não sabia, tive que aprender quando me sentei à minha mesa e olhei para o Certificado de Doação do metal Rearden.

Dagny fechou os olhos. Mas não havia sofrimento no rosto dele, nada senão a felicidade imensa e tranquila da clareza.

– "Somos pessoas que não desassociam os valores de suas mentes das ações de seus corpos." Você afirmou isso no rádio hoje. Mas você já sabia disso naquela manhã na casa de Wyatt. Sabia que todos aqueles insultos que eu dirigia a você eram a mais profunda declaração de amor de que um homem é capaz. Você sabia que o desejo físico que eu estava amaldiçoando e tachando de culpa nossa não é nem físico nem uma manifestação do corpo, e sim uma manifestação dos valores mais profundos da mente, quer se tenha ou não coragem de reconhecê-lo. Foi por isso que você riu de mim naquele dia, não foi?

– Foi – sussurrou ela.

– Você disse: "Não quero sua mente, sua vontade, seu ser nem sua alma – desde que você recorra a mim para satisfazer esse mais baixo dos seus desejos." Quando disse isso, você sabia que era mesmo a minha mente, a minha vontade, o meu ser, a minha alma que eu estava lhe dando através daquele desejo. E quero dizê-lo agora, fazer com que aquela manhã signifique o que de fato significou: minha mente, minha vontade, meu ser e minha alma, Dagny, são seus, enquanto eu viver.

Rearden a encarava, e ela percebeu um leve brilho em seus olhos, que não era um sorriso, quase como se ele tivesse ouvido o grito que ela conteve.

– Deixe-me terminar, amor. Quero que você saiba quanto sei do que estou falando. Eu, que achava que estava lutando contra eles, havia aceitado a pior das crenças de nossos inimigos – e é por isso que venho pagando desde então, como estou pagando agora, merecidamente. Eu tinha aceitado o princípio por meio do qual eles destroem um homem desde o início, o princípio assassino: a separação entre mente e corpo. Eu o aceitara, como a maioria de suas vítimas, sem saber, sem sequer saber que existia essa questão. Me revoltei contra o credo da impotência humana defendido por eles e me orgulhava de ser capaz de pensar, agir e trabalhar para poder satisfazer meus desejos. Mas eu não sabia que isso era virtude, jamais o identifiquei como um valor moral, como o mais elevado dos valores morais, a ser defendido com mais garra do que a própria vida, porque é aquilo que torna possível a própria vida. E aceitava o castigo por ter essa virtude, o castigo infligido por um mal arrogante, cuja arrogância se baseava exclusivamente na minha ignorância e submissão. Aceitava os insultos, as fraudes, as extorsões. Achava que eu podia me dar ao luxo de ignorá-los, de ignorar todos esses fanáticos impotentes que falam de suas almas e são incapazes de construir um teto sobre as próprias cabeças.

Rearden olhava para Dagny com ternura. E prosseguiu:

– Pensava que o mundo era meu, e que aquele bando de incompetentes imbecis não ameaçava minha força. Eu não entendia por que perdia todas as batalhas. Não sabia que a força desencadeada contra mim era minha própria força. Enquanto eu trabalhava conquistando a matéria, entregava a eles o reino da mente, do pensamento, dos princípios, das leis, dos valores, da moralidade. Eu aceitara, sem querer, por omissão, a premissa de que as ideias não são importantes para a existência, para o trabalho, para a realidade, para este mundo – como se elas não fossem do âmbito da razão, e sim daquela fé mística que eu desprezava. Isso era tudo o que eles queriam que eu reconhecesse. Era o bastante. Eu havia entregado aquilo que toda a conversa fiada deles visa subverter e destruir: a razão do homem. Não, eles não eram capazes de trabalhar com a matéria, produzir a abundância, controlar esta Terra. Não precisavam. Eles controlavam a mim...

Rearden fez uma pausa rápida e logo continuou:

– Eu, que sabia que a riqueza é apenas um meio para chegar a um fim, criava os meios e deixava que eles determinassem meu fim. Eu, que me orgulhava de minha capacidade de conseguir satisfazer meus desejos, deixava que eles determinassem o código de valores por meio do qual eu julgava meus desejos. Eu, que dava forma à matéria para chegar a meus objetivos, ganhava uma pilha de aço e ouro, mas tinha todos os meus objetivos derrotados, todos os meus desejos traídos, todas as minhas tentativas de ser feliz frustradas. Eu havia me partido em dois, tal como pregavam os místicos, e orientava meu trabalho por um código e minha vida por outro. Eu me revoltava contra as tentativas dos saqueadores no sentido de determinar o preço e o valor do meu aço, porém permitia que eles determinassem os valores morais de minha vida. Eu me revoltava contra as exigências que eles faziam no sentido de se apossarem de uma riqueza a que não faziam jus, mas achava que era meu dever conceder amor a uma esposa que eu desprezava e que não fazia jus àquele amor, respeito a uma mãe que me odiava e não fazia jus àquele respeito, dinheiro a um irmão que tramava minha destruição e não fazia jus àquele dinheiro. Eu me revoltava contra prejuízos financeiros imerecidos, mas aceitava uma vida de sofrimentos imerecidos. Eu me revoltava contra a doutrina segundo a qual minha capacidade de produzir era algo de que eu devia me sentir culpado, mas aceitava que minha capacidade de ser feliz era algo de que eu devia me sentir culpado. Me revoltava contra a ideia de que a virtude é algum espírito desincorporado incognoscível, mas amaldiçoava você, *você*, meu amor, por causa do desejo que o seu corpo e o meu sentiam. Mas, se o corpo é mau, então também são maus todos aqueles que lhe fornecem os meios de seu sustento, é má a riqueza material e são maus aqueles que a produzem. E, se os valores morais se opõem à nossa existência física, então é certo que as recompensas sejam imerecidas, que a virtude consista no que não foi feito, em que não haja relação entre realização e lucro, em que os animais inferiores que são capazes de produzir sejam obrigados a servir os seres superiores cuja superioridade de espírito consiste na incompetência da carne.

Ele deu um breve suspiro, a encarou, sério, e prosseguiu:

– Se um homem como Hugh Akston tivesse me dito, há muito tempo, que, ao aceitar a teoria da sexualidade proposta pelos místicos, eu estava ao mesmo tempo aceitando a teoria econômica proposta pelos saqueadores, teria rido na cara dele. Agora eu não riria dele. Agora vejo a Siderúrgica Rearden sendo administrada pela ralé, vejo a realização de minha vida servindo para enriquecer meus piores inimigos, e, quanto às duas únicas pessoas que jamais amei, insultei terrivelmente uma delas e envergonhei publicamente a outra. Esbofeteei o homem que era meu amigo, meu defensor, meu professor, o homem que me libertou me ajudando a aprender o que hoje sei. Eu o amava, Dagny; ele era o irmão, o filho, o camarada que eu nunca tive, mas eu o expulsei de minha vida, porque ele não quis me ajudar a produzir para os saqueadores. Eu daria qualquer coisa agora para tê-lo de volta, porém nada tenho para oferecer em pagamento e jamais voltarei a vê-lo, porque sei que não há como merecer sequer o direito de pedir perdão. Mas o que fiz com você, amor, é ainda pior. O que você disse hoje no rádio, o fato de ser obrigada a dizê-lo, foi isso que eu fiz à única mulher que jamais amei, em troca da única felicidade que jamais senti. Não me diga que foi tudo desde o início opção sua, que você aceitou todas as consequências, até o que teve que fazer hoje. Isso não me desculpa de ter sido incapaz de lhe oferecer uma opção melhor. E o fato de que os saqueadores a obrigaram a falar, de que você falou para me vingar e me libertar, isso não me desculpa por ter sido eu quem tornou possível essa tática deles. Não foram as suas convicções do que é pecado e desonra que eles utilizaram para humilhar você: foram as minhas. Eles simplesmente puseram em prática as coisas em que eu acreditava, o que eu disse na casa de Ellis Wyatt. Foi eu quem manteve escondido o nosso amor como se fosse um segredo vergonhoso; eles simplesmente o consideraram aquilo que eu o considerava. Fui eu quem se dispôs a falsear a realidade para manter as aparências; eles simplesmente se aproveitaram do direito que eu lhes concedi.

O olhar que Dagny lhe lançou foi o de quem concorda com tudo o que ele tinha dito. Rearden continuou:

– As pessoas acham que o mentiroso triunfa sobre suas vítimas. O que aprendi é que uma mentira é um ato de autoabdicação, porque quem mente entrega sua realidade à pessoa para quem a mentira se dirige, tornando-se servo daquele indivíduo, ficando condenado dali em diante a falsear a realidade tal qual ele exige. E, ainda que se consiga atingir o objetivo imediato visado pela mentira, o preço que se paga é a destruição daquilo que se pretendia obter. O homem que mente para o mundo é escravo do mundo dali em diante. Quando opto por esconder meu amor por você, negá-lo publicamente e vivê-lo como uma mentira, torno-o propriedade pública, e o público acaba de estabelecer sua posse da maneira mais adequada. Eu não tinha como evitar que isso acontecesse, não tinha poder para salvá-la. Quando consenti em ajudar os saqueadores, ao assinar aquele Certificado de Doação, para protegê-la, eu continuava falseando a realidade, não tinha outra opção. E eu preferia, Dagny, que nós dois morrêssemos a permitir que eles fizessem aquilo que ameaçavam fazer. Mas não existem mentiras benévolas, só existe destruição, e as mentirinhas benévolas são as mais destruidoras de todas. Eu continuava a falsear a realidade, e o resultado não poderia ter sido outro: ao invés de protegê-la, obriguei-a a passar por uma terrível provação. Ao invés de salvar sua reputação, obriguei-a a se oferecer ao apedrejamento público, a jogar você mesma as pedras. Sei que você se orgulhou do que disse, e eu próprio me orgulhei de ouvir você, mas esse orgulho, nós deveríamos tê-lo sentido há dois anos. Não, você não piorou a minha situação, você me libertou, nos salvou a ambos, redimiu nosso passado. Não posso lhe pedir que me perdoe, nós já transcendemos há muito essa etapa. E a única reparação que lhe posso oferecer é minha felicidade. Minha felicidade, amor, não meu sofrimento. Estou feliz por ter enxergado a verdade. Ainda que meu poder de enxergar seja agora tudo o que me resta. Se eu me entregasse à dor e desistisse, lamentando que meu erro destruiu meu passado, esse ato seria a traição final, o fracasso final daquela verdade que lamento ter traído. Mas, se meu amor à verdade ainda é a única coisa minha que me resta, então quanto maior a perda que sofri, maior o orgulho que posso sentir pelo preço que paguei por esse amor. Então os destroços não se tornarão um monumento a algo que morreu, e sim um monte que escalei para poder enxergar mais longe. Meu orgulho e meu poder de visão eram as únicas coisas que eu tinha quando comecei... e tudo o que realizei foi graças a eles. Ambos estão maiores agora. Tenho agora a consciência dos valores superlativos que antes não tinha: de meu direito de me orgulhar de minha visão. O restante, cabe a mim alcançá-lo.

Quando pareceu que Rearden já tinha dito tudo o que desejava dizer, ele respirou fundo e concluiu:

– E a única coisa, Dagny, que eu queria como primeiro passo em direção a meu futuro era dizer que a amo, como estou dizendo agora. Amo você, meu amor, com aquela paixão mais cega de meu corpo que provém da percepção mais nítida de minha mente, e meu amor por você é a única realização de meu passado que me restará, intacta, por todos os anos que estão por vir. Eu queria lhe dizer isso enquanto ainda tinha o direito de dizê-lo. E, como não o disse no início, é assim que tenho de dizê-lo: no fim. Agora vou lhe dizer o que você queria me dizer, porque já sei e o aceito: em algum lugar no mês passado, você conheceu o homem que ama, e, se o amor é a opção final e insubstituível, então ele é o único homem que você jamais amou.

– Sim! – A voz de Dagny era ao mesmo tempo um suspiro e um grito, como se fosse arrancada com um soco, e a única coisa de que ela tinha consciência era o choque que sentiu. – Hank! Como foi que você soube?

Ele sorriu e apontou para o rádio:

– Querida, você usou todos os verbos no passado.

– Ah...! – Sua voz agora era meio suspiro, meio gemido. Dagny fechou os olhos.

– Você nem uma vez pronunciou a palavra que teria dito, não fosse esse o caso. Você disse: "eu o quis" e não "eu o amo". No telefone, você me disse aquele dia que poderia ter voltado antes. Nenhuma outra razão teria feito com que você me abandonasse daquele jeito. Apenas essa razão seria válida e correta.

Dagny recuou um pouco, como se quisesse se equilibrar, porém o encarava, com um sorriso que não chegava a separar seus lábios mas tornava seu olhar mais doce, de modo que seu olhar era de admiração e seu sorriso exprimia dor.

– É verdade. Conheci o homem que amo e que sempre hei de amar, eu o vi, falei com ele... mas ele não pode ser meu, talvez nunca venha a ser meu... e eu talvez jamais volte a vê-lo.

– Acho que eu sempre soube que você o encontraria. Eu sabia o que você sentia por mim, sabia quanto era forte, mas sabia também que eu não era sua escolha final. O que você vai lhe dar não vai ser tirado de mim: é o que você jamais me deu. Não posso me revoltar contra isso. O que recebi é muito para mim, e o recebi, e isso nunca será negado.

– Você quer que eu diga, Hank? Você me compreenderá se eu lhe disser que sempre hei de amá-lo?

– Acho que eu já entendia isso antes mesmo de você.

– Sempre vi você tal como vejo agora. Aquela grandeza sua que só agora você está se permitindo assumir, eu sempre soube dela, e testemunhei a luta por meio da qual você a descobriu. Não fale em reparação. Você não me magoou, seus erros foram consequência da sua magnífica integridade, da tortura que um código ético impossível representava para você. E a sua luta contra ele não me trouxe sofrimento, e sim o sentimento que poucas vezes pude experimentar: a admiração. Se você o aceitar, ele será sempre seu. O que você representou para mim jamais poderá ser negado. Mas o homem que conheci... ele é o amor que eu queria alcançar muito antes de saber que existia, e creio que ele permanecerá fora de meu alcance, porém o amor que sinto por ele bastará para me dar forças para continuar vivendo.

Ele lhe tomou a mão e a levou aos lábios.

– Então você sabe o que estou sentindo e por que continuo feliz.

Olhando para seu rosto, Dagny se deu conta de que, pela primeira vez, ele estava sendo aquilo que ela sempre achara que ele deveria ser: um homem com uma capacidade imensa de ter prazer com sua existência. A expressão tensa de quem resiste, de quem não reconhece a dor que sente, desaparecera. Agora, em sua hora mais difícil, havia em seu rosto a serenidade da força pura – era a expressão que Dagny vira nos rostos dos habitantes do vale.

– Hank – sussurrou ela –, não sei explicar o que sinto, mas é como se eu não tivesse traído nem a você nem a ele.

– E é verdade.

Os olhos dela pareciam anormalmente vivos no rosto pálido, como se sua consciência permanecesse intacta num corpo exausto. Rearden a fez sentar-se e colocou o braço sobre o encosto do sofá, como se a protegesse, mas sem tocar nela.

– Agora me diga – perguntou ele –: onde você esteve?

– Não posso lhe dizer. Dei minha palavra de honra que jamais diria nada a ninguém. Só posso dizer que é um lugar que encontrei por acidente, quando meu avião caiu, e que saí de lá de olhos vendados. Eu não saberia voltar lá.

– Não lhe seria possível redescobrir o caminho até lá?

– Não vou tentar.

– E o homem?

– Não vou procurá-lo.

– Ele ficou lá?

– Não sei.

– Por que você o deixou?

– Não posso lhe dizer.

– Quem é ele?

Sem querer, Dagny deu um risinho de desespero.

– Quem é John Galt?

Rearden olhou para ela, atônito, porém se deu conta de que ela não estava brincando.

– Então John Galt existe mesmo? – perguntou, cuidadoso.

– Existe.

– Essa gíria se refere a ele?

– Sim.

– E tem um significado especial?

– Ah, tem, sim!... Há uma coisa a respeito dele que posso lhe dizer, porque isso eu descobri antes e não faz parte do segredo que prometi não revelar: ele é o homem que inventou o motor que descobrimos.

– Ah! – Ele sorriu, como se já devesse ter imaginado tal coisa. Então disse, em voz baixa, com um olhar quase de compaixão: – Ele é o destruidor, não é? – Viu a expressão de choque no rosto de Dagny e acrescentou: – Não, não me responda, se não puder. Acho que já sei onde você esteve. Foi Quentin Daniels que você tentou salvar do destruidor. Estava seguindo Daniels quando seu avião caiu, não é?

214

– É.

– Meu Deus, Dagny! Então esse lugar existe mesmo? Eles estão todos vivos? Existe...? Desculpe. Não responda.

Ela sorriu:

– Existe, sim.

Ele permaneceu calado por muito tempo.

– Hank, você seria capaz de abrir mão da Siderúrgica Rearden?

– Não! – A resposta foi feroz e imediata, porém ele acrescentou, pela primeira vez com um toque de desesperança na voz: – Ainda não. – Então olhou para ela, como se, na transição daquelas três palavras, houvesse resumido a trajetória de sua agonia das últimas quatro semanas. – Entendo – disse. Passou a mão na testa de Dagny, um gesto de compreensão, de compaixão, de quase incredulidade e admiração. – Você optou por um verdadeiro inferno! – disse, em voz baixa.

Ela fez que sim.

Dagny se deitou, com a cabeça sobre os joelhos de Rearden. Acariciando seus cabelos, ele disse:

– Vamos lutar contra os saqueadores enquanto pudermos. Não sei que futuro temos, mas ou venceremos ou descobriremos que há esperanças. Até que isso aconteça, lutaremos pelo nosso mundo. Nós dois somos tudo o que resta dele.

Ela adormeceu, tal como estava, com a mão segurando a dele. A última coisa que sentiu, antes de renunciar à responsabilidade da consciência, foi a sensação de um imenso vazio: o vazio de uma cidade e de um continente onde ela jamais encontraria o homem que não tinha o direito de procurar.

CAPÍTULO 4

ANTIVIDA

James Taggart enfiou a mão no bolso de seu smoking, puxou para fora o primeiro papel que encontrou – uma nota de 100 dólares – e o colocou na mão do mendigo.

Observou que o sujeito pôs o dinheiro no bolso com um gesto tão indiferente quanto o seu.

– Obrigado, meu chapa – disse o mendigo com desdém e foi embora. Taggart permaneceu parado no meio da calçada, tentando entender de onde provinha a sensação de choque e terror que experimentava. Não da insolência do mendigo, pois ele não buscara gratidão, não fora movido pela piedade; seu gesto fora automático e sem sentido. Era o fato de que o mendigo agia como se para ele desse no mesmo receber 100 dólares ou 10 centavos, ou nada receber e morrer de fome naquela noite. Taggart estremeceu e rapidamente seguiu em frente. O arrepio teve o efeito de fazê-lo esquecer que o estado de espírito do mendigo e o seu eram idênticos.

As paredes da rua ao seu redor tinham uma claridade forçada, artificial, de um crepúsculo de verão, e uma névoa alaranjada preenchia os espaços dos cruzamentos e velava as camadas de telhados, isolando-o num retalho de chão cada vez menor. O calendário no céu se destacava da névoa com insistência, amarelo como um pergaminho antigo, anunciando: 5 de agosto.

Não, pensou ele, em resposta a coisas que não havia identificado, *não é verdade*. Ele estava se sentindo muito bem, e era por isso que tinha resolvido fazer alguma coisa aquela noite. Não podia admitir que aquela estranha inquietação era derivada de um desejo de sentir prazer. Não podia admitir que o prazer específico que queria era o da comemoração, porque não podia admitir aquilo que estava com vontade de comemorar.

Fora um dia de intensa atividade, gasto em palavras que flutuavam vagas como fiapos de algodão, mas que assim mesmo realizavam um objetivo com tanta precisão quanto uma máquina de calcular, e o resultado da soma era sua plena satisfação. Porém seu objetivo e a natureza de sua satisfação tinham de ser escondidos com tanto cuidado de si próprio quanto haviam sido escondidos dos outros, e aquela súbita vontade de prazer era uma falha perigosa.

O dia começara com um almoço leve na suíte de hotel de um deputado argentino, no qual pessoas de diversas nacionalidades haviam discorrido longamente sobre o clima da Argentina, o solo daquele país, seus recursos naturais, as necessidades de seu povo, o valor de uma atitude dinâmica e progressista em relação ao futuro – e ele mencionara, apenas como quem lança um assunto para a conversa, que dentro de duas semanas a Argentina seria proclamada república popular.

Em seguida, foi tomar uns drinques na casa de Orren Boyle, onde havia apenas um discreto cavalheiro argentino sentado calado num canto. Dois executivos de Washington e alguns amigos que ocupavam cargos não especificados conversaram sobre recursos naturais, metalurgia, mineralogia, obrigações de nações vizinhas e o bem-estar do mundo – e mencionaram que em três semanas seria concedido um empréstimo de 4 bilhões de dólares à República Popular da Argentina e à República Popular do Chile.

De lá, foi a um pequeno coquetel numa sala reservada de um bar que imitava uma adega no alto de um arranha-céu, uma reunião promovida por ele, James Taggart, em homenagem aos diretores de uma companhia recém-formada, a Companhia de Boa Vizinhança, Amizade e Desenvolvimento, cujo presidente era Boyle e cujo tesoureiro era um homem esbelto, gracioso e hiperativo, um chileno chamado Mario Martinez, mas que, em razão de alguma semelhança espiritual, se chamava, na cabeça de Taggart, "señor Cuffy Meigs". Conversaram sobre golfe, corridas de cavalos, regatas, automóveis e mulheres. Não fora necessário mencionar – já que todos sabiam – que a empresa recém-criada tinha um contrato de exclusividade para explorar, durante um período de 20 anos de "arrendamento administrativo", todas as propriedades industriais das repúblicas populares do hemisfério sul.

O último evento do dia fora um grande jantar oferecido por Rodrigo Gonzales, representante diplomático do Chile. Um ano antes ninguém sabia quem era Gonzales, mas nos últimos seis meses ele havia se tornado famoso pelas festas que dava, desde o dia em que chegou a Nova York. Seus convidados o classificavam como um homem de negócios progressista. Dizia-se que ele perdera suas propriedades quando, ao se tornar república popular, o Chile nacionalizou todas as propriedades, exceto as pertencentes a cidadãos de países atrasados, que não eram repúblicas populares, como a Argentina, porém ele adotara uma atitude esclarecida e se aliara ao novo regime, colocando-se a serviço de seu país. Sua casa em Nova York era um andar inteiro de um exclusivo hotel-residência. Seu rosto era gordo e inexpressivo, e ele tinha olhos de assassino. Ao observá-lo durante o jantar, Taggart concluiu que aquele homem era imune a todo e qualquer tipo de sentimento. Tinha-se a impressão de que ele nada sentiria se uma faca cortasse, despercebida, várias camadas de sua carne flácida – porém havia um prazer lascivo, quase sexual, na maneira como ele esfregava os pés nos pelos de seus tapetes persas, ou acariciava o braço polido de sua cadeira, ou envolvia a ponta do charuto com os lábios. Sua mulher era pequena e atraente, não bela, ao contrário do que ela própria julgava, porém com a reputação de ser bela, graças a uma energia nervosa, violenta, e a uma maneira de ser curiosamente autoafirmativa, frouxa, intensa e cínica, que parecia prometer qualquer coisa e absolver qualquer um. Sabia-se que o comércio que ela praticava era o principal trunfo de seu marido, numa época em que se comerciavam não produtos, mas favores. Ao vê-la circulando entre os convidados, Taggart ficou pensando, com humor, nos negócios fechados, nos decretos decididos e nas indústrias destruídas em troca de algumas noites, as quais a maioria dos homens envolvidos não tinha desejado muito e das quais, talvez, nem sequer se lembrassem mais. A festa o entediava. Apenas umas poucas pessoas presentes o haviam feito vir, e nem fora necessário falar com elas, somente ser visto por elas e trocar alguns olhares. Quando iam servir o jantar, ele ouviu aquilo que viera para ouvir: Gonzales mencionou – enquanto a fumaça de seu charuto subia em círculos até os rostos de meia dúzia de homens que haviam se aproximado de sua poltrona – que, por um acordo feito com a futura República Popular da Argentina, as propriedades da Cobre D'Anconia seriam nacionalizadas pela República Popular do Chile em menos de um mês, no dia 2 de setembro.

Tudo corria tal como Taggart havia imaginado. O inesperado só aconteceu quando, ao ouvir aquelas palavras, ele sentiu uma vontade irreprimível de fugir dali. Sentia-se incapaz de suportar o tédio do jantar, como se fosse necessária alguma outra forma de atividade para comemorar a realização daquela noite. Saiu para as ruas, para aquele crepúsculo de verão, com a sensação de que estava ao mesmo tempo perseguindo e sendo perseguido: perseguindo um prazer que nada podia lhe dar, em comemoração a uma sensação que não ousava identificar – e perseguido pelo terror de descobrir que motivação o impelira durante o planejamento da realização daquela noite, e qual o aspecto dela que lhe proporcionava agora essa sensação febril de gratificação.

Lembrou que iria vender suas ações da Cobre D'Anconia, que jamais haviam se recuperado plenamente após a queda do ano anterior, e iria comprar ações da Companhia de Boa Vizinhança, Amizade e Desenvolvimento, tal como combinara com seus amigos, o que lhe daria uma fortuna. Porém essa ideia só lhe proporcionava tédio. Não era isso que ele queria comemorar.

Tentou se obrigar a achar prazer nesta ideia: *O dinheiro*, pensou, *foi minha motivação, o dinheiro, nada pior do que isso*. Não era uma motivação normal? Não era válida? Não era isso que todos eles queriam, os Wyatt, os Rearden, os D'Anconia? Sacudiu a cabeça para afastar aqueles pensamentos, que pareciam estar entrando num perigoso beco sem saída, cujo fim era algo que ele jamais podia se permitir ver.

Não, pensou, desanimado, admitindo-o com relutância, *o dinheiro já não representa nada para mim*. Ele havia desperdiçado dinheiro a rodo – na festa que dera naquele dia –, em bebidas que não terminara, iguarias que não comera, gorjetas e caprichos desnecessários, um telefonema à Argentina só para confirmar a versão exata de uma história indecente que ele começara a contar – em coisas gratuitas, pelo estupor de saber que era mais fácil pagar do que pensar.

"Esse Plano de Unificação das Ferrovias não vai ser problema nenhum para você", lhe dissera Boyle entre risinhos, bêbado. Por causa do plano, uma ferrovia local da Dakota do Norte havia ido à falência, a região ficara desprovida de transporte e o banqueiro local se suicidara após matar a mulher e os filhos. Um trem de carga fora desativado no Tennessee, deixando uma fábrica de lá sem transporte de um dia para o outro; o filho do dono da fábrica largara a faculdade e agora estava preso, aguardando a execução, por ter cometido um assassinato juntamente com uma quadrilha de saqueadores. Uma estação secundária fora fechada no Kansas, e o agente da estação, que queria se tornar cientista, largou os estudos e virou lavador de pratos – tudo isso para que ele, James Taggart, pudesse, na sala reservada de um bar, pagar a bebida com que Boyle se embriagava, pagar o garçom que passou uma esponja na roupa de Boyle quando ele derramou bebida, o tapete queimado pelos cigarros de um ex-cafetão chileno que não quis se dar ao trabalho de esticar o braço para alcançar um cinzeiro que estava a um metro dele.

Não foi a consciência de sua atual indiferença em relação ao dinheiro que fez Taggart estremecer de horror. Foi a de que ele ficaria igualmente indiferente se estivesse reduzido à situação de mendigo. Antigamente sentia um pouco de culpa – uma coisa indistinta, como uma leve irritação – ao pensar que também era ganancioso, ele, que vivia denunciando a ganância dos outros. Agora se dava conta, de repente, de que jamais fora hipócrita: na verdade, nunca ligara mesmo para dinheiro. Isso lhe abria outro buraco à frente, que levava a outro beco sem saída que ele não podia se arriscar a ver.

É só que eu estou com vontade de fazer alguma coisa hoje!, exclamou ele mentalmente para ninguém em particular, em protesto, com raiva, contra o que quer que fosse que insistia em colocar essas ideias na sua cabeça – com raiva do Universo em que algum poder malévolo não lhe permitia encontrar prazer sem precisar saber o que ele queria e por que o queria.

"O que você quer?", uma voz inimiga lhe perguntava incessantemente, e ele caminhou mais depressa, tentando fugir dela. Parecia-lhe que seu cérebro era um labirinto em que a cada curva se abria um beco sem saída, que levava a uma neblina que ocultava um abismo. Parecia-lhe que ele estava correndo, enquanto a pequena ilha de segurança ia diminuindo, e em pouco tempo só restariam os becos. Era como os restos de claridade ao seu redor, com a neblina que vinha preenchendo todas as saídas. *Por que meu espaço é cada vez menor?*, pensou ele, em pânico. Fora assim que ele vivera toda a sua vida: mantendo a vista sempre no pedaço de calçada imediatamente à sua frente, para não se arriscar, evitando olhar para a estrada, as esquinas, as distâncias, os pináculos. Jamais tivera a intenção de ir a lugar algum; queria não ter que ir para a frente, queria se libertar da tirania da linha reta. Nunca quisera que seus anos de vida totalizassem uma soma final – qual seria sua soma? –, por que ele havia chegado a um destino que não escolhera, onde não podia mais ficar parado nem voltar atrás?

– Olhe para a frente, rapaz! – gritou uma voz, e um cotovelo o empurrou. Então percebeu que havia se chocado com uma figura volumosa e fedorenta, e que estivera correndo.

Começou a andar mais devagar e permitiu que sua mente se desse conta das ruas que ele havia escolhido para essa sua fuga aleatória. Não queria perceber que estava indo em direção à sua casa, à sua mulher. Mais um beco sem saída nevoento, porém não havia outro para onde ele pudesse ir.

No momento em que viu a figura silenciosa de Cherryl se levantar quando ele entrou no quarto dela, Taggart compreendeu que aquilo era mais perigoso do que ele pudera admitir e que não encontraria o que procurava. Mas, para ele, o perigo era um sinal que o fazia desligar a visão, suspender o julgamento e seguir em frente, baseado na premissa implícita de que o perigo permaneceria irreal graças ao poder soberano de seu desejo de não o ver – como uma buzina de nevoeiro interior, que soasse não como um alerta, e sim para chamar a neblina.

– É, realmente eu tinha um jantar de negócios importante para ir, mas mudei de ideia, tive vontade de jantar com você – disse ele, no tom de quem faz um elogio, porém tudo o que ela disse em resposta, em voz baixa, foi:

– Entendo.

Irritavam-no aquele jeito tranquilo dela e aquele rosto pálido que nada revelava. Irritava-o a eficiência absoluta com que ela dava ordens aos criados. Depois se irritava ao se ver na sala de jantar, iluminada por velas, olhando-a do outro lado de uma mesa posta com perfeição, sobre a qual repousavam duas taças de cristal cheias de frutas dentro de tigelas repletas de gelo.

O que mais o irritava era o autocontrole dela. Cherryl não era mais aquela coisinha assustada com o luxo de uma casa projetada por um grande artista: ela agora estava à altura da casa. Sentada à mesa, tinha o porte de quem é uma anfitriã apropriada ao ambiente ao seu redor. Trajava um roupão feito sob medida, de brocado de um castanho-avermelhado que combinava com seus cabelos cor de bronze. A simplicidade severa de suas linhas era seu único ornamento. Taggart teria preferido as pulseiras balançantes e as joias falsas que ela usava antes. Os olhos de Cherryl o perturbavam havia meses: não eram nem simpáticos nem hostis, porém observadores e questionadores.

– Fechei um grande negócio hoje – anunciou ele, num tom de voz em que se misturavam a empáfia e a súplica. – Um negócio que envolve todo este continente e meia dúzia de governos.

Taggart percebeu que a admiração e a curiosidade entusiástica que ele esperava eram coisas que pertenciam à mocinha balconista que já não existia. Não viu nada daquilo no rosto de sua mulher. Até mesmo a raiva ou o ódio seriam melhores do que aquele olhar atento, de frente. O olhar era pior do que acusador: era inquisidor.

– Que negócio, Jim?

– Como assim, que negócio? Por que você está desconfiada? Por que já está se intrometendo?

– Desculpe. Eu não sabia que era confidencial. Você não precisa responder.

– Não é confidencial. – Ele esperou, mas ela permaneceu calada. – E daí? Não vai dizer nada?

– Não – ela respondeu com simplicidade, como se para lhe agradar.

– Então você não está nem interessada?

– Eu só pensei que você não estava com vontade de falar sobre o assunto.

– Ah, não seja ardilosa! – exclamou ele. – É um grande negócio. Não é isso que você admira, os grandes negócios? Pois é uma coisa maior do que esse pessoal aí é capaz de sonhar. Eles passam a vida inteira se matando de trabalhar para fazer uma fortuna, tostão por tostão, enquanto eu ganho milhões assim. – E, dizendo isso, Taggart estalou os dedos. – A maior proeza já feita.

– Proeza, Jim?

– Negócio!

– E foi você quem fez?

– Eu mesmo! Aquele gordo idiota, o Orren Boyle, jamais conseguiria fechar um negócio desses, nem em um milhão de anos. Só com muito conhecimento, habilidade, senso de oportunidade... – Taggart viu um lampejo de interesse nos olhos de Cherryl – ... e psicologia. – O lampejo desapareceu, mas ele prosseguiu: – Foi preciso saber abordar Wesley Mouch, saber afastar dele as influências indesejáveis e interessar o Sr. Thompson diretamente, sem deixar que ele se inteirasse demais da coisa, fazer com que Chick Morrison entrasse na jogada, mas ao mesmo tempo não deixar que Tinky Holloway entrasse, e convencer as pessoas certas a dar umas festas em homenagem a Mouch na hora certa, e... Cherryl, tem champanhe nesta casa?

– Champanhe?

– Será que a gente não podia fazer alguma coisa especial esta noite? Fazer uma comemoração, nós dois?

– Claro que podemos tomar champanhe, Jim.

Tocou a campainha e deu as ordens com seu jeito estranhamente indiferente, acrítico, atendendo meticulosamente aos desejos do marido, sem jamais manifestar desejo algum.

– Você não parece muito impressionada – disse ele. – Mas, afinal, o que é que entende de negócios? Você não seria capaz de entender uma coisa tão grande. Espere só até 2 de setembro. Espere só até *eles* saberem de tudo.

– Eles, quem?

Taggart dirigiu a ela um olhar que parecia querer dizer que ele deixara escapar sem querer uma palavra perigosa.

– Nós organizamos uma situação em que nós, quer dizer, eu, Orren e mais alguns amigos, vamos controlar todas as propriedades industriais da América Latina.

– Propriedades de quem?

– Bem... do povo, ora. Não se trata de uma negociata com fins lucrativos como as de antigamente. É um negócio que tem uma missão, uma missão meritória, cheia de espírito público, para administrar as propriedades nacionalizadas das diversas repúblicas populares da América do Sul, ensinar aos trabalhadores de lá as nossas técnicas modernas de produção, ajudar as pessoas menos favorecidas que nunca tiveram oportunidade de... – Parou de repente, embora Cherryl estivesse apenas olhando fixamente para ele. – Sabe de uma coisa? – disse ele de repente, com um risinho frio. – Se você tem tanto medo de deixar que as pessoas descubram que saiu da favela, você devia ser mais interessada na filosofia do bem-estar social. São sempre os pobres que não têm instintos humanitários. É preciso nascer em berço de ouro para conhecer os sentimentos altruísticos mais elevados.

– Nunca tentei esconder de ninguém que saí da favela – disse ela, no tom simples e impessoal de quem corrige um erro factual. – E não tenho a menor simpatia por essa filosofia de bem-estar social. Já conheci muito pobre e sei por que muitos deles querem tudo de graça. – Ele não respondeu, e ela acrescentou de repente, com uma voz cheia de espanto, porém firme, como se estivesse por fim tirando uma dúvida antiga: – Jim, você também não se interessa por isso. Você não liga nem um pouco para toda essa conversa fiada de bem-estar social.

– Bem, se você só está interessada em dinheiro – disse ele –, vou lhe dizer uma coisa: esse negócio vai me trazer uma fortuna. É isso que você sempre admirou, não é? Riqueza?

– Depende.

– Acho que vou acabar sendo um dos homens mais ricos do mundo – disse ele, mas não perguntou de que dependia a admiração de Cherryl. – Não vai haver nada que eu não possa comprar. Nada. Diga uma coisa qualquer. Posso lhe dar o que você quiser. Vamos, diga.

– Não quero nada, Jim.

– Mas eu queria lhe dar um presente! Para comemorar esta ocasião, entende? Qualquer coisa que lhe der na veneta. Qualquer coisa. Eu posso. Eu quero lhe mostrar que posso. Qualquer capricho que você tiver.

– Não tenho capricho nenhum.

– Ah, o que é isso! Quer um iate?

– Não.

– Quer que eu compre todo o bairro em que você morava lá em Buffalo?

– Não.

– Quer as joias da coroa da República Popular da Inglaterra? Estão à venda, sabia? O governo está dando a entender isso há algum tempo. No mercado negro. Mas há poucos milionários da antiga com dinheiro bastante para comprá-las. Pois eu posso... quer dizer, vou poder, depois do dia 2 de setembro. Quer?

– Não.

– Então o que você quer?

– Não quero nada, Jim.

– Mas tem que querer! Você tem que querer alguma coisa, sua desgraçada!

Cherryl olhou para ele um pouco surpresa, porém assim mesmo com indiferença.

– Ah, está bem, desculpe – disse ele, parecendo surpreso com sua própria explosão. – Eu só queria agradá-la – justificou, contrariado –, mas acho que você não entende isso. Não sabe quanto isso é importante. Você não faz ideia de como é importante o homem com quem se casou.

– Estou tentando descobrir – disse ela devagar.

– Você continua pensando que Hank Rearden é um grande homem?

– Continuo, sim, Jim.

– Pois eu o derrotei. Sou maior do que todos eles, do que Rearden e do que aquele outro amante da minha irmã, que... – Parou, como se tivesse ido longe demais.

– Jim – perguntou ela, num tom de voz neutro –, o que é que vai acontecer no dia 2 de setembro?

Taggart a fitou, revirando os olhos – foi um olhar frio, enquanto seus músculos formavam um meio sorriso, como se estivesse cinicamente violando seu autocontrole sagrado.

– Vão nacionalizar a Cobre D'Anconia – respondeu ele.

Ele ouviu o estrondo áspero e prolongado de um avião ganhando altitude na escuridão, depois o ruído delicado de um pedaço de gelo, semiderretido, escorregando para o fundo da taça. Então Cherryl disse:

– Ele era seu amigo, não era?

– Ah, cale a boca!

Ele ficou calado, sem olhar para a mulher. Quando voltou a olhar para Cherryl, ela continuava de olhos fixos nele, e disse, com uma voz estranhamente séria:

– O que a sua irmã fez naquele programa de rádio foi extraordinário.

– Eu sei, eu sei, você não para de dizer isso há um mês.

– Você nunca comentou nada.

– O que você quer que eu comente?

– E seus amigos de Washington também não comentaram nada. – Ele permaneceu calado. – Jim, não vou mudar de assunto. – Ele não disse nada. – Os seus amigos de Washington não disseram uma palavra sobre aquilo. Não negaram as coisas que ela disse, não explicaram, não tentaram se justificar. Agiram como se ela não tivesse dito nada. Acho que eles estão querendo que as pessoas esqueçam. Algumas pessoas vão esquecer. Mas outras não vão esquecer o que ela disse, nem que os seus amigos tiveram medo de contra-atacar.

– Isso não é verdade! Foram tomadas as medidas apropriadas e o incidente está encerrado. Não sei por que você volta e meia puxa esse assunto.

– Que medidas?

– O programa de Bertram Scudder foi suspenso, por não ser de interesse público no momento atual.

– E isso constitui uma resposta ao que ela disse?

– Isso encerra a questão, e não há mais nada a dizer sobre o assunto.

– Sobre um governo que lança mão de chantagem e extorsão?

– Não é verdade que nada foi feito. Foi afirmado publicamente que o programa de Scudder era indesejável, destruidor e pouco confiável.

– Jim, quero entender essa história. Scudder não estava do lado dela. Estava do seu lado. Não foi nem ele que acertou aquela entrevista. Estava recebendo ordens de Washington, não estava?

– Eu pensava que você não gostasse dele.

– Não gostava e não gosto, mas...

– Então por que se preocupa com isso?

– Mas, em relação a essa questão, ele é inocente, não é?

– Eu preferia que não se metesse em política. Você diz bobagens.

– Ele é inocente, não é?

– E daí?

Ela arregalou os olhos de incredulidade:

– Então eles simplesmente fizeram dele bode expiatório?

– Ah, não fique com essa cara de Eddie Willers!

– É mesmo? Eu gosto de Willers. Ele é honesto.

– Ele é um idiota que não faz a menor ideia de como se encara uma realidade prática!

– Mas você sabe, não é, Jim?

– Se sei!

– Então você não podia ter ajudado Scudder?

– *Eu*? – Começou a rir, um riso impotente e irado. – Ah, quando é que você vai crescer, hein? Eu fiz o possível para a bomba estourar na mão dele! Tinha que estourar na mão de alguém. Você não entende que, se não fosse na de outra pessoa, seria na *minha*?

– Na *sua*? Por que não na de Dagny, se ela estava errada? Por que ela não estava errada?

– Dagny está numa categoria totalmente diferente! Era eu ou Scudder.

– Por quê?

– E é muito melhor para a política da nação que seja ele. Nesse caso, não é preciso entrar no mérito do que ele disse. E, se alguém levantar essa questão, a gente argumenta que aconteceu no programa de Scudder, e que o programa dele foi desacreditado, e está provado que ele é um mentiroso, etc. E você acha que o público vai entender alguma coisa? Afinal, ninguém nunca confiou no Scudder. Ah, não me olhe desse jeito! Você preferia que eu fosse desacreditado?

– Por que não Dagny? Por que era impossível desacreditá-la?

– Se está com tanta peninha do Scudder, você devia tê-lo visto fazendo o possível para que a bomba estourasse na *minha* mão! Há anos que ele vem fazendo isso! Como é que você pensa que ele chegou até onde chegou, se não pisando nos outros? Ele se achava muito poderoso: você não imagina como os grandes industriais tinham medo dele! Mas dessa vez ele foi passado para trás. Dessa vez ele ficou do lado errado.

Vagamente, no estupor agradável do descanso, refestelado em sua cadeira e sorrindo, Taggart pensou que era este o prazer que queria experimentar: ser ele mesmo. *Ser eu mesmo*, pensou, *no estado drogado, precário, de passar flutuando pelo mais perigoso dos becos sem saída, aquele que levava à questão do que eu era na verdade.*

– É que Scudder era da facção de Tinky Holloway. Durante algum tempo, a coisa estava indefinida entre o grupo de Holloway e o de Chick Morrison. Mas nós ganhamos. Holloway topou jogar para o alto o amigo dele, Bertram, em troca de uns favorezinhos nossos de que ele precisava. Só você vendo como Bertram gritava! Mas ele estava perdido e sabia que estava.

Ele começou a dar uma risadinha, porém parou quando a névoa se dissipou e ele viu o rosto da mulher.

– Jim – sussurrou ela –, é esse o tipo de... vitória que você tem conseguido?

– Ah, pelo amor de Deus! – gritou ele, dando um soco na mesa. – Onde você esteve esses anos todos? Em que espécie de mundo você pensa que vive? – Com o soco, derrubara o copo d'água, e o líquido foi formando manchas escuras na toalha.

– Estou tentando descobrir – sussurrou ela. Seus ombros estavam caídos, e seu rosto parecia exausto, envelhecido, doentio, perdido.

– Eu não pude fazer nada! – explodiu ele no meio do silêncio. – A culpa não foi minha! Eu tenho que jogar pelas regras do jogo! Não fui eu quem fez este mundo!

Ficou chocado quando viu que ela riu – um sorriso tão feroz e amargo de desprezo que parecia inacreditável vê-lo naquele rosto doce e paciente. Cherryl não estava olhando para ele, e sim para alguma imagem interior.

– Era isso que meu pai dizia quando se embriagava no bar da esquina em vez de procurar trabalho.

– Como você ousa me comparar com... – foi dizendo Taggart, mas não concluiu a frase, porque ela não estava lhe dando atenção.

Quando voltou a olhar para ele, o que ela disse lhe pareceu completamente irrelevante.

– A data dessa nacionalização, 2 de setembro – perguntou ela, com uma voz distante –, foi você quem a escolheu?

– Não. Não tive nada a ver com isso. É a data de uma sessão especial do Congresso. Por quê?

– É o nosso primeiro aniversário de casamento.

– Hum? Ah, é mesmo! – Sorriu, aliviado por ela ter passado para um assunto menos perigoso. – Vamos fazer um ano de casados. Meu Deus, parece que foi ontem!

– Parece que foi há anos – disse ela, num tom sem qualquer emoção. Mais uma vez, seu olhar estava distante, e de repente Taggart percebeu, contrariado, que aquele assunto também era perigoso. Não gostava de ver no rosto de Cherryl aquele olhar que dava a impressão de que ela estava repensando todo o ano que havia passado desde o dia do casamento.

... Não me assustar, e sim aprender, pensava ela, *o importante é não me assustar, e sim aprender...* As palavras faziam parte de uma frase que ela já tinha repetido para si própria tantas vezes que pareciam constituir um pilar que o peso inerte de seu corpo tornara polido de tanto se agarrar a ele, o pilar que a sustentara durante todo aquele ano. Ela tentou repeti-la, mas era como se suas mãos escorregassem na superfície lisa, como se a frase não conseguisse mais afastar a sensação de terror – porque ela estava começando a entender.

Se você não sabe, o que deve fazer é não se assustar, e sim aprender... Fora durante a solidão confusa do início de seu casamento que ela dissera a si própria essas palavras pela primeira vez. Ela não conseguia entender o comportamento de Jim, sua raiva muda, que parecia sinal de fraqueza, as respostas evasivas e incompreensíveis que dava a suas perguntas, que pareciam indicar covardia – esses traços de personalidade eram impensáveis no James Taggart com quem ela se casara. Disse a si própria que não podia condenar sem compreender, que nada sabia a respeito do mundo dele, que era sua ignorância que a fazia interpretar erroneamente as coisas que ele fazia. Assumiu a culpa, acusou a si própria, porém ao mesmo tempo tinha dentro de si uma certeza teimosa, a sensação de que alguma coisa estava errada, e de que o que estava sentindo era medo.

"Preciso aprender tudo o que é preciso saber e ser, para ser a esposa de James Taggart." Foi assim que explicou seu objetivo para sua professora de etiqueta. Resolveu aprender, com a dedicação, a disciplina, a determinação de um cadete ou de uma noviça. *É a única maneira*, pensava ela, *de fazer jus ao privilégio que meu marido me concedeu, por confiar em que eu seria capaz de subir até a imagem que ele fazia de mim.* Isso era agora um dever seu. E, embora não admitisse isso, achava também que, concluída a longa tarefa, voltaria a vê-lo como o via antes, que o conhecimento lhe devolveria aquele homem que ela conhecera no dia da vitória de sua rede ferroviária.

Não entendeu a reação de Jim quando lhe falou a respeito das aulas de etiqueta. Ele caiu na gargalhada, mas Cherryl não conseguia acreditar que fosse um riso de desdém malicioso. "Por quê, Jim? Por quê? De que você está rindo?" Ele não explicava – quase como se o seu desdém bastasse e dispensasse explicações.

Ela não podia acusá-lo de malícia: ele era muito paciente e generoso em relação às deficiências dela. Fazia questão de exibi-la nos melhores salões da cidade e jamais censurou sua ignorância, sua falta de jeito, aqueles momentos terríveis em que uma silenciosa troca de olhares entre os convidados e o sangue que lhe subia às faces lhe indicavam que, mais uma vez, ela dissera o que não devia. Taggart não demonstrava vergonha, apenas a observava com um leve sorriso nos lábios. Nessas ocasiões, quando chegavam a casa, ele parecia afetuoso e alegre. Cherryl achava que ele estava tentando facilitar as coisas para ela, e a gratidão a fazia estudar com mais afinco ainda.

Ela esperava uma recompensa na noite em que, graças a uma transição imperceptível, pela primeira vez se divertiu numa festa. Sentia-se livre para agir não com base em regras, e sim segundo a própria vontade. Subitamente sentia que as regras haviam se transformado num hábito para ela – sabia que estava atraindo a atenção das pessoas, mas agora, pela primeira vez, não porque a achavam ridícula, e sim porque a admiravam. Todos queriam falar com ela – era a Sra. Taggart, e não mais uma criatura que despertava piedade, um peso nos ombros de Jim, apenas tolerada por causa dele. Agora ela ria alegremente, via os sorrisos de simpatia, de aprovação, nos lábios das pessoas ao seu redor, e de vez em quando olhava para Taggart, do outro lado da sala, radiante, como uma criança que mostra aos pais um boletim altamente lisonjeiro, implorando-lhe que se orgulhasse dela. Ele estava sentado num canto, sozinho, observando-a com um olhar indecifrável.

No caminho de volta para casa, ele não se dirigiu a ela. Quando chegaram, em pé no meio da sala, de repente, ele arrancou a gravata e exclamou:

– Não sei por que continuo indo a essas festas. Nunca vi coisa tão vulgar, tamanha perda de tempo!

– Mas, Jim – disse ela, atônita –, eu achei a festa maravilhosa.

– Não é para menos! Você parecia estar bem à vontade, como se estivesse num parque de diversões. Eu gostaria que você ficasse no seu lugar e não me envergonhasse em público.

– Eu o envergonhei? *Hoje*?

– Sim, senhora!

– Mas como?

– Se você não entende, não posso explicar – disse ele, no tom de voz de um místico que dá a entender que não compreender é sinal de uma vergonhosa inferioridade.

– Pois não entendo – disse ela com firmeza. Taggart saiu da sala e bateu a porta.

Dessa vez, ela sentiu que o inexplicável não era algo totalmente nulo para ela: havia ali algo de malévolo. A partir daquela noite, guardou dentro de si um pequeno ponto duro de medo, como um farol longínquo que se aproxima por uma pista invisível.

Quanto mais ela entendia a respeito do mundo de Taggart, ao invés de enxergá-lo com clareza, mais misterioso ele lhe parecia. Cherryl não conseguia acreditar que deveria sentir admiração pela insensatez das exposições de arte a que os amigos dele compareciam, dos romances que liam, das publicações políticas que comentavam. Naquelas exposições, ela via desenhos como os que vira rabiscados nas calçadas da favela onde passara a infância. Nos romances, os autores tentavam demonstrar a futilidade da ciência, da indústria, da civilização e do amor, com uma linguagem que seu pai não usaria nem mesmo quando estava muito bêbado. Nas revistas, afirmavam-se generalidades covardes, mais gastas que os sermões que aquele pregador mentiroso e ridículo fazia na igreja da favela. Não conseguia acreditar que tais coisas constituíam a cultura pela qual ela antes sentia tanta admiração e que estava tão ansiosa por descobrir. Sentia-se como se houvesse escalado uma montanha, atraída por um vulto que parecia ser um castelo, e descobrisse que era apenas um velho galpão em ruínas.

– Jim – disse ela certa vez, após uma reunião à qual estiveram presentes os homens considerados os líderes intelectuais da nação –, o Dr. Simon Pritchett é um velho falso, mesquinho e assustado.

– Ora, o que é isso? – perguntou ele. – Você se acha em condição de julgar filósofos?

– Acho que tenho condição de julgar vigaristas. Já vi muito vigarista e sei reconhecer um quando o vejo.

– É por isso que eu digo que você nunca vai conseguir deixar para trás as suas origens. Se já tivesse conseguido, você seria capaz de apreciar a filosofia do Dr. Pritchett.

– Que filosofia?

– Se não consegue entender, não posso explicar.

Cherryl não deixou que Taggart encerrasse a conversa com aquela frase da qual ele tanto gostava.

– Jim, ele é um impostor, ele e o Balph Eubank e todo aquele pessoal. Acho que você foi enganado por todos eles.

Ela achou que ele fosse ficar zangado. Em vez disso, viu um rápido lampejo de humor em seus olhos quando ele levantou de leve as pálpebras.

– Isso é o que você pensa – respondeu ele.

Por um instante, sentiu-se apavorada, quando pela primeira vez lhe passou pela cabeça esta ideia: e se Taggart não estivesse sendo enganado por eles? Ela podia compreender a impostura do Dr. Pritchett, graças à qual ele gozava de uma renda imerecida. Podia até admitir a possibilidade de que o marido também fosse um impostor em seus negócios. O que ela não podia conceber era a hipótese de que ele fosse um impostor numa farsa que não lhe dava nenhum lucro, um impostor gratuitamente. Em comparação com isso, a falsidade de um jogador desonesto ou de um vigarista profissional pareciam coisas inocentes. Ela não conseguia conceber o que poderia fazê-lo agir desse modo. Sentia apenas que aquele farol que vinha em sua direção estava agora maior. Não conseguia se lembrar por quais etapas, por que sofrimentos acumulados, primeiro sob a forma de uma ligeira sensação de mal-estar, depois como descobertas súbitas que a deixavam atônita, e por fim como um medo crônico, constante, ela começara a duvidar da posição ocupada por Jim na rede ferroviária. Foi quando, ao responder a suas primeiras perguntas inocentes, ele respondera exclamando "Quer dizer que você não confia em mim?", que ela se deu conta de que não confiava nele – quando a dúvida ainda não havia se formado em sua mente e ela realmente achava que as respostas que o marido lhe daria restabeleceriam sua confiança. Na favela de sua infância, aprendera que as pessoas honestas jamais se preocupavam com a possibilidade de inspirarem desconfiança.

Toda vez que ela mencionava a rede ferroviária, ele respondia: "Não gosto de falar de trabalho." Certa vez, Cherryl tentou insistir:

– Jim, você sabe o que eu penso do seu trabalho e quanto eu o admiro.

– É mesmo? Afinal, você se casou com um homem ou com o presidente de uma rede ferroviária?

– Eu... nunca fiz essa distinção.

– Não acho isso nem um pouco lisonjeiro.

Ela o olhou confusa: achava que ele ia sentir-se lisonjeado.

– Gosto que você me ame pelo que sou, não por causa da minha rede ferroviária – disse ele.

– Ah, Jim! – exclamou ela. – Não posso acreditar que você pense que eu...

– Não – disse ele, com um sorriso triste e generoso. – Jamais pensei que você se casou comigo por causa de meu dinheiro ou de minha posição social. *Eu* nunca duvidei de você.

Percebendo, confusa, envergonhada, que realmente dera margem para que ele a entendesse mal, que se esquecera das muitas decepções que ele certamente sofrera por causa de mulheres interesseiras, tudo o que ela pôde fazer foi sacudir a cabeça e gemer:

– Ah, Jim, não foi isso que eu quis dizer!

Ele deu uma risadinha de leve, como quem sorri para uma criança, e colocou um dos braços em seus ombros.

– Você me ama? – perguntou ele.

– Amo – sussurrou ela.

– Então tem que ter fé em mim. O amor é fé, você sabe. Não vê que eu preciso de fé? Não confio em nenhuma das pessoas ao meu redor, só tenho inimigos, me sinto muito só. Não sabe que preciso de você?

O que a fez, depois dessa conversa, ficar andando em seu quarto de um lado para outro, angustiada, foi o fato de que ela queria desesperadamente acreditar em Taggart – e no entanto não acreditava em nenhuma das palavras que ele dizia, embora fossem claramente verdadeiras.

Eram verdadeiras, sim, mas não no sentido em que ele as entendia, não em qualquer sentido que ela jamais fosse capaz de apreender. Era verdade que Taggart precisava dela, mas a natureza dessa necessidade era algo que ela não conseguia definir. Não era adulação que ele queria. Ela já o vira ouvindo elogios servis de mentirosos, com uma expressão inerte e ressentida no rosto – quase a de um viciado ao sentir que a dose não foi suficiente para satisfazê-lo. Mas Cherryl já o vira olhar para ela como se esperasse uma dose que o reanimasse e, às vezes, como se estivesse implorando. Vira um lampejo de vida em seus olhos sempre que ela lhe concedia algum sinal de admiração – no entanto, ele sempre explodia de raiva quando ela lhe explicava o motivo dessa admiração. Ele parecia querer que ela o considerasse um grande homem, mas que jamais ousasse atribuir algum conteúdo específico à sua grandeza.

Ela não entendeu nada naquela noite de abril quando Taggart voltou de uma viagem a Washington.

– Oi, garota! – disse ele bem alto, colocando-lhe nos braços um ramo de lilases. – Os bons tempos estão voltando! Vi essas flores e pensei em você. A primavera está chegando, garota!

Pegou um drinque e começou a andar de um lado para outro, falando com uma alegria esfuziante demais, espalhafatosa. Havia em seus olhos um brilho febril, e em sua voz havia uma excitação que não era natural. Ela começou a ficar na dúvida: estaria ele entusiasmado ou arrasado?

– Eu sei o que eles estão planejando – disse ele de repente, sem nenhuma transição, e ela rapidamente olhou para ele: já conhecia o tom daquelas suas explosões súbitas. – Não há nem 12 pessoas em todo o país que sabem, mas eu sei! O pessoal do primeiro escalão está mantendo a coisa em segredo para pegar todo o país desprevenido, na hora certa. Muitas pessoas vão ficar espantadíssimas! Vão ficar de queixo caído! Muitas pessoas? Que nada, todo mundo neste país! Todos vão ser afetados. É muito importante, mesmo.

– Afetados? De que modo, Jim?

– Vai *afetá-los*! E eles não sabem o que vem por aí, mas eu sei. Hoje – e indicou com um gesto as janelas iluminadas da cidade – estão todos fazendo planos, contando dinheiro, abraçando os filhos e os sonhos. Não sabem, mas eu sei, que tudo será alterado, interrompido, modificado!

– Modificado para pior ou para melhor?

– Para melhor, é claro – respondeu ele com impaciência, como se a pergunta fosse irrelevante. Sua voz pareceu perder o entusiasmo e se tornou falsa e oficial. – É um plano para salvar a nação, impedir o declínio econômico, manter tudo como está, obter a estabilidade e a segurança.

– Que plano?

– Não posso lhe dizer. É confidencial. Altamente confidencial. Você não imagina quantas pessoas gostariam de saber. Não há um industrial no país que não fosse capaz de dar seus 10 melhores altos-fornos só para receber um alerta! Como Hank Rearden, que você admira tanto. – Deu uma risadinha e ficou a contemplar o futuro.

– Jim, por que você odeia Rearden? – perguntou ela, e o toque de medo que havia em sua voz fez com que ele se desse conta da maneira como havia rido.

– Eu não o odeio! – Virou-se para ela, e inexplicavelmente seu rosto parecia ansioso, quase apavorado. – Nunca disse que o odiava. Não se preocupe, ele vai aprovar o plano. Todos vão aprová-lo. É para o bem geral. – Taggart parecia estar implorando. Confusa, Cherryl estava certa de que ele mentia, mas, ao mesmo tempo, que o tom de súplica era sincero – como se ele tivesse uma necessidade desesperada de tranquilizá-la, porém não a respeito daquilo que dissera.

Ela se obrigou a sorrir.

– É claro, Jim – respondeu, tentando entender que instinto, naquele caos absurdo, a fizera falar como se coubesse a ela tranquilizá-lo.

A expressão que viu no rosto de Taggart era quase um sorriso, quase de gratidão.

– Eu tinha que falar nisso hoje. Tinha que contar para você. Queria que você soubesse como são importantes as questões com as quais eu lido. Você vive falando sobre meu trabalho, mas não faz a menor ideia do que é: é uma coisa muito mais ampla do que você imagina. Você acha que administrar uma rede ferroviária é uma questão de trilhos e metais sofisticados e cumprir horários de trens. Mas não é. Isso qualquer subalterno sabe fazer. O cerne da questão está em Washington. Meu trabalho é político. Político. Decisões de âmbito nacional, que afetam tudo, controlam todos. Umas palavras escritas numa folha de papel, um decreto – isso altera a vida de todas as pessoas, em todas as mansões e casebres deste país!

– É, Jim – disse ela, tentando acreditar que ele era mesmo um homem importante naquele misterioso reino de Washington.

– Você vai ver – disse ele, andando de um lado para outro. – Acha que eles são poderosos, esses gigantes da indústria que entendem tanto de motores e altos-fornos? Eles vão ter que parar! Vão perder tudo! Vão cair de joelhos! Vão ser... – Taggart percebeu o olhar que ela fixara nele. – Não é para nós – ele rapidamente foi dizendo –, é para o povo. Esta é a diferença entre os negócios e a política: não temos objetivos egoístas, particulares, não queremos lucros, não vivemos correndo atrás de dinheiro, não precisamos! É por isso que somos difamados e incompreendidos por todos esses gananciosos que são incapazes de conceber uma motivação espiritual, um ideal moral, um... Não pudemos fazer nada! – exclamou de repente, virando-se para ela. – Tivemos que adotar esse plano! Com tudo caindo aos pedaços e parando, tínhamos que fazer alguma coisa! Precisávamos impedir que eles parassem! Não pudemos fazer nada!

Seu olhar era de desespero. Cherryl não sabia se ele estava se gabando ou pedindo perdão, não sabia se aquilo era triunfo ou terror.

– Jim, você está bem? Talvez tenha trabalhado demais, esteja exausto, e...

– Nunca me senti tão bem na minha vida! – exclamou ele, voltando a andar de um lado para outro. – Trabalhei demais, sim. Meu trabalho é mais importante que qualquer coisa que você seja capaz de imaginar. E muito acima das coisas que fazem esses mecânicos do tipo de Rearden e minha irmã. Tudo o que eles sejam capazes de fazer, eu posso desfazer. Eles que construam uma ferrovia: se eu quiser, eu a quebro, assim! – estalou os dedos –, como quem quebra uma espinha!

– Você quer quebrar espinhas? – sussurrou ela, trêmula.

– Eu não disse isso! – gritou ele. – O que há com você? Eu não disse isso!

– Desculpe, Jim! – exclamou, chocada com o que ela própria dissera e com o terror que viu nos olhos dele. – É que eu não entendo, mas... mas sei que não devia ficar incomodando você com perguntas quando está tão cansado... – Cherryl estava tentando desesperadamente convencer a si própria. – Quando você tem tantas coisas na cabeça... coisas... tão... importantes... que eu nem posso imaginar...

Seus ombros baixaram e ele relaxou. Aproximou-se dela e caiu de joelhos, pesadamente, colocando os braços ao redor de Cherryl.

– Sua bobinha! – disse ele, afetuoso.

Ela se agarrou ao marido, impelida por algo que parecia ternura, quase piedade.

Mas ele levantou o rosto para olhá-la nos olhos, e ela teve a impressão de ver nos olhos dele uma mistura de gratificação e desprezo – quase como se, por causa de alguma forma desconhecida de aprovação, ela o tivesse absolvido ao mesmo tempo que condenara a si própria.

Nos dias que se seguiram, ela constatou que de nada adiantava dizer a si própria que essas coisas estavam além de sua compreensão, que era seu dever acreditar nele, que amor era fé. Sua dúvida não parava de aumentar: duvidava daquele trabalho incompreensível de Taggart, da relação que havia entre ele e a rede ferroviária. Não entendia por que a dúvida aumentava quanto mais repetia para si própria que devia ter fé nele, por obrigação. Então, numa noite de insônia, se deu conta de que sua tentativa de cumprir essa obrigação consistia em se afastar das pessoas sempre que elas falavam sobre o trabalho do marido, se recusar a ler tudo o que o jornal publicava a respeito da Taggart Transcontinental, impedir que entrassem em sua mente todos os dados concretos, todas as contradições. Parou, atônita, quando se formulou em sua mente esta pergunta: "Então a fé se opõe à verdade?" E, compreendendo que seu empenho em acreditar era em parte medo de saber, resolveu descobrir a verdade, com uma sensação mais limpa e mais calma de retidão do que jamais lhe inspirara sua tentativa de enganar a si própria por obrigação.

Não demorou muito para que Cherryl aprendesse. As evasivas dos executivos da Taggart quando ela lhes perguntava alguma coisa, as generalidades vagas de suas respostas, a tensão que demonstravam quando se mencionava o nome de seu patrão, sua óbvia relutância em falar sobre ele – tudo isso, embora não lhe desse nada de concreto, a levava a esperar o pior. Os funcionários da ferrovia eram mais específicos – os guarda-chaves, os guarda-cancelas, os bilheteiros com quem puxava conversa no Terminal Taggart, que não a conheciam. "Jim Taggart? Aquela besta que só sabe gemer, choramingar e fazer discursos?" "Jimmy, o presidente? Pois vou lhe dizer uma coisa: ele só entende mesmo de trem da alegria." "O patrão? O Sr. Taggart? A senhora quer dizer 'senhorita Taggart', não é?"

Foi Eddie Willers quem lhe contou toda a verdade. Sabia que ele conhecia Jim desde a infância e o convidou para almoçar. Quando o encarou à mesa, quando viu seu olhar sério, questionador e franco, a simplicidade literal de suas palavras, desistiu de tentar sondá-lo e lhe disse exatamente o que queria saber e por quê, de modo impessoal, sem pedir ajuda nem piedade, apenas a verdade. Ele lhe respondeu da mesma maneira. Contou tudo a ela, com voz tranquila e impessoal, sem fazer nenhum julgamento nem manifestar nenhuma opinião, sem influenciar as emoções de sua ouvinte, falando com a austeridade e o poder dos fatos. Disse-lhe quem realmente administrava a Taggart Transcontinental. Contou-lhe a história da Linha John Galt. Ela ouvia, e o que sentia não era uma sensação de choque, e sim algo pior: a falta de qualquer sensação, como se já soubesse daquilo tudo desde sempre.

– Obrigada, Sr. Willers – foi tudo o que disse quando ele terminou. Naquela noite, ao esperar a chegada de Taggart, Cherryl não sentia dor nem indignação, graças a seu distanciamento, como se para ela nada mais importasse, como se fosse necessário que ela fizesse algo, só que daria no mesmo o que quer que fizesse, quaisquer que fossem as consequências.

Quando o marido entrou, não foi raiva o que ela sentiu, e sim uma espécie de espanto confuso, quase como se não soubesse quem ele era e por que era necessário que ela falasse com ele. Em poucas palavras, lhe disse o que sabia, com uma voz cansada e sem vida. Teve a impressão de que mal começara a falar e ele já entendera tudo, como se já soubesse que isso ia acontecer mais cedo ou mais tarde.

– Por que você não me contou a verdade? – perguntou ela.

– Então é assim que você manifesta sua gratidão? – gritou ele. – É assim que você se sente depois de tudo o que eu fiz por você? Bem que todo mundo me disse que pegar uma gata de rua abandonada só ia dar em grosseria e egoísmo!

Ela o encarava como se ele estivesse produzindo sons sem sentido que nenhuma ligação tivessem com o que havia em sua mente.

– Por que você não me disse a verdade?

– É esse o amor que sente por mim, sua hipocritazinha suja? É isso que me dá em troca da minha confiança em você?

– Por que você mentiu? Por que deixou que eu pensasse o que pensava?

– Você devia ter vergonha de olhar para mim e de falar comigo!

– *Eu?* – Cherryl vira um sentido naqueles sons que ele produzia, só que não conseguia acreditar nesse significado. – O que você está tentando fazer, Jim? – perguntou, com uma voz distante e cheia de incredulidade.

– Você já pensou nos meus sentimentos? Já pensou no que está fazendo com os meus sentimentos? Você devia ter pensado nos meus sentimentos! Essa é a principal obrigação de uma esposa, em particular de uma mulher na sua situação! Não há nada mais vil, mais feio que a ingratidão!

Durante um instante fugaz, ela apreendeu o fato impensável de que um homem que era culpado e sabia que era estava tentando escapulir, induzindo sentimentos de culpa em sua vítima. Porém seu cérebro não conseguiu aceitar esse fato. Ela sentiu uma pontada de horror, a convulsão de uma mente que rejeita algo que seria capaz de destruí-la – a pontada que se sente ao recuar da beira da loucura. Quando baixou a cabeça e fechou os olhos, sabia que a única coisa que estava sentindo era repulsa, uma repulsa nauseante, por um motivo sem nome.

Ao levantar a cabeça, teve a impressão de que ele a observava com a expressão insegura, defensiva, calculista de um homem cujo golpe não funcionou. Mas, antes que ela tivesse tempo de acreditar no que vira, mais uma vez ele exibiu a máscara da indignação e da raiva.

Como se estivesse expondo seus pensamentos para um ser racional que não estava presente, mas cuja presença era necessário que ela presumisse, já que não seria possível se dirigir a outro tipo de ser, ela disse:

– Aquela noite... aquelas manchetes... aquela glória... não tinham nada a ver com você... mas com Dagny.

– Cale a boca, sua cachorra miserável!

Ela ficou a olhá-lo sem expressão, sem reação, como se nada pudesse atingi-la, por ter ela pronunciado suas últimas palavras.

Ele emitiu o som de um soluço:

– Cherryl, desculpe. Foi sem querer, eu retiro o que disse, foi sem querer... – Ela continuou em pé, encostada contra a parede, na mesma posição em que se encontrava desde o início.

Ele se jogou no sofá, numa posição de desespero.

– Como eu poderia explicar isso a você? – disse ele, no tom de quem acaba de perder as últimas esperanças. – É uma coisa tão vasta, tão complicada. Como eu poderia lhe falar sobre uma rede transcontinental, se você não conhece todos os detalhes e as ramificações? Como explicar meus anos de trabalho, meu... Ah, não adianta! Nunca ninguém me compreendeu, e eu já devia estar acostumado, só que eu pensava que você fosse diferente, que dessa vez eu tivesse uma chance.

– Jim, por que você se casou comigo?

Ele deu uma risada triste:

– É o que todo mundo me perguntava. Não achei que você fosse jamais fazer essa pergunta. Por quê? Porque tenho amor por você.

Cherryl se surpreendeu ao constatar que esta palavra – amor –, supostamente a mais simples da língua, a que todos entendem, o vínculo universal entre os homens, não lhe transmitia nenhum significado. Não sabia o que na mente dele queria dizer a palavra que ele pronunciou.

– Ninguém nunca me amou – disse ele. – Não existe amor no mundo. As pessoas não sentem. Eu *sinto* as coisas. Ninguém quer saber disso. Só querem saber de horários e carregamentos e dinheiro. Não consigo conviver com essa gente, me sinto muito só. Sempre quis encontrar alguém que me entendesse. Acho que sou um idealista sem esperanças, procurando pelo impossível. Ninguém jamais vai me entender.

– Jim – disse ela com um estranho toque de severidade na voz –, esse tempo todo eu tenho tentado justamente entender você.

Ele fez um gesto como se desconsiderasse as palavras dela, não de modo agressivo, mas com tristeza.

– Eu pensava que fosse conseguir. Você é tudo o que tenho. Mas talvez seja impossível um ser humano entender outro.

– Impossível por quê? Por que você não me diz o que quer? Por que não me ajuda a entender você?

Ele suspirou:

– Eis o problema. São esses porquês todos. Tudo você quer saber por quê. Estou falando de algo que não pode ser expresso por meio de palavras. Não se pode falar sobre isso. Tem que ser sentido. Ou você sente ou não sente. Não é uma coisa da mente, e sim do coração. Será que nunca sente nada? Simplesmente *sentir*, sem fazer todas essas perguntas? Será que não é capaz de me entender como ser humano, não como um objeto num laboratório? Aquela grande compreensão que transcende nossas pobres palavras e nossas mentes incapazes... Não, não adianta procurar por isso. Mas vou continuar a procurar e a ter esperança. Você é minha última esperança. É tudo o que tenho.

Cherryl permanecia parada, encostada na parede.

– Eu preciso de você – gemeu ele. – Estou tão sozinho. Você não é igual às outras. Acredito em você. Confio em você. Todo esse dinheiro, essa fama, esse trabalho, essa luta não me deram nada. Você é tudo o que tenho...

Ela permaneceu imóvel e, ao baixar a vista e olhar para ele, lhe concedeu uma única forma de reconhecimento. *As coisas que ele dizia a respeito de seu sofrimento são mentiras*, pensou ela, *mas o sofrimento é real*. Ele era um homem torturado por uma angústia contínua, que parecia incapaz de exprimir, mas que, talvez, ela pudesse acabar entendendo. Pelo menos ela ainda lhe devia, pensou, imbuída da sensação do dever – a posição social que ele lhe dera, o que talvez fosse a única coisa que ele tinha para lhe dar. Ela tinha a obrigação de tentar entendê-lo.

Nos dias que se seguiram, Cherryl teve a sensação esquisita de que havia se tornado uma estranha para si própria, alguém que não queria nada nem procurava nada. No lugar de um amor inspirado pela admiração, agora lhe restava uma piedade incômoda. No lugar dos homens que lutara para encontrar, homens que se esforçavam para conseguir o que queriam, que se recusavam a sofrer, restava-lhe um homem cujo sofrimento era a única coisa que ele podia exibir e oferecer em troca da vida dela. Mas, para Cherryl, aquilo já não importava. A pessoa que ela já fora encarava com ansiosa expectativa todas as novas perspectivas que surgiam à sua frente. A estranha passiva que a substituíra era igual a todas aquelas pessoas excessivamente bem-vestidas ao seu redor, que se consideravam adultas porque não tentavam pensar nem desejar.

Mas a estranha ainda era assombrada por um fantasma que era ela própria, e ele tinha uma missão a cumprir. Ela precisava compreender as coisas que a haviam destruído. Tinha que saber e vivia numa eterna expectativa. Tinha que saber, embora aquele farol estivesse ainda mais próximo, embora no momento da compreensão ela fosse ser atingida pelas rodas.

O que você quer de mim? era a pergunta que insistia em lhe vir à mente, como uma pista. *O que você quer de mim?*, perguntava silenciosamente, nos jantares, nas salas de visitas, nas noites de insônia, dirigindo-a a Jim e àqueles que pareciam ter o mesmo segredo que ele, Balph Eubank, o Dr. Simon Pritchett... *O que você quer de mim?* Ela não fazia a pergunta em voz alta – sabia que não responderiam. *O que você quer de mim?*, perguntava, como se estivesse correndo mas não encontrasse uma saída. *O que você quer de mim?*, perguntava, encarando a longa tortura daquele casamento que ainda não completara um ano.

– O que você quer de mim? – perguntou em voz alta e viu que estava sentada à mesa da sala de jantar de casa, olhando para o rosto febril de Taggart e para uma mancha d'água na toalha da mesa, que já começava a secar.

Cherryl não sabia quanto tempo havia durado aquele silêncio entre eles. Ficou surpresa ao ouvir sua própria voz e a pergunta que fizera sem querer. Não achava que ele a compreendesse. Ele parecia não conseguir entender perguntas bem mais simples, e ela sacudiu a cabeça, tentando voltar à realidade do momento presente.

Ficou surpresa quando viu que ele a encarava com um olhar levemente zombeteiro, como se estivesse rindo por ela subestimar seu entendimento.

– Amor – respondeu ele.

Ela sentiu-se perder as esperanças, ao ouvir uma resposta ao mesmo tempo tão simples e tão sem sentido.

– Você não me ama – disse ele, em tom de acusação. Ela não disse nada.
– Você não me ama, porque se me amasse não faria uma pergunta dessas.

– Antes eu o amava – disse ela, em tom seco –, mas não era o que você queria. Eu o amava por sua coragem, por sua ambição, por sua capacidade. Mas nada disso era verdadeiro.

Ele estendeu o lábio inferior um pouco numa leve atitude de desdém.

– Que concepção mesquinha do amor! – disse ele.

– Jim, você quer ser amado por que coisas?

– Que atitude mesquinha de comerciante!

Cherryl não disse nada; ficou olhando-o, dirigindo-lhe uma pergunta com olhos tensos.

– Amar alguém por alguma coisa! – disse ele, com uma voz cheia de escárnio e indignação moral. – Então você acha que o amor é uma questão de matemática, de troca, de pesos e medidas, como um quilo de manteiga numa balança de mercearia? Não quero que me amem por coisa nenhuma. Quero que me amem só por mim, não por nada que eu faça, ou tenha, ou diga, ou pense. Por mim, não por meu corpo, por minha mente, por minhas palavras, nem por meus atos.

– Mas então... o que é você?

– Se me amasse, não faria essa pergunta. – Havia na voz de Taggart um nervosismo estridente, como se ele estivesse perigosamente oscilando entre a cautela e algum impulso cego e irresponsável. – Você não perguntaria, porque saberia a resposta. *Sentiria*. Por que vive querendo rotular tudo? Será que não pode transcender essas definições materialistas mesquinhas? Será que você nunca sente, simplesmente sente?

– Sinto, sim, Jim – respondeu ela em voz baixa. – Mas estou tentando não sentir, porque... porque o que sinto é medo.

– De mim? – perguntou ele, esperançoso.

– Não, não exatamente. Não medo do que possa fazer comigo, mas medo do que você é.

Rapidamente, como quem bate uma porta, ele fechou os olhos – mas não antes que ela pudesse ver de relance um lampejo em seus olhos – e, por incrível que parecesse, era um lampejo de terror.

– Você é incapaz de amar, sua interesseira barata! – gritou ele de repente, com uma voz que só exprimia a vontade de machucar. – É, interesseira, isso mesmo. Há muitos tipos de interesse, além de por dinheiro. Há outros que são ainda piores. Você é uma interesseira do espírito. Não casou comigo por causa do meu dinheiro, mas por causa da minha capacidade, ou da minha coragem, ou seja lá o que for aquilo que para você é o preço do amor!

– Você... quer... que o amor... não tenha... causa?

– O amor é sua própria causa! Ele está acima das causas e das razões. O amor é cego. Mas você é incapaz de amar. Tem uma alma mesquinha, calculista, de quem *negocia* mas nunca *dá*! O amor é uma dádiva, uma grande dádiva gratuita e incondicional, que a tudo transcende e perdoa. O que há de generoso em amar um homem por suas virtudes? O que você lhe dá? Nada. Não passa de justiça pura e simples. É dar-lhe apenas aquilo a que ele faz jus.

Os olhos de Cherryl estavam obscurecidos pela perigosa intensidade conferida pela proximidade de seu objetivo.

– Você quer um amor imerecido – disse, não como quem faz uma pergunta, mas como quem pronuncia um veredicto.

– Ah, você não entende!

– Entendo, sim, Jim. É isso que você quer, o que todos vocês querem na verdade. Não é dinheiro, não são as coisas materiais, nem a segurança econômica, nem as mil coisas que vivem exigindo... – Ela falava num tom monótono, como se enumerasse suas ideias para si própria, tentando emprestar a solidez das palavras aos tortuosos fragmentos de caos que se contorciam em sua mente. – Vocês querem coisas de graça, mas coisas de outro tipo. Segundo você, sou uma interesseira do espírito porque procuro valores. Então vocês, que vivem pregando o bem-estar social... vocês querem saquear o espírito. Nunca pensei, nunca ninguém me disse como se podia pensar nisso, o que isso poderia significar: o imerecido em espírito. Mas é isso que você quer. Quer amor imerecido, admiração imerecida. Quer grandeza imerecida. Quer ser um homem como Hank Rearden sem ter que ser o que ele é. Sem ter que ser nada. Sem... ter que ser.

– Cale a boca! – gritou ele.

Os dois se entreolharam, ambos apavorados, ambos sentindo-se à beira de um abismo que não sabiam e não queriam identificar, sabendo que um passo a mais seria fatal.

– Que diabo você está dizendo? – perguntou ele num tom de raiva contida, quase benigna, tentando trazer a conversa de volta para a normalidade, para uma briga de casal quase saudável. – Que diabo de assunto metafísico está querendo discutir?

– Não sei... – disse ela cansada, baixando a cabeça, como se uma forma que estivesse tentando apreender mais uma vez lhe tivesse escapulido. – Não sei... Parece impossível...

– É melhor você não tentar se meter em coisas acima do seu nível, senão...

Teve de se calar, porque o mordomo entrou trazendo o reluzente balde de gelo com o champanhe da comemoração.

Ficaram em silêncio, deixando que a sala fosse dominada pelos sons que, no decorrer de muitos séculos e muitas lutas, os homens haviam escolhido para designar a felicidade da realização: o estampido da rolha, o borbulhar alegre de um líquido cor de ouro pálido enchendo duas taças largas de cristal nas quais velas se refletiam, o sussurro das bolhas subindo à superfície, quase como se exigisse que tudo ao redor também se elevasse na mesma aspiração.

Permaneceram em silêncio até o mordomo se retirar. Taggart contemplava as bolhas, segurando a taça com dois dedos moles. Então sua mão subitamente a apertou, formando um punho cerrado, desajeitado e tenso, e ele a levantou não da maneira habitual, mas como quem ergue uma faca de açougueiro.

– A Francisco d'Anconia! – exclamou ele. Ela baixou a taça.

– Não – se opôs Cherryl.

– Beba! – berrou ele.

– Não – respondeu ela, com a voz semelhante a uma gota de chumbo.

Entreolharam-se por um momento. A luz se refletia na superfície do líquido dourado, mas não chegava até seus olhos.

– Ah, vá para o inferno! – exclamou ele, pondo-se de pé de repente. Então jogou a taça no chão, espatifando-a, e saiu rapidamente da sala.

Ela permaneceu sentada, imóvel, por muito tempo. Depois se levantou lentamente e tocou a campainha.

Andou até seu quarto, com passos demasiadamente controlados, abriu a porta de um armário, pegou um conjunto e um par de sapatos, despiu o roupão, com movimentos cautelosos e precisos, como se sua vida dependesse de ela não abalar nada ao seu redor ou dentro de si. Um único pensamento a sustentava: a ideia de que era preciso sair daquela casa – sair dali por algum tempo, uma hora que fosse – e depois, mais tarde, poderia encarar tudo o que era necessário.

◂◂◂

As linhas no papel à sua frente se confundiam ante seus olhos. Erguendo a cabeça, Dagny constatou que há muito escurecera. Empurrou a papelada para o lado, sem vontade de acender a luz, e se permitiu o luxo de alguns instantes de ócio e escuridão. Assim podia sentir-se isolada da cidade lá fora. O calendário ao longe informava: 5 de agosto.

Um mês havia se passado e só deixara o vazio do tempo morto. Fora gasto com o trabalho improvisado, frustrante, de correr de uma emergência a outra, adiando a derrocada de uma rede ferroviária – um mês semelhante a uma pilha de dias desconexos, cada um deles dedicado à tarefa de adiar um desastre iminente. Fora não um somatório de realizações, e sim um somatório de zeros, de coisas que não haviam acontecido, de catástrofes impedidas – não uma tarefa a serviço da vida, mas uma corrida contra a morte.

Havia momentos em que uma visão espontânea – uma imagem do vale – parecia surgir à sua frente, não como uma aparição súbita, e sim como uma presença constante e oculta que de repente resolvera assumir uma realidade insistente. Ela a encarara, em momentos de imobilidade cega, numa disputa entre uma decisão irremovível e uma dor constante, uma dor a ser combatida por um reconhecimento, dizendo: *Está bem, suportarei até mesmo isto.*

Havia manhãs em que, despertando com os raios do sol em seu rosto, Dagny pensava que tinha de ir correndo até a Mercearia Hammond e comprar ovos para o café da manhã. Depois, recuperando a plenitude da consciência, vendo a névoa nova-iorquina lá fora, sentia uma pontada lancinante, como um contato com a morte, o contato com uma realidade repulsiva. *Você sabia* – ela dizia a si própria, severa –, *você sabia como ia ser quando fez sua opção.* E, arrastando o próprio corpo como se fosse um peso morto, saindo da cama para enfrentar um dia desagradável, sussurrava: *Está bem, até mesmo isto.*

A pior tortura era a dos momentos em que, caminhando pelas ruas, Dagny via de relance um reflexo castanho-dourado nos cabelos de um estranho que passava, e era como se toda a cidade desaparecesse, como se apenas o silêncio violento dentro de si retardasse o momento em que correria até ele e o agarraria. Mas no momento seguinte um rosto desconhecido destruía a sensação – e ela perdia a vontade de dar o próximo passo, de gerar a energia de viver. Tentava evitar esses momentos, tentava se proibir de olhar e caminhava então de olhos baixos. Não adiantava: como se dotados de vontade própria, seus olhos se fixavam em todos os reflexos dourados.

Sempre mantinha as venezianas levantadas nas janelas de seu escritório, pensando na promessa que Galt fizera, pensando apenas: *Se você está me vendo, onde quer que esteja...* Não havia outros prédios altos perto do seu, porém ela olhava para os arranha-céus distantes e se perguntava qual deles seria o posto de observação por ele usado. Talvez alguma invenção sua, um dispositivo de raios e lentes, lhe permitisse observar todos os movimentos que ela fazia de algum arranha-céu a um quarteirão ou a um quilômetro dali. Sentada à frente da janela aberta, Dagny pensava: *Basta saber que você está me vendo, mesmo que eu nunca mais volte a vê-lo.*

E, lembrando-se disso, na escuridão de sua sala, se pôs de pé com um salto e acendeu a luz.

Então baixou a cabeça por um instante, sorrindo de si própria com ironia.

Não sabia se sua janela iluminada, na negra imensidão da cidade, era um sinal de emergência, clamando pela ajuda dele – ou um farol ainda protegendo o restante do mundo.

A campainha tocou.

Quando ela abriu a porta, viu a silhueta de uma jovem com um rosto que lhe era vagamente familiar – e foi só após um momento que percebeu, atônita, que era Cherryl Taggart. Fora algumas trocas de cumprimentos formais na entrada do Edifício Taggart, elas não se encontravam desde o dia do casamento.

O rosto de Cherryl estava tranquilo e sério.

– Posso falar um pouco com a senhorita... – hesitou e completou a frase:
– Srta. Taggart?

– Claro – respondeu Dagny, séria. – Entre.

Dagny percebeu que por trás daquela tranquilidade artificial havia alguma emergência desesperada e teve certeza de que a impressão era verdadeira quando viu o rosto da moça à luz da sala.

– Sente-se – disse ela, mas Cherryl permaneceu em pé.

– Vim saldar uma dívida – disse Cherryl com voz solene, em consequência do esforço de conter todo e qualquer sinal de emoção. – Quero lhe pedir desculpas pelas coisas que lhe disse no meu casamento. Não há por que a senhorita me desculpar, mas cabe a mim lhe dizer que eu insultei tudo o que admiro e defendi tudo o que desprezo. Sei que admitir isso agora não redime o que fiz e mesmo vir aqui não passa de mais uma presunção, pois não há por que a senhorita se interessar em ouvir o que tenho a dizer. Assim, na verdade não posso saldar a dívida, mas apenas lhe pedir um favor: me deixe dizer as coisas que eu gostaria de lhe dizer.

O choque da emoção que Dagny sentiu, a incredulidade, a ternura e a dor, se fossem traduzidos em palavras, estas seriam as seguintes: *Quanto você avançou em menos de um ano!* Respondeu, com uma voz séria e neutra que era como se oferecesse o braço para apoiar a outra, sabendo que um sorriso perturbaria aquele equilíbrio precário:

– Mas dizer isso agora redime o passado, sim, e estou interessada em ouvi-la.

– Sei que era a senhorita quem administrava a Taggart Transcontinental. Sei que foi a senhorita quem construiu a Linha John Galt. Foi quem teve inteligência e coragem para manter tudo isso funcionando. Imagino que a senhorita pense que casei com Jim por causa do dinheiro dele... afinal, que balconista não gostaria de fazer isso? Mas na verdade casei com ele porque... porque achava que ele era *a senhorita*. Eu pensava que ele fosse a Taggart Transcontinental. Agora sei que ele é... – Cherryl hesitou, depois prosseguiu com firmeza, como se tivesse decidido não se poupar nada – ... é um parasita detestável, embora não consiga entender de que tipo nem por quê. Quando falei com a senhorita no meu casamento, eu achava que estava defendendo a grandeza e atacando seu inimigo... porém era o contrário. Eu estava terrivelmente iludida!... Então, eu queria lhe dizer que sei a verdade, não tanto pela senhorita – não tenho o direito de presumir que isso a afeta –, mas... mas pelas coisas que eu amava.

– É claro que perdoo – disse Dagny pausadamente.

– Obrigada – sussurrou ela e se virou para ir embora.

– Sente-se.

Cherryl sacudiu a cabeça:

– Era... era só isso, Srta. Taggart.

Dagny se permitiu um leve esboço de sorriso, apenas com os olhos, ao dizer:

– Cherryl, meu nome é Dagny.

Em resposta, Cherryl esboçou um leve movimento nos lábios, como se ela e Dagny juntas houvessem formado um único sorriso.

– Eu... eu não sabia se devia...

– Somos irmãs, não somos?

– Não! Não por intermédio de Jim! – Foi um grito involuntário.

– Não, somos por opção nossa. Sente-se, Cherryl.

A moça obedeceu, esforçando-se para não demonstrar quanto estava ansiosa por aceitar aquele convite, dando o máximo de si para não se agarrar à outra e se apoiar nela, para não ceder a suas emoções.

– Você passou por um mau pedaço, não é? – perguntou Dagny.

– Passei... mas isso não importa... é problema meu... e culpa minha.

– Acho que não foi culpa sua.

Cherryl não respondeu, mas disse de repente, desesperada:

– Olhe... o que não quero é caridade.

– Jim deve ter lhe dito, e é verdade, que jamais faço caridade.

– Disse, sim... Mas o que quero dizer é que...

– Sei o que você quer dizer.

– Mas não há motivo para você se preocupar comigo... Não vim aqui para me queixar e... colocar mais um fardo sobre seus ombros... O fato de eu sofrer não a obriga a me aceitar.

– Não. Mas o fato de que você tem os mesmos valores que eu, isso, sim, me obriga.

– Quer dizer que... se você quer falar comigo, não é por caridade? Não é só por lamentar o que aconteceu comigo?

– Lamento profundamente o que aconteceu com você, Cherryl, e gostaria de ajudá-la, mas não porque você está sofrendo, e sim porque você não merecia estar sofrendo.

– Quer dizer que você não seria boa comigo se eu fosse fraca, lamurienta, desprezível? Só é porque vê algo de bom em mim?

– É claro.

Cherryl não mexeu a cabeça, porém parecia que uma corrente a elevava, e suas feições assumiram uma expressão menos tensa, aquela expressão tão rara que combina a dor e a dignidade.

– Não é caridade, Cherryl. Não tenha medo de falar comigo.

– É estranho... você é a primeira pessoa com quem posso falar... e é tão fácil... No entanto, eu tinha medo de falar com você. Há muito tempo que quero lhe pedir desculpas... desde o dia em que descobri a verdade. Cheguei a ir até a porta do seu escritório, mas fiquei parada no corredor e não tive coragem de entrar... Eu não tinha intenção de vir aqui hoje. Saí só... só para pensar, e de repente compreendi que queria vê-la, que em toda esta cidade este era o único lugar aonde eu devia ir, a única coisa que ainda me restava fazer.

– Ainda bem que você veio.

– Sabe, Srta. Tag... Dagny – disse ela em voz baixa, surpresa –, você é tão diferente do que eu imaginava... Eles, quer dizer, Jim e os amigos dele, me diziam que você era dura, fria, insensível.

– Mas é verdade, Cherryl, sou mesmo, no sentido em que eles entendem essas palavras. Mas alguma vez lhe disseram em que sentido eles as entendem?

– Não. Nunca. Sempre que eu lhes pergunto o que querem dizer com alguma coisa, eles riem de mim... seja lá o que for. O que eles querem dizer sobre você?

– Sempre que alguém acusa uma pessoa de ser "insensível" é porque essa pessoa é justa. Quer dizer que ela não tem emoções imotivadas e não concede a um indivíduo um sentimento que ele não merece. É porque "sentir" é ir contra a razão, contra os valores morais, contra a realidade. E... Mas o que foi? – perguntou Dagny, vendo uma tensão anormal no rosto da moça.

– É... é uma coisa que me esforcei tanto para entender... há tanto tempo...

– Pois observe que você nunca ouve esta acusação feita para defender um inocente, e sim sempre para defender um culpado. Nunca a ouve da boca de uma pessoa boa em relação àqueles que não lhe fazem justiça. Sempre a ouve da boca de um canalha em relação àqueles que o tratam como um canalha, aos que não veem com nenhuma simpatia o mal que ele cometeu ou a dor que ele sofre em consequência desse mal. Bem, é verdade: isso eu não sinto. Mas as pessoas que sentem isso não sentem nada por nenhuma qualidade da grandeza humana, por nenhuma pessoa ou nenhum ato que mereça admiração, aprovação, estima. Essas são as coisas que eu sinto. Você vai constatar que é ou uma coisa ou outra. Aqueles que sentem comiseração pela culpa não sentem nenhuma pela inocência. Então me diga: qual dos dois tipos de gente é *insensível*? Responda a essa pergunta e verá qual é o contrário da caridade.

– Qual é? – perguntou a moça num sussurro.

– A justiça, Cherryl.

Ela estremeceu de repente, baixando a cabeça.

– Ah, meu Deus! – gemeu Cherryl. – Se soubesse o que tenho passado com Jim por acreditar nisso que você acaba de dizer! – Levantou o rosto, estremecendo outra vez, como se a coisa que estivesse tentando controlar houvesse escapado de seu controle. Em seus olhos havia uma expressão de terror. – Dagny – sussurrou ela –, tenho medo deles, de Jim e de todos os outros. Não de algo que eles sejam capazes de fazer – se fosse isso, eu poderia fugir –, mas medo de não ter saída... medo do que eles são... do fato de que eles existem.

Dagny veio rapidamente sentar-se no braço da poltrona de Cherryl e segurou seu ombro para tranquilizá-la.

– Calma, menina – disse ela. – Você está enganada. Jamais tenha medo das pessoas desse jeito. Nunca ache que a existência delas afeta a sua – justamente o que você está pensando.

– É... É, tenho a impressão de que minha existência está condenada, se existe gente como eles... não tenho nenhuma chance, não há um mundo que eu possa enfrentar... Não quero sentir isso, estou sempre lutando contra esse sentimento, mas está cada vez mais perto e sei que não tenho para onde fugir... Não consigo explicar o que sinto, não consigo entendê-lo, e isso é parte do terror que sinto, o fato de ser impossível entender o que é. É como se todo o mundo tivesse sido destruído de repente, mas não por uma explosão – uma explosão é uma coisa dura e sólida –, e sim destruído por... por uma moleza horrível... como se nada fosse sólido, nada tivesse forma, e fosse possível enfiar o dedo em paredes de pedra, e a pedra fosse mole como geleia, e as montanhas deslizassem, e os prédios mudassem de forma como se fossem nuvens. É como se o mundo acabasse assim, não em fogo, mas numa gosma.

– Cherryl... Cherryl, minha pobre menina, há séculos que muitos filósofos vêm tramando justamente isto: destruir as mentes das pessoas, fazendo-as acreditar que é isso mesmo que elas estão vendo. Mas você não tem que aceitar isso. Não tem que ver com os olhos dos outros. Veja com os seus, baseie-se em seus próprios julgamentos, você sabe que o que é, é. Diga isso em voz alta, como se fosse a mais sagrada das orações, e não deixe que ninguém lhe diga que o contrário é que é verdadeiro.

– Mas... mas nada mais é. Jim e os amigos dele... eles não são. Não sei para o que olho quando estou com eles, não sei o que ouço quando escuto o que eles dizem... não é real, nada daquilo. É uma comédia horrível que todos eles estão encenando... e eu não sei o que eles querem... Dagny! Vivem nos dizendo que os seres humanos têm o grande poder do conhecimento, muito maior do que o dos animais, mas eu... eu me sinto mais cega do que qualquer animal agora, mais cega e mais indefesa. O animal sabe quais são os seus amigos e quais os seus inimigos, e quando deve se defender. Ele não acha que o amigo dele de repente vai pisar nele ou lhe rasgar a garganta. Não acha que alguém vai lhe dizer que o amor é cego, que o saque é realização, que gângsteres são estadistas e que é uma grande coisa partir a espinha de Hank Rearden! Ah, meu Deus, o que estou dizendo?

– Eu sei o que você está dizendo.

– Como posso lidar com as pessoas? Se nada permanecesse sólido por uma hora, não poderíamos viver, não é? Bem, eu sei que as coisas são sólidas – mas e as pessoas, Dagny?! Elas não são nada e são qualquer coisa, não são seres, são apenas barbantes, apenas barbantes sem forma. Mas eu tenho que conviver com elas. O que devo fazer?

– Cherryl, esse seu problema é o maior da história, o que mais sofrimentos já causou aos seres humanos. Você já compreendeu mais coisas do que a maioria das pessoas, que sofrem e morrem sem jamais saberem por que morreram. Vou ajudá-la a compreender. É um assunto complexo e uma luta difícil, mas, antes de mais nada, não tenha medo.

Havia no rosto de Cherryl um olhar estranho, longínquo, nostálgico, como se ela estivesse vendo Dagny de muito longe e se esforçasse em vão para se aproximar dela.

– Quem dera eu pudesse desejar lutar – disse em voz baixa –, mas não quero. Nem quero mais vencer. Há uma transformação que, a meu ver, não terei forças para sofrer. Sabe, nunca imaginei que me casaria com alguém como Jim. Então, quando casei, achei que a vida era muito mais maravilhosa do que eu pensava. E agora, me habituar à ideia de que a vida e as pessoas são muito mais horríveis do que eu imaginava, que o meu casamento não foi um milagre extraordinário e sim um mal indizível que até agora tenho medo de compreender totalmente – é *isso* que não consigo aceitar. Não consigo. – De repente olhou para a outra. – Dagny, como você conseguiu? Como conseguiu sobreviver intacta?

– Obedecendo a apenas uma norma.

– Qual?

– Não colocar nada – *nada* – acima do veredicto de minha própria mente.

– Você sofreu golpes terríveis... talvez piores do que os que eu sofri... piores do que qualquer um sofreu. O que lhe deu forças?

– A consciência de que minha vida é o mais elevado dos valores, elevado demais para eu me entregar sem lutar.

Dagny viu uma expressão de espanto, reconhecimento e incredulidade no rosto de Cherryl, como se a moça estivesse tentando recapturar alguma sensação passada.

– Dagny – disse ela num sussurro –, era isso... era isso que eu achava quando criança... esse tipo de sensação... e jamais o perdi, está aqui, sempre esteve, mas, à medida que fui crescendo, fui achando que era algo que eu tinha de esconder... Jamais soube identificar essa sensação, mas agora, quando você falou, de repente me dei conta de que era isso... Dagny, encarar assim a própria vida... é *bom*?

– Cherryl, me ouça com atenção: essa sensação, juntamente a tudo o que ela requer e implica, é o maior, o mais nobre, o único bem que há no mundo.

– Estou perguntando isso porque... porque eu não teria ousado pensar isso. De algum modo, as pessoas sempre me deram a impressão de que consideravam isso um pecado... como se fosse essa a coisa que havia em mim que provocava nelas ressentimento... e a quisessem destruir.

– É verdade. Algumas pessoas querem mesmo destruir isso. E, quando você compreender por que elas querem destruí-lo, conhecerá o mais negro, mais feio e único mal que há no mundo, mas você estará protegida de seus efeitos.

O sorriso de Cherryl foi como uma chama débil tentando se sustentar com umas poucas gotas de combustível, incendiá-las, virar fogo.

– Há muitos meses – sussurrou ela – que não tenho essa sensação de que... de que ainda tenho uma chance. – Viu que os olhos de Dagny a observavam com atenção e acrescentou: – Não se preocupe comigo... Deixe que eu me acostume com essa ideia, com você, com todas as coisas que disse. Acho que vou chegar a acreditar nelas... acreditar que isso é verdade... e que Jim não tem importância. – Levantou-se, como se quisesse capturar aquele momento de segurança.

Movida por uma súbita certeza imotivada, Dagny disse, quase áspera:

– Cherryl, não quero que você vá para casa hoje.

– Ah, não se preocupe! Estou bem. Não estou com medo de voltar para casa.

– Não aconteceu nada lá hoje?

– Não... nada de mais... nada pior do que o de costume. É só que comecei a ver as coisas com um pouco mais de clareza, só isso... Estou bem. Tenho que pensar, pensar mais do que jamais pensei... e então resolverei o que devo fazer. Posso...? – Hesitou.

– O quê?

– Posso voltar para conversar com você outra vez?

– É claro.

– Obrigada, eu... muito obrigada, mesmo.

– Você promete que vai voltar?

– Prometo.

Dagny a viu descer o corredor em direção ao elevador. Viu seus ombros caídos, depois o esforço com que Cherryl os levantou, viu aquela figura esbelta que parecia se balançar reunir todas as suas forças para ficar ereta. Parecia uma planta com o caule quebrado, com uma única fibra ainda intacta, lutando para se manter viva, sabendo que basta uma lufada de vento para ela se despedaçar.

◄◄◄

Pela porta aberta de seu gabinete, Taggart vira Cherryl atravessar a antessala e sair do apartamento. Bateu a porta do aposento e se jogou no sofá, as calças ainda molhadas de champanhe, como se o próprio desconforto fosse uma maneira de se vingar da mulher e de um Universo que não lhe concedera a comemoração que ele queria.

Depois de algum tempo, se levantou, arrancou o paletó e o atirou do outro lado do cômodo. Pegou um cigarro, mas o partiu em dois e o jogou em direção a um quadro que havia acima da lareira.

Olhou para um vaso de vidro veneziano, uma peça de museu, com séculos de idade, com uma intrincada rede de artérias azuis e douradas cobrindo sua superfície transparente. Agarrou-o e o jogou contra a parede, e o vaso explodiu numa chuva de vidro, tão fina como a que resulta quando uma lâmpada se quebra.

Havia comprado aquele vaso para ter a satisfação de pensar em todos os colecionadores que não tinham dinheiro para comprá-lo. Agora experimentava o prazer de se vingar dos séculos que o haviam admirado – e a satisfação de pensar que havia milhões de famílias desesperadas, qualquer uma das quais poderia ter vivido um ano com o dinheiro que valia aquele vaso.

Tirou os sapatos e se atirou novamente no sofá, ficando com os pés dependurados no braço do móvel.

O som da campainha o assustou – parecia combinar com seu estado de espírito. Era o tipo de som brusco, exigente, impaciente que teria produzido se ele próprio estivesse agora tocando a campainha da casa de alguém.

Ouviu os passos do mordomo e prometeu a si próprio que se daria ao prazer de não permitir a entrada da pessoa que estava lá fora, fosse quem fosse. Segundos depois, ouviu alguém bater à sua porta, e a voz do mordomo anunciando:

– A Sra. Rearden quer falar com o senhor.

– O quê?... Ah... Bem, mande-a entrar!

Baixou os pés, mas não fez nenhuma outra concessão, e esperou com um meio sorriso de curiosidade despertada, resolvendo que só se levantaria depois que Lillian entrasse no gabinete.

Ela trajava um vestido longo cor de vinho, por cima dele uma jaqueta curta, estilo império, transpassada, e um chapeuzinho inclinado sobre uma das orelhas, com uma pena curva que lhe chegava até o queixo. Entrou caminhando com passos bruscos, arrítmicos. A barra do vestido batia em suas pernas, e a pena do chapéu roçava nervosamente em seu pescoço.

– Lillian, minha querida, devo me sentir lisonjeado, encantado ou simplesmente atônito?

– Ah, deixe isso para lá! Eu precisava falar com você imediatamente, só isso. – O tom impaciente, o movimento decidido com que ela se sentou traíam sua fraqueza: segundo as regras não escritas a que eles obedeciam, só se devia assumir uma postura exigente quando se tinha um favor a pedir sem ter nada a oferecer em troca – nem qualquer ameaça a fazer.

– Por que você saiu no meio da festa do Gonzales? – perguntou ela, com um sorriso que não conseguia esconder o tom de irritação de sua voz. – Fui até lá depois do jantar, atrás de você, e me disseram que você tinha ido para casa porque não estava se sentindo bem.

Taggart atravessou o gabinete e pegou um cigarro, para ter o prazer de andar só de meias enquanto ela trajava aquele vestido formal e elegante.

– Eu estava entediado – disse ele.

– Eu não suporto essa gente – disse Lillian, com um pequeno arrepio.

Taggart olhou para ela, atônito, pois aquelas palavras pareciam espontâneas e sinceras.

– Não suporto o tal Gonzales e aquela prostituta com quem ele se casou. É vergonhoso eles estarem tão em alta, eles e as festas que dão. Não tenho mais vontade de ir a lugar nenhum. A atmosfera não é mais a mesma. Há meses que não vejo Balph Eubank, o Dr. Pritchett e os outros. E todas essas caras novas: parecem ajudantes de açougueiros! Afinal, nossos amigos eram cavalheiros.

– É – concordou ele, pensativo. – É, há mesmo uma diferença, é estranho. É como lá na Taggart Transcontinental, também: eu conseguia me dar com Clem Weatherby, ele era civilizado, mas Cuffy Meigs... esse aí é coisa muito diferente, é... – Parou de repente.

– Isso é um absurdo – disse ela, como que desafiando todo o espaço. – Eles não vão conseguir.

Ela não explicou quem eram "eles", nem o que eles não iam "conseguir".

Taggart sabia a que ela se referia. Durante um momento de silêncio, os dois pareceram estar procurando segurança um no outro.

No instante seguinte, ele pensou, com prazer e ironia, que Lillian estava começando a aparentar a idade que tinha. A cor de vinho de seu vestido não lhe era apropriada. Parecia destacar uma tonalidade arroxeada que havia em sua pele, que se acumulava, como um crepúsculo, nos pequenos vales de seu rosto, dando à sua carne uma textura frouxa e cansada, transformando sua expressão maliciosa e viva num ar de malícia doentia.

Taggart percebeu que ela o examinava, então Lillian disse, com um sorriso que visava disfarçar o insulto:

– Mas você não está bem mesmo, não é, Jim? Você parece um criado sem jeito.

Ele deu um risinho:

– Posso me dar a esse luxo.

– Eu sei, meu querido. Você é um dos homens mais poderosos de Nova York. – E acrescentou: – Nova York caiu direitinho.

– É verdade.

– Reconheço que na sua atual posição você pode fazer o que bem entender. É por isso que o estou procurando. – Acrescentou um discreto ruído irônico, para diluir a franqueza de sua afirmação.

– Bom – disse ele, com uma voz agradável e neutra.

– Resolvi vir aqui porque achei melhor, neste caso específico, que não fôssemos vistos juntos em público.

– O que é sempre prudente.

– Creio que já lhe fui útil no passado.

– No passado, já.

– Estou certa de que posso contar com você.

– É claro, mas isso que você disse é um comentário um tanto antiquado, pouco filosófico, não é? Como é que podemos estar certos do que quer que seja?

– Jim – exclamou ela de repente –, você tem que me ajudar!

– Minha querida, estou à sua disposição. Faço o que você quiser para ajudá-la – disse ele. As regras de comunicação que eles observavam exigiam que toda afirmação sincera fosse rebatida por uma mentira deslavada. *Lillian está fraquejando*, pensou ele, e experimentou o prazer de enfrentar um adversário fraco.

Taggart observou que ela estava se descuidando até mesmo do que já fora sua marca registrada: sua elegância. Havia alguns fios de cabelo escapando de seu penteado meticuloso, suas unhas, para combinar com o vestido, estavam pintadas com um esmalte cor de sangue coagulado, o que tornava particularmente visíveis os lugares nas pontas em que o esmalte descascara. E ele percebeu, no amplo decote do vestido, contra o fundo de sua pele macia e cremosa, o brilho discreto do alfinete de segurança que prendia a alça da combinação.

– Você não pode deixar que isso aconteça! – disse ela, no tom belicoso de uma súplica disfarçada de ordem. – Você tem que impedir!

– É mesmo? O quê?

– Meu divórcio.

– Ah...! – Subitamente, o rosto de Taggart assumiu uma expressão séria.

– Você sabe que ele vai se divorciar de mim, não sabe?

– Ouvi uns boatos a respeito.

– Está marcado para o mês que vem. E não tem jeito de voltar atrás. É claro que lhe custou muito, mas ele comprou o juiz, os funcionários, os oficiais de justiça, os padrinhos deles, os padrinhos dos padrinhos, alguns legisladores, meia dúzia de administradores – comprou todos os que estão envolvidos no processo, como quem abre uma rua só para si próprio, e não me resta nenhum jeito de impedi-lo de ir até o fim!

– Entendo.

– Você sabe o que o fez partir para o divórcio, não sabe?

– Imagino.

– E eu fiz aquilo por *você*! – Sua voz estava ficando histérica. – Falei a respeito de sua irmã para você conseguir aquele Certificado de Doação para os seus amigos, que...

– Juro que não sei quem revelou o segredo! – Taggart se apressou a dizer. – Só bem poucas pessoas no mais alto escalão sabiam que foi você quem nos informou, e estou certo de que ninguém ousaria tocar no...

– Ah, sei que não foi ninguém. Ele é inteligente o bastante para concluir que fui eu, não é?

– É, acho que sim. Bem, nesse caso, você sabia que estava se arriscando.

– Eu não pensava que ele fosse chegar a esse ponto. Não pensava que ele fosse capaz de pedir o divórcio. Eu não...

Ele deu um risinho súbito, com uma expressão extraordinariamente perceptiva, e disse:

– Você não pensava que o sentimento de culpa se gastasse tão depressa.

Ela o encarou surpresa, e então disse, fria:

– Não pensava e continuo não pensando.

– Mas gasta, sim, quando se trata de homens como o seu marido.

– Eu não quero que ele se divorcie! – gritou ela subitamente. – Não quero que ele me largue! Não vou permitir! Não vou deixar que minha vida se transforme num fracasso total! – Parou de repente, como se tivesse confessado demais.

Taggart ria baixinho, balançando a cabeça lentamente, um movimento que quase lhe emprestava um ar de inteligência e dignidade, o que significava que ele entendia perfeitamente.

– Porque... afinal, ele é meu marido – disse ela, na defensiva.

– Eu sei, Lillian, eu sei.

– Você sabe o que ele está planejando? Rearden vai impor as condições dele e vai me deixar sem nenhum tostão, sem pensão, sem nada! Ele é que vai dar a última palavra! Você entende? Se ele conseguir isso, então... então para mim o Certificado de Doação não foi nenhuma vitória!

– Eu sei, minha querida, eu sei.

– Além disso... é um absurdo eu ter que pensar nisso, mas de que vou viver? O dinheirinho que eu tinha antes de me casar hoje em dia não vale mais nada. A maior parte dele consiste em ações de fábricas do tempo do meu pai, que já fecharam há anos. O que fazer?

– Mas, Lillian – disse ele, em voz baixa –, eu pensava que você não ligava para dinheiro e coisas materiais.

– Você não entende! Não estou falando de dinheiro, estou falando de pobreza! Pobreza mesmo, miséria, de cortiços fedorentos! Uma pessoa civilizada não pode acabar assim! Eu – *eu* – tendo que me preocupar com comida e aluguel?

Taggart a observava com um leve sorriso. Pela primeira vez, seu rosto flácido e envelhecido pareceu endurecer um pouco, assumindo uma expressão de sabedoria. Ele estava descobrindo o prazer de uma percepção integral, de uma realidade que ele podia se dar ao luxo de perceber.

– Jim, você tem que me ajudar! Meu advogado está de mãos atadas. Gastei o pouco que eu tinha com ele e os investigadores dele, os amigos dele, mas tudo o que conseguiram descobrir é que não podem fazer nada. Meu advogado me entregou hoje à tarde o relatório final. Me disse francamente que não tenho qualquer possibilidade de êxito. Acho que não conheço ninguém que possa me ajudar numa situação dessas. Antes eu estava contando com Bertram Scudder, mas... você sabe o que aconteceu com ele. E isso, também, foi porque eu quis ajudar você. Você conseguiu se safar daquela enrascada. Jim, agora você é a única pessoa que pode me ajudar. Você tem uma toca de toupeira que vai direto até o mais alto escalão. Tem acesso aos manda-chuvas. Fale com seus amigos, diga-lhes para falarem com os amigos deles. Uma palavra só de Wesley Mouch bastaria. Peça-lhes que façam com que a petição de divórcio seja recusada. Só isso.

Taggart sacudiu a cabeça lentamente, quase de maneira pesarosa, como um profissional cansado se dirigindo a um amador por demais entusiástico.

– É impossível, Lillian – disse, com firmeza. – Eu gostaria de fazê-lo, pelos mesmos motivos que você, e acho que sabe disso. Mas o meu poder, por maior que seja, não é suficiente neste caso.

Ela o fitava com olhos cheios de uma estranha imobilidade sem vida. Quando falou, havia em seus lábios um desprezo tão malévolo que Taggart teve medo de identificá-lo plenamente, observando apenas que era dirigido a eles dois. Lillian disse:

– Eu sei que você gostaria.

Taggart não sentiu nenhuma vontade de fingir. Estranhamente, pela primeira e única vez, a verdade parecia mais agradável, porque agora lhe dava o prazer específico que queria sentir.

– Acho que você sabe que não se pode fazer nada – disse ele. – Hoje em dia, ninguém mais faz favores se não há nada a ganhar em troca. E o que está em jogo é cada vez maior. As tocas de toupeira, para empregar a sua expressão, são tão complexas, tão emaranhadas e interligadas que todo mundo sabe alguma coisa que compromete todos os outros, e ninguém ousa fazer nada porque não sabe quem vai ser o primeiro a abrir o jogo, nem como nem quando. Assim, cada um só joga quando é obrigado a jogar, quando se trata de uma questão de vida ou morte – e atualmente só se joga quando o que está em jogo é mesmo a vida. Mas a sua vida privada não tem nada a ver com esse pessoal. Você quer ficar com o seu marido: o que eles têm a ganhar com isso? E eu, pessoalmente, não tenho nada para lhes oferecer em troca da tentativa de frustrar uma negociata altamente lucrativa para muita gente. Além disso, no momento, o pessoal não aceitaria essa jogada por nenhum preço. Eles têm que ter muito cuidado com o seu marido – pois *ele* é o único que agora não está nas mãos deles, desde aquele programa de rádio com a minha irmã.

– Foi você quem me pediu que a obrigasse a falar naquele programa!

– Eu sei, Lillian. Nós dois saímos perdendo daquela vez. E nós dois vamos sair perdendo agora.

– É – disse ela, com a mesma sombra de desprezo nos olhos –, nós dois. – Foi o desprezo que lhe agradou, o prazer estranho, insensato, raro, de saber que essa mulher o via tal como ele era, e no entanto permanecia capturada por sua presença e se acomodava na cadeira, como se afirmando sua servidão.

– Você é uma pessoa maravilhosa, Jim – disse ela, no tom de voz de quem pronuncia uma maldição. No entanto, era mesmo um elogio, e como tal foi feito. O prazer que Taggart sentia decorria da consciência de que eles habitavam um mundo em que uma maldição era um elogio.

– Sabe – disse ele de repente –, você está enganada a respeito daqueles ajudantes de açougueiros, como o Gonzales. Eles têm lá sua utilidade. Você alguma vez já gostou de Francisco d'Anconia?

– Não o suporto.

– Pois você sabe o que estava sendo comemorado nessa festa que Gonzales deu hoje? O acordo da nacionalização da Cobre D'Anconia, a ser efetuada daqui a mais ou menos um mês.

Ela o encarou por um instante, enquanto os cantos de sua boca lentamente formavam um sorriso.

– Ele era seu amigo, não era? – perguntou ela, num tom de voz a que Taggart jamais fizera jus antes, o tom de uma emoção que ele antes só arrancara das pessoas por meios fraudulentos, mas que agora, pela primeira vez, lhe era concedido com total consciência da natureza real do que realizara: era um tom de admiração.

De repente, ele se deu conta de que era esse o objetivo daquelas suas horas de inquietude, era esse o prazer que não havia conseguido encontrar, era essa a comemoração que queria.

– Vamos beber alguma coisa, Lillian – disse ele.

Enquanto servia a bebida, olhou para ela, do outro lado do aposento, largada na cadeira, sem forças.

– Ele que consiga o divórcio dele – disse Taggart. – A última palavra não vai ser dele, e sim dos ajudantes de açougueiro: Gonzales e Cuffy Meigs.

Lillian não disse nada. Quando ele se aproximou, ela tirou o copo de sua mão com um gesto desgracioso e indiferente, e bebeu, não como se bebe socialmente numa festa, e sim como quem bebe sozinho num botequim – para sentir o efeito físico do álcool.

Taggart sentou-se no braço do sofá, próximo demais dela, e ficou bebericando, olhando para o rosto da mulher. Depois de algum tempo, perguntou:

– O que ele pensa de mim?

A pergunta não pareceu surpreendê-la.

– Ele o considera um bobo – respondeu ela. – Acha que a vida é muito curta para tomar conhecimento da sua existência.

– Ele tomaria conhecimento se... – Não terminou a frase.

– ... Se você golpeasse a cabeça dele com um porrete? Não sei, não. Hank simplesmente se culparia por não ter se colocado fora do alcance do porrete. De qualquer modo, seria a sua única chance.

Lillian mudou de posição, afundando mais na poltrona, com a barriga para a frente, como se conforto implicasse deselegância, como se estivesse concedendo a Taggart uma espécie de intimidade que não requeria autocontrole nem respeito.

– Foi a primeira coisa que reparei nele – disse ela – quando o conheci: que ele não tinha medo. Parecia ter certeza de que nada que qualquer um de nós fosse capaz de fazer podia afetá-lo, tanta certeza que nem sequer sabia direito o que sentia a respeito disso.

– Há quanto tempo você não o vê?

– Três meses. Não o vejo desde... desde o Certificado de Doação...

– Eu o vi num congresso industrial há duas semanas. Ele continua a dar a mesma impressão, só que mais *forte* ainda. Agora é como se ele tivesse tomado consciência. – Acrescentou: – É, você fracassou mesmo, Lillian.

Ela não respondeu. Com a mão, empurrou o chapéu, que caiu no tapete, a pluma enroscada como um ponto de interrogação.

– Lembro a primeira vez que vi as siderúrgicas dele – disse ela. – "As *minhas* usinas!" Você não imagina como ele se sentia a respeito delas. Não imagina a arrogância intelectual com que ele acha que tudo aquilo que lhe pertence, tudo o que toca, é sagrado. "As *minhas* usinas, o *meu* metal, o *meu* dinheiro, a *minha* cama, a *minha* mulher!" – Lillian olhou de relance para ele, e no vazio letárgico de seu olhar houve um pequeno lampejo. – Ele nunca percebeu a sua existência. A minha ele percebeu. Continuo a ser a Sra. Rearden... pelo menos durante mais um mês.

– É... – disse Taggart, olhando para ela com um súbito interesse renovado.

– A Sra. Rearden! – exclamou ela com um risinho. – Você não imagina o que isso significa para ele. Nenhum senhor feudal jamais sentiu nem exigiu tanta reverência pelo título de "*minha* mulher", nem jamais o considerou tão honroso. Um símbolo de sua honra inflexível, intocável, inviolável, impecável! – Fez um gesto vago, indicando o próprio corpo esparramado, e riu: – A mulher de César! Lembra? Não, claro que não. A mulher de César tinha de ser acima de qualquer suspeita.

Taggart olhava para ela com o olhar pesado e cego do ódio impotente – ódio daquilo que ela de repente passara a simbolizar, não dela em si.

– Ele não gostou de ver seu metal passar a ser de domínio público, podendo ser fabricado pelo primeiro que passasse... não é?

– Não, não gostou.

As palavras dele pareciam um pouco arrastadas, como se carregassem consigo o peso da bebida que engolira:

– Não vá me dizer que você nos ajudou a conseguir aquele Certificado de Doação como um favor para mim, sem ganhar nada com isso... Eu sei por que você fez isso.

– Você já sabia na época.

– Claro. É por isso que gosto de você, Lillian.

Seu olhar voltava constantemente para o decote do vestido dela. Não era a pele lisa que atraía seu olhar, nem a saliência dos seios, e sim a fraude do alfinete de segurança.

– Eu queria vê-lo levar uma surra – disse Taggart. – Queria ouvi-lo gritar de dor, só uma vez.

– Você nunca vai conseguir, Jimmy.

– Por que ele se acha melhor do que nós, ele e minha irmã?

Lillian deu um risinho.

Ele se levantou como se ela o tivesse esbofeteado. Foi até o bar e preparou outra dose para si próprio, sem oferecer nada à mulher.

Ela estava falando para o espaço à sua frente, sem focalizar os olhos em Taggart:

– Ele percebeu a minha existência, sim, muito embora eu não saiba construir trilhos para ele nem pontes para a glória de seu metal Rearden. Não sei construir as usinas dele, mas posso destruí-las. Não posso produzir o metal dele, mas posso tirá-lo dele. Não posso fazer os homens se ajoelharem de admiração à minha frente, mas posso fazê-los cair de joelhos.

– Cale a boca! – gritou ele, apavorado, como se ela estivesse se aproximando demais daquele beco enevoado que tinha de permanecer invisível.

Lillian olhou para ele.

– Você é tão covarde, Jim!

– Por que não toma um porre? – perguntou ele, encostando seu copo meio cheio na boca de Lillian, como se quisesse bater nela com ele.

Ela segurou o copo com dedos moles e bebeu, deixando a bebida escorrer pelo queixo, pelo peito, pelo vestido.

– Lillian, você está se molhando toda! – disse ele e, sem se dar ao trabalho de pegar o lenço, começou a enxugá-la com a palma da mão. Seus dedos escorregaram pelo decote e se fecharam sobre um seio. Ele prendeu a respiração de repente, como se soluçasse. Suas pálpebras se fecharam, e ainda viu o rosto dela recuar sem oferecer resistência, a boca intumescida de repulsa. Quando ele lhe procurou os lábios, sentiu seus braços que o apertavam, obedientes, e sua boca contra a dele. Mas aquilo era só uma pressão, não um beijo.

Taggart levantou a cabeça para ver o rosto da mulher. Os dentes dela se mostravam num sorriso, porém o olhar estava fixo em algum ponto além dele, como se zombasse de alguma presença invisível, e o sorriso era ao mesmo tempo sem vida e cheio de malícia, como o de uma caveira.

Ele a puxou mais para perto, a fim de não ver aquilo e de conter o arrepio involuntário. Suas mãos a acariciavam automaticamente, e ela o aceitava. Jim sentia o pulsar das artérias da mulher sob seus dedos. Os dois estavam realizando um ato rotineiro, como se imposto a eles, fazendo-o por deboche, por ódio, numa paródia profanadora daqueles que o faziam por amor.

Taggart sentia uma fúria cega, imprudente, mistura de horror com prazer, o horror de cometer um ato que jamais ousaria confessar a ninguém, o prazer de cometê-lo como uma blasfêmia, um desafio àqueles a quem não ousaria confessá-lo. Ele era quem era! – a única parte consciente de sua raiva parecia estar gritando –, por fim, ele era quem era!

Não falavam nada. Um conhecia a motivação do outro. Apenas duas palavras foram pronunciadas:

– *Sra. Rearden* – disse ele.

Não se entreolharam quando ele a empurrou para o quarto e sobre a cama, caindo sobre seu corpo como se caísse sobre um objeto macio e inanimado. Em seus rostos havia o olhar de segredo, de cumplicidade, a expressão furtiva e obscena de crianças que sujam a cerca de alguém com rabiscos que se pretendem pornográficos.

Depois, ele não se sentiu decepcionado por haver possuído apenas um corpo inanimado que não resistia nem correspondia. Não era uma mulher que ele queria possuir. Não era um ato em homenagem à vida que queria realizar – e sim um ato em homenagem ao triunfo da impotência.

◄◄◄

Cherryl destrancou a porta e entrou silenciosamente, quase de maneira furtiva, como se não quisesse ser vista no lugar que era seu lar, nem o quisesse ver. A ideia da presença de Dagny – do mundo de Dagny – havia lhe dado forças durante o caminho, porém, ao entrar em seu apartamento, as paredes pareceram engoli-la mais uma vez numa armadilha sufocante.

A casa estava silenciosa. Um feixe de luz riscava a antessala, vindo de uma porta semicerrada. Mecanicamente, Cherryl se arrastou em direção a seu quarto, então parou.

A luz vinha do escritório de Jim, e sobre a fatia de chão iluminada ela viu um chapéu de mulher, com uma pluma balançando lentamente na brisa.

Deu um passo à frente. O cômodo estava vazio. Havia dois copos, um sobre a mesa, outro no chão, e uma bolsa de mulher na poltrona. Ficou parada, num estupor, até ouvir duas vozes abafadas vindas do quarto de Jim. Não pôde compreender as palavras, apenas a qualidade dos sons: a voz de Jim exprimia irritação; a da mulher, desprezo.

Então Cherryl se viu em seu quarto, tentando desesperadamente trancar a porta. Havia sido levada até lá pelo pânico cego, uma vontade de fugir, como se fosse ela quem tivesse que se esconder, quem tinha que fugir do horror de ser vista vendo-os – uma sensação de pânico que era uma mistura de repulsa, piedade, vergonha, aquela castidade mental que foge quando tem que fazer um homem confrontar a prova irrefutável de sua perversidade.

Ela ficou parada no meio do quarto, sem conseguir saber o que lhe era possível fazer agora. Então seus joelhos foram se dobrando lentamente, e ela se viu sentada no chão, e lá ficou, olhando para o tapete, tremendo.

Não era nem raiva nem ciúme nem indignação o que sentia, e sim o horror cego de enfrentar o grotesco e o sem sentido. Era a consciência de que nem aquele casamento, nem o amor que Taggart sentia por ela, nem a insistência dele em permanecer com ela, nem o amor que ele tivesse por aquela outra mulher, nem aquele adultério gratuito tinham qualquer significado; de que não havia o menor sentido em nada daquilo; de que era inútil tentar encontrar explicações. Ela sempre imaginara que o mal fosse algo dotado de um propósito, um meio que visa a um fim. O que ela estava vendo agora era o mal pelo mal.

Cherryl não sabia por quanto tempo estava ali quando ouviu passos e vozes e depois o ruído da porta que dá para a rua se fechando. Levantou-se, sem saber o que pretendia fazer, impelida por algum instinto proveniente do passado, como se estivesse agindo dentro de um vácuo no qual a honestidade não tivesse mais qualquer relevância, porém sem conhecer outra maneira de agir.

Encontrou Jim na antessala. Por um momento, os dois se entreolharam como se um não conseguisse acreditar na realidade do outro.

– Quando você chegou? – perguntou ele, irritado. – Há quanto tempo está aqui?

– Não sei...

Jim a olhava fixamente.

– O que deu em você?

– Jim, eu... – Cherryl fez um esforço, desistiu e fez um gesto apontando para o quarto dele. – Jim, eu vi.

– Viu o quê?

– Você, lá... com uma mulher.

O primeiro impulso de Jim foi empurrá-la para dentro de seu gabinete e fechar a porta, como se para escondê-los a ambos de alguém que ele não poderia identificar. Uma raiva não reconhecida fervia em sua mente, um conflito entre o subterfúgio e a explosão, que resultou na sensação de que aquela mulherzinha desprezível estava lhe roubando sua sensação de triunfo e de que ele não abriria mão desse seu novo prazer por causa dela.

– E daí? – gritou ele. – O que você vai fazer por causa disso?

Cherryl lhe dirigiu um olhar vazio.

– É, eu estava lá com uma mulher, mesmo! Foi isso que eu fiz, porque me deu vontade de fazer! Você pensa que vai me assustar com esses seus suspiros, esse olhar fixo, essa virtude desprezível? – Estalou os dedos. – Estou me lixando para o que você pensa! Estou me lixando para a sua opinião! Pronto! – O rosto pálido e indefeso de Cherryl o instigava a prosseguir, lhe proporcionando o prazer de sentir que suas palavras eram como golpes que estivessem desfigurando um rosto. – Você acha que vou começar a fazer as coisas escondido por sua causa? Estou cheio de viver fingindo para não ofender a sua virtude conjugal! Quem é que você pensa que é, sua balconistazinha? Eu faço o que me dá na telha, e você cale a boca e mantenha as aparências em público, como todo mundo, e pare de exigir que eu finja na minha própria casa! Ninguém é virtuoso em sua própria casa só para os outros verem! Mas se você está pensando que eu levo isso a sério, sua boboca, é melhor crescer logo de uma vez!

O que Jim estava vendo não era o rosto de Cherryl, e sim o do homem a quem ele gostaria de ter atingido com o ato que praticara aquela noite, o que jamais poderia fazer. Mas ela sempre fora para ele alguém que admirava, defendia e representava aquele homem – fora por isso que ele a desposara –, portanto, ela agora poderia substituir aquele homem. Jim gritou:

– Você sabe quem era essa mulher que eu comi? Era...

– Não! – exclamou ela. – Jim! Eu não preciso ouvir isso!

– Era a Sra. Rearden! A Sra. Hank Rearden!

Cherryl deu um passo atrás. Jim sentiu um terror momentâneo, porque ela o olhava como se estivesse vendo aquilo que ele não admitia para si próprio. Ela perguntou, com uma voz morta que continha um tom incongruente de senso comum:

– Imagino que você agora vá pedir o divórcio, não é? – Jim caiu na gargalhada.

– Sua idiota! Você continua se levando a sério! Continua querendo coisas grandiosas e puras! Eu jamais pediria o divórcio, e nem sonhe que vou deixar que você se divorcie de mim! Você acha que a coisa é tão importante assim? Escute, sua bobinha, não há no mundo um marido que não durma com outras mulheres, e não há uma mulher que não saiba disso, mas eles não falam sobre esse assunto! Eu trepo com quem eu quiser, e você que faça o mesmo, como todas as outras vagabundas, e fique de bico calado!

Jim viu nos olhos de Cherryl a expressão súbita e surpreendente de uma inteligência pura, dura, insensível, quase desumana.

– Jim, se eu fosse uma mulher desse tipo, você não teria casado comigo.

– Não. Não teria.

– Por que se casou comigo?

Ele sentiu-se como que arrastado por um redemoinho, em parte aliviado por ter passado o momento do perigo, em parte numa atitude irreprimível de desafio frente àquele mesmo perigo.

– Porque você era uma balconistazinha vulgar, criada na sarjeta, que jamais poderia ter chegado a meus pés! Porque eu achei que você ia me amar! Achei que ia saber que tinha que me amar!

– Tal como você é?

– Sem ousar perguntar como eu sou! Sem motivo. Sem viver me cobrando razões, uma verdadeira parada militar infindável de razões.

– Então você me amava... porque eu não valia nada!

– Ora, o que você pensava que fosse?

– Você me amava por eu ser desprezível?

– O que mais você tinha a dar? Mas você não teve humildade suficiente para admitir esse fato. Eu quis ser generoso, dar segurança a você. E que segurança há em ser amado pelas qualidades que se tem? A competição não cessa nunca, é como um mercado na selva, uma pessoa melhor sempre há de aparecer! Mas eu, eu estava disposto a amá-la pelos seus defeitos e suas fraquezas, sua ignorância, sua vulgaridade, sua baixeza, e isso é que dá segurança. Você não teria nada a temer, nada a esconder, poderia ser quem é, essa pessoa suja, pecaminosa, feia que você é na realidade, já que todo mundo é isso mesmo, mas você teria o meu amor, sem que nada lhe fosse exigido!

– Você queria... que eu aceitasse o seu amor... como uma esmola!

– Você achava que o merecia? Que seria possível você merecer casar comigo, uma reles balconistazinha? Eu antes comprava mulheres da sua laia pelo preço de uma refeição! Eu queria que você soubesse, a cada passo que desse, cada porção de caviar que comesse, que devia tudo isso a mim, que você não tinha nada, não era nada e jamais poderia ser do meu nível, merecer ou pagar o que eu lhe dava!

– Eu... tentei... merecer.

– Se tivesse conseguido, para que você me serviria?!

– Você não queria que eu merecesse?

– Ah, você é uma imbecil!

– Você não queria que eu me aperfeiçoasse! Não queria que eu crescesse? Achava que eu não prestava e queria que eu continuasse sempre assim?

– Para que você me serviria se merecesse o que eu lhe dava, e eu tivesse que me esforçar para não perdê-la, e você pudesse escolher outro se quisesse?

– Você queria que fosse uma esmola... de nós dois para nós dois! Você queria que fôssemos dois mendigos, um acorrentado ao outro!

– Queria, sua evangelistazinha! Queria, anjo de virtudes heroicas! Queria!

– Você me escolheu porque eu não valia nada!

– Isso mesmo!

– Você está mentindo, Jim.

Em resposta, ele a olhou, atônito.

– Essas garotas que você comprava pelo preço de uma refeição gostariam de se transformar em porcarias, aceitariam sua esmola e nunca tentariam melhorar, mas você não se casaria com nenhuma delas. Casou comigo porque sabia que eu não aceitava a sarjeta, que estava me esforçando para subir e que ia continuar me esforçando, não é verdade?

– É! – exclamou ele.

Então o farol que ela sentira se aproximar dela a atingiu, e Cherryl começou a gritar na explosão luminosa daquele impacto, a gritar de terror físico, afastando-se dele.

– O que foi que deu em você? – perguntou ele, tremendo, sem ousar ver nos olhos da mulher a coisa que ela tinha visto.

Ela gesticulava, trôpega, como se ao mesmo tempo quisesse afastar algo de si e agarrá-lo. Quando respondeu, suas palavras não chegavam a identificar a coisa em questão, mas foram as únicas que conseguiu encontrar:

– Você... assassina... pelo prazer de matar...

Ela chegara perto demais do inominável. Trêmulo de pavor, Jim deu um soco às cegas e a atingiu no rosto.

266

Cherryl caiu sobre o braço de uma poltrona, e sua cabeça bateu no chão, porém no instante seguinte ela a levantou e dirigiu a ele um olhar vazio, despido de espanto, como se a realidade física estivesse simplesmente se configurando tal como esperava que acontecesse. Uma única gota de sangue, em forma de lágrima, lentamente lhe escorreu do canto da boca.

Taggart permanecia imóvel, e por um momento se entreolharam, como se ambos não ousassem se mover.

Ela foi a primeira a tomar a iniciativa. Pôs-se de pé e correu. Saiu correndo do aposento, do apartamento. Ele ouviu seus passos pelo corredor, abrindo a porta de ferro da escada de emergência, sem esperar pelo elevador.

Cherryl desceu as escadas correndo, abrindo portas às cegas nos patamares, passando velozmente pelos corredores tortuosos do edifício, depois descendo a escada novamente, até se ver no hall do prédio. Então, correu para a rua.

Depois de algum tempo, deu por si caminhando por uma calçada suja em um bairro mal iluminado. Havia uma lâmpada acesa na entrada cavernosa do metrô e um anúncio de biscoitos aceso no alto do telhado negro de uma lavanderia. Ela não sabia como chegara lá. Sua mente parecia estar funcionando de modo espasmódico e descontínuo. Só sabia que tinha que fugir e que isso era impossível.

Tenho que fugir de Jim, pensou. *Para onde?*, perguntou, observando à sua volta com um olhar de súplica. Teria aceitado um emprego numa lojinha de quinquilharias, ou naquela lavanderia, ou em qualquer uma daquelas lojas miseráveis pelas quais estava passando. Mas ela iria trabalhar, e quanto mais trabalhasse, mais maliciosas seriam com ela as pessoas ao seu redor, e ela não saberia quando quisessem que dissesse a verdade ou quando que mentisse. E quanto mais honesta ela fosse, maior a fraude que teria de suportar. Cherryl já vira isso acontecer e o havia suportado, na casa de sua família, nas lojas dos bairros miseráveis, porém, naquele tempo, pensava que eram exceções mórbidas, males aleatórios, coisas das quais devia fugir para esquecê-las depois. Agora sabia que essas coisas não eram exceções, que aquele era o código que o mundo aceitava, o credo da vida, conhecido por todos porém jamais identificado, olhando de esguelha para ela através dos olhos das outras pessoas, aquele olhar matreiro e cheio de culpa que jamais conseguira compreender – e na base daquele credo, oculto pelo silêncio, à espreita, à sua espera nos porões da cidade e nos calabouços das almas das pessoas, havia uma coisa com a qual era impossível conviver.

Por que vocês estão fazendo isso comigo?, gritava ela silenciosamente para a escuridão ao seu redor. "Porque você é boa", uma gargalhada imensa parecia responder do alto dos telhados e das sarjetas. *Então não vou mais ser boa.* "Vai, sim." *Não tenho obrigação de ser boa.* "Mas vai." *Não aguento mais.* "Mas vai."

Cherryl estremeceu e apertou o passo, mas à sua frente, nas brumas da distância, viu o calendário acima dos telhados da cidade. Há muito já passava da meia-noite, e lá estava escrito: 6 de agosto. Porém lhe pareceu de repente que o que estava escrito era 2 de setembro, em letras de sangue, e pensou: *Se trabalhasse, se lutasse, se subisse, ia sofrer mais com cada passo em minha ascensão, até que, no fim, tudo aquilo que conseguisse, fosse uma companhia de produção de cobre ou uma casa própria, seria desapropriado em algum dia de setembro por Jim e consumido para custear as festas em que ele negociava com os amigos.*

Então não vou!, gritou ela e deu meia-volta, começando a correr no sentido oposto. Porém tinha a impressão de que no céu escuro, sorrindo para ela na fumaça da lavanderia, com um sorriso debochado, pairava uma figura enorme que não tinha forma fixa, mas cujo sorriso permanecia sempre o mesmo, qualquer que fosse a forma assumida, e seu rosto era o de Taggart, do pregador da sua infância, da assistente social do departamento de pessoal da loja em que ela trabalhava – e o sorriso parecia lhe dizer: "Gente como você permanece sempre honesta, sempre tenta subir, sempre trabalha, por isso estamos feitos e você não tem saída."

Cherryl corria. Quando olhou ao seu redor mais uma vez, estava andando numa rua silenciosa, passando por portas envidraçadas por trás das quais se viam luzes acesas nos halls atapetados de edifícios luxuosos. Deu-se conta de que estava mancando e viu que o salto de seu sapato estava se soltando: ela o havia quebrado durante sua corrida cega.

Quando se viu no espaço amplo de um cruzamento de avenidas, contemplou os arranha-céus ao longe. Estavam desaparecendo silenciosamente na névoa, deixando um brilho pálido e algumas luzes como um sorriso de despedida. Houvera um tempo em que aqueles prédios eram uma promessa, e, quando ela levantava a vista da estagnação e do ócio que a cercavam, eles lhe pareciam uma prova de que existiam no mundo homens diferentes daqueles que via ao seu redor. Agora ela sabia que os arranha-céus eram lápides, finos obeliscos que se elevavam em memória dos homens que haviam sido destruídos por os terem criado. Eram a forma congelada do grito silencioso que proclamava a mensagem: a recompensa da realização é o martírio.

Em alguma daquelas torres que desaparecem na neblina, pensou Cherryl, *está Dagny, uma vítima solitária, lutando um combate inglório, que será destruída e desaparecerá na névoa como todos os outros.*

Não há lugar para onde ir, pensava ela, seguindo em frente com passos trôpegos. *Não consigo parar, nem vou poder continuar correndo por muito tempo. Não posso nem trabalhar nem descansar, não posso me render nem lutar. Mas isto... isto é o que eles querem de mim, isto é o que querem que eu seja: nem viva nem morta, nem racional nem louca, apenas uma massa de carne que grita de medo, a ser moldada por eles a seu bel-prazer, eles que não têm forma própria.*

Cherryl mergulhou na escuridão da esquina, fugindo horrorizada de qualquer vulto humano. *Não*, pensou, *não são más, nem todas as pessoas são más... são apenas as primeiras vítimas de si próprias, mas todas elas acreditam no credo de Jim, e não posso mais conviver com elas, agora que já sei... E, se eu falasse com elas, tentariam ter boa vontade comigo, mas, como sei o que elas consideram bom, eu veria a morte em seus olhares.*

Agora a calçada se reduzira a uma faixa estreita e quebrada, e o lixo transbordava das latas largadas à entrada das casas miseráveis. Além da luz mortiça de um bar, viu um cartaz iluminado – "Refúgio para moças" – acima de uma porta trancada.

Cherryl conhecia as instituições desse tipo e as mulheres que as administravam, mulheres que diziam que seu trabalho era ajudar aquelas que sofriam. *Se eu entrasse*, pensou ela, ao passar pela porta, *se lhes pedisse ajuda, elas me perguntariam: "De que você é culpada? Bebida? Droga? Gravidez? Roubo?" E eu responderia: "Nada, sou inocente, mas..." "Desculpe. Não nos interessamos pelo sofrimento das inocentes."*

Ela corria. Parou na esquina de uma rua comprida e larga, recuperando a visão, e olhou ao redor. Os edifícios e as calçadas se fundiam com o céu – e duas fileiras de luzes verdes pendiam no espaço aberto, desaparecendo ao longe, como se se estendessem até outras cidades, mares e terras estrangeiras, circundando a Terra. A luz verde exprimia serenidade, como um caminho convidativo e ilimitado se oferecendo a um andarilho confiante.

Então as luzes ficaram vermelhas, descendo pesadamente, os círculos nítidos se transformando em manchas difusas, tornando-se advertências de um perigo ilimitado. Imóvel, Cherryl viu um caminhão gigantesco passar, as rodas enormes tornando um pouco mais luzidios os paralelepípedos achatados da rua.

As luzes voltaram ao verde confiável, porém ela estava trêmula, incapaz de se mover. *É assim que funciona para o tráfego dos corpos*, pensou, *mas e para o tráfego da alma? Aí os sinais estão trocados – e o caminho é seguro quando as luzes são vermelhas como o mal –, mas quando são verdes como a virtude, prometendo que o caminho é seu, você segue e é esmagada pelas rodas.* No mundo inteiro, aquelas luzes invertidas chegam a todos os lugares, circundando a Terra. E a Terra está coberta de aleijados e estropiados, que não sabem o que os atingiu, nem por que foram atingidos, que rastejam da melhor maneira que conseguem com seus membros esmagados por suas vidas obscuras, tendo como única resposta a ideia de que a dor é o âmago da existência – e os guardas de trânsito da moralidade riem e lhes dizem que o homem, pela própria natureza, é incapaz de andar.

Essas não eram as palavras que lhe vieram à mente, e sim aquelas em que teria pensado se tivesse o poder de encontrá-las, para dar nome àquilo que só conhecia como uma fúria súbita que a fazia esmurrar, com um horror inútil, o poste de ferro do sinal de trânsito a seu lado, aquele tubo metálico oco dentro do qual o zumbido rouco de um mecanismo implacável se repetia sem cessar, como uma risada.

Cherryl não podia esmagá-lo com seus punhos, não podia derrubá-los um por um, todos os postes da rua, que se estendiam até sumirem de vista – assim como não podia esmagar aquele credo dentro dos homens que iria encontrar, um por um. Não podia mais conviver com as pessoas, não podia seguir o mesmo caminho que elas – mas o que poderia lhes dizer, ela que não tinha palavras para dar nome à coisa que sabia, nem voz que as pessoas pudessem ouvir? O que poderia lhes dizer? Como poderia chegar até elas? Onde estariam os homens que poderiam ter falado?

Essas não eram as palavras que lhe vieram à mente, e sim os golpes de seus punhos contra o metal. Então ela deu por si, de repente, batendo com os nós dos dedos até sangrar contra um poste imóvel, e essa constatação a fez estremecer, e se afastou, trôpega. Seguiu em frente, sem ver nada ao seu redor, sentindo-se encurralada num labirinto sem saída.

Sem saída, diziam seus vestígios de consciência, batendo no ritmo de seus passos, *sem saída... sem refúgio... sem sinais... sem ter como distinguir destruição de segurança, inimigo de amigo... Como aquele cão a respeito do qual ouvi falar*, pensou, *em algum laboratório... o cão que recebia sinais trocados, que não sabia como distinguir satisfação de tortura, que via seu alimento se transformar em golpes e os golpes em alimento, com olhos e ouvidos que o enganavam, juízo traiçoeiro e consciência impotente num mundo mutável, fluido, informe – e entregou os pontos, recusando-se a comer se o preço era aquele, a viver num mundo assim... Não!*, era essa a única palavra consciente em seu cérebro: *Não! Não! Não! Não para seu mundo e sua maneira de viver, ainda que esse "não" seja tudo o que reste do meu mundo!*

Foi na hora mais escura da noite, num beco no cais do porto, que a assistente social a viu. Ela era uma mulher cujo rosto e o casaco cinzento se confundiam com os muros daquele bairro. Ela viu uma jovem usando um conjunto elegante e caro demais para aquele lugar, sem chapéu, sem bolsa, com um salto quebrado, descabelada e com uma ferida no canto da boca, uma jovem cambaleando às cegas, não conseguindo distinguir a rua da calçada. A rua era apenas uma passagem estreita entre os muros nus dos armazéns, porém um raio de luz atravessava a neblina impregnada de cheiro de água apodrecida. Um parapeito de pedra fechava a rua, depois vinha um imenso buraco negro em que se confundiam rio e céu.

A assistente social se aproximou de Cherryl e lhe perguntou, severa:

– Você está em dificuldades?

E viu um olho desconfiado – o outro estava escondido atrás de uma mecha de cabelos – e o rosto de uma criatura selvagem que já esqueceu o som das vozes humanas, porém escuta como quem ouve um eco longínquo, com suspeita, no entanto quase com esperança.

A assistente social a agarrou pelo braço:

– É uma vergonha terminar nesse estado... Se você e essas outras moças de sociedade tivessem algo mais a fazer que não se entregar a seus desejos e correr atrás dos prazeres, você não estaria aqui agora, cambaleando, bêbada feito um vagabundo, a esta hora da madrugada... Se você parasse de viver em função do próprio prazer, parasse de pensar em si própria e encontrasse um objetivo mais elevado...

Então a jovem começou a gritar – e seu grito se chocou contra os muros nus da rua como se numa câmara de tortura, um grito animal de terror. Safou-se das mãos da mulher, recuou e gritou palavras incompreensíveis:

– Não! Não! Não este mundo de vocês!

Então correu, correu impelida por uma súbita explosão de energia, a energia de uma criatura que foge para salvar a própria pele, correu pela rua que terminava no rio – e, num só ímpeto, sem nenhum momento de dúvida, com plena consciência de estar agindo pela própria preservação, continuou correndo até que o parapeito lhe barrou o caminho e, sem parar, saltou para o espaço vazio.

CAPÍTULO 5

AMOR FRATERNAL

Na manhã de 2 de setembro, partiu-se um fio de cobre que ligava dois postes telefônicos à margem da linha do Pacífico da Taggart Transcontinental, na Califórnia.

Por volta da meia-noite, começara a cair uma chuva fina e leve. O sol não chegou a nascer, apenas uma luz cinzenta vazava de um céu encharcado, e as reluzentes gotas d'água que pendiam dos fios telefônicos eram as únicas coisas que brilhavam contra o fundo esbranquiçado das nuvens, o cinza do mar e o aço das torres de petróleo. Os fios estavam gastos, pois vinham sendo usados por mais tempo que o previsto. Um deles começara a ceder naquela madrugada com o leve peso das gotas de chuva. Uma última gota, como uma conta de cristal, acumulou o peso de muitos segundos: silenciosamente, como uma lágrima que cai, o fio e a gota desabaram ao mesmo tempo.

Os homens da sede daquela divisão da Taggart Transcontinental evitaram se entreolhar quando constataram e anunciaram o estrago do fio. Fizeram afirmações cuidadosamente calculadas para que parecessem se referir ao problema, mas que não dissessem coisa alguma. Ninguém, no entanto, conseguiu enganar ninguém. Eles sabiam que fio de cobre era algo cada vez mais raro, que era mais precioso que o ouro ou a honra. Sabiam que o almoxarife da divisão vendera o estoque de fio semanas atrás para compradores que vinham de noite e que não eram negociantes de dia, e sim apenas homens que tinham amigos em Sacramento, a capital do estado, e em Washington – do mesmo modo que o almoxarife, recém-designado para o cargo, tinha um amigo em Nova York, chamado Cuffy Meigs, a respeito do qual ninguém fazia perguntas. Sabiam que o homem que agora assumiria a responsabilidade de solicitar o conserto e dar início ao processo, que culminaria com a descoberta de que seria impossível realizar o reparo, sofreria retaliações nas mãos de inimigos desconhecidos, que seus colegas de trabalho se manteriam misteriosamente calados e não testemunhariam a seu favor, que ele não conseguiria provar nada, e que, se tentasse fazer o que seu emprego exigia que fosse feito, logo o perderia. Não sabiam mais o que era ou não era perigoso, naqueles tempos em que os culpados não eram punidos, mas os acusadores eram. E, como animais, sabiam que a imobilidade era a única proteção em caso de dúvida ou perigo. Então permaneceram imóveis e falaram a respeito do procedimento apropriado de mandar relatórios às autoridades apropriadas dentro dos prazos apropriados.

Um jovem engenheiro de manutenção saiu da sala e da sede da divisão e foi para um lugar seguro – a cabine telefônica de uma farmácia. Ignorando o continente e os escalões de executivos apropriados que o separavam de Nova York, ligou para o escritório de Dagny Taggart.

Ela recebeu o telefonema no escritório de seu irmão, interrompendo uma reunião de emergência. O jovem engenheiro lhe disse apenas que o fio estava partido e que não havia outro para substituí-lo. Não disse mais nada, nem explicou por que julgara necessário falar diretamente com ela. Dagny não lhe perguntou nada. Ela compreendeu.

– Obrigada – foi tudo o que disse.

Em seu escritório havia um arquivo de emergência, com a relação de todos os materiais de importância crucial que ainda existiam em cada divisão da rede ferroviária. Como o arquivo de uma firma falida, nele só entravam registros de perdas, e as raras anotações referentes a materiais adquiridos eram como risadas maliciosas de um torturador que joga migalhas de pão para um continente que morre de fome. Examinou o arquivo, fechou-o, suspirou e disse:

– Montana, Eddie. Ligue para a linha de Montana e mande-os enviar metade de seu estoque de fio de cobre para a Califórnia. Talvez a linha de Montana consiga se aguentar sem esse fio... por mais uma semana. – E, como Eddie Willers ia protestar, ela acrescentou: – Petróleo, Eddie. A Califórnia é um dos últimos produtores de petróleo que ainda restam no país. Não podemos nos arriscar a perder a linha do Pacífico. – E voltou à reunião na sala de seu irmão.

– Fio de cobre? – perguntou Taggart, com um olhar estranho que se desviou do rosto de Dagny e se fixou na cidade lá fora. – Em muito pouco tempo, o cobre não será mais problema nenhum.

– Por quê? – perguntou ela.

Taggart, porém, não respondeu. Não havia nada de especial para se ver lá fora, só o céu azul de um dia ensolarado, a luz tranquila da tarde sobre os telhados da cidade e, acima deles, a página do calendário proclamando: 2 de setembro.

Dagny não sabia por que Taggart havia insistido em realizar essa reunião em seu escritório, por que insistira em falar com ela em particular, coisa que normalmente ele tentava evitar, nem por que olhava a toda hora para o relógio.

– A meu ver, a situação não está nada boa – disse ele. – É preciso fazer alguma coisa. Aparentemente estamos vivendo um estado de perturbação e confusão, que tende a uma política descoordenada e desequilibrada. Em outras palavras, há uma grande demanda por transporte em todo o país, e no entanto estamos perdendo dinheiro. A meu ver...

Dagny olhava para o velho mapa da Taggart Transcontinental que ficava na parede da sala do irmão, para as artérias vermelhas que riscavam um continente amarelado. Houve um tempo em que a rede ferroviária era chamada de aparelho circulatório da nação, e os trens constituíam um circuito vivo de sangue, levando desenvolvimento e riqueza aos lugares mais longínquos por onde passavam. Agora, ainda se assemelhava a uma corrente sanguínea, só que era como aquela corrente de sentido único que emana de uma ferida, levando embora o que resta de alimento e vida no organismo. *Tráfego de sentido único*, pensou Dagny com indiferença, *tráfego de consumidores.*

Pensou no trem nº 193. Seis semanas atrás, ele fora enviado com um carregamento de aço – não a Faulkton, Nebraska, onde a Companhia de Máquinas-Ferramentas Spencer, a melhor das que ainda funcionavam, estava sem operar havia duas semanas, esperando o carregamento –, mas para Sand Creek, Illinois, onde a Máquinas Confederadas afundava em dívidas havia mais de um ano, produzindo artigos de baixa qualidade de modo espasmódico. O aço fora entregue a ela por um decreto que explicava que a Spencer era uma empresa rica, e portanto podia esperar, enquanto a Confederadas estava falida e era importante impedir que ela fechasse, tendo em vista que era a única fonte de empregos para a população de Sand Creek. A Companhia de Máquinas-Ferramentas Spencer fechara havia um mês. A Máquinas Confederadas encerrara as atividades duas semanas depois.

A população de Sand Creek estava recebendo auxílio do governo federal, mas, como não havia comida para ela nos celeiros vazios da nação naquele momento, as sementes dos fazendeiros de Nebraska haviam sido confiscadas por ordem do Conselho de Unificação – e o trem nº 194 levara a colheita jamais plantada, o futuro da população de Nebraska, para ser comida pelo povo de Illinois. "Vivemos numa época progressista", afirmara Eugene Lawson numa transmissão radiofônica, "em que por fim todos compreendemos que é de cada um de nós que depende a sobrevivência de nossos irmãos".

– Num período difícil de emergência como o atual – disse James Taggart enquanto sua irmã olhava para o mapa –, é perigoso nos vermos obrigados a atrasar o pagamento de nossos funcionários em algumas divisões, uma situação provisória, é claro, mas...

Dagny deu uma risadinha:

– O Plano de Unificação das Ferrovias não está dando certo, não é mesmo, Jim?

– O quê?

– Você deveria receber uma boa fatia da renda bruta da Sul-Atlântica no fim do ano, só que não vai restar renda bruta nenhuma para ser confiscada, não é?

– Não é verdade! O problema é que os banqueiros estão sabotando o plano. Esses cachorros, que antigamente nos emprestavam dinheiro sem nenhuma garantia além de nossas ferrovias, agora me negam uns míseros 100 mil dólares a curto prazo, só para poder manter em dia a folha de pagamento, quando tenho toda a rede ferroviária do país para oferecer como garantia!

Dagny riu.

– Não foi culpa nossa! – exclamou ele. – Não é culpa do Plano se algumas pessoas se recusam a arcar com uma parte justa de nosso ônus!

– Jim, era só isso que você queria me dizer? Neste caso, vou indo. Tenho mais o que fazer.

Rapidamente ele consultou o relógio de pulso.

– Não, não, não é só isso, não! É da maior importância que examinemos a situação e cheguemos a alguma decisão, que...

Dagny ficou impassível, ouvindo mais uma torrente de generalidades, tentando descobrir aonde ele queria chegar. Taggart estava ganhando tempo e ao mesmo tempo não estava, não exatamente. Ela tinha certeza de que ele a detinha ali por algum motivo específico e, ao mesmo tempo, que o fazia só para tê-la ao seu lado.

Era uma coisa nova no irmão, que Dagny passara a observar desde a morte de Cherryl. Taggart viera correndo procurá-la, afobado, sem avisar, na noite em que o corpo da mulher foi encontrado e a notícia de seu suicídio foi publicada em todos os jornais, que entrevistaram a assistente social que o presenciara. "Suicídio inexplicável", diziam os jornais, incapazes de encontrar um motivo para aquele gesto. "Não foi culpa minha!", gritara ele para Dagny, como se fosse ela o único juiz que era preciso convencer. "Não tenho culpa nenhuma! Não tenho culpa!" Ele tremia de terror – e, no entanto, Dagny percebera alguns olhares de soslaio que, inacreditavelmente, pareciam exprimir certa sensação de triunfo. "Vá embora daqui, Jim", foi tudo o que ela lhe disse.

Ele jamais voltara a lhe falar a respeito de Cherryl, porém passara a ir à sala de Dagny com mais frequência do que de costume. Detinha a irmã no corredor para puxar conversas descabidas – e tais momentos estavam se repetindo tanto que ela tinha a sensação incompreensível de que, ao mesmo tempo que Taggart se chegava a ela para se proteger de algum terror inominável, seus braços tentavam abraçá-la para cravar um punhal nas costas dela.

– Estou ansioso para saber qual a sua posição – disse ele, com sofreguidão. Dagny desviou a vista. – É da maior importância que examinemos a situação, e... e você ainda não disse nada. – Ela não se virou para ele. – Não que uma rede ferroviária não dê dinheiro algum, mas...

Dagny fixou em Taggart seu olhar penetrante, e ele rapidamente desviou a vista.

– O que estou dizendo é o seguinte: é necessário elaborar alguma política – prosseguiu ele, apressado, no mesmo tom enfadonho. – É preciso que se faça alguma coisa... que alguém tome uma iniciativa. Em situações de emergência...

Ela sabia qual era a ideia que ele estava evitando mencionar, entendia as deixas que lhe dera, embora não quisesse que ela tocasse explicitamente no assunto. Dagny sabia que não era mais possível fazer com que os trens obedecessem horários regulares, cumprir promessas, respeitar contratos. Sabia que trens regulares eram cancelados de repente e transformados em trens especiais, enviados para fazer entregas imprevistas para destinos inesperados, e que quem dava as ordens era Cuffy Meigs – só ele determinava o que era ou não uma emergência, o que era do interesse público. Ela sabia que havia fábricas fechando, algumas com as máquinas paradas por causa da falta de materiais encomendados, jamais entregues; outras com os armazéns repletos de produtos que não podiam ser transportados. Sabia que as indústrias mais antigas – as empresas gigantescas que haviam se tornado poderosas por terem sido orientadas por um programa definido durante um intervalo de tempo prolongado – viviam ao sabor de decisões instantâneas, as quais não podiam prever nem controlar. Sabia que as melhores dessas indústrias, as que planejavam a prazos mais longos e cujo funcionamento era mais complexo, havia muito tinham desaparecido – e aquelas que ainda se esforçavam para produzir, que lutavam com unhas e dentes para preservar o código de valores de uma época em que a produção era uma coisa possível, agora estavam inserindo em seus contratos uma cláusula que era uma vergonha para os descendentes de Nat Taggart: "Se as condições de transporte permitirem."

E, no entanto, havia homens – Dagny sabia – que conseguiam transporte sempre que queriam, como se possuíssem um segredo místico, como por obra e graça de um poder que não se podia questionar nem explicar. Eram os homens cujas relações profissionais com Cuffy Meigs eram consideradas algo semelhante ao quê incognoscível das seitas místicas que fulmina o observador que comete o pecado de olhar, fazendo com que as pessoas fiquem de olhos fechados, temendo não a ignorância, mas o conhecimento. Ela sabia que eram realizadas transações nas quais esses homens vendiam um produto chamado "influência no transporte" – um termo que todos compreendiam, mas que ninguém ousava definir. Sabia que eram esses os donos dos trens especiais de emergência, que eram eles que cancelavam os trens regulares e os enviavam para onde bem entendessem, para qualquer lugar onde cravassem seu selo mágico, que era mais forte que o contrato, que a propriedade, que a justiça, que a vida humana: o selo que afirmava que o "bem-estar público" exigia que aquele local fosse salvo imediatamente. Eram esses os homens que enviavam trens para ajudar os irmãos Smather e suas toranjas no Arizona, para salvar uma fábrica na Flórida que produzia máquinas de fliperama, para salvar um haras no Kentucky, para salvar as Siderúrgicas Associadas de Orren Boyle.

Eram esses os homens que fechavam negócios com industriais desesperados para obter transporte para os produtos encalhados em seus depósitos. Eram esses os homens que, quando não conseguiam a porcentagem que pediam, compravam os produtos logo que a fábrica fechava, com descontos de 90 por cento, e depois os despachavam em vagões de carga que surgiam de repente, transportando-os para mercados onde comerciantes da mesma laia já aguardavam os carregamentos, prontos para faturar. Eram esses os homens que rondavam as fábricas, aguardando o último suspiro de um alto-forno, para se apossar dos equipamentos, e que espreitavam desvios abandonados de linhas ferroviárias, para se apossar dos vagões de carga cheios de mercadorias jamais entregues. Esses homens eram uma nova espécie biológica, os negociantes não especializados, que jamais atuavam numa mesma área do comércio por mais tempo do que o suficiente para fechar um negócio, que não tinham funcionários a pagar, nem despesas gerais que os onerassem, nem terrenos que tivessem de alugar, nem equipamentos a fabricar, homens cujo único ativo e único investimento era um artigo denominado "amizade". Eram esses homens que os discursos das autoridades chamavam de "empresários progressistas de nossa época dinâmica", mas que o povo chamava de "vendedores de influência". Uma espécie que continha muitas raças diferentes: os vendedores de "influência no transporte", os de "influência no aço", "influência no petróleo", "influência no aumento salarial", "influência no cumprimento de penas" – homens de fato dinâmicos, que zanzavam por todo o país numa época em que ninguém mais conseguia se locomover. Homens que eram ativos e desprovidos de raciocínio, ativos não como animais, mas como aqueles seres que são gerados na imobilidade de um cadáver, de que se alimentam e em que se movem.

Dagny sabia que uma rede ferroviária dava dinheiro e sabia quem estava ficando com esse dinheiro agora. Cuffy Meigs estava vendendo trens do mesmo modo que vendia o que restava dos estoques da rede, sempre que conseguia armar uma transação na qual fosse impossível descobrir sua participação ou prová-la, fosse vendendo trilhos para ferrovias na Guatemala ou companhias de bondes no Canadá, vendendo fios para fabricantes de vitrolas e dormentes para serem usados como lenha em hotéis.

Fazia alguma diferença, perguntava-se Dagny, olhando para o mapa, *qual parte do cadáver tinha sido consumida por qual espécie de verme, se por aqueles que devoravam a comida eles próprios ou se pelos que a davam a outros vermes?* Num tempo em que carne viva era apenas comida a ser devorada, que importância tinha que ela fosse parar nesse ou naquele estômago? Não havia como distinguir a devastação causada pelos filantropos da que fora causada por gângsteres. Não havia como distinguir os saques motivados pela volúpia da caridade de um Lawson dos provocados pela ganância de um Cuffy Meigs. Não havia como distinguir as comunidades sacrificadas para alimentar outra por mais uma semana daquelas sacrificadas em troca de iates para vendedores de influência. Que diferença fazia? Eram tão semelhantes em seus efeitos quanto o eram em espírito: ambos tinham necessidades, e a necessidade era considerada a única justificativa da propriedade. Ambos agiam de acordo com o mesmo código moral. Ambos achavam que era certo sacrificar seres humanos e estavam fazendo exatamente isso. Não era possível nem mesmo distinguir os canibais das vítimas – as comunidades que achavam que tinham o direito de receber roupas ou combustíveis confiscados de uma cidade a leste tinham, na semana seguinte, seus celeiros confiscados para alimentar outra a oeste. Havia sido concretizado o ideal milenar, que estava sendo posto em prática com perfeição: os homens estavam servindo à *necessidade* como imperativo fundamental, como prioridade máxima, como seu padrão de valor, como moeda circulante da nação, mais sagrada do que o direito e a vida. Os homens haviam sido empurrados para dentro de um buraco no qual, entre gritos de que cada um era responsável por seu irmão, cada um devorava seu próximo e era devorado pelo irmão de seu próximo; cada um proclamava o direito de ter aquilo a que não fazia jus e se perguntava quem estava lhe arrancando a carne; cada um devorava a si próprio e gritava, ao mesmo tempo, apavorado, que algum mal incognoscível estava destruindo a Terra.

"De que estão se queixando agora?", Dagny ouviu a voz de Hugh Akston em sua mente. "De que o Universo é irracional? E é?"

Ela continuava fitando o mapa, com um olhar neutro e sério, como se o respeito fosse a única emoção permissível quando se está observando o poder terrível da lógica. Estava vendo, no caos de um continente que sucumbia, a realização precisa e matemática de todas as convicções desses homens. Eles não queriam saber que era *isto* que queriam, não queriam ver que tinham o poder de desejar, mas não o de fingir – e haviam realizado seu desejo até os menores detalhes, até a última gota de sangue.

No que estavam pensando agora, esses defensores da necessidade, esses libertinos da piedade?, perguntava-se Dagny. *Com que eles estariam contando?* Aqueles que primeiro diziam "Não quero destruir os ricos, apenas pegar um pouco do excesso que eles têm para ajudar os pobres, só um *pouquinho*, eles nem vão sentir!" e depois exclamavam "Esses milionários podem muito bem levar um aperto, já acumularam o suficiente para durar três gerações". E depois, mais tarde, gritavam: "Por que os pobres têm que sofrer enquanto os empresários têm reservas que dão para um ano?" Agora gritavam: "Por que temos que morrer de fome enquanto algumas pessoas têm reservas que dão para uma semana?" *Com que eles estariam contando?*, perguntava-se Dagny.

– Você tem que fazer alguma coisa! – exclamou Taggart. Dagny virou-se para encará-lo:

– *Eu?*

– É o *seu* papel, a sua obrigação, o seu dever!

– O quê?

– Agir. Fazer coisas.

– Fazer o quê?

– E eu sei lá? Esse é o *seu* talento específico. Você é que faz as coisas.

Dagny olhou para ele: aquela frase era estranhamente perceptiva e absurdamente irrelevante. Levantou-se.

– Era só isso, Jim?

– Não! Não! Precisamos discutir o problema!

– Pois fale.

– Mas você não disse nada!

– Nem você.

– Mas... o que eu quero dizer é que o... são problemas para resolver, que... Por exemplo, como foi que nosso último estoque de trilhos novos desapareceu do depósito de Pittsburgh?

– Cuffy Meigs roubou tudo e vendeu.

– Você pode provar isso? – reagiu ele, na defensiva.

– Por acaso seus amigos não aboliram todos os métodos, regras e recursos para se provar alguma coisa?

– Então não fale nisso, não seja teórica, temos que lidar com fatos! Precisamos lidar com os fatos tais como se apresentam hoje... Quero dizer, temos que ser realistas e descobrir uma maneira prática de proteger nossos estoques nas atuais circunstâncias, sem premissas impossíveis de provar, as quais...

Dagny deu uma risadinha. Era *aquilo* a forma do informe, era *aquilo* o método da consciência de Taggart: queria que ela o protegesse de Cuffy Meigs sem admitir a existência dele, combatê-lo sem reconhecer sua realidade, derrotá-lo sem perturbar sua atuação.

– Qual é a graça? – perguntou ele, irritado.

– Você sabe.

– Não sei o que há com você! Não sei o que está acontecendo... de uns dois meses para cá... desde que voltou... Você nunca foi tão intransigente.

– Ora, Jim, há dois meses que não discuto com você.

– É justamente o que estou dizendo! – Ele se deu conta do que estava dizendo imediatamente, mas não antes de perceber o sorriso de Dagny. – Quero dizer, eu queria ter uma reunião com você, saber o que acha da situação...

– Você sabe.

– Mas você não disse nada!

– Já disse tudo o que tinha a dizer há três anos. Eu lhe disse qual seria a consequência do que vocês estavam fazendo. Dito e feito.

– Lá vem você outra vez! Não adianta teorizar! Estamos *aqui*, e não naquela época. Temos que enfrentar o presente, não o passado. Talvez as coisas fossem diferentes se tivéssemos seguido a sua opinião, pode ser, mas o fato é que *não* a seguimos e precisamos encarar os fatos. Temos que encarar a realidade tal como se apresenta *hoje*!

– Pois faça isso, então.

– Como assim?

– Encare a sua realidade. Eu me limito a cumprir suas ordens.

– Isso não é justo! Estou pedindo a sua opinião...

– Você está querendo que eu o tranquilize, Jim. Isso eu não vou fazer.

– Como assim?

– Não vou ajudá-lo a fingir, discutindo com você, que a realidade da qual você fala não é o que é, que ainda há uma maneira de dar um jeito em tudo e salvar sua pele. Não há.

– Bem... – Não havia nenhuma explosão, nenhuma raiva em sua voz, apenas o tom fraco e incerto de um homem prestes a abdicar. – Bem... o que *você* recomendaria que eu fizesse?

– Entreguem os pontos. – Ele a olhou sem entender. – Entreguem os pontos, todos vocês, você e seus amigos em Washington, seus planejadores de saques e toda a sua filosofia canibalesca. Entreguem os pontos, saiam da frente e deixem que nós, que somos capazes, comecemos do zero e reconstruamos o país.

– Não! – Curiosamente, agora a explosão ocorreu: era o grito de um homem que preferia morrer a trair sua ideia, um homem que passara a vida se esquivando das ideias, agindo ao sabor dos acontecimentos, como um criminoso. Dagny se perguntava se ela algum dia conseguiria compreender a essência do criminoso, a natureza da fidelidade à ideia de negar as ideias. – Não! – gritou ele com uma voz mais grave, mais rouca e mais normal: não era mais a voz de um fanático, e sim a de um executivo arrogante. – Isso é impossível! Fora de questão!

– Quem disse?

– Isso não vem ao caso! É porque é! Por que você só pensa em soluções que não são práticas? Por que não aceita a realidade tal como ela é e age de acordo com ela? Você é que é a realista, a pessoa que age, que atua, que produz, a versão feminina de Nat Taggart, aquela que é capaz de realizar qualquer objetivo! Você poderia nos salvar agora, encontrar uma maneira de fazer as coisas funcionarem... se *quisesse*.

Dagny caiu na gargalhada.

É este, concluiu ela, o objetivo final de toda aquela conversa mole, acadêmica, que os empresários ignoravam havia anos, o objetivo de todas as definições improvisadas, de todas as generalizações vagas, das abstrações aéreas, de tudo o que afirmava que obedecer à realidade objetiva é a mesma coisa que obedecer ao Estado, que não há diferença entre uma lei natural e um decreto emitido por um burocrata, que um homem com fome não é livre, que é preciso libertar o homem da tirania da casa, da roupa e da comida – tudo isso, durante anos, para que um dia se pedisse a Nat Taggart, o realista, que encarasse a vontade de Cuffy Meigs como um *fato* natural, irrevogável e absoluto como o aço, os trilhos e a gravidade, aceitar o mundo feito *por* Meigs como uma realidade objetiva e imutável, e então continuar a produzir a abundância neste mundo. *Este* é o objetivo de todos esses vigaristas das bibliotecas e salas de aula, que vendiam suas revelações, como se fossem a razão; seus "instintos", como se fossem ciência; seus desejos, como se fossem conhecimento. *Este* é o objetivo de todos os selvagens do não objetivo, do não absoluto, do relativo, do provisório, do provável, de todos os selvagens que, ao ver um agricultor fazendo a colheita, só podem encarar o fato como um fenômeno místico desvinculado da lei da causalidade e criado pela vontade onipotente do agricultor, e que, em seguida, se apossam do agricultor, o acorrentam, roubam-lhe os instrumentos de trabalho, as sementes, a água, a terra, para depois empurrá-lo até uma rocha nua e lhe dar a ordem: "Agora faça uma plantação e nos dê alimentos!"

Não, pensou ela, prevendo a pergunta de Jim, *seria inútil tentar lhe explicar de que estou rindo. Você não seria capaz de entender.*

Mas ele não perguntou. Em vez disso, afundou na cadeira e disse, de um modo terrível, porque suas palavras seriam irrelevantes se ele não as entendesse, e monstruosas, se entendesse:

– Dagny, sou seu irmão...

Ela se retesou. Seus músculos enrijeceram, como se estivesse prestes a enfrentar a arma de um assassino.

– Dagny – prosseguiu ele, com um gemido manso, nasalado e monótono –, eu *quero* ser presidente de uma ferrovia. Eu *quero*. Por que não consigo realizar meu desejo se você sempre consegue realizar os seus? Por que a mim sempre é negada a realização dos desejos, e a você nunca? Por que você é feliz enquanto eu sofro? Ah, eu sei, o mundo é seu, você é que tem inteligência para mandar em tudo. Então por que permite que haja sofrimento no seu mundo? Você proclama o objetivo de atingir a felicidade, porém me condena à frustração. Não tenho o direito de exigir qualquer forma de felicidade que eu quiser? Você não tem essa obrigação para comigo? Não sou seu irmão?

O olhar de Taggart era como a lanterna de um ladrão, procurando no rosto dela algum vestígio de piedade. Só encontrou uma expressão de repulsa.

– Se eu sofro, a culpa é *sua*! O fracasso moral é *seu*! Sou seu irmão, e, portanto, você é responsável por mim. Mas você não realizou meus desejos, portanto é culpada! Todos os líderes morais da humanidade vêm dizendo isso há séculos – quem é *você* para dizer o contrário? Você é tão cheia de si, se considera pura e boa, mas, enquanto eu estiver sofrendo, não pode ser considerada boa. Minha infelicidade é a medida do seu pecado. Meu contentamento é a medida da sua virtude. Eu *quero* esse tipo de mundo, o mundo de hoje: ele me dá meu quinhão de autoridade, faz com que eu me sinta importante. Faça esse mundo funcionar para mim! Faça alguma coisa! Sei lá o quê! Isso é problema *seu*, obrigação *sua*! Você tem o *privilégio* da força, mas eu... eu tenho o *direito* da fraqueza! Isso é um absoluto moral! Não sabe disso? Não sabe? Não sabe?!

Seu olhar agora lembrava as mãos de um homem dependurado à beira de um abismo, tateando desesperadamente, à procura da mais leve rachadura de dúvida, porém escorregava na rocha limpa e polida do rosto de Dagny.

– Seu cretino! – disse ela devagar, sem emoção, já que as palavras não se dirigiam a nada que fosse humano.

Dagny teve a impressão de que o viu caindo no abismo – muito embora em seu rosto não houvesse nada a ver senão a expressão de um vigarista cujo golpe não deu certo.

Não havia motivo para sentir mais repulsa do que de costume, percebeu ela. Ele apenas repetira as coisas que eram pregadas, ouvidas e aceitas por toda parte, só que esse credo era normalmente feito na terceira pessoa, e ele tivera o descaramento de usar a primeira. Ela se perguntou se as pessoas aceitavam a doutrina do sacrifício desde que aqueles que o recebiam não identificassem a natureza de suas próprias pretensões e seus atos.

Dagny se virou para sair.

– Não! Não! Espere! – exclamou ele, pondo-se de pé num salto, olhando de relance para o relógio.

– Chegou a hora! Quero que você escute o que vai ser transmitido pelo rádio!

Dagny parou, por curiosidade.

Taggart ligou o rádio, olhando para o rosto dela fixamente, de modo quase arrogante. Em seus olhos havia uma expressão de medo e também de uma expectativa quase lasciva.

"Senhoras e senhores!", anunciou a voz do locutor repentinamente. Parecia estar em pânico. "Uma notícia chocante acaba de nos chegar de Santiago do Chile!"

Dagny percebeu o movimento súbito de cabeça do irmão e a ansiedade desenhada em sua testa, como se algo naquelas palavras e no tom de voz do locutor não fosse o que ele esperava.

"Uma sessão extraordinária do Congresso da República Popular do Chile havia sido marcada para as 10 horas de hoje, no intuito de aprovar uma lei da maior importância para o povo chileno. Em conformidade com a política progressista do Sr. Ramirez, o novo chefe de Estado chileno, que subiu ao poder com base no princípio moral de que todo homem é responsável por seu irmão, o Congresso iria nacionalizar as propriedades da Cobre D'Anconia no Chile, abrindo, dessa forma, o caminho para que a República Popular da Argentina nacionalizasse as demais propriedades da D'Anconia no restante do mundo. Porém esse plano só era do conhecimento de um reduzido grupo de líderes do primeiro escalão dos dois países. Fora mantido em segredo para evitar debates e protestos reacionários.

"Assim, a nacionalização da multibilionária Cobre D'Anconia seria uma surpresa magnífica para o país. Às 10 em ponto, no exato momento em que o presidente da assembleia abriu a sessão, o ribombar de uma tremenda explosão sacudiu o prédio, quebrando as vidraças das janelas, como se o golpe de seu martelo a tivesse provocado. O barulho vinha do porto, a alguns quarteirões dali. E, quando os deputados correram para as janelas, viram um incêndio no lugar onde ficavam as docas da D'Anconia. Elas haviam sido completamente destruídas. O presidente do Congresso conteve o pânico e deu prosseguimento à sessão. O texto da lei foi lido para a assembleia, enquanto ao fundo se ouviam sirenes de alarme e gritos distantes. Era uma manhã cinzenta e o céu estava coberto de nuvens carregadas. Como a explosão havia destruído uma caixa de força, a assembleia votou à luz de velas, enquanto o vermelho das chamas se refletia na grande cúpula acima das cabeças dos deputados.

"Porém um choque ainda mais terrível ocorreu depois, quando estes fizeram um breve intervalo para dar à nação a boa notícia de que a Cobre D'Anconia agora pertencia ao povo chileno. Durante a votação, haviam chegado informações dos quatro cantos do planeta, e o teor dessas notícias, em suma, era de que a Cobre D'Anconia não existia mais. Senhoras e senhores, a D'Anconia desapareceu da face da Terra! Naquele mesmo instante, às 10 horas em ponto, graças a algum processo infernal de sincronia, todas as propriedades da Cobre D'Anconia espalhadas pelo mundo, do Chile à Tailândia, da Espanha a Montana, foram destruídas. Os funcionários da companhia em todo o mundo tinham recebido seu último pagamento, em dinheiro, às 9 horas, e às 9h30 já haviam saído. As docas, as fundições, os laboratórios, os edifícios de escritórios foram demolidos. Nada restou dos navios cargueiros da empresa que estavam nos portos, e dos que estavam no mar só restaram os botes salva-vidas com as tripulações."

Atônitos, Dagny e Taggart ouviam enquanto o locutor prosseguia:

"Quanto às minas, algumas foram soterradas por explosões, ao passo que outras, como se verificou, não valiam o preço de uma operação destrutiva. Um número extraordinário dessas minas, conforme indicam os relatórios que estão chegando agora, continuavam a ser operadas, muito embora já estivessem exauridas há anos. Entre os milhares de funcionários da D'Anconia, a polícia não conseguiu encontrar nenhum que soubesse de que modo essa trama monstruosa foi concebida, organizada e executada.

Porém a elite dos funcionários da empresa desapareceu. Os mais eficientes executivos, mineralogistas, engenheiros e superintendentes desapareceram – todos os homens com quem a República Popular contava para levar adiante o trabalho e atenuar o choque da readaptação. Os mais capazes... *corrigindo*: os mais egoístas desapareceram. Há informações provenientes de diversos bancos afirmando que não resta nenhuma conta em nome da D'Anconia. O dinheiro foi gasto até o último centavo. Senhoras e senhores, a fortuna dos D'Anconia, a maior da Terra – uma fortuna lendária e secular –, não existe mais. Ao invés do limiar de uma nova Idade do Ouro, as Repúblicas Populares do Chile e da Argentina se defrontam com um monte de escombros e uma multidão de desempregados. Não há nenhuma pista a respeito da localização do Sr. Francisco d'Anconia. Ele desapareceu, não deixando sequer uma carta de despedida."

Obrigada, querido. Obrigada em nome dos últimos que permanecemos aqui, embora você não vá me ouvir nem queira me ouvir... Aquilo não era uma frase, e sim a emoção silenciosa de uma prece interior, dirigida ao rosto alegre de um garoto que Dagny conhecera aos 16 anos.

Então ela se deu conta de que estava presa ao rádio, como se a fraca corrente elétrica que nele circulava fosse um vínculo com a única força viva existente sobre a Terra, que fora por meio dele transmitida por alguns breves instantes e agora preenchia aquele recinto onde só havia coisas mortas.

Como se fossem vestígios longínquos da explosão, veio de Taggart um som que era um misto de gemido, grito e grunhido. Então ela viu os ombros do irmão tremendo enquanto ele berrava ao telefone, com a voz distorcida:

– Mas, Rodrigo, você disse que estava tudo acertado! Rodrigo! Ah, meu Deus! Você sabe quanto eu perdi nessa história? – Depois começou a tocar outro telefone que havia em sua mesa, e Taggart pôs-se a gritar no bocal do segundo telefone, ainda agarrando o do primeiro com a outra mão: – Cale essa boca, Orren! O que *você* vai fazer? Eu estou me lixando! Ora, vá para o inferno!

Pessoas entravam correndo no escritório, telefones tocavam histéricos e, alternando súplicas e imprecações, Taggart gritava:

– Quero uma ligação para Santiago!... Uma ligação para Washington para falar com Santiago!

Remotamente, como se à margem de sua consciência, Dagny entendia a espécie de jogo que os homens que agora estavam ao telefone haviam jogado – e perdido. Eles lhe pareciam longínquos, como minúsculos germes se debatendo sob um microscópio. Ela não entendia como tais homens poderiam imaginar que seriam levados a sério num mundo em que ainda existia um Francisco d'Anconia.

Dagny viu o reflexo da explosão em cada rosto que encontrou durante aquele dia e em todos os que passaram por ela nas ruas escuras naquela noite. Se Francisco quisera uma pira funerária magnífica para a Cobre D'Anconia, ele havia conseguido. Lá estava ela nas ruas de Nova York, a única cidade do mundo que ainda seria capaz de entender: nos rostos das pessoas, nos cochichos tensos que crepitavam como pequenas línguas de fogo, nos rostos iluminados por uma expressão ao mesmo tempo solene e frenética, com nuances que pareciam vacilar e se transformar, como se projetadas por uma conflagração distante – algumas assustadas, outras zangadas, a maioria preocupada, cheia de expectativa, porém todas reconhecendo a existência de um fato que era muito maior que uma catástrofe industrial. Todas elas sabiam o que aquilo representava, embora nenhuma exprimisse com palavras seu significado, todas com um quê de riso, de humor e de desafio – o riso amargo de vítimas agonizantes que se sentem vingadas.

Ela viu essa expressão no rosto de Hank Rearden quando foi jantar com ele aquela noite. Quando seu vulto alto e confiante se aproximou dela – a única pessoa que parecia à vontade no cenário luxuoso de um restaurante requintado –, Dagny viu em seu rosto a expressão de entusiasmo lutando contra a seriedade de suas feições, a expressão de um menino ainda aberto ao encanto do inesperado. Rearden não mencionou o grande acontecimento do dia, mas ela sabia que era a única imagem que havia em sua mente.

Sempre que ele ia a Nova York, os dois se encontravam e saíam à noite, gozando por alguns momentos o raro prazer da companhia um do outro, o passado ainda vivo na compreensão muda que havia entre eles, sem haver futuro em seu trabalho e na luta que combatiam juntos, porém conscientes de que eram aliados para os quais a existência de um dava forças ao outro.

Rearden não queria mencionar o acontecimento do dia, não queria falar de Francisco, mas Dagny percebeu, quando se sentaram à mesa, que a tensão de um sorriso reprimido se delineava insistentemente em seu rosto. Ela entendeu a quem ele se referia quando, de repente, com uma voz suave e baixa, repleta de admiração, Rearden comentou:

– Ele cumpriu o juramento, não é?

– O *juramento*? – perguntou ela, surpresa, pensando na inscrição do templo da Atlântida.

– Ele disse a mim: "Juro... pela mulher que amo... que sou seu amigo." E era, mesmo. E é. – Rearden sacudiu a cabeça: – Não tenho o direito de pensar nele. Não tenho o direito de aceitar o que ele fez como um ato em minha defesa. No entanto... – Calou-se.

– Mas foi isso mesmo, Hank. Em defesa de todos nós... e de você especialmente.

Rearden desviou a vista e olhou pela janela, para a cidade. Estavam numa mesa ao lado da janela, e uma vidraça invisível os protegia do espaço vazio e das ruas 60 andares abaixo dali. A cidade parecia anormalmente distante, achatada para dentro da poça dos andares mais baixos dos prédios. A alguns quarteirões dali, no alto de uma torre invisível na escuridão, o calendário estava à altura de seus rostos, não como um pequeno retângulo perturbador, e sim como uma imensa tela, misteriosa, próxima, iluminada pela luz branca e morta projetada por um filme em branco, em que só aparecia a data: 2 de setembro.

– A Siderúrgica Rearden agora está operando a plena capacidade – disse ele, num tom indiferente. – Suspenderam as cotas de produção que haviam me imposto, pelos próximos cinco minutos, imagino eu. Não sei mais quantas ordens que eles deram já foram suspensas, e acho que nem eles sabem, já que não se dão mais ao trabalho de manter a aparência de legalidade. Estou certo de que estou infringindo as leis de cinco ou seis maneiras diferentes, coisa que ninguém poderia provar. Só sei que o gângster atualmente no poder me disse para aumentar a produção ao máximo. – Deu de ombros. – Quando um outro gângster afastá-lo do poder amanhã, provavelmente vão fechar minhas usinas, por estarem operando ilegalmente. Mas, conforme o plano que está em vigor na presente fração de segundo, eles querem que eu produza o meu metal constantemente, quanto mais, melhor, por quaisquer meios que eu quiser.

Dagny percebeu os olhares furtivos que as pessoas lhes dirigiam de vez em quando. Ela já havia percebido isso antes, desde sua entrevista radiofônica, desde que os dois voltaram a aparecer juntos em público. Ao invés da reprovação que ele temera, havia um ar de dúvida e respeito nas pessoas – dúvida em relação aos próprios preceitos morais, respeito inspirado pela presença de dois indivíduos que ousavam ter certeza de estarem com a razão. As pessoas os olhavam com uma curiosidade ansiosa, com inveja, com respeito, com medo de violar algum padrão desconhecido, orgulhosamente rigoroso. Algumas tinham um ar de quem pede desculpas, como se quisessem dizer: "Queiram nos desculpar por sermos casados." Outras os olhavam com uma expressão irritada e malévola, e umas poucas, com um olhar repleto de admiração.

– Dagny – perguntou Rearden de repente –, você acha que é possível que ele esteja em Nova York?

– Não. Liguei para o Hotel Wayne-Falkland. Disseram que o contrato de aluguel da suíte dele venceu há um mês, e ele não o renovou.

– Ele está sendo procurado em todo o mundo – disse Rearden, sorrindo. – Jamais o encontrarão. – O sorriso desapareceu. – Nem eu o encontrarei. – Sua voz reassumiu o tom seco e frio do dever: – Bem, a siderúrgica está em funcionamento, mas eu não estou trabalhando. Só faço zanzar de um lado para outro, procurando fontes clandestinas de matérias-primas. Vivo me escondendo, mentindo, para conseguir obter algumas toneladas de ferro, carvão ou cobre. Ainda não suspenderam as restrições referentes a matérias-primas. Sabem que estou produzindo mais metal Rearden do que as cotas impostas me permitiriam. Mas não ligam para isso. – E acrescentou: – Acham que eu ligo.

– Está cansado, Hank?

– Morto de tédio.

Antes, pensou Dagny, *a mente, a energia, a inventividade ilimitada desse homem eram utilizadas para criar novas maneiras de explorar a natureza. Agora servem para o mesmo tipo de subterfúgios com os quais um criminoso trapaceia seus semelhantes. Por quanto tempo será possível para ele suportar essa mudança?*

– Está se tornando quase impossível obter minério de ferro – comentou ele, indiferente. Depois acrescentou com a voz subitamente animada: – Agora vai ficar totalmente impossível obter cobre. – E sorriu.

Dagny não sabia por quanto tempo um homem poderia continuar trabalhando contra si próprio, trabalhar quando sua vontade mais íntima era a de fracassar.

Ela entendeu o encadeamento de seu raciocínio quando Rearden disse, em seguida:

– Eu nunca lhe disse isso, mas uma vez estive com Ragnar Danneskjöld.

– Ele me disse.

– *O quê?* Onde foi que você... – Então parou. – Ah, claro – disse com uma voz tensa e grave.

– Claro que Ragnar é um deles. Claro que você o conheceu. Dagny, como são esses homens que... Não. Não me responda. – Após um momento, acrescentou: – Quer dizer que já conheço um dos agentes deles.

– Dois.

Em resposta, Rearden permaneceu totalmente imóvel.

– É claro – admitiu depois com uma voz inerte. – Eu sabia... apenas me recusava a admitir que sabia... Era ele quem recrutava adeptos, não era?

– Um dos primeiros e um dos melhores.

Rearden deu uma risadinha, que exprimia tristeza e carinho.

– Naquela noite... em que eles pegaram Ken Danagger... pensei que não haviam mandado ninguém para tentar me pegar.

O esforço por meio do qual Rearden fez sua cara se tornar rígida foi quase como o movimento lento e difícil de uma chave trancando um quarto ensolarado que ele não podia se permitir examinar. Após uma pausa, disse, impassível:

– Dagny, aqueles trilhos novos a respeito dos quais falamos mês passado... acho que não vou conseguir entregá-los. Ainda não suspenderam as cotas referentes às vendas, continuam controlando meu metal e fazendo o que bem entendem com ele. Mas a contabilidade anda tão caótica que tenho conseguido vender alguns milhares de toneladas no mercado negro toda semana. Acho que eles sabem disso. Fingem que não. Não querem me confrontar, não agora. Mas é que ando enviando tudo o que consigo produzir para alguns clientes meus, casos de emergência. Dagny, estive em Minnesota mês passado. Vi como andam as coisas por lá. O país vai passar fome, não no ano que vem, mas neste inverno, a menos que alguém faça alguma coisa depressa. Não há mais reservas de cereais em lugar nenhum. Nebraska está arruinado, Oklahoma destruído, a Dakota do Norte abandonada, o Kansas sobrevivendo com muita dificuldade – não vai haver trigo nenhum neste inverno, nem para a cidade de Nova York nem para nenhuma outra cidade do Leste. Minnesota é o único celeiro que resta. Lá houve duas más colheitas seguidas, mas neste outono a colheita foi excepcional, isto é, vai ser se eles tiverem como fazê-la. Você já teve oportunidade de ver como anda a indústria de implementos agrícolas? Nenhuma das empresas do ramo é grande o suficiente para manter uma equipe eficiente de gângsteres em Washington, nem para pagar porcentagens para traficantes de influência. Por isso essas indústrias não têm conseguido receber matérias-primas. Dois terços delas já fecharam, e as que restam estão com os dias contados. E em todo o país as fazendas estão indo por água abaixo, por falta de equipamentos. Você devia ver os fazendeiros lá de Minnesota. Eles passam mais tempo consertando tratores que já não têm conserto do que cultivando as terras. Não sei como conseguiram sobreviver até a primavera deste ano. Não sei como conseguiram plantar trigo. Mas conseguiram. Conseguiram. – Havia no rosto de Rearden uma expressão intensa, como se ele estivesse contemplando uma cena rara, já esquecida, uma cena com *homens*, e Dagny percebeu o que o fazia continuar a trabalhar. – Dagny, eles precisavam das ferramentas para fazer a colheita. Estou vendendo todo o metal Rearden que consegui produzir clandestinamente aos fabricantes de implementos agrícolas. A crédito. Eles estão mandando os equipamentos para Minnesota o mais rápido possível. Vendem o que produzem do mesmo modo que eu – por baixo do pano e a crédito. Mas vão ser pagos neste outono, e eu também vou. Caridade coisa nenhuma! Estamos ajudando *produtores* – e que produtores! Não "consumidores" parasitas estúpidos. Estamos concedendo *empréstimos*, não dando esmolas. Estamos ajudando a *capacidade*, não a *necessidade*. De jeito nenhum vou ficar de braços cruzados vendo esses homens serem destruídos enquanto os traficantes de influência enriquecem!

Rearden estava contemplando interiormente uma imagem que vira em Minnesota: a silhueta de uma fábrica abandonada, com a luz do entardecer atravessando os buracos nas janelas e no telhado. Ainda havia vestígios de uma placa: Ceifadeiras Ward.

– Ah, eu sei – prosseguiu ele – que vamos conseguir salvá-los neste inverno, mas os saqueadores vão devorá-los no ano que vem. Seja como for, vamos salvá-los este ano... Bem, é por isso que não vou conseguir arranjar trilhos para você. Será impossível no futuro próximo – e agora só nos resta o futuro próximo. Não sei de que adianta dar comida a um país que não tem ferrovias, mas de que adianta ter ferrovias se não há comida? De que adianta o que quer que seja?

– Não faz mal, Hank. Os trilhos que temos ainda aguentam mais...

Parou.

– Mais um mês?

– Mais um inverno... espero.

Rasgando o silêncio que se formara entre eles, uma voz estridente veio de outra mesa, e eles se viraram para olhar para um homem que tinha os modos ariscos de um gângster encurralado prestes a sacar a arma.

– Um ato de destruição antissocial – gritava ele para outro homem desconsolado –, numa época em que há uma terrível escassez de cobre! Não podemos admitir uma coisa dessas! Não podemos admitir que isso seja verdade!

Rearden se virou abruptamente e olhou para a cidade lá fora.

– Eu daria tudo para saber onde ele está – disse em voz baixa. – Só saber onde ele está neste exato momento.

– O que você faria se soubesse?

Rearden deixou pender o braço, num gesto de desânimo.

– Eu não o procuraria. A única homenagem que ainda posso lhe prestar é não pedir perdão quando este é impossível.

Permaneceram calados. Ouviam as vozes ao seu redor, os sinais de pânico que se manifestavam no salão luxuoso.

Dagny não havia percebido antes que a mesma presença parecia ser um convidado invisível em todas as mesas, que o mesmo assunto interrompia todas as tentativas de falar sobre outros assuntos. A posição das pessoas nas cadeiras dava a impressão de que elas achavam o recinto muito grande e exposto demais – um salão de vidro, veludo azul, alumínio e meia-luz. Pareciam estar ali à custa de muitas evasões, para que o restaurante as ajudasse a fingir que ainda estavam levando vidas civilizadas, porém um ato de violência primeva havia revelado a natureza do mundo em que viviam, e agora não era mais possível não ver.

– Como ele pôde fazer uma coisa dessas? – insistia uma mulher, com um terror petulante. – Ele não tinha o *direito* de fazer isso!

– Foi um acidente – disse um rapaz com voz em *staccato*, que cheirava a verbas federais. – Foi uma sequência de coincidências, o que pode ser facilmente demonstrado com qualquer curva de probabilidades estatísticas. É uma atitude impatriótica espalhar boatos que exageram o poder dos inimigos do povo.

– Isso de certo e errado é ótimo para discussões acadêmicas – disse uma mulher com voz de professora e boca de botequim –, mas como alguém pode levar suas ideias a sério a ponto de destruir uma fortuna quando o povo precisa dela?

– Não compreendo – dizia um velho, a voz trêmula de rancor. – Após séculos de tentativas de domar a brutalidade inata do homem, de ensinamentos, instrução e doutrinação de ideias de bondade e mansidão!...

Uma voz incerta de mulher se destacou e depois morreu aos poucos:

– Eu que pensava que estávamos vivendo uma época de fraternidade...

– Estou com medo – repetia uma jovem. – Estou com medo... ah, sei lá!... Tenho medo, só isso...

– Ele não podia fazer uma coisa dessas!

– Mas fez!

– Mas por quê?

– Eu me recuso a acreditar!

– É desumano!

– Mas por quê?

– Um playboy, um vagabundo!

– Mas por quê?

O grito abafado de uma mulher, vindo do outro lado do salão, ocorreu ao mesmo tempo que Dagny percebeu algo no canto da vista. Ela se virou para olhar a cidade.

O calendário era acionado por um mecanismo trancado num cômodo atrás da tela, onde o mesmo filme era projetado ano após ano, mostrando uma data depois da outra, sempre no mesmo ritmo, só mudando à meia-noite. Dagny se virou tão depressa que ainda teve tempo de ver um fenômeno tão inesperado quanto a mudança de órbita de um planeta: as palavras "2 de setembro" foram subindo pela tela acima até desaparecer.

Então, naquela página imensa, parando o tempo, como uma última mensagem ao mundo e a Nova York, que era seu motor, Dagny viu surgirem estas palavras, escritas com uma letra cáustica e intransigente: ESSA FOI MERECIDA! FRANCISCO DOMINGO CARLOS ANDRÉS SEBASTIÁN D'ANCONIA.

Dagny não sabia o que a surpreendia mais: aquela mensagem ou o riso de Rearden. De pé, exposto aos olhos e ouvidos de todos os presentes, ele ria mais alto que os gemidos de pânico dos outros: era um riso de saudação, de homenagem, de aceitação da dádiva que tentara rejeitar, de alívio, de triunfo, de entrega.

◄◄◄

Na tarde de 7 de setembro, um fio de cobre se partiu em Montana, parando o motor de um guindaste num desvio da Taggart Transcontinental, perto da mina de cobre de Stanford.

A mina vinha sendo explorada por três turnos de mineiros: dias e noites se fundiam num esforço único, para não desperdiçar um minuto, uma partícula de cobre que pudesse ser arrancada daquelas pedras para ser lançada no deserto industrial do país. O guindaste se imobilizou quando estava carregando um trem: parou de repente e permaneceu imóvel, com a silhueta desenhada contra o céu, entre uma fileira de vagões vazios e pilhas de minério que agora não havia mais como transportar. Os homens da ferrovia e da mina pararam, confusos, pois descobriram que, em meio a tantos equipamentos complexos, motores, brocas, torres, medidores sensíveis, grandes holofotes que iluminavam os poços e as fendas mais profundos, não havia um pedaço de fio para que o guindaste pudesse ser consertado. Pararam, como homens num transatlântico movido por geradores de 10 mil cavalos-vapor que morressem por falta de um alfinete de fralda.

O agente da estação, um jovem de movimentos rápidos e voz ríspida, arrancou os fios do prédio da estação e fez com que o guindaste voltasse a funcionar, enquanto os vagões se enchiam de minério, tremeluziam as chamas das velas acesas atrás das janelas da estação.

– Minnesota, Eddie – disse Dagny, seca, fechando a gaveta de seu arquivo especial. – Diga à divisão de Minnesota que envie metade do estoque de fio de cobre deles a Montana.

– Mas, Dagny! Agora que está chegando o período mais importante da colheita...

– Eles vão se aguentar... eu acho. Não podemos perder nenhum fornecedor de cobre.

– Mas eu fiz o que pude! – gritou Taggart quando ela foi falar com ele novamente. – Coloquei você como prioridade número um para entregas de fio de cobre, consegui a cota mais elevada, lhe dei todos os cartões, certificados, documentos, tudo... o que mais você quer?

– Fio de cobre.

– Eu fiz o que pude! Ninguém pode dizer que a culpa é minha!

Dagny não discutiu. O jornal vespertino estava sobre a mesa de Taggart, e ela estava olhando para uma notícia na última página: fora criado um Imposto Estadual de Emergência na Califórnia, para auxiliar os desempregados do estado, no valor de 50 por cento da renda bruta de todas as empresas locais, antes da incidência de qualquer outro tributo. As companhias de petróleo da Califórnia decretaram falência.

– Não se preocupe, Sr. Rearden – disse uma voz untuosa, falando pelo telefone interurbano de Washington. – Eu só queria tranquilizá-lo, avisá-lo de que não há motivo para o senhor se preocupar.

– Me preocupar com quê? – indagou Rearden, intrigado.

– Com essa confusão temporária na Califórnia. Vamos resolver tudo rapidamente, foi uma insurreição ilegal, o governo estadual não tinha o direito de criar impostos locais em detrimento de impostos federais. Vamos negociar um acordo rapidamente. Enquanto isso, caso o senhor tenha ficado preocupado com algum boato impatriótico a respeito das companhias de petróleo da Califórnia, eu só queria lhe dizer que a Siderúrgica Rearden foi colocada na primeira categoria de necessidade essencial, com prioridade máxima para receber qualquer petróleo explorado no país, primeiríssima prioridade, Sr. Rearden. Quer dizer, o senhor não precisa se preocupar com o problema do combustível neste inverno!

Com o rosto tenso, Rearden desligou o telefone, preocupado não com o problema do combustível e do fim dos campos petrolíferos californianos – desastres desse tipo já haviam se tornado habituais –, e sim com o fato de que os planejadores de Washington julgaram necessário apaziguá-lo. Isso era novidade. O que significaria? Durante todos os anos em que vinha lutando, aprendera que uma hostilidade aparentemente imotivada não era difícil de enfrentar, mas uma solicitude aparentemente imotivada era um perigo sério. Teve a mesma ideia depois, quando, ao caminhar por uma passagem estreita entre as usinas, viu uma figura encurvada em cuja postura havia ao mesmo tempo insolência e a expectativa de levar um tabefe: era seu irmão Philip.

Desde que se mudara para Filadélfia, Rearden não visitara sua antiga casa e não tivera nenhuma notícia de sua família, cujas contas ele continuava a pagar. Então, inexplicavelmente, duas vezes nas últimas semanas, vira Philip perambulando a esmo pela siderúrgica, sem nenhum motivo aparente. Não sabia se o irmão estava sendo sorrateiro para evitá-lo ou se estava tentando atrair sua atenção – parecia estar fazendo as duas coisas ao mesmo tempo. Não conseguira descobrir nenhuma pista que explicasse o objetivo de Philip, apenas uma solicitude incompreensível, coisa que ele jamais havia demonstrado antes.

Da primeira vez, Rearden lhe perguntara, surpreso:

– O que você está fazendo aqui?

– É que eu sei que você não gosta que eu apareça no seu escritório – disse Philip, um tanto vago.

– O que quer?

– Ah, nada... é que mamãe anda preocupada com você.

– Ela pode me telefonar quando bem entender.

Philip não respondeu, porém começou a fazer uma série de perguntas, num tom despreocupado nada convincente, a respeito de seu trabalho, sua saúde, seus negócios. As perguntas pareciam estranhamente irrelevantes, pois não eram questões a respeito do trabalho de Rearden, e sim dos sentimentos dele em relação a seu trabalho. Rearden o interrompeu e se afastou, no entanto aquele incidente inexplicável o incomodou.

Da segunda vez, a única explicação que Philip deu foi:

– Nós só queremos saber como você se sente.

– Nós, quem?

– Ora... eu e mamãe. Vivemos em tempos difíceis, e... bem, mamãe quer saber como você está se sentindo em relação a tudo isso.

– Diga a ela que não sinto nada. – Aquelas palavras pareceram ter um impacto estranho sobre Philip, como se fosse aquela justamente a resposta que ele temia. – Vá embora – disse Rearden com voz cansada –, e, da próxima vez que quiser falar comigo, marque uma hora e vá ao meu escritório. Mas só venha se tiver algo a dizer. Ninguém vem aqui para falar sobre sentimentos, os meus ou os de outra pessoa qualquer.

Philip não havia marcado hora nenhuma, mas lá estava ele outra vez, andando por entre as formas gigantescas dos altos-fornos, com aquele ar de culpa e esnobismo, como se estivesse ao mesmo tempo espionando e se divertindo.

– Mas eu tenho uma coisa a dizer! Tenho, sim! – Philip foi logo exclamando, em resposta à expressão irritada que viu no rosto de Rearden.

– Por que não foi ao meu escritório?

– Você não me quer por lá.

– Nem por aqui.

– Mas eu estou só... só tentando ter consideração com você, não desperdiçar seu tempo, já que anda tão ocupado e... Você está mesmo muito ocupado, não é?

– E o quê?

– E... bem, eu só queria pegar você numa hora em que não estivesse atarefado para falar com você.

– Sobre o quê?

– Eu... eu preciso de um emprego.

Philip disse isso com um tom agressivo, recuando um pouco. Rearden ficou observando-o, com um olhar inexpressivo.

– Henry, eu quero um emprego. Quero dizer, aqui na siderúrgica. Quero que você me dê alguma coisa para fazer. Preciso de um emprego. Preciso ganhar o meu sustento. Estou farto de viver de esmolas. – Estava tentando encontrar algo para dizer, num tom de voz ao mesmo tempo ressentido e implorante, como se a necessidade de justificar aquele pedido fosse uma injustiça que lhe estivesse sendo imposta. – Quero um meio de sustento meu, não estou lhe pedindo caridade. Estou lhe pedindo uma oportunidade de melhorar a minha sorte!

– Isto aqui é uma fábrica, Philip, não um cassino.

– Hein?

– Aqui não trabalhamos com a sorte.

– Estou lhe pedindo um *emprego*!

– E por que eu haveria de lhe dar um emprego?

– Porque eu preciso!

Rearden apontou para as chamas vermelhas que saíam do vulto negro de um alto-forno, a 130 metros de altura – daquela estrutura de aço, argila e vapor que era a corporificação de pensamentos humanos.

– Eu precisava desse alto-forno, Philip. Não foi a minha necessidade que o deu a mim. – No rosto de Philip via-se uma expressão de quem nada ouviu.

– Oficialmente, você não pode contratar ninguém, mas isso é só para constar. Se me empregar, meus amigos vão aprovar a coisa sem nenhum problema, e... – Algo no olhar de Rearden o fez se calar de repente e depois perguntar, com uma voz zangada e impaciente: – Mas o que houve? O que foi que eu disse de errado?

– O que você não disse.

– Como assim?

– Aquilo que você está se esforçando para não mencionar.

– O quê?

– O fato de que para mim você é absolutamente inútil.

– É nisso que você... – foi dizendo Philip com uma voz cheia de indignação moral automática, porém não concluiu a frase.

– É – admitiu Rearden, sorrindo. – É *nisso* que penso antes de mais nada. – Os olhos de Philip se desmancharam. Quando ele voltou a falar, sua voz parecia estar tateando a esmo, juntando frases ao acaso:

– Todo mundo tem o direito de ter um ganha-pão... Como vou ter o meu, se ninguém me dá uma oportunidade?

– E como foi que eu ganhei o meu?

– Eu não nasci dono de uma siderúrgica.

– E eu nasci?

– Eu posso fazer tudo o que você faz, se me ensinar.

– Quem foi que me ensinou?

– Por que insiste nisso? Não estou falando sobre você!

– Mas eu estou.

Após um momento, Philip murmurou:

– Qual é o problema para você? Não é a *sua* subsistência que está em questão!

Rearden apontou para os vultos dos homens trabalhando no calor do alto-forno.

– Você sabe fazer o que eles estão fazendo?

– Não sei o que você...

– O que vai acontecer se eu colocá-lo ali e você estragar uma boa quantidade de aço?

– O que é mais importante: a porcaria do seu aço ou eu ter o que comer?

– Como você vai comer se não houver aço?

O rosto de Philip assumiu uma expressão de censura.

– Não estou em condições de discutir com você agora, já que você está em posição de superioridade.

– Então não discuta.

– Hein?

– Cale a boca e saia daqui.

– Mas o que eu ia...

Rearden deu uma risadinha:

– O que você ia dizer é que eu devia me calar, porque estou em posição de superioridade, e ceder a você, porque você não está em posição nenhuma, não é?

– É uma maneira muito crua de enunciar um princípio moral.

– Mas o seu princípio moral é esse, não é?

– Não se pode discutir sobre moralidade em termos materialistas.

– Estamos discutindo sobre um emprego numa siderúrgica. Não há lugar mais materialista no mundo!

O corpo de Philip se retesou um pouco e seus olhos ficaram mais vidrados, como se tivesse medo do lugar ao seu redor e se ressentisse de sua existência, numa tentativa de não admitir sua realidade. Disse, então, no tom suave e teimoso de um encantamento de bruxaria:

– É um imperativo moral, universalmente reconhecido na época em que vivemos, que todo homem tem direito a um emprego. – E elevou o tom de voz: – Eu faço jus a um emprego!

– Faz mesmo? Então pegue o seu emprego.

– O que quer dizer?

– Pegue um emprego para você. Vá colhê-lo na árvore em que você pensa que ele nasce.

– Mas eu...

– Você quer dizer que sabe que emprego não dá em árvore? Que precisa de um emprego, mas não é capaz de criá-lo? Que você faz jus a um emprego que *eu* é que tenho que criar para você?

– Isso!

– E se eu não fizer isso?

O silêncio se prolongava.

– Não entendo você – disse Philip. Havia em sua voz o espanto irritado de um homem que recita as falas de um papel já muito representado, mas que não entende por que o outro ator não responde com as falas apropriadas. – Não entendo por que não se pode mais falar com você. Não entendo que espécie de teoria você está propondo, e...

– Ah, entende, sim.

Como se se recusasse a acreditar que seu desempenho não estava tendo efeito, Philip aventurou:

– Desde quando você entende de filosofia abstrata? Você não passa de um homem de negócios. Não está capacitado para tratar de questões de princípio. Devia deixar esses assuntos para os peritos que há séculos afirmam que...

– Chega de conversa, Philip. O que é, afinal?

– O que é o quê?

– Por que essa sua ambição de repente?

– Bem, numa época como esta...

– Como?

– Todo homem precisa de uma fonte de sustento, e... não pode ficar assim jogado. Quando as coisas andam tão incertas, a pessoa precisa de alguma segurança... algo de concreto... Quero dizer, numa época como esta, se alguma coisa acontecesse com você, eu não teria...

– O que você acha que vai acontecer comigo?

– Ah, nada, nada! – Aquele grito era estranha e incompreensivelmente sincero. – Eu não acho que vai acontecer coisa nenhuma!... Por quê, você acha?

– Acontecer o quê, por exemplo?

– Sei lá!... Mas eu só tenho essa miséria que você me dá, e... você pode mudar de ideia a qualquer momento.

– Posso.

– E eu não tenho nenhum controle sobre você.

– Por que você levou tantos anos para se dar conta disso e começar a se preocupar? Por que justo agora?

– Porque... porque você está diferente. Você... antes tinha senso de obrigação e responsabilidade moral, mas... está perdendo isso. Está, não é verdade?

Rearden ficou examinando-o em silêncio. Havia algo de estranho na maneira como Philip chegava às perguntas por vias indiretas, como se suas palavras fossem aleatórias, mas o modo excessivamente indireto, vagamente insistente com que ele formulava as perguntas revelava seu objetivo.

– Bem, eu gostaria de tirar esse fardo dos seus ombros, se é isso que eu sou para você! – exclamou Philip de repente. – É só você me arranjar um emprego que não vou mais ser um peso na sua consciência!

– Você não é.

– Justamente o que estou dizendo! Você não se importa. Nem comigo nem com nenhum de nós, não é?

– Nós, quem?

– Ora... eu, mamãe e... e a humanidade em geral. Mas não vou tentar apelar para os seus instintos mais elevados. Sei que por você eu posso desaparecer de repente, que...

– Você está mentindo, Philip. Não é isso que preocupa você. Se fosse, estaria tentando arrancar uma bolada de dinheiro de mim, não um emprego, não...

– Não! Eu quero um emprego! – O grito foi imediato e quase histérico. – Não tente me comprar com dinheiro! Eu quero um emprego!

– Dê-se ao respeito, seu verme. Não ouve o que você mesmo está dizendo?

Philip cuspiu sua resposta cheio de ódio impotente:

– Você não pode falar comigo desse jeito!

– E *você*, pode?

– Eu só...

– Comprar você? Por que preciso comprar você, em vez de simplesmente lhe dar um bom pontapé no traseiro, coisa que já devia ter feito há anos?

– Afinal de contas, eu sou seu irmão!

– E o que isso quer dizer?

– Espera-se das pessoas que sintam alguma coisa pelos irmãos.

– *Você* sente?

A boca de Philip inchou de petulância. Ele não respondeu, porém esperou. Rearden o deixou esperar. Então Philip disse, entre dentes:

– Você devia... pelo menos... ter alguma consideração pelos meus sentimentos... mas não tem.

– *Você* tem alguma pelos meus?

– Os seus? Os seus *sentimentos*? – Não era sarcasmo que havia na voz de Philip, e sim coisa pior: um espanto legítimo, indignado. – Você não tem sentimentos. Nunca sentiu nada. Você nunca *sofreu*.

Foi como se um somatório de anos tivesse atingido Rearden no rosto, por meio de uma sensação e de uma impressão visual: a mesma sensação que ele experimentara na cabine da primeira locomotiva a percorrer a Linha John Galt – e a visão dos olhos de Philip, aqueles olhos pálidos, semilíquidos, que apresentavam a mais profunda degradação a que pode chegar um ser humano: uma dor incontestada e, com a insolência obscena de um esqueleto que desafia um ser vivo, a exigência de que essa dor fosse reconhecida como o mais elevado dos valores. "Você nunca sofreu", lhe diziam aqueles olhos acusadores, enquanto Rearden se lembrava daquela noite em seu escritório, quando suas minas foram expropriadas – o momento em que ele assinara o Certificado de Doação que entregava o metal Rearden e o mês que passara dentro de um avião procurando os restos mortais de Dagny. "Você nunca sofreu", diziam aqueles olhos com um desprezo arrogante, enquanto ele pensava na sensação de orgulhosa castidade com a qual resistira àqueles momentos, recusando-se a se entregar à dor, uma sensação composta de amor, de lealdade, da consciência de que a felicidade é o objetivo da existência, não algo que se encontre por acaso, e sim algo a ser atingido por meio de uma realização, e o ato de traição é deixar que a visão da felicidade se perca no pântano de uma tortura momentânea. "Você nunca sofreu", lhe dizia aquele olhar morto, "você nunca sentiu nada, porque só sofrer é sentir." Não existe felicidade, só existe dor e ausência de dor, apenas dor e o nada, quando nada se sente – eu sofro, estou torturado pelo sofrimento, sou sofrimento puro, essa é a minha pureza, essa é a minha virtude. E a sua, você que não estou torturando, você que não se queixa, a sua é aliviar minha dor – cortar seu corpo que não sofre para remendar o meu, cortar a sua alma que nada sente para que a minha não sinta mais –, e assim chegaremos ao mais elevado ideal, o triunfo sobre a vida, o zero! Rearden estava vendo a natureza daqueles que, durante séculos, não haviam se sentido repelidos pelos pregadores do aniquilamento – estava vendo a natureza dos inimigos contra quem lutara toda a sua vida.

– Philip – disse ele –, vá embora daqui. – Sua voz era como um raio de sol num necrotério, a voz simples, seca, cotidiana de um homem de negócios, o som da saúde, dirigida a um inimigo que não merecia a honra de despertar ódio, nem mesmo horror. – E nunca mais tente entrar nesta usina, porque vou dar ordens a todos os guardas de expulsá-lo, se você tentar novamente.

– Pensando bem – disse Philip, no tom zangado e cauteloso de uma ameaça incerta –, eu bem que podia fazer com que meus amigos me nomeassem para um cargo aqui e *obrigar* você a me aceitar!

Rearden já estava se afastando, porém parou e se virou para olhar o irmão.

Quando Philip apreendia uma revelação súbita, não era por meio do pensamento, e sim daquela sensação obscura que era sua única forma de consciência: percebeu uma sensação de terror lhe apertando a garganta, chegando até o estômago. Estava vendo a extensão da siderúrgica, com flâmulas de fogo, metal derretido cortando o espaço sobre cabos delicados, buracos cheios de brasas, guindastes lhe ameaçando a cabeça, passando por ele pesadamente, suspendendo toneladas de aço por meio do poder invisível do magnetismo, e se deu conta de que tinha medo daquele lugar, muito medo, que não ousava se mexer sem a proteção e a orientação do homem à sua frente – então olhou para aquele vulto alto e ereto, imóvel e seguro, com olhos firmes que haviam enxergado através da pedra e do fogo para construir este lugar. E então se deu conta de como seria fácil para aquele homem, que ele ameaçara de obrigar a fazer algo, fazer com que um balde cheio de metal derretido vertesse seu conteúdo um segundo antes da hora certa, ou que um guindaste soltasse sua carga um metro antes do lugar certo, e não restaria nada dele, do Philip suplicante – e sua única proteção era o fato de que sua mente era capaz de pensar em tais coisas, mas não a de Hank Rearden.

– Mas seria melhor para nós a coisa ficar amistosa – disse Philip.

– Seria melhor para você – disse Rearden e se afastou.

Homens que glorificam a dor, pensava Rearden, visualizando os inimigos que jamais conseguira entender, *são homens que glorificam a dor*. Parecia monstruoso, porém ao mesmo tempo totalmente insignificante. Ele não sentia nada. Era como tentar sentir alguma emoção em relação a objetos inanimados, a uma avalanche de lama que descia uma encosta em sua direção. Podia-se fugir da avalanche, ou construir um muro para detê-la, ou ser esmagado por ela, mas não se podia conceder raiva, indignação ou qualquer juízo moral aos movimentos cegos de coisas mortas – não, pior ainda, pensou: *De coisas contrárias à vida*.

Sentiu a mesma indiferença distante quando, num tribunal em Filadélfia, viu a representação do ritual que lhe concederia o divórcio. Viu aqueles homens enunciando generalizações mecânicas, recitando expressões vagas referentes a provas fraudulentas, realizando um jogo sutil de esticar as palavras para que elas não significassem nada. Ele pagara aqueles homens para fazer aquilo – ele, a quem a lei não dava nenhuma outra maneira de conquistar a liberdade, nenhum direito de expor os fatos verdadeiros. A lei que entregava seu destino não a regras objetivas definidas objetivamente, e sim à vontade arbitrária de um juiz de rosto enrugado e olhar cheio de esperteza vazia.

Lillian não estava presente. Seu advogado gesticulava de vez em quando, com a energia de quem faz água escorrer por entre os dedos. Todos sabiam de antemão qual seria o veredicto e por quê. Há anos que não existia outra razão, já que não havia nenhum padrão senão o capricho. Aqueles homens pareciam achar que aquilo era uma prerrogativa sua, agiam como se o objetivo daquela encenação não fosse julgar uma disputa, e sim lhes fornecer empregos, como se seu trabalho consistisse em repetir fórmulas apropriadas sem nenhuma obrigação de saber o que implicavam tais fórmulas, como se um tribunal fosse o único lugar em que as questões de certo ou errado eram irrelevantes, e eles, os homens encarregados de fazer justiça, fossem sábios demais para acreditar na existência dela. Agiam como selvagens executando um ritual que visasse libertá-los da realidade objetiva.

Porém seus 10 anos de casamento haviam sido uma realidade, recordava Rearden – e *aqueles* eram os homens que tinham o poder de decidir se ele teria uma oportunidade de buscar a felicidade no mundo ou se seria condenado à tortura durante o resto de sua existência. Lembrou-se do respeito austero e impiedoso que sentira em relação a seu contrato de casamento, e a todos os outros que assinava e obrigações legais que assumia, e viu a que espécie de legalidade serviam todos os seus escrúpulos.

Percebeu que as marionetes do tribunal de início olhavam para ele com um olhar matreiro de conspiradores que têm a mesma culpa em comum, que não temem nenhuma condenação moral um do outro. Então, quando perceberam que Rearden era o único ali presente que encarava qualquer um, começaram a encará-lo com ressentimento. Rearden percebeu, com incredulidade, o que esperavam dele: ele, a vítima, acorrentado, amarrado, amordaçado, sem ter qualquer saída senão o suborno, deveria achar que a farsa que ele havia comprado era um processo legal, que as leis que o escravizavam eram moralmente válidas, que ele era culpado de corromper a integridade dos guardiães da justiça, e que a culpa era dele, não deles. Era como culpar a vítima de um assalto de corromper a integridade do marginal. E, no entanto, refletiu Rearden, durante tantos anos de extorsão política, não eram os burocratas saqueadores que assumiam a culpa, e sim os industriais acorrentados; não os homens que vendiam favores legais, e sim os homens que eram obrigados a comprá-los. E, durante tantos anos de cruzadas contra a corrupção, a solução sempre fora não liberar as vítimas, e sim conceder poderes de extorsão mais amplos aos extorsionários. *A única culpa das vítimas*, pensou ele, *era o fato de aceitarem que eram culpadas.*

Quando saiu do tribunal e caminhou pela rua, numa tarde fria e chuvosa, tinha a impressão de que havia se divorciado não de Lillian, mas de toda a sociedade humana que apoiava aquele processo que ele havia testemunhado.

O rosto de seu advogado, um homem de idade, de modos antiquados, dava a impressão de que ele estava com vontade de tomar banho. Seu único comentário foi:

– Escute, Hank, tem alguma coisa que os saqueadores estão querendo conseguir de você agora?

– Que eu saiba, não. Por quê?

– Foi tudo tão fácil. Havia umas coisinhas que eu imaginava que fossem causar pressões e pedidos de mais dinheiro, mas ninguém se importou com elas nem tentou tirar nenhum proveito. Tenho a impressão de que vieram ordens de cima para tratarem você com luvas de pelica e lhe darem o que você queria. Será que eles estão tramando alguma coisa contra a sua siderúrgica?

– Que eu saiba, não – disse Rearden, surpreendendo-se ao se dar conta de que acrescentara mentalmente: "E isso pouco me importa."

Foi nessa mesma tarde, na siderúrgica, que viu o Ama de Leite se aproximando afobado, uma figura desajeitada em que se combinavam a rispidez, a falta de jeito e um ar decidido.

– Sr. Rearden, eu gostaria de falar com o senhor. – Sua voz exprimia deferência, porém ao mesmo tempo tinha um toque estranho de firmeza.

– Pois fale.

– Eu queria lhe perguntar uma coisa. – O rosto do rapaz estava sério e tenso. – Eu queria lhe dizer que sei que o senhor devia dizer não, mas tenho que fazer a pergunta assim mesmo... e... e se for presunção minha, pode me mandar para o inferno.

– Está bem. Vamos lá.

– Sr. Rearden, o senhor me arranja um emprego? – Era a tentativa de parecer tranquilo que traía os dias de sofrimento subjacentes àquela pergunta. – Eu quero parar com isso que estou fazendo e começar a trabalhar. Quero dizer, trabalhar de verdade, em siderurgia, como era minha intenção no passado. Quero fazer jus ao dinheiro que ganho. Estou cansado de ser um parasita.

Rearden não pôde conter um sorriso e disse, como quem faz uma citação:

– Mas por que usar esse vocabulário, Tudo É Relativo? Se não usarmos palavras desagradáveis, não teremos uma realidade desagradável, e... – Rearden viu, no entanto, a seriedade desesperada no rosto do rapaz e parou de falar e de sorrir.

– Estou falando sério, Sr. Rearden. E sei o que a palavra significa. É a palavra exata. Estou cansado de ser pago pelo senhor para não fazer nada, a não ser impedi-lo de ganhar dinheiro. Sei que todos os que trabalham hoje em dia não passam de otários para espertalhões como eu, mas... ora, prefiro ser um otário, se não há outra alternativa! – Estava quase gritando. – Desculpe, Sr. Rearden – disse, com uma voz seca, desviando a vista. Um instante depois, prosseguiu, num tom desprovido de emoção: – Quero deixar de ser subdiretor de distribuição. Não sei se eu seria muito útil para o senhor. Sou formado em metalurgia, porém meu diploma não vale o papel em que foi impresso. Mas acho que já aprendi alguma coisa nos dois anos que estou aqui, e se o senhor pudesse me dar algum tipo de trabalho, de varredor ou recolhedor de sucata, o que o senhor achasse possível, eu mandava que eles enfiassem meu cargo de subdiretor onde bem entendessem e começava a trabalhar para o senhor amanhã mesmo, ou semana que vem, ou neste instante, ou quando o senhor quiser. – Evitava olhar para Rearden, não por estar se esquivando, mas como se não tivesse esse direito.

– Por que você estava com medo de me pedir? – perguntou Rearden com mansidão.

O rapaz o olhou com espanto e indignação, como se a resposta fosse óbvia.

– Porque depois da maneira como vim para cá, de como agi, e considerando-se para quem estou trabalhando, se eu lhe pedir um favor, mereço levar do senhor um pontapé na boca!

– Você realmente aprendeu muito nos dois anos que passou aqui.

– Não, eu... – Olhou para Rearden, compreendeu, desviou o olhar e disse, num tom inexpressivo: – É... se é isso que o senhor quer dizer.

– Escute, rapaz, eu lhe daria um emprego neste instante e seria coisa melhor do que um cargo de varredor, se dependesse de mim. Mas você esqueceu o Conselho de Unificação? Não tenho o direito de contratar você, nem você tem o de pedir demissão. Sei que há homens se demitindo o tempo todo, e nós vivemos dando empregos a indivíduos com nomes falsos e documentos falsos que provam que estão trabalhando aqui há anos. Você sabe disso, e eu lhe agradeço por ter ficado calado. Mas acha que se eu o contratasse desse jeito os seus amigos lá de Washington não iam reparar?

O rapaz sacudiu a cabeça negativamente, devagar.

– Acha que se você parasse de trabalhar para eles para virar varredor não entenderiam os seus motivos?

O rapaz fez que sim.

– Eles o deixariam largar seu cargo?

Ele fez que não. Após um momento, disse, num tom de espanto e desânimo:

– Não tinha nem pensado nisso, Sr. Rearden. Esqueci-me deles. Eu só pensava se o senhor ia me querer ou não, que a única coisa que pesava era a *sua* decisão.

– Eu sei.

– E... de fato, é mesmo a única coisa que pesa.

– É, Tudo É Relativo, *de fato*.

De repente, a boca do rapaz se contorceu num sorriso breve e sem alegria.

– Acho que estou de mãos atadas, mais do que qualquer otário.

– Está, sim. Agora, não há nada que você possa fazer, senão pedir ao Conselho de Unificação uma permissão para mudar de emprego. Posso apoiar seu pedido, se você quiser tentar, só que acho que eles não vão atendê-lo. Acho que não vão deixar que você trabalhe para mim.

– Não. Não vão.

– Se for esperto o bastante e mentir muito, talvez eles lhe deem permissão para trabalhar no setor privado, mas em outra siderúrgica.

– Não! Não quero nenhum outro lugar! Não quero sair daqui! – Ficou contemplando o invisível vapor da chuva sobre as chamas dos altos-fornos. Depois de algum tempo, disse em voz baixa: – É melhor eu ficar como estou, pelo visto. Melhor continuar a ser subsaqueador. Além disso, se eu fosse embora, sabe Deus que calhorda eles colocariam no meu lugar! – Virou-se. – Estão tramando alguma coisa, Sr. Rearden. Não sei o que é, mas estão se preparando para fazer alguma coisa com o senhor.

– O quê?

– Não sei. Mas eles vêm anotando todas as novas contratações e deserções que ocorrem por aqui, e colocando gente deles. E que gente esquisita! Alguns são uns verdadeiros trogloditas, que nunca puseram o pé numa siderúrgica antes. Me deram ordens de colocar tantos dos "nossos" quanto eu conseguisse. Não quiseram me explicar por quê. Não sei o que estão planejando. Tentei descobrir, mas eles andam muito misteriosos. Acho que não confiam mais em mim. Devo estar perdendo o modo correto de agir. Só sei que estão se preparando para fazer alguma coisa aqui.

– Obrigado por me avisar.

– Vou tentar descobrir o que é. Vou fazer o que posso para descobrir a tempo. – Virou-se de repente e foi se afastando, porém parou. – Sr. Rearden, se dependesse do senhor, o senhor me contratava?

– Contratava, com prazer, imediatamente.

– Obrigado, Sr. Rearden – disse ele muito sério, em voz baixa, e foi embora.

Rearden ficou observando-o, vendo, com um sorriso de piedade irreprimível, qual era o único consolo que restava ao ex-relativista, ex-pragmático, ex-amoralista.

Na tarde de 11 de setembro, um fio de cobre se partiu em Minnesota, imobilizando as correias de um fosso numa pequena estação de interior da Taggart Transcontinental.

Uma enchente de trigo estava invadindo as autoestradas, as estradas de ferro e as trilhas abandonadas do interior. O produto de milhares de hectares de terra cultivada se acumulava nas frágeis represas das estações rodoviárias. A enchente não parava dia ou noite. De início, eram apenas gotas, que logo se transformavam em riachos, depois em rios e torrentes, seguindo em caminhões paralíticos com motores tuberculosos que tossiam, em carroças puxadas por esqueletos de cavalos esfomeados, em carros de bois transportados por homens nervosos que estavam dando suas últimas forças, após dois anos catastróficos, no empenho triunfal da colheita gigantesca deste outono, homens que haviam remendado seus caminhões e carroças com arame, cobertores, cordas e noites insones, para que eles aguentassem mais essa viagem, transportassem o trigo e depois desabassem ao chegar ao fim do percurso, mas dando a seus donos uma chance de sobreviver.

Todo ano, no outono, num movimento oposto, vagões de transporte vinham dos quatro cantos do continente para a divisão de Minnesota da Taggart Transcontinental. O ritmo das rodas dos vagões precedia o rangido das carroças, como um eco invertido cuidadosamente planejado, calculado para escoar a enchente. A divisão de Minnesota passava o ano no ócio, para, de repente, trabalhar num ritmo frenético durante as semanas da colheita. Quatorze mil vagões de carga lotavam os pátios da empresa. Dessa vez esperavam-se 15 mil. Os primeiros trens carregados de trigo já haviam começado a entregar a enchente de grãos aos moinhos esfomeados, depois às padarias, depois aos estômagos do país – mas cada trem, cada vagão, cada fosso era importante, e não havia instante nem centímetro de espaço a perder.

Eddie Willers contemplava o rosto de Dagny enquanto ela consultava seu arquivo especial. Ele sabia o que cada cartão continha só de olhar para seu rosto e ver a expressão nele estampada.

– O terminal – disse ela, tranquila, fechando o arquivo. – Ligue para o terminal e mande enviar metade do estoque de fios a Minnesota.

Willers nada disse e obedeceu.

Ele também não disse nada na manhã em que colocou sobre a mesa dela um telegrama vindo do escritório da Taggart em Washington, o qual informava que, por causa da escassez crítica de cobre, os agentes do governo estavam autorizados a confiscar todas as minas de cobre e operá-las como serviço de utilidade pública.

– Bem – disse ela, jogando o telegrama na cesta de papéis –, é o fim de Montana.

Dagny nada disse quando Taggart lhe comunicou que estava dando ordens de abolir todos os vagões-restaurantes da rede.

– Não podemos mais arcar com essa despesa – explicou ele. – Essas porcarias desses vagões-restaurantes sempre deram prejuízo mesmo, e agora que está faltando comida, que os restaurantes estão fechando porque não conseguem mais comprar um quilo de carne de cavalo em lugar nenhum, como é que se pode querer que as estradas de ferro consigam manter esse tipo de serviço? Afinal, por que cargas d'água a gente tem obrigação de servir comida aos passageiros? Já fazemos muito em lhes dar transporte. Se necessário, eles que viajem amontoados em vagões de transportar gado, que levem suas marmitas, o que nós temos a ver com isso? Não há mais nenhum outro trem que eles possam pegar mesmo!

O telefone sobre a mesa de Dagny não era mais um instrumento de trabalho, e sim uma sirene de alarme, que só transmitia pedidos desesperados e aviso de catástrofes:

– Srta. Taggart, não temos fios de cobre!

– Pregos, Srta. Taggart, pregos comuns! Será que dava para nos mandar uns pregos para cá?

– Srta. Taggart, poderia encontrar tinta à prova d'água, qualquer cor, em algum lugar?

Porém 30 milhões de dólares de subsídios federais haviam sido aplicados no Projeto Soja – uma extensão de terra imensa na Louisiana onde uma plantação de soja estava amadurecendo, conforme as instruções de Emma Chalmers, com o fim de recondicionar os hábitos alimentares da população. Emma, mais conhecida como "a mãe de Kip", era uma velha socióloga que passara anos rondando os departamentos governamentais em Washington, do mesmo modo que outras mulheres de sua idade e de seu tipo vivem rondando botequins. Por algum motivo que ninguém sabia explicar, a morte de seu filho na catástrofe do túnel dera a ela, em Washington, uma aura de mártir, acentuada por uma recente conversão ao budismo. "A soja é uma planta muito mais resistente, nutritiva e econômica do que todas essas comidas extravagantes que nossa dieta antieconômica e hedonista nos acostumou a comer", dissera a mãe de Kip no rádio. Suas palavras caíam como gotas, não de água, mas de maionese. "A soja é um excelente substituto do pão, da carne, dos cereais e do café, e, se todos nós tivéssemos que adotar a soja como nosso alimento básico, estaria resolvida a crise alimentar, e mais pessoas teriam o que comer. O máximo de comida para o máximo de pessoas – eis o meu lema. Em situações de necessidade pública gritante, é nosso dever sacrificar nossos gostos luxuosos e adotarmos o alimento simples e saudável que há séculos é utilizado pelos povos orientais. Temos muito que aprender com os povos orientais."

– Tubos de cobre, Srta. Taggart, a senhora podia arranjar uns tubos de cobre para nós? – as vozes imploravam pelo telefone.

– Pregos para trilhos, Srta. Taggart!

– Chaves de fenda, Srta. Taggart!

– Srta. Taggart, não há lâmpadas em lugar nenhum num raio de 300 quilômetros daqui.

No entanto, 5 milhões de dólares estavam sendo gastos pelo Departamento de Condicionamento do Moral com a Companhia Popular de Ópera, que viajava por todo o país, apresentando-se de graça a pessoas que, por só fazerem uma refeição por dia, não tinham forças para caminhar até o teatro lírico. Sete milhões de dólares haviam sido dados a um psicólogo encarregado de resolver a crise mundial por meio de uma pesquisa a respeito da natureza do amor fraternal. Dez milhões de dólares tinham sido concedidos ao fabricante de um novo isqueiro eletrônico – mas não se encontravam cigarros nas lojas da nação. Havia lanternas no mercado, porém faltavam pilhas; havia rádios, mas não válvulas; havia máquinas fotográficas, mas não filmes. A produção de aviões fora "temporariamente suspensa". Viagens aéreas para fins particulares estavam proibidas. Só podiam voar os que estavam em missões de "necessidade pública". Um industrial precisava viajar de avião para salvar sua fábrica – isso não era considerado uma necessidade pública, e portanto ele não podia entrar no avião. Um funcionário do governo ia cobrar impostos – isso era uma necessidade pública, e portanto ele podia viajar.

– Tem gente roubando porcas e parafusos dos trilhos, Srta. Taggart. Os roubos acontecem à noite, e nosso estoque é cada vez menor, o depósito de nossa divisão não tem mais nada. O que vamos fazer, Srta. Taggart?

No entanto, uma enorme televisão em cores, com tela de três metros, estava sendo instalada para os turistas no Parque do Povo, em Washington, e um supercíclotron para estudar os raios cósmicos estava sendo construído pelo Instituto Científico Nacional, sendo previstos 10 anos para sua conclusão.

"O problema do nosso mundo moderno", disse o Dr. Robert Stadler no rádio, na cerimônia de início da construção do cíclotron, "é que tem gente demais pensando demais. É essa a causa de todos os medos e dúvidas que nos afligem no momento. Os cidadãos esclarecidos devem abandonar esse culto supersticioso à lógica e à desacreditada razão. Do mesmo modo que os leigos deixam a medicina para os médicos e a eletrônica para os engenheiros, as pessoas que não estão capacitadas para pensar devem deixar a tarefa de pensar exclusivamente a cargo dos peritos e ter fé na sua autoridade. Apenas os peritos são capazes de compreender as descobertas da ciência moderna, as quais provaram que o pensamento é uma ilusão e a mente é um mito."

"Esta era de sofrimento é um castigo divino por termos confiado tanto na mente!", rosnavam as vozes triunfais dos místicos de todas as seitas, nas esquinas, em tendas encharcadas de chuva, em templos caindo aos pedaços. "Esta catástrofe mundial é o resultado da tentativa de viver com base na razão! É *nisso* que dão o pensamento, a lógica e a ciência! E não haverá salvação enquanto os homens não compreenderem que sua mente mortal é impotente para resolver seus problemas e não voltarem à fé, à fé em Deus, à fé numa autoridade mais elevada!"

E, no seu dia a dia, Dagny tinha de encarar o produto final de tudo aquilo, o herdeiro de tudo: Cuffy Meigs, o homem imune ao pensamento. Meigs desfilava pelos escritórios da Taggart Transcontinental com uma túnica semimilitar e uma reluzente pasta de couro que batia contra suas reluzentes perneiras de couro. Levava uma pistola num bolso e um pé de coelho no outro.

Ele tentava evitá-la. Tratava-a com um misto de zombaria – como se a considerasse uma idealista sonhadora – e respeito supersticioso – como se ela fosse detentora de algum poder incompreensível de que ele preferia se manter distante. Agia como se a presença dela não coubesse na sua concepção de ferrovia e, ao mesmo tempo, como se fosse a única presença que ele não ousasse contestar. Havia um toque de ressentimento impaciente no modo como tratava Taggart, como se a obrigação deste fosse lidar com

Dagny e proteger a ele, Meigs. Assim como queria que Taggart mantivesse a ferrovia em funcionamento e o liberasse para se dedicar a atividades de natureza mais prática, Meigs também queria que ele a mantivesse na linha, como se ela fosse um equipamento entre outros.

Pela janela de seu escritório, Dagny via, como um pedaço de esparadrapo colado numa ferida do céu, a página do calendário, em branco, ao longe. O calendário não fora consertado depois da noite em que Francisco se despedira. Os funcionários que subiram a torre correndo, naquela noite, pararam o motor do mecanismo à força e arrancaram o filme do projetor. Encontraram o quadradinho que continha a mensagem de Francisco colado ao filme das datas, porém quem o havia colado lá, quem entrara na sala trancada, quando e como – tudo isso continuava sendo um profundo mistério para as três comissões que ainda estavam investigando o ocorrido. Enquanto elas não chegavam a uma conclusão, a página permanecia em branco.

Ainda estava em branco na tarde de 14 de setembro, quando o telefone tocou no escritório de Dagny. Disse a voz da secretária:

– É um homem de Minnesota.

Ela dissera à secretária que atenderia todos os telefonemas desse tipo. Eram pedidos de socorro e constituíam sua única fonte de informações. Numa época em que as vozes dos funcionários da ferrovia só emitiam sons que visavam não exprimir qualquer significado, aquelas vozes anônimas eram seu único vínculo com a rede, os últimos lampejos de razão e honestidade sofrida que ainda luziam efêmeros na rede da Taggart.

– Srta. Taggart, não cabe a mim ligar para a senhorita, mas ninguém mais se dispõe a telefonar – disse a voz, jovem e excessivamente calma, ao telefone dessa vez. – Em um ou dois dias, vai haver uma catástrofe sem precedentes aqui, e então eles não vão mais poder continuar escondendo, só que vai ser tarde demais, e talvez já seja tarde demais agora.

– O que é? Quem é você?

– Um de seus funcionários na divisão de Minnesota, Srta. Taggart. Daqui a um ou dois dias, os trens não vão mais poder sair daqui, e a senhorita sabe o que isso representa, em plena época da colheita. A maior colheita que já tivemos. Vão parar por falta de vagões de carga, que não foram enviados para cá este ano.

– O que você disse? – Dagny tinha a impressão de que haviam se passado minutos enquanto a voz que ela não reconhecia como sua pronunciava aquelas palavras.

– Os vagões não foram enviados. Já deviam estar aqui 15 mil vagões. Que eu saiba, por enquanto só chegaram cerca de 8 mil. Há uma semana que estou ligando para a sede da divisão. Dizem que não preciso me preocupar. Da última vez, mandaram que eu cuidasse da minha vida. Todos os galpões, fossos, armazéns, garagens e salões de dança ao longo da ferrovia estão repletos de trigo. Há uma fila de três quilômetros de caminhões e carroças esperando na estrada perto dos fossos de Sherman. Na estação de Lakewood, há três noites que o espaço está completamente lotado. Eles insistem em dizer que é só uma situação temporária, que os vagões estão chegando e tudo vai dar certo. Mas não vai. Não tem vagão nenhum chegando. Já liguei para todos a quem pude ligar. Pela maneira como falam, sei o que está havendo. Eles sabem também, só que ninguém quer admitir. Estão apavorados, têm medo de se mexer, falar, perguntar e responder. Só pensam em quem vai levar a culpa quando a colheita apodrecer aqui nas estações, não se preocupam com quem vai transportá-la. Talvez a esta altura já seja impossível resolver o problema. Talvez nem a senhorita possa fazer nada. Mas achei que era a única pessoa que gostaria de saber o que está acontecendo e que alguém tinha de informá-la.

– Eu... – Dagny tentou respirar com esforço. – Entendo... Quem está falando?

– O nome não interessa. Quando eu desligar, vou desertar. Não quero estar aqui para ver o desastre acontecer. Não quero mais participar disso tudo. Boa sorte, Srta. Taggart.

Ela ouviu o estalido.

– Obrigada – disse para o telefone já desligado.

Quando voltou a perceber o escritório ao seu redor e se deu ao luxo de ter sentimentos, já era meio-dia do dia seguinte. Ela estava em pé no meio da sala, rígida, os dedos correndo pelos cabelos, retirando-os do rosto – e por um momento não sabia onde estava nem qual era a coisa inacreditável que havia acontecido nas últimas 20 horas. O que ela sentia era horror e sabia que fora horror que tinha experimentado desde que ouvira as palavras daquele telefonema, só que antes não tivera tempo de se dar conta disso.

Em sua memória não restava muita coisa do que acontecera nas últimas 20 horas, apenas fragmentos desconexos, unidos pela única constante que os tornara possíveis – os rostos moles e frouxos dos homens que se esforçavam para esconder de si próprios o fato de que sabiam as respostas às perguntas que ela lhes fazia.

Desde o momento em que foi informada de que o gerente do departamento de manutenção de vagões saíra da cidade havia uma semana e não deixara o endereço onde poderia ser encontrado, Dagny se convenceu de que era verdade o que dissera o homem de Minnesota. Depois vieram os rostos dos assistentes do departamento de manutenção de vagões, que nem confirmavam nem negavam a informação, porém não paravam de lhe mostrar papéis, ordens, formulários, cartões que continham palavras que nenhuma relação tinham com os fatos inteligíveis.

– Os vagões foram enviados a Minnesota?

– O formulário 357W foi inteiramente preenchido, conforme orientação do coordenador, e de acordo com as instruções do superintendente e do Decreto 11.493.

– Os vagões de carga foram enviados a Minnesota?

– As anotações referentes aos meses de agosto e setembro foram processadas por...

– Os vagões de carga foram enviados a Minnesota?

– Meus arquivos indicam a localização dos vagões de carga por estado, data, tipo e...

– Você sabe se os vagões foram enviados a Minnesota?

– Para saber a respeito dos deslocamentos interestaduais dos vagões de carga, a senhorita deve consultar os arquivos do Sr. Benson e do...

Os arquivos nada diziam. Eram anotações cuidadosas, cada uma das quais tinha quatro significados possíveis, repletas de remissões que levavam a remissões que levavam a uma remissão final que não constava dos arquivos. Não demorou para que Dagny descobrisse que os vagões não tinham sido enviados a Minnesota e que a ordem partira de Cuffy Meigs, porém quem a executara, quem havia encoberto as pistas, que medidas haviam sido tomadas, por que homens submissos, para fazer de conta que tudo estava correndo normalmente, sem que nenhum grito de protesto chamasse a atenção de algum homem mais corajoso, quem havia falsificado os relatórios, onde estavam os vagões – tudo isso parecia, de início, impossível de descobrir.

Durante as horas daquela noite, enquanto uma pequena equipe desesperada, comandada por Eddie Willers, ligava para todos os pontos de todas as divisões, para cada pátio de manobras, para cada depósito, para cada estação, para cada desvio da Taggart Transcontinental, requisitando todos os vagões de carga presentes ou possíveis de serem obtidos, dando ordens para que seus carregamentos, quaisquer que fossem, imediatamente fossem despejados, largados, abandonados e seguissem imediatamente para Minnesota, enquanto telefonavam para todos os pátios de manobras, estações e presidentes de todas as companhias ferroviárias que ainda meio que sobreviviam, em todos os cantos do país, implorando para que enviassem vagões a Minnesota, Dagny se encarregou da tarefa de levantar, de rosto covarde a rosto covarde, a trajetória dos vagões desaparecidos.

Falou com executivos da rede, com clientes ricos, com funcionários do governo, pelo telefone, pelo telégrafo, tomando táxis, seguindo uma trilha de frases incompletas. Ia chegando ao fim da trilha quando a voz contida de uma relações-públicas de uma repartição em Washington lhe disse pelo telefone, cheia de ressentimento: "Ora, afinal de contas é uma questão de opinião se o trigo é essencial ao bem-estar da nação. Há pessoas mais progressistas que acham que a soja talvez seja bem mais importante." E então, ao meio-dia, Dagny se viu em pé no meio de sua sala, sabendo que os vagões de carga que se destinariam ao trigo de Minnesota haviam sido enviados para transportar, dos pântanos da Louisiana, a soja do projeto da mãe de Kip.

A primeira reportagem a respeito da catástrofe de Minnesota apareceu nos jornais três dias depois. Afirmava que os fazendeiros que haviam esperado três dias nas ruas de Lakewood, sem ter onde guardar o trigo nem como transportá-lo, tinham demolido o tribunal da cidade, a casa do prefeito e a estação ferroviária. Então as reportagens desapareceram de repente e os jornais não tocaram mais no assunto. Em seguida, começaram a divulgar exortações, pedindo que as pessoas não acreditassem em boatos impatrióticos.

Enquanto os moinhos e os mercados do país gritavam pelo telefone e pelas linhas de telégrafo, enviando pedidos a Nova York e delegações a Washington, enquanto fileiras de vagões de carga vindos de vários cantos do continente se arrastavam como lagartas enferrujadas em direção a Minnesota, o trigo e a esperança do país aguardavam a morte ao longo de trilhos vazios, sob os sinais verdes imutáveis que davam passagens a trens inexistentes.

Na central de comunicações da Taggart Transcontinental, uma pequena equipe não parava de pedir vagões de carga, repetindo, como a tripulação de um navio que afunda, um SOS que não era ouvido. Havia vagões carregados durante meses nos pátios de companhias de propriedade de amigos de traficantes de influência, que ignoravam os pedidos desesperados para liberar os vagões e despachá-los. "Mande essa ferrovia à..." seguida de uma expressão impublicável, foi essa a resposta dos irmãos Smather, do Arizona, quando receberam o SOS de Nova York.

Em Minnesota, pegavam-se vagões de todos os desvios, da serra de Mesabi, das minas de Paul Larkin, onde os vagões esperavam algumas migalhas de ferro. Despejava-se trigo em vagões de transporte de minério e de transporte de gado, que deixavam trilhas finas douradas ao longo dos trilhos quando partiam. Despejava-se trigo em vagões de passageiros, por cima dos bancos, das prateleiras das instalações elétricas, mesmo se ele acabava numa vala quando uma mola quebrava de repente, ou quando um incêndio numa caixa de graxa provocava uma explosão.

Queriam despachar trigo, despachar, sem pensar no destino dos trens. Tudo o que queriam era vê-lo em movimento, como um paralítico que, logo depois do derrame, se debate com movimentos convulsivos e desordenados e não consegue acreditar que de repente é impossível se mover. Não havia outras estradas de ferro: James Taggart as destruíra. Não havia navios nos Grandes Lagos: Paul Larkin os tinha destruído. Havia apenas uma única linha de ferrovia e uma rede de autoestradas semiabandonadas.

Os caminhões e as carroças dos fazendeiros impacientes começaram a tomar as estradas às cegas, sem mapas, sem gasolina, sem comida para os cavalos – rumo ao sul, em direção à possibilidade de encontrar moinhos em algum lugar, sem noção da distância a ser coberta, porém com a certeza da morte no lugar de onde vinham –, avançando para depois morrer nas estradas, nas ravinas, nas pontes apodrecidas que despencavam. Um fazendeiro foi encontrado a um quilômetro dos destroços de seu caminhão, ainda agarrado ao saco de trigo em seus ombros. Então a chuva começou a cair nas planícies de Minnesota. Ela apodrecia o trigo nas estações ferroviárias, desmanchava as pilhas de trigo derramadas à margens das estradas, e a terra bebia os grãos dourados.

Os homens de Washington foram os últimos a serem atingidos pelo pânico.

Eles estavam preocupados não com as notícias que chegavam de Minnesota, e sim com o equilíbrio precário de suas amizades e seus relacionamentos. Pesavam não o destino da colheita, e sim o resultado insondável das emoções imprevisíveis de homens irracionais de poder ilimitado. Esperavam, se esquivavam de todas as súplicas, afirmavam: "Bobagem, não há motivo para preocupação. Esse pessoal da Taggart sempre dá um jeito de transportar o trigo a tempo, eles vão dar um jeito!"

Então, quando o chefe do executivo do estado de Minnesota enviou a Washington um pedido de intervenção do Exército contra as sublevações que ele não estava conseguindo controlar, três decretos foram emitidos em duas horas, mandando que todos os trens do país parassem e requisitando todos os vagões para serem enviados a Minnesota. Uma ordem assinada por Wesley Mouch exigia que fossem imediatamente liberados os vagões de carga à disposição da mãe de Kip. Mas já era tarde demais. Os vagões dela estavam na Califórnia, para onde a soja tinha sido enviada por uma organização progressista composta de sociólogos que pregavam o culto à austeridade oriental e empresários que no passado atuavam no jogo ilegal.

Em Minnesota, os fazendeiros estavam incendiando suas próprias fazendas, demolindo os fossos e as casas dos funcionários dos condados, lutando ao longo dos trilhos ferroviários, uns querendo arrancá-los, outros dispostos a arriscar suas vidas para defendê-los – e, sem ter outro objetivo senão a violência, morriam nas ruas de cidades destruídas, nas valas silenciosas de estradas vazias.

Até que só restou o cheiro acre do trigo apodrecendo em pilhas semi-incendiadas – algumas colunas de fumaça subindo das planícies, permanecendo imóveis no ar, pairando sobre ruínas enegrecidas –, enquanto, num escritório na Pensilvânia, Hank Rearden, sentado à sua mesa, contemplava a lista dos homens que haviam ido à falência: os fabricantes de equipamentos agrícolas, que não haviam recebido nenhum pagamento e não poderiam pagar a ele.

A soja colhida não chegou aos mercados do país. A colheita fora feita antes do tempo: o produto estava mofado e não podia ser consumido.

◄◄◄

Na noite de 15 de outubro, partiu-se um fio de cobre na torre de controle subterrânea do Terminal Taggart, apagando as luzes dos sinais.

Foi apenas um fio partido, mas produziu um curto-circuito no sistema de sinalização, e os sinais verdes e vermelhos desapareceram das torres de controle e dos trilhos. As lentes permaneceram vermelhas e verdes, não com a radiação viva da luz, mas com a opacidade morta de olhos de vidro. Nos arredores da cidade, os trens foram se amontoando na entrada dos túneis do terminal, cada vez mais, no silêncio dos minutos, como sangue represado numa veia por um coágulo, incapaz de invadir as câmaras do coração.

Naquela noite, Dagny estava sentada a uma mesa numa sala de jantar privativa no Hotel Wayne-Falkland. A cera das velas escorria sobre as camélias brancas e as folhas de louro nas bases dos candelabros de prata. Havia cálculos aritméticos rabiscados na toalha de mesa de linho, e uma guimba de charuto flutuava numa lavanda. Os seis homens de smoking que a encaravam à mesa eram Wesley Mouch, Eugene Lawson, o Dr. Floyd Ferris, Clem Weatherby, James Taggart e Cuffy Meigs.

– Por quê? – perguntara ela quando Taggart lhe dissera que ela tinha que ir àquele jantar.

– Porque... porque nossa diretoria vai se reunir semana que vem.

– E daí?

– Você está interessada no que vai ser decidido a respeito da nossa linha de Minnesota, não está?

– Isso vai ser decidido na reunião da diretoria?

– Não exatamente.

– Vai ser decidido nesse jantar?

– Não exatamente, mas... ah, por que você quer sempre as coisas tão definidas? As coisas nunca são definidas. Além disso, eles insistiram que querem que você esteja presente.

– Por quê?

– Isso já não basta?

Ela não perguntou por que aqueles homens tomavam decisões cruciais em ocasiões festivas como aquela. Sabia que era esse o costume deles. Sabia que por trás da pretensão tola e pomposa das reuniões de conselhos e comissões, das assembleias gerais, as decisões eram tomadas de antemão, numa informalidade escusa, em almoços, jantares, em bares. Quanto mais séria a questão, mais informal o método utilizado para decidi-la. Era a primeira vez que convidavam Dagny, a que não fazia parte do grupo, a inimiga, para uma dessas sessões secretas. *É*, pensou Dagny, *o reconhecimento do fato de que precisam de mim, e é, talvez, o primeiro passo que levará à rendição deles.* Era preciso aproveitar aquela oportunidade.

No entanto, à luz das velas na sala de jantar, ela teve certeza de que não tinha nenhuma chance. Sentia-se impaciente, incapaz de aceitar essa certeza, visto que não conseguia entender sua razão de ser, porém ao mesmo tempo uma letargia a impedia de procurar uma explicação.

"Como, creio eu, há de reconhecer, Srta. Taggart, aparentemente não há mais nenhuma justificativa para que continue a existir uma linha ferroviária em Minnesota, a qual..." "E até mesmo a Srta. Taggart certamente há de concordar que certos recuos estratégicos parecem ser necessários, até que..." "Ninguém, nem mesmo a Srta. Taggart, será capaz de contestar a afirmação de que há épocas em que se torna necessário sacrificar as partes em benefício do todo..." À medida que iam se acumulando as referências a seu nome, de meia em meia hora, feitas só por fazer, sem que os olhos do falante olhassem em sua direção, Dagny entendia cada vez menos por que tinham requisitado sua presença. Não era uma tentativa de fazê-la acreditar que a estavam consultando, e sim coisa pior: era uma tentativa de fazer com que eles próprios acreditassem que Dagny havia concordado. Por vezes lhe faziam perguntas e a interrompiam antes que ela terminasse a primeira frase de sua resposta. Pareciam querer sua aprovação sem verificar se ela de fato aprovava ou não.

E haviam sido cruelmente infantis a ponto de escolherem o cenário luxuoso de um jantar formal para se iludirem daquele jeito. Agiam como se tivessem a esperança de extrair daqueles objetos nobres e pomposos o poder e a honra dos quais aqueles objetos no passado eram ao mesmo tempo produtos e símbolos. *Agem*, pensou Dagny, *como aqueles selvagens que devoram o cadáver de um adversário na esperança de adquirir sua força e sua virtude.*

Dagny estava arrependida de haver vestido aquelas roupas. Taggart lhe dissera:

– É formal, mas não exagere... isto é, não ostente riqueza demais hoje em dia, os empresários devem evitar qualquer aparência de arrogância. Não estou dizendo que você deve ir maltrapilha, mas se pudesse dar uma impressão de... ah, humildade... isso lhes agradaria, faria com que eles se sentissem importantes.

– É mesmo? – perguntara ela, dando-lhe as costas em seguida.

Trajava agora um vestido negro que dava a impressão de ser apenas um corte de tecido que cruzava sobre seus seios e lhe caía até os pés, como as dobras macias de uma túnica grega. Era feito de cetim, um cetim tão leve e fino que poderia ter sido usado para fazer uma camisola. O brilho do tecido, que deslizava e mudava de forma a cada movimento seu, dava a entender que a luz que havia no recinto emanava de Dagny e obedecia ao menor movimento de seu corpo, envolvendo-a num esplendor mais luxuoso do que a textura de um brocado, ressaltando a fragilidade flexível de suas formas, emprestando-lhe uma elegância tão natural que ela podia se dar ao luxo de parecer ironicamente informal. Usava uma única joia, um fecho cravejado de brilhantes preso ao decote negro, que cintilava com os movimentos imperceptíveis de sua respiração, como um transformador que faz de uma faísca uma chama, ressaltando não as pedras, e sim o ritmo vivo por trás delas. Brilhava como uma condecoração militar, como se sua riqueza fosse ostentada igual a uma medalha de honra. Não usava mais nenhum ornamento, apenas um manto de veludo negro, mais arrogante, mais nobre do que qualquer estola de pele.

Agora, ao ver os homens à sua frente, Dagny estava arrependida. Sentia a culpa vergonhosa de um esforço inútil, como se tivesse desafiado bonecos de cera. Via um ressentimento irracional nos olhos daqueles homens, bem como um vestígio daquele riso debochado, morto, assexuado e pornográfico com que os homens encaram um cartaz anunciando um striptease.

– É uma grande responsabilidade – disse Eugene Lawson – ter o poder de vida ou morte sobre milhares de pessoas e sacrificá-las quando necessário, mas temos de ter a coragem de fazê-lo. – Seus lábios moles pareceram se contorcer, formando um sorriso.

– Os únicos fatores que devem ser levados em conta são área e população – disse o Dr. Ferris com uma voz estatística, soprando anéis de fumaça para o teto. – Como não é mais possível manter simultaneamente a linha de Minnesota e o tráfego intercontinental dessa rede, há que se escolher: ou Minnesota ou os estados a oeste das montanhas Rochosas que ficaram isolados com o fechamento do Túnel Taggart, bem como os estados vizinhos de Montana, Idaho e Oregon, ou seja, praticamente todo o Noroeste do país. Quando se leva em conta a área e o número de habitantes das duas regiões, torna-se óbvio que é preferível cortar Minnesota a interromper a comunicação com um terço do continente.

– Não vou abrir mão do continente – disse Wesley Mouch, olhando para seu sorvete, com uma voz ofendida e teimosa.

Dagny estava pensando na serra de Mesabi, a última mina de ferro importante. Pensava nos fazendeiros de Minnesota, os que restavam, os melhores produtores de trigo do país. Pensava que o fim de Minnesota seria o fim de Wisconsin, depois de Michigan, depois de Illinois. Estava vendo o hálito rubro das fábricas se extinguindo no Leste industrializado – e, em contraste, as extensões vazias dos desertos do Oeste, as pastagens ralas e as fazendas abandonadas.

– Os dados indicam – disse o Sr. Weatherby, arrogante – que parece impossível continuar a servir ambas as áreas. Os trilhos e os equipamentos de uma devem ser desmontados para atender à manutenção da outra.

Dagny percebeu que Clem Weatherby, o técnico em ferrovias do grupo, era quem tinha menos influência, enquanto Cuffy Meigs era quem tinha mais. Meigs estava esparramado na cadeira, com uma expressão condescendente no rosto, por estar aturando aquele desperdício de tempo. Falava pouco, mas, quando o fazia, sua intervenção era decisiva. Com um sorriso de desprezo, exclamava "Baixe o facho, Jimmy!" ou "Chega, Wes, você está dizendo asneiras!".

Dagny percebeu que nem Taggart nem Mouch ficavam ressentidos. Pareciam gostar da autoridade e da autoconfiança de Meigs, reconheciam seu domínio.

– Temos que ser práticos – o Dr. Ferris não parava de repetir. – Temos que ser científicos.

– Preciso da economia da nação como um todo – repetia Mouch. – Preciso da produção de todo um país.

– Vocês estão falando de economia? De produção? – perguntava Dagny, sempre que sua voz fria e calculada conseguia se impor por alguns instantes. – Se estão, então nos deem condições de salvar os estados do Leste. É tudo que resta do país, e do mundo. Se nos deixarem salvar o Leste, talvez consigamos reconstruir o restante. Senão, é o fim. Que a Sul-Atlântica se encarregue do pouco tráfego intercontinental que ainda há. Que as ferrovias locais cuidem do Noroeste. Mas deixem a Taggart Transcontinental largar tudo o mais, tudo, mesmo, e dedicar todos os seus recursos, equipamentos e trilhos ao tráfego dos estados do Leste. Voltemos à origem deste país, mas salvemos essa origem. Não vamos mais cruzar o Missouri. Vamos virar uma ferrovia regional, a ferrovia do Leste industrializado. Salvemos nossas indústrias. Não há mais o que salvar no Oeste. A agricultura pode prosseguir durante séculos com trabalho manual e bois. Mas se destruirmos o que resta do parque industrial deste país, nem mesmo com séculos de esforço poderemos reconstruí-lo, nem reconquistar a força econômica que nos possibilitará dar a partida. Como vocês podem querer que as nossas indústrias e ferrovias sobrevivam sem aço? Como querem que o aço seja produzido se não houver mais minério de ferro? Salvemos

Minnesota, ou o que resta do estado. O país? Não há país a salvar, se morrerem as indústrias. Pode-se sacrificar uma perna ou um braço. Não se pode salvar um organismo sacrificando a cabeça e o coração. Salvemos nossas indústrias. Salvemos Minnesota. Salvemos o Leste.

Não adiantava. Ela repetiu sua fala, com todos os detalhes, cifras, estatísticas e provas de que sua mente cansada ainda era capaz de lembrar, na tentativa de que a ouvissem. Não adiantava. Eles nem contestavam nem concordavam, apenas agiam como se os argumentos de Dagny fossem irrelevantes. Havia um tom de ênfase oculta nas respostas que lhe davam, como se estivessem lhe oferecendo uma explicação, só que num código que ela desconhecia.

– A situação na Califórnia está problemática – declarou Mouch, emburrado. – A assembleia legislativa anda zangada. Falam em se separar do restante da União.

– O Oregon está assolado por gangues de desertores – disse Weatherby, cauteloso. – Assassinaram dois cobradores de impostos nos últimos três meses.

– A importância da indústria para a civilização sempre foi exagerada grosseiramente – disse Ferris, sonhador. – O país atualmente conhecido como República Popular da Índia existe há séculos sem nenhum desenvolvimento industrial.

– As pessoas podem viver com menos cacarecos materiais e uma disciplina mais rígida – disse Eugene Lawson, ansioso. – Seria bom para elas.

– Ora, vão deixar essa mulher fazer com que vocês percam o maior país do mundo de uma maneira idiota? – perguntou Meigs, pondo-se de pé num salto. – Isto lá é hora de se abrir mão de todo um continente? E em troca de quê? De um estadinho porcaria que já não tem mais nada! O negócio é esquecer Minnesota e manter a rede transcontinental. Com tanta confusão, tantas revoltas pipocando por aí, não vamos conseguir manter as pessoas na linha a menos que tenhamos transportes para levar tropas para qualquer ponto do continente rapidamente. Não é hora de recuar. Não se acovardem ouvindo essa conversa fiada. O país está no bolso de vocês. É só deixá-lo aí.

– A longo prazo... – ia dizendo Mouch, inseguro.

– A longo prazo, todos nós estaremos mortos – interrompeu Meigs. Andava de um lado para outro, indócil.

– Que recuar, que nada! Ainda tem muito que arrancar da Califórnia, do Oregon e desses lugares todos. O que eu acho é o seguinte: a gente devia pensar em se expandir, ninguém é capaz de nos deter, está tudo aí, é só pegar – o México, o Canadá, talvez –, vai ser fácil.

Então Dagny compreendeu qual era a resposta. Viu a premissa secreta que estava por trás de tudo o que eles diziam. Com toda a sua devoção espalhafatosa à era da ciência, aquele jargão tecnológico histérico, os cíclotrons, os raios sonoros, esses homens avançavam não em direção à imagem de um futuro industrial, e sim à visão daquela forma de existência que os industriais haviam extinguido – a visão de um rajá da Índia, gordo e sujo, com olhos vazios imersos em camadas de carne estagnada, sem ter nada a fazer senão deixar que pedras preciosas escorressem por entre seus dedos e, de vez em quando, enfiar uma faca no corpo de uma criatura morta de fome, morta de tanto trabalhar, para lhe arrancar alguns grãos de arroz, depois arrancar mais grãos de milhões de outras criaturas semelhantes, e por fim deixar que o arroz se transforme em pedras preciosas.

Dagny pensara que a produção industrial era um valor que não podia ser questionado por ninguém; pensara que o que levava aqueles homens a expropriar as fábricas dos outros era seu reconhecimento do valor dessas fábricas. Ela, que era filha da Revolução Industrial, não julgara concebível, havia esquecido, juntamente com a astrologia e a alquimia, o que esses homens sabiam em suas almas secretas e furtivas, não por meio do pensamento, e sim por meio do lodo inominável que chamavam de instintos e emoções: que, enquanto os homens tiverem de lutar para sobreviver num mundo em que há milhões de outros homens dispostos a se submeter, jamais produzirão tão pouco que um homem com um porrete na mão não possa roubá-los e deixá-los com menos ainda; que quanto mais eles trabalharem e menos ganharem, mais submissos se tornarão; que os homens que vivem de acionar chaves numa mesa telefônica não são fáceis de dominar, mas os que vivem de cavar o solo com os dedos, esses são; que os senhores feudais não precisavam de fábricas eletrônicas para se embriagarem com taças cravejadas de pedras preciosas, como também era o caso dos rajás da República Popular da Índia.

Ela viu o que queriam e para onde os levavam seus "instintos", que eles próprios consideravam inexplicáveis. Viu que Lawson, o humanitarista, sentia prazer ao cogitar numa fome coletiva, e que o Dr. Ferris, o cientista, sonhava com o dia em que o homem voltaria ao arado manual.

Sua única reação era um misto de incredulidade e indiferença – incredulidade porque ela não conseguia conceber o que poderia reduzir seres humanos a tal estado; indiferença porque não conseguia considerar aqueles que atingiam esse estado como seres humanos. Eles continuaram falando, porém ela não conseguia falar nem ouvir o que diziam. Deu-se conta de que a única coisa que tinha vontade de fazer era ir para casa e dormir.

– Srta. Taggart – disse uma voz educada, racional, levemente ansiosa; e, levantando a cabeça de repente, viu a figura cortês de um garçom. – O gerente-assistente do Terminal Taggart está ao telefone, pedindo permissão para lhe falar imediatamente. Diz que é uma emergência.

Foi um alívio se levantar e sair daquela sala, ainda que fosse para ser informada a respeito de um novo desastre. Foi um alívio ouvir a voz do gerente-assistente, apesar do teor de suas palavras:

– O sistema de sinalização pifou, Srta. Taggart. Os sinais estão apagados. Oito trens que estavam chegando ao terminal estão presos, e mais seis que estavam de partida. Eles não podem entrar nem sair dos túneis, o engenheiro-chefe não está em lugar nenhum, não conseguimos localizar a falha no circuito, nem temos fios para fazer o conserto, não sabemos o que fazer, estamos...

– Estou indo para aí – disse ela e desligou.

Andando depressa até o elevador, atravessando o suntuoso hall do Wayne-Falkland quase correndo, sentiu que estava voltando à vida, agora que se defrontava com a possibilidade de ação.

Àquela hora era difícil encontrar um táxi, e, por mais que o porteiro apitasse, não apareceu nenhum.

Dagny resolveu ir a pé, andando apressada, esquecendo-se da roupa que estava usando, sem entender por que o vento parecia frio demais, próximo demais de sua pele.

Pensando apenas no Terminal Taggart, surpreendeu-se com a beleza do que viu de repente: uma figura esbelta de mulher se aproximando dela a passos largos, os cabelos lustrosos reluzindo à luz do poste de iluminação, os braços nus, com um manto esvoaçando e a chama de um brilhante no peito, tendo por fundo o corredor longo e vazio de uma rua e contornos de arranha-céus desenhados com pontos de luz. A consciência de que o que estava vendo era seu próprio reflexo no espelho da vitrine de um florista veio-lhe um pouco tarde demais: ela havia sentido o encanto do contexto integral do qual faziam parte aquela imagem e a cidade. Então sentiu uma pontada de solidão desolada, uma solidão bem mais ampla do que aquela rua vazia – e uma pontada de raiva dirigida contra si própria, raiva daquele contraste absurdo entre sua aparência e o contexto daquela noite e daqueles tempos.

Viu um táxi dobrar a esquina, fez sinal e entrou nele depressa, batendo a porta como se para impedir que entrasse com ela um sentimento que queria largar na calçada vazia, ao lado de uma vitrine de florista. Mas Dagny sabia – com um sarcasmo voltado contra si própria, com rancor, com saudade – que aquele sentimento era a expectativa que havia experimentado em seu primeiro baile e também naquelas raras ocasiões em que queria que a beleza exterior da existência correspondesse ao esplendor interior. *Que hora para pensar nisso!*, disse a si própria, irônica. *Agora não!*, exclamou interiormente com raiva, porém uma voz desolada lhe perguntava insistentemente, quase inaudível em meio ao sacolejar do táxi: "Você, que acreditava que era necessário viver em função de sua própria felicidade, o que lhe resta dela agora? O que você está ganhando com esta luta? Sim! Diga com sinceridade: o que você ganha com isso? Ou será que você está virando um desses altruístas abjetos que não sabem mais responder a essa pergunta?" *Agora não!*, ordenou ela quando a entrada iluminada do Terminal Taggart surgiu no retângulo do para-brisa do táxi.

Os homens que Dagny encontrou no escritório do gerente do Terminal Taggart eram como sinais apagados, como se aqui, também, um circuito estivesse interrompido e não houvesse nenhuma corrente que os ativasse. Olhavam para ela com uma espécie de passividade inanimada, como se lhes fosse indiferente ela acionar uma chave que os fizesse mover-se ou deixá-los imóveis.

O gerente do terminal não estava. O engenheiro-chefe não fora localizado. Fora visto no terminal duas horas antes; depois, nada. O gerente-assistente, ao se oferecer para telefonar para Dagny, havia esgotado toda a sua capacidade de iniciativa. Os outros não se ofereciam para nada. O engenheiro de sinalização era um homem de 30 e tantos anos que parecia um estudante universitário, que não parava de repetir, em tom agressivo:

– Mas isso nunca aconteceu antes, Srta. Taggart! O sistema de sinalização nunca pifou. Não pode pifar. Nós sabemos o que fazemos, somos capazes de cuidar de nosso serviço tão bem quanto qualquer um, mas não quando o sistema pifa quando não tinha nada que pifar!

Dagny não sabia se o agente do Terminal, um homem já velho que trabalhava na rede havia muitos anos, ainda era inteligente mas preferia ocultar sua inteligência ou se, após alguns meses tendo que escondê-la, ele a havia sufocado para sempre e agora se encontrava numa estagnação que lhe dava segurança.

"Não sabemos o que fazer, Srta. Taggart." "Não sabemos a quem devemos pedir permissão para fazer o quê." "Não há regras referentes a emergências desse tipo." "Não há nem mesmo regras que definam quem deve determinar as regras nesses casos!"

Dagny escutava. Depois pegou o telefone, sem dar nenhuma explicação, e mandou a telefonista ligar para o vice-presidente de operações da Sul-Atlântica em Chicago, mesmo que ele estivesse em casa dormindo.

– George? É Dagny Taggart – disse ela quando ouviu a voz de seu concorrente. – Você me empresta o engenheiro de sinalização do seu terminal de Chicago, o Charles Murray, durante 24 horas?... É... Certo... Ponha-o num avião para que ele chegue aqui o mais rápido possível. Diga-lhe que vamos pagar a ele 3 mil dólares... É, por um dia... É, a coisa é séria mesmo... Vou pagar em dinheiro, do meu bolso, se necessário, pago o que tiver de pagar para que ele pegue o avião, mas que seja o primeiro voo para Nova York... Não, George, nenhum. Não resta nem um cérebro na Taggart Transcontinental... Pode deixar que eu arranjo todos os documentos, isenções, dispensas e permissões de emergência... Obrigada, George. Até logo.

Desligou e falou rapidamente com os homens à sua frente, para não ouvir o silêncio que se instaurara naquela sala e no terminal, onde não se ouvia mais nenhum ruído de rodas, para não ouvir as palavras amargas que o silêncio parecia repetir: *Não resta nenhum cérebro na Taggart Transcontinental...*

– Aprontem imediatamente um carro-socorro e uma tripulação – disse Dagny. – Mandem-nos lá para a Linha Hudson, com ordens de arrancar todos os fios de cobre, qualquer fio, em luzes, sinais, telefones, qualquer coisa que seja de propriedade da companhia. Tragam tudo aqui até amanhã de manhã.

– Mas, Srta. Taggart, o serviço na Linha Hudson só está interrompido temporariamente, e o Conselho de Unificação se negou a deixar que acabássemos com a linha!

– Eu me responsabilizo.

– Mas como é que vamos sair com o carro-socorro, se não há sinais?

– Haverá sinais em meia hora.

– Como?

– Vamos – disse ela, levantando-se.

Os outros a seguiram. Dagny atravessou com passos rápidos as plataformas de passageiros, passando por grupos tensos e inquietos de viajantes que aguardavam a partida dos trens imóveis. Desceu uma passarela estreita, atravessou um labirinto de trilhos, passando por sinais mortos e chaves paralisadas, e o único som que enchia os espaços cavernosos dos túneis subterrâneos da Taggart Transcontinental eram os estalos de suas sandálias de cetim, tendo como eco relutante o gemido das tábuas sob o passo mais lento dos homens que a seguiam. Dagny ia em direção ao cubo de vidro iluminado da Torre A, que naquela escuridão parecia uma coroa sem nenhum corpo por baixo, a coroa de um rei deposto pairando sobre um reino de trilhos vazios.

O diretor da torre era um homem competente demais num trabalho difícil demais para que conseguisse ocultar completamente sua perigosa inteligência. Ele compreendeu o que Dagny queria que ele fizesse, mal ela começou a falar, e sua única resposta foi um lacônico "Sim, senhora"; mas, quando os que vinham atrás de Dagny finalmente chegaram ao alto da escada de ferro, ele já estava debruçado sobre os diagramas, trabalhando, absorto no cálculo mais humilhante que já tivera de fazer em toda a sua longa carreira. Ela percebeu que o diretor entendia perfeitamente a situação por causa de um único olhar de relance que ele lhe dirigiu, um olhar de indignação e resistência que correspondia a alguma emoção que havia percebido no rosto dela.

– Primeiro a gente age, depois se preocupa com os sentimentos – disse ela, embora ele não tivesse comentado nada.

– Sim, senhora – respondeu ele maquinalmente.

Sua sala, no alto de uma torre subterrânea, era como uma varanda de vidro da qual se divisava o que já fora o fluxo mais rápido, mais opulento e mais organizado do mundo. Ele aprendera a acompanhar o percurso de mais de 90 trens por hora e ficava observando-os atravessar na mais completa segurança um labirinto de trilhos e cruzamentos, entrando e saindo do terminal, sob suas paredes de vidro, subordinados às pontas de seus dedos. Agora, pela primeira vez, ele contemplava a escuridão vazia de um canal seco.

Pela porta aberta, Dagny via os homens da torre parados, num ócio sinistro – os homens cujo trabalho nunca lhes permitira antes um instante de ócio –, parados ao lado daquelas estruturas alongadas que pareciam pregas de cobre, estantes de livros, um monumento à inteligência humana tão eloquente quanto uma biblioteca. Bastava mover uma daquelas pequenas chaves, que se projetavam das prateleiras como marcadores de livros, para que milhares de circuitos elétricos entrassem em ação, milhares de contatos se fizessem ou se desfizessem, dezenas de chaves em entroncamentos determinassem uma rota e dezenas de sinais se acendessem para delineá-la, sem que nenhum erro fosse possível, sem que houvesse nenhuma margem para o acaso, nenhuma contradição – uma imensa complexidade de pensamentos condensada em um único movimento de mão para determinar a segurança da trajetória de um trem, para que centenas de trens pudessem correr com segurança, para que massas de metal de milhares de toneladas e um sem-número de vidas humanas pudessem passar a altas velocidades, a distâncias mínimas uma da outra, protegidas apenas por um pensamento: o pensamento do homem que havia projetado aquelas chaves. Mas eles – Dagny olhou para o rosto de seu engenheiro de sinalização – acreditavam que a contração muscular de uma mão era a única coisa necessária para fazer os trens andarem, e, agora, os homens das torres estavam ociosos – e, nos grandes painéis à frente do diretor da torre, as luzes vermelhas e verdes, que antes se acendiam para indicar a aproximação de um trem quando este ainda estava longe, agora não passavam de contas de vidro como aquelas em trocas das quais, séculos antes, uma outra raça de selvagens havia vendido a ilha de Manhattan.

– Chame todos os operários não especializados – ordenou ela ao gerente-assistente –, os turmeiros, os guarda-linhas, os limpadores de locomotivas, todos os que estiverem no terminal no momento, e mande-os se apresentarem aqui imediatamente.

– *Aqui*?

– Aqui – disse ela, apontando para os trilhos. – Chame todos os guarda-chaves, também. Ligue para o depósito e mande trazer todas as lanternas que houver por lá, qualquer tipo de lanterna, lanternas de chefe de trem, lanternas de emergência, qualquer coisa.

– *Lanternas*, Srta. Taggart?

– Imediatamente.

– Sim, senhorita.

– O que vamos fazer, Srta. Taggart? – perguntou o agente.

– Vamos fazer os trens andarem, manualmente.

– *Manualmente?!* – exclamou o engenheiro de sinalização.

– Isso mesmo! Por que *você* se espanta? – Dagny não se conteve. – O homem é só músculos, não é? Vamos voltar ao tempo em que não havia sistemas de sinalização, não havia semáforos, não havia eletricidade, ao tempo em que os sinais das ferrovias não eram de metal, eram homens segurando lanternas. Homens servindo de postes. Vocês ficaram anos pedindo isso, agora conseguiram o que tanto queriam. Ah, vocês achavam que as suas ferramentas determinariam suas ideias? Só que é o contrário – e agora vocês vão ver que espécie de ferramentas as suas ideias determinaram!

Mas até mesmo para voltar atrás no tempo é necessário certo grau de inteligência, pensou Dagny, percebendo o paradoxo de sua situação, ao contemplar os rostos letárgicos que a cercavam.

– Como vamos operar as chaves, Srta. Taggart?

– À mão.

– E os sinais?

– À mão.

– Como?

– Colocando um homem com uma lanterna em cada poste de sinalização.

– Não há espaço suficiente entre os trilhos.

– Usaremos um trilho sim, outro não.

– Como os homens vão saber como operar as chaves?

– Através de ordens escritas.

– Como?

– Ordens escritas, igualzinho a antigamente. – Dagny apontou para o diretor da torre. – Ele está preparando um esquema de movimentação de trens e utilização de linhas. Vai dar uma ordem para cada sinal e cada chave e escolher alguns homens para atuar como mensageiros, os quais vão ficar entregando as ordens aos homens dispostos ao longo da ferrovia. Levaremos horas para fazer o que antes se fazia em minutos, mas vamos conseguir que esses trens que estão parados no terminal sigam viagem.

– Vamos ficar trabalhando desse jeito a noite toda?

– E amanhã o dia todo, até que um engenheiro inteligente ensine vocês a consertar o sistema.

– Nos acordos com o sindicato não se fala nada a respeito de trabalhar com lanternas na mão. Isso não vai dar certo. O sindicato vai reclamar.

– Que venham reclamar comigo.

– O Conselho de Unificação não vai gostar.

– Eu me responsabilizo.

– Bem, eu é que não quero ser acusado de ter dado ordens para...

– Eu darei as ordens.

Dagny saiu até o patamar da escada de ferro que contornava a torre. Estava tentando com todas as forças se controlar. Por um momento, parecia que ela própria também era um instrumento de alta tecnologia, desprovido de corrente elétrica, tentando operar uma rede ferroviária transcontinental apenas com suas mãos. Contemplou a escuridão profunda e silenciosa dos subterrâneos da Taggart e sentiu uma pontada de humilhação ao pensar que agora a rede seria obrigada a utilizar homens com lanternas em seus túneis, como se fossem as últimas estátuas em sua homenagem.

Dagny mal conseguia distinguir os rostos dos homens que se reuniram ao pé da torre. Silenciosos, vieram em bando pela escuridão e ficaram parados, imóveis, na penumbra azulada, com lâmpadas azuis ao fundo e manchas de luz projetadas em seus ombros pelas janelas da torre. Ela olhava para as roupas sujas de graxa, os corpos musculosos e frouxos, os braços inertes de homens exauridos por um trabalho que não exigia deles nenhum raciocínio. Esses eram o rebotalho da rede, os homens mais jovens que agora não tinham nenhuma oportunidade de subir, e os mais velhos que jamais haviam tentado tal coisa. Permaneciam em silêncio, não com uma curiosidade apreensiva de trabalhadores, mas com uma indiferença pesada de prisioneiros.

– As ordens que vocês vão receber partiram de mim – disse ela, do alto da escada de ferro, falando com uma voz clara e ressoante. – Os homens que vão dá-las estão agindo sob minhas instruções. O sistema automático de sinalização pifou. Será substituído por mão de obra. Os trens voltarão a circular imediatamente.

Dagny percebeu que alguns daqueles homens na multidão a olhavam com uma expressão estranha no rosto: um misto de ressentimento disfarçado e aquela curiosidade insolente que a fez de súbito se dar conta de que era uma mulher. Então se lembrou da roupa que estava usando e reconheceu que realmente era absurda naquelas circunstâncias – e, movida pela pontada súbita de algum impulso violento que era como um desafio e uma lealdade inquebrantável para com o significado pleno daquele instante, ela jogou o manto para trás e se colocou bem no foco da luz, sob as colunas sujas de fuligem, como se estivesse numa recepção formal, ereta, exibindo o luxo dos braços nus, do cetim negro reluzente, do brilhante que cintilava como uma condecoração militar.

– O diretor da torre vai determinar a localização dos guarda-chaves. Ele vai escolher homens para a função de sinalizar com lanternas e para a de transmitir suas ordens. Os trens...

Ela se esforçava para reprimir uma voz amarga que parecia estar dizendo: "É só para isso que esses homens servem, se é que servem para isso... não resta nenhum cérebro na Taggart Transcontinental..."

– Os trens continuarão a entrar e sair do terminal. Vocês permanecerão em seus postos até que...

Então ela parou. Foram os olhos e os cabelos dele que viu primeiro – os olhos impiedosamente perceptivos, as mechas que iam do dourado à cor de cobre, parecendo refletir a luz do sol mesmo na penumbra do subsolo. Ela viu John Galt no meio daquele amontoado de robôs: de macacão sujo e camisa de mangas arregaçadas, com aquele jeito de quem não tem peso algum, o rosto erguido, os olhos contemplando-a como se ele já tivesse previsto aquele momento muito tempo antes.

– O que houve, Srta. Taggart?

Era a voz suave do diretor da torre, que estava a seu lado, com um papel na mão – e Dagny percebeu como era estranho emergir de um estado mental que era a consciência mais intensa que ela jamais experimentara, só que não sabia quanto tempo havia durado, nem onde estava, nem por que estava ali. Percebera o rosto de Galt, vira na forma de sua boca, nas suas faces, abalar-se aquela serenidade implacável que nele jamais se perturbava, porém ainda assim havia em seu olhar o reconhecimento de que havia se perturbado, de que aquele momento era demais até mesmo para ele.

Dagny sabia que continuava falando, porque os homens ao seu redor pareciam estar escutando-a, embora ela não ouvisse nada. Prosseguiu falando como se cumprisse ordens que lhe houvessem sido dadas sob hipnose, dadas por ela própria um tempo enorme atrás, sabendo apenas que terminar de cumprir aquela ordem era um modo de desafiá-lo, sem saber nem ouvir que palavras estava dizendo.

Tinha a impressão de que estava no meio de um silêncio radiante em que seu único sentido era a visão e em que o rosto dele era a única coisa a ser vista, e a visão de seu rosto era como uma fala sob a forma de uma pressão em sua garganta. Parecia-lhe tão natural e tão insuportavelmente simples que ele estivesse ali – era como se o que a chocava não fosse a presença dele, e sim a dos outros ao lado dos trilhos de sua ferrovia, lugar onde a presença dele era apropriada, mas não a deles. Dagny estava vendo aqueles momentos em que, dentro de um trem prestes a entrar num túnel, sentia uma tensão súbita e solene, como se aquele lugar lhe estivesse revelando, em sua simplicidade desnuda, a essência de sua ferrovia e de sua vida: a união de consciência e matéria, a forma solidificada do engenho de uma mente dando forma física a seu objetivo. Nesses momentos sentia uma esperança súbita, como se esse lugar contivesse o significado de todos os seus valores, e uma sensação de entusiasmo secreto, como se uma promessa inefável a esperasse debaixo da Terra. Era apropriado que ela encontrasse Galt ali – *ele* sempre fora esse significado, essa promessa. Ela não via mais suas roupas, nem a condição a que sua ferrovia o reduzira. Via apenas o fim da tortura daqueles meses em que ele estivera fora de seu alcance – estava vendo no rosto dele a confissão do que aqueles meses haviam lhe custado. A única fala que ouvia era a que parecia estar dizendo a ele: "Esta é a recompensa por todos os meus dias." E ele parecia lhe responder: "Por todos os meus."

Dagny soube que havia terminado de falar com os operários quando viu o diretor da torre dar um passo à frente e dizer algo a eles, olhando para uma lista que tinha na mão. Então, movida por uma certeza irresistível, começou a descer a escada, afastando-se da multidão, indo não em direção às plataformas e à saída, mas para dentro da escuridão dos túneis abandonados. *Você vai me seguir*, pensava ela, e tinha a impressão de que aquele pensamento não se exprimia por palavras, mas pela tensão de seus músculos, a tensão de sua vontade de realizar uma coisa que sabia estar além de suas forças, porém sabia com certeza que seria realizada e por que a desejava... *Não*, pensou, *não porque eu a deseje, mas por ser algo totalmente correto. Você vai me seguir* – aquilo não era uma súplica, nem uma prece, nem uma ordem, mas a simples constatação de um fato, que continha a totalidade de seu poder de entendimento e a totalidade dos conhecimentos que ela havia adquirido ao longo dos anos. *Você vai me seguir, se nós somos o que somos, eu e você, se vivemos, se o mundo existe, se você conhece o significado deste instante e não é capaz de deixá-lo escapar, como outros o fazem, para o mundo insensato das coisas indesejadas e inatingíveis. Você vai me seguir.* Dagny sentia uma confiança exultante, que não era nem fé nem esperança, e sim um ato de adoração pela lógica da existência.

Descia apressadamente por trilhos abandonados e destruídos, por longos corredores escuros que serpenteavam através do granito. Então sentiu o pulsar de suas artérias e ouviu, num ritmo que lhe fazia contraponto, a pulsação da cidade lá em cima. No entanto, era como se ouvisse o movimento de seu sangue tal qual o som que preenchesse o silêncio, e o movimento da cidade como um ritmo dentro de seu corpo – e, ao longe, vindo em seu encalço, ouviu passos se aproximando. Não olhou para trás. Começou a andar mais depressa.

Passou pela porta de ferro trancada atrás da qual ainda estava escondido o que restava do motor que ele inventara. Não parou, porém um leve estremecimento foi o modo como ela reagiu à súbita e rápida visão da unidade e da lógica dos acontecimentos dos últimos dois anos. Uma fileira de luzes azuis se prolongava na escuridão, iluminando extensões de granito reluzente, sacos de areia rasgados que derramavam seu conteúdo sobre os trilhos, pilhas de metal enferrujado. Quando ouviu os passos mais próximos, parou e se virou para olhar.

Viu a luz azul reluzir rapidamente nas mechas brilhantes do cabelo de Galt e captou a forma pálida de seu rosto e os contornos escuros de seus olhos. O rosto desapareceu, mas o som dos passos atuava como elo entre aquela visão e a luz azul seguinte que iluminou o contorno de seus olhos, que permaneciam voltados para a frente. Então Dagny teve certeza de que ele a havia olhado constantemente desde o momento que a vira no alto da torre.

Ouviu o pulsar da cidade acima deles – aqueles túneis, ela pensara certa vez, eram as raízes da cidade e de todos os movimentos que chegavam até o céu –, mas eles, pensava, ela e John Galt, eram a força viva dentro daquelas raízes, eram o princípio, a meta, o significado. *Ele também,* pensou ela, *ouve o ritmo da cidade como se fosse o ritmo do próprio corpo.*

Dagny jogou o manto para trás e permaneceu ereta, numa atitude de desafio, tal como ele a vira no alto da torre – como a vira pela primeira vez, 10 anos antes, ali mesmo, debaixo da terra. Ela o estava ouvindo confessar, não por meio de palavras, mas por meio daquela pulsação que tornava a respiração tão difícil: "Você parecia um símbolo do luxo, e seu lugar era a fonte do luxo. Você parecia devolver o prazer da existência a seus legítimos proprietários... você tinha uma aparência de energia e da recompensa da energia, juntas... e eu fui o primeiro homem que jamais afirmou de que modo essas duas coisas eram inseparáveis..."

Os momentos que se seguiram foram como clarões luminosos numa inconsciência cega: o momento em que ela viu seu rosto, parado a seu lado, calmo, imperturbável, a intensidade contida, o riso de compreensão nos olhos verde-escuros – o momento em que compreendeu o que ele via no rosto dela, pela tensão áspera de seus lábios; o momento em que sentiu a boca dele sobre a sua, a forma da boca dele como uma forma absoluta. Sentiu o movimento dos lábios dele em seu pescoço, como se o bebesse, marcando-o todo, o brilho de seu fecho de brilhantes em meio ao avermelhado dos cabelos trêmulos de John.

Nada mais contava além das sensações de seu corpo, porque este adquiriu de repente o poder de fazê-la compreender seus valores mais complexos por meio da percepção direta. Do mesmo modo que seus olhos tinham o poder de traduzir em visão comprimentos de onda de energia, do mesmo modo que seus ouvidos tinham o poder de traduzir vibrações em sons, assim também seu corpo agora tinha o poder de traduzir a energia que impelira todas as opções de sua vida em percepções sensoriais imediatas. Não era a pressão de uma mão que a fazia tremer, porém o somatório instantâneo de seus significados, a consciência de que era a mão *dele*, de que ela se movia como se sua carne fosse propriedade dele, de que seu movimento era o gesto com que ele a aceitava com todas as realizações que eram ela – era apenas uma sensação de prazer físico, porém continha a adoração que devotava a ele, a tudo o que era ele e à vida dele. Desde a noite da assembleia na fábrica em Wisconsin, passando pela Atlântida em um vale oculto nas montanhas Rochosas, até a zombaria triunfante daqueles olhos verdes inteligentíssimos num corpo de operário ao pé da torre, tudo continha o orgulho que ela sentia por ser quem era e por ser a ela que Galt escolhera como espelho seu, por ser seu corpo que agora dava a ele o somatório da existência dele, do mesmo modo que o corpo dele dava a Dagny o somatório da existência dela. Eram essas as coisas que seu prazer continha, mas tudo o que ela sentia era a mão dele acariciando seus seios.

Ele arrancou o manto, e ela sentiu a esbeltez de seu próprio corpo envolto nos braços dele, como se seu corpo não passasse de um instrumento para a triunfante autoconsciência daquele homem, mas como se essa consciência não fosse mais que um instrumento de conhecimento da presença dele. Era como se Dagny estivesse atingindo o limite de sua capacidade de sentir: como um grito de impaciência, exigindo algo que agora não conseguia definir – sabia apenas que era algo semelhante à ambição que orientava sua vida, aquela sua inesgotável e radiante ganância.

Galt levantou a cabeça dela por um momento, a fim de olhá-la bem nos olhos e fazê-la olhar nos seus, para que ela compreendesse integralmente o significado do que estavam fazendo, como se projetasse o holofote da consciência sobre eles para que o encontro de seus olhares se tornasse um momento de intimidade ainda mais intenso do que o que haveria de vir em seguida.

Então Dagny sentiu a aspereza do tecido grosseiro roçando na pele de seus ombros, se viu deitada sobre os sacos de areia rasgados, viu o brilho alongado e intenso de suas meias, sentiu a boca do homem contra seu tornozelo, depois subindo, num movimento angustiado, por sua perna. Seus próprios dentes se cravaram no braço dele. Galt empurrou levemente a cabeça dela para o lado e mordeu seus lábios com uma pressão cruelmente dolorosa. Então sentiu um movimento que libertava e unia seus corpos num único choque de prazer. Depois ela perdeu a noção das coisas, sentindo apenas o corpo do homem e sua ganância impetuosa que buscava mais e mais, como se ela não fosse uma pessoa, e sim um objeto de infindável busca do impossível. Mas percebeu, então, que era possível, e gemeu e ficou imóvel, sabendo que jamais, jamais poderia desejar algo além.

Galt estava deitado a seu lado, olhando para a escuridão do teto de granito acima deles. Ela o viu estirado sobre a superfície inclinada dos sacos de areia, como se o corpo dele se tornasse fluido ao relaxar, avistou seu manto negro jogado sobre os trilhos lá embaixo e viu gotas de umidade reluzindo nas paredes, escorregando lentamente, entrando em fendas invisíveis, como as luzes de automóveis distantes. Quando ele falou, sua voz dava a impressão de que ele estava simplesmente continuando uma frase em resposta às perguntas que Dagny tinha em mente, como se ele nada mais tivesse a esconder dela e agora tudo o que lhe restasse fosse desdobrar sua alma, com tanta simplicidade como se desnudasse seu corpo:

– ... foi assim que fiquei 10 anos observando-a... daqui, debaixo do chão sob seus pés... sabendo de cada movimento que você fazia em seu escritório no alto do edifício, mas jamais a vendo, nunca satisfeito... 10 anos de noites passadas à espera de uma oportunidade de vê-la de relance, aqui, nas plataformas, quando você pegava um trem... Sempre que vinha a ordem de acoplar seu vagão, eu sabia e vinha vê-la descer a rampa e lamentava você andar tão depressa... era tão seu, aquele jeito de andar, eu o reconheceria em qualquer lugar... o seu andar e essas suas pernas... eram sempre as suas pernas que eu via primeiro, descendo a rampa apressadas, passando por mim enquanto eu as olhava de um desvio lá embaixo, no escuro... Acho que eu poderia ter feito uma escultura das suas pernas, eu as conhecia não com os olhos, mas com as palmas das mãos, quando eu via você passar... quando eu voltava ao trabalho... quando eu voltava para casa logo antes de o sol nascer, para as três horas de sono que eu nunca conseguia dormir...

— Eu te amo — disse ela, com uma voz suave e quase neutra em que a única nuance era um frágil toque de juventude.

Ele fechou os olhos, como se deixasse que aquelas palavras fizessem todo o caminho de volta a 10 anos antes.

— Dez anos, Dagny... exceto por aquelas poucas semanas que a tive à minha frente, totalmente exposta à minha vista, a meu alcance, não andando apressada, porém imóvel, como se num palco iluminado, um palco particular, só para eu a ver... e eu ficava observando-a durante horas a fio, muitas noites... pela janela iluminada de um escritório onde havia uma placa que dizia: Linha John Galt... E uma noite...

Ela conteve uma exclamação:

— Era você, aquela noite?

— Você me viu?

— Vi sua sombra... na calçada... andando de um lado para outro... parecia uma luta... parecia um... — Ela se calou. Não quis pronunciar a palavra "suplício".

— E era — disse ele baixinho. — Naquela noite, tive vontade de entrar, encarar você, falar com você, eu queria... Foi a noite em que cheguei mais perto de violar meu juramento, quando a vi debruçada sobre a mesa, arrasada pelo fardo que carregava...

— John, naquela noite, era em *você* que eu estava pensando... só que eu não sabia...

— Mas *eu* sabia.

— ... era você, durante toda a minha vida, através de tudo o que eu fazia e que eu queria...

— Eu sei.

— John, o mais difícil não foi a hora de me separar de você, no vale... foi...

— A sua fala no rádio, no dia em que você voltou?

– Foi! Você estava escutando?

– Claro. E gostei. Foi magnífico. E eu... eu já sabia, de qualquer modo.

– Você sabia... a respeito de Hank Rearden?

– Antes mesmo de vê-la no vale.

– Foi... quando soube a respeito dele, você esperava?

– Não.

– Foi...? – Dagny não concluiu a pergunta.

– Difícil? Foi. Mas só nos primeiros dias. Na noite seguinte... Quer que eu lhe conte o que fiz na noite seguinte?

– Quero.

– Eu nunca tinha visto Hank Rearden, só as fotos dele no jornal. Eu sabia que ele estava em Nova York aquela noite, num congresso de grandes industriais. Tive vontade de vê-lo de perto. Fui esperá-lo na entrada do hotel onde se realizava o evento. Havia luzes fortes sob a marquise da entrada, mas logo ao lado, na calçada, estava escuro, de modo que eu podia ver sem ser visto. Caía uma garoa fina, havia alguns vagabundos por ali, e estávamos encostados nas paredes do hotel. Sabíamos quem eram os participantes do congresso, quando eles começaram a sair, pelas roupas e pelo jeito de andar – roupas ostentosas e caras, e uma espécie de timidez arrogante, como se estivessem tentando, cheios de culpa, fingir que eram o que pareciam ser naquele momento. Seus carros eram dirigidos por motoristas, e havia alguns repórteres lhes fazendo perguntas e puxa-sacos tentando falar com eles. Eram homens gastos, esses industriais, idosos, flácidos, que estavam nervosamente tentando disfarçar sua insegurança. Então vi Rearden. Estava com um sobretudo elegante e um chapéu inclinado sobre os olhos. Caminhava com passos rápidos, com aquela confiança a que é necessário se fazer jus, tal como ele fizera. Havia outros industriais lhe fazendo perguntas ansiosas, como se fossem puxa-sacos. Vi-o de relance com a mão na porta do carro, a cabeça levantada, e percebi um sorriso se formar rapidamente sob a aba inclinada do chapéu, um sorriso confiante, impaciente e um pouco irônico. E então, por um momento, fiz algo que nunca fizera antes, algo que muitos homens arrasam suas vidas fazendo: vi aquele momento fora de contexto, vi o mundo tal como o fazia parecer, tal como correspondia a ele, um mundo de energia não escravizada, de trabalho não obstruído durante anos até chegar à recompensa. Parado na chuva, no meio de um bando de vagabundos, vi o que eu teria à minha frente se aquele mundo existisse e senti uma vontade desesperada – ele era a imagem de tudo o que eu deveria me tornar... e ele tinha tudo o que devia ser meu... Mas foi apenas um instante. Então voltei a ver aquela cena em seu contexto e com seu significado real: vi o preço que ele estava pagando por sua capacidade brilhante, a tortura que ele suportava em silêncio, confuso, lutando para compreender o que *eu* havia compreendido. Vi que o mundo que ele evocava não existia, ainda estava para ser criado, vi-o novamente tal como ele era, o símbolo de minha luta, o herói não reconhecido por quem *eu* estava lutando para vingar e libertar. E então... então aceitei o que eu havia descoberto a respeito dele e de você. Vi que isso não mudava nada, que eu deveria ter imaginado isso – que isso era certo.

Ouviu Dagny gemer de leve e riu baixinho.

– Dagny, não é que eu não sofra, é que sei como é insignificante o sofrimento, sei que a dor é algo a ser combatido e deixado de lado, não a ser aceito como parte da alma e como uma cicatriz permanente a desfigurar nossa visão da existência. Não sinta pena de mim. Naquele momento, terminou.

Ela se virou para o lado, olhou para o rosto de Galt e permaneceu indefesa e imóvel. Então sussurrou:

– Você trabalhou aqui nos trilhos, aqui – aqui! – durante 12 anos...

– Foi.

– Desde que...

– Desde que larguei a Século XX.

– Aquela noite em que me viu pela primeira vez... você já trabalhava aqui, então?

– Já. E, na manhã em que você se ofereceu para trabalhar como minha empregada, eu não passava de um operário da sua rede ferroviária, de licença. Entende agora por que eu ri daquele jeito?

Dagny olhava para seu rosto. O sorriso dela era de dor, o dele, de pura alegria.

– John...

– Fale. Mas diga tudo.

– Você estava aqui... todos esses anos...

– Estava.

– Todos esses anos... enquanto a Taggart morria aos poucos... enquanto eu buscava homens inteligentes... enquanto eu lutava para preservar o que ainda restava da rede, por menor que fosse...

– Enquanto você vasculhava o país à procura do inventor de meu motor, enquanto você alimentava James Taggart e Wesley Mouch, enquanto dava à sua maior realização o nome do inimigo que queria destruir.

Dagny fechou os olhos.

– Eu estava aqui esses anos todos – disse ele –, ao seu alcance, nos seus domínios, vendo a sua luta, a sua solidão, a sua frustração, vendo você combater uma luta que achava que estava lutando por mim, uma luta na qual defendia meus inimigos e só fazia sofrer derrotas. Eu estava aqui, oculto apenas por causa de uma falha na sua visão – assim como a Atlântida está oculta dos homens apenas por uma ilusão de ótica. Eu estava aqui, esperando pelo dia em que você me visse, em que percebesse que, pelo código do mundo que você sustentava, todas as coisas a que dava mais valor tinham mesmo que ficar ocultas nos subterrâneos mais escuros, e que era lá que você teria que procurar. Eu estava aqui, esperando por você. Eu amo você, Dagny. Mais do que minha própria vida, eu que ensinei aos homens como se deve amar a vida. Ensinei a eles também que nunca devem querer aquilo pelo qual não pagaram – e o que fiz esta noite, eu o fiz com pleno conhecimento de que eu teria de pagar por isso e que minha vida talvez seja o preço.

– Não!

Ele sorriu e balançou a cabeça afirmativamente:

– Sim. Você sabe que conseguiu me abalar uma vez, que eu quebrei a promessa que fizera a mim mesmo. Mas fiz isso conscientemente, sabendo o que significava, não me entregando cegamente ao momento, e sim tendo em vista as consequências e disposto a arcar com elas. Eu não poderia deixar este momento passar sem aproveitá-lo: era nosso, meu amor, nós o merecemos. Mas você não está preparada para largar tudo e se juntar a mim – nem precisa me dizer, eu sei que não está. E como escolhi tomar o que queria, antes que fosse inteiramente meu, terei de pagar por isso, não sei como nem quando, só sei que, se ceder ao inimigo, terei de assumir as consequências. – Sorriu em resposta à expressão que viu no rosto dela. – Não, Dagny, você não é minha inimiga para mim – e foi por *isso* que agi assim –, mas na realidade é isso que você é, pelo caminho que escolheu, embora você ainda não veja isso, mas eu vejo. Meus verdadeiros inimigos não representam nenhum perigo para mim. *Você* é que é perigosa. Você é a única que poderá levá-los a me encontrarem. Eles jamais conseguiriam descobrir o que sou, mas com a sua ajuda... eles conseguirão.

– Não!

– Não por sua intenção. E você está livre para mudar de caminho, mas, enquanto o seguir, não estará livre para fugir da lógica nele implícita. Não faça essa cara. A opção foi minha, é um perigo que resolvi enfrentar. Sou um comerciante, Dagny, em tudo o que faço. Eu queria você, não tinha o poder de alterar a sua decisão, só tinha o poder de levar em consideração o preço e decidir se eu podia ou não arcar com ele. Pois posso. Minha vida é minha para gastar ou investir, e você, você... – e Galt, como se seu gesto fosse uma continuação da frase, deitou-a sobre seu braço e a beijou na boca, sentindo que o corpo dela estava mole na entrega, os cabelos soltos, a cabeça reclinada para trás, segura apenas pela pressão dos lábios dele – ... você é a única recompensa da qual eu não posso abrir mão, que resolvi comprar. Eu queria você, e, se minha vida é o preço, eu abro mão dela. De minha vida, mas não de minha mente.

Subitamente um brilho duro surgiu nos olhos de Galt. Ele ergueu o tronco, sentando-se, e com um sorriso perguntou:

– Quer que eu trabalhe para você? Que conserte esse sistema de sinalização em uma hora?

– Não! – O grito foi imediato, em resposta a uma imagem que de repente surgiu em sua mente, a imagem daqueles homens na sala privativa do Wayne-Falkland.

Galt riu:

– Por quê?

– Não quero ver *você* trabalhando como escravo deles!

– E você?

– Acho que eles estão sendo derrotados e que vou ganhar. Posso aguentar mais um pouco.

– É verdade, só mais um pouquinho... não até você ganhar, mas até você aprender.

– Não posso largar tudo! – Era um grito de desespero.

– Ainda não – disse ele em voz baixa.

Galt se levantou e ela o imitou, obediente, sem conseguir dizer nada.

– Vou continuar trabalhando aqui – disse ele. – Mas não tente me procurar. Você terá de suportar o que eu suportei e não queria que você suportasse: terá de continuar trabalhando sabendo onde estou, me desejando tanto quanto a desejo, mas jamais se permitindo vir me procurar. Não venha aqui. Nem à minha casa. Jamais os deixe nos ver juntos. E quando você chegar ao fim, quando estiver preparada para largar tudo, não diga nada a eles: basta desenhar com giz um cifrão no pedestal da estátua de Nat Taggart, que é o lugar adequado para ele, e vá para casa esperar. Eu irei buscá-la em 24 horas.

Dagny baixou a cabeça, consentindo em silêncio.

Porém, quando Galt se virou para ir embora, um súbito arrepio estremeceu o corpo de Dagny, como se ela estivesse despertando ou sofrendo as últimas convulsões da vida, e terminou num grito involuntário:

– Aonde você vai?

– Virar farol e ficar plantado segurando uma lanterna até o amanhecer, que é o único trabalho que o seu mundo tem a me oferecer, e o único que ofereço a ele.

Dagny o agarrou pelo braço, para detê-lo, para segui-lo, segui-lo às cegas, abandonando tudo, menos a possibilidade de ver seu rosto.

– John!

Ele agarrou seu pulso, livrou-se de sua mão e a afastou com um movimento brusco.

– Não – disse ele.

Então tomou a mão dela e a levou aos lábios. A pressão de sua boca mostrava mais paixão do que tudo o que ele tinha dito. Depois foi embora, acompanhando os trilhos cada vez mais estreitos, e Dagny teve a impressão de que tanto os trilhos quanto aquele vulto a estavam abandonando ao mesmo tempo.

Quando conseguiu chegar à plataforma do terminal, o som das rodas dos trens fazia estremecer as paredes do edifício, como um coração parado que houvesse voltado a bater. O templo de Nathaniel Taggart estava silencioso e vazio. Suas luzes imutáveis iluminavam uma expansão deserta de mármore. Algumas figuras maltrapilhas se arrastavam por ali, como se perdidas no meio daquela imensidão luminosa. Nos degraus do pedestal, sob a estátua austera e exultante, estava sentado um mendigo esfarrapado, numa resignação passiva, como um pássaro sem asas que, não tendo para onde ir, pousara na primeira cornija encontrada.

Dagny se largou nos degraus do pedestal, como se fosse também uma mendiga, o manto empoeirado bem apertado em torno do corpo, e ficou imóvel, a cabeça apoiada no braço. Estava além do domínio das lágrimas, dos sentimentos e dos movimentos.

Ela parecia ver apenas uma figura com um braço levantado segurando uma luz, que ora parecia a Estátua da Liberdade, ora um homem de cabelos salpicados de sol, segurando uma lanterna contra o fundo de um céu escuro, uma lanterna vermelha que parava todos os movimentos do mundo.

– Deixe isso para lá, seja lá o que for, moça – disse o vagabundo, num tom de compaixão exausta. – Não tem jeito, mesmo... O que adianta ficar assim, moça? Quem é John Galt?

CAPÍTULO 6

O CONCERTO DA LIBERTAÇÃO

No dia 20 de outubro, o sindicato de metalúrgicos da Siderúrgica Rearden exigiu um aumento de salários.

Hank Rearden ficou sabendo disso ao ler a notícia nos jornais. Ninguém lhe dissera nada, ninguém achara necessário informar a ele. A exigência foi dirigida ao Conselho de Unificação e não foi explicado por que não se fez o mesmo em nenhuma outra siderúrgica. Rearden não sabia se os responsáveis pela exigência representavam seus funcionários ou não, considerando que, com a regulamentação das eleições sindicais criada pelo Conselho, isso era algo impossível de determinar. Ele só sabia que o grupo em questão era composto daqueles funcionários novos que o Conselho havia infiltrado em sua siderúrgica nos últimos meses.

Em 23 de outubro, o Conselho de Unificação rejeitou a petição do sindicato, recusando-se a conceder o aumento. Se tinha havido alguma audiência referente ao problema, Rearden não fora informado. Não fora consultado nem notificado. Ficou à espera, sem perguntar nada.

Em 25 de outubro, os jornais do país, controlados pelos mesmos homens que controlavam o Conselho, começaram uma campanha de solidariedade com os funcionários da Siderúrgica Rearden. Publicavam artigos a respeito da recusa do aumento, sem mencionar quem havia se recusado a concedê-lo e quem era o único detentor do direito legal de se recusar, como se imaginassem que o público iria se esquecer desses detalhes técnicos ao ser soterrado por inúmeras matérias que davam a entender que o empregador era a fonte natural de todos os sofrimentos dos funcionários. Um dos artigos mencionava as dificuldades dos profissionais da Rearden com o atual aumento do custo de vida e foi publicado ao lado de outro que falava dos lucros que Hank Rearden tivera cinco anos antes. Um terceiro artigo narrava a odisseia da esposa de um funcionário de Rearden que andava de loja em loja em busca de comida e foi publicado ao lado de uma matéria sobre uma briga de bêbados, em que alguém quebrara uma garrafa de champanhe na cabeça de alguém, numa festa dada por um magnata do aço não especificado, num hotel de luxo. O magnata em questão era Orren Boyle, mas no artigo não apareciam nomes. "As desigualdades ainda existem neste país", diziam os jornais, "e nos impedem de usufruir as vantagens de nossa época esclarecida". "As privações tornaram as pessoas nervosas e agressivas. A situação está chegando a um ponto crítico. Teme-se uma explosão de violência." "Teme-se uma explosão de violência", repetiam os jornais sem parar.

Em 28 de outubro, um grupo de funcionários novos da Siderúrgica Rearden atacou um contramestre e derrubou os alcaravizes de um alto-forno. Dois dias depois, um grupo semelhante quebrou as janelas do andar térreo do edifício da administração. Um funcionário novo quebrou as engrenagens de um guindaste, despejando metal derretido a um metro de onde cinco pessoas estavam paradas. Depois que foi preso, o homem declarou: "Acho que fiquei maluco de tanto me preocupar com meus filhos, que estão passando fome." "Não é hora de entrar em discussões teóricas a respeito de quem está certo e quem está errado", comentaram os jornais. "A única coisa que nos preocupa é o fato de que uma situação explosiva está ameaçando a produção de aço do país."

Rearden se limitava a observar, sem perguntar nada. Esperava, como se uma revelação final estivesse se formando ante seus olhos, num processo que não lhe cabia acelerar nem deter. *Não*, pensou ele, ao cair da tarde naquele outono, olhando pela janela de seu escritório, *não, eu não sou indiferente em relação a minhas usinas.* Porém aquela sensação de paixão por uma entidade viva era agora como a ternura melancólica que se sente pela memória dos entes queridos já mortos. *O que há de específico nos sentimentos que se tem pelos mortos*, pensou ele, *é o fato de que nada mais se pode fazer por eles.*

Na manhã de 31 de outubro, Rearden recebeu um aviso: todo o seu patrimônio, incluindo suas contas bancárias e seus depósitos em caixas de segurança, havia sido embargado em decorrência de um processo que o julgara culpado de sonegar seu imposto de renda de pessoa física três anos antes. Era uma notificação formal, totalmente dentro da lei – só que tal sonegação e tal processo jamais existiram.

– Não – disse ele a seu advogado, que estava engasgado de indignação –, não lhes pergunte nada, nem responda, nem faça objeções.

– Mas isso é loucura!

– Você acha isso mais louco do que as coisas que aconteceram antes?

– Hank, você não quer que eu faça nada? Que eu aceite isso de cabeça baixa?

– Não, de cabeça erguida. *Erguida*, mesmo. Não faça nada.

– Mas eles o colocaram numa posição em que você fica de mãos atadas.

– É mesmo? – perguntou Rearden em voz baixa, sorrindo.

Rearden tinha consigo algumas centenas de dólares em dinheiro, em sua carteira, mais nada. Porém aquela sensação estranha de contentamento que brilhava em seu cérebro, como a lembrança de um aperto de mãos longínquo, era a ideia de que, num cofre secreto em seu quarto, havia uma barra de ouro maciço, que lhe fora dada por um pirata de cabelos dourados.

No dia seguinte, 1º de novembro, Rearden recebeu um telefonema de Washington. Era um burocrata, cuja voz parecia vir de joelhos pelo fio do telefone, pedindo-lhe desculpas:

– Um engano, Sr. Rearden! Apenas um lamentável equívoco! Aquele embargo não era para o senhor. O senhor sabe, do jeito que as coisas estão hoje em dia, com a incompetência dos funcionários e dessa burocracia toda, algum imbecil misturou os processos e o embargo acabou dirigido ao senhor, mas não tinha nada a ver com o senhor. Aliás, era o caso de um fabricante de sabão! Queira aceitar nossas desculpas, Sr. Rearden, dos mais altos escalões do governo. – De repente, a voz fez uma leve pausa, cheia de expectativa. – Sr. Rearden...?

– Estou escutando.

– Nem sei como lhe dizer quanto lamentamos ter lhe causado quaisquer embaraços e inconveniências. E com essas formalidades todas que a gente tem que observar – o senhor sabe, essa burocracia! –, ainda vai levar uns dias, talvez uma semana, para o embargo ser suspenso... Sr. Rearden?

– Eu ouvi.

– Lamentamos muitíssimo e estamos dispostos a fazer quaisquer reparações que estiverem ao nosso alcance. Naturalmente, o senhor pode reclamar uma indenização referente a qualquer inconveniência que esse equívoco tiver lhe acarretado, e estamos dispostos a pagar. Não vamos contestar. Naturalmente, o senhor vai entrar com esse pedido de indenização, e...

– Eu não disse isso.

– Hein? É, o senhor não disse isso... quer dizer... afinal, o que foi que disse?

– Não disse nada.

Naquela mesma tarde, horas depois, Rearden recebeu outro telefonema suplicante de Washington. Essa voz não parecia vir de joelhos, e sim saltitar no fio telefônico, com o virtuosismo alegre de um artista da corda bamba. A voz se apresentou como Tinky Holloway e solicitou que Rearden comparecesse a "uma reuniãozinha informal de apenas umas poucas pessoas, gente do mais alto escalão", no Hotel Wayne-Falkland, dois dias depois.

– Tem havido tantos mal-entendidos nas últimas semanas! – disse Holloway. – Lamentáveis mal-entendidos... e tão desnecessários! Podemos resolver tudo num piscar de olhos, Sr. Rearden. Basta uma oportunidade de conversar um pouquinho com o senhor. Estamos muitíssimo ansiosos por vê-lo.

– Vocês podem fazer uma intimação quando bem entenderem.

– Não, não, não! – A voz parecia assustada. – Não, Sr. Rearden! Por que pensar em tal coisa? O senhor não nos entende, estamos ansiosos por ter um contato amistoso com o senhor, só queremos sua colaboração voluntária. – Holloway fez uma pausa tensa. Teria ele ouvido uma risadinha discreta e longínqua? Esperou, mas não ouviu mais nada. – Sr. Rearden?

– Sim?

– Sem dúvida, num momento como o atual, uma reunião conosco poderia ser muito vantajosa para o senhor.

– A respeito de quê, essa reunião?

– O senhor tem tido tantas dificuldades... e gostaríamos muito de ajudá-lo de todas as maneiras que pudermos.

– Não pedi ajuda.

– Vivemos tempos difíceis, Sr. Rearden. O povo anda tão imprevisível, inflamado, tão... tão perigoso... e queremos poder proteger o senhor.

– Não pedi proteção.

– Mas certamente o senhor compreende que temos condições de lhe ser úteis, e se houver alguma coisa que o senhor queira de nós, qualquer...

– Não há.

– Mas o senhor deve ter problemas que gostaria de discutir conosco.

– Não tenho.

– Então... bem, então... – Holloway desistiu de fingir que estava concedendo o favor e resolveu assumir o papel de suplicante: – O senhor nos concede uma audiência?

– Se vocês tiverem alguma coisa a me dizer.

– Temos, Sr. Rearden, e como! É tudo o que estamos pedindo: uma audiência. Só uma oportunidade. Venha a essa reunião. O senhor não estará se comprometendo com nada... – Aquilo escapou sem querer, e Holloway se calou, ouvindo um tom alegre e debochado na voz de Rearden, um tom nada promissor:

– Disso sei eu.

– Quero dizer... aaah... bem, quer dizer que o senhor vem, não é?

– Está bem – respondeu Rearden. – Eu vou.

Não ouviu os agradecimentos profusos de Holloway, apenas notou que ele repetia incessantemente:

– Às 19 horas, dia 4 de novembro, Sr. Rearden... Quatro de novembro... – como se aquela data tivesse uma importância especial.

Rearden pôs o fone no gancho e se recostou na cadeira, contemplando o brilho das chamas dos altos-fornos refletido no teto de seu escritório. Ele sabia que a reunião era uma armadilha. Sabia também que estava entrando naquela armadilha sem ter nada que pudesse servir àqueles que a haviam preparado.

Em seu escritório em Washington, Holloway pôs o fone no gancho e retesou o corpo, tenso, o cenho franzido. Claude Slagenhop, presidente dos Amigos do Progresso Global, sentado numa poltrona, nervosamente mastigando um fósforo, olhou para o outro e perguntou:

– A coisa não está boa, não é?

Holloway sacudiu a cabeça:

– Ele vem, mas... não, não está nada boa. – Acrescentou: – Acho que ele não vai topar.

– Foi o que o meu rapaz disse.

– Eu sei.

– Disse que é bom a gente não tentar.

– Dane-se o seu rapaz! A gente tem que tentar! Tem que arriscar!

O "rapaz" era Philip Rearden, o qual, algumas semanas atrás, afirmara a Claude Slagenhop:

– Não, ele não vai me deixar entrar, não vai me dar emprego nenhum, já tentei, como você me pediu que tentasse. Fiz o que pude, mas não adianta,

348

ele nem me deixa mais entrar na usina. Quanto à disposição mental dele, não é nada boa. Pior do que eu imaginava. Eu o conheço e sei que você não vai conseguir nada. Ele está por um fio. Se forçarem um pouco mais, a coisa estoura. Você disse que o pessoal lá do alto queria saber. Pois diga a eles que não tentem. Diga que ele... Claude, pelo amor de Deus, se tentarem, vão perdê-lo!

– É, você não serve para nada mesmo – dissera Slagenhop, seco, virando-se para o outro lado.

Philip o agarrara pela manga e perguntara, com a voz traindo subitamente uma ansiedade explícita:

– Escute, Claude, de acordo com... o Decreto 10.289... se ele sumir, não... não haverá herdeiros?

– Isso mesmo.

– A siderúrgica seria confiscada... e tudo mais também?

– É a lei.

– Mas... Claude, eles não fariam isso *comigo*, não é?

– Eles não querem que ele suma. Você sabe disso. Dê um jeito de detê-lo, se você puder.

– Mas não posso! Você sabe que não! Por causa das minhas ideias políticas e... e de tudo o que fiz por você, você sabe o que ele pensa de mim! Não tenho nenhum controle sobre ele. Nenhum!

– Bem, azar o seu.

– Claude! – gritara Philip, em pânico. – Claude, eles não vão me deixar sem nada, vão? Eu sou um deles, não sou? Eles sempre disseram que eu era, sempre disseram que precisavam de mim... de homens como eu, não como ele, homens com... esse tipo de espírito que eu tenho, lembra? E depois de tudo o que fiz por eles, com toda a minha fé, minha lealdade à causa...

– Seu idiota! – exclamara Slagenhop. – Qual a sua utilidade para nós sem *ele*?

Na manhã de 4 de novembro, Rearden acordou com o telefone tocando. Abriu os olhos e, pela janela do quarto, viu um céu limpo e pálido, um céu de amanhecer, de um tom delicado de água-marinha. Viu os primeiros raios de um sol invisível que emprestava um tom rosado de porcelana aos velhos telhados de Filadélfia. Por um momento, em que sua consciência estava tão pura quanto o céu, em que estava consciente apenas de si próprio e não havia ainda reatrelado sua alma ao fardo de associações externas, permaneceu imóvel, cativado pela visão e pelo encanto de um mundo equivalente a ela, um mundo em que o estilo da existência seria uma eterna manhã.

O telefone o jogou de volta no exílio: gritava a intervalos regulares, como um pedido de socorro crônico e incômodo, o tipo de grito que não fazia parte de seu mundo. Com o cenho franzido, pegou o fone.

– Alô?

– Bom dia, Henry – disse uma voz trêmula. Era sua mãe.

– Mamãe... a esta hora? – perguntou ele, seco.

– Ah, você sempre acorda ao nascer do sol, e eu queria pegá-lo em casa, antes de ir para o escritório.

– O que é?

– Preciso ver você, Henry. Preciso falar com você. Hoje. É importante.

– Aconteceu alguma coisa?

– Não... sim... quer dizer... Tenho que falar com você pessoalmente. Você vem?

– Desculpe, não posso. Tenho um compromisso em Nova York esta noite. Se a senhora quiser que eu vá amanhã...

– Não! Não, amanhã não. Tem que ser hoje. Tem que ser. – Havia um leve toque de pânico em sua voz, mas era o pânico baço de uma impotência crônica, não de uma emergência. De incomum havia apenas um estranho eco de medo em sua insistência mecânica.

– O que é, mamãe?

– Não dá para falar pelo telefone. Tenho que vê-lo pessoalmente.

– Então, se a senhora quiser vir ao meu escritório...

– Não! No escritório, não! Tenho que vê-lo sozinho, num lugar onde a gente possa conversar. Você não pode me fazer o favor de vir aqui hoje? É sua mãe que está lhe pedindo um favor. Você nunca vem nos ver. E talvez até não por culpa sua. Mas será que não pode vir só hoje, se eu lhe pedir?

– Está bem, mamãe. Estarei aí às quatro da tarde.

– Está ótimo, Henry. Obrigada. Está ótimo.

Parecia-lhe que havia certa atmosfera de tensão na siderúrgica naquele dia. Algo sutil demais para se definir, porém para ele a usina era como o rosto de uma esposa amada na qual ele conseguia detectar nuances de significado quase antes de elas se manifestarem na expressão. Captou pequenos agrupamentos de funcionários novos, apenas três ou quatro deles reunidos, conversando, um pouco mais do que de costume. Notou a maneira como eles se comportavam, como se estivessem num salão de sinuca, em vez de numa fábrica. Percebeu que o olhavam de relance quando ele passava, olhares um pouco explícitos e demorados demais. Resolveu não pensar mais naquilo. Era insignificante demais para lhe tomar a atenção, e ele não tinha tempo para essas coisas.

Quando chegou à sua antiga residência naquela tarde, parou o carro abruptamente ao sopé do morro. Não via a casa desde aquele 15 de maio, seis meses antes, quando saíra dela. Ao revê-la, sentiu o somatório das sensações que havia experimentado nos 10 anos em que ali voltara diariamente: a tensão, o espanto, o peso da infelicidade inconfessa, a autodisciplina severa que o impedia de confessá-la, a inocência desesperada da tentativa de compreender sua família, a tentativa de ser justo.

Subiu lentamente o caminho que levava à porta. Sentia uma grande e solene clareza. Sabia que aquela casa era um monumento de culpa – de sua culpa em relação a si próprio.

Ele esperava encontrar sua mãe e Philip, mas não contava com a terceira pessoa que se levantou, como as outras duas, quando ele entrou na sala: Lillian.

Rearden parou na soleira. Os três ficaram olhando para ele e para a porta aberta atrás dele. Havia em seus rostos uma expressão de medo e de astúcia, aquela expressão de virtude chantagista que ele aprendera a compreender, como se eles quisessem apelar para a sua piedade, prendê-lo numa armadilha, enquanto bastaria um passo para trás para que fugisse do alcance deles.

Neles se misturava a expectativa de que Rearden tivesse pena e o temor de sua raiva, mas não tinham ousado considerar a terceira alternativa: sua indiferença.

– O que ela está fazendo aqui? – perguntou ele, virando-se para a mãe, com uma voz neutra.

– Lillian está morando aqui desde o divórcio – respondeu ela, na defensiva. – Eu não podia deixá-la morrer de fome na rua, podia?

O olhar de sua mãe era um misto de súplica, como se lhe implorasse para não levar uma bofetada, e de triunfo, como se o houvesse esbofeteado. Rearden sabia o que a motivara: não era compaixão, pois ela e Lillian nunca haviam sido amigas, e sim a vingança das duas contra ele, a satisfação secreta de gastar o dinheiro dele com a ex-esposa que ele se recusara a sustentar.

Lillian estava de cabeça baixa, saudando-o, com um esboço de sorriso nos lábios, misto de timidez e descaramento. Rearden não fingiu ignorar sua presença: olhou para ela como se a visse por inteiro, porém como se nenhuma presença estivesse se registrando em sua mente. Não disse nada, fechou a porta e entrou na sala.

Sua mãe soltou um leve suspiro de alívio e se deixou cair na cadeira mais próxima, observando-o, nervosa, com medo de que talvez ele não se sentasse.

– O que a senhora queria? – perguntou, sentando-se.

A mãe estava ereta e estranhamente recurvada ao mesmo tempo, os ombros retesados e cabisbaixa.

– Piedade, Henry – sussurrou ela.

– O que a senhora quer dizer?

– Você não me entende?

– Não.

– Bem... – disse ela, abrindo as mãos, num gesto vago e desajeitado de impotência – bem... – Seus olhos zanzavam, tentando escapar do olhar atento do filho. – Bem, há tantas coisas a dizer e... eu não sei como dizê-las, mas... bem, há uma questão prática, mas ela em si não é importante... não foi por causa dela que eu o chamei...

– O que é?

– A questão prática? Os cheques da nossa mesada: a de Philip e a minha. Por causa daquele embargo, o dinheiro não foi liberado. Você sabe, não sabe?

– Sei.

– Bem, o que vamos fazer?

– Não sei.

– Mas o que *você* vai fazer?

– Nada.

A mãe ficou olhando para ele, como se contasse os segundos de silêncio.

– Nada, Henry?

– Não tenho poder de fazer nada.

Os três observavam seu rosto com uma intensidade perscrutadora. Rearden estava convicto de que sua mãe lhe dissera a verdade, que a preocupação financeira imediata não era a questão, era apenas o símbolo de uma questão bem mais ampla.

– Mas, Henry, ficamos apertados.

– Eu também.

– Mas você não podia nos mandar um pouco de dinheiro vivo?

– Não me deram aviso prévio, não tive tempo de tirar dinheiro do banco.

– Então... Sabe, Henry, a coisa foi tão inesperada, acho que as pessoas ficaram assustadas. A mercearia não quer nos vender fiado, a menos que você peça. Acho que querem que você assine uma carta de crédito, sei lá. Você fala com eles e dá um jeito?

– Não.

– Não? – Ela se engasgou de susto. – Por quê?

– Não assumo compromissos que não posso cumprir.

– Como assim?

– Não assumo dívidas que não tenho como pagar.

– Não tem como pagar por quê? Esse embargo não é nada, é só uma formalidade, uma coisa temporária, todo mundo sabe!

– É mesmo? *Eu* não sei.

– Mas, Henry... uma conta de mercearia! Você não tem certeza de poder pagar uma conta de mercearia, *você*, com todos esses milhões de dólares que tem?

– Não vou enganar o dono da mercearia dizendo a ele que esses milhões de dólares são meus.

– Como assim? Então são de quem?

– De ninguém.

– O que você quer dizer?

– Mamãe, acho que a senhora me entendeu perfeitamente. Acho que entendeu até antes de mim. Não existe mais propriedade. É o que a senhora sempre achou certo, há anos que acredita que isso é o correto. A senhora queria me ver de mãos atadas. Pois agora estou. Agora é tarde demais para bancar a ingênua.

– Quer dizer que por causa dessas suas ideias políticas... – Sua mãe viu a expressão no rosto dele e se calou abruptamente.

Lillian olhava para o chão, como se tivesse medo de ver o que estava acontecendo naquele instante. Philip estalava as juntas dos dedos.

Os olhos de sua mãe entraram em foco de novo, e ela sussurrou:

– Não nos abandone, Henry. – Um leve sinal de vida em sua voz fez Rearden perceber que ela começava a tocar na questão realmente importante. – Vivemos numa época terrível e estamos assustados. Essa é a verdade, Henry, estamos com medo, porque você está se afastando de nós. Não estou me referindo apenas à conta da mercearia, mas isso é um sinal. Há um ano, você não deixaria que isso acontecesse conosco. Agora... você está pouco se importando. – Fez uma pausa cheia de expectativa. – Não é verdade?

– É.

– Bem... acho que a culpa é nossa. É por isso que nós queríamos lhe dizer... que sabemos que a culpa é nossa. Nós não o tratamos bem esses anos todos. Fomos injustos com você, fizemos você sofrer, o usamos e nem sequer lhe agradecemos. Somos culpados, Henry, pecamos contra você e confessamos que o fizemos. O que mais podemos lhe dizer agora? Será que seu coração é capaz de nos perdoar?

– O que a senhora quer que eu faça? – perguntou ele, no tom límpido e seco de uma reunião de negócios.

– Não sei! Quem sou eu para saber? Mas não é sobre isso que estou falando neste momento. Não estou falando em fazer, só em *sentir*. O que estou lhe pedindo é que tenha sentimentos por nós, Henry, só isso, mesmo que não sejamos merecedores. Você é generoso e forte. Pode esquecer o passado, Henry? Você nos perdoa?

A expressão de terror nos olhos dela era genuína. Um ano antes, Rearden pensaria que aquela era a maneira como ela pedia desculpas e teria sufocado a repulsa provocada por aquelas palavras que, para ele, nada exprimiam senão a névoa do sem sentido. Teria violado sua mente para lhes atribuir significado, mesmo se não as compreendesse. Teria atribuído à mãe a virtude da sinceridade, à maneira dela, ainda que não fosse a sua. Mas agora ele não concedia mais respeito senão quando ele próprio, à sua maneira, achava isso necessário.

– Você nos perdoa?

– Mamãe, seria melhor não falar nisso. Não me obrigue a lhe dizer por quê. Acho que a senhora sabe o motivo, tão bem quanto eu. Se há alguma coisa que quer que eu faça, me diga o que é. Não há mais nada para conversarmos.

– Mas eu não *entendo* você! Não consigo entender! Foi por isso que o chamei aqui, para pedir seu perdão! Você vai se recusar a me responder?

– Então está bem. O que a senhora quer dizer com meu perdão?

– Hein?

– Eu perguntei o que isso quer dizer.

Ela abriu as mãos num gesto de espanto, como quem exprime o óbvio:

– Ora, isso... nos faria sentir melhor.

– Vai mudar o passado?

– Nós nos sentiríamos melhor se soubéssemos que você nos perdoa.

– A senhora quer que eu finja que o passado nunca existiu?

– Meu Deus, Henry, será que você não entende? Tudo o que queremos é saber que você... que você se preocupa conosco.

– Pois não me preocupo. A senhora quer que eu finja?

– Mas é isso que estou lhe pedindo... que você sinta algo por nós!

– Com base em quê?

– Como assim?

– Em troca de quê?

– Henry, Henry, não estamos falando de negócios, nem de aço nem de contas bancárias, e sim de *sentimentos* – e você fala como um comerciante!

– Eu sou um comerciante.

O que ele via nos olhos dela era terror – não o terror impotente de tentar e não conseguir compreender, e sim o de ser arrastada quase até o ponto em que não seria mais possível evitar entender.

– Escute, Henry – disse Philip mais que depressa –, mamãe não consegue entender essas coisas. Não sabemos como nos dirigir a você. Não falamos sua língua.

– Eu não falo a língua de vocês.

– O que ela está tentando dizer é que estamos pedindo desculpas. Lamentamos muitíssimo tê-lo magoado. Você acha que não estamos pagando pelo que fizemos, mas estamos. Estamos sofrendo remorsos.

A dor no rosto de Philip era genuína. Um ano antes, Rearden teria sentido pena. Agora, sabia que eles o haviam dominado com base apenas no fato de que ele relutava em magoá-los, temia que *eles* sofressem. Ele não temia mais isso.

– Nós pedimos desculpas, Henry. Sabemos que magoamos você. Gostaríamos de expiar o que fizemos. Mas o que fazer? Não podemos desfazer o passado.

– Nem eu.

– Você pode aceitar nosso arrependimento – disse Lillian em tom cauteloso. – Agora nada tenho a ganhar de você. Só quero que saiba que tudo o que fiz foi porque o amava.

Ele desviou o rosto, sem responder.

– Henry! – exclamou sua mãe. – O que aconteceu com você? O que o fez mudar desse jeito? Você não parece mais humano! Fica querendo arrancar de nós respostas que não temos para dar. Fica nos atacando com a lógica... o que é a lógica numa época como esta? O que é a lógica quando há pessoas sofrendo?

– Não podemos fazer nada! – gritou Philip.

– Estamos à sua mercê – disse Lillian.

Estavam dirigindo suas súplicas a um rosto inalcançável. Não sabiam – e seu pânico era a etapa final de sua tentativa desesperada de continuar sem saber que o implacável senso de justiça de Rearden, que antes fora a única coisa em que se baseara o domínio que exerciam sobre ele, e que o fizera aceitar qualquer castigo e sempre isentá-los de todas as culpas, agora estava voltado contra eles, que a mesma força que antes o tornara tolerante era agora a que o fazia implacável – que a justiça capaz de perdoar quilômetros de erros inocentes por causa da ignorância não era capaz de perdoar um único passo dado com a consciência do mal.

– Henry, você não nos entende? – implorou sua mãe.

– Entendo – disse ele, tranquilo.

Ela desviou a vista, evitando a clareza que havia nos olhos dele.

– Você não se preocupa com o que pode nos acontecer?

– Não.

– Você não é humano? – Sua voz se tornou estridente de raiva. – Será que você é totalmente incapaz de amar? É o seu coração que estou tentando atingir, não a sua mente! O amor não é algo passível de discussões, raciocínios e barganhas! É algo que se dá, que se sente! Meu Deus, Henry, será que você não é capaz de sentir sem pensar?

– Nunca fui.

Após uma pausa, ela recomeçou, com uma voz baixa e monótona:

– Nós não somos tão inteligentes quanto você, nem tão fortes quanto você. Se pecamos e erramos, é porque somos indefesos. Precisamos de você. Você é tudo o que temos, e o estamos perdendo. Temos medo. Vivemos numa época terrível, cada vez pior. As pessoas estão apavoradas e cegas, sem saber o que fazer. O que vai ser de nós se você nos abandonar? Somos pequenos e fracos e seremos varridos como folhas pelo terror que está à solta no mundo. Talvez tenhamos tido certa parcela de culpa por isso, talvez sejamos em parte responsáveis por esta situação, por ignorância nossa, mas o que está feito está feito e não podemos fazer nada agora para mudar as coisas. Se você nos abandonar, estamos perdidos. Se largar tudo e sumir, como todos esses homens que...

Não foi um som que a deteve, e sim apenas um movimento das sobrancelhas de Rearden, o movimento rápido de quem compreende. Viram-no sorrir, e a natureza daquele sorriso era a mais terrível das respostas.

– Então é disso que vocês têm medo – disse ele lentamente.

– Você não pode sumir! – gritou sua mãe, num pânico cego. – Não pode sumir agora! Podia ter sumido no ano passado, mas agora não! Hoje não! Você não pode desertar, porque agora, quando alguém deserta, quem paga é a família! Vão nos deixar sem um tostão, vão levar tudo o que temos, vão nos deixar passar fome, vão...

– Pare! – exclamou Lillian, que sabia perceber melhor que os outros os sinais de perigo no rosto de Rearden.

Em seu rosto ainda havia vestígios daquele sorriso, e eles sabiam que Rearden não os estava mais vendo, porém não podiam entender por que parecia haver agora em seu sorriso algo de doloroso, quase de saudade, nem por que ele estava olhando para o outro lado da sala, para o nicho da janela mais distante.

Estava vendo um rosto nobre sem se alterar, apesar dos insultos que ele lhe dirigia, e ouvindo uma voz que lhe dizia, tranquila, ali naquela sala: "É a respeito do pecado do perdão que eu queria alertá-lo." *Você, que já naquela época sabia*, pensou... porém não concluiu aquela frase em sua mente, deixou-a terminar naquele sorriso amargo, porque sabia o que quase chegara a pensar: *Você, que já naquela época sabia: me perdoe.*

Então é essa, pensou ele, *olhando para sua família, a natureza daqueles pedidos de piedade, a lógica daqueles sentimentos que eles, com tanta superioridade moral, proclamavam serem alógicos – é essa a essência simples e crua de todos os homens que falam em sentir sem pensar, em colocar a piedade acima da justiça.*

Eles sempre souberam o que temer. Antes de Rearden, haviam apreendido e identificado a única forma de libertação que lhe era possível. Tinham compreendido como não havia saída para a situação de sua indústria, como era vã sua luta e insuportáveis os fardos que o esmagavam. Haviam compreendido que a razão, a justiça, a autopreservação o obrigavam a largar tudo e correr, porém eles o queriam deter, mantê-lo na pira do holocausto, fazê-lo deixar que devorassem o que ainda restava dele em nome da piedade, do perdão e do amor fraterno dos canibais.

– Se a senhora ainda quer que eu explique, mamãe – disse ele com a voz bem tranquila –, se ainda tem esperanças de que eu não cometa a crueldade de dizer aquilo que a senhora finge que não sabe, então vou lhe dizer o que está errado no seu conceito de perdão: a senhora lamenta ter me magoado e, como forma de expiação pelo seu erro, quer que eu me ofereça à imolação final.

– Lógica! – gritou ela. – Lá vem você de novo com essa porcaria dessa sua lógica! O que nós precisamos é de piedade! Piedade, não lógica!

Henry se levantou.

– Espere! Não vá! Henry, não nos abandone! Não nos condene à morte! Apesar de tudo, somos humanos! Queremos viver!

– Ah, isso não – disse ele com uma expressão de espanto que terminou virando horror, à medida que foi entendendo o pleno significado daquilo. – Não querem, não. Se quisessem, teriam sabido dar valor a mim.

Como se provando a veracidade dessas palavras e respondendo a elas, o rosto de Philip lentamente formou o que pretendia ser um sorriso de quem acha graça, mas que não continha senão medo e malícia.

– Você não vai poder largar tudo e fugir – disse Philip. – Não se pode fugir sem dinheiro.

O comentário pareceu atingi-lo, então Rearden parou, depois deu uma risadinha.

– Obrigado, Philip – disse ele.

– Hein? – balbuciou Philip, com uma contração súbita de espanto.

– Então é esse o objetivo do embargo. É disso que os seus amigos têm medo. Eu sabia que eles iam tentar algo contra mim hoje. Não havia entendido que o embargo era um meio de impedir que eu fugisse. – Com uma expressão de incredulidade, se virou para a mãe. – E era por isso que a senhora tinha de falar comigo *hoje*, antes da reunião em Nova York.

– Mamãe não sabia! – exclamou Philip, e então se deu conta do que tinha dito. Então gritou mais alto ainda: – Não sei do que você está falando! Eu não disse nada! Não disse nada! – Seu medo agora parecia bem menos místico e bem mais concreto.

– Não se preocupe, seu verme indefeso, não vou dizer a eles que você me contou alguma coisa. E se você estava tentando...

Não concluiu a frase. Olhou para os três rostos à sua frente e terminou a frase com um sorriso súbito, um sorriso de cansaço, de pena, de repulsa e incredulidade. Estava vendo a contradição final, o absurdo grotesco do fim do jogo dos irracionalistas: os homens de Washington haviam tentado detê-lo fazendo com que aqueles três bancassem reféns.

– Você se acha tão bom, não é? – Aquele grito súbito partira de Lillian. Ela havia se levantado também para impedir sua saída. Seu rosto estava distorcido, tal como ele o vira antes, na manhã em que ela soube quem era a sua amante. – Você é tão bom! Tão orgulhoso! Pois *eu* tenho uma coisa a lhe dizer!

Parecia que até aquele instante Lillian não havia acreditado que tinha sido derrotada. Seu rosto deu a Rearden a impressão de ser o toque final que completava o quadro. Com uma clareza súbita, ele percebeu qual era o jogo dela e por que ela havia se casado com ele.

Se amar era escolher uma pessoa para ser o centro constante das próprias preocupações, o foco da própria visão que se tem do mundo, pensou ele, *então era verdade que ela me amava.* Mas se o amor era, como ele o entendia, uma celebração de si próprio e da existência, nesse caso, para aqueles que odeiam a si próprios e à vida, a busca da destruição era a única forma de amar, o único equivalente do amor. Lillian o escolhera por suas melhores virtudes, sua força, sua confiança, seu orgulho – ela o escolhera como quem escolhe um objeto de amor, como símbolo da força viva do homem, porém seu objetivo fora destruir essa força.

Rearden viu Lillian e a si próprio tais quais no dia em que se conheceram: ele, o homem de energia violenta e ambição apaixonada, o homem das realizações, iluminado pela chama do seu sucesso e lançado no meio daquelas cinzas pretensiosas que se consideravam uma elite intelectual, daqueles vestígios apagados de uma cultura não digerida, que se alimentavam do reflexo das mentes dos outros, que propunham a negação da mente como sua única contribuição especial e o desejo de controlar o mundo como sua única volúpia. Ela, uma seguidora daquela elite, que usava aquele sorriso irônico e gasto como resposta ao Universo, considerando a impotência como uma forma de superioridade, e o vazio como virtude. Rearden, sem perceber o ódio deles, zombando inocentemente daquela hipocrisia pretensiosa; Lillian, vendo nele uma ameaça ao seu mundo, um perigo, um desafio, uma acusação.

A volúpia que leva alguns a escravizar um império se tornara nela um desejo de controlar Rearden. Ela resolvera destruí-lo como se, incapaz de igualar seu valor, só pudesse sobrepujá-lo por meio da destruição, como se, desse modo, adquirisse a grandeza dele. *Como se* – pensou ele, com um arrepio – *o vândalo que quebra uma estátua fosse maior do que o artista que a fez, como se o assassino que mata uma criança fosse maior do que a mãe que a gerou.*

Rearden se recordou do modo insistente como ela zombava de seu trabalho, suas usinas, seu metal, seu sucesso. Lembrou que ela desejava vê-lo bêbado uma vez que fosse, que ela tentava fazê-lo ser infiel. Recordou o prazer que Lillian sentira ao imaginar que ele havia se degradado a ponto de ter algum caso sórdido, do terror que experimentou ao saber que o que ocorrera fora, na verdade, uma realização, não uma degradação. O objetivo dela, que Rearden nunca entendera, fora algo coerente e óbvio: ela tentara sempre destruir seu amor-próprio, sabendo que o homem que não se dá mais valor está à mercê da vontade de qualquer um. Era a sua pureza moral que ela queria destruir por meio do veneno da culpa – como se, caso ele sucumbisse, a depravação dele justificasse a dela.

Pelo mesmo motivo, para satisfazer a mesma vontade, assim como outros elaboram complexos sistemas filosóficos para destruir gerações ou estabelecem ditaduras para destruir um país, também ela, sem possuir outra arma que não a feminilidade, tomara como objetivo a destruição de um homem.

O seu código era o da vida – Rearden se lembrou da voz de seu jovem professor, agora perdido. Qual era, então, o deles?

– Tenho uma coisa a lhe dizer! – gritou Lillian com aquela raiva impotente de quem gostaria que as palavras fossem um soco inglês. – Você é tão orgulhoso, não é? Tem tanto orgulho de seu nome! Siderúrgica Rearden, metal Rearden, Sra. Rearden! Era isso que eu era, não é? Sra. Rearden! Sra. Henry Rearden! – Começou a produzir uns ruídos semelhantes a cacarejos, uma corruptela irreconhecível de uma gargalhada. – Pois bem, acho que você gostaria de saber que a sua esposa foi possuída por outro homem! Fui infiel a você, está ouvindo? Traí você, não com um amante nobre e elevado, mas com o verme mais vil que há, com Jim Taggart! Três meses atrás! Antes do divórcio! Quando eu ainda era sua mulher! Quando eu ainda era sua mulher!

Rearden a ouvia como um cientista examinando um assunto que lhe é totalmente irrelevante. *Eis o aborto da ideia da interdependência coletiva, da doutrina da não identidade, não propriedade, não fato,* pensou ele. *A ideia de que a estatura moral de um indivíduo está à mercê da ação de um outro.*

– Eu traí você! Você não está me ouvindo, seu puritano incorruptível? Dormi com Jim Taggart, seu herói sem mácula! Não está me ouvindo?... Você não está me ouvindo?... Você não...?

Ele a olhava como se olhasse para uma mulher estranha que se aproximasse dele na rua para lhe fazer uma confissão íntima – um olhar que queria dizer: "Por que está me contando isso?"

A voz de Lillian foi morrendo aos poucos. Rearden não sabia como seria a destruição de uma pessoa, mas compreendeu que era o que estava vendo naquele momento. Viu isso na maneira como seu rosto se desmanchou, nas feições que amoleceram, como se não tivessem consistência, nos seus olhos cegos que pareciam olhar para dentro, repletos daquele terror que nenhum perigo externo é capaz de provocar. Não era a expressão de quem está enlouquecendo, e sim a de uma mente que percebe sua própria derrota final e, no mesmo instante, vê a própria natureza pela primeira vez – a expressão de quem, após anos pregando a não existência, afinal atinge esse objetivo.

Ele se virou para sair. Sua mãe o deteve na porta, agarrando-lhe o braço. Com um olhar de incompreensão teimosa, numa última tentativa de enganar a si própria, gemeu com uma voz chorosa de acusação petulante:

– Será que você é mesmo incapaz de perdoar?

– Não, mamãe – respondeu ele. – Não sou. Eu teria perdoado o passado... se hoje a senhora me tivesse implorado que largasse tudo e sumisse.

Lá fora havia um vento frio lhe apertando o sobretudo contra o corpo, como um abraço. Todo o campo, amplo e fresco, se estendia desde o sopé do morro, e, ao longe, o céu crepuscular se perdia na distância. Como dois crepúsculos a assinalar o fim do dia, o brilho vermelho do sol era uma faixa reta e imóvel no oeste, e a faixa vermelha e pulsante no leste era o brilho de suas usinas.

Ao sentir o contato do volante em suas mãos e a estrada lisa sob as rodas do carro, quando partiu rumo a Nova York, Rearden percebeu-se curiosamente revigorado. Era uma sensação de extrema precisão e relaxamento ao mesmo tempo, de ação sem tensão, que lhe parecia cheia de juventude. E então se deu conta de que era assim que agia e sempre esperara que agiria assim, quando era jovem – e a sensação que experimentava agora era como a pergunta, simples e intrigada: Por que alguém haveria de agir de outra maneira?

Quando a silhueta de Nova York surgiu no horizonte, ela lhe pareceu possuir uma claridade estranhamente luminosa, embora as formas da cidade estivessem imersas nas brumas da distância, uma claridade que não parecia residir no objeto, porém vir de dentro de si própria. Rearden contemplava a grande cidade, sem ligação com nada que outros houvessem feito com ela, nem com a visão que outros tivessem dela. Não era uma cidade de gângsteres e de mendigos, de vagabundos e de prostitutas: era a maior realização industrial da história da humanidade. Seu único significado era o que ela significava para ele. Havia algo de pessoal na sua visão da cidade, uma possessividade e percepção segura, como se ele a estivesse vendo pela primeira vez – ou pela última.

Parou no corredor silencioso do Hotel Wayne-Falkland, à porta da suíte em que ia entrar. Foi necessário um esforço prolongado para levantar a mão e bater – era a suíte que fora de Francisco d'Anconia.

Espirais de fumaça de cigarro subiam no ar da sala, entre cortinas de veludo e mesas polidas e nuas. Com sua mobília cara e sem qualquer objeto de uso pessoal, a suíte tinha aquela atmosfera de luxo melancólico característico dos lugares transitoriamente ocupados, tão lúgubre quanto a de um cortiço. Quando Rearden entrou, cinco vultos se puseram de pé em meio à fumaça: Wesley Mouch, Eugene Lawson, James Taggart, o Dr. Floyd Ferris e um homem magro e curvado que parecia um jogador de tênis com cara de rato, que lhe foi apresentado como Tinky Holloway.

– Tudo bem – disse Rearden, interrompendo as saudações, os sorrisos, as ofertas de drinques e os comentários sobre a emergência nacional –, o que vocês querem?

– Estamos aqui como seus amigos, Sr. Rearden – disse Holloway –, simplesmente como seus amigos, para uma conversa informal, visando a uma colaboração mais estreita com o senhor.

– Estamos ansiosos por utilizar sua extraordinária capacidade – acrescentou Lawson –, bem como ouvir sua valiosa opinião a respeito dos problemas industriais da nação.

– É de homens como o senhor que precisamos em Washington – disse o Dr. Ferris. – Não há motivo para o senhor permanecer há tantos anos nesse isolamento, quando a sua presença se faz necessária nos mais altos escalões.

O que havia de mais revoltante naquelas frases é que só eram mentirosas em parte; a outra metade, com seu tom de urgência histérica, era o desejo não expresso de que de algum modo elas fossem verdadeiras.

– O que vocês querem? – perguntou ele.

– Ora... ouvir o senhor – respondeu Mouch com um movimento convulsivo de lábios que imitava um sorriso assustado. O sorriso era falso, mas o medo era genuíno. – Nós... queremos ouvir sua opinião a respeito da crise industrial da nação.

– Não tenho nada a dizer.

– Mas, Sr. Rearden – disse o Dr. Ferris –, só queremos uma oportunidade de cooperar com o senhor.

– Já lhe disse uma vez, em público, que não coopero com uma arma apontada para mim.

– Será que não podemos pôr de lado essa história de armas numa situação como a atual? – implorou Lawson.

– Isso cabe a vocês.

– Hein?

– Quem está armado são vocês. Ponham de lado as armas, se é que se acham capazes disso.

– Era... era só um modo de falar – explicou Lawson, piscando. – Eu só estava falando metaforicamente.

– Pois eu não estava.

– Será que não podemos nos unir pelo bem da nação nesta hora de emergência? – perguntou Ferris. – Não podemos pôr de lado nossas diferenças de opinião? Estamos dispostos a fazer concessões. Se há algum aspecto da nossa política a que o senhor se opõe, é só nos dizer, que baixamos um decreto para...

– Vamos parar com isso. Não vim aqui para ajudá-los a fazer de conta que minha posição não é a que é, e que é possível colaborarmos de algum modo. Vamos ao que interessa. Vocês prepararam alguma armadilha nova para a indústria siderúrgica. O que é?

– De fato – disse Mouch –, temos uma questão vital a discutir a respeito da indústria siderúrgica, mas... mas o seu vocabulário, Sr. Rearden!

– Não estamos preparando nenhuma *armadilha* – disse Holloway. – Nós o chamamos aqui para *conversar* com o senhor.

– Eu vim aqui para ouvir ordens. Quais são elas?

– Mas, Sr. Rearden, não queremos encarar a questão assim. Não queremos lhe dar *ordens*. Queremos seu consentimento *voluntário*.

Rearden sorriu:

– Disso sei eu.

– Sabe mesmo? – ia dizendo Holloway animado, porém algo no sorriso de Rearden o fez sentir-se inseguro. – Bem, então...

– É, vocês sabem que é essa a falha no seu plano, a falha que vai fazer com que tudo vá por água abaixo – disse Rearden. – Agora me digam logo qual é a ameaça que pende sobre minha cabeça, a qual vocês estão se esforçando tanto para não me deixar ver... ou devo ir embora logo?

– Ah, não, Sr. Rearden! – disse Lawson, olhando rapidamente para o relógio. – O senhor não pode ir agora! Quer dizer, o senhor não vai querer ir embora sem ouvir o que temos a dizer.

– Então digam logo.

Rearden viu que todos se entreolhavam. Mouch parecia ter medo de se dirigir a ele, e seu rosto assumiu uma expressão de teimosia petulante, como uma ordem para que os outros falassem em seu lugar. Quaisquer que fossem suas qualificações para decidir a respeito do destino da indústria siderúrgica, eles haviam sido levados ali para atuarem como guarda-costas de Mouch. Rearden não entendia a presença de James Taggart, que estava emburrado, em silêncio, bebericando um drinque, sem jamais olhar na direção dele.

– Elaboramos um plano – disse o Dr. Ferris com uma animação excessiva – que vai resolver os problemas da indústria siderúrgica e que receberá sua aprovação integral, pois promoverá o bem-estar da coletividade ao mesmo tempo que protegerá seus interesses e garantirá...

– Não tente me dizer o que vou achar. Exponha logo os fatos.

– É um plano justo, sensato, razoável e...

– Não me diga sua opinião. Exponha os fatos.

– É um plano que... – O Dr. Ferris parou. Havia perdido o hábito de expor fatos.

– Com esse plano – disse Mouch –, vamos conceder à indústria um aumento de cinco por cento no preço do aço. – Fez uma pausa triunfal.

Rearden não disse nada.

– Naturalmente, alguns pequenos ajustes serão necessários – acrescentou Holloway animado, saltando para dentro do silêncio como quem salta para dentro de uma quadra de tênis vazia. – Será necessário conceder um aumento de preço para os produtores de minério de ferro – ah, uns três por cento no máximo –, em virtude dos gastos adicionais que alguns deles, por exemplo o Sr. Larkin, de Minnesota, serão obrigados a ter, tendo em vista que terão de transportar o minério por caminhão, porque o Sr. James Taggart foi obrigado a sacrificar a linha de Minnesota em prol do bem-estar da coletividade. E, naturalmente, será necessário conceder um aumento das tarifas de frete às ferrovias do país – digamos, sete por cento, mais ou menos –, considerando a necessidade absolutamente essencial de...

Holloway parou, como um jogador entusiasmado que de repente percebe que o adversário não está rebatendo suas bolas.

– Mas não haverá aumentos salariais – Ferris se apressou a comentar. – Um elemento essencial do plano é a não concessão de aumentos salariais aos metalúrgicos, apesar de suas exigências insistentes. Queremos ser justos, Sr. Rearden, mesmo se por isso formos obrigados a nos expor ao ressentimento e à indignação do público.

– Naturalmente, para que os trabalhadores façam um sacrifício – disse Lawson –, é preciso mostrar a eles que o empresariado também está fazendo certos sacrifícios em prol da nação. Há um clima extremamente tenso no momento entre os metalúrgicos, Sr. Rearden, perigosamente explosivo e... e a fim de proteger o senhor de... de... – Parou.

– Sim? – insistiu Rearden. – De quê?

– De possíveis... violências, certas medidas se fazem necessárias, as quais... – Virou-se de repente para Taggart. – Escute, Jim, por que você não explica isso ao Sr. Rearden, visto que você também é empresário?

– Bem, alguém tem que ajudar as ferrovias – disse Taggart, emburrado, sem olhar para Rearden. – O país precisa de ferrovias, e alguém tem de nos ajudar a arcar com esse fardo, e se não recebermos um aumento de tarifas...

– Não, não, não! – exclamou Mouch. – Fale ao Sr. Rearden a respeito do funcionamento do Plano de Unificação das Ferrovias.

– Bem, o plano foi muito bem-sucedido – disse Taggart, letárgico –, exceto quanto ao elemento tempo, não inteiramente controlável. É apenas uma questão de tempo para que nosso trabalho unificado restaure a situação de todas as ferrovias do país. O plano, posso lhe assegurar, funcionaria igualmente bem em qualquer outro setor.

– Quanto a isso, não há dúvida – disse Rearden, virando-se para Mouch. – Por que você quer que esse pateta perca meu tempo? O que o Plano de Unificação das Ferrovias tem a ver comigo?

– Mas, Sr. Rearden – exclamou Mouch com um entusiasmo desesperado –, é justamente isso que queremos fazer! É *isso* que queremos discutir com o senhor!

– O quê?

– O Plano de Unificação do Aço!

Houve um momento de silêncio, como quem prende a respiração após mergulhar. Rearden olhava para eles com um interesse aparente.

– Tendo em vista a situação crítica da indústria siderúrgica – disse Mouch rapidamente, como se não quisesse ter tempo para entender o que havia naquele olhar de Rearden que o deixava tenso –, e sendo o aço o produto mais vital, mais básico, a fundação de toda a nossa estrutura industrial, urge tomar medidas drásticas a fim de preservar as instalações siderúrgicas da nação, os equipamentos e as fábricas. – Mouch foi se empolgando cada vez mais com sua oratória. – Com esse objetivo em mente, nosso plano é... nosso plano é...

– Nosso plano é, na verdade, muito simples – disse Holloway, tentando provar sua afirmação por meio da simplicidade esfuziante de sua voz. – Vamos suspender todas as restrições à produção do aço, de modo que todas as companhias produzam tanto quanto puderem, cada uma conforme sua capacidade. Mas, para evitar desperdício e o perigo de uma competição desenfreada, todas as companhias depositarão sua renda bruta num fundo comum, o Fundo de Unificação do Aço, para o qual será criado um conselho especial. No fim do ano, o conselho distribuirá a quantia resultante somando a produção nacional de aço e a dividindo pelo número de altos-fornos de soleira aberta existentes, chegando assim a uma média que será justa para todos, e cada companhia será paga conforme suas necessidades. Sendo a preservação dos altos-fornos a necessidade básica, cada companhia receberá de acordo com o número de altos-fornos de sua propriedade. – Fez uma pausa, esperou e depois acrescentou: – É isso, Sr. Rearden. – Como não obteve resposta, disse: – Ah, é claro que há uma série de detalhes a serem resolvidos, mas... mas é mais ou menos isso.

Qualquer que fosse a reação que esperavam, certamente não era aquela. Rearden se recostou em sua cadeira, os olhos atentos porém fixos no espaço, como se contemplassem uma distância não muito distante. Então perguntou, com um toque curioso de humor impessoal na voz:

– Me digam uma coisa: vocês estão contando com quê?

Rearden percebeu que eles o haviam compreendido. Em seus rostos, viu aquela expressão teimosamente evasiva, a qual antes julgava ser a de um mentiroso tapeando uma vítima, mas que agora, ele sabia, era algo ainda pior: a expressão de um homem que está enganando sua própria consciência. Os outros permaneceram em silêncio, como se se esforçassem não para que ele esquecesse a própria pergunta, mas para que eles esquecessem que a haviam ouvido.

– É um plano sensato e prático! – exclamou Taggart inesperadamente, com um súbito toque de raiva e animação na voz. – Vai dar certo! Tem que dar certo! *Queremos* que dê certo!

Ninguém lhe respondeu.

– Sr. Rearden...? – disse Holloway, tímido.

– Vamos ver – disse Rearden. – As Siderúrgicas Associadas de Orren Boyle possuem 60 altos-fornos de soleira aberta, um terço dos quais está ocioso, sendo que os outros produzem uma média de 300 toneladas de aço por alto-forno por dia. Eu tenho 20 altos-fornos de soleira aberta, todos os quais estão trabalhando com carga máxima, produzindo 750 toneladas de metal Rearden por alto-forno por dia. Quer dizer que ao todo "temos" 80 altos-fornos produzindo um total de 27 mil toneladas, o que dá uma média de 337,5 toneladas por forno. Cada dia do ano, eu, produzindo 15 mil toneladas, vou receber o equivalente a 6.750 toneladas. Boyle, produzindo 12 mil toneladas, receberá o equivalente a 20.250 toneladas. Nem precisa levar em conta os outros produtores. Eles não vão mudar muito a situação, apenas baixar a média ainda mais, pois a maioria deles está pior do que Boyle e nenhum deles produz tanto quanto eu. Bem, por quanto tempo vocês imaginam que eu vá sobreviver com esse plano?

Ninguém respondeu. Então Lawson gritou de repente, cegamente, cheio de indignação moral:

– Numa época de emergência nacional, é seu dever servir, sofrer e trabalhar pela salvação do país!

– Não vejo como Orren Boyle levar o dinheiro que eu ganho vá salvar o país.

– O senhor tem que fazer certos sacrifícios em prol do bem-estar público.

– Não vejo por que Orren Boyle é mais "público" que eu.

– Ah, a questão não é o Sr. Boyle! É muito mais do que uma pessoa específica. É uma questão de preservar os recursos naturais do país, como as fábricas, e salvar todo o parque industrial da nação. Não podemos deixar que seja destruído um estabelecimento industrial tão grande quanto o do Sr. Boyle. O país precisa dele.

– A meu ver – disse Rearden lentamente –, o país precisa de mim muito mais que de Boyle.

– Mas é claro! – exclamou Lawson com um entusiasmo surpreso. – O país precisa do senhor! O senhor tem consciência disso, não tem?

Porém o prazer ávido que proporcionou a Lawson a fórmula conhecida da autoimolação desapareceu abruptamente quando ouviu a voz de Rearden, uma fria voz de comerciante, dizendo:

– Tenho.

– Não é só Boyle que está envolvido – disse Holloway em tom de súplica. – A economia do país não seria capaz de resistir a um abalo sério no momento. Milhares de pessoas são funcionários, fornecedores e clientes de Boyle. O que aconteceria com elas se as Siderúrgicas Associadas fossem à falência?

– O que acontecerá com os milhares de funcionários, fornecedores e clientes meus quando eu for à falência?

– O senhor? – perguntou Holloway sem acreditar no que ouvia. – Mas o senhor é o industrial mais rico e mais forte do país no momento!

– E no momento seguinte?

– Hein?

– Quanto tempo vocês acham que vou conseguir continuar produzindo levando prejuízo?

– Ah, Sr. Rearden, tenho a mais absoluta fé no senhor!

– Dane-se a sua fé! Como você acha que vou conseguir?

– O senhor dá um jeito!

– Como?

Não houve resposta.

– Não podemos teorizar a respeito do futuro quando há uma catástrofe nacional imediata a se evitar! – exclamou Mouch. – Temos de salvar a economia do país! Precisamos fazer alguma coisa! – O olhar imperturbável de curiosidade nos olhos de Rearden o levou a fazer uma pergunta imprudente: – Se o senhor não gostou, tem uma solução melhor a oferecer?

– Claro – disse Rearden imediatamente. – Se o que vocês querem é produção, então saiam da minha frente, joguem fora todos esses seus decretos idiotas, deixem Orren Boyle ir à falência, deixem que eu compre as instalações das Siderúrgicas Associadas, que logo cada um daqueles 60 altos-fornos estará produzindo 1.000 toneladas por dia.

– Ah, mas... mas isso não podemos fazer! – exclamou Mouch. – Seria monopólio!

Rearden deu uma risadinha.

– Está bem – disse, com indiferença. – Então deixem meu superintendente comprá-las. Ele vai fazer coisa melhor do que Boyle.

– Ah, mas isso seria deixar que o forte levasse vantagem sobre o fraco! Não podemos fazer isso!

– Então não me fale em salvar a economia do país.

– Tudo o que queremos é... – Mouch parou.

– Tudo o que vocês querem é produção sem homens capazes de produzir, não é?

– Isso... isso é teoria. Apenas uma afirmação teórica extremada. Tudo o que queremos é um ajuste temporário.

– Vocês estão fazendo ajustes temporários há anos. Será que não veem que seu tempo está esgotado?

– Isto é só teo... – A voz de Mouch foi morrendo aos poucos.

– Espere aí – disse Holloway, cauteloso. – O Sr. Boyle está longe de ser... fraco. É um homem extremamente capaz. O problema é que ele sofreu alguns reveses desagradáveis, totalmente fora de seu controle. Ele havia investido grandes quantias num projeto de interesse público para auxiliar os povos subdesenvolvidos da América do Sul, e aquela catástrofe do cobre ocorrida lá foi um baque financeiro terrível para ele. Assim, a questão é apenas lhe dar uma oportunidade de se reerguer, ajudá-lo a passar por esse período difícil, um pouco de auxílio temporário, só isso. Tudo o que devemos fazer é distribuir os sacrifícios igualitariamente que todo mundo depois irá se recuperar e prosperar.

– Vocês estão distribuindo os sacrifícios há centenas... – Rearden parou e emendou: – ... há milhares de anos. Não veem que chegaram ao fim da linha?

– Isso é só teoria! – exclamou Mouch. Rearden sorriu.

– Conheço a sua prática – disse em voz baixa. – É a sua teoria que estou tentando entender.

Ele sabia que a razão específica daquele plano era Orren Boyle. Sabia que o funcionamento de um mecanismo complexo, operado por meio de influências, ameaças, pressões, chantagens – um mecanismo semelhante a uma calculadora irracional funcionando aleatoriamente, gerando números ao acaso –, havia tido o efeito casual de fazer com que a pressão de Boyle sobre esses homens os levasse a extorquir para ele a última coisa que havia para saquear na economia. Rearden também sabia que Boyle não era a causa, nem o elemento essencial a ser considerado, que era apenas um

369

passageiro ocasional, não o construtor da máquina infernal que destruíra o mundo, que não era Boyle que a tornara possível, nem ele nem nenhum dos homens naquela sala. Eles, também, eram apenas passageiros naquela máquina sem maquinista. Eram apenas caronas assustados que viam que o veículo em que estavam se aproximava rapidamente do abismo final – e não era por amarem ou temerem Boyle que se atinham àquela linha de ação e insistiam em atingir aquele objetivo. Era outra coisa, um elemento sem nome que eles conheciam e evitavam conhecer, algo que não era nem pensamento nem esperança, algo que Rearden identificava apenas como certa expressão em seus rostos, uma expressão furtiva que parecia dizer: "Eu vou conseguir me safar dessa." *Por quê?*, pensava ele. *Por que eles acham que vão conseguir?*

– Não podemos nos dar ao luxo de teorizar! – gritou Mouch. – Temos que agir!

– Então vou oferecer outra solução. Por que não se apropriam logo de uma vez das minhas usinas?

Os outros foram sacudidos por um ruído de terror genuíno.

– Ah, não! – exclamou Mouch.

– Nem pensar! – gritou Holloway.

– Nós defendemos a iniciativa privada! – gritou o Dr. Ferris.

– Não queremos prejudicá-lo! – gritou Lawson. – Somos seus amigos, Sr. Rearden! Será que não podemos todos colaborar? Somos seus amigos.

Ali, do outro lado da sala, havia uma mesa com um telefone, a mesma mesa, provavelmente, e o mesmo telefone – e de repente Rearden teve a impressão de estar vendo a figura torturada de um homem debruçado sobre aquele telefone, um homem que já sabia aquilo que ele, Rearden, estava começando a aprender agora, um homem que lutava para lhe negar o mesmo pedido que ele agora estava negando aos homens presentes naquela sala. Viu o fim daquela luta, o rosto sofrido de um homem virado para o seu e uma voz desesperada dizendo, num tom contido: "Sr. Rearden, juro... pela mulher que amo... que sou seu amigo."

Fora esse o ato que ele chamara de traição, e era esse o homem que ele havia rejeitado a fim de continuar a servir aos homens que agora tinha a sua frente. *Quem, então, fora o traidor?*, pensou, e esse pensamento vinha quase desprovido de sentimentos. Julgava-se sem o direito de ter sentimentos, estava consciente apenas de uma clareza solene. *Quem havia resolvido dar àqueles homens os meios de adquirir esta suíte? Quem ele havia sacrificado, em benefício de quem?*

– Sr. Rearden! – gemeu Lawson. – O que está havendo?

Virou a cabeça, viu os olhos de Lawson observando-o com medo e adivinhou o que o homem havia percebido em seu rosto.

– Não *queremos* desapropriar suas usinas! – exclamou Mouch.

– Não queremos despojá-lo de suas propriedades! – gritou Ferris. – O senhor não nos entende!

– Estou começando a entender.

Há um ano, pensou Rearden, *eles teriam me matado. Dois anos antes, teriam confiscado minhas propriedades. Gerações atrás, homens daquele tipo podiam se dar ao luxo de matar e desapropriar, fingindo para si próprios e para suas vítimas que seu único objetivo era o saque material.* Mas o tempo deles estava se esgotando: as outras vítimas já haviam desaparecido, mais rápido do que previa qualquer esquema histórico, e eles, os saqueadores, agora tinham de encarar a realidade nua e crua de seu objetivo.

– Escutem – disse Rearden, cansado –, eu sei o que vocês querem. Querem destruir minhas usinas e ficar com elas também. Pois tudo o que eu quero saber é o seguinte: por que acham que isso é possível?

– Não sei o que o senhor está dizendo – disse Mouch em tom ofendido.

– Nós já dissemos que não queremos as suas usinas.

– Está bem, vou ser mais preciso: vocês querem destruir a *mim* e querem ficar comigo também. Como vocês pretendem fazer isso?

– Não sei como o senhor pode dizer uma coisa dessas, depois que já lhe demos todas as garantias de que o consideramos de importância inestimável para o país, para a indústria siderúrgica, para...

– Eu acredito. Isso é que torna o enigma mais difícil. Vocês me consideram de importância inestimável para o país? Ora, vocês me consideram de importância inestimável até para sua própria segurança pessoal. Estão aí tremendo, porque sabem que sou o último que resta que é capaz de salvar suas vidas e sabem que o tempo está se esgotando. No entanto, propõem um plano para me destruir, um plano que exige, com uma crueza idiota, sem subterfúgios, desvios nem saídas, que eu trabalhe com *prejuízo* – de modo que cada tonelada que eu produza me custe mais do que vou receber por ela –, que eu distribua o que resta da minha riqueza até que todos morramos de fome juntos. Esse grau de irracionalidade não é possível para homem nenhum, nem saqueador nenhum. Para o seu bem, para não falar no do país nem do meu, vocês devem estar contando com algo. O que é?

Rearden viu nos rostos deles aquela expressão peculiar do tipo "eu vou me safar dessa", que parecia dissimulada e ao mesmo tempo ressentida, como se, inacreditavelmente, fosse ele que estivesse escondendo deles algum segredo.

– Não entendo por que o senhor tem uma visão tão derrotista da situação – disse Mouch, contrariado.

– Derrotista? Você realmente acha que vou conseguir não declarar falência com esse plano?

– Mas é só temporário!

– Não existe suicídio temporário.

– Mas é só durante o período de emergência! Só até o país se recuperar!

– E como você acha que ele vai se recuperar?

Não houve resposta.

– Como é que vocês acham que eu vou produzir depois que a siderúrgica falir?

– O senhor não vai falir. Vai produzir sempre – disse o Dr. Ferris em tom indiferente, nem elogiando nem censurando, apenas como quem menciona um fato natural, como teria dito a um outro homem: "Você será sempre um vagabundo." – É inevitável. Está no seu sangue. Ou, para ser mais científico: o senhor foi condicionado a produzir.

Rearden se empertigou na cadeira: era como se estivesse tentando descobrir o segredo de um cofre e sentisse, ao ouvir essas palavras, um leve estalo vindo de dentro, indicando que o primeiro número do código fora encontrado.

– É só uma questão de sair dessa crise – disse Mouch –, de dar às pessoas uma chance de respirarem, de se reerguerem.

– E depois?

– Aí as coisas vão melhorar.

– Como?

Não houve resposta.

– O que vai melhorá-las?

Não houve resposta.

– Quem vai melhorá-las?

– Meu Deus, Sr. Rearden, as pessoas não ficam paradas! – gritou Holloway. – Elas fazem coisas, crescem, andam para a frente!

– Que pessoas?

Holloway fez um aceno vago.

– As pessoas – disse.

– Que pessoas? As pessoas a quem vocês vão entregar o que resta da Siderúrgica Rearden, sem receber nada em troca? As pessoas que vão continuar a consumir mais do que produzem?

– As circunstâncias vão mudar.

– Quem vai mudá-las?

Não houve resposta.

– Ainda resta mais alguma coisa para vocês saquearem? Se eu não via a natureza da política de vocês antes, não é possível que eu não veja agora. Olhem ao redor: todas essas miseráveis repúblicas populares que existem pelo mundo afora só sobrevivem graças às esmolas que vocês arrancam deste país para dar a elas. Mas vocês não têm mais de onde saquear. Não resta mais nenhum país na face da Terra. Vocês os esgotaram. Vocês os secaram. De todo aquele esplendor irrecuperável, eu sou o único vestígio, o último. O que vão fazer, vocês e essas repúblicas populares do mundo, depois que derem cabo de mim? O que veem pela frente a não ser a fome, total, completa?

Não lhe responderam. Não olhavam para ele. Em seus rostos havia expressões de ressentimento obstinado, como se ele estivesse mentindo.

Então Lawson disse em voz baixa, num misto de censura e deboche:

– Bem, afinal, todos vocês, empresários, vivem prevendo catástrofes há anos, enxergam catástrofe em cada passo progressista que damos e dizem que vamos ser destruídos, mas isso não aconteceu. – Esboçou um sorriso, mas recuou diante da intensidade do olhar de Rearden.

Rearden ouvira um segundo estalo em sua mente, mais alto. Acertara mais um número do segredo, ligando os circuitos da fechadura.

– Vocês estão contando com quê? – perguntou ele. Seu tom havia mudado: agora era o tom suave, constante, inclemente, monótono de uma broca.

– É só uma questão de ganhar tempo! – gritou Mouch.

– Não resta mais tempo a ganhar.

– Tudo o que precisamos é de uma oportunidade! – berrou Lawson.

– Não resta mais nenhuma oportunidade.

– É só até nos recuperarmos! – exclamou Holloway.

– Não há como se recuperar.

– Só até nossas políticas começarem a funcionar! – gritou o Dr. Ferris.

– Não há como fazer o irracional funcionar. – Não houve resposta. – O que será capaz de salvá-los agora?

– Ah, você dá um jeito! – gritou Taggart.

Embora fosse apenas uma frase que ele já ouvira incontáveis vezes antes, Rearden sentiu um barulho ensurdecedor dentro de si, como se uma porta de aço tivesse se aberto ao ser encontrado o último número que completa o segredo e libera o complexo mecanismo da fechadura – a resposta que dá unidade a todas as partes, às perguntas e mágoas não resolvidas de sua vida.

No momento de silêncio que se seguiu àquele estrondo, lhe pareceu ouvir a voz de Francisco, perguntando-lhe em voz baixa, no salão de baile daquele hotel, porém perguntando também aqui e agora: "Quem é o homem mais culpado nesta sala?" Ouviu sua própria voz respondendo no passado: "James Taggart, imagino?" E a voz de Francisco dizendo, sem tom de censura: "Não, Sr. Rearden, não é James Taggart." Mas agora, naquela suíte e naquele momento, sua mente respondeu: "Sou eu."

Ele havia amaldiçoado os saqueadores por sua cegueira obstinada, não havia? Pois fora ele que a tornara possível. Desde a primeira extorsão que ele havia aceitado, o primeiro decreto a que obedecera, Rearden lhes dera motivos para supor que a realidade era algo que podia ser falseado, que era possível exigir o irracional, que alguém daria um jeito de realizá-lo. Se havia acatado a Lei da Igualdade de Oportunidades, se aceitara o Decreto 10.289, se tinha aceitado a lei segundo a qual aqueles cuja capacidade não podia se igualar à dele tinham o direito de explorá-la, que aqueles que não faziam jus a nada mereciam lucrar, ao passo que aqueles que faziam mereciam perder; que aqueles que eram incapazes de pensar deviam dar ordens, mas ele, que pensava, devia obedecer – então eles estavam sendo irracionais quando acreditavam viver num Universo irracional? Criara este Universo para eles, o fornecera a eles. Estariam eles sendo ilógicos quando pensavam que para eles bastava desejar sem pensar no que era possível, ao passo que a Rearden cabia realizar os desejos deles, por meios que eles não precisavam entender nem conhecer? Eles, os místicos impotentes, lutando para fugir à responsabilidade da razão, sabiam que Rearden, o racionalista, havia assumido a posição de satisfazer seus desejos. Sabiam que ele lhes dera um cheque em branco para descontar contra a realidade – não lhe cabia perguntar *por quê*, não lhes cabia perguntar *como* –, então eles exigiam que Rearden lhes desse uma parte do que era dele, depois tudo o que ele tinha, em seguida mais do que ele tinha. Impossível? "*Não, ele dá um jeito!*"

Ele não se deu conta de que havia se levantado de repente, que estava olhando de cima para Taggart, vendo na vagueza informe das feições daquele homem a explicação de toda a devastação a que assistira no decorrer de sua existência.

– O que foi, Sr. Rearden? O que foi que eu disse? – perguntou Taggart com ansiedade crescente. Porém ele estava fora do alcance da voz daquele sujeito.

Rearden estava vendo a sucessão dos anos, as extorsões monstruosas, as exigências impossíveis, as inexplicáveis vitórias do mal, os planos ridículos e os objetivos ininteligíveis proclamados em volumes de filosofia obscura, a dúvida desesperada das vítimas, que achavam que alguma sabedoria complexa e malévola estava por trás das forças que destruíam o mundo – e tudo isso se baseava numa única premissa oculta por trás dos olhos esquivos dos vitoriosos: *"Ele dá um jeito!... A gente vai se safar dessa. Ele vai nos deixar. Ele dá um jeito!"*

"Vocês, empresários, vivem prevendo que vamos ser destruídos, mas isso não aconteceu..." É verdade, pensou ele. *Eles não estavam cegos para a realidade. Eu é que não enxergava a própria realidade que criei. Não, eles não haviam sido destruídos, mas quem havia? Quem fora destruído para pagar pela sobrevivência deles? Ellis Wyatt, Ken Danagger, Francisco d'Anconia.*

Rearden estava pegando o chapéu e o paletó quando percebeu que os homens tentavam detê-lo, que havia expressões de pânico em seus rostos e que exclamavam, atônitos:

– O que foi, Sr. Rearden?... Por quê?... Mas por quê?... O que foi que dissemos?... O senhor não vai! O senhor não pode ir!... Ainda é cedo!... Ainda não! Não, ainda não!

Teve a impressão de que os via pela janela de trás de um trem expresso, como se estivessem nos trilhos atrás dele, agitando os braços, numa tentativa inútil de detê-lo, gritando palavras incompreensíveis, cada vez mais baixo na distância, as vozes morrendo aos poucos.

Um deles tentou impedi-lo de sair quando ele se virou para a porta. Rearden o tirou da sua frente, não com brutalidade, mas com um movimento simples e contínuo do braço, como quem afasta uma cortina, e saiu.

Ao volante do carro, voltando a Filadélfia, a única sensação que experimentava era o silêncio. Era o silêncio da imobilidade dentro dele, como se, de posse do conhecimento, pudesse agora se dar ao luxo de repousar, sem nenhuma outra atividade espiritual. Não sentia nada, nem angústia nem exaltação. Era como se, após anos de esforço, ele tivesse subido uma montanha para poder enxergar longe e, ao chegar ao cume, permanecesse imóvel, para descansar antes de olhar, pela primeira vez livre para se poupar.

Via a longa estrada vazia se estendendo em linha reta, depois serpenteando, depois voltando à linha reta à sua frente. Sentia a leve pressão das mãos no volante e o atrito dos pneus nas curvas, porém era como se estivesse correndo por um viaduto suspenso no espaço vazio.

Nas fábricas, nas pontes e nas centrais elétricas por onde passava, as pessoas viam algo que no passado era bastante comum: um automóvel caro e poderoso dirigido por um homem cheio de autoconfiança, que proclamava o sucesso mais alto do que qualquer letreiro elétrico, por suas roupas, por seu modo eficiente de dirigir, pela velocidade de seu carro. Viam-no passar e desaparecer na bruma que dissolvia a diferença entre terra e noite.

Rearden viu sua siderúrgica se elevar na escuridão, uma silhueta negra contra um brilho pulsante. Era um brilho da cor de ouro ardente, e o nome "Siderúrgica Rearden" se destacava contra o céu em letras de cristal frio e branco.

Contemplou a silhueta alongada, as curvas dos altos-fornos que lembravam arcos do triunfo, as chaminés que se erguiam como colunas solenes ao longo de uma avenida numa cidade imperial, as pontes que lembravam grinaldas, os guindastes que pareciam lanças erguidas homenageando-o, os penachos de fumaça acenando lentamente como bandeiras. Aquela cena pôs fim à sua imobilidade interior, e ele sorriu saudando-a. Era um sorriso de felicidade, amor, dedicação. Nunca amara suas usinas tanto quanto naquele momento. Ao vê-las por um ato da própria visão, livre de qualquer código de valores que não o seu, numa realidade luminosa que não continha contradições, ele estava vendo a razão de seu amor: as usinas eram uma realização de sua mente, dedicada ao seu amor pela existência, construída num mundo racional para lidar com homens racionais. Se esses indivíduos haviam desaparecido, se aquele mundo não existia mais, se suas usinas não mais serviam a seus valores, então elas não passavam de uma pilha de escória morta, que tinha mais que voltar ao pó. Quanto mais depressa, melhor – elas tinham de ser abandonadas, não por traição, mas por lealdade a seu real significado.

A siderúrgica ainda estava a um quilômetro e meio de distância quando uma pequena chama atraiu sua atenção. Entre todas as tonalidades de fogo que via naquela imensa expansão, Rearden sabia distinguir as normais das anormais: essa era de um amarelo vivo demais e estava saindo de um lugar onde não havia razão para haver fogo, uma estrutura ao lado da entrada principal.

No momento seguinte, Rearden ouviu o estalar seco de uma arma de fogo, depois três estampidos em rápida sucessão, como uma mão irada esbofeteando um atacante inesperado.

Então a massa negra que obstruía a estrada ao longe ganhou forma: não era apenas escuridão e não foi se dissipando à medida que ele se aproximava. Era uma multidão aglomerada na entrada principal, tentando invadir a siderúrgica.

Rearden teve tempo de divisar braços se agitando, alguns com porretes, outros com pés de cabra, outros com rifles – as chamas amarelas de madeira ardente saindo da janela da cabine do porteiro, os disparos azulados dos tiros que emergiam da multidão e, em resposta, os tiros que vinham dos telhados das estruturas. Teve tempo de ver um vulto humano contorcido cair de costas do alto de um carro, então deu uma guinada súbita. As rodas guincharam, e o carro mergulhou na escuridão de um desvio.

Estava correndo a 100 quilômetros por hora, por uma estrada de terra, indo em direção ao portão do leste. Já o via, quando o impacto dos pneus sobre um sulco fez o carro sair da pista e ser jogado para a beira de uma ravina, em cujo fundo havia uma velha pilha de escória de metal. Com o peso de seu corpo sobre o volante, lutando contra duas toneladas em velocidade, obrigou o carro a completar o semicírculo e voltar à estrada e ao seu controle. Tudo acontecera num instante, mas no seguinte seu pé pisou no freio, forçando o motor a parar de súbito, pois, no momento em que seus faróis haviam iluminado a ravina, Rearden vira uma forma alongada, mais escura do que o tom cinzento do capim da encosta, e lhe parecera que uma mancha branca que surgira rapidamente era uma mão pedindo socorro.

Tirando o sobretudo, Rearden desceu correndo a encosta da ravina, que desprendia pedaços de terra sob seus pés. Agarrava-se a galhos de arbustos secos, quase correndo, quase deslizando, em direção à forma escura e alongada que, agora ele via claramente, era um corpo humano. Uma tira de algodão passava à frente da Lua, e ele via o branco da mão e a forma do braço estirado no meio do capim, mas o corpo estava imóvel.

– Sr. Rearden...

Era um sussurro que se esforçava para ser grito, o som terrível de uma ânsia se debatendo contra uma voz que não podia ser mais do que um gemido de dor.

Rearden não soube o que ocorreu primeiro, pois foi como um choque único a ideia de que aquela voz lhe era familiar, um raio de luar furando a nuvem de algodão, o movimento de cair de joelhos ao lado de um rosto iluminado, o reconhecimento: era o Ama de Leite.

Sentiu a mão do rapaz agarrar a sua com a força anormal dos agonizantes, enquanto contemplava as feições torturadas, os lábios sem cor, os olhos vidrados e o fio escuro que escorria de um furo negro num ponto bem próximo ao coração do rapaz.

– Sr. Rearden... eu tentei detê-los... eu tentei salvá-lo...

– O que aconteceu com você, garoto?

– Eles atiraram em mim, para que eu não falasse... eu queria impedir – e sua mão apontou com esforço para o brilho vermelho no céu – o que eles estão fazendo... não consegui, já era tarde demais, mas eu tentei... tentei... E... e ainda consigo... falar... Escute, eles...

– Você tem que ser levado logo para um hospital, e...

– Não! Espere! Eu... acho que não me resta muito tempo e... tenho de lhe contar... Escute, aquele tumulto... é dirigido... ordens de Washington... Não são funcionários... não os seus... são os novos, os deles, e... e um monte de marginais contratados... Não acredite numa palavra do que vão lhe dizer... É tudo montado... montado por *eles*...

Havia uma intensidade desesperada no rosto do rapaz, a intensidade de um cruzado em campanha. Sua voz parecia ganhar vida com a queima de algum combustível que ardia em jatos descontínuos dentro de si, e Rearden percebeu que a melhor ajuda que poderia lhe dar agora era ouvi-lo.

– Eles... eles prepararam um Plano de Unificação do Aço... precisam de uma desculpa... porque sabem que o país não vai engolir... e o senhor não vai aceitar... Eles têm medo de que desta vez seja demais, para todo mundo... é simplesmente uma tentativa de arrancar tudo o que é seu... Por isso querem dar a impressão de que o senhor está matando os trabalhadores de fome... e eles estão enlouquecidos, e o senhor não consegue controlá-los... e o governo tem de intervir para proteger o senhor e a segurança pública... Vai ser isso que eles vão dizer, Sr. Rearden...

Rearden olhava para a carne dilacerada das mãos do rapaz, a lama de sangue e pó secando nas palmas de suas mãos e em suas roupas, as manchas cinzentas de poeira em seus joelhos e seu ventre, cheios de carrapichos. À luz intermitente da Lua, via a trilha de capim amassado e manchas reluzentes de sangue se perdendo na escuridão da ravina. Horrorizou-se ao se dar conta da extensão que aquele rapaz havia rastejado e do tempo que levara rastejando.

– Eles não queriam que o senhor estivesse aqui agora, Sr. Rearden... não queriam que visse a "rebelião popular" deles... Depois... o senhor sabe como eles falsificam provas... não será divulgado nenhum relato verdadeiro... e eles querem enganar o país... e o senhor... fazê-los pensar que eles estão agindo para proteger o senhor da violência... Não os deixe ficar impunes, Sr. Rearden!... Fale para todo o país... o povo... os jornais... Diga-lhes que fui eu quem contou tudo ao senhor... sob juramento... juro... desse jeito, a coisa se torna legal, não é?... não é?... e o senhor tem uma chance...

Rearden apertou a mão do rapaz:

– Obrigado, garoto.

– Eu... desculpe eu não ter conseguido, Sr. Rearden... mas eles só me informaram na última hora... quando a coisa já estava quase começando... Me chamaram para... uma conferência estratégica... havia um homem chamado Peters... do Conselho de Unificação... é um lacaio de Tinky Holloway... que é um lacaio de Orren Boyle... O que queriam que eu fizesse era... era que eu assinasse um monte de autorizações... para que alguns dos marginais pudessem entrar... e começassem a bagunça de dentro e de fora ao mesmo tempo... para parecer que eram mesmo funcionários seus... Me recusei a assinar as autorizações.

– É mesmo? Depois que eles abriram o jogo para você?

– Mas... mas é claro, Sr. Rearden... O senhor acha que eu ia entrar num jogo desses?

– Não, garoto, não. Mas é que...

– O quê?

– Foi aí que você se expôs.

– Mas eu não tinha outra saída!... Eu não podia ajudá-los a destruir a siderúrgica, podia?... Quanto tempo eu ia aguentar ficar evitando me expor? Até eles pegarem o senhor?... E o que eu faria se me poupasse a esse preço?... O senhor... me entende, não é, Sr. Rearden?

– Entendo.

– Me recusei... saí correndo... fui procurar o superintendente... para lhe contar tudo... mas não consegui encontrá-lo... e então ouvi tiros na entrada principal e entendi que a coisa tinha começado... tentei ligar para a sua casa... os fios do telefone estavam cortados... corri até meu carro, eu queria falar com o senhor, com a polícia, com algum jornal, com alguém... mas alguém devia estar me seguindo... foi então que atiraram em mim... no estacionamento... pelas costas... só me lembro que caí e... e quando abri os olhos haviam me jogado aqui... no monte de escória...

– No monte de escória? – perguntou Rearden lentamente, sabendo que o monte de escória ficava no fundo da ravina, 30 metros abaixo.

O rapaz concordou com a cabeça, apontando vagamente para a escuridão da ravina:

– É... lá embaixo... E então... eu comecei a rastejar... fui subindo... eu queria... queria me aguentar até contar para alguém que contasse para o senhor. – Suas feições contorcidas de dor subitamente se endireitaram, formando um sorriso. Havia em sua voz o triunfo de toda uma vida quando acrescentou: – Consegui. – Então levantou a cabeça de repente e perguntou, no tom de uma criança que se surpreende ao fazer uma constatação súbita: – Sr. Rearden, é isso que a gente sente quando quer... quer uma coisa com toda a vontade... desesperadamente... e consegue?

– É, garoto, é isso mesmo. – A cabeça do rapaz encostou no braço de Rearden, os olhos foram se fechando, a boca relaxando, como se para conter o profundo contentamento daquele instante. – Mas você não pode ficar por aí. Ainda não é o fim. Tem que aguentar até eu o levar a um médico e... – Estava levantando o rapaz com cuidado, porém uma convulsão de dor o fez contorcer o rosto, sua boca se revirou para conter um grito e Rearden teve que recolocá-lo no chão devagar.

O rapaz sacudiu a cabeça com uma expressão que era quase um pedido de desculpas:

– Não, não vou aguentar, Sr. Rearden... não adianta eu querer me enganar... sei que é o fim. – Então, como se tentando fugir da autocomiseração, acrescentou, recitando uma lição decorada, com uma voz que era uma tentativa desesperada de assumir seu velho tom cético e intelectual: – O que tem isso, Sr. Rearden?... O homem é só um aglomerado de... substâncias químicas condicionadas... e a morte de um homem não... não faz mais diferença do que a de um animal.

– Você sabe muito bem que isso não é verdade.

– É – sussurrou ele. – É, acho que sei, sim.

Seu olhar percorreu a imensa escuridão, depois se fixou no rosto de Rearden. Era um olhar indefeso, nostálgico, cheio de uma surpresa infantil.

– Eu sei... que é bobagem, todas aquelas coisas que nos ensinaram... tudo, tudo o que diziam... a respeito da vida... e da morte... A morte... não faz nenhuma diferença para as substâncias químicas, mas... – Parou, e todo o desespero de seu protesto se exprimia apenas por meio da intensidade de sua voz subitamente mais grave: – ... mas faz diferença para mim... E... acho que faz diferença para um animal também... Mas eles diziam que não há valores... apenas costumes sociais... Não há valores! – Sua mão agarrava às cegas o peito ferido, como se tentasse segurar aquilo que estava perdendo. – Não... há valores... – Então seus olhos se abriram com a calma súbita da franqueza absoluta. – Eu gostaria de não morrer, Sr. Rearden. Meu Deus, como eu gostaria. – Sua voz tinha uma tranquilidade repleta de paixão. – Não por eu estar morrendo... mas porque acabo de descobrir, hoje, o que realmente significa estar vivo... E... engraçado... sabe quando foi que descobri isso?... No escritório... quando me expus... quando mandei aqueles calhordas para o inferno! Tem... tem tanta coisa que eu poderia ter descoberto há mais tempo... Mas... bem, não adianta chorar o leite derramado. – Viu que Rearden sem querer olhou para a trilha que ele deixara no mato, e acrescentou: – Nem o sangue derramado, Sr. Rearden.

– Escute, garoto – disse Rearden, sério –, quero que você me faça um favor.

– *Agora*, Sr. Rearden?

– Sim. Agora.

– Claro, Sr. Rearden... se eu puder.

– Você já me fez um grande favor hoje, mas quero que você me faça outro, ainda maior. Você fez muito por mim, ao conseguir sair daquele monte de escória. Agora vou lhe pedir algo ainda mais difícil. Você estava disposto a morrer pela minha siderúrgica. Você seria capaz de tentar viver por mim?

– Pelo *senhor*?

– Por mim. Porque estou lhe pedindo. Porque quero que você viva. Porque ainda temos que subir um bom pedaço, nós dois.

– Isso... faz diferença para o *senhor*?

– Faz. Você decide que quer viver, exatamente como você fez lá embaixo, no monte de escória? Você quer resistir e viver? Você quer lutar para viver? Você queria combater a meu lado. Vamos começar o combate agora?

Rearden sentiu que a mão do rapaz apertou a sua, exprimindo o entusiasmo violento de sua resposta. A voz era apenas um sussurro:

– Vou tentar, Sr. Rearden.

– Agora me ajude a levá-lo a um médico. Relaxe, fique calmo e deixe que eu o levante.

– Sim, senhor. – Com um esforço súbito, o rapaz conseguiu se apoiar num dos cotovelos.

– Vamos lá, Tony.

Viu um lampejo súbito no rosto do rapaz, uma tentativa de dar aquele seu velho sorriso cínico.

– Quer dizer que não sou mais o "Tudo É Relativo"?

– Não. Agora você é um absoluto, e sabe que é.

– É. Conheço vários absolutos agora. Um deles – e apontou para a ferida no peito – é esse aqui, não é? E... – continuou falando enquanto Rearden o levantava do chão num movimento imperceptivelmente lento, falando como se a intensidade trêmula de suas palavras lhe servisse de anestesia – ... e os homens não podem viver... se canalhas... como esses de Washington... fazem impunemente coisas como... como o que estão fazendo hoje... se tudo se torna uma farsa ridícula... e nada é real... e ninguém é ninguém... os homens não podem viver assim... *isso* é um absoluto, não é?

– É, Tony, isso é um absoluto.

Rearden se pôs de pé com um esforço prolongado e cauteloso e viu os espasmos agoniados no rosto do rapaz ao encostá-lo lentamente em seu peito, como se segurasse um bebê, porém os espasmos se transformaram em mais uma imitação do velho sorriso cínico, e o rapaz perguntou:

– Agora quem é o Ama de Leite?

– Acho que sou eu.

Deu os primeiros passos subindo a encosta de terra solta, o corpo retesado para servir de amortecedor para seu frágil fardo, para conseguir andar num ritmo regular apesar da irregularidade do chão.

A cabeça do rapaz encostou no ombro de Rearden, hesitante, quase como se isso fosse uma presunção. Rearden baixou a cabeça e encostou os lábios na testa cheia de pó.

O rapaz estremeceu, levantando a cabeça com um choque de surpresa indignada.

– O senhor sabe o que fez? – sussurrou, como se não conseguisse acreditar que aquilo fora para ele.

– Baixe a cabeça que eu faço de novo.

O rapaz obedeceu, e Rearden lhe beijou a testa: era como um pai reconhecendo a luta de um filho.

O rapaz permaneceu imóvel, o rosto oculto, as mãos agarradas ao ombro de Rearden. Então, sem ouvir som algum, sentindo apenas o ritmo súbito dos arrepios leves, espaçados, percebeu que o rapaz estava chorando – chorando em rendição, admitindo todas as coisas que jamais conseguira exprimir em palavras.

Rearden seguia em frente, subindo, lentamente, passo a passo, hesitante, tentando encontrar firmeza no meio do mato, das nuvens de poeira, dos pedaços de escória, restos de uma era longínqua. Seguia em frente, em direção à linha onde o brilho vermelho de suas usinas assinalava a borda da ravina, movendo-se numa luta feroz que tinha de assumir a forma de um movimento lento e suave.

Não ouvia soluços, porém sentia os tremores rítmicos e, através do pano da camisa, no lugar de lágrimas, sentia os pequenos jatos quentes que emanavam da ferida cada vez que o corpo do rapaz estremecia. Rearden sabia que a pressão forte de seus braços era agora a única resposta que o rapaz era capaz de ouvir e compreender, então segurava o corpo trêmulo como se a força de seus braços conseguisse fazer com que parte da sua força vital passasse para aquelas artérias que batiam cada vez mais fraco contra seu peito.

Então o choro terminou, e o rapaz levantou a cabeça. Seu rosto parecia mais fino e mais pálido, porém os olhos estavam luminosos e se fixaram em Rearden. Ele fazia força para falar.

– Sr. Rearden... eu... eu gostava muito do senhor.

– Eu sei.

O rapaz não tinha mais forças para sorrir, porém era como se houvesse um sorriso em seu olhar – ele olhava para aquilo que, sem saber, tinha passado toda a sua curta vida buscando, como buscava a imagem daquilo que ele não sabia que eram os seus valores.

Então sua cabeça caiu para trás. Não houve nenhuma convulsão em seu rosto, apenas sua boca relaxou, assumindo uma expressão de serenidade, porém houve uma breve convulsão em seu corpo, como um último grito de protesto. Rearden prosseguiu lentamente, sem mudar o passo, muito embora soubesse que não era mais necessário ter cautela, porque o que levava nos braços era *agora* aquilo que os professores do rapaz julgavam que o homem fosse: um aglomerado de substâncias químicas.

Rearden caminhava como se esse fosse o seu último tributo, como se fosse isso o funeral daquela jovem vida que expirara em seus braços. Sentia uma raiva intensa demais para ser identificada senão como uma pressão dentro de si: era desejo de matar.

O desejo não se dirigia contra o brutamontes desconhecido que dera um tiro no rapaz, nem contra os burocratas saqueadores que o haviam contratado para cometer aquele crime, e sim contra os professores do rapaz que o haviam entregue, desarmado, à arma do brutamontes – aos suaves e confortáveis assassinos das salas de aula das universidades, os quais, incapazes de responder a perguntas que buscavam a razão, tinham prazer em deformar as jovens mentes entregues a seus cuidados.

Em algum lugar, pensou ele, *está a mãe deste rapaz, que se desdobrara em cuidados quando ele dera os primeiros passos, que medira seus remédios gota a gota com a cautela de um relojoeiro, que obedecera com um fervor fanático às mais recentes opiniões dos cientistas a respeito de alimentação e higiene, protegendo seu corpo indefeso dos germes – então o enviara a uma faculdade para ser transformado num neurótico cheio de angústia por homens que lhe ensinaram que ele não possuía uma mente e que jamais deveria tentar pensar. Se ela lhe houvesse dado esterco para comer*, pensou ele, *se houvesse misturado veneno à sua comida, teria sido muito melhor, muito menos fatal.*

Rearden pensou em todas as espécies de seres que ensinam a seus filhotes a arte da sobrevivência – os gatos que ensinam os gatinhos a caçar, as aves que se esforçam tanto para fazer com que seus filhotes aprendam a voar –, e no entanto o homem, cuja sobrevivência depende de sua mente, não apenas não ensina seus filhos a pensar como também dá a eles uma educação que visa destruir seus cérebros, convencê-los de que o pensamento é fútil e malévolo, antes mesmo que eles comecem a pensar.

Desde as primeiras frases feitas ditas a uma criança até a última, o efeito é como o de uma série de choques que têm como objetivo imobilizar seu motor e minar a força de sua consciência. "Não faça tantas perguntas. Criança só deve falar quando alguém lhe pergunta algo!" "Quem é você para pensar? É porque eu digo que é!" "Não discuta, obedeça!" "Não tente entender, acredite!" "Não se rebele, conforme-se!" "Não se destaque, adapte-se!" "Seu coração é mais importante do que seu cérebro!" "Quem é você para saber? Seus pais é que sabem!" "Quem é você para saber? A sociedade é que sabe!" "Quem é você para saber? Os burocratas é que sabem!"

"Quem é você para protestar? Todos os valores são relativos!" "Quem é você para querer escapar da bala de um assassino? Isso não passa de um preconceito pessoal!"

Os homens ficariam horrorizados, pensou Rearden, *se vissem uma ave fêmea arrancando as penas do filhote e depois o empurrando para fora do ninho para que ele lutasse pela sobrevivência – porém era isso que eles faziam com os filhos.*

Munido apenas de frases sem sentido, este rapaz fora lançado na luta pela sobrevivência, havia tateado e cambaleado durante um breve esforço fadado ao fracasso, gritara em protesto, confuso e indignado, e havia perecido na sua primeira tentativa de voar com suas asas estropiadas.

Antes existia uma raça diferente de professores, pensou ele, *a qual havia formado os homens que criaram aquela nação. As mães deviam procurar de joelhos homens como Hugh Akston, para encontrá-los e implorar que voltassem.*

Atravessou os portões da siderúrgica, mal percebendo os guardas que o deixaram entrar, que olhavam surpresos para seu rosto e seu fardo. Não se deteve para ouvir o que diziam, enquanto apontavam para o conflito ao longe. Continuou andando lentamente rumo ao feixe de luz que indicava a porta aberta do hospital da usina.

Entrou numa sala iluminada cheia de homens, curativos ensanguentados e cheiro de antissépticos. Colocou seu fardo sobre um banco, sem dar nenhuma explicação a ninguém, e saiu sem olhar para trás.

Caminhou rumo ao portão principal, em direção ao fogo e aos estampidos das armas. De vez em quando, via vultos correndo pelas fendas entre as estruturas ou virando esquinas escuras correndo, perseguidos por grupos de guardas e trabalhadores. Ficou surpreso ao perceber que seus guardas estavam bem armados e pareciam ter conseguido dominar os arruaceiros que se encontravam dentro da siderúrgica. Só o cerco em frente à entrada principal permanecia em combate. Viu um ser grotesco atravessando um trecho iluminado e golpeando vidraças com um pedaço de cano, sentindo um prazer animal e dançando como um gorila ao ouvir o vidro se despedaçar, até que três vultos humanos poderosos caíram sobre ele, derrubando-o.

O combate no portão parecia estar arrefecendo, como se a multidão já sentisse a derrota. Rearden ouvia os gritos dos agressores, porém os tiros vindos da estrada eram cada vez menos frequentes. O incêndio da portaria fora apagado. Havia homens armados nos telhados e nas janelas, preparados para a defesa da siderúrgica.

No telhado de uma estrutura acima do portão, Rearden viu, ao se aproximar, a silhueta esguia de um homem que tinha uma arma em cada mão e, protegido pela chaminé, atirava a intervalos regulares na turba, como uma sentinela protegendo a entrada de um forte. A eficiência confiante de seus movimentos, seu jeito tranquilo de atirar, sem perder tempo fazendo mira, com aquela rapidez fácil de quem jamais erra o alvo, fazia-o parecer um herói lendário do Velho Oeste – e Rearden ficou observando-o com um prazer distante e impessoal, como se a batalha da siderúrgica não lhe dissesse mais respeito, como se ele pudesse contemplar com prazer a competência e a segurança com que os homens daquela época distante combatiam o mal.

Um holofote atingiu em cheio o rosto de Rearden, e quando a luz se moveu ele viu o homem no telhado debruçado para baixo, como se olhasse em sua direção. O sujeito fez sinal a alguém para que o substituísse e abruptamente abandonou seu posto.

Rearden seguiu com passos rápidos pelo caminho escuro à sua frente, porém nesse instante ouviu uma voz embriagada, vinda de um caminho estreito a seu lado, gritando:

– Lá está ele!

Virou-se e viu duas figuras musculosas partirem para cima dele. Viu um rosto debochado e desprovido de inteligência com uma boca mole que dava um risinho sem alegria, e um porrete elevado no ar. Ouviu passos apressados vindos de outra direção, tentou desviar a cabeça, e então o porrete lhe atingiu o crânio por trás – e no momento de súbita escuridão quando ia cair, sem conseguir acreditar naquilo, sentiu um braço forte e protetor segurá-lo, amortecendo-lhe a queda, ouviu uma arma disparando dois centímetros acima de seu ouvido, depois outro disparo da mesma arma no mesmo segundo, só que esse pareceu fraco e distante, como se ele houvesse caído num poço.

Quando abriu os olhos, a primeira coisa que experimentou foi uma sensação de profunda serenidade. Então viu que estava deitado num sofá numa sala sóbria e elegante e se deu conta de que era seu escritório, e de que os dois homens em pé a seu lado eram o médico da siderúrgica e o superintendente. Sentia uma dor distante na cabeça, que teria sido fortíssima se ele se preocupasse com ela, e uma bandagem por cima do cabelo. A sensação de serenidade decorria da consciência de que estava livre.

O significado de sua bandagem e de seu escritório não eram coisas que pudessem ser aceitas – que pudessem existir – juntas; eram coisas com as quais não se podia conviver. Aquela luta não era mais dele, como não eram mais dele aquele trabalho, aquela companhia.

– Acho que estou bem, doutor – disse ele, levantando a cabeça.

– Sim, senhor, felizmente. – O médico o olhava como se ainda não conseguisse acreditar que aquilo havia acontecido com Hank Rearden dentro da própria siderúrgica, e sua voz estava tensa de lealdade indignada. – Nada sério, só um ferimento no couro cabeludo e uma leve contusão. Mas o senhor vai ter que tirar uns dias para descansar.

– E vou mesmo – disse Rearden com firmeza.

– Está tudo acabado – disse o superintendente, indicando os prédios e as estruturas que se viam da janela. – Conseguimos derrotar e afugentar os canalhas. O senhor não precisa se preocupar, Sr. Rearden. Está tudo acabado.

– Tudo acabado – disse Rearden. – O senhor deve ter muito trabalho pela frente, doutor.

– Se tenho! Nunca pensei que algum dia eu...

– Eu sei. Vá, cuide de seus pacientes. Eu estou bem.

– Sim, senhor.

– Eu tomo conta da usina – disse o superintendente quando o médico saiu apressado. – Está tudo sob controle, Sr. Rearden. Mas foi a maior sujeira que...

– Eu sei – disse Rearden. – Quem salvou minha vida? Alguém me agarrou quando caí e atirou nos bandidos.

– E como! Acertou bem na cara deles. Arrebentou-lhes os miolos. Foi esse novo chefe dos altos-fornos. Está aqui há dois meses. O melhor que já tivemos. Foi ele que descobriu o que os tais estavam tramando e me avisou, hoje de tarde. Disse para armar nossos homens tanto quanto possível. Não conseguimos nada com a polícia nem com a força pública estadual. Deram todas as desculpas imagináveis, fizeram corpo mole. Já estava tudo combinado, os bandidos não estavam esperando resistência armada. Foi o chefe dos altos-fornos – ele se chama Frank Adams – que organizou nossa defesa, comandou toda a batalha e ficou no alto de um telhado, atirando nos bandidos que chegavam perto demais do portão. Que pontaria, rapaz!

Nem é bom pensar nas vidas que ele salvou hoje. Os desgraçados queriam ver sangue, Sr. Rearden.

– Gostaria de falar com ele.

– Ele está lá fora, esperando. Foi ele que trouxe o senhor aqui e pediu permissão para falar com o senhor, assim que pudesse.

– Mande-o entrar. Depois assuma o controle, termine o serviço.

– Tem mais alguma coisa que eu possa fazer para o senhor?

– Não, nada.

Rearden ficou deitado, imóvel, no silêncio de seu escritório. Sabia que o significado de sua siderúrgica havia deixado de existir, e o absoluto daquela consciência não deixava margem para a dor de se arrepender de uma ilusão. Ele havia visto, numa imagem final, a alma e a essência de seus inimigos: o rosto animalesco do bandido armado de porrete. Não era o rosto em si que o fazia recuar horrorizado, e sim os professores, os filósofos, os moralistas, os místicos que haviam lançado no mundo aquele rosto.

Sentia uma limpeza estranha. Era composta de orgulho e amor por aquele mundo, aquele mundo que era seu, não deles. Era o sentimento que o impelira durante toda a sua vida, o sentimento que alguns homens experimentam na mocidade, porém depois traem, mas que ele jamais traíra, e trouxera dentro de si como um motor sofrido, atacado, não identificado, porém vivo – o sentimento que agora podia experimentar em toda a sua pureza integral, incontestada: a consciência de seu próprio valor superlativo e do valor superlativo da existência. Era a certeza final de que sua vida era sua, a ser vivida sem servir o mal, e de que essa servidão jamais fora necessária. Era a serenidade radiante de saber que ele estava livre da dor, do medo, da culpa.

Se é verdade, pensou, *que existem vingadores que estão trabalhando para libertar homens como eu, que eles me vejam agora, que me revelem seu segredo, que me chamem, que...*

– Entre! – disse ele em voz alta, em resposta às batidas à porta.

A porta se abriu. Rearden permaneceu imóvel. O homem parado na soleira, descabelado, o rosto e os braços cobertos de fuligem, trajando um macacão chamuscado e uma camisa suja de sangue, dando a impressão de que tinha presa ao ombro uma capa se agitando ao vento, era Francisco d'Anconia.

Parecia a Rearden que sua consciência saltara para fora de seu corpo. Era seu corpo que se recusava a se mexer, aturdido pelo choque, enquanto sua mente ria, dizendo que esse era o acontecimento mais natural, mais previsível do mundo.

D'Anconia riu – um sorriso de quem saúda um amigo de infância numa manhã de verão, como se nenhum outro sentimento jamais fosse possível entre eles – e Rearden percebeu que estava sorrindo também, alguma parte de sua mente sentindo-se aturdida de incredulidade, porém ao mesmo tempo sabendo que *aquilo* era inexoravelmente certo.

– O senhor está se torturando há meses – disse D'Anconia, se aproximando –, sem saber que palavras usaria para me pedir perdão, se perguntando se o senhor teria o direito de pedir perdão, se algum dia iria me ver outra vez. Porém, como o senhor vê, isso não é necessário, não há nada a pedir nem a perdoar.

– É – disse Rearden, e a palavra lhe saiu como um sussurro atônito, mas quando terminou a frase já sabia que aquela era a maior homenagem que podia oferecer a ele. – É, eu sei.

D'Anconia sentou-se a seu lado no sofá e lentamente passou a mão na testa de Rearden. Era como um toque curativo que fechasse o passado.

– Só tenho uma coisa a lhe dizer – disse Rearden. – Quero que ouça isto dito por mim: o senhor cumpriu seu juramento, o senhor foi mesmo meu amigo.

– Eu sabia que o senhor sabia. Que sabia desde o início. O senhor sabia, independentemente do que pensasse a respeito de meus atos. O senhor me esbofeteou porque não conseguiu obrigar a si próprio a duvidar.

– Aquilo... – sussurrou Rearden, olhando para ele – *aquilo* era justamente o que eu não tinha o direito de lhe dizer... nenhum direito de usar como desculpa...

– O senhor pensou que eu não havia compreendido?

– Eu queria encontrá-lo... Eu não tinha o direito de procurá-lo... E durante esse tempo todo, o senhor estava... – Apontou para as roupas de D'Anconia e então soltou o braço, num gesto de impotência, fechando os olhos.

– Eu estava trabalhando como chefe dos seus altos-fornos – disse D'Anconia, sorrindo. – Imaginei que o senhor não fosse se incomodar. Foi o senhor mesmo que me ofereceu esse emprego.

– O senhor está há dois meses aqui, trabalhando como meu guarda--costas?

– Estou.

– Desde... – Rearden não conseguiu completar a frase.

– Exatamente. Na manhã do dia em que o senhor leu minha mensagem de despedida escrita acima dos telhados de Nova York, eu me apresentei aqui para começar a trabalhar como chefe dos altos-fornos.

– Diga-me – disse Rearden, lentamente –, naquela noite, no casamento de James Taggart, quando o senhor disse que estava partindo para a sua maior conquista... o senhor se referia a mim, não é?

– É claro. – D'Anconia se empertigou um pouco, como quem se prepara para uma tarefa solene, o rosto sério, sorrindo apenas com os olhos. – Tenho muita coisa a lhe dizer. Mas, primeiro, poderia repetir uma palavra que me ofereceu uma vez e eu... tive de rejeitar, por saber que não estava livre para aceitá-la?

Rearden sorriu:

– Que palavra, *Francisco*?

D'Anconia baixou a cabeça, em aceitação, e respondeu:

– Obrigado, *Hank*. – Então levantou a cabeça. – Agora vou lhe dizer as coisas que vim para lhe dizer, naquela noite em que estive aqui pela primeira vez. Acho que você está pronto para ouvi-las.

– Estou, sim.

O clarão do aço derretido num alto-forno iluminou o céu lá fora. Um brilho avermelhado foi lentamente cobrindo as paredes do escritório, a mesa vazia, o rosto de Rearden, como uma saudação e um adeus.

CAPÍTULO 7

"QUEM ESTÁ FALANDO É JOHN GALT"

A campainha tocava como se fosse um alarme, um grito prolongado e insistente, interrompido pelos movimentos impacientes de algum dedo desesperado.

Saltando da cama, Dagny percebeu a luz fria e pálida do sol do fim da manhã e um relógio no alto de um prédio longínquo que indicava 10 horas. Ela havia trabalhado no escritório até as quatro da manhã e avisara que só chegaria lá ao meio-dia.

O rosto pálido marcado pelo pânico com que ela deparou ao escancarar a porta era o de James Taggart.

– Ele sumiu! – gritou seu irmão.

– Ele quem?

– Hank Rearden! Sumiu, largou tudo, foi embora, desapareceu!

Dagny ficou parada por um momento, segurando o cinto do roupão que havia começado a amarrar. Então, como se só agora realmente compreendesse, suas mãos apertaram o cinto com força – como se partisse em dois seu corpo na altura da cintura – e ela caiu na gargalhada. Um riso de triunfo.

Taggart olhou para ela sem entender:

– O que deu em você? Será que não entendeu?

– Entre, Jim – disse ela, dando-lhe as costas com desprezo. – Entendi perfeitamente.

– Ele largou tudo e sumiu! Sumiu como os outros! Largou as usinas, as contas bancárias, tudo! Simplesmente desapareceu! Levou poucas roupas e alguns pertences que estavam num cofre em seu apartamento – encontraram o cofre aberto e vazio em seu quarto. Só isso! Não disse nada, não deixou nenhum bilhete, nenhuma explicação! Me ligaram de Washington, mas todo mundo já está sabendo. Não conseguiram abafar a notícia!

391

Tentaram, mas... Ninguém sabe como, mas a notícia de que ele havia sumido se espalhou pela siderúrgica como um desses incêndios, e então... antes que se pudesse fazer alguma coisa, um monte de homens sumiu! O superintendente, o metalúrgico-chefe, o engenheiro-chefe, a secretária de Rearden, até o médico! E Deus sabe quantos mais! Desertaram, os calhordas, apesar de todas as punições que impusemos! Rearden sumiu e os outros estão desaparecendo também e as usinas estão abandonadas, paradas! Você entende o que isso quer dizer?

– *Você* entende? – perguntou ela.

Taggart jogara aquela notícia na cara dela, frase por frase, como se quisesse apagar o sorriso que via no seu rosto, um sorriso estranho e inflexível de amargura e triunfo, porém havia fracassado.

– É uma catástrofe nacional! O que deu em você? Não vê que é um golpe fatal? Vai derrubar o que resta do moral da nação, da economia! Não podemos deixá-lo desaparecer! Você tem que trazê-lo de volta!

O sorriso dela desapareceu.

– *Você* pode! – gritou ele. – É a única pessoa que pode! Ele é seu amante, não é?... Ah, não faça essa cara! Não é hora de pudores, não é hora de coisa alguma que não seja apanhá-lo! Você tem que saber onde ele está! Você pode achá-lo! Tem que achá-lo e trazê-lo de volta!

O olhar com que ela o fitava agora era muito pior do que o sorriso que estampava seu rosto antes, como se o estivesse vendo nu e não fosse suportar aquela cena por muito mais tempo.

– Não posso trazê-lo de volta – disse ela, sem levantar a voz. – E, se pudesse, não faria isso. Agora, saia daqui.

– Mas a catástrofe nacional...

– Saia!

Dagny nem o viu sair. Ficou parada no meio da sala, a cabeça baixa, os ombros caídos, enquanto sorria – um sorriso doloroso, de ternura, de saudação a Rearden. Ocorreu-lhe vagamente uma dúvida: por que ela era capaz de sentir-se tão feliz por saber que ele havia se libertado e, ao mesmo tempo, negar a si própria a mesma liberdade? Duas frases se repetiam em sua mente. Uma era triunfal: *Hank está livre, está fora do alcance deles!* A outra era como uma prece de devoção: *Ainda há uma chance de ganhar, nem que eu seja a única vítima...*

Nos dias que se seguiram, ao olhar para os homens ao seu redor, pensou em como era estranho que a catástrofe os tivesse feito pensar em Rearden com uma intensidade que suas realizações jamais haviam despertado, como se a consciência deles pudesse ser atingida pelo desastre, mas não pelo valor. Alguns se referiam a ele por meio de desaforos; outros cochichavam, com uma expressão de culpa e terror, como se agora um castigo inominável estivesse prestes a cair sobre eles; alguns tentavam, com evasivas histéricas, agir como se nada tivesse acontecido.

Como marionetes, os jornais gritaram com a mesma veemência e nos mesmos dias: "É traição social exagerar a importância da deserção de Hank Rearden e minar o moral do público por meio da crendice ultrapassada segundo a qual um indivíduo pode ser importante para a sociedade." "É traição social espalhar boatos a respeito do desaparecimento de Hank Rearden. O Sr. Rearden não desapareceu: ele está em seu escritório, trabalhando normalmente, e não ocorreu nada na Siderúrgica Rearden, senão um pequeno desentendimento entre trabalhadores." "É traição social encarar de modo impatriótico a trágica perda de Hank Rearden. O Sr. Rearden não desertou, e sim faleceu num acidente de trânsito a caminho do trabalho, e seus parentes, pesarosos, insistiram em realizar uma cerimônia fúnebre estritamente em família."

É estranho, pensou ela, *obter notícias apenas por meio de negativas, como se a existência houvesse desaparecido, como se os fatos não existissem mais e apenas as negativas veementes dos funcionários e colunistas pudessem dar pistas referentes à realidade que as notícias negavam.*

"Não é verdade que a Fundição Miller, de Nova Jersey, decretou falência." "Não é verdade que a Companhia Jansen de Motores, de Michigan, fechou as portas." "É uma mentira malévola e antissocial declarar que os fabricantes de produtos de aço estão à beira da falência por causa da ameaça de escassez desse produto. Não há motivos para se esperar uma escassez de aço." "É um boato calunioso e sem fundamento a afirmativa de que está sendo elaborado um Plano de Unificação do Aço, o qual seria defendido pelo Sr. Orren Boyle. O advogado dele acaba de divulgar uma negativa categórica e de afirmar à imprensa que o Sr. Boyle agora se opõe violentamente a qualquer plano dessa natureza. No momento, o Sr. Boyle está de repouso após sofrer um colapso nervoso."

No entanto, podiam-se ver algumas notícias ao vivo nas ruas de Nova York, no crepúsculo frio e úmido das tardes de outono: uma multidão reunida na frente de uma loja de ferragens, cujas portas haviam sido escancaradas pelo dono. Ele convidava as pessoas a entrar e a pegar, à vontade, todas as mercadorias que lhe restavam, enquanto ria, entre soluços atormentadores, e quebrava as vidraças das vitrines. Ou uma multidão reunida à porta de um prédio caindo aos pedaços, à frente da qual esperava uma ambulância da polícia, enquanto os corpos de um homem, sua mulher e seus três filhos eram removidos de um quarto cheio de gás: o homem era um pequeno fabricante de peças de ferro fundido.

Se agora veem o valor de Hank Rearden, pensou Dagny, *por que não o viram antes? Por que não evitaram esta catástrofe que agora se abate sobre eles, ao mesmo tempo evitando que Hank sofresse por tantos anos?* Não encontrava resposta para essas perguntas.

No silêncio das noites insones, concluiu que ela e Rearden haviam agora trocado de lugar: ele estava na Atlântida e ela estava barrada de lá por uma tela de raios – ele estaria, talvez, chamando por Dagny assim como ela chamara por ele em seu avião, mas nenhum sinal dirigido a ela poderia transpor aquela tela.

Porém a tela se abriu por um breve instante – o instante em que ela leu a carta que recebeu uma semana após o desaparecimento de Rearden. No envelope não havia endereço do remetente, apenas o carimbo do correio de algum vilarejo no Colorado. A carta consistia de duas frases:

Estive com ele. Compreendo o que você fez.
H. R.

Dagny ficou imóvel por muito tempo, olhando para a carta, como se não conseguisse se mexer nem sentir nada. Percebeu, então, que seus ombros tremiam, um tremor leve e ininterrupto, e se deu conta de que a violência que se debatia dentro de si era um misto de tributo exultante, gratidão e desespero: o seu tributo à vitória que representava o encontro daqueles dois homens, a vitória final de ambos; a gratidão que sentia pela gente da Atlântida, por ainda a considerarem uma deles e lhe concederem a exceção de receber uma mensagem; e o desespero da consciência de que sua imobilidade era um esforço para não escutar as perguntas que agora estava ouvindo. Galt a teria abandonado? Teria voltado ao vale para conhecer sua maior conquista? Voltaria depois? Teria desistido dela? O insuportável não era o fato de que essas perguntas não tinham resposta, e sim o fato de que esta estava tão a seu alcance e que ela não tinha o direito de dar o simples passo que lhe permitiria conhecê-la.

Não havia feito nenhuma tentativa de ver Galt. Durante um mês, todas as manhãs, ao entrar no escritório, sentia não a sala ao seu redor, e sim os túneis lá embaixo, debaixo de todos os andares do edifício – e trabalhava com a sensação de que uma parte marginal de seu cérebro comparava cifras, lia relatórios, tomava decisões num frenesi de atividade sem vida, enquanto a parte viva de sua mente estava ociosa, parada, contemplando, proibida de se mover, de ir além da frase: Ele está *lá embaixo*. O máximo que se permitira fazer foi consultar a folha de pagamento dos funcionários do terminal. Encontrara o nome: Galt, John. Ele constava da lista há mais de 12 anos. Dagny vira o endereço ao lado do nome e, durante um mês, tentara com toda a força esquecê-lo.

Não fora fácil aguentar aquele mês. No entanto, agora, ao ler a carta, a ideia de que Galt havia ido embora era ainda mais difícil de suportar. Até mesmo o esforço de resistir à tentação de procurá-lo fora um vínculo que a unira a ele, um preço a pagar, uma vitória conquistada em seu nome. Agora não havia nada, apenas uma pergunta que não podia ser feita. Sua presença nos túneis fora o motor que a impelira durante aquelas semanas – do mesmo modo que a presença dele na cidade fora seu motor durante aquele verão, assim como sua presença em algum lugar no mundo fora seu motor durante os anos em que ela ainda não tinha nem mesmo ouvido seu nome. Agora Dagny tinha a impressão de que o seu motor também havia parado.

Continuou trabalhando, tendo o brilho puro de uma moeda de ouro de 5 dólares, que sempre trazia no bolso, como sua última gota de combustível. Prosseguiu trabalhando, protegida do mundo ao seu redor por uma última armadura: a indiferença.

Os jornais não mencionavam as explosões de violência que haviam começado a pipocar por todo o país, porém ela ficava sabendo por meio dos relatórios de chefes de trens que mencionavam vagões com furos de balas, trilhos desmontados, trens atacados, estações sitiadas, em Nebraska, no Oregon, no Texas, em Montana. Explosões inúteis e fadadas ao fracasso, causadas por desespero puro e simples, que terminavam apenas em destruição. Algumas eram localizadas; outras se espalhavam por áreas maiores. Por vezes, todo um distrito se rebelava, encolerizado, prendia os funcionários locais, expulsava os agentes de Washington e matava os coletores de impostos. Depois, ao anunciar sua secessão em relação ao restante do país, chegava ao gesto extremo do próprio mal que havia causado a destruição, como quem combate o assassinato com o suicídio: expropriava todas as propriedades ao seu alcance, declarava que era tudo propriedade comum, para, uma semana depois, sucumbir, após todo o produto do saque ter sido consumido, com o ódio generalizado de todos por todos, no caos da ausência de outra lei que não a do mais forte – sucumbir ao ataque letárgico de um punhado de soldados exaustos enviados de Washington para impor ordem às ruínas.

Os jornais não mencionavam tais coisas. Os editoriais continuavam afirmando que o autossacrifício era o caminho para o progresso futuro, que a ganância era o inimigo, que o amor era a solução, com frases gastas de uma doçura doentia, como o cheiro de éter de um hospital.

Por todo o país, corriam boatos cochichados com um terror cético. No entanto, as pessoas continuavam a ler os jornais e a agir como se acreditassem no que liam, cada uma querendo mostrar que estava mais calada que a outra, cada uma fingindo que não sabia o que sabia, cada uma tentando acreditar que o que não era mencionado não existia. Era como se um vulcão estivesse em plena erupção, e as pessoas ao sopé da montanha ignorassem as súbitas fissuras, a fumaça negra, a lava que escorria e continuassem acreditando que o único perigo seria reconhecer a realidade desses sinais.

"Ouçam a fala do Sr. Thompson sobre a crise mundial, no dia 22 de novembro!"

Era o primeiro reconhecimento do que não podia ser reconhecido. Os anúncios começaram a aparecer uma semana antes da data e eram repetidos com insistência por todo o país: "O Sr. Thompson vai falar ao povo a respeito da crise mundial! Ouçam o Sr. Thompson em todas as estações de rádio e televisão, em cadeia nacional, às 20 horas do dia 22 de novembro!"

De início, as primeiras páginas dos jornais e os gritos dos locutores de rádio explicavam: "Para combater os temores e os boatos espalhados pelos inimigos do povo, o Sr. Thompson vai falar à nação no dia 22 de novembro, apresentando um relatório completo sobre a situação mundial neste momento solene de crise global. O Sr. Thompson dará fim às forças sinistras que querem nos manter no terror e no desespero. Ele trará luz às trevas do mundo e nos mostrará como resolver nossos problemas trágicos – uma solução severa, tal como pede a gravidade do momento, porém gloriosa, tal como convém ao renascer da luz. O discurso do Sr. Thompson será transmitido por todas as estações de rádio deste país e dos países do mundo que ainda estão ao alcance das ondas radiofônicas."

Então o coro explodiu, avolumando-se a cada dia que passava. "Ouçam o Sr. Thompson no dia 22 de novembro!", diziam as manchetes diárias. "Não esqueça o Sr. Thompson no dia 22 de novembro!", alardeavam as estações de rádio ao fim de cada programa. "O Sr. Thompson dirá a verdade!", afirmavam as placas colocadas nos ônibus e nos metrôs, depois nas paredes dos edifícios e em cartazes situados em estradas desertas.

"Não se desespere! Ouça o Sr. Thompson!", proclamavam as bandeirolas desfraldadas por todos os carros oficiais. "Não desista! Ouça o Sr. Thompson!", incitavam as faixas colocadas em escritórios e lojas. "Tenha fé! Escute o Sr. Thompson!", bradavam vozes nas igrejas. "O Sr. Thompson lhe dará a resposta!", escreviam com fumaça no céu aviões do Exército – as letras se dissolviam no espaço, e apenas as duas últimas palavras permaneciam intactas quando a frase se completava.

Foram colocados alto-falantes nas praças de Nova York para a transmissão do discurso. De hora em hora eram ligados, roucos, no momento em que os relógios distantes davam as horas; e por sobre o ruído melancólico do trânsito, das multidões esfarrapadas, ouvia-se o grito estridente e mecânico de uma voz assustada: "Ouça o discurso do Sr. Thompson sobre a crise mundial, dia 22 de novembro!" – o grito rasgava o ar frio e desaparecia na névoa do alto dos edifícios, sob a página em branco de um calendário emudecido.

Na tarde de 22 de novembro, Taggart disse a Dagny que o Sr. Thompson queria que ela comparecesse a uma reunião antes do discurso.

– Em Washington? – perguntou ela, espantada, olhando para o relógio.

– Pelo visto, você não tem lido os jornais nem acompanhado os acontecimentos importantes. Não sabia que o Sr. Thompson vai fazer a transmissão de Nova York? Ele veio aqui para se reunir com os líderes da indústria e dos trabalhadores, e com cientistas, profissionais liberais, enfim, com as principais lideranças do país. Ele pediu que eu a levasse à reunião.

– Onde vai ser?

– No estúdio da estação de rádio.

– Eles não vão querer que eu fale a favor das políticas deles para toda a população, não é?

– Não se preocupe, eles não vão permitir que *você* chegue perto de um microfone! Só querem ouvir sua opinião, e você não pode se recusar: é uma emergência nacional, é um convite pessoal do Sr. Thompson! – Ele falava com impaciência, evitando o olhar de Dagny.

– A que horas vai ser a reunião?

– Às 19h30.

– É pouco tempo para uma reunião sobre uma emergência nacional, não é?

– O Sr. Thompson é um homem muito ocupado. Não vá querer discutir, criar dificuldades. Não entendo o que você...

– Está bem – disse ela, indiferente –, eu vou. – Acrescentou, pelo mesmo motivo que não gostaria de ir sem uma testemunha para uma reunião de gângsteres: – Mas vou levar Eddie Willers comigo.

Ele franziu o cenho por um instante, com mais aborrecimento do que ansiedade no rosto.

– Ah, está bem, se você faz questão – disse, dando de ombros.

Dagny foi para o estúdio da estação com Taggart de um lado, como um policial, e Willers do outro, como um guarda-costas. O rosto do irmão estava tenso e ressentido; o de Willers parecia resignado, porém ao mesmo tempo intrigado e curioso. Um cenário de paredes de papelão havia sido construído num canto daquele vão enorme e mal iluminado, um cenário que era um misto de sala de visitas majestosa e gabinete modesto, convencionalmente representados. Havia um semicírculo de poltronas vazias que lembrava o cenário para uma foto de álbum de família, com microfones pendurados como iscas em longos postes, como se para pescar entre as poltronas.

Os maiores líderes do país, em pé, em pequenos aglomerados nervosos, pareciam saldos à venda em uma loja falida: Dagny viu Wesley Mouch, Eugene Lawson, Chick Morrison, Tinky Holloway, o Dr. Floyd Ferris, o Dr. Simon Pritchett, Emma Chalmers (a mãe de Kip), Fred Kinnan e um punhado de empresários assustados, entre os quais a figura ao mesmo tempo constrangida e lisonjeada do Sr. Mowen, da Companhia de Chaves e Sinais, o qual representava, por incrível que parecesse, o papel de um gigante da indústria.

No entanto, quem mais a chocou foi o Dr. Robert Stadler. Dagny não imaginava que fosse possível um rosto envelhecer tanto em apenas um ano: aquela aparência de energia inesgotável, de entusiasmo juvenil desaparecera, e do rosto original só restavam as rugas de amargura e desprezo. Estava sozinho, isolado dos outros, e Dagny percebeu que ele a observava enquanto ela entrava. Parecia um homem que estava num prostíbulo e havia aceitado a natureza do lugar onde se encontrava, até o momento em que sua esposa aparecia de repente: era uma expressão de culpa se transformando em ódio. Então viu Robert Stadler, o cientista, se virar para o outro lado como se não a tivesse visto – como se, por se recusar a encarar um fato, este deixasse de existir.

O Sr. Thompson caminhava entre os grupos, falando com uma ou outra pessoa ao acaso, com aquele jeito nervoso de um homem de ação que sente desprezo pela obrigação de fazer discursos. Tinha na mão um maço de páginas datilografadas, que segurava como quem segura uma trouxa de roupas velhas prestes a serem jogadas fora.

Taggart o pegou de repente e disse, com uma voz alta e insegura:

– Sr. Thompson, gostaria de lhe apresentar minha irmã, a Srta. Dagny Taggart.

– Bondade sua vir até aqui, Srta. Taggart – disse o Sr. Thompson, apertando-lhe a mão como se ela fosse apenas mais uma eleitora do interior cujo nome ele jamais ouvira antes, e imediatamente se afastou.

– Onde é a reunião, Jim? – perguntou ela, olhando para o relógio, que era um enorme mostrador branco com um ponteiro negro que cortava os minutos em fatias, como uma faca, aproximando-se das 20 horas.

– Não posso fazer nada! Não sou eu que mando aqui! – exclamou ele, irritado.

Willers dirigiu a Dagny um olhar de espanto irritado, porém paciente, e se aproximou um pouco mais dela.

De um aparelho de rádio se ouvia um programa de marchas militares, transmitido de um outro estúdio. O som abafava as vozes nervosas e fragmentadas, os passos apressados e indecisos, as câmeras ruidosas sendo arrastadas para focalizar o cenário.

"Não deixem de assistir ao discurso do Sr. Thompson sobre a crise mundial às 20 horas!", gritou a voz marcial de um locutor de rádio quando o relógio já indicava 19h45.

– Vamos logo com isso, pessoal! – exclamou o Sr. Thompson, enquanto o rádio começava a transmitir mais uma marcha.

Faltavam 10 para as oito quando Chick Morrison, o condicionador do moral, que parecia estar no comando, gritou:

– Vamos, gente, vamos sentar, cada um em seu lugar!

Ele brandia um maço de papéis como se fosse uma batuta, indicando o círculo de poltronas agora fortemente iluminado.

399

O Sr. Thompson sentou-se pesadamente na poltrona central, como quem pega um lugar vazio no metrô.

Os assistentes de Morrison estavam arrebanhando a multidão e guiando-a em direção ao círculo de luz.

– Uma família feliz – explicava Morrison. – O país tem que nos ver como uma família grande e feliz... O que foi isso?

A música do rádio havia parado de repente, com um estalo, no meio de uma melodia alegre. Eram 19h51. Morrison deu de ombros e prosseguiu:

– Uma família grande, feliz, unida. Vamos, pessoal. Primeiro uns closes do Sr. Thompson.

O ponteiro do relógio continuava cortando fatias de minutos, enquanto os fotógrafos da imprensa tiravam fotos da cara azeda e impaciente do Sr. Thompson.

– O Sr. Thompson ficará sentado entre a ciência e a indústria! – anunciou Morrison. – Dr. Stadler, por favor, na poltrona à esquerda do Sr. Thompson. Srta. Taggart, por aqui, por favor, à direita do Sr. Thompson.

Stadler obedeceu. Dagny permaneceu imóvel.

– Não é só para a imprensa, é para o público da televisão – lhe explicou Morrison, como quem tenta persuadir.

Ela deu um passo à frente.

– Não vou participar desse programa – disse, num tom seco, dirigindo-se ao Sr. Thompson.

– Não? – perguntou ele, sem entender, com a mesma expressão que manifestaria se um dos vasos de flores de repente se recusasse a participar.

– Dagny, pelo amor de Deus! – gritou Taggart em pânico.

– O que há com ela? – perguntou o Sr. Thompson.

– Mas, Srta. Taggart! Por quê? – perguntou Morrison.

– Vocês todos sabem por quê – disse ela para os rostos ao seu redor. – É incrível vocês terem a coragem de tentar esse golpe outra vez.

– Srta. Taggart! – berrou Morrison quando ela se virou para ir embora. – É uma emergência na...

Então um homem correu em direção ao Sr. Thompson, e ela parou. Todos pararam – e a expressão do rosto daquele homem fez com que todos se calassem de repente. Era o engenheiro-chefe da estação, e era estranho ver aquela fisionomia de terror primitivo se debatendo contra os últimos vestígios de autocontrole civilizado.

– Sr. Thompson – disse ele –, talvez... talvez seja necessário adiar a transmissão.

– O quê!? – exclamou o Sr. Thompson.

O relógio indicava 19h58.

– Estamos tentando consertar, Sr. Thompson, estamos tentando descobrir o que é... mas talvez não dê tempo e...

– De que você está falando? O que houve?

– Estamos tentando localizar o...

– O que aconteceu?

– Não sei! Mas... nós... nós não conseguimos entrar no ar, Sr. Thompson.

Houve um momento de silêncio. Depois o Sr. Thompson perguntou, com uma voz anormalmente baixa:

– Você está maluco?

– Devo estar. Quem dera que estivesse. Não consigo entender. A estação está fora do ar.

– Problema técnico? – berrou o Sr. Thompson, pondo-se de pé com um salto. – Problema técnico numa hora dessas, seu idiota? Se é assim que você chefia esta estação...

O engenheiro-chefe sacudiu a cabeça lentamente, como um adulto que hesita em assustar uma criança.

– Não é só esta estação, Sr. Thompson – disse ele em voz baixa. – São todas as estações do país, pelo que pudemos averiguar. E não é nenhum problema técnico. Nem aqui nem em lugar nenhum. O equipamento está em perfeito estado, e nas outras estações também, mas... mas todas as estações de rádio saíram do ar às 19h51, e... ninguém consegue descobrir o motivo.

– Mas... – exclamou o Sr. Thompson. Então parou, olhou ao redor e gritou: – Logo hoje! Você não pode deixar uma coisa dessas acontecer hoje! Você tem que dar um jeito de transmitir o meu discurso!

– Sr. Thompson – disse o homem lentamente –, ligamos para o Instituto Científico Nacional. Eles... eles nunca viram nada igual. Disseram que pode ser um fenômeno natural, algum distúrbio cósmico que nunca aconteceu antes, que...

– Só que o quê?

– Mas eles não acham que seja isso, não. Nem nós. Eles dizem que parecem ter sido ondas de rádio, só que de uma frequência nunca produzida antes, jamais observada em parte alguma, jamais descoberta por ninguém.

Ninguém disse nada. Após um momento, o engenheiro-chefe prosseguiu, com uma voz estranhamente solene:

– Parece uma muralha de ondas radiofônicas bloqueando o ar, e não conseguimos atravessá-la, não conseguimos rompê-la... E o pior é que não conseguimos localizar a fonte, por nenhum de nossos métodos convencionais... Elas parecem vir de um transmissor que... que faz com que todos os transmissores que conhecemos pareçam brincadeira de criança!

– Mas isso não é possível! – O grito veio de trás do Sr. Thompson, e todos se viraram para ver de quem ele partira, surpresos com o tom de terror que havia nele. Quem gritara fora o Dr. Stadler. – Isso não existe! Não há ninguém no mundo capaz de fazer isso!

O engenheiro-chefe abriu os braços.

– É esse o problema, Dr. Stadler – disse com uma voz cansada. – Não pode ser. Não devia ser possível. Mas existe.

– Bem, façam alguma coisa! – disse o Sr. Thompson para ninguém em particular.

Ninguém disse nada nem se mexeu.

– Eu não admito isso! – exclamou o Sr. Thompson. – Não admito! Logo hoje! Eu tenho que fazer esse discurso! Faça alguma coisa! Dê um jeito nisso, seja o que for! É uma ordem!

O engenheiro-chefe lhe dirigia um olhar vazio.

– Vou despedir todos vocês por causa disso! Vou despedir todos os engenheiros eletrônicos do país! Vou botar toda a sua categoria no banco dos réus, acusada de sabotagem, deserção e traição! Você está me ouvindo? Agora faça alguma coisa, seu desgraçado! Faça alguma coisa!

O engenheiro-chefe o olhava impassível, como se as palavras não exprimissem mais nada.

– Não haverá ninguém aqui capaz de obedecer a uma ordem? – gritou o Sr. Thompson. – Não restará mais nenhum cérebro no país?

O relógio marcava 20 horas.

"Senhoras e senhores", disse uma voz vinda do rádio, uma voz de homem límpida, calma e implacável, o tipo de voz que há anos não se ouvia no rádio, "o Sr. Thompson não vai lhes falar esta noite. O tempo dele se esgotou. Eu o assumi. Foi-lhes anunciado um discurso a respeito da crise mundial. É isso que vão ouvir."

Três interjeições soaram em reconhecimento àquela voz, mas ninguém conseguiu percebê-las em meio aos ruídos da multidão, que já não estava mais em condições nem de gritar. Uma das interjeições era de triunfo; a outra, de terror; a terceira, de surpresa. Três pessoas haviam reconhecido aquela voz: Dagny, o Dr. Stadler e Eddie Willers. Ninguém olhou para Willers, porém Dagny e o Dr. Stadler se entreolharam. Ela viu que o rosto do cientista estava distorcido por um terror malévolo quase intolerável. Stadler sabia que Dagny sabia e que ela o olhava como se o homem que falara no rádio houvesse esbofeteado o rosto dele.

"Há 12 anos vocês perguntam: 'Quem é John Galt?' Bem, quem está falando é John Galt. Eu sou o homem que ama a vida. Sou o homem que não sacrifica seu amor nem seus valores. Sou o homem que os privou de vítimas e, portanto, destruiu seu mundo, e, se vocês querem saber por que estão sendo destruídos – vocês que odeiam o conhecimento –, eu sou aquele que vai lhes dizer por quê."

O engenheiro-chefe foi o único que conseguiu se mover. Correu até um televisor e o ligou nervosamente. Porém a tela permanecia em branco: o homem resolvera não ser visto. Apenas sua voz preenchia as frequências radiofônicas do país – *Do mundo*, pensou o engenheiro--chefe –, como se estivesse falando ali, naquela sala, dirigindo-se não a um grupo, e sim a um homem. Não era o tom de quem se dirige a pessoas reunidas, e sim a uma mente.

"Vocês ouvem dizer que vivemos uma era de crise moral. Vocês mesmos já disseram isso, com um misto de medo e esperança de que essas palavras nada signifiquem. Exclamam que os pecados do homem estão destruindo o mundo e maldizem a natureza humana por ela se recusar a exercer as virtudes que exigem dela. Como para vocês virtude é sacrifício, exigem cada vez mais sacrifícios a cada desastre que acontece. Em nome de uma volta à moralidade, vocês sacrificaram todos aqueles males que consideravam ser a causa de seu sofrimento. Sacrificaram a justiça em nome da piedade. Sacrificaram a independência em nome da unidade. Sacrificaram a razão em nome da fé. Sacrificaram a riqueza em nome da necessidade. Sacrificaram o amor-próprio em nome do autossacrifício. Sacrificaram a felicidade em nome do dever.

"Vocês destruíram tudo aquilo que consideravam mau e atingiram tudo o que consideravam bom. Por que então lhes causa horror o mundo que os cerca? Este mundo não é produto de seus pecados, e sim produto e imagem de suas virtudes. É o seu ideal moral concretizado na íntegra, na sua total perfeição. Vocês lutaram por isso, sonharam com isso, desejaram isso, e eu... eu sou o homem que satisfez esse seu desejo.

"Seu ideal tinha um inimigo implacável, que seu código moral tinha por objetivo destruir. Eu afastei esse inimigo. Eu o retirei da sua frente e do seu alcance. Retirei a fonte de todos os males que vocês sacrificavam, um por um. Pus fim à sua luta. Parei o seu motor. Privei seu mundo da mente humana.

"Vocês afirmam que o homem não vive de sua mente? Pois retirei do mundo os homens que o fazem. Vocês dizem que a mente é impotente? Pois retirei do mundo aqueles cujas mentes não o são. Afirmam que há valores mais elevados do que a mente? Pois retirei do mundo aqueles para quem não há.

"Enquanto arrastavam para seus altares de sacrifício os homens justos, independentes, racionais, ricos e cheios de amor-próprio, fui mais rápido do que vocês e os alcancei antes. Eu lhes disse a natureza do jogo que estavam jogando e do seu código moral, que eles eram generosos e inocentes demais para compreender. Mostrei-lhes como viver com base numa outra moralidade – a minha. Eles optaram por obedecer a ela.

"Todos os homens que desapareceram, os homens que vocês detestavam, porém temiam perder, fui eu quem os retirou do seu mundo. Não tentem nos encontrar. Não queremos ser encontrados. Não digam que é nosso dever servi-los. Não reconhecemos esse dever. Não digam que pertencemos a vocês. Não é verdade. Não nos peçam para voltar. Estamos em greve, nós, os homens possuidores de mentes.

"Estamos em greve contra o autossacrifício. Estamos em greve contra a doutrina de recompensas imerecidas e deveres não recompensados. Estamos em greve contra o dogma de que desejar a felicidade para si próprio é algo mau. Estamos em greve contra a doutrina de que a vida é culpa.

"Há uma diferença entre a nossa greve e todas aquelas que vocês vêm fazendo há séculos: a nossa consiste não em fazer exigências, e sim em atender exigências. Somos maus, segundo a sua moralidade. Resolvemos não lhes fazer mais mal. Somos inúteis, de acordo com a sua economia. Resolvemos não explorá-los mais. Somos perigosos e merecemos viver acorrentados, segundo a sua política. Resolvemos não ameaçá-los, nem continuar a usar essas correntes. Somos apenas uma ilusão, segundo a sua filosofia. Resolvemos não cegá-los mais e deixá-los livres para encarar a realidade – a realidade que vocês queriam, o mundo tal qual o veem agora, um mundo sem mente.

"Concedemos tudo o que vocês exigiam de nós, nós que sempre lhes demos tudo, mas só agora o compreendemos. Não temos exigências a lhes fazer, não apresentamos quaisquer propostas de negociação, nenhuma solução conciliatória. Vocês não têm nada a nos oferecer. Não precisamos de *vocês*.

"Então agora vocês estão gritando. Não, não era isso que vocês queriam? Então um mundo sem mente, um mundo de ruínas não era seu objetivo? Vocês não queriam que nós os abandonássemos? Seus canibais, sei que vocês sempre souberam o que queriam. Mas agora a brincadeira terminou, porque agora nós também sabemos.

"Durante séculos de pragas e catástrofes, causadas pelo seu código moral, vocês vêm exclamando que seu código foi violado, que as pragas eram castigos por causa dessas violações, que o homem era fraco e egoísta demais para derramar todo o sangue que esse código exigia. Vocês amaldiçoavam o homem, condenavam a existência, abominavam esta Terra, mas jamais ousaram questionar seu código. Suas vítimas assumiam a culpa e continuavam a trabalhar, recebendo suas maldições como recompensa pelo seu martírio, enquanto vocês continuavam a choramingar, dizendo que seu código era nobre, apenas a natureza humana não era boa o suficiente para praticá-lo. E ninguém levantou a voz para perguntar: 'Bem, por quais padrões?'

"Vocês queriam conhecer a identidade de John Galt. Eu sou o homem que fez essa pergunta.

"Sim, é verdade que vivemos numa época de crise moral. Sim, é verdade que vocês estão sendo punidos pelo mal que cometeram. Mas não é o homem que está sendo julgado, não é a natureza humana que vai ser julgada culpada. É o seu código moral que finalmente chegou ao clímax, ao beco sem saída que é seu destino. E, se vocês querem continuar vivos, o que precisam fazer agora não é *voltar* à moralidade – visto que jamais conheceram o que tal coisa significa –, e sim *descobri-la*.

"Os únicos conceitos de moralidade que conhecem são o místico e o social. Vocês aprenderam que a moralidade é um código de comportamento imposto pelo capricho de um poder sobrenatural ou da sociedade para servir os desígnios de Deus ou o bem-estar do próximo, para agradar a uma autoridade do outro mundo ou da casa ao lado – mas não para servir à própria vida e ao próprio prazer. Vocês aprenderam que o seu próprio prazer se encontra na imoralidade, os seus próprios interesses residem no mal, e que todo código moral tem que ser voltado não *para* vocês, mas *contra* vocês, não para promover a vida, mas para abatê-la.

"Durante séculos, a luta da moralidade foi travada entre aqueles que afirmavam que a sua vida pertence a Deus e aqueles que afirmavam que ela pertence ao próximo. Entre aqueles que pregavam que o bem é se sacrificar em nome de fantasmas no céu e aqueles que pregavam que o bem é se sacrificar em nome dos incompetentes na Terra. E ninguém veio para lhes dizer que a sua vida pertence a vocês e que o bem consiste em vivê-la.

"Ambas as partes em conflito estavam de acordo quanto a uma coisa: a moral exige que se abandone o interesse próprio e a mente. A moral e a vida prática são conflitantes. A moralidade não faz parte do domínio da razão, e sim da fé e da força. Ambas as partes concordavam que não é possível haver uma moralidade racional, que não há certo e errado na razão – que na razão não há razão para se agir conforme a moral.

"Ainda que brigassem por vários motivos, todos os moralistas se uniam na luta contra a mente do homem. Era a mente do homem que todos os sistemas e dogmas deles visavam saquear e destruir. Agora vocês têm que optar: ou morrer ou aprender que ser contra a mente é ser contra a vida.

"A mente do homem é o instrumento básico de sua sobrevivência. A vida lhe é concedida, mas não a sobrevivência. Seu corpo lhe é concedido, mas não o seu sustento. Sua mente lhe é concedida, mas não o seu conteúdo. Para permanecer vivo, ele tem de agir, e, para que possa agir, tem de conhecer a natureza e o propósito de sua ação. Ele não pode se alimentar sem conhecer qual é seu alimento e como tem de agir para obtê-lo. Não pode cavar um buraco, nem construir um cíclotron, sem conhecer seu objetivo e os meios de atingi-lo. Para permanecer vivo, ele tem de pensar.

"Mas pensar é um ato de escolha. A chave daquilo que vocês denominam, com tanta leviandade, 'natureza humana', o segredo de polichinelo com que vocês convivem, porém não ousam assumir, é o fato de que *o homem é um ser cuja consciência tem poder de escolha*. A razão não atua automaticamente. Pensar não é um processo mecânico. As conexões lógicas não são feitas por instinto. A função do estômago, dos pulmões, do coração é automática, mas a função da mente não é. A qualquer momento, em qualquer etapa da vida, vocês são livres para pensar ou se esquivar do esforço de pensar. Porém não são livres para escapar da sua natureza, do fato de que *a razão* é o seu meio de sobrevivência – de modo que para *vocês*, como seres humanos, a questão do 'ser ou não ser' é a questão de 'pensar ou não pensar'.

"Um ser cuja consciência tem poder de escolha não possui um curso automático de comportamento. Ele precisa de um código de valores para orientar seus atos. 'Valor' é aquilo que se age para ganhar ou conservar; 'virtude' é o ato por meio do qual se ganha ou se conserva o valor. 'Valor' pressupõe uma resposta à pergunta: valor para quem e por quê? Pressupõe um padrão, um objetivo e a necessidade de ação em oposição a uma alternativa. Onde não há alternativas não pode haver valores.

"Só há duas alternativas fundamentais no universo – existência ou não existência –, que só se aplicam a uma única classe de entidades: os organismos vivos. A existência da matéria inanimada é incondicional, mas a existência da vida não é: ela depende de um curso de ação específico. A matéria é indestrutível, muda de forma, mas não pode deixar de existir. É apenas o organismo vivo que se defronta com duas alternativas constantes: vida ou morte. A vida é um processo de ação que se autossustenta e gera a si própria. Se um organismo fracassa nesse processo, ele morre. Os elementos químicos que o compõem permanecem, mas a vida desaparece. É apenas o conceito de 'vida' que torna possível o conceito de 'valor'. Só para um ser vivo as coisas podem ser boas ou más.

"A planta precisa de alimento para viver. O sol, a água, as substâncias químicas de que ela precisa são os valores que a natureza dela a faz buscar. Sua vida é o padrão de valor que orienta seus atos. Mas a planta não pode escolher um curso de ação. Há alternativas nas condições que ela encontra, porém não nas suas funções: ela age automaticamente para preservar sua vida e não pode agir em prol de sua autodestruição.

"O animal possui meios que lhe possibilitam preservar sua vida. Seus sentidos lhe oferecem um código de ação automático, um conhecimento automático do que é bom ou mau. Ele não tem o poder de aumentar esse conhecimento nem de se esquivar dele. Quando seu conhecimento se revela inadequado, ele morre. Porém, enquanto está vivo, ele age com base em seu conhecimento, com segurança automática e sem poder de escolha. Ele é incapaz de ignorar seu próprio bem, de optar pelo mal e agir para destruir a si próprio.

"O homem não possui nenhum código de sobrevivência automático. O que o distingue de todos os outros seres vivos é a necessidade de agir em face de alternativas por meio da *escolha de sua vontade*. Ele não possui um conhecimento automático do que é bom ou mau para ele, de quais são os valores em que se baseia sua vida, de que curso de ação tais valores precisam. Vocês vivem falando em instinto de autopreservação, não é? Pois *instinto* de autopreservação é justamente aquilo que o homem não tem. 'Instinto' é uma forma de conhecimento automática e infalível. Um desejo não é um instinto. Um desejo de viver não dá a vocês o conhecimento necessário para viver. E até mesmo o desejo de viver do homem não é automático: o mal secreto de que são culpados hoje é justamente o fato de que vocês *não* têm este desejo. O seu medo de morrer não é amor à vida e não lhes dará o conhecimento necessário à preservação dela. O homem é obrigado a adquirir conhecimentos e a optar entre cursos de ação por meio de um processo de raciocínio, processo esse que a natureza não pode obrigá-lo a utilizar. O homem tem o poder de agir em prol de sua autodestruição – e é assim que ele vem agindo durante a maior parte da sua história.

"Um ser vivo que considerasse mau o seu meio de sobrevivência não poderia sobreviver. Uma planta que se esforçasse para destruir suas raízes ou uma ave que tentasse quebrar as próprias asas não permaneceriam muito tempo vivas. Porém a história do homem tem sido uma luta voltada para a negação e a destruição de sua mente.

"Afirma-se que o homem é um ser racional, porém a racionalidade é uma questão de opção – e as alternativas que sua natureza lhe oferece são estas: um ser racional ou um animal suicida. O homem tem que ser homem – por escolha, ele tem que ter sua vida como um valor; por escolha, tem que aprender a preservá-la; por escolha; tem que descobrir os valores que ela requer e praticar suas virtudes. Por *escolha*.

"Um código de valores aceito por escolha é um código moral.

"Sejam vocês quem forem, vocês que estão me ouvindo agora, estou me dirigindo ao que restar de incorrupto em vocês, ao vestígio de humanidade, à sua *mente*. E digo: existe, sim, uma moralidade da razão, uma moralidade própria ao homem, e *a vida do homem* é o seu padrão de valor.

"Tudo aquilo que é apropriado à vida de um ser racional é bom; tudo aquilo que a destrói é mau.

"A vida do homem, tal como exige sua natureza, não é a vida de um brutamontes irracional, de um marginal saqueador nem de um místico parasitário, e sim a vida de um ser pensante. Não uma vida por meio da força nem da fraude, e sim por meio da realização. Não a sobrevivência a qualquer preço, visto que há apenas um preço que paga a sobrevivência do homem: a razão.

"A vida do homem é o *padrão* da moralidade, mas a própria vida é o *objetivo* dela. Se a existência na Terra é a sua meta, vocês têm que escolher seus atos e valores com base no padrão daquilo que é próprio ao homem – com o objetivo de preservar, concretizar e desfrutar o valor insubstituível que é a sua vida.

"Como a vida exige um curso de ação específico, qualquer outro caminho a destruirá. Um ser que não tenha a própria vida como motivo e meta de seus atos age com o motivo e o padrão da *morte*. Um ser assim é metafisicamente monstruoso, um ser que luta para se opor, negar e contradizer o fato de sua própria existência, correndo às cegas numa trilha de destruição, incapaz de gerar o que quer que seja que não a dor.

"A felicidade é o estado de sucesso da vida; a dor é um agente da morte. A felicidade é aquele estado da consciência que decorre da realização dos valores que se tem. Uma moralidade que ousa lhes dizer que vocês devem procurar a felicidade na renúncia à sua felicidade – valorizar o fracasso de seus valores – é uma insolente negação da moralidade. Uma doutrina que lhes dá como ideal o papel de animal a ser sacrificado em holocausto no altar dos outros lhes dá a *morte* como padrão. Por obra e graça da realidade e da natureza da vida, o homem – todo homem – é um fim em si, existe por si, e a realização de sua própria felicidade é seu mais elevado objetivo moral.

"Mas nem a vida nem a felicidade podem ser alcançadas pela busca de caprichos irracionais. Assim como o homem é livre para tentar sobreviver de qualquer maneira aleatória – mas há de morrer se não viver de acordo com as exigências de sua natureza –, ele também é livre para buscar sua felicidade em qualquer fraude irracional. Nesse caso, porém, a tortura da frustração é tudo o que ele encontrará, a menos que busque a felicidade própria do homem. O objetivo da moralidade é ensinar não a sofrer e morrer, e sim a gozar a vida e viver.

"Deixem de lado esses parasitas de salas de aula subsidiadas que vivem dos lucros das mentes de outrem e proclamam que o homem não precisa de moralidade, nem de valores, nem de códigos de comportamento. Eles, que se fazem passar por cientistas e afirmam que o homem não passa de um animal, não o incluem na lei da existência que concedem ao mais humilde inseto. Eles reconhecem que toda espécie de ser vivo tem um modo de sobrevivência exigido por sua natureza e não afirmam que um peixe é capaz de viver fora d'água nem que um cão pode viver sem seu olfato, porém declaram que o homem, o mais complexo dos seres, pode sobreviver de qualquer maneira imaginável, não tem identidade nem natureza e pode perfeitamente viver com seu meio de sobrevivência destruído, sua mente sufocada e colocada à disposição de quaisquer ordens que resolvam dar.

"Deixem de lado todos esses místicos corroídos pelo ódio, que se fazem passar por amigos da humanidade e pregam que a mais elevada virtude de que o homem é capaz é não dar valor à própria vida. Eles lhes dizem, por acaso, que o objetivo da moralidade é refrear o instinto humano de autopreservação? É para a própria preservação que o homem precisa de um código moral. O único homem que deseja agir segundo a moralidade é o homem que deseja viver.

"Não, vocês não são obrigados a viver. Essa é a sua escolha básica. Mas, se optam por viver, então são obrigados a levar a vida como homens – por suas ações e pelos juízos de sua mente.

"Não, não são obrigados a viver como homens; esse é um ato de escolha moral. Mas vocês não podem viver como nenhuma outra coisa – e a alternativa é esse estado de morto-vivo que agora veem dentro de si próprios e ao seu redor, esse estado de coisa incapaz de existir, que não é mais humano e é algo menos que um animal, que só conhece a dor e se arrasta na agonia da autodestruição irracional.

"Não, vocês não são obrigados a pensar; esse é um ato de escolha moral. Mas alguém teve de pensar para mantê-los vivos. Se vocês optam pela inconsequência, fraudam a existência e repassam essa dívida para algum homem moralmente correto, na esperança de que ele quite sua dívida para que vocês possam sobreviver ao próprio mal.

"Não, vocês não são obrigados a ser homens, mas hoje em dia aqueles que o são não estão mais aí. Eu retirei do mundo de vocês seus meios de sobrevivência: as suas vítimas.

"Se querem saber como fiz isso e o que eu disse a essas pessoas para fazê-las desistir, ouçam o que digo. Basicamente, eu lhes disse o que estou dizendo a vocês agora. Eram homens que haviam sempre seguido o meu código, porém não tinham consciência da grande virtude que esse código representa. O que lhes ofereci não foi uma reavaliação, mas apenas a identificação de seus valores.

"Nós, os homens possuidores de mentes, estamos em greve contra vocês em nome de um único axioma, que é a raiz de nosso código moral, do mesmo modo como a raiz do de vocês é o desejo de se esquivar dele: o axioma segundo o qual *a existência existe*.

"A existência existe, e o ato de apreender essa afirmação implica dois axiomas corolários: que existe algo que se percebe, e que aquele que percebe existe como possuidor de uma consciência, sendo esta a faculdade de perceber aquilo que existe.

"Se nada existe, não pode haver consciência: uma consciência que não tenha nada de que possa ser consciente é uma contradição. Uma consciência consciente apenas de si própria é uma contradição: para que possa se identificar com a consciência, ela tem de previamente ser consciente de algo. Se aquilo que se afirma perceber não existe, o que se tem não é consciência.

"Qualquer que seja o grau de conhecimento que se tem, estas duas coisas – existência e consciência – são axiomas inevitáveis; são os elementos básicos irredutíveis e imprescindíveis a toda e qualquer ação empreendida, em qualquer parte do conhecimento e em sua totalidade, desde o primeiro raio de luz que se percebe ao nascer até a mais vasta erudição que se pode ter adquirido ao fim da vida. Quer se conheça a forma de um seixo, quer a estrutura de um sistema solar, os axiomas permanecem os mesmos: *a coisa existe* e vocês *a conhecem*.

"Existir é ser alguma coisa, em oposição ao nada da não existência. É ser uma entidade de natureza específica dotada de atributos específicos. Há séculos, o homem que foi o maior dos filósofos, apesar de seus erros, enunciou a fórmula que define o conceito de existência e a regra de todo conhecimento: *A é A*. Uma coisa é o que é. Vocês jamais apreenderam o significado dessa afirmação. Estou aqui para completá-la: a Existência é Identidade, a Consciência é Identificação.

"Seja o que for o que se quer considerar, um objeto, um atributo ou uma ação, a lei da identidade permanece a mesma: Uma folha não pode ser uma pedra ao mesmo tempo que é uma folha; não pode ser toda vermelha e toda verde ao mesmo tempo e não pode congelar e queimar simultaneamente. A é A.

"Vocês gostariam de saber o que há de errado no mundo? Todos os desastres que destruíram seu mundo decorreram da tentativa de seus líderes de fugir do fato de que A é A. Todo o mal secreto que vocês temem encarar dentro de si mesmos e toda a dor que sofreram decorreram da sua tentativa de fugir do fato de que A é A. O objetivo daqueles que lhes ensinaram a fugir desse fato era fazê-los esquecer que o Homem é o Homem.

"O homem só pode sobreviver adquirindo conhecimento, e a razão é seu único meio de conseguir tal coisa. A razão é a faculdade que percebe, identifica e integra os dados fornecidos pelos sentidos do homem. A tarefa dos sentidos é dar a ele a prova de que ele existe, porém a tarefa de identificar sua existência cabe à sua razão. Seus sentidos lhe dizem apenas que algo *é*, mas sua mente tem que aprender *o que* aquilo que é é.

"Toda atividade racional é um processo de identificação e integração. O homem, por exemplo, percebe uma mancha colorida. Ao integrar os dados fornecidos por sua visão e seu tato, ele aprende a identificá-la como um objeto sólido. Aprende a identificar que tal objeto é uma mesa. Aprende que a mesa é feita de madeira; que a madeira consiste em células, que as células consistem em moléculas, que as moléculas consistem em átomos. No decorrer de todo esse processo, a tarefa de sua mente se resume em dar respostas a uma única pergunta: *O que é?* O meio de que dispõe para determinar a verdade de suas respostas é a lógica, e esta se baseia no axioma de que a existência existe. A lógica é a arte da *identificação não contraditória*. Uma contradição não pode existir. Um átomo é o que é, e o universo também; nem um nem outro podem contradizer sua própria identidade; tampouco pode uma parte contradizer o todo. Nenhum conceito formado pelo homem é válido a menos que ele o integre sem contradição no somatório de seu conhecimento. Chegar a uma contradição é confessar um erro de raciocínio; manter uma contradição é abdicar da própria mente e se exilar do domínio da realidade.

"A realidade é aquilo que existe. O irreal não existe – é apenas a *negação* da existência, que é o conteúdo de uma consciência humana que tenta abandonar a razão. A verdade é o reconhecimento da realidade e a razão é o único meio de conhecimento de que dispõe o homem, seu único padrão de verdade.

"A pergunta mais perversa que vocês podem fazer agora é: A razão *de quem*? A resposta é: a sua. Por maior ou menor que seja a soma dos seus conhecimentos, é a sua própria mente que tem de adquiri-los. Vocês só podem trabalhar com os seus próprios conhecimentos. São apenas os seus próprios conhecimentos que vocês podem afirmar possuir ou podem pedir que os outros levem em consideração. A sua mente é o seu único juiz da verdade – e, se os outros discordam do seu veredicto, a realidade é a última instância de apelação. Nada senão a mente de um homem pode realizar aquele processo complexo, delicado e crucial de identificação que é o pensamento. Nada senão seu próprio discernimento pode orientar esse processo. Nada senão sua integridade moral pode orientar seu discernimento.

"Vocês falam em 'instinto moral' como se fosse algum atributo independente que se opusesse à razão. A razão do homem é sua faculdade moral. Um processo racional é um processo de escolha constante em resposta à pergunta: verdadeiro ou falso? *Certo ou errado?* Uma semente deve ser plantada na terra para germinar – certo ou errado? Uma ferida deve ser desinfetada para salvar a vida do ferido – certo ou errado? A natureza da eletricidade atmosférica permite que ela seja convertida em energia cinética – certo ou errado? Foram as respostas dadas a perguntas desse tipo que lhes deram tudo o que vocês têm agora – e as respostas vieram de uma mente humana, uma mente intransigentemente dedicada àquilo que é *certo*.

"Um processo racional é um processo *moral*. Vocês podem cometer um erro em qualquer momento desse processo, tendo como única proteção o seu próprio rigor, ou então vocês podem tentar falsear o processo, utilizar dados falsos e se esquivar do esforço da busca – mas, se a dedicação à verdade é o que caracteriza a moralidade, então não existe uma forma de dedicação maior, mais nobre e mais heroica do que o ato de assumir a responsabilidade de pensar.

"Aquilo que vocês denominam alma ou espírito é a sua consciência, e o que denominam livre-arbítrio é a liberdade que sua mente tem de pensar ou não, a única vontade que vocês têm, sua única liberdade, a escolha que determina todas as escolhas que vocês fazem, que determina a sua vida e o seu caráter.

"Pensar é a única virtude básica do homem, da qual todas as outras decorrem. É seu vício básico, a fonte de todos os seus males. É aquele ato sem nome que todos vocês praticam, porém se esforçam para jamais admitir: o ato de silenciar, de suspender voluntariamente a própria consciência, de se recusar a pensar. Não ser cego, mas se recusar a ver; não ser ignorante, mas se recusar a saber. É o ato de tirar de foco a mente e induzir uma névoa interior para fugir da responsabilidade do discernimento – com base na premissa jamais expressa de que uma coisa deixa de existir se vocês se recusarem a identificá-la, de que A não é A enquanto não pronunciarem o veredicto 'A é A'. O não pensar é um ato de aniquilamento, um desejo de negar a existência, uma tentativa de apagar a realidade. Porém a existência existe; a realidade não se deixa apagar, mas acaba apagando aquele que deseja apagá-la. Quem se recusa a dizer 'É' se recusa a dizer 'Sou'. Quem não utiliza seu discernimento nega a si próprio. O homem que afirma 'Quem sou eu para saber?' está afirmando: 'Quem sou eu para viver?'

"Esta, a qualquer momento, em qualquer questão, é a sua escolha moral básica: pensar ou não pensar, existência ou não existência, A ou não A, entidade ou zero.

"Na medida em que um homem é racional, a vida é a premissa que orienta seus atos. Na medida em que ele é irracional, a premissa que orienta seus atos é a morte.

"Vocês que dizem que a moralidade é social e que o homem não precisaria de moralidade numa ilha deserta, saibam que é numa ilha deserta que ela seria mais necessária. Se o homem tentar afirmar, sem haver vítimas para pagar por ele, que uma pedra é uma casa, que a areia é roupa, que a comida cairá na sua boca sem que ele precise se esforçar, que amanhã ele terá uma colheita mesmo devorando todo o seu grão hoje, a realidade o apagará, tal como ele merece. A realidade lhe mostrará que a vida é um valor a ser comprado e que o pensamento é a única moeda nobre o bastante para comprá-la.

"Se eu quisesse utilizar a sua linguagem, diria que o único mandamento moral do homem é: 'Pensarás.' Porém um 'mandamento moral' é uma contradição. A moral é o escolhido, não o forçado; é o compreendido, não o obedecido. A moral é o racional, e a razão não aceita mandamentos.

"A minha moralidade, a moralidade da razão, está contida num único axioma: a existência existe – e numa única escolha: viver. O restante decorre dessas duas coisas. Para viver, o homem precisa de três coisas como valores supremos e dominadores de sua vida: razão, determinação e amor-próprio. Razão, seu único instrumento para adquirir conhecimento; determinação, sua escolha da felicidade que esse instrumento busca realizar; amor-próprio, sua certeza inabalável de que sua mente tem competência para pensar e sua pessoa merece a felicidade, ou seja: merece viver. Esses três valores implicam e requerem todas as virtudes do homem, e todas elas decorrem da relação entre existência e consciência: racionalidade, independência, integridade, honestidade, justiça, produtividade, orgulho.

"Racionalidade é o reconhecimento do fato de que a existência existe, de que nada pode alterar a verdade e nada pode ter mais valor do que o ato de perceber a verdade, o pensamento de que a mente é o único árbitro de valores e único guia para a ação; de que a razão é um absoluto que não admite transigências; de que uma concessão ao irracional invalida a consciência e a faz falsificar a realidade ao invés de percebê-la; de que a fé, esse suposto atalho que leva ao conhecimento, é apenas um curto-circuito que destrói a mente; de que a aceitação de uma invenção mística é um desejo de aniquilamento da existência que aniquila a consciência.

"Independência é o reconhecimento do fato de que a responsabilidade de discernir é sua e nada pode ajudá-los a se esquivar dessa responsabilidade; de que nenhum substituto pode pensar por vocês; de que nenhum substituto pode viver a sua vida; de que a forma mais vil de autodegradação e autodestruição é subordinar a sua mente à de outro, aceitar uma autoridade sobre seu cérebro, aceitar as afirmações de outro como fatos, suas opiniões como verdades, seus decretos como intermediários entre sua consciência e sua existência.

"Integridade é o reconhecimento do fato de que vocês não podem falsificar a sua consciência, do mesmo modo que honestidade é o reconhecimento do fato de que vocês não podem falsificar a existência; de que o homem é uma entidade indivisível, uma unidade integrada de dois atributos – matéria e consciência –, e que ele não pode admitir uma ruptura entre corpo e mente, entre ato e pensamento, entre sua vida e suas convicções; de que, como um juiz que não dá importância à opinião pública, ele não pode sacrificar suas convicções em prol dos desejos dos outros, ainda que seja a totalidade da humanidade a implorar ou a ameaçar; de que coragem e confiança são necessidades práticas, de que coragem é a forma prática de ser fiel à existência e à verdade, e confiança é a forma prática de ser fiel à própria consciência.

"Honestidade é o reconhecimento do fato de que o irreal é irreal e não pode ter valor, de que nem o amor nem a fama nem o dinheiro são valores quando obtidos de modo fraudulento; de que uma tentativa de adquirir um valor enganando a mente de outrem é um ato que eleva suas vítimas a uma posição acima da realidade, um ato por meio do qual vocês se tornam marionetes da cegueira das vítimas, escravos da condição delas de seres que não pensam e fogem da realidade, enquanto a inteligência, a racionalidade e a perceptividade delas passam a ser os inimigos que lhes inspiram medo; de que não interessa viver como dependente, principalmente quando se depende da estupidez dos outros, ou como um tolo cuja fonte de valores são os tolos que ele consegue enganar; de que honestidade não é um dever social, não é um sacrifício por amor aos outros, e sim a virtude mais profundamente egoísta que se pode praticar: é se recusar a sacrificar a realidade da própria existência em prol da consciência enganada dos outros.

"Justiça é o reconhecimento do fato de que não se pode falsear o caráter dos homens assim como não se pode falsear o caráter da natureza; de que é necessário julgar todos os homens de modo tão consciencioso quanto se julgam objetos inanimados, com o mesmo respeito pela verdade, a mesma visão incorruptível, pelo mesmo processo de identificação puro e *racional*; de que todo homem deve ser julgado por aquilo que *é* e tratado como tal; de que, do mesmo modo como não se paga mais por um pedaço de escória enferrujada do que por um de metal reluzente, assim também não se dá mais valor a um canalha do que a um herói; de que o seu julgamento moral é a moeda que paga os homens por suas virtudes e seus vícios, e esse pagamento exige de vocês uma honra tão escrupulosa quanto a que demonstram nas suas transações financeiras; de que não desprezar os vícios dos homens é um ato de falsificação moral, e não admirar as virtudes humanas é um ato de peculato; de que colocar qualquer outro interesse acima da justiça é desvalorizar a sua moeda moral e fraudar o bem em prol do mal, visto que somente o bem pode sair perdendo quando a justiça é fraudada, e somente o mal pode lucrar – e que o fundo do buraco no fim daquele caminho, o ato de falência moral, é punir os homens por suas virtudes e recompensá-los por seus vícios, que essa é a entrega à depravação total, a Missa Negra do culto à morte, a dedicação da consciência à destruição da existência.

"Produtividade é a aceitação da moralidade, o reconhecimento do fato de que vocês optam por viver; de que o trabalho produtivo é o processo por meio do qual a consciência do homem controla sua existência, um processo constante de aquisição de conhecimento, um dar forma à matéria para adequá-la aos objetivos que se tem, um processo de traduzir uma ideia em forma concreta, um refazer da Terra à imagem dos valores que se tem; de que *todo* trabalho é criativo, se feito por uma mente que pensa, e nenhum trabalho é criativo, se feito por um zero que se repete, num estupor desprovido de pensamento crítico, numa rotina aprendida com outrem; de que o seu trabalho deve ser escolhido por vocês, e as alternativas são tão múltiplas como é vasta a sua mente; de que nada mais lhes é possível e nada menos é humano; de que obter por meios desonestos um emprego acima das capacidades da sua mente é se tornar um macaco corroído pelo medo, que imita os movimentos dos outros e rouba o tempo dos outros, e aceitar um emprego que exige menos do que o máximo da sua capacidade mental é desligar seu motor e se condenar a um outro tipo de movimento: o apodrecimento; de que o seu trabalho é o processo de atingir os seus valores e perder a sua ambição pelos valores é perder a sua ambição de viver; de que seu corpo é uma máquina, mas a sua mente é o motorista, e vocês devem ir tão longe quanto ela puder levá-los, tendo a realização como meta da sua estrada; de que o homem que não tem objetivo é uma máquina que desce uma ladeira descontrolada, à mercê do primeiro pedregulho ou da primeira vala que encontrar; de que o homem que sufoca sua mente é uma máquina emperrada enferrujando aos poucos; de que o homem que deixa que um líder determine seu percurso é um veículo amassado sendo rebocado para o ferro-velho, e o homem que toma outro homem como sua meta é um mochileiro a quem nenhum motorista deve jamais dar carona; de que o seu trabalho é o objetivo da sua vida, e vocês jamais devem parar para qualquer assassino que se arrogue o direito de detê-los; de que qualquer valor que encontrem fora do seu trabalho, qualquer outra causa ou amor, só pode ser um viajante com quem desejem compartilhar sua viagem, dotado do próprio motor e seguindo a mesma direção de vocês.

"Orgulho é o reconhecimento do fato de que vocês mesmos são o seu mais elevado valor e, como todo valor, precisa ser merecido; de que, de todas as realizações que vocês podem concretizar, a que torna todas as outras possíveis é a criação do seu caráter; de que o seu caráter, os seus atos, as suas emoções são produtos das premissas da sua mente; de que, assim como o homem tem de produzir os valores físicos de que necessita para se manter vivo, ele também precisa adquirir os valores do caráter que tornam sua vida merecedora de existir; de que, assim como o homem é um ser que cria a própria riqueza, ele também cria a própria alma; de que não tendo consciência automática de seu amor-próprio, ele precisa fazer jus a esse sentimento, moldando sua alma à imagem de seu ideal moral, à imagem do Homem, o ser racional que nasce capaz de criar, porém tem de criar por escolha; de que a primeira precondição do amor-próprio é aquele radiante egoísmo da alma que deseja o que há de melhor em todas as coisas, nos valores da matéria e do espírito, uma alma que busca acima de tudo a conquista de sua própria perfeição moral, não tendo nenhum valor mais alto do que ela própria – e que a prova de que se atingiu o amor-próprio é constatar que a alma estremece de desprezo e rebeldia ante o papel de animal oferecido em sacrifício, ante a vil impertinência de qualquer doutrina que proponha imolar o valor insubstituível que é a sua consciência, e a glória incomparável que é a sua existência, em prol das evasivas cegas, da decadência e estagnação de outrem.

"Estão começando a ver quem é John Galt? Sou o homem que fez jus àquilo pelo qual vocês não lutaram, a coisa à que renunciaram, que traíram, corromperam, porém não conseguiram destruir totalmente, e que agora vocês escondem como seu segredo culposo, tendo que viver se desculpando para todo canibal profissional, para que ninguém descubra que, no âmago do ser, vocês ainda desejam dizer o que agora estou dizendo para toda a humanidade: me orgulho de meu valor e do fato de que quero viver.

"Esse desejo – que vocês têm, porém escondem por julgá-lo mau – é o único vestígio de bem que há em vocês, porém é preciso aprender a merecê-lo. O único objetivo moral do homem é a própria felicidade, mas apenas a própria virtude pode atingi-la. A virtude não é um fim em si. Ela não é sua própria recompensa, nem um sacrifício em prol do mal. *A vida* é a recompensa da virtude – e a felicidade é o objetivo e a recompensa da vida.

"Assim como seu corpo experimenta duas sensações fundamentais, o prazer e a dor, como sinais de que está bem ou mal, barômetro que indica suas alternativas básicas, vida ou morte, a sua consciência também conhece duas emoções fundamentais, alegria e sofrimento, como resposta às mesmas alternativas. Suas emoções são estimativas daquilo que fomenta sua vida ou a ameaça, calculadoras instantâneas que lhes dão o resultado de seu lucro ou de seu prejuízo. Vocês não têm escolha quanto à sua capacidade de sentir que algo é bom ou mau para vocês, mas *o que* vão considerar bom ou mau, o que lhes dará prazer ou dor, o que lhes inspirará amor ou ódio, desejo ou medo depende do seu padrão de valor. As emoções são inerentes à sua natureza, porém seu conteúdo é ditado por sua mente. Sua capacidade emocional é um motor vazio e seus valores são o combustível com o qual sua mente o enche. Se vocês escolhem uma mistura de contradições, seu motor ficará entupido, a transmissão será corroída e vocês serão destroçados na sua primeira tentativa de andar numa máquina que foi corrompida pelo próprio motorista, que são vocês.

"Se vocês tomam o irracional como padrão de valor e o impossível como conceito do que é bom, se desejam recompensas que não merecem ganhar, uma fortuna ou um amor que não merecem, uma falha na lei da causalidade, um A que se torne não A a seu bel-prazer, se desejam o contrário da existência, vocês o obterão. Não exclamem, então, que a vida é frustração e a felicidade é impossível para o homem; verifiquem seu combustível: ele os levou aonde vocês queriam chegar.

"A felicidade não se atinge por meio de caprichos emocionais. Ela não é a satisfação de todo e qualquer desejo irracional que vocês tentem satisfazer às cegas. Felicidade é um estado de alegria não contraditória – uma alegria sem castigo nem culpa, que não entra em conflito com nenhum dos seus valores e não contribui para sua própria destruição –, não o prazer proporcionado pela fuga da sua consciência, e sim pela utilização plena dessa consciência; não o prazer de falsear a realidade, e sim o de atingir valores que são reais; não o prazer de um bêbado, e sim o de um produtor. A felicidade só pode ser atingida por um homem racional, o que não deseja objetivos que não sejam racionais, que não busca nada senão valores racionais, que só encontra prazer e alegria em atos racionais.

"Do mesmo modo que sustento minha vida não por meio do roubo nem de esmolas, e sim por meu próprio esforço, também não tento basear minha felicidade na desgraça dos outros nem nos favores que os outros me concedam, porém a ela faço jus por minhas realizações. Do mesmo modo que não considero o prazer dos outros o objetivo da minha vida, também não considero o meu prazer o objetivo das vidas dos outros. Assim como não há contradições nos meus valores nem conflitos nos meus desejos, também não há vítimas nem conflitos de interesse entre homens racionais, que não desejam o imerecido nem se encaram uns aos outros com uma volúpia de canibal, homens que nem fazem sacrifícios nem os aceitam.

"O símbolo de todos os relacionamentos entre tais homens, o símbolo moral do respeito pelos seres humanos, é o *comerciante*. Nós, que vivemos dos valores e não do saque, somos comerciantes, tanto na matéria quanto no espírito. O comerciante é o homem que faz jus àquilo que recebe e não dá nem toma para si o que é imerecido. O comerciante não pede que lhe paguem por seus fracassos, nem que o amem por seus defeitos. Ele não desperdiça seu corpo como sacrifício nem sua alma como esmola. Do mesmo modo que ele só dá seu trabalho em troca de valores materiais, ele também só dá seu espírito – seu amor, sua amizade, sua estima – em pagamento e em troca de virtudes humanas, em pagamento de seu próprio prazer egoísta, que recebe de homens merecedores de seu respeito. Os parasitas místicos que, em todas as eras, insultaram o comerciante e o desprezaram, ao mesmo tempo que honraram os mendigos e os saqueadores, sempre souberam o motivo secreto de sua zombaria: o comerciante é a entidade que eles temem – o homem justo.

"Vocês me perguntam: que obrigação moral eu tenho para com meus semelhantes? Nenhuma, senão aquela que devo a mim mesmo, aos objetos materiais e a toda a existência: a racionalidade. Trato os homens como requerem minha natureza e as exigências deles: por meio da razão. Não busco nem desejo nada deles senão os relacionamentos nos quais eles escolham entrar por livre e espontânea vontade. Só sei lidar com suas mentes – e assim mesmo quando isso é do meu interesse – quando eles veem que meu interesse coincide com o deles. Quando isso não acontece, não entro em relação nenhuma. Quem discordar de mim que siga o seu caminho, que eu não me desvio do meu. Só venço por meio da lógica, e só a ela me rendo. Não abro mão da minha razão, nem lido com homens que abrem mão da sua. Nada tenho a ganhar com idiotas e covardes; não tento ganhar nada dos vícios humanos: a estupidez, a desonestidade, o medo. O único valor que os homens podem me oferecer é o produto de sua mente. Quando discordo de um homem racional, deixo que a realidade seja nosso árbitro final. Se eu estiver certo, ele aprenderá; se eu estiver errado, aprenderei; um de nós ganhará, porém nós dois lucraremos.

"Tudo está aberto à discordância, menos um ato mau, o ato que homem nenhum pode cometer contra os outros, aprovar nem perdoar. Enquanto os homens quiserem viver em comunidade, nenhum homem pode tomar a *iniciativa* – estão me ouvindo? –, nenhum homem pode tomar a iniciativa de usar a força física contra os outros.

"Interpor a ameaça da destruição física entre um homem e sua percepção da realidade é negar e paralisar seu meio de sobrevivência. Forçá-lo a agir contra seu discernimento é como forçá-lo a agir contra a própria visão. Todo aquele que, com qualquer objetivo e em qualquer grau, tome a iniciativa de lançar mão da força, é um assassino que parte da premissa da morte, mais ainda do que o assassino propriamente dito: a premissa de destruir a capacidade de viver do homem.

"Não venham me dizer que sua mente os convenceu de que vocês têm o direito de forçar minha mente. A força e a mente são coisas opostas. A moralidade termina onde começa a forma da arma. Quando vocês afirmam que os homens são animais irracionais e se propõem a tratá-los como tais, definem desse modo o próprio caráter e não podem mais invocar o argumento da razão – como também não podem fazê-lo todos aqueles que defendem contradições. Não pode existir um 'direito' de destruir a origem dos direitos, o único meio de julgar o que é certo e o que é errado é a mente.

"Forçar um homem a abrir mão da própria mente e aceitar, em troca, a vontade de outro, usando, para chegar a esse fim, uma arma em vez de um silogismo, o terror em vez da demonstração, tendo a morte como argumento final, é tentar existir desafiando a realidade. A realidade exige do homem que ele aja em prol de seus próprios interesses racionais. A arma que vocês lhe apontam vai exigir que ele aja contra seus interesses. A realidade ameaça o homem de morte se ele não agir com base no próprio discernimento racional; vocês o ameaçam de morte se ele agir com base no discernimento moral dele. Vocês o colocam num mundo em que o preço da vida dele é a desistência de todas as virtudes exigidas pela vida; e a morte, por um processo de destruição gradual, é tudo o que vocês e seu sistema conseguirão atingir, pois fazem da morte o poder reinante, o argumento decisivo numa sociedade humana.

"O ultimato dado pelo ladrão ao viajante: 'A bolsa ou a vida', ou o que o político dá a uma nação: 'A instrução de seus filhos ou a vida', têm o mesmo significado, que sempre é: 'A sua mente ou a vida' – e uma coisa não é possível sem a outra.

"Se existem graus de maldade, é difícil dizer quem é mais desprezível: o facínora que se arroga o direito de forçar a mente do outro ou o degenerado que concede ao outro o direito de forçar sua mente. *Esse* é o absoluto moral que não está em discussão. Não dou razão àqueles que se propõem a me privar da razão. Não entro em discussão com aqueles que acham que podem me proibir de pensar. Não dou minha aprovação moral ao assassino que deseja me matar. Quando um homem tenta lidar comigo por meio da força, eu revido através da força.

"É apenas como retaliação que a força pode ser usada – e somente contra a pessoa que foi a primeira a usá-la. Não, não compartilho da maldade dela nem me rebaixo ao seu conceito de moralidade. Apenas lhe concedo sua escolha, a destruição, a única destruição que ela tinha o direito de escolher: a dela mesma. Ela usa a força para se apossar de um valor; eu a uso apenas para destruir a destruição. O assaltante tenta enriquecer me matando; eu não me torno mais rico quando mato o assaltante. Não busco valores por meio do mal, nem submeto meus valores ao mal.

"Em nome de todos aqueles que produzem, graças a quem vocês estão vivos, e que, em pagamento, receberam de vocês o ultimato da morte, eu agora revido com um único ultimato, que é o nosso: 'Nosso trabalho ou suas armas.' Vocês podem escolher uma coisa ou outra, mas não as duas. Não tomamos a iniciativa de usar da força contra os outros nem nos submetemos àqueles que usam da força contra nós. Se vocês querem voltar a viver numa sociedade industrial, terão que fazê-lo segundo as *nossas* condições morais. Nossas condições e nossas premissas são a antítese das suas. Vocês vêm utilizando o medo como arma e trazendo a morte aos homens para puni-los por terem rejeitado a moralidade de vocês. Nós oferecemos a eles a vida como recompensa por aceitarem a nossa.

"Vocês que cultuam o zero jamais descobriram que realizar a vida não é equivalente a evitar a morte. O prazer não é 'a ausência da dor', a inteligência não é 'a ausência da estupidez', a luz não é 'a ausência da escuridão', uma entidade não é 'a ausência de uma nulidade'. Construir não é coisa que se realize simplesmente pelo fato de não demolir. Não adianta passar séculos parado, sem demolir: nem sequer uma viga se erguerá. E agora vocês não podem mais dizer a mim, o produtor: 'Produza e nos alimente, que em troca nós *não* destruiremos sua produção', pois eu responderei, em nome de todas as vítimas que vocês fizeram: 'Morram com seu próprio vazio.' A existência não é uma negação de negações. O mal, e não o valor, é que é uma ausência e uma negação; o mal é impotente e só dispõe do poder que lhe permitimos arrancar de nós. Morram, porque aprendemos que um zero não pode hipotecar a vida.

"Vocês querem se esquivar da dor. Nós queremos atingir a felicidade. Vocês existem para evitar o castigo. Nós existimos para fazer jus a recompensas. As ameaças não nos farão trabalhar, o medo não é nosso incentivo. Não queremos evitar a morte, e sim viver.

"Vocês, que perderam a noção dessa diferença, que afirmam que medo e prazer são incentivos igualmente poderosos – e acrescentam, em voz baixa, que o medo é mais 'prático' –, vocês não querem viver, e apenas o medo da morte ainda os faz se ater à vida que amaldiçoaram. Vocês fogem, em pânico, correm por dentro da armadilha de seus dias, procurando a saída que fecharam, fugindo de um perseguidor que não ousam identificar, em direção a um terror que não ousam assumir, e quanto maior o terror, mais vocês temem o único ato que poderia salvá-los: o de pensar. O objetivo da sua luta é não saber, não apreender o nome daquilo que agora vou dizer bem claramente a vocês: a sua moralidade, a moralidade da morte.

"A morte é o padrão dos seus valores, a morte é seu objetivo escolhido, e vocês são obrigados a viver correndo, visto que não há como fugir do perseguidor que quer destruí-los, nem da consciência de que o perseguidor são vocês mesmos. Parem de correr, agora – não há mais um lugar para onde vocês possam correr. Desnudem-se, coisa que temem fazer, porém é assim, nus, que eu os vejo, e olhem para isso que vocês ousaram chamar de código moral.

"A maldição é o princípio da sua moralidade, a destruição é seu objetivo, meio e fim. Seu código começa amaldiçoando o homem por ser mau, depois exige que ele pratique o bem, que é definido como algo impossível de ser praticado por ele. Como primeira prova de virtude, o código exige que o homem aceite a depravação sem provas. Exige que ele parta não de um padrão de valor, e sim de um padrão de mal, que é o próprio homem, por meio do qual ele terá então de definir o bem, que é aquilo que ele não é.

"Não importa quem venha a lucrar com a renúncia da glória do homem e com sua alma atormentada, se um Deus místico com algum desígnio incompreensível ou se um indivíduo qualquer cujas feridas pustulentas, por algum motivo incompreensível, imponham obrigações ao homem. O bem não é coisa que o homem possa compreender – seu dever é aceitar com humildade anos de penitência, expiando a culpa de sua existência para qualquer cobrador de dívidas ininteligíveis, tendo como único conceito de valor o zero: o bem é aquilo que é não humano.

"O nome desse absurdo monstruoso é pecado original.

"Um pecado que careça de poder de escolha é um atentado à moralidade e uma contradição insolente: aquilo que está fora do âmbito da escolha está fora do domínio da moralidade. Se o homem é mau de nascimento, ele não tem vontade, nem tem o poder de alterar sua condição. E, se ele não tem vontade, não pode ser bom nem mau. Um robô é amoral.

Considerar pecado humano algo que não depende de sua escolha é escarnecer da moralidade. Considerar a natureza do homem um pecado é escarnecer da natureza. Puni-lo por um crime que ele cometeu antes de nascer é escarnecer da justiça. Considerá-lo culpado de algo em que não existe a possibilidade de inocência é escarnecer da razão. Destruir a moralidade, a natureza, a justiça e a razão por meio de um único conceito é um ato de maldade difícil de ser igualado. No entanto, é essa a base do seu código moral.

"Não se escondam por trás da evasiva covarde de que o homem nasce dotado do livre-arbítrio, porém com uma tendência ao mal. Livre-arbítrio dotado de tendência é um jogo com cartas marcadas que força o homem a ter o trabalho de jogar, a arcar com a responsabilidade do jogo e a pagar por ele, porém a decisão já favorece previamente uma tendência da qual ele não pode escapar. Se a tendência é escolha sua, ele não pode possuí-la de nascença. Se não é escolha sua, então ele não tem livre-arbítrio.

"Qual a natureza da culpa que seus mestres denominam pecado original? Quais os males adquiridos pelo homem quando ele decaiu de um estado por eles considerado perfeito? Segundo o mito, o homem comeu do fruto da árvore da ciência – ele adquiriu uma mente e se tornou um ser racional. Essa ciência era o conhecimento do bem e do mal – ele, então, se tornou um ser moral. Foi condenado a ter de ganhar o pão por meio do trabalho – e assim se tornou um ser produtivo. Foi condenado a experimentar o desejo – e assim adquiriu a capacidade do prazer sexual. Os males pelos quais seus mestres amaldiçoam o homem são a razão, a moralidade, a criatividade e o prazer – todas as virtudes cardeais da sua existência. O mito da queda do homem não visa explicar nem condenar os vícios do homem, não considera seus erros sua culpa. Ele condena, sim, a essência de sua natureza de homem. Fosse ele o que fosse, aquele robô do Jardim do Éden, que existia sem mente, sem valores, sem trabalho, sem amor, não era homem.

"A queda do homem, segundo seus mestres, consistiu na aquisição das virtudes necessárias à existência. Estas, segundo os padrões deles, constituem o pecado do homem. O mal do homem – acusam eles – é o fato de ele ser homem. Sua culpa – segundo eles – é estar vivo.

"É essa, para eles, a moralidade da misericórdia, a doutrina do amor ao homem.

"Eles argumentam que não estão dizendo que o homem é mau – o mal está apenas naquele objeto alheio: o corpo do homem. Não, não querem matar o homem, apenas fazê-lo perder seu corpo. Querem aliviar sua dor e apontam para o instrumento de tortura ao qual o amarraram: as duas rodas que o puxam em sentidos opostos, a doutrina que separa a alma do corpo.

"Cortaram o homem em dois e opuseram uma das metades à outra. Ensinaram-lhe que seu corpo e sua consciência são dois inimigos envolvidos num conflito mortal, dois antagonistas de naturezas opostas, com exigências contraditórias, necessidades incompatíveis. Ensinaram-lhe que beneficiar um é prejudicar o outro, que a alma pertence a uma esfera sobrenatural, mas o corpo é uma prisão nefasta que o acorrenta a esta Terra – e que o bem consiste em vencer seu corpo, miná-lo por meio de anos de luta paciente, escavando um túnel que permitirá a fuga gloriosa para a liberdade do túmulo.

"Ensinaram ao homem que ele é um desajustado irrecuperável composto de dois elementos, ambos símbolos da morte. Um corpo sem alma é um cadáver; uma alma sem corpo é um fantasma. Porém é esta a imagem que fazem da natureza humana: um campo de batalha no qual lutam um cadáver e um fantasma – um cadáver dotado de uma vontade malévola e um fantasma dotado da concepção de que tudo o que o homem conhece é inexistente, que apenas o incognoscível existe.

"Vocês compreendem qual a faculdade humana que essa doutrina foi feita para ignorar? Era a mente do homem que tinha de ser negada, para que ele não pudesse se sustentar. Ao abrir mão da razão, ele ficava à mercê de dois monstros além de seu entendimento e fora de seu controle: ao capricho de um corpo movido por instintos inexplicáveis e de uma alma movida por revelações místicas. Ele se tornava a vítima passiva de uma batalha entre um robô e um ditafone.

"E agora que ele rasteja por entre os destroços, tentando às cegas encontrar uma maneira de viver, seus mestres lhe oferecem como ajuda uma moralidade a qual proclama que ele não encontrará nenhuma solução e que não deve procurar nenhuma realização na Terra. A existência verdadeira, dizem-lhe, é aquela que não pode perceber. A verdadeira consciência é a faculdade de perceber o não existente – e o fato de ele não conseguir compreender isso passa a ser *a prova* de que sua existência é má e de que sua consciência é impotente.

"Como produtos da separação entre a alma e o corpo, há dois tipos de mestres da moralidade da morte: os místicos de espírito e os místicos dos músculos, a quem vocês chamam de espiritualistas e materialistas, os que acreditam na consciência sem existência e os que acreditam em existência sem consciência. Ambos exigem que vocês abram mão de sua mente, uns em troca de revelações, os outros em troca de reflexos – revelações deles, reflexos deles. Por mais que proclamem um suposto antagonismo irreconciliável entre suas posições, seus códigos morais são semelhantes, como também são semelhantes seus objetivos: na matéria, a escravização do corpo do homem; no espírito, a destruição de sua mente.

"O bem, dizem os místicos do espírito, é Deus, um ser cuja única definição é estar além do poder de concepção do homem – definição essa que invalida a consciência do homem e anula seus conceitos de existência. O bem, dizem os místicos dos músculos, é a sociedade – algo que definem como um organismo que não possui forma física, um superser que não se concretiza em nenhum indivíduo específico e sim em todos em geral, mas nunca em vocês. A mente do homem, dizem os místicos do espírito, deve se subordinar à vontade de Deus. O padrão de valor do homem, dizem os místicos do espírito, é o bel-prazer de Deus, cujos padrões estão além do poder de compreensão humano e têm de ser aceitos pela fé. O padrão de valor do homem, dizem os místicos dos músculos, é o bel-prazer da sociedade, cujos padrões estão além do direito de julgar do homem e têm de ser obedecidos como um absoluto. O objetivo da vida do homem, dizem ambos, é se tornar um zumbi abjeto que serve um objetivo que ele desconhece, por motivos que não pode questionar. Sua recompensa, dizem os místicos do espírito, lhe será dada após a morte. Sua recompensa, dizem os místicos dos músculos, será dada aqui mesmo na Terra – a seus bisnetos.

"O *egoísmo*, dizem ambos, é o mal do homem. O bem do homem, dizem ambos, é abrir mão de seus desejos individuais, negar a si próprio, renunciar a si próprio, render-se. O bem do homem é negar a vida que ele vive. O *sacrifício*, exclamam ambos, é a essência da moralidade, a mais elevada virtude ao alcance do homem.

"Todo aquele que está agora ao alcance da minha voz, que seja vítima e não assassino, está me ouvindo falar ao pé do leito de morte de sua mente, a um passo daquele abismo negro no qual agora estão se afogando, e, se ainda resta em vocês o poder de lutar para não perderem os últimos vestígios daquilo que tinham como seu, usem-no agora. A palavra que os destruiu é *sacrifício*. Usem o que resta da sua força para entenderem o significado dessa palavra. Vocês ainda estão vivos. Ainda têm uma chance.

"'Sacrifício' não significa rejeitar o que não tem valor, e sim o que é precioso. 'Sacrifício' não significa rejeitar o mal em prol do bem, e sim o bem em prol do mal. 'Sacrifício' é abrir mão daquilo a que vocês dão valor em favor daquilo a que não dão valor.

"Se vocês trocam um centavo por um dólar, isso *não é* sacrifício; se trocam um dólar por um centavo, isso *é* sacrifício. Se alcançam a carreira que sempre quiseram após anos de esforço, isso *não é* sacrifício; se renunciam a ela em favor de um rival, isso *é* sacrifício. Se vocês têm uma garrafa de leite e a dão para seu filho que está morrendo de fome, isso *não é* sacrifício; se a dão para o filho do seu vizinho e deixam o seu filho morrer, isso *é* sacrifício.

"Se dão dinheiro a um amigo para ajudá-lo, isso *não é* sacrifício; se dão dinheiro a um estranho que não vale nada, isso *é* sacrifício. Se dão ao seu amigo uma quantia que não vai lhes fazer muita falta, isso *não é* sacrifício; se a quantia que dão é tal que vão passar por certa dificuldade, então isso só é um ato virtuoso até certo ponto, segundo esse tipo de padrão moral; se o dinheiro que dão vai lhes causar uma verdadeira catástrofe – *isso*, sim, é a *verdadeira* virtude do sacrifício.

"Se vocês renunciam a todos os desejos pessoais e dedicam a sua vida àqueles que amam, isso ainda não é a virtude completa – vocês ainda se apegam a um valor seu, o seu amor. Se dedicam sua vida a pessoas que nem conhecem, isso é um ato mais virtuoso. Se dedicam sua vida a homens que detestam, esse é o ato mais virtuoso que podem praticar.

"Sacrificar-se é abrir mão de um valor. O sacrifício integral é abrir mão inteiramente de todos os valores. Se vocês querem chegar à virtude integral, não podem almejar nenhuma gratidão em troca de seu sacrifício, nenhum elogio, nenhum amor, nenhuma admiração, nenhum amor-próprio, nem mesmo o orgulho de se sentirem virtuosos, porque o menor sinal de lucro dilui a sua virtude. Se vocês optam por uma forma de vida que não macule a sua com nenhum prazer, que não lhe traga nenhum valor material nem espiritual, nenhum lucro, nenhuma recompensa – se atingem esse estado de zero total, atingem o ideal da perfeição moral.

"Dizem-lhes que a perfeição moral é inatingível para o homem – e, segundo esse padrão, é verdade. Vocês não poderão atingi-la em toda a sua vida, porém o valor da sua vida e da sua pessoa é medido em função de quanto conseguem se aproximar daquele zero ideal, que é a *morte*.

"Se, porém, vocês partirem de uma ausência de sentimentos, da posição de um legume que pede para ser comido, sem valores para rejeitar e sem desejos para renunciar, não conquistarão a coroa do sacrifício. Não é sacrifício rejeitar aquilo que não se quer. Não é sacrifício dar a sua vida pelos outros, se a morte é o seu desejo pessoal. Para atingir a virtude do sacrifício, é preciso querer viver, é preciso amar a vida, arder de paixão por este mundo e por todos os esplendores que ele lhes pode proporcionar – é preciso sentir cada volta da faca que lhes corta fora os desejos e lhes arranca do corpo o seu amor. Não é apenas a morte que a moralidade do sacrifício lhes propõe como ideal, e sim a morte por tortura lenta.

"Não venham me dizer que isso só diz respeito à vida neste mundo. É a única vida que me interessa. A mim e a vocês.

"Se vocês querem salvar os últimos vestígios de sua dignidade, não chamem suas melhores ações de 'sacrifícios' – essa palavra os rotula de imorais. Se uma mãe compra comida para seu filho que tem fome em vez de um chapéu para si própria, isso *não é* sacrifício: ela dá mais valor ao filho do que ao chapéu. Porém isso *é* um sacrifício para o tipo de mãe que dá mais valor ao chapéu, que preferia ver o próprio filho morrer de fome, e só lhe dá comida por obrigação. Se um homem morre lutando pela própria liberdade, isso *não é* sacrifício – ele não está disposto a viver como escravo. Porém isso *é* um sacrifício para o tipo de homem que está disposto a viver como escravo. Se um homem se recusa a vender suas convicções, isso *não é* um sacrifício, a menos que ele seja o tipo de homem que não tem convicções.

"O sacrifício só pode ser conveniente para os que nada têm a sacrificar – nem valores, nem padrões, nem discernimento –, aqueles cujos desejos são caprichos irracionais, concebidos às cegas; é, portanto, fácil abrir mão deles. Para um homem de estatura moral, cujos desejos provêm de valores racionais, o sacrifício implica abrir mão do certo em prol do errado, do bem em favor do mal.

"A doutrina do sacrifício é uma moralidade para o imoral – uma moralidade que admite sua própria falência quando confessa que não pode conferir aos homens nenhum interesse pessoal nas virtudes e nos valores, e que suas almas são valas imundas de depravação, que cabe a eles aprender a sacrificar. Ela própria admite que não consegue ensinar aos homens a serem bons e pode apenas submetê-los a castigos constantes.

"Estarão vocês pensando, num estupor confuso, que a sua moralidade só lhes exige o sacrifício dos valores *materiais*? E o que é que vocês pensam que os valores materiais sejam? A matéria só tem valor como meio de satisfazer os desejos humanos. A matéria é apenas um instrumento dos valores humanos. A serviço de quê lhes pedem que entreguem os instrumentos materiais que a sua virtude produziu? A serviço *daquilo* que vocês consideram mau: de um princípio em que não acreditam, de uma pessoa que não respeitam, da realização de um objetivo que se opõe ao seu – caso contrário, a sua dádiva *não é* um sacrifício.

"A sua moralidade lhes diz que vocês devem renunciar ao mundo material e divorciar os seus valores da matéria. O homem cujos valores não se exprimem em uma forma material, cuja existência nenhuma relação tem com seus ideais, cujos atos contradizem as suas convicções, não passa de um hipócrita barato – porém é *esse* o homem que obedece à sua moralidade e divorcia seus valores da matéria. Os homens que amam uma mulher, porém dormem com outra; os homens que admiram o talento de um trabalhador, porém contratam outro; os homens que consideram uma causa justa, porém fazem doações a uma outra; os homens que têm altos padrões de criação, porém só produzem porcarias – são *esses* os homens que renunciaram à matéria, os homens que acreditam que os valores de seu espírito não podem ser concretizados em termos de realidade material.

"Vocês afirmam que tais homens renunciaram ao espírito? É claro que sim. Não se pode ter uma coisa sem a outra. O homem é uma entidade indivisível de matéria e consciência. Quem renuncia à sua consciência se torna um ser irracional. Quem renuncia a seu corpo se torna um hipócrita. Quem renuncia ao mundo material o entrega ao mal.

"E é precisamente *esse* o objetivo da sua moralidade, o dever que o seu código moral exige de vocês. Dar àquilo que não se ama, servir ao que não se admira, submeter-se ao que se considera mau – entregar o mundo aos valores dos outros, negar, rejeitar, renunciar a seu *eu*. Seu eu é a sua *mente*; quem renuncia a ela se torna um pedaço de carne pronto para ser engolido pelo primeiro canibal que passar.

"É à sua *mente* que eles querem que vocês renunciem, todos os que pregam a doutrina do sacrifício, quaisquer que sejam os rótulos que atribuam ou os objetivos que proclamem. Tanto faz se exigem isso de vocês para conquistar suas almas ou seus corpos, se lhes prometem uma outra vida no céu ou a barriga cheia neste mundo. Aqueles que começam dizendo 'É egoísmo buscar satisfazer seus próprios desejos, é necessário sacrificá-los aos desejos dos outros' terminam afirmando 'É egoísmo se ater às suas convicções, é necessário sacrificá-las às convicções dos outros'.

"É bem verdade que a coisa mais *egoísta* que há é a mente independente que não reconhece nenhuma autoridade mais elevada do que a sua própria, nenhum valor mais elevado do que seu critério de verdade. Pedem a vocês que sacrifiquem sua integridade intelectual, sua lógica, sua razão, seu padrão de verdade – para se tornarem prostitutos cujo padrão é o máximo de bem para o maior número de pessoas.

"Se vocês procurarem, no seu código moral, uma resposta à pergunta 'O que é o bem?', a única resposta que encontrarão será: 'O bem dos outros.' O bem é tudo aquilo que os outros desejam, tudo aquilo que vocês acreditam que eles acham que desejam, ou tudo o que acham que eles deviam achar. 'O bem dos outros' é uma fórmula mágica que transforma qualquer coisa em ouro, uma fórmula a ser recitada como garantia de glória moral que redime qualquer ato, até mesmo o massacre de todo um continente. O seu padrão de virtude não é um objeto, nem um ato, nem um princípio, mas uma *intenção*. Vocês não precisam de provas, nem razões, nem sucesso, não precisam realizar *concretamente* o bem dos outros – basta saber que o que os motivou foi o bem dos outros, *não* o seu. A sua única definição de bem é uma negação: o bem é o 'não bom para mim'.

"O seu código moral, que afirma defender valores morais eternos, absolutos e objetivos e despreza o condicional, o relativo e o subjetivo – o seu código propõe como absoluta a seguinte regra de conduta moral: se *vocês* desejam algo, isso é mau; se os outros desejam algo, isso é bom; se a motivação de seu ato é o *seu* bem-estar, não o realizem; se a motivação é o bem-estar dos outros, então vale tudo.

"Do mesmo modo que essa moralidade de duplo padrão divide o indivíduo ao meio, ela divide a humanidade em duas hostes inimigas: de um lado, *vocês*; do outro, o restante da humanidade. *Vocês* são os únicos degredados que não têm direito de desejar nem de viver. *Vocês* são os únicos servos; os outros são os senhores. *Vocês* são os únicos que dão; os outros só tomam. *Vocês* são os eternos devedores; os outros são os credores que nunca conseguirão satisfazer. Vocês não podem questionar o direito deles de lhes cobrar um sacrifício, nem a natureza de seus desejos e necessidades: esse direito é conferido a eles por uma negativa, o fato de que eles são 'não vocês'.

"Para aqueles que poderiam se aventurar a fazer perguntas, o código contém um prêmio de consolação, uma armadilha: é para a própria felicidade que vocês têm que servir à felicidade dos outros. A única maneira de se ter prazer é ceder aos outros, a única maneira de conquistar a prosperidade é abrir mão da sua riqueza em favor dos outros. A única maneira de proteger sua vida é proteger todos os homens, menos vocês mesmos – e, se isso não lhes dá prazer, é por culpa sua, e prova que vocês são maus. Se fossem bons, encontrariam felicidade em servir banquetes aos outros e veriam dignidade em se alimentar apenas das migalhas que *eles* houverem por bem jogar para vocês.

"Vocês, que não têm nenhum padrão de amor-próprio, aceitem a culpa e não ousem fazer perguntas. Mas sabem qual é a resposta não admitida e se recusam a admitir o que veem, a admitir que seu mundo é regido pelas premissas ocultas. Vocês sabem, embora não o admitam honestamente e sintam um vago mal-estar obscuro dentro de si próprios, no momento em que oscilam entre transgredir cheios de culpa e praticar de má vontade um princípio malévolo demais para ser explicitado.

"Eu, que não aceito o imerecido, nem quando se trata de valores nem quando se trata de *culpa*, estou aqui para fazer as perguntas que vocês evitam fazer. Por que é moralmente correto servir à felicidade alheia, mas não à sua própria? Se o prazer é um valor, por que ele é moralmente aceitável quando experimentado pelos outros, porém imoral quando experimentado por vocês? Se a sensação de comer um bolo é um valor, por que é um ato imoral de gula para o seu estômago, porém um objetivo moral a ser atingido para o estômago dos outros? Por que desejar é imoral para vocês, mas não o é para os outros? Por que é imoral produzir um valor e ficar com ele, mas não o é dá-lo aos outros? E, se é imoral para vocês ficar com um valor, por que não é imoral para os outros aceitá-lo? Se vocês são altruístas e virtuosos quando o dão, eles não serão egoístas e maus quando o aceitam? Então a virtude consiste em servir o vício? Então o objetivo moral dos bons é se imolar em benefício dos maus?

"A resposta monstruosa de que vocês se esquivam é: 'Não, os que recebem não são maus, desde que não *mereçam* o valor que lhes deram. Não é imoral para eles aceitar a dádiva, desde que eles sejam incapazes de produzi-la, incapazes de merecê-la, incapazes de lhes dar algo em troca. Não é imoral para eles encontrar prazer nela, desde que eles não a obtenham *por direito*.'

"É este o código secreto da sua doutrina, a outra metade do seu padrão duplo: é imoral viver do próprio trabalho, mas é direito viver do trabalho dos outros. É imoral consumir o próprio produto, porém é direito consumir os produtos dos outros. É imoral fazer jus a uma coisa, mas é direito obter algo que não se mereceu. Os parasitas justificam moralmente a existência dos produtores, mas a existência dos parasitas é um fim em si – é mau lucrar com as próprias realizações, mas é bom lucrar com o sacrifício alheio. É mau criar a própria felicidade, mas é bom gozá-la quando o preço dela é o sangue dos outros.

"O seu código divide a humanidade em duas castas e lhes ordena que vivam segundo regras opostas: os que podem desejar qualquer coisa e os que não podem desejar nada; os escolhidos e os malditos; os carregadores e os carregados; os comedores e os comidos. Que padrão determina a sua casta? Que chave mestra lhes permite o ingresso na elite moral? A chave mestra é a *falta de valor*.

"Qualquer que seja o valor em questão, é a sua falta de valor que lhes dá o direito de cobrar daqueles que não têm essa falta. É a sua *necessidade* que lhes dá o direito de cobrar recompensas. Se vocês são capazes de satisfazer as suas necessidades, sua capacidade anula seu direito de satisfazê-las. Mas uma necessidade que vocês sejam *incapazes* de satisfazer lhes confere o direito de se colocarem acima das vidas da humanidade.

"Se vocês têm êxito, todo aquele que fracassa é seu senhor; se fracassam, todo aquele que tem êxito é seu servo. Seja seu fracasso justo ou não, sejam seus desejos racionais ou não, seja a sua infelicidade imerecida ou consequência de seus vícios, é a *infelicidade* que lhes dá o direito de ter recompensas. É a *dor*, qualquer que seja sua causa ou natureza – a dor como absoluto fundamental –, que lhes permite hipotecar toda a existência.

"Se vocês conseguem dar fim à sua dor pelo próprio esforço, não obtêm nenhum reconhecimento moral: o seu código despreza seu ato por ser motivado por interesse próprio. Qualquer valor que tentem adquirir, seja riqueza, alimento, amor ou direitos, se vocês o adquirem por meio da sua virtude, o seu código não considera isso uma conquista moral: vocês não causam prejuízo a ninguém, é apenas uma transação comercial, não uma esmola; um pagamento, não um sacrifício. O *merecido* faz parte da esfera do egoísmo, do comércio, do lucro mútuo; é apenas o *imerecido* que exige aquela transação moral que consiste em lucro para um e desastre para o outro. Exigir recompensas para a sua virtude é egoísta e imoral; é a sua *falta de virtude* que transforma sua exigência em direito moral.

"Uma moralidade que acredita que uma *necessidade* confere um direito tem como padrão de valor um vácuo – a não existência. Ela valoriza uma *ausência*, um defeito: fraqueza, incapacidade, incompetência, sofrimento, doença, desastre, falta, defeito, falha – *o zero.*

"Quem é que paga os que se arrogam esse direito? Aqueles que são amaldiçoados por serem não zeros, na medida em que se afastam desse ideal. Como todos os valores são produtos de virtudes, o grau da sua virtude é usado como medida do seu castigo e o grau dos seus defeitos é usado como medida do seu lucro. O seu código afirma que o homem racional deve se sacrificar em prol do irracional; o independente, do parasita; o honesto, do desonesto; o justo, do injusto; o produtivo, do ladrão e do vagabundo; o íntegro, do calhorda sem princípios; o que tem amor-próprio, do neurótico lamuriento. Vocês se espantam ao ver tanta mesquinharia ao seu redor? O homem que aceita essas virtudes não aceita o código moral de vocês; o que aceita o código moral de vocês não alcança essas virtudes.

"Numa moralidade do sacrifício, o primeiro valor sacrificado é a moralidade; o seguinte é o amor-próprio. Quando a necessidade é o padrão, todo homem é ao mesmo tempo vítima e parasita. Como vítima, ele precisa trabalhar para satisfazer as necessidades dos outros, colocando a si próprio na posição de parasita cujas necessidades devem ser satisfeitas por outrem. Ele só pode interagir com seus semelhantes adotando um ou outro papel vergonhoso: é ao mesmo tempo mendigo e otário.

"Temem o homem que tem um dólar a menos que vocês; aquele dólar, por direito, é dele, que os faz sentirem-se como defraudadores morais. Vocês odeiam o homem que tem um dólar a mais que vocês; aquele dólar é de vocês por direito, ele os faz sentirem-se como vítimas de uma fraude moral. O homem abaixo é uma fonte de culpa; o homem acima, de frustração. Vocês não sabem de que abrir mão e o que exigir, ignoram quando dar e quando agarrar, qual dos prazeres da vida é seu de direito e que dívida para com os outros ainda não foi paga. Rotulando-o de 'teoria', vocês se esquivam do conhecimento que, pelo padrão moral, aceitam. Vocês são culpados a cada momento de sua vida. Não há bocado de comida que engulam que não seja *necessário* a alguém em algum canto da Terra – e vocês abandonam o problema repletos de ressentimento cego, concluindo que a perfeição moral não pode ser atingida *nem deve ser desejada*, que o jeito é viver tentando se apossar do que for possível, se esquivando dos olhares dos jovens, daqueles que os encaram como se o amor-próprio fosse algo possível e o cobrassem de vocês. A culpa é tudo o que lhes resta na alma – e por isso todo homem que passa por vocês evita os seus olhos. Vocês não entendem por que a sua moralidade não conseguiu instaurar a fraternidade no mundo, nem a boa vontade do homem para com seu semelhante?

"A justificativa do sacrifício proposta pela sua moralidade é mais corrupta que a corrupção que ela se propõe justificar. Segundo ela, o seu sacrifício deve ser motivado pelo *amor* – o amor que vocês deveriam sentir por todos os homens. Uma moralidade que propõe a doutrina de que os valores do espírito são mais preciosos do que a matéria, uma moralidade que lhes ensina a desprezar a prostituta que entrega o corpo indiscriminadamente a todos os homens, essa mesma moralidade exige que vocês entreguem sua alma ao amor promíscuo por todos os homens.

"Assim como não pode haver riqueza sem causa, também não pode haver amor sem causa, nem nenhuma emoção sem causa. A emoção é uma reação a um aspecto da realidade, uma estimativa ditada pelos seus padrões. Amar é *valorizar*. O homem que diz que é possível valorizar sem valores, amar aqueles que vocês consideram desprovidos de valor, é o que afirma que é possível enriquecer consumindo sem produzir e que papel-moeda é tão valioso quanto ouro.

"Observem que ele não acha que é possível experimentar um medo sem causa. Quando pessoas desse tipo chegam ao poder, elas sabem muito bem como fabricar terror, dar bons motivos para que vocês sintam o medo por meio do qual elas pretendem controlar vocês. Mas, quando se trata de amor, a mais elevada das emoções, permitem que elas gritem histericamente, em tom de acusação, que vocês são delinquentes morais se são incapazes de sentir um amor sem causa. Quando um homem sente medo sem razão, ele é encaminhado ao psiquiatra, porém não se tem o mesmo cuidado quando se trata de proteger o significado, a natureza e a dignidade do amor.

"O amor é a manifestação dos valores que se tem, a maior recompensa a que se pode fazer jus por meio das qualidades morais que se atingiram no caráter e na própria pessoa, o preço emocional pago por um homem pelo prazer que lhe proporcionam as virtudes de outro. A sua moralidade exige que vocês divorciem o seu amor dos seus valores e o entreguem a qualquer vagabundo, não como uma resposta a seu valor, e sim como uma resposta à sua *necessidade*; não como recompensa, mas como esmola; não como remuneração de virtudes, mas como um cheque em branco concedido aos vícios. A sua moralidade lhes diz que o objetivo do amor é libertá-los das amarras da moralidade, que ele é superior ao discernimento moral, que o verdadeiro amor transcende, perdoa e sobrevive a toda espécie de erro em seu objeto, e quanto maior o amor, maior a depravação permitida ao amado. Amar um homem por suas virtudes é mesquinho e humano, diz essa moralidade; amá-lo por seus defeitos é divino. Amar aqueles que são merecedores de amor não passa de interesse; amar os que não merecem amor é sacrifício. Vocês devem amor aos que não o merecem, e quanto menos o merecem, mais vocês lhes devem amor. Quanto mais asqueroso o objeto do amor, mais nobre o amor; quanto mais permissivo o seu amor, maior a sua virtude – e se vocês conseguem fazer da sua alma um depósito de lixo que aceita tudo em igualdade, se conseguem parar de valorizar os valores morais, vocês chegam ao estado de perfeição moral.

"É essa a sua moralidade do sacrifício, e são estes os dois ideais que ela propõe: refazer a vida do seu corpo à imagem de um curral humano, e a vida do seu espírito à imagem de um depósito de lixo.

"Era esse o seu ideal, e vocês o atingiram. Por que se queixar agora da impotência do homem, da futilidade das aspirações humanas? Por que não conseguiram prosperar buscando a destruição? Por que não conseguiram encontrar felicidade cultuando a dor? Por que não conseguiram viver tendo a morte como padrão de valor?

"O grau da sua capacidade de viver era o grau em que vocês conseguiam violar o próprio código moral, e, no entanto, acreditam que aqueles que o defendem são amigos da humanidade, amaldiçoam a si próprios e não ousam questionar as motivações e os objetivos dos que propõem essa doutrina. Olhem para eles agora, quando vocês estão encarando sua última alternativa – e, se optarem por morrer, morram com plena consciência de que entregaram suas vidas a um inimigo tão mesquinho, por um preço tão barato.

"Os místicos de ambas as escolas que pregam a doutrina do sacrifício são germes que atacam pela mesma ferida: o medo de confiar na mente. Eles afirmam que possuem um meio de conhecimento mais elevado do que a mente, uma modalidade de consciência superior à razão – como se tivessem um pistolão especial com algum burocrata do universo que lhes fornecesse informações secretas a que ninguém mais tem acesso. Os místicos do espírito dizem que possuem um sexto sentido que vocês não têm, o qual consiste na negação de todos os conhecimentos adquiridos por meio dos cinco sentidos que vocês possuem. Os místicos dos músculos não se dão ao trabalho de se arrogar algum tipo de percepção extrassensorial: limitam-se a afirmar que os seus sentidos não são válidos e que a sabedoria deles consiste em perceber a sua cegueira por meio de algum método não especificado. Ambos os tipos de místicos exigem que vocês invalidem sua própria consciência e se entreguem ao controle deles. Oferecem-lhes, como prova de seu conhecimento superior, o fato de afirmarem o contrário de tudo o que vocês sabem, e, como prova de sua capacidade superior de lidar com a existência, o fato de que eles os conduzem à miséria, ao autossacrifício, à fome, à destruição.

"Eles afirmam que conhecem uma modalidade de existência superior à vida que vocês levam nesta Terra. Os místicos do espírito a denominam 'outra dimensão', que consiste na negação das dimensões. Os místicos dos músculos a denominam 'o futuro', que consiste na negação do presente. Existir é possuir identidade. Que identidade são capazes de dar à esfera superior por eles proposta? Estão sempre dizendo o que ela *não é*, mas nunca dizem o que *é*. Todas as suas identificações consistem em negações: 'Deus é aquilo que nenhuma mente humana é capaz de saber', afirmam e em seguida exigem que isso seja considerado sabedoria. 'Deus é o não homem, o céu é a não Terra, a alma é o não corpo, a virtude é o não lucro, A é não A, a percepção é a não sensação, o conhecimento é a não razão.' Suas definições são, na verdade, negações.

"Somente uma metafísica de sanguessuga se ateria à concepção de universo em que o zero é um padrão de identificação. A sanguessuga quer fugir da necessidade de dar nome à própria natureza, da necessidade de saber que a substância com base na qual ela constrói seu universo particular é o sangue.

"Qual a natureza daquele mundo superior ao qual eles sacrificam o mundo que existe? Os místicos do espírito amaldiçoam a matéria; os dos músculos, o lucro. Os do espírito querem que os homens lucrem renunciando ao mundo; os dos músculos, que os homens herdem o mundo renunciando ao lucro. Os mundos sem matéria e sem lucro por eles propostos são terras em que nos rios corre café com leite, brota vinho das pedras quando eles assim ordenam, caem pastéis do céu quando abrem a boca. No mundo material em que vivemos, em que as pessoas correm atrás do lucro, é necessário um investimento enorme de virtude – de inteligência, integridade, energia e capacidade – para construir uma ferrovia de um quilômetro de extensão. No mundo sem matéria e sem lucro que os místicos propõem, viaja-se de um planeta a outro graças à formulação de um desejo. Se uma pessoa honesta lhes pergunta 'Como?', eles respondem, com indignação e escárnio, que 'como' é um conceito de realistas vulgares e que o conceito dos espíritos superiores é 'de algum modo'. Neste nosso mundo circunscrito pela matéria e pelo lucro, as recompensas requerem o pensamento; num mundo libertado de tais restrições, basta desejar.

"E é *esse* todo o segredo deles. O segredo vergonhoso de todas as filosofias esotéricas, de todas as dialéticas e dos sextos sentidos, o segredo de todos os olhares evasivos e das palavras ásperas, o segredo em nome do qual destroem a civilização, a linguagem, indústrias e vidas humanas, em nome do qual furam os próprios olhos e tímpanos, esmagam os próprios sentidos, esvaziam as próprias mentes, o objetivo pelo qual eles dissolvem os absolutos da razão, da lógica, da matéria, da existência, da realidade. Tal segredo é construir, sobre essa neblina plástica, um único absoluto sagrado: o *desejo* deles.

"A restrição da qual eles tentam escapar é a lei da identidade. A liberdade que buscam é a do fato de que A será sempre A, independentemente da raiva ou do medo que sintam; de que um rio jamais lhes dará leite, por maior que seja a fome que sintam; de que a água jamais escorrerá para cima, por maiores que sejam as vantagens que isso lhes proporcionaria. E, se eles querem levar água até o alto de um arranha-céu, serão obrigados a utilizar um processo de pensamento e trabalho, no qual a natureza de um pedaço de cano é importante, mas os sentimentos deles são irrelevantes. Buscam se libertar do fato de que seus sentimentos são incapazes de alterar a trajetória de um único grão de poeira no espaço, ou a natureza de alguma ação por eles realizada.

"Aqueles que lhes dizem que o homem é incapaz de perceber uma realidade sem as distorções causadas pelos sentidos querem dizer, na verdade, que se recusam a perceber uma realidade sem as distorções causadas por seus sentimentos. 'As coisas tais quais são' são as coisas tais quais percebidas pela sua mente. Se as divorciamos da razão, elas se tornam 'as coisas tais quais são percebidas pelos seus desejos'.

"Não existe uma revolta honesta contra a razão – e quem aceita uma parte qualquer dessa doutrina quer fazer impunemente algo que a sua razão não lhe permitiria tentar. A liberdade que se busca é a de adquirir riquezas por meio do roubo sem que isso implique que se é um canalha, por mais dinheiro que se dê às organizações de caridade, por mais preces que se dirijam a Deus. É a liberdade de dormir com uma prostituta sem que isso implique ser um marido infiel, por mais que se afirme amar a esposa no dia seguinte. É a liberdade de não se precisar ser uma entidade em vez de simplesmente um amontoado de pedaços aleatórios espalhados por um universo onde nada é nada, onde não há compromissos com nada, um universo de pesadelo infantil, em que as identidades se revezam constantemente, em que canalha e herói são papéis assumidos arbitrariamente – a liberdade de não ter que ser homem, de não ter que ser entidade, de não ter que *ser*.

"Por mais que se insista que o objetivo do desejo místico é uma forma mais elevada de vida, a rebelião contra a identidade é um desejo de não existência. O desejo de não ser nada é o desejo de não ser.

"Seus mestres, os místicos das duas escolas, invertem a relação de causalidade em sua consciência e depois tentam invertê-la na existência. Tomam suas emoções como causa e suas mentes como efeito passivo. Fazem de suas emoções um instrumento para perceber a realidade. Tomam seus desejos como elementos irredutíveis, como fatos que suplantam todos os fatos. O homem honesto só deseja depois que identifica o objeto de seu desejo. Ele diz: 'É, portanto desejo.' Eles dizem: 'Quero, portanto é.'

"Eles querem violar o axioma da existência e da consciência, querem que sua consciência seja um instrumento não de *percepção*, e sim de *criação* da existência, e a existência seja não o *objeto*, e sim o *sujeito* de sua consciência – querem ser esse Deus que construíram à própria imagem e semelhança, que cria um universo a partir do nada por meio de um capricho arbitrário. Porém é impossível violar a realidade. O que eles conseguem fazer é o oposto do que desejam. Querem adquirir um poder absoluto sobre a existência, porém, ao contrário, perdem o poder de sua consciência. Recusando-se a conhecer, condenam a si próprios ao horror do perpétuo desconhecido.

"Esses desejos irracionais que os atraem a essa doutrina, essas emoções que vocês cultuam com idolatria, sobre cujo altar sacrificam a Terra, essa paixão obscura e incoerente dentro de vocês, que supõem ser a voz de

Deus ou das suas glândulas, não passa do cadáver de sua mente. Uma emoção que entra em contradição com a sua razão, que vocês não podem explicar nem controlar, é apenas o cadáver daquele pensamento bolorento que não permitiram que sua mente repensasse.

"Toda vez que vocês cometeram o mal de se recusar a pensar e a ver, de isentar do absoluto da realidade um pequenino desejo seu, sempre que optaram por dizer: 'Que eu possa subtrair ao julgamento da razão os biscoitos que roubei, ou a existência de Deus, que me seja permitido um único capricho irracional, e serei um seguidor da razão em relação a tudo o mais' – foi *esse* o ato de recusa, de negação que subverteu sua consciência, que corrompeu sua mente. Foi assim que sua mente se transformou num júri comprado que recebe ordens de um submundo secreto, cujo veredicto distorce as provas para se adequarem a um absoluto intocável – e o resultado é uma realidade censurada, fragmentada, em que os pedacinhos que optaram por ver flutuam entre os abismos daquilo que não quiseram ver, unidos por aquele fluido embalsamador da mente que é a emoção isenta do pensamento.

"As ligações que se esforçam por ocultar são relações causais. O inimigo que tentam derrotar é a lei da causalidade: ele não lhes permite a realização de milagres. A lei da causalidade é a lei da identidade aplicada à ação. Todas as ações são causadas por entidades. A natureza de uma ação é causada e determinada pela natureza das entidades agentes; uma coisa não pode agir de modo a contradizer sua natureza. Uma ação não causada por uma entidade seria causada por um zero, o que implicaria um *zero* controlando uma *coisa*, uma nulidade controlando uma entidade, o inexistente dominando o existente. O que é o universo do desejo dos seus mestres, a *causa* das doutrinas das ações sem causa, a *razão* da revolta contra a razão, o objetivo dessa moralidade, dessa política, dessa economia, desse ideal que eles procuram atingir? O reino do zero.

"A lei da identidade não permite que vocês comam um bolo e ao mesmo tempo o guardem intacto. A lei da causalidade não lhes permite comer o bolo *antes* de fazê-lo. Mas se ocultam ambas as leis em seu cérebro, se fingem para si próprios e para os outros não vê-las, então podem tentar proclamar o seu direito de comer seu bolo hoje e o meu amanhã, podem proclamar a doutrina segundo a qual a maneira de fazer um bolo é comê--lo antes, que a maneira de produzir é consumir antes, que todo aquele que deseja algo tem o direito de ter o que deseja, já que nada é causado por nada. O corolário desse princípio do *não causado* na matéria é o princípio do *imerecido* no espírito.

"Toda vez que vocês se revoltam contra a causalidade, o que os motiva é o desejo fraudulento não de escapar dela, mas, o que é pior, de invertê-la. Vocês querem amor imerecido, como se amor, que é efeito, lhes pudesse atribuir valor pessoal, que é causa. Querem admiração imerecida, como se a admiração, o efeito, pudesse lhes conferir virtude, a causa. Querem riquezas imerecidas, como se a riqueza, o efeito, pudesse lhes conferir capacidade, a causa. Imploram por piedade, não justiça, como se um perdão imerecido pudesse ter o efeito de apagar a *causa* do seu pedido de misericórdia. E, para permitirem essas suas falsificações mesquinhas, defendem as doutrinas de seus mestres, enquanto eles andam por aí proclamando que os gastos, que são o efeito, é que criam a riqueza, que é a causa; que as máquinas, que são o efeito, criam a inteligência, que é a causa; que os seus desejos sexuais, que são o efeito, criam os seus valores filosóficos, que é a causa.

"Quem é que paga a conta dessa orgia? Quem causa o que não tem causas? Quem são as vítimas, condenadas a permanecer sem reconhecimento e morrer no silêncio, para que a agonia deles não perturbe a convicção de vocês de que elas não existem? Somos *nós*, nós, os homens dotados de mentes.

"Nós somos a causa de todos os valores que vocês ambicionam, nós é que realizamos o processo do *raciocínio*, por meio do qual definimos *identidades* e descobrimos *relações causais*. Nós ensinamos vocês a saber, a falar, a produzir, a desejar, a amar. Vocês, que abandonam a razão, se não fosse por nós, que a preservamos, não seriam capazes de realizar nem de conceber sequer seus desejos. Não seriam capazes de desejar as roupas que não teriam sido feitas, o automóvel que não teria sido inventado, o dinheiro que não teria sido criado para trocar as mercadorias que não existiriam, a admiração que não teria sido experimentada por homens que não teriam realizado nada, o amor que só pertence àqueles que preservam sua capacidade de pensar, de escolher, de *valorizar*.

"Vocês, que como selvagens saltam da selva dos seus sentimentos para a Quinta Avenida da *nossa* Nova York e afirmam que querem ficar com as luzes elétricas, mas querem destruir os geradores, é a *nossa* riqueza que vocês usam enquanto nos destroem, são os *nossos* valores que usam enquanto nos amaldiçoam, é a *nossa* língua que falam enquanto negam a mente.

"Do mesmo modo que os místicos do espírito inventaram seu céu à imagem da nossa Terra, imitando nossa existência, e lhes prometeram recompensas criadas por milagre a partir da não matéria, assim também os atuais místicos dos músculos omitem nossa existência e lhes prometem um céu onde a matéria toma forma com base na própria vontade não causada e se transforma em todas as recompensas desejadas pela sua não mente.

"Durante séculos, os místicos do espírito viveram como gângsteres, tornando a vida na Terra insuportável, depois cobrando a vocês que lhes dessem consolo e alívio; proibindo todas as virtudes que tornam possível a existência, depois explorando o seu sentimento de culpa; afirmando que a produção e o prazer são pecados, depois chantageando os pecadores. Nós, os homens dotados de mente, éramos as vítimas jamais reconhecidas da doutrina deles – nós que estávamos dispostos a violar o código moral deles e a arcar com o ônus da maldição pelo pecado de ser racional; nós é que pensávamos e agíamos, enquanto eles desejavam e rezavam; nós é que éramos párias morais, que éramos contrabandistas de vida, quando esta era considerada um crime, enquanto eles gozavam da glória moral por terem a virtude de transcender a ganância material e distribuir, por caridade e altruísmo, os bens materiais produzidos pelos que não podiam ser mencionados.

"*Agora* estamos acorrentados e recebemos ordens de produzir, dadas por selvagens que nem sequer nos concedem a identidade de pecadores – selvagens que afirmam que não existimos e então nos ameaçam de nos privar da vida que não possuímos, se não lhes fornecermos os produtos que não produzimos. Agora querem que continuemos a operar estradas de ferro, a saber a hora exata em que um trem chegará após atravessar todo um continente; querem que continuemos a operar siderúrgicas, a saber a estrutura molecular de cada partícula de metal dos cabos que sustentam as suas pontes, dos aviões que os transportam pelo ar – enquanto as tribos dos seus grotescos místicos dos músculos brigam pelos restos mortais do mundo, grunhindo numa não linguagem, dizendo que não há princípios, não há absolutos, não há conhecimento, não há mente.

"Descendo abaixo do nível do selvagem, que acredita que as palavras mágicas que ele pronuncia têm o poder de alterar a realidade, eles acreditam que esta pode ser alterada pelo poder das palavras que *não* pronunciam – e sua ferramenta mágica é o silêncio, o fingimento de que nada pode existir se não admitirem sua existência.

"Assim como materialmente eles se alimentam de riquezas roubadas, espiritualmente eles também se alimentam de conceitos roubados e afirmam que a honestidade consiste em se recusar a saber que se está roubando. Assim como se utilizam dos efeitos ao mesmo tempo que negam as causas, também empregam os nossos conceitos ao mesmo tempo que negam as raízes e a existência dos conceitos que estão usando. Assim como tentam não construir, mas *tomar* indústrias, também tentam não pensar, mas *tomar* o pensamento humano.

"Assim como afirmam que a única exigência para se operar uma fábrica é a capacidade de rodar manivelas de máquinas e silenciam sobre a questão de quem criou a fábrica, também proclamam que não há entidades, que nada existe senão o movimento, e silenciam quanto ao fato de que o *movimento* pressupõe a coisa que se move, de que sem o conceito de entidade não pode existir o de movimento. Assim como proclamam seu direito de consumir aquilo que não merecem e silenciam quanto à questão de quem é que vai produzi-lo, também afirmam que não há uma lei da identidade, que nada existe senão a mudança, e silenciam sobre o fato de que a *mudança* pressupõe o conceito daquilo que muda, do quê para quê, que sem a lei da identidade não pode existir o conceito de mudança. Assim como roubam um industrial ao mesmo tempo que negam o seu valor, também tentam se apropriar de toda a existência enquanto negam que a existência existe.

'Nós sabemos que nada sabemos', dizem eles, silenciando o fato de que estão afirmando que 'sabem algo'. 'Não há absolutos', afirmam, silenciando o fato de que estão exprimindo um princípio absoluto. 'Não se pode *provar* que se existe e se é dotado de consciência', afirmam, silenciando o fato de que a *prova* pressupõe a existência, a consciência e um complexo encadeamento de conhecimentos: a existência de algo a saber, de uma consciência capaz de sabê-lo, de um conhecimento que distinga entre conceitos tais como provado e não provado.

"Quando um selvagem que não aprendeu a falar declara que a existência tem de ser provada, ele está pedindo que ela seja provada pela não existência. Quando afirma que sua consciência tem que ser provada, está pedindo que ela seja provada pela inconsciência – está pedindo que se passe para um vácuo fora da existência e da consciência para lhe fornecer uma prova de ambas; está pedindo que a pessoa se torne um zero adquirindo conhecimentos a respeito de um zero.

"Quando ele declara que um axioma é uma questão de escolha arbitrária e opta por não aceitar o axioma de que o axioma existe, silencia o fato de que o aceitou ao pronunciar aquela frase, silencia o fato de que o único modo de rejeitá-lo é fechar a boca, não propor teoria alguma e morrer.

"Um axioma é uma afirmação que identifica a base do conhecimento e de qualquer outra afirmação pertinente àquele conhecimento, uma afirmação necessariamente contida em todas as outras, queira determinado falante identificá-la ou não. Um axioma é uma proposição que derrota seus adversários pelo fato de que eles têm que aceitá-la e utilizá-la no processo de qualquer tentativa de negá-la. Que o troglodita que opta por não aceitar o axioma da identidade tente apresentar sua teoria sem utilizar o conceito de identidade nem qualquer outro derivado dele. Que o antropoide que opta por não aceitar a existência dos substantivos tente elaborar uma língua que não os contenha, e nem adjetivos ou verbos. Que o curandeiro que opta por não aceitar a validade da percepção sensorial tente provar sua posição sem utilizar os dados que adquiriu por meio da percepção sensorial. Que o escalpelador que opta por não aceitar a validade da lógica tente provar sua posição sem recorrer a ela. Que o pigmeu que afirma que um arranha-céu não precisa de fundações, após chegar ao 50º andar, arranque as do prédio *dele*, não as do de vocês. Que o canibal que afirma que a liberdade da mente humana foi necessária para *criar* uma civilização industrial, porém não é necessária para *mantê-la*, que todos eles recebam uma flecha e uma pele de urso, não uma cátedra de economia na universidade.

"Vocês pensam que eles os estão levando de volta para a idade das trevas? Pois os estão levando para uma escuridão mais densa do que a de qualquer era da história. A meta deles não é a era da pré-ciência, e sim a da pré-linguagem. O objetivo deles é privar vocês do conceito do qual dependem tanto a mente quanto a vida e a cultura do homem: o de realidade *objetiva*. Identifiquem o desenvolvimento de consciência humana e conhecerão o objetivo da doutrina deles.

"O selvagem é aquele que não compreendeu que A é A e que a realidade é real. Seu desenvolvimento mental estacionou no nível do de um bebê, no patamar em que a consciência adquire suas percepções sensoriais iniciais e ainda não aprendeu a distinguir os objetos concretos. Para um bebê, o mundo é uma névoa de movimento, e não coisas que se movem – e o nascimento de sua mente se dá no dia em que ele apreende que aquele risco que está sempre passando por ele é sua mãe, que a mancha atrás dela é uma cortina, que as duas são entidades sólidas e uma delas não pode se transformar na outra, que elas *são* o que são, que elas *existem*. O dia em que o bebê compreende que a matéria não tem vontade é o dia em que compreende que *ele* é dotado de vontade – e esse é o dia de seu nascimento como *ser humano*. Ao compreender que o reflexo que vê no espelho não é uma ilusão, que é algo real, mas não é ele próprio; que a miragem que vê no deserto não é uma ilusão, que o ar e a luz que causam a miragem são reais, mas esta não é uma cidade e sim o reflexo de uma cidade – no dia em que compreende que não é um receptor passivo das sensações de um dado momento, que seus sentidos não lhe fornecem um conhecimento automático em fragmentos separados independentes do contexto, e sim apenas a matéria-prima do conhecimento, que sua mente tem de integrar; no dia em que compreende que seus sentidos não podem enganá-lo, que os objetos físicos não podem agir sem causa, que seus órgãos de percepção são físicos e não são dotados de vontade, nem do poder de inventar ou de distorcer; que os dados que lhe fornecem constituem um absoluto, mas sua mente tem de aprender a compreendê-los, sua mente precisa descobrir a natureza, as causas, o contexto integral de seu material sensorial, sua mente tem de identificar as coisas que ele percebe –, é nesse dia que ele nasce como pensador e cientista.

"*Nós* somos aqueles que atingiram esse dia; vocês são os que optaram por apenas se aproximar dele. O selvagem é o que jamais chegou lá.

"Para um selvagem, o mundo é um lugar de milagres ininteligíveis em que tudo é possível para a matéria inanimada e nada é possível para *si*. O mundo dele não é o desconhecido, e sim o horror irracional do incognoscível. Ele acredita que os objetos físicos são dotados de uma vontade misteriosa, movida por caprichos *sem causa* e imprevisíveis, e que *ele* é um joguete impotente à mercê de forças que não pode controlar. O selvagem acredita que a natureza é governada por demônios que possuem um poder absoluto e que a realidade é inteiramente controlada por seus caprichos. Acredita que os demônios podem transformar um prato de mingau numa cobra e uma mulher num besouro quando quiserem; que o A que jamais descobriu pode ser qualquer não A que os demônios quiserem; que o único conhecimento que tem é a consciência da obrigação de não tentar conhecer nada. Ele não pode contar com nada, pode apenas *desejar*, e passa a vida desejando, pedindo aos demônios que lhe satisfaçam os desejos com o poder arbitrário de sua vontade, agradecendo-lhes quando o atendem, assumindo a culpa quando não o atendem, oferecendo-lhes sacrifícios como prova de sua gratidão e de sua culpa, rastejando no chão, para exprimir seu medo e sua adoração pelo Sol, pela Lua, pelo vento, pela chuva e por qualquer brutamontes que afirme ser o porta-voz dessas entidades, desde que suas palavras sejam ininteligíveis e sua máscara, assustadora o bastante – ele deseja, implora, rasteja e morre, deixando a vocês, como momentos de sua visão da existência, as monstruosidades distorcidas de seus ídolos, meio homens e meio animais, imagens do mundo do não A.

"É *esse* o estado intelectual dos seus mestres modernos. É o mundo do selvagem que eles querem instaurar para vocês.

"Se vocês querem saber de que maneiras eles pretendem lançar mão para engendrar esse mundo, entre em qualquer sala de aula universitária e ouvirão os professores dizendo a seus filhos que o homem não pode ter certeza de nada, que sua consciência não tem qualquer validade, que ele é incapaz de aprender fatos ou leis da existência, que é incapaz de conhecer uma realidade objetiva. Então que padrão de verdade e conhecimento têm esses professores? Tudo aquilo em que os outros *acreditam*, respondem eles. Não existe conhecimento, eles ensinam; porém apenas já acreditar que vocês mesmos existem é um ato de fé, que não é mais válido do que a crença, defendida por algum outro indivíduo, na ideia de que ele tem o direito de matar vocês. Os axiomas da ciência são atos de fé e não são mais válidos do que a crença na revelação, defendida por um místico. Acreditar que a luz elétrica pode ser produzida por um gerador é um ato de fé e não é mais válido que acreditar que ela pode ser produzida por um pé de coelho beijado debaixo da escada numa noite de lua nova – a verdade é qualquer coisa que as pessoas queiram que seja, e 'as pessoas' significam todo mundo menos vocês. A realidade é tudo aquilo que as pessoas resolvam que seja; não há fatos objetivos, há apenas desejos arbitrários de pessoas. O homem que busca o conhecimento num laboratório com tubos de ensaio e lógica é um tolo antiquado e supersticioso; o verdadeiro cientista é aquele que anda fazendo pesquisas de opinião – e se não fosse a ganância egoísta dos fabricantes de vigas de aço, que estão interessados em obstruir o progresso da ciência, vocês saberiam que a cidade de Nova York não existe, porque uma pesquisa de opinião realizada com a totalidade da população do mundo concluiria, por uma maioria esmagadora, que as *crenças* das pessoas proíbem a existência de tal lugar.

"Há séculos que os místicos do espírito vêm proclamando que a fé é superior à razão, porém não ousam negar a existência da razão. Os místicos dos músculos, herdeiros e produtos dos do espírito, levaram adiante o trabalho de seus predecessores e concretizaram seu sonho: proclamam que tudo é fé e dizem que isso é se revoltar contra as crendices. Revoltando-se contra afirmações carentes de provas, proclamam que nada pode ser provado; revoltando-se contra o conhecimento sobrenatural, proclamam que nenhum conhecimento é possível; revoltando-se contra os inimigos da ciência, proclamam que esta é uma superstição; revoltando-se contra a escravização da mente, proclamam que esta não existe.

"Se vocês abrem mão do seu poder de percepção, se aceitam trocar o padrão da *objetividade* pelo da *coletividade* e pensam aquilo que a humanidade acha que devem pensar, muito em breve seus olhos – dos quais vocês abriram mão – verão uma outra mudança ocorrer: os seus mestres se tornarão os senhores da coletividade, e se, então, vocês se recusarem a lhes obedecer, protestando que eles não são a totalidade da humanidade, eles responderão: 'Como vocês podem saber que não somos? *Ser*? Onde encontraram essa palavra antiquada?'

"Se duvidam que seja esse o objetivo deles, observem com que persistência e paixão os místicos dos músculos estão tentando fazê-los esquecer que o conceito de 'mente' algum dia existiu. Observem a verborragia tortuosa, as palavras com significados de borracha, os termos flutuantes por meio dos quais eles tentam evitar reconhecer o conceito de 'pensamento'. A sua consciência, segundo eles, consiste em 'reflexos', 'reações', 'experiências', 'instintos' e 'impulsos' – e eles se recusam a identificar os meios pelos quais adquiriram esses conhecimentos, a identificar o ato que estão realizando quando falam sobre eles e o ato que vocês realizam quando os ouvem. As palavras têm o poder de 'condicionar' vocês, dizem eles, e se recusam a identificar a razão pela qual as palavras têm o poder de mudar o seu... silêncio. O estudante que lê um livro o compreende por meio de um processo de... silêncio. O cientista que trabalha numa invenção está envolvido numa atividade de... silêncio. O psicólogo que ajuda um neurótico a resolver um problema e a se livrar de um conflito o faz por meio de... silêncio. O industrial... silêncio não existe. Uma fábrica é um 'recurso natural', como uma árvore, uma pedra ou uma poça de lama.

"O problema da produção, dizem eles, já foi resolvido e não merece ser estudado; a única questão que seus 'reflexos' ainda têm que resolver é a da distribuição. Quem resolveu o problema da produção? A humanidade, respondem. Qual foi a solução? Os produtos estão aí. Como foi que eles apareceram? De um modo qualquer. O que causou seu aparecimento? Nada tem causas.

"Eles proclamam que todo homem que nasce tem o direito de existir sem trabalhar, e, apesar das leis da realidade, tem o direito de receber sua 'subsistência mínima' – comida, roupa, casa – sem fazer nenhum esforço, porque tal lhe cabe por direito de nascença. Receber tais coisas de quem? Silêncio. Todo homem, proclamam eles, é proprietário de um quinhão equânime dos benefícios tecnológicos criados no mundo. Criados por quem? Silêncio. Covardes histéricos que se fazem passar por defensores aos industriais agora definem o objetivo da economia como 'um ajuste entre os *desejos* ilimitados dos homens e os bens produzidos em quanti-dade limitada'. Produzidos por quem? Silêncio. Arruaceiros intelectuais que se fazem passar por professores desprezam os pensadores do passado, afirmando que as teorias sociais deles se baseavam na premissa pura-mente teórica de que o homem é um ser racional – mas como isso não é verdade, afirmam eles, deve ser estabelecido um sistema que possibilite ao homem existir apesar de ser *irracional*, o que quer dizer: desafiar a reali-dade. Quem tornará isso possível? Silêncio. Qualquer pessoa medíocre é capaz de publicar planos para controlar a produção da humanidade, quer concorde com suas estatísticas, quer discorde delas. O fato é que ninguém questiona o direito de impor planos pela força das armas. Impor a quem? Silêncio. Mulheres que não têm o que fazer, cujo dinheiro provém do nada, pois que nada tem causas, viajam pelo mundo e voltam afirmando que os povos atrasados deste planeta *exigem* um padrão de vida mais elevado. Exigem de quem? Silêncio.

"E, para impedir qualquer investigação sobre a diferença entre uma aldeia de selvagens e a cidade de Nova York, eles apelam para a obscenidade-mor de explicar o progresso industrial do homem – os arranha-céus, as pontes pênseis, os motores e os trens – afirmando que o homem é um animal que possui um '*instinto de fazer ferramentas*'.

"Querem saber o que está errado com o mundo? O que vocês estão vendo agora é a consequência final da doutrina da ausência de causas, a doutrina do imerecido. Todas as gangues de místicos, do espírito ou dos músculos, estão lutando umas com as outras, disputando o poder de mandar em vocês, rosnando que o amor é a solução de todos os problemas do seu espírito e que o chicote é a solução de todos os problemas do seu corpo – isso porque vocês concordaram com a afirmativa de que não existe mente. Concedendo ao homem menos dignidade do que se concede ao gado, ignorando o que um adestrador de animais poderia lhes dizer – nenhum animal pode ser treinado por meio do medo; o elefante torturado pisoteia seu torturador, recusando-se a trabalhar para ele –, acham que o homem vai continuar a produzir válvulas eletrônicas, aviões supersônicos, máquinas que fragmentam átomos e telescópios interestelares tendo por recompensa uma ração de carne e por incentivo uma chicotada no lombo.

"Não se iludam quanto ao caráter dos místicos. Através dos séculos, o objetivo deles sempre foi minar a sua consciência e sua única volúpia sempre foi a do *poder* – o poder de dominá-los pela força.

"Dos rituais dos curandeiros da selva, que distorciam a realidade, transformando-a em absurdos grotescos, deformavam as mentes de suas vítimas e as enchiam de terror pelo sobrenatural, no decorrer de séculos de estagnação – passando pelas doutrinas sobrenaturais da Idade Média, que mantinham os homens acocorados na lama do chão de seus casebres, com medo de que o demônio lhes roubasse a sopa que haviam trabalhado 18 horas para poder conseguir –, até o professorzinho sorridente e maltrapilho que afirma que o seu cérebro não tem capacidade de pensar, que o homem não tem meios de percepção e tem de obedecer cegamente à vontade onipotente da sociedade, essa força sobrenatural – tudo isso tem o mesmo objetivo: reduzir vocês a uma massa inerte que abre mão da validade de sua consciência.

"Mas isso não pode ser feito sem o seu consentimento. Se permitem que isso seja feito, vocês merecem.

"Quando vocês ouvem um místico falar sobre a impotência da mente humana e começam a duvidar da sua consciência, e não da dele; quando permitem que o seu precário estado de semirracionalidade seja abalado por qualquer afirmação e concluem que é mais seguro confiar na certeza e nos conhecimentos superiores do místico, vocês estão fornecendo, pela sua aprovação, a única fonte de certeza que ele possui. O poder sobrenatural que o místico teme, o espírito incognoscível que ele adora, a consciência que ele julga onipotente é a consciência *de vocês*.

"O místico é aquele que abriu mão da própria mente ao primeiro contato com as mentes dos outros. Em algum momento da sua infância distante, quando o seu entendimento da realidade entrou em conflito com as afirmações dos outros, as ordens arbitrárias e as exigências contraditórias dos outros, ele cedeu a um medo da independência tão abjeto que renunciou à sua faculdade racional. Na encruzilhada da opção entre 'eu sei' e 'eles dizem', o místico escolheu a autoridade dos outros, optou por se submeter em vez de compreender, a *crer* em vez de pensar. A fé no sobrenatural começa como fé na superioridade dos outros. Sua rendição assumiu a forma do sentimento de que ele tem que ocultar sua falta de entendimento de que os outros possuam algum conhecimento misterioso que só ele ignora, de que a realidade é qualquer coisa que os outros queiram que seja, através de algum meio que lhe será negado para todo o sempre.

"Daí em diante, com medo de pensar, ele se vê à mercê de sentimentos não identificados. Estes passam a ser seu único guia, seu único vestígio de identidade pessoal. O místico se agarra a eles com uma possessividade feroz – e, quando pensa, é só com o objetivo de se esforçar para esconder de si próprio que a natureza de seus sentimentos é o terror.

"Quando um místico afirma que sente a existência de um poder superior à razão, é bem verdade que ele sente algo, só que o poder em questão não é um superespírito onisciente universal, e sim a consciência do primeiro gaiato que passou por ele, ao qual ele submeteu a própria razão. O místico é movido pela vontade de causar impressão, de enganar, bajular, trapacear, impor *à força* essa consciência onipotente dos outros. 'Eles', os outros, são a única chave da realidade de que o místico dispõe, e este acha que só pode existir se explorar o poder misterioso dos outros e lhes extorquir seu integral consentimento. 'Eles' são seu único meio de percepção, e, como o cego que depende da visão de um cachorro, o místico sente que tem de acorrentá-los para poder viver. Controlar a consciência dos outros passa a ser sua única paixão – a volúpia do poder é uma erva daninha que só cresce nos terrenos baldios de uma mente abandonada.

"Todo ditador é um místico, e todo místico, um ditador em potencial. O místico quer que os homens lhe obedeçam, não que concordem com ele. Quer que rendam suas consciências a suas afirmações, seus decretos, seus desejos, seu caprichos do mesmo modo que a consciência *dele* se rende às deles. Ele quer lidar com os homens por meio da fé e da força – não tem nenhuma satisfação em ganhar o consentimento dos outros se, para isso, for necessário lançar mão de fatos e da razão. A razão é o inimigo que ele teme e, ao mesmo tempo, considera precário. Para ele, a razão é um instrumento usado para burlar. *Sente* que os homens possuem algum poder mais forte que a razão – e é apenas impondo-lhes uma crença sem causas ou uma obediência forçada que ele se sente certo de que adquiriu controle sobre o dom místico que lhe faltava. Sua volúpia é de mandar, não de convencer – a convicção exige um ato de independência e se baseia numa realidade objetiva absoluta. O que ele quer é exercer poder sobre a realidade e sobre o meio que os homens têm para percebê-la: sua mente. Quer poder colocar sua vontade entre a existência e a consciência, como se, ao concordar em falsificar uma realidade sob as instruções do místico, os homens estivessem criando a realidade.

"Assim como o místico é um parasita no plano da matéria, uma vez que expropria a riqueza criada pelos outros, ele também é um parasita no plano do espírito, pois saqueia as ideias criadas por outros – e assim se coloca abaixo do nível do louco, que cria a própria distorção da realidade, e se coloca ao nível de um parasita da loucura, que busca uma distorção criada por outrem.

"Só existe um estado que satisfaz o desejo de infinito, de não causalidade, de não identidade, que caracteriza o místico: a *morte*. Quaisquer que sejam as causas ininteligíveis que ele atribua a seus sentimentos incomunicáveis, todo aquele que rejeita a realidade rejeita a existência – e os sentimentos que o impelem daí em diante são o ódio por todos os valores da vida humana e a paixão por todos os males que o destroem. O místico aprecia o espetáculo do sofrimento, da pobreza, da subserviência e do terror; tais coisas lhe proporcionam uma sensação de triunfo, uma prova da derrota da realidade racional. Porém não existe outra realidade.

"Qualquer que seja o suposto beneficiário do místico, seja ele Deus ou aquela gárgula sem corpo que ele chama de 'povo', qualquer que seja o ideal que proclama em termos de alguma dimensão sobrenatural – *na verdade, na realidade, na Terra*, seu ideal é a morte, seu desejo é matar, seu único prazer é torturar.

"A destruição é o único fim já realizado pela doutrina dos místicos, e é o único fim que, como vocês estão vendo, eles estão atingindo agora, e se a destruição causada por seus atos não os fez questionar suas doutrinas, se afirmam serem movidos pelo amor, porém não mudam de ideia apesar das pilhas de cadáveres à sua frente, é porque a verdade a respeito das almas deles é pior do que a desculpa obscena que vocês lhes concederam: a desculpa de que o fim justifica os meios e os horrores por eles praticados são meios de atingir fins mais nobres. A verdade é que esses horrores são os fins deles.

"Vocês, que são depravados o bastante para acreditar que conseguiriam se adaptar à ditadura de um místico e poderiam lhe agradar obedecendo às suas ordens, saibam que não há como deixá-lo satisfeito: quando lhe obedecem, ele passa a dar ordens contrárias, pois o que quer é a obediência pela obediência, a destruição pela destruição. Vocês, que são abjetos o bastante para acreditar que podem negociar com um místico cedendo às suas extorsões, saibam que não há como comprá-lo, pois o suborno que ele quer é a sua vida, devagar ou depressa, conforme estejam dispostos a dá-la – e o monstro que ele quer subornar é aquela coisa silenciada em sua mente, que o impele a matar para não ver que a morte que ele deseja é a sua própria.

"Vocês, que são inocentes o bastante para acreditar que as forças que estão soltas no seu mundo agora são movidas pela ganância do saque material – essa briga dos místicos pelos despojos de guerra é apenas uma cortina de fumaça para ocultar das mentes deles a natureza de sua verdadeira motivação. A riqueza é um meio da vida humana, e eles pedem riquezas por imitação aos seres vivos, para mentir a si próprios que desejam viver. Porém essa entrega obscena ao luxo saqueado não é prazer, e sim fuga. Eles não querem possuir a sua fortuna: querem que vocês a percam. Não querem ter sucesso, e sim que vocês fracassem. Não querem viver, e sim que vocês morram. Não desejam nada, só odeiam a existência e vivem correndo, tentando não descobrir que o ódio que sentem é inspirado pelas próprias pessoas.

"Vocês, que jamais compreenderam a natureza do mal, que acham que eles são apenas 'idealistas desencaminhados' – que o Deus que vocês inventaram lhes perdoe! *Eles* são a essência do mal, eles, esses objetos antivida que buscam, devorando o mundo, preencher o zero *altruístico* de suas almas. Não é sua riqueza que eles querem. Eles fazem parte de uma conspiração contra a mente, ou seja, contra a vida e o homem.

"É uma conspiração sem líder e sem direção, e os marginais aleatórios do momento que faturam sobre a agonia de uma região ou outra são a escuma que se forma sobre a torrente que irrompe da represa rachada do esgoto dos séculos, e do reservatório do ódio à razão, à lógica, à capacidade, à realização, ao prazer, armazenado por todo anti-humano lacrimejante que prega a superioridade do 'coração' sobre a mente.

"É uma conspiração de todos aqueles que não querem viver, mas *escapar impunes*, de todos os que tentam falsear só um pedacinho da realidade e são atraídos, por sentimento, por todos os que estão falseando outros pedacinhos – uma conspiração que une, por meio da evasão, todos os que têm como valor o *zero*: o professor que, sendo incapaz de pensar, sente prazer em estropiar as mentes de seus alunos; o negociante que, para proteger sua estagnação, sente prazer em acorrentar a capacidade dos seus concorrentes; o neurótico que, para defender seu ódio de si próprio, sente prazer em humilhar homens cheios de amor-próprio; o incompetente que sente prazer em prejudicar as realizações; o medíocre que sente prazer em derrubar tudo o que é grande; o eunuco que se realiza castrando todo prazer – e todos os intelectuais que lhes dão munição, todos os que pregam que a imolação da virtude transforma vícios em virtudes. A *morte* é a premissa das teorias deles, a *morte* é o objetivo das ações deles na prática – e vocês são suas últimas vítimas.

"Nós, que éramos os amortecedores colocados entre vocês e a natureza da sua doutrina, agora não estamos mais entre vocês para salvá-los dos efeitos dessa doutrina que optaram por seguir. Não estamos mais dispostos a pagar com nossas vidas as dívidas que contraíram nas suas vidas, nem o déficit moral acumulado por todas as gerações que vieram antes de vocês. Vocês viveram todo esse tempo endividados – e eu sou o homem que veio para cobrar a dívida.

"Eu sou o homem cuja existência os seus silêncios lhes permitiam ignorar. Sou o homem que vocês não queriam que vivesse nem que morresse – não queriam que eu vivesse, porque tinham medo de saber que eu assumira a responsabilidade do que vocês haviam se esquivado e medo de constatar que suas vidas dependiam de mim; não queriam que eu morresse, porque sabiam isso.

"Há 12 anos, no tempo em que eu trabalhava no seu mundo, eu era um inventor. Era membro de uma profissão que foi a última a surgir na história da humanidade e será a primeira a desaparecer no processo de volta ao infra-humano. O inventor é o homem que pergunta "por quê?" ao universo e não deixa que nada se interponha entre essa resposta e sua mente.

"Como o homem que descobriu a utilização do vapor ou o que descobriu o uso do petróleo, descobri uma fonte de energia que sempre existiu, desde que o mundo é mundo, mas que os homens não sabiam como usar senão como objeto de culto e de terror, como matéria de lendas sobre deuses trovejantes. Completei o modelo experimental de um motor que teria trazido uma fortuna a mim e àqueles que me empregavam, um motor que teria aumentado a eficiência de todos os equipamentos que usam energia e que teria acrescentado a bênção do aumento de produtividade a cada hora que vocês passam ganhando o seu sustento.

"Então, certa noite, numa assembleia na fábrica, ouvi proferirem a minha sentença de morte, por ter realizado o que realizei. Ouvi três parasitas afirmarem que o meu cérebro e a minha vida eram de sua propriedade, que meu direito de viver era condicional e dependia de eu satisfazer os desejos deles. O objetivo da minha capacidade, disseram eles, era servir às necessidades daqueles que eram menos capazes que eu. Eu não tinha o direito de viver, disseram eles, por demonstrar competência para a vida; o direito que eles tinham à vida era incondicional, por serem incompetentes.

"Então compreendi o que havia de errado com o mundo, o que destruía os homens e as nações e onde se devia lutar a batalha pela vida. Compreendi que o inimigo era uma moralidade invertida – e que seu único poder era a minha aprovação a ela. Vi que o mal era impotente – que ele era o irracional, o cego, o antirreal – e que a única arma que garantia seu triunfo era a disposição dos bons de servi-lo. Do mesmo modo que os parasitas ao meu redor estavam proclamando que dependiam totalmente da minha mente e julgavam que eu aceitaria voluntariamente uma servidão que não tinham poder de me impor, do mesmo modo que contavam com a minha autoimolação para ter meios de pôr em prática seu plano, também em todo o mundo, e no decorrer de toda a história da humanidade, em todas as versões e formas, das extorsões de parentes parasitas às atrocidades dos países coletivizados, são os bons, os capazes, os homens racionais que agem como seus próprios destruidores, que entregam o sangue de sua virtude e deixam que o mal lhes transmita o veneno da destruição, garantindo dessa maneira o poder da sobrevivência para o mal e a impotência da morte para seus valores. Vi que chega um ponto, na derrota de todo homem virtuoso, em que o mal necessita do consentimento desse homem para vencer – e que nenhum mal que os outros lhe possam fazer terá sucesso se ele lhes negar seu consentimento. Vi que eu podia dar fim aos absurdos cometidos por vocês, pronunciando mentalmente uma única palavra. Pronunciei-a: 'não'.

"Larguei aquela fábrica. Abandonei o mundo de vocês e me dediquei à tarefa de alertar suas vítimas e lhes oferecer o método e a arma para os combater. O método era a recusa a se curvar diante da punição. A arma era a justiça.

"Se querem saber o que perderam quando eu os abandonei e meus grevistas desertaram o seu mundo, coloquem-se num lugar deserto, jamais explorado pelo homem, e perguntem a si próprios de que modo e por quanto tempo seriam capazes de sobreviver caso se recusassem a pensar, sem ninguém para lhes dizer o que fazer. Ou então, se optassem por pensar, perguntem a si próprios quanto suas mentes seriam capazes de descobrir. Perguntem a quantas conclusões chegaram por seus próprios meios durante toda a vida e quanto tempo passaram repetindo ações aprendidas com os outros. Perguntem a si próprios se seriam capazes de descobrir como se cultiva a terra, como se faz uma plantação, se seriam capazes de inventar a roda, a manivela, a bobina, o gerador, a válvula eletrônica – então decidam se vão considerar os homens capazes exploradores que vivem do fruto do *seu* trabalho e roubam a riqueza que *vocês* produzem. Resolvam se ousam acreditar que têm o poder de escravizar esses homens. Que as suas mulheres contemplem uma mulher da selva, de rosto enrugado e seios flácidos, moendo farinha numa tigela, hora após hora, século após século – e que perguntem a si próprias se o seu 'instinto de fazer ferramentas' bastará para criarem geladeiras, máquinas de lavar e aspiradores de pó, e se, caso contrário, elas querem destruir aqueles que criaram tudo isso, e não o fizeram 'por instinto'.

"Olhem ao seu redor, seus selvagens que acham que as ideias são criadas pelos meios de produção, que uma máquina não é o produto do pensamento humano, e sim um poder místico que produz pensamento humano. Vocês jamais descobriram a era industrial. Atêm-se a uma moralidade de bárbaros, do tempo em que uma forma miserável de subsistência era obtida com o esforço muscular dos escravos. Todo místico sempre quer escravos, para se proteger da realidade material que teme. Mas *vocês*, seus selvagenzinhos grotescos, olham sem nada ver para os arranha-céus que os cercam, para as chaminés das fábricas, e sonham escravizar os cientistas, os inventores e os industriais que criam as coisas materiais. Quando vocês pedem a propriedade coletiva dos meios de produção, estão pedindo a propriedade coletiva da mente. Ensinei a meus grevistas que a única resposta que vocês merecem é: 'Pois tentem!'

"Vocês afirmam serem incapazes de explorar as forças da matéria inanimada, porém se propõem a explorar as mentes de homens capazes de realizar feitos dos quais vocês não são capazes. Afirmam que não podem sobreviver sem nós, porém se propõem a determinar as nossas condições de sobrevivência. Afirmam que precisam de nós, porém têm a impertinência de se arrogar o direito de mandar em nós pela força – e pensam que nós, que não temos medo da natureza física que os apavora, vamos ter medo de um idiota qualquer que convenceu vocês a votar nele para tentar mandar em nós.

"Vocês se propõem a estabelecer uma ordem social baseada nos seguintes princípios: vocês são incompetentes para viver as próprias vidas, porém têm competência para mandar nas dos outros. São incapazes de viver em liberdade, mas têm capacidade para se tornarem governantes onipotentes. São incapazes de garantir o próprio sustento por meio de sua inteligência, mas têm capacidade suficiente para julgar políticos e elegê-los para cargos que lhes conferem poderes totais sobre atividades que vocês jamais viram, sobre ciências que jamais estudaram, sobre realizações das quais nunca ouviram falar, sobre indústrias gigantescas nas quais vocês, pela própria estimativa que fazem de sua capacidade, não conseguiriam trabalhar como assistentes de lubrificador.

"Esse ídolo do seu culto ao zero, esse símbolo de impotência – o dependente congênito – é a imagem que vocês têm do homem. É o seu padrão de valor, a cuja imagem tentam refazer suas almas. 'É humano!', exclamam vocês em defesa de toda depravação, atingindo o estágio de autodegradação em que se tenta fazer com que 'humano' signifique fraqueza, estupidez, vadiagem, mentira, fracasso, covardia e fraude e se pretende exilar da espécie humana o herói, o pensador, o produtor, o inventor, o forte, o decidido, o puro – como se 'sentir' fosse humano, mas pensar não fosse; como se o fracasso, e não o êxito, fosse humano; como se a corrupção, não a virtude, fosse humana. Como se fosse própria do homem a premissa da *morte*, e não a premissa da *vida*.

"Para nos privar primeiro da honra e depois de nossa riqueza, vocês sempre nos consideraram escravos que não merecem reconhecimento moral. Elogiam qualquer empreendimento que se pretenda não lucrativo e maldizem os homens que ganharam os lucros que tornaram viável o empreendimento. Consideram 'de interesse público' todo projeto que sirva àqueles que não pagam, pois não é do interesse público prestar serviços aos que pagam. 'Benefício público' é tudo aquilo dado como esmola; comerciar é prejudicar o público. 'Bem-estar do público' é o bem-estar

daqueles que não o merecem; os que o merecem não precisam de bem-
-estar. Para vocês, 'o público' é todo aquele que não conseguiu atingir
nenhuma virtude, nenhum valor. Quem quer que os atinja, quem quer
que forneça os produtos necessários à sobrevivência de vocês deixa de ser
considerado parte do público, da espécie humana.

"Qual foi o ato de silenciar que lhes permitiu ter esperanças de ser
possível fugir às consequências desse lodo de contradições e planejá-lo
como uma sociedade ideal, quando o 'não' das suas vítimas bastava
para demolir toda a sua estrutura? O que permite a qualquer mendigo
insolente exibir suas chagas aos que são melhores do que ele e lhes implorar ajuda em tom de ameaça? Vocês, como ele, exclamam que estão
contando com a nossa piedade, mas sua esperança secreta é o código
moral que lhes ensinou a contar com o nosso sentimento de *culpa*. Vocês
pretendem fazer com que nos sintamos culpados de nossas virtudes na
presença dos seus vícios, suas feridas e seus fracassos – culpados de ter
sucesso, culpados de gozar a vida que vocês maldizem, embora nos im-
plorem que os ajudemos a viver.

"Vocês queriam saber quem é John Galt? Sou o primeiro homem capaz
que se recusou a encarar a capacidade como motivo para sentimentos de
culpa. Sou o primeiro a não fazer penitência por minhas virtudes, a não
deixá-las serem usadas como instrumento para a minha destruição. O primeiro a não querer sofrer o martírio nas mãos daqueles que desejavam que
eu morresse em nome do privilégio de mantê-los vivos. O primeiro a lhes
dizer que não precisava deles e que até aprenderem a lidar comigo como
comerciantes, trocando valor por valor, teriam de existir sem mim, como
eu existiria sem eles. O primeiro a lhes dizer que os faria aprender de quem
é a necessidade e de quem a capacidade – e, se o padrão é a sobrevivência
do homem, quem seria capaz de garanti-la.

"Fiz, deliberada e intencionalmente, aquilo que historicamente sempre
foi feito por omissão silenciosa. Sempre houve homens inteligentes que
entraram em greve, em protesto e em desespero, sem, porém, conhecer o
significado do próprio ato. O homem que abandona a vida pública para
pensar, sem, no entanto, compartilhar seus pensamentos; o homem que
resolve passar a vida na obscuridade, fazendo trabalho braçal, guardando
para si próprio o fogo de sua inteligência, sem jamais lhe dar forma,
expressão nem realidade, recusando-se a usá-la num mundo que ele despreza; o homem que é derrotado pela repulsa, que renuncia antes de co-

meçar, que prefere desistir a ceder, que só dá uma parcela mínima de sua capacidade, desarmado pela ânsia por um ideal jamais encontrado – tais homens estão em greve contra a irracionalidade, em greve contra o seu mundo e os seus valores. Mas, ao não encontrar os próprios valores, abandonam a busca do conhecimento – nas trevas de seu desespero indignado, que é justificado sem que conheçam a justificativa, apaixonado sem que tenham desejo –, concedem a vocês o poder da realidade, abrem mão dos incentivos de suas mentes e morrem na amargura e na inutilidade, rebeldes que jamais conheceram o objeto de sua rebelião, amantes que jamais descobriram seu amor.

"A época infame que vocês chamam de Idade das Trevas foi um período de greve da inteligência, em que os homens capazes optaram pela clandestinidade e viveram em segredo, estudando escondidos, e morreram, destruindo as obras de suas mentes, quando apenas um pequeno punhado dos mais bravos mártires permaneceu para manter viva a espécie humana. Todos os períodos dominados por místicos foram eras de estagnação e miséria, em que a maioria dos homens estava em greve contra a existência, trabalhando para ganhar menos do que o mínimo necessário à subsistência, sem deixar nada senão migalhas para ser saqueado pelos poderosos, recusando-se a pensar, a se aventurar, a produzir, pois quem se apropriava de seus lucros e constituía a mais alta autoridade para decidir o que era certo ou errado era o capricho de algum degenerado fantasiado investido da dignidade de superior à razão por direito divino e pelo poder de um porrete. A estrada da história do homem é uma sequência de silêncios e imensidões estéreis erodidas pela fé e pela força, com apenas uns poucos momentos de luz do sol, em que a energia libertada dos homens dotados de mentes realizou maravilhas que fizeram vocês se deslumbrarem, admirarem e imediatamente destruírem.

"Mas isso não acontecerá desta vez. O tempo dos místicos acabou. Vocês vão ser destruídos por seu próprio irrealismo. Nós, os racionais, sobreviveremos.

Eu liderei a greve dos mártires que jamais haviam abandonado vocês antes. Dei a eles a arma que lhes faltava: o conhecimento do próprio valor moral. Ensinei-lhes que o mundo é nosso, quando o quisermos, em virtude do fato de que a nossa moralidade é a moralidade da vida. Eles, as grandes vítimas que produziram todas as maravilhas do breve florescimento da humanidade, eles, os industriais, os conquistadores da matéria, não haviam descoberto a natureza do seu direito. Já sabiam que lhes cabia o poder, mas eu lhes ensinei que também lhes cabia a glória.

"Vocês, que ousam nos considerar moralmente inferiores a qualquer místico que afirme ter visões sobrenaturais; vocês, que brigam como abutres por migalhas saqueadas, porém dão mais valor a uma cartomante do que a um empresário; vocês, que zombam do negociante por considerá-lo ignóbil, porém exaltam o artista pretensioso – a base dos seus padrões é aquele miasma místico que emana dos pântanos primevos, aquele culto à morte que tacha de imoral o comerciante por ser ele quem os mantém vivos. Vocês, que afirmam que querem transcender as preocupações mesquinhas do corpo, o trabalho mesquinho de atender apenas às necessidades físicas, me digam quem é escravizado pelas necessidades físicas: o hindu que trabalha de sol a sol puxando um arado para ganhar uma tigela de arroz ou o americano que dirige um trator? *Quem* é o conquistador da realidade física: o homem que dorme numa cama de pregos ou o que dorme num colchão de molas? *Qual* é o monumento ao triunfo do espírito humano sobre a matéria: os barracos imundos à margem do Ganges ou os arranha-céus de Nova York?

"Se vocês não aprenderem a responder a essas perguntas e a encarar com reverência as realizações da mente humana, não permanecerão por muito mais tempo neste mundo, que amamos e não permitiremos que vocês o amaldiçoem. Não vão escapar de fininho, como tantos já fizeram. Eu abreviei o curso normal da história e os fiz descobrir a natureza do pagamento que queriam que fosse passado adiante para outrem. Agora vocês terão de gastar suas últimas forças vitais para dar o imerecido aos adoradores e servidores da morte. Não façam de conta que uma realidade malévola os derrotou – vocês foram derrotados pelas próprias evasivas. Não façam de conta que vão morrer por um nobre ideal – vocês vão morrer para servir de pasto aos que odeiam a humanidade.

"Mas para aqueles, dentre vocês, que ainda guardam algum vestígio de dignidade e de vontade de viver a própria vida, ofereço a oportunidade de fazer uma opção. Pensem se vocês querem morrer por uma moralidade que jamais praticaram, em que jamais acreditaram. Parem à beira da autodestruição e examinem seus valores e sua vida. Antes vocês sabiam fazer um inventário dos seus bens. Agora façam um inventário de suas mentes.

"Desde pequenos, vocês vêm ocultando um segredo culposo: no fundo, nunca quiseram seguir essa moralidade, buscar a autoimolação. Sempre temeram e odiaram esse código, mas nem ousam dizê-lo a si próprios; vocês não têm esses 'instintos' morais que os outros afirmam sentir em si próprios. Quanto menos vocês os sentiam, mais alto proclamavam o seu amor altruístico pelos outros, seu desejo de servi-los, com medo de que descobrissem seu eu verdadeiro, o eu que vocês traíram, que sempre mantiveram escondido, como um esqueleto no porão de seu corpo. E eles, que, ao mesmo tempo, eram tapeados por vocês e os tapeavam, eles os escutavam e aprovavam com veemência suas palavras, com medo de que vocês descobrissem que eles escondiam o mesmo segredo. A vida entre vocês é um gigantesco fingimento, uma farsa que um representa para o outro, cada um se achando o único diferente, o único culpado, cada um atribuindo a autoridade moral ao incognoscível que só os outros conhecem, cada um falseando a realidade que acha que os outros querem que ele falseie, nenhum com a coragem de quebrar o círculo vicioso.

"Qualquer que seja a solução sórdida que vocês tenham adotado para conviver com esse código inviável, qualquer que seja o equilíbrio miserável que tenham atingido, misto de cinismo e superstição, vocês ainda preservam a raiz, a premissa letal: a ideia de que o que é moralmente correto é incompatível com o que é prático. Desde pequenos, vocês fogem do terror de uma escolha que jamais ousaram identificar explicitamente: de um lado, o que é *prático* – tudo aquilo que vocês precisam fazer para existir, tudo o que dá certo, que realiza os seus objetivos, que lhes proporciona alimento ou prazer, que lhes traz lucro, é mau –; de outro, o que é bom e moralmente correto, mas *não* é prático – tudo o que dá errado, destrói, frustra, tudo o que faz mal a vocês e lhes proporciona prejuízos ou dor. Na verdade, a escolha é esta: ser moralmente direito ou viver.

"O único resultado dessa doutrina assassina foi separar a moralidade da vida. Vocês foram criados com a ideia de que as leis morais não têm relação com a tarefa de viver, senão como obstáculos e ameaças; que a existência humana é uma selva amoral em que vale tudo e qualquer coisa funciona. E, nessa névoa de definições cambiantes que envolve uma mente congelada, vocês esquecem que os males amaldiçoados pela sua crença eram as virtudes necessárias à vida e chegam a acreditar que os males são os meios *práticos* da existência. Esquecendo que o 'bem' não prático era o autossacrifício, vocês acreditam que o amor-próprio não é prático; esquecendo que o 'mal' prático era a produção, acreditam que o roubo é prático.

"Balançando-se como um galho ao sabor dos ventos numa selva amoral, vocês não ousam ser inteiramente maus nem viver completamente. Quando são honestos, sentem-se otários; quando são desonestos, sentem terror e vergonha. Quando são felizes, sua felicidade é diluída pela culpa; quando sofrem, a dor é aumentada pela sensação de que seu estado natural é a dor. Vocês sentem piedade dos homens que lhes inspiram admiração, pois acreditam que eles estão fadados a fracassar; invejam os que lhes inspiram ódio, pois acreditam que eles é que sabem viver. Sentem-se desarmados quando se veem frente a frente com um canalha: vocês acham que o mal está fadado a ganhar, visto que a moralidade é impotente, *não é prática*.

"Para vocês, a moralidade é um espantalho constituído de dever, tédio, castigo e dor, um cruzamento da primeira professora que vocês tiveram na escola fundamental com o coletor de impostos de agora, um espantalho colocado num campo estéril, sacudindo uma vara para afastar os seus prazeres – porque isso, para vocês, quer dizer um cérebro empapado de álcool, uma prostituta animalesca, o estupor de um imbecil que aposta dinheiro numa corrida de animais, pois o prazer não pode ser algo moralmente correto.

"Se vocês identificarem suas verdadeiras crenças, encontrarão uma tripla maldição – de si próprios, da vida e da virtude – na conclusão grotesca a que chegaram: vocês acreditam que a moralidade é um mal necessário.

"Vocês não entendem por que vivem sem dignidade, amam sem paixão e morrem sem resistência? Não entendem por que, de todos os lados, só se ouvem perguntas sem respostas, por que a sua vida é dilacerada por conflitos insolúveis, por que vocês vivem tendo que fazer escolhas artificiais, como optar pela alma ou pelo corpo, pela mente ou pelo coração, pela segurança ou pela liberdade, pelo lucro privado ou pelo bem público?

"Vocês se queixam de não encontrar respostas? Como pretendiam encontrá-las? Vocês rejeitam seu instrumento de percepção – sua mente – e depois reclamam que o universo é um mistério. Jogam fora a chave, depois choram porque todas as portas estão trancadas para vocês. Partem em busca do irracional, depois maldizem a existência por não fazer sentido.

"A escolha de que vocês estão tentando se esquivar há duas horas – enquanto ouvem minhas palavras e tentam não ouvi-las – é a fórmula do covarde expressa na frase: 'Mas não é preciso partir para soluções extremas!' A solução extrema que vocês vivem tentando evitar é a aceitação do fato de que a realidade é absoluta, de que A é A e a verdade é verdadeira. Um código moral impossível de praticar, que exige a imperfeição e a morte, lhes ensinou a dissolver todas as ideias numa neblina, a não permitir definições firmes, a considerar todos os conceitos aproximações e todas as regras de conduta elásticas, a achar exceções a todos os princípios, a transigir em todos os valores, a ficar sempre no meio. Ao obrigá-los, por meio de extorsão, a aceitar absolutos sobrenaturais, esse código os forçou a rejeitar o absoluto da natureza. Tornando impossíveis os julgamentos morais, tornou vocês incapazes de emitir um julgamento racional. Um código que os proíbe de atirar a primeira pedra os proíbe de admitir a identidade das pedras e de saber quando se está sendo apedrejado.

"O homem que se recusa a julgar, que nem concorda nem discorda, que afirma não haver absolutos e acredita desse modo se esquivar das responsabilidades – esse homem é responsável por todo o sangue que está sendo derramado agora no mundo. A realidade é absoluta, a existência é absoluta, um grão de poeira é absoluto e uma vida humana também é absoluta. Viver ou morrer é algo absoluto. Ter um pedaço de pão ou não tê-lo, isso também é algo absoluto. Poder comer o pão ou vê-lo ser devorado por um saqueador, isso também é algo absoluto.

"Há dois lados em toda questão: um está certo e o outro, errado, mas o meio é sempre mau. O homem que está errado ainda guarda algum respeito pela verdade, mesmo que apenas por assumir a responsabilidade da escolha. Mas o homem do meio é o calhorda que silencia a verdade para fingir que não há escolha nem valores, que está disposto a escapulir de todas as batalhas, a lucrar com o sangue dos inocentes ou a rastejar perante os culpados, que faz justiça condenando à prisão tanto o ladrão quanto a vítima, que resolve os conflitos obrigando o sábio e o insensato a encontrarem uma solução intermediária que agrade a ambos. Qualquer transigência entre a comida e o veneno só pode representar uma vitória para a morte. Qualquer transigência entre o bem e o mal só pode ser favorável ao mal. É como na transfusão de sangue que tira do bem para abastecer o mal: aquele que transige faz o papel de tubo de transfusão.

"Vocês que são meio racionais, meio covardes vivem passando o conto do vigário na realidade, mas a vítima da sua vigarice são vocês mesmos. Quando os homens reduzem sua virtude a valores aproximados, então o mal ganha a força de absoluto, quando a lealdade a um objetivo inarredável é abandonada pelos virtuosos, ela é assumida pelos canalhas – e o que se vê é o espetáculo indecente de um bem aviltado, transigente, traiçoeiro, e um mal intransigente e farisaico. Assim como vocês se renderam aos místicos dos músculos quando eles lhes disseram que a ignorância consiste em afirmar que se sabe, agora vocês também se rendem quando eles gritam que a imoralidade consiste em emitir juízos morais. Quando berram que é egoísmo ter certeza de que se tem razão, vocês se apressam a lhes dizer que não têm certeza de nada. Quando eles gritam que é imoral se apegar às suas convicções, vocês lhes dizem que não têm convicção nenhuma. Quando os valentões das repúblicas populares europeias rosnam acusações de intolerância dirigidas a vocês, porque vocês não acham que o seu desejo de viver e a vontade deles de os matar não passam de uma diferença de opinião, vocês se acovardam e se apressam a explicar que não são intolerantes para com nenhum horror. Quando algum vagabundo descalço em alguma pocilga na Ásia grita 'Como ousam ser ricos?', vocês pedem desculpas e lhe pedem paciência, prometendo-lhe que vão dar tudo o que têm.

"Vocês chegaram ao beco sem saída da traição que cometeram quando aceitaram que não tinham o direito de viver. Primeiro vocês acreditavam que era apenas uma questão de 'não ser intransigente': aceitavam que era imoral viver para si próprios, porém era correto viver para seus filhos. Depois aceitaram que era egoísmo viver para seus filhos, porém era certo viver para a sua comunidade. Depois aceitaram que era egoísmo viver para a sua comunidade, mas era certo viver para a pátria. *Agora* vocês deixam este país, o maior de todos, ser devorado pela ralé dos quatro cantos do mundo, aceitando que é egoísmo viver para a pátria, e que o dever moral de cada um é viver para todo o mundo. O homem que não tem direito de viver não tem o direito de ter valores e jamais poderá se ater a eles.

"No fim dessa estrada de traições sucessivas, desprovidos de armas, de certezas, de honra, vocês cometem a traição final e assinam seu atestado de falência intelectual: enquanto os místicos dos músculos das repúblicas populares afirmam serem os defensores da razão e da ciência, vocês aceitam proclamar que *a fé* é o seu princípio fundamental; que a razão está do lado daqueles que os destroem, mas que o seu lado é o da fé. Para o que ainda resta de honestidade racional das mentes confusas e torturadas dos seus filhos, vocês declaram que não podem oferecer argumentos racionais para defender as ideias que criaram este país, que não há justificativa racional para a liberdade, a propriedade, a justiça, os direitos, que tais coisas se baseiam numa intuição mística e só podem ser aceitas por uma questão de fé, que a razão e a lógica estão do lado do inimigo, porém a fé é superior à razão. Vocês afirmam a seus filhos que é racional saquear, torturar, escravizar, expropriar, assassinar, mas que eles devem resistir às tentações da lógica e se apegar à disciplina do irracionalismo redentor – que os arranha-céus, as fábricas, os rádios, os aviões foram gerados pela fé e pela intuição mística, enquanto a fome, os campos de concentração e os pelotões de fuzilamento foram gerados por uma forma racional de existência –, e declaram que a Revolução Industrial foi uma revolta de homens cheios de fé contra a época de razão e lógica denominada Idade Média. Ao mesmo tempo, vocês afirmam às mesmas crianças que os saqueadores que mandam nas repúblicas populares vão ultrapassar este país em produção material, visto que eles são os representantes da ciência, porém é mau dar valor à riqueza material, então declaram que se deve renunciar à prosperidade. Vocês afirmam que os ideais dos saqueadores são nobres, só que eles não os levam a sério, mas vocês sim; que seu objetivo ao combater os saqueadores é apenas realizar os objetivos deles, que *eles* não poderão concretizar, mas vocês sim; e que a maneira de combatê-los é dar a eles a sua riqueza. Depois vocês não entendem por que seus filhos se tornam valentões do povo ou delinquentes enlouquecidos, nem por que as conquistas dos saqueadores estão cada vez chegando mais perto das suas portas, e concluem que a culpa é da estupidez humana, afirmando que as massas são imunes à razão.

"Vocês silenciam o espetáculo público e descarado da luta dos saqueadores contra a mente, e o fato de que os horrores mais sanguinolentos por eles cometidos visam punir o crime de pensar. Silenciam o fato de que a maioria dos místicos dos músculos começaram como místicos do espírito, que vivem trocando de posição, que os homens que vocês chamam de materialistas e espiritualistas não passam das duas metades do mesmo ser humano dissecado, sempre buscando se completar, mas passando, ao fazê-lo, da destruição da carne para a da alma e vice-versa – que eles vivem correndo das suas universidades para as colônias de escravos da Europa e para a lama mística da Índia, buscando qualquer refúgio contra a realidade, qualquer forma de fugir da mente.

"Silenciam essas coisas e se atêm à sua hipocrisia da 'fé' a fim de silenciar a consciência do fato de que os saqueadores utilizam o código moral de vocês para lhes tirar vantagens; de que os saqueadores são os verdadeiros praticantes da moralidade que vocês só seguem até certo ponto; de que eles a praticam da única maneira que ela pode ser praticada: transformando a Terra em altar de sacrifício; de que a sua moralidade os proíbe de combatê-los do único modo que eles podem ser combatidos: recusando-se a se oferecer ao sacrifício como animais e afirmando com orgulho seu direito de existir; de que, para combatê-los até o fim, e com absoluta retidão, *é a moralidade deles que vocês têm que rejeitar.*

"Vocês silenciam esse fato, porque o seu amor-próprio está preso àquele 'altruísmo' místico que jamais tiveram nem praticaram, porém passaram tantos anos fingindo possuir, pois a ideia de denunciá-lo os aterroriza. Nenhum valor é mais elevado do que o amor-próprio, porém vocês o investiram em ações falsificadas – e agora a sua moralidade os jogou numa armadilha em que são obrigados a proteger seu amor-próprio lutando pela doutrina da autodestruição. A ironia macabra é que essa necessidade de amor-próprio, que vocês não conseguem explicar nem definir, pertence à *minha* moralidade, não à sua – é a marca objetiva do meu código, minha prova dentro da sua alma.

"Graças a um sentimento que ele não aprendeu a identificar, porém retém desde que tomou consciência da própria existência, desde que descobriu que é obrigado a fazer escolhas, o homem sabe que sua necessidade desesperada de amor-próprio é uma questão de vida ou morte. Como ser dotado de consciência com poder de escolha, ele sabe que precisa conhecer o próprio valor a fim de manter sua vida. Sabe que tem de estar *certo* – estar errado numa ação implica uma ameaça à sua vida; estar errado como pessoa, ser *mau*, significa ser desqualificado para a existência.

"Todo ato na vida do homem depende da vontade; o próprio ato de obter alimento ou comê-lo implica que a pessoa que ele preserva merece ser preservada; todo prazer que ele tenta gozar implica que a pessoa que o procura merece prazer. Ele não tem escolha quanto à sua necessidade de amor-próprio; sua única possibilidade de escolha diz respeito ao padrão com base no qual ele o medirá. E ele comete seu erro fatal quando faz com que esse padrão que protege a sua vida passe a servir à sua destruição, quando escolhe um padrão que contradiz a existência e joga seu amor-próprio contra a realidade.

"Toda forma de dúvida infundada de si mesmo, todo sentimento de inferioridade, de autodesvalorização secreta, é, na verdade, o medo oculto de ser incapaz de arcar com a existência. Porém, quanto maior o terror, mais o homem se agarra com unhas e dentes às doutrinas assassinas que o sufocam. Nenhum indivíduo pode sobreviver ao momento em que se declara irremediavelmente mau; se sobrevive, seu instante seguinte é a loucura ou o suicídio. Para fugir disso – se ele escolheu um padrão irracional –, ele irá fingir, escapar, silenciar. Vai privar a si próprio da realidade, da existência, da felicidade, da mente, e terminará privando-se do amor-próprio, lutando para preservar essa ilusão, para não correr o risco de descobrir sua ausência. Ter medo de encarar uma questão implica a aceitação de que a realidade é a pior possível.

"Não é nenhum dos crimes que vocês já tenham cometido que lhes infunde à alma essa sensação de culpa permanente, não é nenhum fracasso, erro ou falha sua, e sim o *silêncio* por meio do qual vocês tentam se evadir deles. Não é nenhum pecado original nem deficiência pré-natal desconhecida, e sim a consciência e o fato de sua omissão básica, o ato de anular a própria mente, de se recusar a pensar. O medo e a culpa são as suas emoções crônicas, são reais e vocês as merecem, mas eles não provêm das razões superficiais que vocês inventam para disfarçar a causa delas; não vêm do seu 'egoísmo', da sua fraqueza nem da sua ignorância, e sim de uma ameaça concreta e básica à sua existência: o *medo* decorre do fato de que vocês abandonaram a arma que possibilita a sobrevivência; *a culpa*, da consciência de que vocês o fizeram voluntariamente.

"*O eu* que vocês traíram é a sua mente; *amor-próprio* é confiar na capacidade própria de pensar. O eu que buscam, aquele eu essencial que não podem exprimir nem definir, não consiste nas suas emoções nem nos seus sonhos desconexos, e sim no seu *intelecto*, aquele juiz do seu supremo tribunal, o qual vocês destituíram para poder ser desviados do seu caminho, à mercê de todo vigarista que chamam de 'sentimento'. Depois se arrastam pela escuridão que vocês próprios criaram, numa busca desesperada por um fogo sem nome, impelidos por uma pálida visão de uma madrugada vista e perdida.

"Observem a persistência, nas mitologias, da lenda de um paraíso que os homens possuíram certa vez, a cidade de Atlântida ou o Jardim do Éden ou algum reino de perfeição, sempre no passado. A raiz dessa lenda se encontra não no passado da espécie, mas no de cada homem. Vocês ainda guardam uma vaga ideia – não nítida como uma lembrança, e sim difusa, como a dor de uma saudade sem esperanças – de que em algum momento da sua primeira infância, antes de aprenderem a se submeter, a absorver o terror do irracional e questionar o valor da sua mente, conheceram um estado radiante de existência, a independência de uma consciência racional encarando um universo aberto. *Esse* é o paraíso que vocês perderam e que buscam – e que pode ser seu quando quiserem.

"Alguns de vocês jamais virão a saber quem é John Galt. Mas aqueles que experimentaram ao menos um momento de amor à vida e de orgulho de ser amante da vida, ao menos um instante em que encararam a Terra e a abençoaram com o olhar, esses conheceram o estado de ser homem – e eu sou o único homem que sabia que esse estado não pode ser traído. Sou o homem que sabia o que o tornava possível e que resolveu coerentemente praticar e ser aquilo que vocês praticaram e foram naquele momento único.

"Vocês são livres para fazer essa escolha. Para optar por se dedicar ao mais elevado potencial de si próprios, é preciso aceitar o fato de que o ato mais nobre que jamais se realizou foi o ato mental de compreender que 2 mais 2 são 4.

"Sejam quem forem – vocês que estão sozinhos com as minhas palavras neste momento, só vocês e sua honestidade para ajudá-los a entender –, ainda há tempo de optar por ser homem, mas o preço é começar do início, colocar-se nu diante da realidade e, corrigindo um erro histórico que custou muito caro, declarar: 'Existo, portanto vou pensar.'

"Aceitem o fato irrevogável de que a sua vida depende da sua mente. Admitam que toda a sua luta, suas dúvidas, suas falsificações, suas evasivas nada mais eram do que uma tentativa de fugir da responsabilidade de uma consciência com poder de escolha – uma busca do conhecimento automático, da ação instintiva, da certeza intuitiva –, e, embora dissessem que ansiavam pelo estado dos anjos, o que vocês buscavam era o estado dos animais. Aceitem, como seu ideal moral, a tarefa de se tornar homens.

"Não digam que têm medo de confiar na sua mente porque sabem muito pouco. Vocês acham mais seguro se entregar aos místicos e jogar fora o pouco que sabem? Vivam e ajam dentro dos limites do seu conhecimento e os ampliem até o fim da vida. Redimam a mente da casa de penhores da autoridade. Aceitem o fato de que vocês não são oniscientes, mas saibam que bancar o zumbi não vai torná-los oniscientes; aceitem o fato de que a sua mente é falível, mas admitam que se livrar dela não vai torná-los infalíveis; aceitem o fato de que um erro que cometeram por iniciativa própria é mais seguro do que 10 verdades aceitas por fé, porque a sua iniciativa lhes dá os meios de corrigi-lo, ao passo que a mera aceitação destrói a sua capacidade de distinguir a verdade do erro. Substituam o seu sonho de autômatos oniscientes, aceitem o fato de que todo conhecimento que o homem adquire é fruto da própria vontade e do próprio esforço, e que *isso* é o que o distingue no Universo, *essa* é a sua natureza, sua moralidade, sua glória.

"Joguem fora essa justificativa ilimitada para o mal que consiste em afirmar que o homem é imperfeito. Com base em que padrões vocês o amaldiçoam quando dizem isso? Aceitem o fato de que, no campo da moralidade, qualquer coisa que não seja a perfeição não serve. Porém a perfeição não se mede por mandamentos místicos que ordenam que se faça o impossível, e a estatura moral do homem não deve ser medida por questões que não dependem da sua escolha. O homem tem uma única alternativa básica: pensar ou não, e é *essa* a medida da sua virtude. A perfeição moral é a *racionalidade absoluta*, não o seu grau de inteligência, porém a utilização integral e implacável da sua mente; não a extensão dos seus conhecimentos, e sim a aceitação da razão como um absoluto.

"Aprendam a reconhecer a diferença entre os erros de conhecimento e os deslizes morais. Um erro de conhecimento não é um deslize moral, desde que vocês estejam dispostos a corrigi-lo; apenas um místico julgaria os seres humanos tomando como padrão uma onisciência impossível e automática. Porém um deslize moral é a escolha consciente de um ato que vocês sabem ser mau, ou o evadir-se conscientemente do conhecimento, o fechar de olhos ou da mente. Aquilo que não sabem não pode representar uma acusação moral contra vocês; mas o que vocês se recusam a saber é marca da infâmia que cresce na sua alma. Tenham toda a tolerância possível com os erros de conhecimento, não perdoem nem aceitem nenhum deslize moral. Até prova em contrário, absolvam os que buscam o saber, porém tratem como assassinos em potencial aqueles depravados insolentes que exigem coisas de vocês, anunciando que não têm razões nem buscam razão nenhuma, que se baseiam apenas nos 'sentimentos' – e aqueles que rejeitam uma argumentação irrefutável dizendo: 'Isso é só lógica', o que quer dizer: 'Isso é só a realidade.' O único plano que se opõe ao da realidade é o plano e a premissa da morte.

"Aceitem o fato de que a concretização da sua felicidade é o único objetivo *moral* da sua vida, e que a *felicidade* – não a dor nem a estupidez autocomplacente – é a prova da sua integridade moral, visto que é a prova e o resultado da sua lealdade à realização dos seus valores. A felicidade era a responsabilidade que vocês temiam, e ela exigia aquela espécie de disciplina racional que não se valorizavam o bastante para assumir – e a esterilidade ansiosa da sua vida é o monumento à sua insistência em se evadir da consciência de que não há substituto moral para a felicidade, não há covarde mais desprezível do que o homem que abandonou a batalha pela sua própria felicidade, temendo afirmar seu direito à existência, faltando-lhe a coragem e a lealdade à vida que têm uma ave ou uma planta que procura o sol. Joguem fora os trapos que protegem o vício a que vocês chamam virtude: a humildade. Aprendam a valorizar-se a si próprios, ou seja, a lutar pela sua felicidade. E, quando tiverem aprendido que o *orgulho* é a soma de todas as virtudes, vocês aprenderão a viver como homens.

"Um passo básico na aprendizagem do amor-próprio é encarar como sinal de canibalismo toda *exigência* de ajuda. O homem que exige ajuda de vocês está afirmando que a sua vida é propriedade *dele* – e, por mais repugnante que isso seja, há algo ainda mais repugnante: concordar e aceitar. Perguntam vocês: 'É bom ajudar outro homem?' Não, se ele afirma que se trata de um direito dele ou de um dever moral seu; sim, se isso é o que vocês desejam, com base no prazer egoísta que lhes proporciona o valor da pessoa e da luta do outro. O sofrimento como tal não é valor; só a luta do homem contra o sofrimento é. Se optarem por ajudar um homem que sofre, façam-no apenas com base nas virtudes dele, na sua luta para se salvar, na sua racionalidade, ou no fato de que seu sofrimento é imerecido. Nesse caso, seu ato continua sendo uma forma de comércio, e a virtude dele é o pagamento da sua ajuda. Mas ajudar um homem desprovido de virtudes, ajudá-lo apenas porque ele está sofrendo, aceitar seus defeitos, sua *necessidade*, como algo que imputa a vocês uma obrigação, é aceitar que um zero hipoteque os seus valores. Um homem desprovido de virtudes odeia a existência e age com base na premissa da morte. Ajudá-lo é sancionar seu mal e manter sua carreira de destruição. Seja um centavo que não vai lhes fazer falta ou um sorriso simpático a que ele não fez jus, dar tributo a um zero é trair a vida e todos aqueles que tentam lutar por ela. Foram centavos e sorrisos assim que fizeram a desolação do seu mundo.

"Não digam que a minha moralidade é dura demais para vocês praticarem e que a temem como o desconhecido. Todos os momentos de vida que vocês já experimentaram foram vividos segundo os valores do *meu* código. Porém vocês o sufocaram, negaram, traíram. Insistiram em sacrificar as suas virtudes em benefício dos seus vícios, e o melhor dos homens em benefício do pior. Olhem ao seu redor: tudo o que vocês fizeram à sociedade fizeram a suas almas antes; uma coisa é imagem da outra. Esse amontoado de destroços que é o seu mundo agora é a forma física da traição que cometeram contra os seus valores, os seus amigos, os seus defensores, o seu futuro, o seu país, contra vocês próprios.

"Nós – a quem vocês chamam, mas que não vamos mais atender – vivíamos entre vocês, porém não nos reconheciam, se recusavam a pensar e a nos ver tais como éramos. Não reconheceram o motor que inventei – e ele se tornou, no *seu* mundo, um pedaço de ferro-velho. Não reconheceram o herói na sua alma – e não me reconheceram quando passei por vocês na rua. Quando gritaram em desespero, chamando o espírito inalcançável que sabiam ter abandonado o seu mundo, vocês lhe deram o meu nome, mas o que estavam chamando era o seu amor-próprio traído. Vocês não poderão recuperar um sem o outro.

"Quando vocês não reconheceram a mente do homem e tentaram governar seres humanos pela força, aqueles que se submeteram não tinham mentes de que abrir mão e os que as tinham eram homens que não se submetem. Assim, o homem de gênio produtivo assumiu no *seu* mundo o papel de playboy e se tornou um destruidor de riquezas, optando por destruir sua fortuna para não entregá-la a homens armados. Assim, o pensador, o homem da razão, assumiu no *seu* mundo o papel de pirata, para defender seus valores pela força contra a sua força, para não se submeter ao domínio da brutalidade. Estão me ouvindo, Francisco d'Anconia e Ragnar Danneskjöld, meus primeiros amigos, companheiros de luta e de exílio, em nome de quem e em homenagem a quem estou falando agora?

"Fomos nós três que demos início àquilo que estou agora completando. Fomos nós três que resolvemos vingar este país e libertar sua alma aprisionada. Este país, o maior de todos, foi construído com base na *minha* moralidade – a inviolável supremacia do direito do homem à existência –, porém vocês temiam admitir esse fato e ser homens à altura dos que construíram este país. Vocês olhavam, sem entender, para uma realização sem par na história do mundo e saquearam seus efeitos e silenciaram sua causa. Na presença desses monumentos à moralidade humana que são as fábricas, as estradas e as pontes, vocês insistiam em tachar este país de imoral e o progresso que o caracteriza de 'ganância material'. Insistiam em pedir desculpas pela grandeza deste país ao ídolo da fome primeva, o decadente ídolo europeu de um vagabundo leproso e místico.

"Este país – produto da *razão* – não poderia sobreviver com base na moralidade do sacrifício. Ele não foi construído por homens que buscavam a autoimolação ou pediam esmolas. Não podia se sustentar com base na separação mística que divorciou a alma do homem de seu corpo. Não podia viver alimentado pela doutrina mística que tachava de mau este mundo e de depravados todos os que nele alcançavam o sucesso. Desde o início, este país representou uma ameaça à antiga dominação dos místicos. Na brilhante e efêmera explosão de sua juventude, este país exibiu a um mundo incrédulo a grandeza da qual o homem era capaz, a felicidade que era possível na Terra. Era uma coisa ou outra: ou os Estados Unidos ou os místicos. Os místicos sabiam disso; vocês não. Vocês deixaram que eles os infectassem com o culto à *necessidade* – e este país se tornou um gigante no corpo com um anão parasita no lugar da alma, enquanto sua alma viva foi obrigada a viver na clandestinidade, para trabalhar e alimentar vocês em silêncio, sem nome, sem honras; sua alma e seu herói: o industrial. Você está me ouvindo agora, Hank Rearden, a maior das vítimas que vinguei?

"Nem ele nem nenhum de nós voltaremos enquanto não estiver livre o caminho da reconstrução deste país, enquanto as ruínas da moralidade do sacrifício não tiverem sido retiradas da nossa frente. O sistema político de um país se baseia no seu código de moralidade. Vamos reconstruir o sistema americano com base na premissa moral que foi sua raiz, mas que vocês encaravam como se fosse um passado escuso, na sua tentativa desesperada de escapar do conflito entre essa premissa e a sua moralidade mística: a premissa de que o homem é um fim em si, não o meio para os fins dos outros; de que a vida do homem, sua liberdade, sua felicidade são *dele* por um direito inalienável.

"Vocês que perderam a noção de direito, que oscilam numa hesitação impotente entre a ideia de que os direitos são uma dádiva divina, uma dádiva sobrenatural a ser aceita pela fé, e a ideia de que os direitos são uma dádiva da sociedade, a ser desrespeitada ao bel-prazer arbitrário da sociedade – a fonte dos direitos do homem não é a lei divina nem as leis das assembleias legislativas, e sim a lei da identidade. A é A – e o homem é o homem. Os *direitos* são condições da existência exigidos pela natureza humana para a sua sobrevivência. Para que o homem possa viver na Terra, é *direito* que ele use a sua mente, é *direito* que aja com base em seu livre-arbítrio, é *direito* que trabalhe por seus valores e guarde o produto do seu trabalho. Se a vida na Terra é seu objetivo, ele tem o *direito* de viver como um ser racional: a natureza lhe proíbe o irracional. Qualquer grupo, qualquer gangue, qualquer nação que tente negar os direitos do homem está errada, ou seja, é má, é antivida.

"*Direitos* são um conceito moral – e a moral é uma questão de escolha. Os homens têm a liberdade de não optar pela sobrevivência do homem como padrão de sua moralidade e de suas leis, mas não a de se esquivar do fato de que a alternativa é uma sociedade de canibais, que existe por algum tempo devorando o que tem de melhor e depois cai como um corpo canceroso, quando os saudáveis já foram comidos pelos doentes, quando os racionais já foram consumidos pelos doentes, quando os racionais já foram consumidos pelos irracionais. Esse sempre foi o destino histórico das sociedades, mas vocês se esquivaram do conhecimento da causa. Estou aqui para enunciá-lo: o agente de retribuição foi a lei da identidade, da qual vocês não podem se esquivar. Assim como o homem não pode viver por meio do irracional, também não o podem dois homens, nem 2 mil, nem 2 bilhões. Do mesmo modo que um homem não pode vencer desafiando a realidade, também não o pode uma nação, um país, um mundo. A é A. O restante é uma questão de tempo, que depende da generosidade das vítimas.

"Assim como o homem não pode existir sem seu corpo, também não pode haver direitos sem o direito de transformar os direitos que se tem em realidade – pensar, trabalhar e guardar para si os resultados do trabalho –, o que implica o direito de propriedade. Os modernos místicos dos músculos que propõem a alternativa fraudulenta 'direitos humanos' em oposição a 'direitos de propriedade', como se aqueles pudessem existir sem estes, estão fazendo uma última tentativa grotesca de restabelecer a doutrina da alma em oposição ao corpo. Somente um fantasma pode existir sem propriedade material; somente um escravo pode trabalhar sem o direito de guardar para si o produto de seu esforço. A doutrina segundo a qual os 'direitos humanos' são superiores aos 'direitos de propriedade' simplesmente significa que alguns seres humanos têm o direito de transformar os outros em propriedade. Como os competentes nada têm a ganhar dos incompetentes, isso quer dizer que os incompetentes têm o direito de ter como propriedade sua aqueles que são melhores do que eles e usá-los como gado produtor. Quem considera isso humano e direito não tem direito de ser considerado humano.

"A origem dos direitos de propriedade é a lei da causalidade. Toda propriedade e todas as formas de riqueza são produzidas pela mente e pelo trabalho do homem. Do mesmo modo que não se pode ter efeitos sem causas, também não se pode ter riqueza sem a sua fonte: a inteligência. Não se pode forçar a inteligência a trabalhar: aqueles que têm capacidade de pensar não trabalham sob compulsão; os que se submetem não produzem muito mais do que o preço do chicote necessário para mantê-los escravizados. Só se pode adquirir os produtos de uma mente aceitando as condições do proprietário, por meio do comércio e do consentimento voluntário. Qualquer outra política em relação à propriedade do homem é uma política de criminosos, independentemente do número de pessoas que a defendam. Os criminosos são selvagens que só pensam a curto prazo e morrem de fome quando não há mais vítimas para serem sacrificadas – do mesmo modo que vocês estão morrendo de fome hoje, vocês que acreditavam que o crime podia ser uma coisa 'prática' se o seu governo decretasse que o roubo era legal e a resistência a ele era ilegal.

"O único objetivo correto de um governo é proteger os direitos do homem, ou seja: protegê-lo da violência física. Um governo correto é apenas um policial, atuando como agente da legítima defesa do homem, e, como tal, pode recorrer à força *apenas* contra aqueles que tomam a *iniciativa* de usar a força. As únicas funções corretas de um governo são: a polícia, para proteger o cidadão dos criminosos; o Exército, para proteger o cidadão de invasores estrangeiros; e os tribunais, para proteger a propriedade e os contratos das violações e fraudes, para resolver disputas por meio de regras racionais, de acordo com leis *objetivas*. Porém um governo que toma a *iniciativa* de empregar a força contra homens que não a usaram contra ninguém – a utilização de compulsão armada contra vítimas desarmadas – é uma máquina infernal que visa aniquilar a moralidade: um tal governo deixa de ser protetor do homem para ser seu mais mortal inimigo; de policial passa a criminoso investido do direito de usar da violência contra vítimas privadas do direito de legítima defesa. Um governo assim substitui a moralidade pela seguinte regra de conduta social: vocês podem fazer o que quiserem com o próximo, desde que a sua gangue seja maior do que a dele.

"Apenas um brutamontes, um tolo ou um inconsequente pode aceitar viver nessas condições ou concordar em dar a seus semelhantes um cheque em branco contra sua vida e sua mente, aceitar a doutrina de que os outros têm o direito de fazer o que bem entenderem com a sua pessoa, de que a vontade da maioria é onipotente, de que a força física dos músculos e das maiorias substituiu a justiça, a realidade e a verdade. Nós, os homens proprietários de mentes, que somos comerciantes, não senhores de escravos nem escravos, não trabalhamos com cheques em branco nem os aceitamos. Não convivemos nem trabalhamos com nenhuma forma de não objetividade.

"Enquanto os homens, na época da barbárie, não tinham a noção de realidade objetiva e acreditavam que a natureza física era governada pelo capricho de demônios incognoscíveis, não era possível haver pensamento, ciência, produção. Só quando os homens descobriram que a natureza era um absoluto firme e previsível é que puderam confiar em seus conhecimentos, escolher seu rumo, planejar seu futuro e, lentamente, emergir das cavernas. *Agora* vocês colocaram a indústria moderna, com sua imensa complexidade de precisão científica, de volta nas mãos de demônios incognoscíveis – sob o poder imprevisível dos caprichos arbitrários de burocratazinhos feios e ocultos. O fazendeiro não investe o esforço de um verão se não puder calcular a probabilidade de ter uma boa colheita. Porém vocês querem que gigantes da indústria, que fazem planos em termos de décadas, investem em termos de gerações e fecham contratos por 99 anos, continuem a trabalhar e a produzir sem saber que capricho aleatório vai pela cabeça de qual funcionário aleatório e irá cair sobre eles em que momento para destruir todo o seu trabalho. Os vagabundos e os trabalhadores braçais vivem e fazem planos em função de um dia. Quanto mais privilegiada a mente, mais longo o prazo. O homem cuja visão só concebe um casebre pode continuar a construir sobre as suas areias movediças, para ganhar um lucro imediato e depois ir embora. O que concebe arranha-céus não pode. Tampouco ele dedicará 10 anos de trabalho exaustivo à tarefa de inventar um novo produto quando sabe que gangues de mediocridades poderosas manipulam as leis em detrimento dele, para prendê-lo, limitá-lo, obrigá-lo a cair, quando ele entende que, se lutar e vencer e tiver sucesso, eles lhe roubarão as recompensas e a sua invenção.

"Enxerguem além do momento presente, vocês que exclamam que temem competir com homens de inteligência superior, que a mente deles é uma ameaça à sua subsistência, que os fortes não dão chances aos fracos num mercado de comércio voluntário. O que determina o valor material do seu trabalho? Nada senão o esforço produtivo da sua mente. Se vocês vivessem numa ilha deserta, quanto menos eficiente o seu cérebro, menos renderia seu trabalho físico – e vocês poderiam passar a vida toda realizando uma mesma tarefa sempre repetida, fazendo uma plantação rudimentar e caçando com arco e flecha, incapazes de ir além disso. Mas quando vivem numa sociedade racional, em que os homens são livres para comerciar, vocês recebem uma vantagem preciosa: o valor material do seu trabalho é determinado não apenas pelos seus esforços, mas também pelos esforços das mais brilhantes mentes produtivas que há no mundo que os cerca.

"Quando vocês trabalham numa fábrica moderna, são pagos não apenas pelo seu trabalho, mas também por toda a genialidade produtiva que tornou possível aquela fábrica: pelo trabalho do industrial que a construiu, pelo do investidor que economizou dinheiro para arriscá-lo num empreendimento novo, pelo do engenheiro que projetou as máquinas que vocês estão operando, pelo do inventor que criou o bem que vocês produzem no seu trabalho, pelo do cientista que descobriu as leis envolvidas na produção desse bem, pelo do filósofo que ensinou os homens a pensar – por tudo aquilo que vocês vivem criticando.

"A máquina, forma concretizada de uma inteligência viva, é o poder que amplia o potencial da sua vida aumentando a produtividade do seu tempo. Se vocês trabalhassem como ferreiros na Idade Média dos místicos, toda a sua capacidade de ganhar dinheiro se resumiria a uma barra de ferro produzida pelas suas mãos após dias e mais dias de trabalho. Quantas toneladas de trilhos vocês produzem por dia se trabalham para Hank Rearden? Ousariam dizer que a quantia que ganham foi criada apenas pelo seu trabalho físico e que aqueles trilhos são o produto dos seus músculos? O padrão de vida daquele ferreiro medieval é tudo a que os seus músculos fazem jus; o restante é um presente de Hank Rearden.

"Todo homem é livre para subir tanto quanto puder ou quiser, porém ele só sobe na medida em que utilizar sua mente. O trabalho braçal em si não vai além do momento. O homem que só realiza trabalho braçal consome o valor material equivalente ao da própria contribuição ao processo de produção e não gera mais nenhum valor, nem para si próprio nem para os outros. Mas o que produz uma ideia em qualquer campo no domínio da razão – o homem que descobre novos conhecimentos – será para sempre um benfeitor da humanidade. Os produtos materiais não podem ser compartilhados, pois pertencem sempre àqueles que os consomem. É apenas o valor de uma ideia que pode ser compartilhado com um número ilimitado de homens, fazendo com que todos se tornem mais ricos sem que ninguém seja sacrificado ou leve prejuízo, elevando a capacidade produtiva do trabalho de todo cidadão, não importa quem ele seja. É o valor do próprio tempo que os homens de mente forte transferem para os mais fracos, permitindo que trabalhem em empregos por eles criados enquanto dedicam seu tempo a realizar novas descobertas. Isso é uma troca em que os dois lados saem ganhando. O interesse da mente é sempre o mesmo, qualquer que seja o grau de inteligência, quando se trata de homens que querem trabalhar e não ganhar aquilo a que não fizeram jus.

"Em proporção à energia mental que gastou, o homem que cria uma nova invenção só recebe uma pequena porcentagem de seu valor em termos de pagamento material, por maior que seja a fortuna que ganhe. Porém o que trabalha como faxineiro na fábrica que produz essa invenção recebe um pagamento enorme em proporção ao esforço mental que seu trabalho exige dele. E o mesmo se dá com todos os cargos intermediários, em todos os níveis de ambição e capacidade. O homem que se encontra no topo da pirâmide intelectual contribui para todos aqueles que se encontram embaixo, mas não recebe nada mais do que seu pagamento material, sem receber nenhum bônus intelectual dos outros que se acrescente ao valor do seu tempo. O homem na base da pirâmide, que sozinho morreria de fome por causa de sua total inépcia, não contribui com nada para aqueles que se encontram acima, porém recebe o bônus de todos os seus cérebros. É essa a natureza da 'concorrência' entre os intelectualmente fortes e os fracos. É essa a 'exploração' em consequência da qual vocês maldizem os fortes.

"Era esse o serviço que prestávamos a vocês de bom grado. O que pedíamos em troca? Nada, senão a liberdade. Pedíamos que nos dessem liberdade para atuar, liberdade para pensar e trabalhar no que bem entendêssemos, para correr os riscos que quiséssemos e arcar com os prejuízos que sofrêssemos, para ganhar nossos lucros e fazer nossas fortunas, para apostar na *sua* racionalidade, submeter nossos produtos ao seu discernimento para fins de comércio voluntário, com base no valor objetivo do nosso trabalho e na capacidade das suas mentes de enxergar esse valor, liberdade para confiar na sua inteligência e honestidade e só lidar com suas mentes. Era esse o preço que pedíamos e que vocês rejeitaram por achá-lo alto demais. Resolveram achar que era injusto que nós, que retiramos vocês das choupanas e lhes demos apartamentos modernos, rádios, cinemas e automóveis, tivéssemos palácios e iates. Resolveram que *vocês* tinham o direito de receber seu salário, mas *nós* não tínhamos o direito de receber nossos lucros; que vocês não queriam que lidássemos com as suas mentes e sim com as suas armas. Nossa resposta foi: 'Pois que se danem!' E foi o que de fato aconteceu. Vocês se danaram.

"Vocês não queriam competir em termos de inteligência, agora estão competindo em termos de brutalidade. Não queriam que as recompensas fossem conferidas aos produtores de sucesso, então agora vivem numa disputa em que as recompensas vão para os saqueadores de sucesso. Achavam cruel e egoísta os homens trocarem valor por valor, então agora têm uma sociedade altruísta em que se troca extorsão por extorsão. O seu sistema é uma guerra civil legalizada, em que os homens formam gangues e disputam o controle das leis, que são empregadas como porretes para derrubar rivais, até que uma outra gangue as arranca das mãos da anterior e as usa para agredir outras gangues, todas elas afirmando que servem a um bem jamais especificado de um público jamais especificado. Vocês disseram que não viam diferença entre poder econômico e poder político, entre o poder do dinheiro e o poder das armas – nenhuma diferença entre recompensa e punição, entre compra e roubo, entre prazer e medo, entre vida e morte. Pois agora estão aprendendo qual é a diferença.

"Alguns de vocês haverão de dar como desculpa a sua ignorância, suas limitações intelectuais. Porém os mais culpados de vocês são os homens que *tinham* a capacidade de saber, mas optaram por silenciar a realidade, que se dispuseram a vender sua inteligência e cinicamente se tornaram servidores da força: a raça desprezível de místicos da ciência que afirmam se dedicar a algum tipo de 'saber puro' – cuja pureza consiste em afirmarem que esse saber não tem nenhuma utilidade prática no mundo –, que reservam a lógica para a matéria inanimada, porém acreditam que lidar com homens não é coisa que peça nem mereça a racionalidade, que desprezam o dinheiro e vendem a alma por um laboratório mantido por saqueadores. E como não há 'saber não prático' nem atos 'desinteressados', como desprezam a utilização da ciência deles para servir à vida, fazem a ciência servir à morte, ao único objetivo prático que ela pode ter para os saqueadores: o de criar armas de coação e destruição. *Eles*, os intelectuais que querem fugir dos valores morais, são os malditos deste mundo, é *deles* a culpa que não tem perdão. Está me ouvindo, Dr. Robert Stadler?

"Mas não é a ele que quero me dirigir. Falo para aqueles entre vocês que ainda guardam algum vestígio de soberania em suas almas, ainda não vendidas nem marcadas com o carimbo: 'A serviço dos outros.' Se, em meio ao caos de motivos que levou vocês a ligar o rádio hoje, havia um desejo honesto, *racional*, de entender o que há de errado no mundo, vocês são os homens a quem eu queria me dirigir. Segundo meu código moral, tem-se a obrigação de dar uma explicação racional àqueles que estão envolvidos e que estão se esforçando para entender. Quanto aos que estão se esforçando para não me entender, nada tenho a ver com eles.

"Falo àqueles que desejam viver e reconquistar a honra de suas almas. Agora que vocês conhecem a verdade a respeito do seu mundo, *parem de apoiar aqueles que os estão destruindo*. A única coisa que possibilita o mal é a sanção que vocês lhe dão. Retirem-na. Retirem o seu apoio. Não tentem viver sob as condições impostas pelos seus inimigos, nem ganhar num jogo em que as regras são estabelecidas por eles. Não queiram cair nas graças daqueles que os escravizaram, não peçam esmolas aos que os roubaram, seja sob a forma de subsídios, de empréstimos ou de empregos. Não passem para o lado deles para conseguir de volta o que tiraram de vocês, roubando seus semelhantes. É inútil tentar garantir a própria sobrevivência aceitando subornos para consentir na própria destruição. Não se esforcem pelo lucro, pelo sucesso nem pela segurança se o preço é uma hipoteca sobre o seu direito de viver. Essa hipoteca jamais poderá ser paga inteiramente. Quanto mais lhes pagarem, mais eles exigirão; quanto maiores os valores que vocês ambicionarem ou realizarem, mais vulneráveis e impotentes vocês se tornarão. O sistema deles é uma forma de *chantagem branca* que visa roubar seu sangue, não com base nos seus pecados, e sim no seu amor à vida.

"Não tentem subir aceitando as condições dos saqueadores, nem subir uma escada quando as cordas estão nas mãos deles. Não permitam que eles toquem na única força que os mantém no poder: a ambição de vocês. Entrem em greve, como eu fiz. Usem suas mentes e capacidades só para vocês mesmos, ampliem seus conhecimentos, desenvolvam suas capacidades, porém não compartilhem seus conhecimentos com os outros. Não tentem produzir uma fortuna com um saqueador montado às suas costas. Permaneçam no primeiro degrau da escada, não ganhem mais que o mínimo necessário para a sobrevivência, não ganhem nem mesmo um tostão adicional que ajude a sustentar o Estado dos saqueadores. Já que vocês são prisioneiros, ajam como prisioneiros e não os ajudem a fazer de conta que vocês são homens livres. Tornem-se os inimigos silenciosos e incorruptíveis que eles tanto temem. Quando os obrigarem a fazer algo, obedeçam – mas *jamais se ofereçam como voluntários para nada*. Jamais deem um passo em direção a eles voluntariamente, nunca lhes concedam um desejo, uma súplica, um objetivo. Não ajudem um assaltante a fingir que está agindo como seu amigo e benfeitor. Não ajudem seus carcereiros a fingir que a prisão deles é o estado natural da existência. Não os ajudem a falsear a realidade. Essa falsificação é a única represa que contém o secreto terror deles, o terror de saber que são incapazes de viver. Abram as comportas e deixem que eles se afoguem – a sua aprovação é o único colete salva-vidas que eles têm.

"Se tiverem oportunidade de fugir para algum lugar remoto fora do alcance deles, fujam, mas não para viverem como bandidos nem para criar uma gangue que vá concorrer com a deles; construam uma vida produtiva independente com aqueles que aceitam o seu código moral e estão dispostos a lutar por uma existência humana. Vocês não têm nenhuma chance de saírem vitoriosos com uma moralidade da morte, nem com o código da fé e da força. Sua bandeira deve ser aquela que será adotada pelos honestos: o pavilhão da vida e da razão.

"Ajam como seres racionais e tenham por objetivo se tornarem congregadores de todos aqueles que anseiam por uma voz íntegra. Ajam com base nos seus valores racionais, estejam sozinhos no meio de seus inimigos ou com um punhado de amigos por vocês escolhidos, ou na posição de fundadores de comunidades modestas na fronteira do renascimento do homem.

"Quando o Estado dos saqueadores cair por terra, privado de seus melhores escravos, quando descer ao nível do caos impotente, como as nações místicas do Oriente, e se dissipar com gangues de ladrões digladiando-se entre si – quando os defensores da moralidade do sacrifício morrerem junto com seu ideal –, então haveremos de voltar.

"Abriremos os portões da nossa cidade àqueles que merecem entrar, da nossa cidade de fábricas, oleodutos, pomares, mercados e lares invioláveis. Agiremos como coordenadores das comunidades ocultas fundadas por vocês. Tendo por símbolo o cifrão – o símbolo do dólar, o símbolo do livre-câmbio e das mentes livres –, vamos retomar este país das mãos dos selvagens impotentes que jamais descobriram sua natureza, seu significado, seu esplendor. Os que quiserem se juntar a nós o farão; os que não o fizerem não terão poder para nos deter. As hordas de selvagens jamais constituíram obstáculos para os homens que marcham sob o estandarte da mente.

"Então este país voltará a ser um santuário para essa espécie em vias de extinção: o ser racional. O sistema político que construiremos se resume numa única premissa moral: nenhum homem pode arrancar nenhum valor de outro por meio da força física. Todo homem vencerá ou perderá, viverá ou morrerá por seu discernimento moral. Se não souber usá-lo e for derrotado, ele será sua única vítima. Se achar que seu discernimento é insuficiente, não poderá usar uma arma para aperfeiçoá-lo. Se optar por corrigir seus erros a tempo, o exemplo que terá para seguir será o daqueles que lhe são superiores, que o orientarão e o ajudarão a aprender a pensar, porém terá fim a infâmia de se pagar com a vida pelos erros dos outros.

"Neste mundo, vocês poderão se levantar de manhã com a disposição de espírito que conheceram na infância: aquela sensação de entusiasmo, aventura e certeza que provém da consciência de que se está lidando com um universo racional. Nenhuma criança tem medo da natureza. É o seu medo dos homens que desaparecerá, o que atrofia suas almas, o medo que vocês adquiriram nos seus primeiros contatos com o que há de incompreensível, de imprevisível, de contraditório, de arbitrário, de oculto, de falsificado, *de irracional* nos homens. Viverão num mundo de seres responsáveis, que serão tão coerentes e confiáveis quanto os fatos. A garantia de seu caráter será um sistema de existência em que a realidade objetiva é o padrão e o juiz. Suas virtudes serão protegidas, mas não seus vícios e suas fraquezas. O que há de bom em vocês será protegido, mas não o que têm de mau. O que receberão dos homens não será caridade, nem piedade, nem misericórdia, nem perdão dos pecados, e sim um único valor: *justiça*. E, quando olharem para os outros ou para si próprios, vocês sentirão não repulsa, suspeita ou culpa, e sim um único sentimento: *respeito*.

"É esse o futuro que vocês têm capacidade de conquistar. Ele exige luta, como qualquer valor humano. Toda vida é uma luta voltada para um objetivo, e sua única escolha é a de uma meta. Vocês querem prosseguir na sua luta atual ou querem lutar pelo meu mundo? Querem prosseguir numa luta que consiste em se agarrar a galhos precários enquanto deslizam por um barranco que termina num abismo, numa luta em que as privações que se sofre são irreversíveis e as vitórias que se obtém só servem para tornar mais próxima a destruição? Ou querem se empenhar numa luta que consiste em subir de patamar a patamar, numa ascensão constante, até o alto, uma luta em que as privações são investimentos no futuro, e as vitórias ganhas os trarão cada vez mais perto do mundo de seu ideal moral, de modo que, mesmo que vocês morram antes de chegar ao ponto em que o sol brilha com toda a força, ao menos chegarão a ser atingidos pelos seus primeiros raios? É essa a escolha que cabe a vocês fazer. Que suas mentes e seu amor à vida decidam.

"Minhas últimas palavras serão dirigidas àqueles heróis que porventura ainda estejam escondidos no mundo, prisioneiros não de suas evasivas, mas de suas virtudes e de sua coragem desesperada. Meus irmãos espirituais, examinem suas virtudes e a natureza dos inimigos a quem vocês estão servindo. Os que os destroem os dominam por meio da sua resistência, da sua generosidade, da sua inocência, do seu amor: a resistência que arca com os fardos deles; a generosidade que atende aos gritos de desespero deles; a inocência que é incapaz de conceber a maldade deles e que, na dúvida, acredita neles e se recusa a condená-los sem compreender, sem poder compreender as motivações que os impelem; o amor, o seu amor à vida, que os faz acreditar que também eles são homens e amam a vida. Porém o mundo de hoje é o que eles queriam; a vida é objeto de seu ódio. Deixem para eles essa morte que adoram. Em nome da sua magnífica dedicação a esta terra, abandonem esses inimigos, não desperdicem a grandeza de suas almas realizando o triunfo da maldade que há nas almas deles. Está me ouvindo... meu amor?

"Em nome do que há de melhor em vocês, não sacrifiquem este mundo àqueles que são o que há de pior nele. Em nome dos valores que os mantêm vivos, não deixem que sua visão do homem seja distorcida pelo que há de feio, covarde, irracional naqueles que jamais chegaram a merecer o título de homens. Não esqueçam que o que caracteriza o homem é a postura ereta, a mente intransigente, a capacidade de percorrer estradas infinitas. Não deixem que se apague o seu fogo insubstituível, fagulha por fagulha, nos pântanos do desespero do 'mais ou menos', do 'não é bem isso', do 'ainda não', do 'de jeito nenhum'. Não deixem morrer o herói que vive em suas almas, solitário e frustrado por nunca ter conseguido atingir a vida merecida. Examinem sua estrada e a natureza da sua luta. O mundo que vocês desejavam pode ser conquistado: ele existe, é real, é possível, é *seu*.

"Mas para conquistá-lo é necessário dar toda a sua dedicação e romper totalmente com o mundo do passado, com a doutrina segundo a qual o homem é um animal a ser oferecido em sacrifício, que existe para proporcionar prazer aos outros. Lutem pelo valor das próprias pessoas. Lutem pela virtude do seu orgulho. Lutem pela essência do homem: sua mente racional soberana. Lutem com a certeza radiante e a retidão absoluta de saber que a moralidade da vida é sua, que é sua a luta por toda realização, por todo valor, por toda grandeza, por toda bondade, por toda felicidade que já existiu nesta Terra.

"Vocês vencerão quando estiverem prontos para pronunciar o juramento que proferi no início de minha luta. E, para aqueles que querem saber o dia em que hei de voltar, repetirei agora meu juramento perante todo o mundo: Juro, por minha vida e por meu amor a ela, que jamais viverei por outro homem, nem pedirei a outro homem que viva por mim."

CAPÍTULO 8

O EGOÍSTA

sso não aconteceu, não é mesmo?! – exclamou o Sr. Thompson. Estavam parados à frente do rádio. Durante o silêncio que se seguiu, ninguém se mexeu. Todos permaneceram imóveis, olhando para o aparelho, como se esperassem alguma coisa. Mas o rádio era agora apenas uma caixa de madeira com uns botões e um pano circular esticado sobre um alto-falante mudo.

– Parece que ouvimos algo – disse Tinky Holloway.

– Mas não foi culpa nossa se ouvimos – disse Chick Morrison.

O Sr. Thompson sentou-se num engradado. A mancha pálida e comprida à altura de seu cotovelo era o rosto de Wesley Mouch, que estava sentado no chão. Atrás deles, como uma ilha na imensa penumbra do estúdio, a sala preparada para a transmissão do discurso do Sr. Thompson estava deserta e iluminada, com um semicírculo de poltronas vazias sob uma teia de aranha de microfones desligados, à luz ofuscante das lâmpadas que ninguém tivera a iniciativa de apagar.

Os olhos do Sr. Thompson percorriam os rostos ao seu redor, como se buscassem vibrações especiais que só ele conhecesse. Os outros se esforçavam para fazer o mesmo de maneira furtiva, cada um tentando olhar para os outros sem que percebessem seu olhar.

– Me deixem sair daqui! – gritou, para ninguém em particular, um jovem assistentezinho sem importância.

– Fique quieto! – gritou o Sr. Thompson.

O som da própria voz dando uma ordem e o misto de soluço e gemido que partiu de um vulto imobilizado no meio da escuridão tiveram o efeito de ajudá-lo a sentir-se mais seguro, numa versão da realidade que lhe era mais familiar. Sua cabeça se ergueu dos ombros mais uns dois centímetros.

– Quem permitiu que isso acont... – ia dizendo ele, elevando a voz, porém captou vibrações perigosas, do pânico perigoso dos que estão encurralados. – Bem, o que vocês acham disso? – resolveu perguntar. Não houve resposta. – E então? – Esperou. – Alguém diga alguma coisa!

– A gente não tem que acreditar nisso, não é? – indagou James Taggart, aproximando seu rosto do do Sr. Thompson, numa atitude que era quase de ameaça. – Hein? – O rosto de Taggart estava distorcido, suas feições pareciam disformes, e entre o nariz e a boca havia um bigode de gotas de suor.

– Calma – disse o Sr. Thompson, inseguro, afastando-se um pouco.

– Não temos que acreditar nisso! – gritou Taggart, no tom de voz monótono e insistente de quem não quer sair de um estado de transe. – Ninguém nunca disse nada disso antes! É só a opinião de um homem! Não temos que acreditar!

– Fique calmo – disse o Sr. Thompson.

– Como é que ele pode estar tão convicto de que tem razão? Quem é ele para ir contra todo o mundo, contra tudo o que já se disse no decorrer dos séculos? Quem é ele para saber? Ninguém pode ter certeza! Ninguém pode saber o que é direito! Nada é direito!

– Cale a boca! – berrou o Sr. Thompson. – O que você está tentando...

A explosão que o interrompeu foi o som de uma marcha militar que irrompeu subitamente do alto-falante – a marcha que fora interrompida três horas antes, a mesma gravação arranhada do estúdio. Foi só depois de alguns segundos de perplexidade que se deram conta do que era aquilo, enquanto a música alegre continuava rompendo o silêncio, em passo de ganso, grotescamente, irrelevante, como o humor de um idiota. O diretor de programação da emissora estava cumprindo à risca o princípio absoluto de que jamais se pode deixar uma estação de rádio muda.

– Mande parar com isso! – gritou Mouch, pondo-se de pé num salto. – Senão o público vai ficar achando que nós autorizamos esse discurso!

– Seu imbecil! – exclamou o Sr. Thompson. – Você prefere que as pessoas pensem que nós *não* autorizamos?

Mouch se calou de repente e dirigiu ao Sr. Thompson um olhar repleto de admiração, o olhar que um amador concede a um perito.

– Programação normal! – disse o Sr. Thompson. – Diga-lhes que continuem a programação normal deste horário! Nada de pronunciamentos especiais, nada de explicações! Diga-lhes que prossigam como se nada tivesse acontecido!

Meia dúzia dos condicionadores do moral subordinados a Chick Morrison correram para os telefones.

– Amordacem os comentaristas! Não os deixem fazer nenhum comentário! Avisem todas as estações do país! O público que fique sem entender nada! Não podemos deixar que achem que estamos preocupados! Não podemos deixar que pensem que isso é importante!

– Não! – gritou Eugene Lawson. – Não, não e não! Não podemos dar a impressão de que endossamos esse discurso! É horrível! – Lawson não estava chorando, mas havia em sua voz o tom lamentoso de um adulto soluçando de raiva, impotente.

– Quem foi que falou em endossar? – perguntou o Sr. Thompson, irritado.

– É horrível! É imoral! É egoísta, cruel, implacável! É o discurso mais asqueroso já feito! Ele... ele vai fazer com que as pessoas exijam a felicidade!

– É só um discurso – disse o Sr. Thompson, sem muita convicção.

– A meu ver – comentou Morrison com uma voz que tentava parecer tranquilizadora –, as pessoas de uma natureza espiritual mais nobre, vocês entendem, pessoas de... de... bem, de visão mística... – Morrison fez uma pausa, como se esperasse uma bofetada, mas ninguém se mexeu, e ele repetiu com firmeza: – sim, de visão mística, não vão engolir esse discurso. Afinal de contas, a lógica não é tudo.

– Os trabalhadores não vão engolir – disse Holloway, um pouco mais convicto. – Ele não parecia ser amigo dos trabalhadores.

– As mulheres não vão engolir – declarou a mãe de Kip. – A meu ver, é fato comprovado que as mulheres não gostam dessa história de mente. Elas têm sentimentos mais elevados. Podemos contar com elas.

– Podemos contar com os cientistas – afirmou o Dr. Simon Pritchett. Agora todos estavam avançando, subitamente ansiosos para falar, como se tivessem encontrado um assunto que lhes inspirava confiança. – Os cientistas não são bobos de confiar na razão. Esse homem não é amigo dos cientistas.

– Ele não é amigo de ninguém – disse Mouch, reconquistando um pouco de autoconfiança ao se dar conta desse fato –, talvez apenas dos grandes industriais.

– Não! – exclamou aterrorizado o Sr. Mowen. – Não! Não nos acuse! Não diga isso! Não admito que você diga isso!

– O quê?

– Que... que... que alguém é amigo dos industriais!

– Não vamos nos preocupar por causa desse discurso – disse o Dr. Floyd Ferris. – Foi intelectual demais para o homem comum. Não vai surtir efeito. As pessoas são burras demais para entender.

– É – concordou Mouch –, é isso mesmo.

– Em primeiro lugar – disse Ferris, sentindo-se estimulado –, as pessoas não sabem pensar. Em segundo, não querem.

– Em terceiro lugar – acrescentou Fred Kinnan –, não querem morrer de fome. E o que vocês propõem fazer a respeito disso?

Foi como se ele tivesse feito a pergunta que todos os que falaram anteriormente visavam evitar. Ninguém respondeu, mas as cabeças afundaram um pouco mais nos ombros, e as pessoas se aproximaram um pouco umas das outras, formando um pequeno aglomerado sob o peso do espaço vazio do estúdio. A marcha militar continuava a ribombar no silêncio do estúdio, com a alegria inflexível de uma caveira sorridente.

– Desliguem isso! – berrou o Sr. Thompson, apontando para o rádio. – Desliguem essa porcaria!

Alguém obedeceu. Mas o silêncio súbito era ainda pior.

– E então? – perguntou o Sr. Thompson por fim, levantando o olhar até Fred Kinnan, com relutância. – O que você acha que a gente deve fazer?

– Quem, eu? – disse Kinnan rindo. – Não sou eu quem manda aqui, não.

O Sr. Thompson bateu com o punho cerrado no joelho.

– Diga alguma coisa... – começou a pedir, mas, vendo que Kinnan lhe dava as costas, acrescentou: – ... qualquer um de vocês!

Ninguém disse nada.

– O que vamos fazer? – berrou ele, sabendo que o homem que respondesse passaria a deter o poder. – O que vamos fazer? Será que ninguém sabe nos dizer o que fazer?

– Eu sei!

Era voz de mulher, porém havia nela algo da voz que tinham ouvido no rádio. Todos se viraram para Dagny antes que ela tivesse tempo de emergir da escuridão do estúdio. Quando ela se aproximou, seu rosto os assustou, porque nele não havia sinal de medo.

– Eu sei – repetiu ela, dirigindo-se ao Sr. Thompson. – Vocês têm que desistir.

– Desistir? – repetiu ele, sem entender.

– Vocês estão derrotados. Será que não entendem isso? O que será que ainda é preciso para que entendam, depois desse discurso? Desistam e saiam do caminho. Deixem os homens livres para viverem.

O Sr. Thompson continuava olhando para ela, sem protestar nem se mexer.

Ela prosseguiu:

– Vocês ainda estão vivos, estão usando uma língua humana, estão pedindo soluções, estão contando com a razão... vocês ainda estão contando com a razão! São capazes de entender. Não é possível que não tenham entendido. Agora vocês não podem mais fingir que ainda têm alguma esperança de querer, de ganhar, de alcançar alguma coisa. Agora só há pela frente a destruição: a destruição do mundo e a sua própria. Desistam e vão embora.

Ouviam o que ela dizia com atenção, porém era como se não compreendessem suas palavras, como se estivessem se apegando cegamente a uma qualidade que só ela possuía: a de estar viva. Havia um toque de riso exultante por trás da violência irada de sua voz. Seu rosto estava erguido e os olhos pareciam contemplar algum espetáculo a uma distância incalculável, de modo que a mancha de luz em sua testa não parecia ser o reflexo das lâmpadas do estúdio, e sim um sol nascente.

– Vocês querem viver, não querem? Pois saiam da frente, se querem ter uma chance de viver. Deixem que os que são capazes assumam o poder. *Ele* sabe o que fazer. Vocês, não. *Ele* é capaz de produzir os meios necessários à sobrevivência humana. Vocês, não.

– Não ouçam o que ela diz!

Foi um grito de ódio tão selvagem que todos se afastaram do Dr. Robert Stadler, como se ele houvesse exprimido a ideia inconfessa que havia na mente de todos. Em seu rosto via-se a expressão que todos temiam encontrar no próprio rosto quando estivessem sozinhos no escuro.

– Não ouçam o que ela diz! – repetiu ele, seus olhos evitando os de Dagny, enquanto ela lhe dirigia um rápido olhar de relance, que começou como uma expressão de espanto e terminou como um obituário. – É a vida de vocês ou a dele!

– Calma, professor – disse o Sr. Thompson, despachando-o com um muxoxo. Ele olhava para Dagny como se algum pensamento se esforçasse para tomar forma dentro de seu crânio.

– Vocês sabem a verdade, todos vocês – disse ela –, e eu também, e mais todo homem que já ouviu falar de John Galt! O que ainda estão esperando?

Provas? Ele já deu todas as provas. Fatos? É só olhar ao redor. Quantos cadáveres ainda querem encontrar até resolverem abrir mão de suas armas, de seu poder, de seus controles e de toda essa sua miserável doutrina altruísta? Desistam, se querem viver. Desistam, se ainda resta alguma coisa nas suas mentes que seja capaz de querer que seres humanos permaneçam vivos nesta Terra!

– Mas isso é traição! – gritou Eugene Lawson. – O que ela está dizendo é traição pura e simples!

– Ora, ora – disse o Sr. Thompson –, não vamos radicalizar.

– O quê? – perguntou Holloway.

– Mas... mas isso é um absurdo, não é? – perguntou Morrison.

– Você não está concordando com ela, está? – perguntou Mouch.

– Quem foi que falou em concordar? – disse o Sr. Thompson, em tom surpreendentemente tranquilo. – Não seja precipitado. Não sejam precipitados, todos vocês. Não faz mal nenhum a gente ouvir um argumento, qualquer que ele seja, é ou não é?

– Esse tipo de argumento? – perguntou Mouch, sacudindo o dedo para Dagny.

– Qualquer tipo – disse o Sr. Thompson, tranquilo. – Não devemos ser intolerantes.

– Mas isso é traição, é a ruína, é deslealdade, egoísmo e propaganda das grandes empresas!

– Não sei, não – comentou o Sr. Thompson. – Temos que manter a mente aberta. É preciso levar em conta os pontos de vista de todos. Talvez ela tenha alguma razão. *Ele sabe o que fazer*. Temos que ser flexíveis.

– Você quer dizer que está disposto a desistir? – quis saber Mouch.

– Não seja precipitado! – exclamou o Sr. Thompson, irritado. – Se há uma coisa que não suporto são as pessoas que tiram conclusões apressadas. Outra coisa que me irrita são esses intelectuais de torre de marfim que se agarram com unhas e dentes a uma teoria de estimação e não têm nenhuma noção da realidade prática. Num momento como o atual, temos que ser flexíveis acima de tudo.

Ele viu expressões de espanto em todos os rostos ao redor, no de Dagny e nos dos outros, ainda que não pelos mesmos motivos. Sorriu, levantou-se e se virou para ela.

– Obrigado, Srta. Taggart – disse ele. – Obrigado por manifestar sua opinião. É isto que eu quero que vocês entendam: podem confiar em mim e usar de toda a franqueza comigo. Não somos seus inimigos, Srta. Taggart. Não ligue para os rapazes. Eles estão nervosos, mas vão acabar pondo os pés no chão. Não somos seus inimigos, nem inimigos da nação. É claro que cometemos erros, somos humanos, mas estamos só tentando fazer o melhor de que somos capazes para o povo – isto é, para todo mundo –, nestes tempos difíceis em que vivemos. Não podemos tomar decisões importantes assim de repente, de uma hora para outra, não é mesmo? Temos que pensar, ruminar, pesar todos os dados cuidadosamente. Só quero que a senhorita tenha em mente que não somos inimigos de *ninguém*. Entende isso, não entende?

– Já disse tudo o que tinha a dizer – respondeu Dagny, virando-se, sem ter nenhuma pista a respeito do significado das palavras do Sr. Thompson, nem forças para tentar entendê-las.

Ela se aproximou de Eddie Willers, que havia olhado para os homens ao seu redor com uma expressão de indignação tão veemente no rosto que parecia paralisado, como se seu cérebro estivesse exclamando "São maus!" e não conseguisse pensar mais nada. Com um gesto de cabeça, Dagny indicou a porta e ele a seguiu, obediente.

O Dr. Robert Stadler esperou até que a porta se fechasse e então se virou de repente para o Sr. Thompson:

– Seu idiota! Você não vê em que está se metendo? Não compreende que é uma questão de vida ou morte? Que é você ou ele?

O leve tremor que percorreu os lábios do Sr. Thompson era um sorriso de desprezo.

– Um comportamento curioso para um eminente professor. Não sabia que os sábios entravam em pânico.

– Será que você não entende? Não vê que é uma coisa ou a outra?

– E o que você quer que eu faça?

– Você tem que matá-lo.

Foi o fato de o Dr. Stadler não ter gritado, mas falado com voz firme, fria, subitamente consciente, que impôs um momento de silêncio a todo o recinto.

– Você tem que encontrá-lo – disse o Dr. Stadler, a voz se descontrolando mais uma vez. – Tem que procurar por toda parte até encontrá-lo e destruí--lo. Se ele viver, ele nos destruirá a todos! Se ele viver, nós morreremos!

– Como é que vou encontrá-lo? – perguntou o Sr. Thompson, falando devagar e cuidadosamente.

– Eu... eu sei como. Vou lhe dar uma pista. Fique de olho nessa Dagny Taggart. Mantenha-a sob vigilância constante. Mais cedo ou mais tarde, ela indicará o paradeiro dele.

– Como é que você sabe?

– Não é óbvio? Não é por puro acaso que ela não desertou há muito tempo? Você não é inteligente o bastante para ver que ela é do tipo *dele*? – Não especificou que tipo era esse.

– É – concordou o Sr. Thompson, pensativo –, é, isso é verdade. – Levantou a cabeça num movimento súbito, com um sorriso de satisfação nos lábios. – Até que o professor teve uma ideia. Comecem a vigiar a Srta. Taggart – ordenou ele, estalando os dedos para Mouch. – Dia e noite. Temos que descobri-lo.

– Sim, senhor – disse Mouch, apatetado.

– E quando encontrá-lo – disse o Dr. Stadler, tenso –, você vai matá-lo?

– Matá-lo, seu idiota? Nós *precisamos* dele! – exclamou o Sr. Thompson.

Mouch esperou, mas ninguém se aventurou a fazer a pergunta que todos tinham em mente. Então, ele fez um esforço e disse, cauteloso:

– Não estou entendendo, Sr. Thompson.

– Ah, esses intelectuais teóricos! – exclamou o Sr. Thompson, contrariado. – Mas por que é que vocês estão com essas caras de bobos? É muito simples. Seja ele quem for, é um homem de ação. Além disso, tem um grupo de pressão: ele monopolizou todos os cérebros. Ele sabe o que fazer. Nós vamos encontrá-lo e ele vai nos dizer o que fazer. Vai fazer as coisas funcionarem. Ele vai nos tirar do buraco.

– "Nos" tirar, Sr. Thompson?

– Claro. Deixem de lado suas teorias. Vamos entrar num acordo com ele.

– Com *ele*?

– Claro. Ah, vamos ter que fazer algumas concessões para os grandes industriais, e o pessoal ligado ao bem-estar social não vai gostar, mas... que diabo! Você vê alguma outra saída?

– Mas as ideias dele...

– E quem é que liga para ideias?

– Sr. Thompson – disse Mouch, engasgando –, acho... acho que ele é do tipo que não se dispõe a entrar num acordo.

– Isso não existe – retrucou o Sr. Thompson.

Um vento frio sacudia as placas quebradas sobre as vitrines das lojas abandonadas, na rua da estação de rádio. A cidade parecia anormalmente silenciosa. O rugido distante do tráfego parecia mais baixo do que de costume, fazendo com que o vento parecesse mais alto. Calçadas vazias se estendiam na escuridão. Umas poucas figuras solitárias, em pequenos grupos, cochichavam nos raros locais iluminados.

Willers só falou quando já estavam a muitos quarteirões de distância. Parou de repente, quando chegaram a uma praça deserta onde os alto-falantes públicos, que ninguém havia se lembrado de desligar, agora transmitiam um programa humorístico – as vozes estridentes de um casal discutindo por causa das namoradas do filho – para uma calçada vazia, com casas às escuras. Depois da praça, uns poucos pontos de luz, espalhados verticalmente acima do gabarito de 25 andares da cidade, delineavam uma forma distante: o vulto do Edifício Taggart.

Willers parou e apontou para o prédio com um dedo trêmulo.

– Dagny! – exclamou, depois baixou a voz sem querer. – Dagny... – sussurrou –, eu o conheço. Ele... ele trabalha lá... lá... – Continuava apontando para o prédio numa atitude de incredulidade e estupefação. – Ele trabalha na Taggart Transcontinental...

– Eu sei – respondeu ela com voz monótona, sem vida.

– É guarda-linha... um trabalhador braçal...

– Eu sei.

– Já falei com ele... falo com ele há anos... no refeitório do terminal... Ele fazia perguntas... perguntas de todo tipo sobre a rede, e eu... Meu Deus, Dagny! Eu estava protegendo a rede ou ajudando a destruí-la?

– As duas coisas. Nenhuma das duas. Não faz mais diferença.

– Eu seria capaz de jurar que ele gostava da rede!

– E gosta.

– Mas ele a destruiu.

– É verdade.

Ela apertou a gola do casaco e seguiu em frente, andando contra o vento.

– Eu costumava conversar com ele – disse Willers após algum tempo. – Seu rosto... Dagny, era diferente dos rostos de todos os outros... Revelava que ele entendia tanta coisa... Eu ficava satisfeito toda vez que o via lá no refeitório... eu falava... acho que eu nem percebia que ele estava fazendo perguntas... mas estava... tantas perguntas sobre a rede... e sobre você.

– Ele alguma vez perguntou como é que eu sou quando estou dormindo?

– Perguntou, sim. Uma vez vi você dormindo no escritório, e, quando mencionei o fato, ele... – Willers parou, como se de repente tivesse associado uma coisa a outra.

Dagny se virou para ele, à luz de um poste de iluminação, e levantou a cabeça, colocando o rosto bem na luz, durante um momento silencioso, como se confirmando o que ele havia pensado.

Ele fechou os olhos.

– Dagny, meu Deus! – sussurrou.

Caminharam em silêncio.

– A esta altura, ele já se foi, não é? – perguntou Willers. – Quero dizer, já foi embora do terminal.

– Eddie – disse ela, com a voz subitamente soturna –, se você quer proteger a vida dele, jamais faça essa pergunta. Não quer que eles o encontrem, quer? Não lhes dê nenhuma pista. Jamais diga a ninguém que o conheceu. Não tente descobrir se ele ainda está trabalhando no terminal.

– Você quer dizer que ele ainda está lá?

– Não sei. Só sei que não é impossível que ele esteja lá.

– Agora?

– É.

– Ainda?

– É. Não fale sobre esse assunto, se você não quer que ele morra.

– Acho que ele foi embora. Não vai voltar. Não o vejo desde... desde...

– Desde quando? – perguntou Dagny, interessada.

– Desde o fim de maio. Aquela noite que você foi para Utah, lembra? – Ele fez uma pausa, como se a lembrança do encontro daquela noite e a plena compreensão de seu significado o atingissem simultaneamente. Com esforço, acrescentou: – Eu o vi aquela noite. Depois, nunca mais... Esperei por ele depois, no refeitório, mais de uma vez... Ele nunca mais voltou.

– Acho que agora ele não vai mais deixar que você o veja. Agora ele vai evitá-lo. Mas não procure por ele. Não faça perguntas.

– Curioso. Não sei nem mesmo que nome ele usava. Era Johnny alguma coisa, ou...

– Era John Galt – retrucou ela, com um risinho triste. – Não consulte a folha de pagamento do terminal. O nome ainda está lá.

– Com todas as letras? Todos esses anos?

– Doze anos. Com todas as letras.

– E continua lá?

– Continua.

Após um momento, ele disse:

– Isso não prova nada, eu sei. O departamento de pessoal não tira nenhum nome da lista desde o Decreto 10.289. Se um funcionário larga o trabalho, dão o nome e o emprego dele a algum conhecido que esteja passando fome, ao invés de notificar o Conselho de Unificação.

– Não faça perguntas ao departamento de pessoal nem a ninguém. Não chame atenção para o nome dele. Se eu ou você fizermos alguma pergunta a respeito dele, alguém pode começar a ter ideias. Não o procure. Não tome nenhuma iniciativa em relação a ele. E, se alguma vez o vir por acaso, aja como se não o conhecesse.

Willers concordou com a cabeça. Após algum tempo, disse com voz tensa e baixa:

– Eu não o entregaria a eles, nem mesmo para salvar a rede.

– Eddie...

– Sim?

– Se você o vir, me avise.

Ele fez que sim.

Dois quarteirões adiante, ele perguntou em voz baixa:

– Você vai sumir um dia desses, não vai?

– Por que está perguntando isso? – Foi quase um grito.

– Não vai?

Ela não respondeu imediatamente, mas quando falou o desespero estava presente na sua voz apenas como uma tensão acentuada em seu tom monótono:

– Eddie, se eu for embora, o que vai ser dos trens da Taggart?

– Eles parariam de andar em uma semana. Ou menos.

– Daqui a 10 dias, o governo dos saqueadores não existirá mais. E homens como Cuffy Meigs devorarão o que resta dos nossos trilhos e locomotivas. Então vou perder a batalha por não ter esperado mais um pouco? Como posso abrir mão da Taggart Transcontinental, Eddie, deixá-la para sempre, quando é possível mantê-la em funcionamento com mais um último esforço? Se já suportei tanta coisa até agora, posso aguentar mais um pouco. Só mais um pouquinho. Não estou ajudando os saqueadores. Ninguém nem nada pode ajudá-los agora.

– O que eles vão fazer?

– Não sei. O que poderão fazer? Estão no fim da linha.

– É o que acho.

– Você não viu? Estão arrasados, em pânico, como ratos apavorados correndo para salvar a pele.

– Ela representa alguma coisa para eles?

– O quê?

– A pele. A vida.

– Ainda estão lutando, não estão? Mas já foram derrotados e sabem disso.

– E desde quando eles levam em conta o que sabem quando agem?

– Desta vez não vão ter outro jeito. Vão desistir. Não demora. E estaremos aqui para salvar o que restar.

◄◄◄

"O Sr. Thompson gostaria de avisar", anunciaram as transmissões oficiais na manhã de 23 de novembro, "que não há motivo para preocupações. Ele pede ao público que não tire conclusões apressadas. Precisamos preservar nossa disciplina, nosso moral, nossa unidade e nossa tolerância esclarecida. Aquele discurso pouco convencional, que alguns de vocês talvez tenham ouvido ontem à noite no rádio, foi uma contribuição polêmica a nosso seminário sobre os problemas mundiais. Devemos pensar nessas opiniões com cabeça fria, evitando os extremos da condenação total e da aceitação impetuosa. Devemos encará-lo como uma perspectiva entre as muitas que são manifestadas pela opinião pública numa sociedade democrática, que, como vimos ontem à noite, permite a divulgação de todas as ideias. A verdade, diz o Sr. Thompson, tem muitas facetas. Precisamos ser imparciais".

"As pessoas estão caladas", escreveu Chick Morrison, resumindo as conclusões do relatório de um dos agentes que ele havia enviado numa missão denominada "Pulso da Nação". "As pessoas estão caladas", escreveu ele em relação ao relatório seguinte e nos dois depois desse. "Silêncio", escreveu ele, com uma expressão carrancuda, resumindo os relatórios para o Sr. Thompson. "As pessoas parecem estar caladas."

As chamas que devoraram uma casa em Wyoming e se elevaram até o céu, numa noite de inverno, não foram vistas pelos habitantes do Kansas, pois estes olhavam para um brilho avermelhado acima das pradarias: o incêndio que destruía uma fazenda. Na Pensilvânia, línguas vermelhas tremiam no ar: eram as chamas que devastavam uma fábrica. Ninguém comentou, na manhã seguinte, que aqueles incêndios não tinham sido frutos do acaso, e que os donos das três propriedades destruídas haviam desaparecido. Os vizinhos observavam sem comentários – e sem nenhum espanto. Algumas casas foram encontradas abandonadas em diversos cantos do país, algumas trancadas sem nada dentro, outras escancaradas e vazias – mas as pessoas viam tudo em silêncio, e por entre os montes de neve das ruas nunca mais varridas, na névoa do amanhecer, caminhavam em direção a seus locais de trabalho, um pouco mais lentamente que de costume.

Então, em 27 de novembro, um orador num comício em Cleveland foi espancado e teve que fugir correndo por becos mal iluminados. Sua plateia silenciosa entrou em ebulição de repente quando ele gritou que a causa de todos os problemas atuais era o fato de que as pessoas se preocupavam, de maneira egoísta, apenas com os próprios problemas.

Na manhã de 29 de novembro, os funcionários de uma fábrica de sapatos ficaram atônitos, ao chegar, quando constataram que o contramestre ainda não havia chegado. Porém foram para seus lugares e começaram a realizar suas tarefas cotidianas, acionando chaves, apertando botões, colocando couro dentro de cortadoras automáticas, empilhando caixas numa correia transportadora, sem entender, à medida que as horas iam passando, por que não viam o contramestre nem o superintendente, nem o gerente, nem o presidente da companhia. Só ao meio-dia é que descobriram que os escritórios da fábrica estavam vazios.

– Seus canibais desgraçados! – gritou uma mulher no meio de um cinema lotado e começou a soluçar histericamente. A plateia não demonstrou nenhum espanto, como se ela tivesse gritado por todos.

"Não há motivo para preocupações", anunciaram as transmissões oficiais em 5 de dezembro. "O Sr. Thompson pede que se divulgue que ele está disposto a negociar com John Galt a fim de encontrar maneiras de resolver nossos problemas rapidamente. O Sr. Thompson insiste em que todos tenham paciência. É preciso que não fiquemos preocupados, não duvidemos, não percamos o ânimo."

Os funcionários de um hospital em Illinois não demonstraram espanto quando foi levado para lá um homem que fora espancado pelo irmão mais velho, o qual o sustentara a vida toda: o homem gritara com ele, acusando-o de egoísmo e ganância – do mesmo modo que os funcionários de um hospital em Nova York não demonstraram espanto em relação ao caso de uma mulher que chegou com uma fratura no maxilar: fora socada por uma pessoa totalmente desconhecida, que a ouvira mandando o filho de 5 anos dar seu melhor brinquedo para as crianças da casa ao lado.

Chick Morrison resolveu viajar pelo país de trem fazendo discursos sobre a necessidade do autossacrifício pelo bem da coletividade, para levantar o moral da nação. Foi apedrejado na primeira parada e teve de voltar para Washington.

Ninguém jamais se referira a eles como "os homens superiores", e, mesmo que usasse a expressão, não fizera uma pausa para pensar no que queria dizer, porém todos sabiam, cada um em sua comunidade, bairro, escritório ou loja, cada um à sua maneira, quais seriam os homens que deixariam de ir ao trabalho mais dia, menos dia e silenciosamente desapareceriam em busca de fronteiras desconhecidas – aqueles cujos rostos eram mais tensos que os das pessoas que os cercavam, cujo olhar era mais direto, cuja energia era mais resistente. Os homens que estavam agora desaparecendo um por um, por toda a nação – a nação que era agora como o descendente do que já fora uma glória sem par, prostrado pela hemofilia, perdendo a melhor parte de seu sangue por uma ferida que não cicatrizava.

– Mas estamos dispostos a negociar! – berrava o Sr. Thompson para seus assessores, ordenando que o pronunciamento especial fosse repetido por todas as estações de rádio três vezes por dia. – Estamos dispostos a negociar! Ele vai ouvir! Ele vai responder!

Foram designados indivíduos para ficar 24 horas por dia ouvindo rádio, sintonizados em todas as frequências conhecidas, aguardando uma resposta de um transmissor desconhecido. Não houve resposta.

Rostos vazios, sem esperança, sem nitidez eram cada vez mais comuns nas ruas das cidades, mas ninguém entendia o que significavam. Assim como alguns estavam fugindo com seus corpos para a clandestinidade das regiões desabitadas, outros só podiam salvar suas almas e escapuliam para dentro das próprias mentes. Nenhuma força no mundo seria capaz de descobrir se aqueles olhares vazios e indiferentes eram tampas que protegiam tesouros escondidos no fundo de veios que não seriam mais explorados ou eram apenas buracos ocos – o vazio do parasita – que nunca mais seriam preenchidos.

– Não sei o que fazer – disse o superintendente-assistente de uma refinaria de petróleo, recusando-se a aceitar o cargo do superintendente, que havia desaparecido. Os agentes do Conselho de Unificação não tinham como saber se ele estava mentindo ou não. Era apenas um toque de precisão em seu tom de voz, uma ausência de embaraço e de vergonha, que os fazia ficar na dúvida se ele seria um rebelde ou um bobo. Em ambos os casos, seria perigoso obrigá-lo a aceitar o cargo.

"Precisamos de homens!" Os pedidos começaram a se acumular com insistência cada vez maior sobre a mesa do Conselho de Unificação, vindos dos quatro cantos de um país devastado pelo desemprego, e nem aqueles que faziam os pedidos nem o Conselho tinham coragem de acrescentar a palavra perigosa que ficava subentendida: "Precisamos de homens capazes!" Havia filas de espera de anos para cargos de zelador, carregador e lavador de pratos. Porém não havia ninguém para trabalhar como executivo, administrador, engenheiro.

As explosões de refinarias de petróleo, os desastres de aviões, os acidentes em altos-fornos, as colisões de trens, os boatos sobre orgias nos escritórios de executivos recém-empossados faziam com que os membros do Conselho desconfiassem do tipo de gente que ainda se candidatava a cargos de responsabilidade.

"Não se desesperem! Não desistam!", anunciavam as transmissões oficiais de 15 de dezembro, que passaram a ser repetidas diariamente. "Vamos entrar num acordo com John Galt. Vamos conseguir que ele nos lidere. Ele vai resolver todos os nossos problemas e vai fazer as coisas funcionarem. Não desistam! Vamos conseguir negociar com John Galt!"

Ofereciam-se recompensas e honrarias a quem quisesse aceitar cargos administrativos, depois cargos de contramestre, depois de mecânico qualificado, depois a qualquer homem que se esforçasse para fazer jus a uma promoção: aumentos de salário, abonos, isenções de impostos e uma medalha criada por Wesley Mouch denominada "Ordem dos Benfeitores Públicos". Nada disso adiantou. Pessoas esfarrapadas ouviam as ofertas de conforto material com uma indiferença letárgica, como se tivessem perdido o conceito de "valor". *Estes* – pensavam os homens que tomavam o "Pulso da Nação", apavorados – eram homens que não queriam viver, ou que não queriam viver nas condições vigentes.

"Não se desesperem! Não desistam! John Galt vai resolver nossos problemas!", gritavam as vozes radiofônicas, atravessando a neve que caía silenciosamente e chegando ao silêncio dos lares sem aquecimento.

– Não digam ao público que não sabemos onde ele está! – ordenou o Sr. Thompson a seus assistentes. – Mas pelo amor de Deus peçam a todos que o procurem!

Grupos de condicionadores do moral foram incumbidos de espalhar boatos: metade deles espalhou que John Galt estava em Washington, numa reunião com funcionários do governo, enquanto os outros diziam que o governo pagaria 500 mil dólares a quem desse informações que ajudassem a encontrar John Galt.

– Não, nenhuma pista – disse Mouch ao Sr. Thompson, resumindo os relatórios dos agentes especiais enviados para levantar todos os John Galt do país. – Um bando de miseráveis. Tem um John Galt, de 80 anos, que é professor de ornitologia; um quitandeiro aposentado com mulher e nove filhos; um trabalhador não qualificado que está há 12 anos no mesmo posto, numa ferrovia; e outros do mesmo nível.

"Não se desesperem! Vamos encontrar John Galt!", alardeavam as transmissões oficiais durante o dia, mas à noite, a toda hora cheia, por uma ordem oficial secreta, um apelo era enviado, por ondas curtas, para os confins do espaço vazio:

"Chamando John Galt!... Chamando John Galt!... Está ouvindo, John Galt?... Queremos negociar. Queremos consultá-lo. Avise-nos onde podemos encontrá-lo... Está ouvindo, John Galt?" Mas não havia resposta.

Os maços de papel-moeda desvalorizado pesavam cada vez mais nos bolsos das pessoas, mas cada vez havia menos o que comprar. Em setembro, o quilo de trigo custava 30 centavos de dólar; em novembro, já custava 85; em dezembro, chegou a quase 3 dólares, e agora já beirava os 6 dólares. Enquanto isso, as impressoras do Tesouro Nacional apostavam corrida com a fome – e estavam perdendo.

Quando os trabalhadores de uma fábrica espancaram o contramestre e destruíram as máquinas num acesso de desespero, nada se pôde fazer contra eles. Seria inútil prendê-los; as prisões estavam cheias, os policiais piscavam o olho para os detentos e os deixavam fugir a caminho da cadeia. Os homens se limitavam a fingir que faziam o que devia ser feito no momento, sem jamais pensar no instante seguinte. Nada se podia fazer quando havia multidões de pessoas famintas atacando os depósitos nos arredores das cidades. Nada se podia fazer quando esquadrões punitivos aderiam às pessoas que era sua missão punir.

"Está ouvindo, John Galt?... Queremos negociar. Talvez aceitemos as suas condições... Está ouvindo?"

Corriam boatos de que havia caravanas de vagões cobertos viajando à noite por trilhas abandonadas e comunidades secretas armadas para resistir aos ataques dos chamados "índios" – selvagens saqueadores, fossem eles indivíduos que não tinham onde morar ou agentes do governo. De vez em quando viam-se luzes ao longe, na planície, nas serras, nas encostas das montanhas, onde previamente não havia nada. Porém era impossível convencer os soldados a verificar o que era.

Nas portas de casas abandonadas, nos portões de fábricas em ruínas, nos muros dos prédios do governo aparecia, de vez em quando, riscada em giz, tinta ou sangue, a forma curva do cifrão.

"Está nos ouvindo, John Galt?... Entre em contato conosco. Proponha suas condições. Aceitaremos qualquer proposta. Está nos ouvindo?"

Não havia resposta.

A coluna de fumaça vermelha que subiu ao céu na noite de 22 de janeiro e permaneceu estranhamente imóvel por alguns instantes, como um obelisco, depois tremulou e oscilou de um lado para outro, como um holofote enviando alguma mensagem indecifrável, e por fim desapareceu tão subitamente quanto surgira, assinalou o fim da Siderúrgica Rearden, porém os habitantes da região não sabiam. Só ficaram sabendo nas noites subsequentes, quando eles, que sempre haviam se queixado das usinas por causa da fumaça, da fuligem, do barulho, olharam para o horizonte e viram um vazio negro em lugar do brilho vermelho e vivo que pulsava havia tantos anos.

Por ser propriedade de um desertor, a siderúrgica tinha sido nacionalizada. O primeiro a ocupar o cargo de "administrador popular" das usinas fora um membro da facção de Orren Boyle: um gorducho parasita da indústria siderúrgica, que só queria acompanhar seus funcionários e fingir que era ele quem mandava. Mas um mês depois, após um número excessivo de desentendimentos com os trabalhadores, de ocasiões em que tudo o que fazia era dizer que a culpa não era dele, de pedidos não atendidos, de pressões telefônicas de seus comparsas, o homem pediu para ser transferido para outro cargo. A facção de Boyle estava se desintegrando desde que ele fora enviado para uma casa de saúde, onde seu médico o havia proibido de manter qualquer atividade ligada ao trabalho e o obrigara a passar o tempo trançando cestas, como terapia ocupacional. O segundo "administrador popular" da Siderúrgica Rearden pertencia à facção de Cuffy Meigs. Ele usava perneiras de couro e loções capilares perfumadas, vinha ao trabalho com uma arma na cintura, vivia dizendo que seu objetivo principal era a disciplina e que com ele era "escreveu, não leu, o pau comeu". A única regra de disciplina que chegou a ser observada foi a proibição de se fazer qualquer pergunta. Após semanas de atividade frenética da parte das companhias de seguros, do corpo de bombeiros, das ambulâncias e das unidades de primeiros socorros, motivada por uma série de acidentes inexplicáveis, o "administrador popular" desapareceu certa manhã, tendo vendido e enviado para uma série de traficantes na Europa e na América Latina a maior parte dos guindastes, correias transportadoras, tijolos refratários, o gerador de emergência e o tapete do antigo escritório de Rearden.

Ninguém conseguiu entender nada do que acontecera no caos violento dos dias seguintes – os fatos ocorridos jamais haviam sido identificados, as partes envolvidas no conflito não eram reveladas, mas todos sabiam que os conflitos sangrentos entre os funcionários mais antigos e os mais novos não haviam chegado ao ponto em que chegaram por causa das questões triviais que tinham atuado como estopim – nem os guardas de segurança da empresa, nem a polícia, nem a guarda estadual conseguiram manter a ordem por um dia, nem nenhuma facção conseguiu encontrar um candidato disposto a aceitar o cargo de "administrador popular". Em 22 de janeiro, as operações da Siderúrgica Rearden foram temporariamente suspensas.

A coluna de fumaça vermelha daquela noite foi provocada por um funcionário de 60 anos, que tocou fogo numa das estruturas e foi apanhado em flagrante, rindo, com o olhar fixo nas chamas.

– Para vingar Hank Rearden! – gritou ele em tom de desafio, com lágrimas escorrendo por seu rosto tisnado pelo calor das fornalhas.

Não fique tão abalada, pensou Dagny, debruçada sobre a mesa onde estava aberto o jornal no qual, num único parágrafo curto, era anunciado o fim "temporário" da Siderúrgica Rearden. *Não fique tão abalada assim...* Dagny não conseguia deixar de ver o rosto de Rearden à janela de seu escritório, observando um guindaste levantando um carregamento de trilhos azul-esverdeados... *Que ele não fique tão abalado assim*, pedia ela, a ninguém em particular, *que ele não fique sabendo, nem ouça falar que isso aconteceu*... Então ela viu um outro rosto, com olhos verdes implacáveis, lhe dizendo, com uma voz tornada inflexível pelo respeito aos fatos: "Você terá de ouvir falar, sim... Vai ter que saber de todos os desastres, de todos os trens cancelados... Ninguém fica aqui falseando a realidade de nenhum modo..." Então ficou imóvel, sem ver nem ouvir nada interiormente, sem nada além daquela presença enorme que era a dor, até que ouviu aquele grito tão conhecido que se transformara numa droga capaz de embotar todas as sensações, exceto a capacidade de agir: "Srta. Taggart, não sabemos o que fazer!", e, em resposta, pôs-se de pé imediatamente.

"A República Popular da Guatemala", afirmavam os jornais de 26 de janeiro, "não atenderá ao pedido dos Estados Unidos de empréstimo de 1.000 toneladas de ferro".

Na noite de 3 de fevereiro, um jovem piloto voava em seu percurso normal, no voo semanal de Dallas a Nova York. Quando chegou à escuridão vazia perto de Filadélfia – o lugar onde as chamas da Siderúrgica Rearden haviam sido, durante anos, seu ponto de referência favorito, que o saudava na solidão da noite, como o farol de uma terra viva –, ele viu uma imensidão coberta de neve, branca e morta, fosforescente ao luar, uma extensão de picos e crateras que lembrava a superfície da Lua. Na manhã seguinte, abandonou seu emprego.

Pelas noites frias, por sobre as cidades agonizantes, batendo em vão em janelas fechadas e em paredes surdas, elevando-se acima dos telhados de prédios escuros e esqueletos de obras abandonadas, a súplica seguia pelo espaço afora, em direção ao movimento estacionário das estrelas, ao fogo frio de seu brilho: "Está ouvindo, John Galt? Está nos ouvindo?"

– Srta. Taggart, não sabemos o que fazer – disse o Sr. Thompson, que a convocara para uma entrevista pessoal em uma de suas viagens apressadas a Nova York. – Estamos dispostos a ceder, a aceitar as condições que ele quiser, deixá-lo assumir o controle... mas onde está ele?

– Pela terceira vez – disse Dagny, o rosto e a voz tensos para não deixar passar nenhum vestígio de emoção –, não sei onde ele está. Por que o senhor acha que sei?

– Bem, eu não sabia, eu tinha que tentar... Achei que podia ser que... talvez, quem sabe, a senhorita tivesse como contatá-lo...

– Não tenho.

– A senhorita entende, não podemos anunciar, nem mesmo pelas ondas curtas, que estamos dispostos a nos render completamente. As pessoas podem ouvir. Mas se a senhorita conhecesse algum modo de se comunicar com ele, de lhe dizer que estamos dispostos a ceder, a abandonar nossas políticas, a fazer tudo o que ele mandar...

– Já disse que não tenho como.

– Se ele concordasse em comparecer a uma entrevista, só uma entrevista, isso não o comprometeria, não é? Estamos dispostos a entregar toda a economia a ele. Só é preciso saber quando, onde, como. Se ele nos desse algum sinal... se nos respondesse... Por que não nos responde?

– O senhor ouviu o discurso dele.

– Mas o que vamos fazer? Não podemos simplesmente largar tudo e deixar o país sem governo nenhum. Tremo só de pensar nas consequências de tal decisão. Com o tipo de elemento social que temos agora à solta... a senhorita não imagina o que faço só para impedir que haja saques e assassinatos à luz do dia. Não sei o que deu nas pessoas: parecem que não são mais civilizadas. Não podemos parar num momento como este. Não podemos parar nem continuar governando. O que vamos fazer, Srta. Taggart?

– Comecem a suspender os controles.

– O quê?

– Comecem a abolir os impostos e a remover os controles.

– Ah, não, não, não! Isso está fora de cogitação!

– Para quem?

– Quero dizer, não agora, Srta. Taggart, não agora. O país realmente não está preparado para isso. Pessoalmente, até concordo com a senhorita. Amo a liberdade, Srta. Taggart, não quero concentrar poderes, mas estamos numa situação de emergência. As pessoas não estão preparadas para a liberdade. Temos que manter controles rígidos. Não podemos aceitar uma teoria idealista, que...

– Então não me pergunte o que fazer – disse ela, pondo-se de pé.

– Mas, Srta. Taggart...

– Não vim aqui para discutir.

Quando ela já estava à porta, o Sr. Thompson suspirou e disse:

– Espero que ele ainda esteja vivo.

Dagny parou.

– Espero que eles não tenham feito nada de precipitado – ele acrescentou. Depois de um momento, ela conseguiu perguntar, sem que a palavra lhe escapasse dos lábios como um grito:

– Quem?

O Sr. Thompson deu de ombros, abriu os braços e os deixou cair, num gesto de impotência.

– Não posso continuar segurando o meu pessoal. Sei lá o que eles podem resolver fazer. Um dos grupos, a facção Ferris-Lawson-Meigs, há mais de um ano vem tentando me fazer adotar medidas mais drásticas. Uma política mais dura. Sendo bem franco, o que eles querem é apelar para o terror. Instituir a pena de morte para desobediência civil, críticas ao governo, dissidências, essas coisas. O argumento é que se as pessoas não querem cooperar, não querem agir voluntariamente pelo bem público, então temos que obrigá-las a cooperar. Para eles, o único meio de fazer nosso sistema funcionar é apelar para o terror. E talvez tenham razão, a julgar pelo estado das coisas no momento. Mas Mouch não aceita métodos violentos; ele é um homem de paz, um liberal, e eu também sou. Estamos tentando conter o pessoal do Ferris, mas... A senhorita entende, eles são totalmente contra a ideia de nos rendermos a John Galt. Não querem que negociemos com ele. Não querem que o encontremos. Não sei do que seriam capazes. Se o encontrassem primeiro, sabe-se lá o que fariam... Isso é o que me preocupa. Por que ele não responde? Por que não nos deu nenhuma resposta? Eu é que não sei... Então imaginei que talvez a senhorita soubesse de alguma maneira... quer dizer, de saber se ele ainda está vivo... – A entonação era de pergunta.

Dagny lançou mão de toda a sua resistência para conter o horror que a dominava, controlar a voz pelo tempo suficiente para dizer "Não sei" e manter as pernas firmes o bastante para sair da sala.

▲▲▲

Perto do que já fora uma venda de legumes, numa esquina, Dagny olhou furtivamente para trás: aqui e ali, um ou outro poste de iluminação transformava a rua numa sucessão de ilhas isoladas. Na primeira havia uma casa de penhores; na segunda, um botequim; na mais distante, uma igreja. Entre elas, trechos vazios de escuridão e calçadas desertas. Não se podia ter certeza, porém a rua parecia vazia.

Dagny virou a esquina, com passos propositadamente ruidosos, e então parou de repente para escutar: era difícil saber se a tensão anormal em seu peito era o ruído das batidas do próprio coração. Ao mesmo tempo, era difícil distinguir esse som do ruído de veículos ao longe e do murmúrio das águas do rio East. Não ouviu nenhum som de passos por perto. Levantou os ombros num movimento espasmódico que era um misto de dar de ombros e arrepio e apertou o passo. Em alguma caverna escura, um relógio enferrujado deu as horas: quatro da madrugada.

O medo de que a seguissem lhe parecia um tanto irreal, como lhe pareciam agora todos os temores. Dagny não sabia se a leveza anormal de seu corpo era um estado de tensão ou de relaxamento. Era como se seu corpo só tivesse um atributo: o poder de se mover. Sua mente parecia relaxada a ponto de se tornar inacessível, como um motor funcionando automaticamente, controlado por um princípio absoluto que não podia mais ser monitorado. *Se uma bala nua de revólver sentisse algo durante sua trajetória, seria essa a sensação*, pensou ela, *apenas o movimento e a meta, nada mais*. Esse pensamento lhe ocorreu vagamente, distante, como se ela própria fosse irreal. Apenas a palavra "nua" parecia atingi-la: nua... despida de toda e qualquer preocupação senão o alvo... o número 367, o número de uma casa à margem do rio East, que sua mente repetia insistentemente, o número que há tanto tempo ela fora proibida de lembrar.

Trezentos e sessenta e sete, pensou ela, procurando uma forma invisível a sua frente, entre os vultos angulosos dos cortiços – *367... é lá que ele mora... se é que ele ainda está vivo...* Sua calma, seu desligamento dos sentimentos e a confiança de seus passos provinham da certeza de que ela não poderia continuar vivendo por muito mais tempo com aquela dúvida na cabeça.

Dagny convivera com ela durante 10 dias – e as 10 noites anteriores haviam sido uma sequência que a trouxera até aquela noite, como se o que impulsionasse sua caminhada fosse o som dos próprios passos ainda ressoando, em vão, nos túneis do terminal. Ela o procurara nos túneis, caminhara horas, noite após noite – no horário em que ele costumava trabalhar –, pelas passagens e plataformas e oficinas subterrâneas, por cada trecho de trilho abandonado, sem perguntar nada a ninguém, sem dar nenhuma explicação. Caminhara sem nenhuma sensação de medo nem esperança, impelida por uma lealdade desesperada que era quase orgulho. A base desse sentimento eram os momentos em que parava, subitamente surpresa, em alguma esquina escura e subterrânea, e ouvia as palavras quase formuladas em sua mente: *Esta é a minha ferrovia* – quando sentia a vibração de rodas longínquas; *esta é a minha vida* – quando sentia o coágulo de tensão do que havia de contido e suspenso dentro de si; *este é o meu amor* – quando pensava no homem que talvez estivesse em algum lugar naqueles túneis. *Não pode haver conflito entre essas três coisas... por que ainda tenho dúvidas?... o que pode nos afastar, aqui, neste lugar que é só meu e dele?...* Então, voltando ao contexto do presente, Dagny seguia em frente, com o mesmo sentimento de lealdade intacto, porém ouvindo palavras diferentes: *Você me proibiu de procurá-lo, pode me amaldiçoar, pode me abandonar... mas, pelo direito que me é conferido pelo fato de eu estar viva, preciso saber que você também está... preciso procurá-lo só esta vez... não para detê-lo, não para falar, não para tocar em você, só para vê-lo...* Ela não o vira. Desistira daquela busca ao se dar conta dos olhares curiosos dos trabalhadores que a seguiam.

Dagny realizou uma assembleia dos guarda-linhas do terminal, supostamente para levantar o moral dos funcionários. Realizou duas assembleias, para encarar todos os homens, um por um, e repetiu o mesmo discurso ininteligível, sentindo uma pontada de vergonha pelas generalidades vazias que proferia e, ao mesmo tempo, uma pontada de orgulho por não se importar mais com isso. Olhou os rostos exaustos e brutalizados daqueles homens para quem tanto fazia receber ordens de trabalhar ou de ouvir uma falação sem sentido. Não viu o rosto dele entre os outros. "Estavam todos presentes?", perguntou ao chefe. "Acho que sim", respondeu ele com indiferença.

Ela vigiou as entradas do terminal, vendo os homens chegando ao trabalho. Mas existiam entradas demais e não havia nenhum lugar onde ela pudesse ficar olhando sem ser vista. Certa vez ficou numa calçada úmida, ao raiar do dia, encostada contra a parede de um depósito, a gola do casaco levantada até o rosto, gotas de chuva pingando da aba de seu chapéu. Outra vez se expôs aos olhares de todos os passantes, sabendo que a reconheciam atônitos, sabendo que aquela espera era óbvia e perigosa. Se havia um John Galt entre eles, alguém poderia adivinhar o que ela estava fazendo ali... *Se não havia nenhum John Galt no mundo*, pensou ela, *então não havia perigo – nem mundo.*

Nem perigo nem mundo, pensou ela, caminhando pelas ruas daquele bairro miserável em direção à casa número 367, que talvez fosse a dele. Ficou imaginando se seria esta a sensação que se tinha quando se aguardava uma sentença de morte: ausência de medo, de raiva, de preocupação, nada além de uma indiferença gélida de luz sem calor, ou de conhecimento sem valores.

Seus pés esbarraram numa lata, e o som ecoou alto demais, por um tempo excessivo, como se repercutisse nas paredes de uma cidade abandonada. As ruas pareciam silenciadas pelo cansaço, não pelo descanso, como se os homens atrás daquelas paredes não tivessem adormecido, e sim caído de exaustão. *A esta hora, ele já teria voltado do trabalho*, pensou ela, *se ele estivesse indo ao trabalho... se ainda tivesse um lar...* Contemplou os vultos dos cortiços, o reboco caído, a tinta descascando, as placas desbotadas de lojas prestes a falir, repletas de mercadorias que ninguém queria em vitrines que ninguém lavava, as escadas tortas, perigosas de subir, tudo o que havia de abandonado, de incompleto, monumentos de uma batalha perdida contra dois inimigos: "falta de tempo" e "falta de força". E Dagny pensou: *Fora ali que* ele *morara durante 12 anos, ele, que possuía poderes capazes de aliviar o fardo da existência humana.*

Parecia-lhe que uma lembrança estava tentando lhe vir à consciência e de repente percebeu o que era: Starnesville. Sentiu um arrepio interior. *Mas isto aqui é Nova York!*, exclamou para si própria, defendendo aquela grandeza que amara. Então encarou com uma austeridade inflexível o veredicto pronunciado por sua mente: uma cidade que o relegara a esses cortiços durante 12 anos era uma cidade maldita, fadada a terminar como Starnesville.

Então, de repente, aquilo parou de incomodá-la. Sentiu um choque estranho, como um silêncio súbito, uma sensação de imobilidade, que julgou ser tranquilidade: viu o número 367 na porta de um velho cortiço.

Estava tranquila. Apenas o tempo de repente havia se tornado descontínuo e fracionado sua percepção: ela compreendeu claramente o momento em que viu o número; depois, o instante em que olhou para uma lista na parede de uma entrada escura que cheirava a bolor e viu nela as palavras "John Galt, 59, fundos", rabiscadas a lápis por alguma mão analfabeta; a seguir, o momento em que parou ao pé de uma escada, olhou para o corrimão anguloso que se perdia na distância e de repente se encostou à parede, tremendo de terror, preferindo não saber; depois, o instante em que sentiu seu pé pisando o primeiro degrau; em seguida, uma progressão ininterrupta de leveza, uma ascensão sem esforço, sem dúvida nem medo, a sensação de deixar para trás volta após volta de escada, como se o ímpeto daquela subida inexorável viesse do corpo ereto, dos ombros retos, da cabeça erguida, da certeza exultante de que, no momento da decisão final, não era bem o desastre que esperava encontrar na sua vida, após subir uma escada que precisara viver 37 anos para subir.

No alto da escada, Dagny viu um corredor estreito, cujas paredes convergiam para uma porta escura. A cada passo que dava, ouvia as tábuas do chão rangendo. Sentiu a pressão do próprio dedo numa campainha e a ouviu soar no espaço desconhecido atrás da porta. Esperou. Ouviu uma tábua ranger de leve, mas o ruído vinha do andar de baixo. Ouviu o gemido de um rebocador no rio, ao longe. Então se deu conta de que havia perdido a consciência de algum intervalo de tempo, porque o instante seguinte que percebeu foi não como o momento em que se desperta, e sim como aquele em que se nasce, como se dois sons a retirassem de um vazio: o som de um passo atrás da porta e o de uma fechadura sendo aberta. Dagny só voltou ao presente quando não viu mais a porta, porém a figura de John Galt, ligeiramente inclinado contra a luz que vinha de dentro do recinto.

Sabia que os olhos dele estavam apreendendo aquele momento, tragando o passado e o futuro, e que um processo instantâneo de cálculo fazia com que tudo fosse controlado por sua consciência. Em frações de segundo, ele chegou ao resultado do cálculo: um sorriso radiante de saudação.

Agora Dagny não conseguiu se mexer. Ele a tomou pelo braço e a puxou para dentro do quarto. Sentiu a presença ávida da boca de Galt, a forma esbelta do corpo dele contra a súbita aspereza do casaco que ela usava. Viu o riso em seus olhos, sentiu o contato de sua boca outra vez, e mais outra. Ela estava mole em seus braços, ofegante, como se tivesse subido cinco andares sem respirar. Seu rosto se comprimia contra o pescoço e o ombro de Galt, e ela o apertava entre seus braços, pegava-o com as mãos, tocava-o no rosto.

– John... você está vivo... – foi tudo o que ela conseguiu dizer.

Ele balançou a cabeça, como se soubesse o que aquelas palavras queriam dizer.

Então pegou o chapéu de Dagny, que havia caído no chão, tirou-lhe o casaco e o pôs de lado. Com um brilho de aprovação nos olhos, encarou seu corpo esguio e trêmulo, deslizando a mão pelo suéter apertado, azul-escuro, que lhe dava a fragilidade de uma adolescente e a tensão de um lutador.

– Da próxima vez que eu a vir – disse ele –, esteja de branco. Vai ficar ainda mais linda.

Dagny se deu conta de que estava vestida de um jeito que jamais aparecia em público: tal como estivera em casa nas horas de insônia daquela noite. Riu, redescobrindo a capacidade de rir: jamais esperara que aquelas palavras seriam as primeiras que ele lhe dirigiria.

– Se houver uma próxima vez – acrescentou ele, tranquilo.

– Como... assim?

Ele foi até a porta e a trancou.

– Sente-se – disse.

Dagny permaneceu de pé, porém olhou ao redor, para ver o quarto a que até então não dera nenhuma atenção: uma água-furtada comprida e nua, com uma cama num canto e um fogão a gás no outro, alguns móveis de madeira, tábuas nuas que acentuavam o comprimento do chão, um abajur aceso sobre uma escrivaninha, uma porta fechada na sombra fora do círculo de luz da luminária – e a cidade de Nova York vista através de uma janela enorme, a amplidão de estruturas angulosas e luzes esparsas, e o Edifício Taggart ao longe.

– Agora, me ouça com atenção – disse ele. – Temos cerca de meia hora, imagino. Sei por que veio aqui. Eu lhe disse que seria difícil de suportar e que você provavelmente não aguentaria. Não se arrependa. Está vendo? Eu também não consigo me arrepender. Mas agora temos de saber como agir daqui para a frente. Em cerca de meia hora, os agentes dos saqueadores, que a seguiram até aqui, virão me prender.

– Ah, não! – exclamou ela.

– Dagny, há de haver entre eles quem tenha o mínimo de perceptividade para saber que você não é uma deles, que você é o único elo entre mim e eles. E quem sabe disso não a perderia de vista.

– Ninguém me seguiu! Eu sei, eu...

– Você não conseguiria percebê-los. Agir sorrateiramente é uma das coisas que eles sabem fazer muito bem. O espião que a seguiu neste momento está dando parte a seus chefes. A sua presença neste bairro, a esta hora, meu nome na lista lá embaixo, o fato de que eu trabalho na sua rede ferroviária... até eles são capazes de tirar uma conclusão.

– Então vamos sair daqui!

Ele sacudiu a cabeça.

– A esta altura, já cercaram o quarteirão. O espião já terá chamado todos os policiais do bairro. Agora quero lhe dizer o que você terá de fazer quando chegarem aqui. Dagny, só há um jeito de você tentar me salvar. Se você não entendeu completamente o que eu disse no rádio sobre a pessoa que fica no meio, vai entender agora. Você não pode ficar no meio. Nem pode ficar do meu lado, enquanto estivermos nas mãos deles. É preciso que agora você fique do lado *deles*.

– *O quê?*

– Você tem que se colocar do lado deles, do modo mais enfático, coerente e claro que lhe permitir a sua capacidade de fingir. Tem que agir como se fosse um deles, como se eu fosse seu pior inimigo. Se você conseguir, terei uma chance de escapar vivo. Eles precisam demais de mim, então tentarão tudo antes de me matar. Tudo o que eles arrancam das pessoas só o fazem por meio dos valores das vítimas. E eles não têm nenhum valor meu por meio do qual possam me chantagear, me ameaçar. No entanto, se tiverem a mais leve suspeita do que nós representamos um para o outro, vão torturar você – e me refiro a tortura física, mesmo – na minha frente, em menos de uma semana. Não vou esperar que isso aconteça. Quando fizerem a primeira ameaça a você, eu me suicido imediatamente.

Galt disse aquilo sem ênfase, no mesmo tom impessoal de cálculo prático que vinha utilizando antes. Dagny sabia que ele estava falando sério e que tinha razão em falar assim: tinha consciência de que somente ela tinha o poder de destruí-lo, coisa de que todo o poder de seus inimigos não era capaz. Ele viu a expressão de imobilidade nos olhos dela, um misto de compreensão e horror, e concordou com a cabeça, sorrindo de leve.

– Nem é preciso que eu lhe diga – prosseguiu ele – que, se eu for levado a fazer isso, não será um ato de autossacrifício. Recuso-me a viver sob as condições impostas por eles, me recuso a obedecer e a ver você suportando um assassinato lento. Não haverá mais valores para eu buscar depois disso, e me recuso a viver sem valores. Nem preciso lhe dizer que não temos obrigação de agir de modo moralmente correto para com aqueles que apontam uma arma para nós. Por isso, use todo o seu poder de dissimulação e os convença de que você me odeia. Assim teremos uma chance de permanecer vivos e fugir – não sei quando nem como, mas sei que estarei livre para agir. Você me entende?

Dagny se obrigou a levantar a cabeça, encará-lo e fazer que sim.

– Quando eles chegarem – disse ele –, diga-lhes que você estava tentando me encontrar para eles, que ficou desconfiada quando viu meu nome na sua folha de pagamento e veio aqui investigar.

Ela fez que sim.

– Vou demorar para admitir minha identidade. Eles podem reconhecer minha voz, mas vou tentar negar, de modo que será *você* quem lhes dirá que eu sou o John Galt que procuram.

Ela relutou por alguns instantes, porém fez que sim novamente.

– Depois você vai cobrar e aceitar aquela recompensa de 500 mil dólares que ofereceram pela minha captura.

Ela fechou os olhos, depois fez que sim.

– Dagny – disse ele lentamente –, não há como servir aos próprios valores sob o sistema deles. Mais cedo ou mais tarde, quisesse você ou não, eles iam acabar a obrigando a se voltar contra mim. Faça um esforço sobre-humano e aja como tem de agir, que então faremos jus a essa meia hora e talvez ao futuro.

– Farei esse esforço – disse ela com firmeza, acrescentando –, se isso acontecer mesmo, se eles...

– Vai acontecer, mesmo. Não se arrependa. Você ainda não viu a natureza dos nossos inimigos. Pois agora vai ver. Se é necessário que eu seja o instrumento para a demonstração que a convencerá, que assim seja – estou disposto a sê-lo e a tirá-la deles de uma vez por todas. Você não queria esperar mais? Ah, Dagny, Dagny, eu também não!

Foi a maneira como ele a segurou, como a beijou, que a fez sentir que todos os passos que Dagny tinha dado, todos os perigos, todas as dúvidas, até mesmo aquela traição, se é que o havia mesmo traído – tudo isso lhe dava o direito exultante de gozar aquele momento. Galt viu o conflito no rosto dela, a tensão de um protesto incrédulo contra si própria – e ela ouviu a voz dele por entre os fios de seus cabelos:

– Não pense neles agora. Nunca pense na dor, no perigo, nos inimigos, senão pelo tempo absolutamente necessário para derrotá-los. Você está aqui. O tempo é nosso, a vida é nossa, não deles. Não se esforce para não sentir felicidade. Você está feliz.

– Correndo o risco de destruí-lo? – sussurrou ela.

– Você não vai me destruir. Mas... sim, mesmo a esse preço. Você não acha que seja indiferença, não é? Por acaso foi a indiferença que a fez não suportar mais e a trouxe até aqui?

– Eu... – E então a violência da verdade a fez puxar o rosto do homem de modo que a boca dele ficasse perto da sua e depois jogar as palavras na sua cara: – Não me importava se eu ou você morrêssemos depois, desde que eu pudesse vê-lo mais uma vez!

– Eu teria ficado desapontado se você não viesse.

– Você imagina o que senti, esperando, lutando, adiando mais um dia, depois mais um, em seguida...

Ele riu com prazer.

– Se eu imagino?

Dagny deixou cair a mão, num gesto de impotência: estava pensando nos 10 anos que ele havia esperado.

– Quando ouvi sua voz no rádio – disse ela –, quando ouvi o maior pronunciamento que jamais... Não, não tenho o direito de lhe dizer o que achei do seu discurso.

– Por que não?

– Você acha que não o aceitei.

– Mas vai aceitar.

– Você estava falando daqui?

– Não, do vale.

– E depois voltou a Nova York?

– Na manhã seguinte.

– E não saiu mais daqui?

– Não.

– Tem ouvido os apelos dirigidos a você todas as noites?

– Claro.

Ela olhou ao redor lentamente, comparando as torres da cidade com os caibros de madeira do teto da água-furtada, o reboco rachado das paredes, a cama de ferro.

– Você estava aqui esse tempo todo – disse ela. – Mora aqui há 12 anos... aqui... assim...

– Assim – disse ele, abrindo a porta na extremidade do quarto.

Dagny não conteve uma interjeição de espanto: dentro do recinto comprido e iluminado atrás da porta, forrado com um metal de brilho suave, como um pequeno salão de baile num submarino, se encontrava o laboratório mais moderno que ela já vira.

– Entre – disse ele sorrindo. – Não preciso mais esconder nada de você. – Foi como se ela transpusesse a fronteira de um outro universo. Olhou para os equipamentos complexos que brilhavam com uma luz difusa, para o emaranhado de fios reluzentes, para o quadro-negro cheio de fórmulas matemáticas, as longas prateleiras repletas de objetos cujas formas obedeciam à implacável disciplina de um objetivo. Depois olhou para as tábuas empenadas e o reboco rachado da água-furtada. *Ou isso ou aquilo*, pensou ela. *Era esta a alternativa que o mundo tinha de enfrentar: a alma humana teria de se assemelhar a uma coisa ou a outra.*

– Você queria saber onde eu trabalhava nos outros 11 meses do ano – disse ele.

– Tudo isso – perguntou ela, apontando para o laboratório – com o salário de... – e apontou para a mansarda – ... um trabalhador braçal?

– Não, não! Com os royalties que Midas Mulligan me paga pela central elétrica, pela tela de raios, pelo transmissor de rádio e mais algumas coisas desse tipo.

– Então... então por que você precisava trabalhar como guarda-linha?

– Porque o dinheiro ganho no vale nunca pode ser gasto fora dele.

– Onde arranjou esses equipamentos?

– Fui eu que os projetei. Foram feitos na fundição de Andrew Stockton. – Apontou para um objeto de aparência nada interessante, do tamanho de um rádio, num canto do laboratório: – Lá está o motor que você tanto queria. – Riu quando a viu conter uma exclamação e partir involuntariamente em direção ao objeto. – Agora não adianta examiná-lo; você não vai dá-lo a eles.

Dagny contemplava os reluzentes cilindros de metal e os fios em espiral que lembravam aquele objeto enferrujado guardado, como uma relíquia sagrada, nos subterrâneos do Terminal Taggart.

– Ele abastece meu laboratório de energia – disse ele. – Assim ninguém fica querendo saber por que é que um guarda-linha gasta uma quantidade tão exorbitante de eletricidade.

– Mas e se eles descobrirem este lugar?

Ele deu uma risadinha estranha.

– Não vão descobrir.

– Há quanto tempo você...?

Dagny parou e, desta vez, não demonstrou espanto. O que ela estava vendo só podia ser contemplado num momento de absoluto silêncio interior: na parede, atrás de uma fileira de máquinas, viu uma foto recortada do jornal – uma foto sua, de calça comprida e camisa, ao lado da locomotiva inaugural da Linha John Galt, cabeça erguida, um sorriso nos lábios que resumia o contexto, o significado e o sol daquele dia.

Tudo o que conseguiu emitir foi um gemido. Então se virou para ele, mas a expressão que viu em seu rosto era como a que aparecia no dela naquela foto.

– Eu era o símbolo do que você queria destruir no mundo – disse ele. – Mas, para mim, você era o símbolo do que eu queria realizar. – Apontou para a foto. – Os homens só esperam sentir-se assim na vida uma ou duas vezes ao todo, como exceções. Mas eu... foi *isto* que escolhi como o constante e o normal.

A expressão no rosto dele, a intensidade serena do olhar e da mente tornaram aquilo real para ela, naquele momento, no contexto integral daquele momento, naquela cidade.

Quando ele a beijou, Dagny compreendeu que, abraçados, eles tinham seu maior triunfo nos braços, que era essa a realidade jamais conspurcada pela dor ou pelo medo, a realidade do Quinto Concerto de Halley, a recompensa que queriam, pela qual haviam lutado e que tinham conquistado.

A campainha tocou.

A primeira reação dela foi se afastar; a dele, de apertá-la com mais força.

Quando ele levantou a cabeça, estava sorrindo. Disse apenas:

– Agora é a hora de não ter medo.

Ela o seguiu para a água-furtada. Ouviu a porta do laboratório sendo trancada.

Galt segurou o casaco para Dagny em silêncio, esperou até que ela tivesse apertado o cinto e colocado o chapéu, então andou até a porta e a abriu.

Dos quatro homens que entraram, três eram musculosos e estavam fardados, cada um com duas armas na cintura, sujeitos de rostos largos sem forma e olhos vazios de percepção. O quarto, o chefe, era um civil fraco com um sobretudo caro, um bigode aparado, olhos azul-claros e modos de intelectual da espécie relações-públicas.

Olhou para Galt e para o aposento, pestanejando, deu um passo à frente, parou, deu mais um passo e parou de novo.

– Sim? – perguntou Galt.

– O senhor é John Galt? – perguntou numa voz excessivamente alta.

– Meu nome é John Galt.

– O senhor é *aquele* John Galt?

– Qual?

– Foi o senhor que falou no rádio?

– Quando?

– Não dê ouvidos a ele. – A voz metálica era de Dagny e se dirigia ao chefe dos homens. – Ele... é... John... Galt. Vou entregar as provas na delegacia. Prossiga.

Galt se virou para ela, como se fosse uma estranha.

– Será que *agora* a senhorita poderia me dizer quem é e o que queria aqui?

O rosto dela estava tão impassível quanto o dos soldados.

– Meu nome é Dagny Taggart. Eu queria me certificar de que o senhor é o homem que está sendo procurado por toda a nação.

Ele se virou para o chefe.

– Está bem. Eu sou mesmo John Galt. Mas, se quer que eu responda às suas perguntas, tire essa dedo-duro daqui – disse, apontando para Dagny.

– Sr. Galt! – exclamou o chefe com uma jovialidade imensa. – É uma honra conhecê-lo, uma honra e um privilégio! Por favor, Sr. Galt, não nos entenda mal, estamos dispostos a fazer suas vontades, e... claro, se o senhor não quer falar com a Srta. Taggart, bem... ela estava apenas tentando cumprir seu dever patriótico, mas...

– Eu disse para tirar essa mulher daqui.

– Não somos seus inimigos, Sr. Galt, eu lhe asseguro que não somos seus inimigos. – Virou-se para ela: – Srta. Taggart, a senhorita realizou um serviço inestimável para o povo e merece a maior gratidão do público. Queira nos permitir assumir o controle daqui em diante. – Com as mãos, fazia sinal para que ela se afastasse de Galt.

– Agora, o que vocês querem? – perguntou Galt.

– Toda a nação aguarda o senhor. Tudo o que queremos é uma oportunidade de desfazer mal-entendidos. Apenas uma oportunidade de cooperar com o senhor. – Sua mão enluvada fazia um sinal para os outros três. As tábuas do assoalho rangeram, e os três silenciosamente começaram a abrir gavetas e armários, revistando o quarto. – O espírito da nação renascerá amanhã, Sr. Galt, quando todos souberem que o senhor foi encontrado.

– O que você quer?

– Apenas saudá-lo em nome do povo.

– Quer dizer que estou preso?

– Por que pensar em termos tão antiquados? Nossa missão é apenas escoltá-lo em segurança até os mais elevados escalões do governo, onde a sua presença é ansiosamente requisitada. – Fez uma pausa, mas não teve resposta. – Os principais líderes da nação gostariam de conversar com o senhor, só conversar e chegar a um entendimento amistoso.

Os soldados só encontraram roupas e utensílios de cozinha. Não havia cartas, livros, nem mesmo um jornal, como se ali morasse um analfabeto.

– Nosso objetivo é ajudá-lo a assumir o lugar que lhe cabe na sociedade, Sr. Galt. Pelo visto, o senhor não tem consciência de seu valor público.

– Tenho, sim.

– Estamos aqui apenas para protegê-lo.

– Trancado! – declarou um dos soldados, esmurrando a porta do laboratório.

O chefe deu um sorriso simpático.

– O que há atrás daquela porta, Sr. Galt?

– Propriedade privada.

– O senhor faria o favor de abri-la?

– Não.

O chefe abriu as mãos, num gesto de impotência e contrariedade.

– Infelizmente, não tenho como deixar de cumprir minhas ordens. O senhor compreende. Temos que entrar naquele quarto.

– Pois entrem.

– É apenas uma formalidade, mera formalidade. Não há por que não resolver essas coisas de um modo amistoso. O senhor poderia fazer o favor de cooperar?

– Já disse que não.

– Estou certo de que o senhor não gostaria que apelássemos para... para meios desnecessários. – Não teve resposta. – Temos autoridade para arrombar essa porta, o senhor sabe... mas, é claro, não gostaríamos de fazer isso. – Esperou, mas não teve resposta. – Arrombe essa porta! – ordenou ao soldado.

Dagny olhou de relance para o rosto de Galt, que estava impassível, a cabeça nem erguida nem baixa. Ela viu seu perfil imperturbável, os olhos voltados para a porta. A fechadura era um pequeno quadrado de cobre polido, sem nenhum buraco para uma chave nem nada.

O silêncio e a súbita imobilidade dos três brutamontes foram involuntários, enquanto os instrumentos de ladrão na mão do quarto homem raspavam cuidadosamente a madeira da porta.

A madeira cedeu com facilidade, e pequenas lascas caíram, produzindo no meio do silêncio ruídos que pareciam estampidos de uma arma ao longe. Quando o pé de cabra atacou a placa de cobre, ouviram um leve farfalhar atrás da porta, não muito mais alto do que o suspiro de uma mente cansada. Um minuto depois, a fechadura caiu e a porta se abriu um pouco.

O soldado pulou para trás. O chefe se aproximou, com passos irregulares como soluços, e escancarou a porta. Ali havia um buraco negro de conteúdo desconhecido e escuridão completa.

Os quatro se entreolharam e fitaram Galt, que permanecia imóvel, contemplando a escuridão.

Dagny foi atrás dos homens quando eles entraram no recinto, precedidos pela luz de suas lanternas. Viram apenas uma casca alongada de metal, que nada continha além de grossos montes de poeira no chão, uma poeira estranha, cinzenta, que parecia própria de ruínas seculares. O quarto parecia tão morto quanto um crânio vazio.

Ela desviou os olhos, para que não vissem em seu rosto o horror de quem sabia o que fora aquela poeira alguns minutos antes. "Não tente abrir essa porta", ele dissera a ela à entrada da central de energia da Atlântida. "Se você tentasse arrombá-la, os equipamentos lá dentro seriam reduzidos a pó muito antes de a porta ceder." *Não tente abrir essa porta*, pensava ela, mas sabia que o que estava vendo era a expressão visual da frase: "Não tente forçar uma mentira."

Em silêncio, os homens saíram andando para trás e continuaram a andar de costas em direção à saída da água-furtada, porém foram parando, um por um, incertos, em diferentes pontos, como se tivessem sido largados ali pela maré.

– Bem – disse Galt, pegando o sobretudo e virando-se para o chefe –, vamos.

◄◄◄

Três andares do Hotel Wayne-Falkland haviam sido evacuados e transformados numa praça de guerra. Em cada esquina dos longos corredores cobertos com tapetes de veludo havia guardas armados com metralhadoras e sentinelas com baionetas nos patamares das escadas de incêndio. As portas dos elevadores nos 59º, 60º e 61º andares estavam trancadas a cadeado. Uma única porta e um único elevador restavam como meios de acesso, guardados por soldados com uniforme de combate. Homens de aparência estranha vagavam pelos halls, pelos restaurantes e pelas lojas do térreo. Suas roupas eram novas e caras demais, numa má imitação dos frequentadores habituais do hotel, uma camuflagem prejudicada principalmente pelo fato de que as roupas estavam mal ajustadas aos corpos avantajados dos sujeitos e eram deformadas por volumes que nunca aparecem por baixo das roupas de negociantes, e sim das de pistoleiros. Havia grupos de guardas com fuzis-metralhadoras em todas as entradas e saídas do hotel, bem como em janelas estratégicas das ruas adjacentes.

No centro de todo esse aparato, no 60º andar, na chamada suíte imperial do Wayne-Falkland, entre cortinas de cetim, candelabros de cristal e grinaldas esculpidas, John Galt, de calça e camisa, estava sentado numa poltrona ornada com brocados, uma das pernas esticada e apoiada num pequeno banco de veludo, as mãos cruzadas atrás da cabeça, olhando para o teto.

Foi nessa posição que o Sr. Thompson o encontrou quando os quatro guardas que estavam vigiando a porta da suíte imperial desde as cinco da manhã a abriram às 11, para que ele entrasse, e depois a trancaram de novo.

O Sr. Thompson sentiu uma rápida apreensão quando o estalido da fechadura lhe indicou que ele estava confinado naquela sala a sós com o prisioneiro. Porém se lembrou das manchetes dos jornais e das vozes dos locutores de rádio, que proclamavam desde o nascer do dia para toda a nação: "Encontrado John Galt! John Galt em Nova York! John Galt aderiu à causa do povo! John Galt está reunido com os líderes da nação, trabalhando para encontrar uma rápida solução para todos os nossos problemas!" E tratou de se convencer de que acreditava nisso.

– Ora, ora! – disse ele alegre, andando em direção à poltrona. – Então temos aí o jovem que criou toda essa confusão... Ah! – exclamou ele, ao ver mais de perto os olhos verde-escuros que se fixaram nele. – Bem, eu... tenho o maior prazer em conhecê-lo, Sr. Galt, o maior prazer. – Acrescentou: – Sou o Sr. Thompson, como o senhor sabe.

– Prazer – disse Galt.

O Sr. Thompson sentou-se pesadamente numa poltrona, com um movimento brusco que exprimia uma atitude objetiva e descontraída.

– Agora, não fique imaginando que o senhor está preso. Nada disso. – Indicou a sala ao seu redor. – Isto aqui não é uma cadeia, como o senhor pode bem ver. Está sendo bem tratado, não é? O senhor é uma pessoa muito importante, e nós sabemos disso. Fique à vontade. Peça o que o senhor quiser. Pode despedir qualquer lacaio que lhe desobedecer. E, se não gostar de algum desses rapazes de uniforme lá embaixo, é só dizer, que nós o substituímos imediatamente.

Fez uma pausa cheia de expectativa. Não teve resposta.

– Nós só o trouxemos aqui porque queremos falar com o senhor. Preferíamos não ter de agir desse jeito, mas o senhor não nos deu outra alternativa. O senhor se escondia. E tudo o que queríamos era uma oportunidade de lhe dizer que é vítima de um terrível mal-entendido.

Ele abriu as mãos, com um sorriso simpático. Galt o observava, sem dizer nada.

– Que discurso, aquele seu! Que orador! O senhor fez algo à nação, não sei o quê, nem por quê, mas o fato é que fez algo. As pessoas parecem querer alguma coisa que o senhor tem. Mas pensava que nós éramos contra? Aí é que está o seu engano. Não somos. Pessoalmente, acho que havia muitas coisas certas naquele discurso. Claro que não concordo com tudo o que o senhor disse, mas, que diabo, o senhor não quer que a gente concorde com tudo, não é? As diferenças de opinião... sem elas, não haveria corridas de cavalos. Quanto a mim, estou sempre disposto a mudar de ideia. Estou aberto a todos os argumentos.

Debruçou-se para a frente, convidativo, mas não obteve resposta.

– O mundo está numa confusão dos diabos. Bem como o senhor disse. Nesse ponto, estamos de acordo. Temos um ponto em comum. Podemos partir daí. Algo tem que ser feito. Eu só queria era... Escute – exclamou ele de repente –, por que o senhor não me deixa falar com o senhor?

– O senhor está falando comigo.

– Eu... bem, quer dizer... o senhor sabe o que quero dizer.

– Perfeitamente.

– E então?... Então, o que *o senhor* tem a dizer?

– Nada.

– Hein?!

– Nada.

– Ora, o que é isso?!

– Eu não o procurei para falar com o senhor.

– Mas... mas escute!... Temos assuntos a discutir!

– Eu não tenho.

– Escute – disse o Sr. Thompson após uma pausa –, o senhor é um homem de ação. Um homem prático. E como! Posso não saber muitas coisas a seu respeito, mas disso eu tenho certeza. É ou não é?

– Prático? Sou.

– Bem, eu também sou. Podemos falar às claras, colocar as cartas na mesa. Não sei o que o senhor quer, mas estou lhe propondo um acordo.

– Estou sempre disposto a negociar um acordo.

– Eu sabia! – exclamou o Sr. Thompson triunfante, socando os joelhos. – Eu disse a eles, todos aqueles teóricos intelectuais idiotas, como o Wesley!

– Estou sempre disposto a negociar... com quem tenha um valor a me oferecer.

O Sr. Thompson vacilou por um instante, sem entender por quê, mas respondeu:

– Bem, peça o que quiser! O que o senhor quiser!

– O que tem a me oferecer?

– Ora, qualquer coisa.

– Por exemplo?

– O que quiser. Ouviu nossas emissões em ondas curtas dirigidas ao senhor?

– Ouvi.

– Afirmamos que aceitaríamos as suas condições, quaisquer que fossem. Era para valer.

– O senhor me ouviu dizer no rádio que não tenho condições para negociar? Era para valer.

– Ah, mas o senhor nos entendeu mal! Achou que íamos lutar contra o senhor. Mas não vamos. Não somos tão rígidos assim. Estamos dispostos a considerar qualquer ideia. Por que não respondeu a nossas transmissões e veio falar conosco?

– E por que eu viria?

– Porque... porque queríamos falar ao senhor em nome da nação.

– Não reconheço o seu direito de falar em nome da nação.

– Olhe, escute uma coisa: não estou acostumado a... Bem, está bem, o senhor não quer me ouvir? Não quer me ouvir?

– Estou ouvindo.

– O país está numa situação deplorável. As pessoas estão morrendo de fome e entregando os pontos, a economia está caindo aos pedaços, ninguém está produzindo mais nada. Não sabemos o que fazer. O senhor sabe, sabe fazer as coisas funcionarem. Estamos dispostos a ceder. Queremos que nos diga o que devemos fazer.

– Eu já disse o que devem fazer.

– O quê?

– Saiam da minha frente.

– Isso é impossível. É absurdo! Está fora de cogitação!

– Está vendo? Eu avisei que não tínhamos nada a discutir.

– Espere! Espere! Não seja extremista! Há sempre uma solução intermediária. Não se pode ter tudo. Não estamos... o povo não está preparado para isso. O senhor não pode querer que a gente jogue no lixo a máquina do Estado. Temos que preservar o sistema. Mas estamos dispostos a reformá-lo. Vamos modificá-lo segundo suas especificações. Não somos teimosos, teóricos, dogmáticos. Somos flexíveis. Faremos o que o senhor quiser. Terá carta branca. Vamos cooperar. Não seremos intransigentes. Vamos dividir meio a meio. Nós ficamos com a política e o senhor fica com plenos poderes sobre a economia. Entregamos toda a produção do país para o senhor, lhe damos de presente toda a economia. O senhor a administra como quiser, dá as ordens, prepara os decretos e tem o poder organizado do Estado à sua disposição para fazer com que suas decisões sejam cumpridas. Estaremos todos prontos a lhe obedecer, todos nós, incluindo eu. No campo da produção, faremos o que o senhor disser. O senhor será... será o ditador econômico do país!

Galt caiu na gargalhada.

Foi a alegria espontânea daquele riso que chocou o Sr. Thompson.

– O que há com o senhor?

– Então é isso que é uma solução negociada, é?

– Mas o que...? Não fique rindo desse jeito!... Acho que o senhor não me entendeu. Estou lhe oferecendo *o cargo de Wesley Mouch* – e não há nada mais importante que lhe possa ser oferecido!... O senhor terá plenos poderes. Se não gosta de controles, pode aboli-los. Se quer lucros mais elevados e salários mais baixos, é só baixar um decreto. Se quer privilégios especiais para os grandes industriais, pode concedê-los. Se não gosta dos sindicatos, pode dissolvê-los. Se quer uma economia livre, ordene às pessoas que sejam livres! Faça o que quiser. Mas aja depressa. Organize o país. Faça as pessoas voltarem a trabalhar. Traga de volta o seu pessoal, os homens de cérebro. Leve-nos a uma era de paz, de progresso científico e industrial e de prosperidade.

– Ameaçado por uma arma?

– Olhe, eu... Mas qual é a graça, afinal?

– Responda-me uma coisa apenas: se o senhor é capaz de fingir que não ouviu nem uma palavra do que eu disse no rádio, por que acha que eu estaria disposto a fingir que não disse o que disse?

– Não sei o que o senhor quer dizer! Eu...

– Deixe para lá. Era só uma pergunta retórica. A primeira parte dela responde à segunda.

– Hein?

– Eu não jogo esse seu jogo, meu caro, se o senhor quer uma tradução.

– O senhor está dizendo que recusa minha oferta?

– Estou.

– Mas por quê?

– Levei três horas explicando no rádio por quê.

– Ah, mas aquilo é só teoria! Estou falando de coisas concretas. Estou lhe oferecendo o cargo mais poderoso do mundo. Qual é o problema?

– Levei três horas explicando que isso não dá certo.

– O *senhor* pode fazer com que dê certo.

– Como?

O Sr. Thompson abriu as mãos.

– Não sei. Se eu soubesse, não o procurava. Isso cabe ao senhor. O senhor é que é o gênio da indústria, é capaz de resolver qualquer problema.

– Eu disse que isso é impossível.

– O *senhor* dá um jeito.

– Como?

– De algum modo. – Ouviu a risadinha de Galt e acrescentou: – Por que não? Me diga: por que não?

– Está bem, vou explicar. Quer que eu seja o ditador da economia?

– Quero!

– E vai obedecer a qualquer ordem que eu der?

– Vou!

– Então comece abolindo o imposto de renda.

– Ah, não! – gritou o Sr. Thompson, pondo-se de pé de um salto. – Isso, não! Isso... não é do campo da produção. É da distribuição. Como é que a gente ia pagar os funcionários públicos?

– Despeça os funcionários públicos.

– Ah, não! *Isso* é política, não é economia! O senhor não pode mexer na política! Não pode mandar em tudo!

Galt cruzou as pernas sobre o banquinho em que apoiava os pés, acomodando-se melhor na poltrona.

– Quer continuar a discussão? Ou já entendeu?

– Eu só... – Ele parou.

– Está convencido de que *eu* já entendi?

– Escute – disse o Sr. Thompson em tom apaziguador, voltando a sentar-se na beira da poltrona. – Não quero discutir. Não sou bom nisso. Sou um homem de ação. O tempo é curto. Só sei que o senhor tem um cérebro. Exatamente o tipo de cérebro de que precisamos. O senhor é capaz de fazer qualquer coisa. Poderia fazer as coisas funcionarem, se *quisesse*.

– Está bem, já que insiste: eu não quero. Não quero ser ditador da economia, nem mesmo o bastante para dar a ordem de mandar que todos sejam livres, coisa que qualquer ser racional desprezaria, sabendo que os direitos dele não são dados, retirados ou aceitos por permissão minha ou sua.

– Diga-me – disse o Sr. Thompson, olhando para Galt, pensativo –, o que o senhor quer?

– Eu já disse no rádio.

– Não entendo. O senhor disse que só quer promover os seus interesses egoístas, e *isso* eu entendo muito bem. Mas o que o senhor quer no futuro que não possa obter agora, entregue por nós numa bandeja de prata? Eu pensava que o senhor fosse egoísta e prático. Ofereço um cheque em branco para preencher como quiser, e o senhor me diz que não o quer. Por quê?

– Porque o seu cheque não tem fundos.

– *O quê?*

– Porque o senhor não tem nenhum valor para me oferecer.

– Posso lhe oferecer o que quiser. É só pedir. Diga.

– Diga o senhor.

– Bem, o senhor falou muito sobre riqueza. Se é dinheiro que quer, o senhor não seria capaz de ganhar em 100 anos o que eu posso lhe entregar em um minuto, neste minuto, dinheiro vivo. Quer 1 bilhão de dólares, agora?

– Um bilhão que *eu* vou ter que produzir para o senhor depois me dar?

– Não, direto do Tesouro Nacional, em notas novinhas em folha... ou... ou até mesmo em ouro, se preferir.

– E o que vou poder comprar com esse dinheiro?

– Ah, depois que a economia for reconstruída...

– Depois que *eu* reconstruir a economia?

– Bem, se o que o senhor quer é impor a sua vontade, se é poder que quer, eu lhe garanto que todos os habitantes deste país vão obedecer às suas ordens e fazer o que o senhor quiser.

– Depois que *eu* lhes ensinar?

– Se o senhor quer alguma coisa para a sua gangue, todos esses homens que sumiram – empregos, cargos, autoridade, isenção de impostos, qualquer favor especial –, é só me dizer.

– Depois que *eu* os trouxer de volta?

– Afinal, o que o senhor quer?

– Afinal, para que eu preciso dos senhores?

– O que disse?

– O que podem me oferecer que eu não poderia obter sem os senhores?

Com um olhar diferente em seus olhos, o Sr. Thompson recuou um pouco, como se estivesse encurralado, porém encarou Galt pela primeira vez ao dizer:

– Sem mim, o senhor não poderia sair desta sala, agora.

Galt sorriu.

– É verdade.

– O senhor não poderia produzir nada. Morreria de fome aqui.

– É verdade.

– Então, está vendo? – A jovialidade simpática voltou à voz do Sr. Thompson, como se fosse possível se esquivar das implicações do que ele acabara de dizer por meio do humor. – O que eu tenho a lhe oferecer é a sua vida.

– Ela não é sua para o senhor me oferecer, Sr. Thompson – retrucou Galt em voz baixa.

Algo naquela voz fez o Sr. Thompson se virar abruptamente para ele e depois para o outro lado mais depressa ainda. O sorriso de Galt era quase meigo.

– Agora – disse Galt – o senhor entende o que quis dizer ao afirmar que um zero não pode hipotecar uma vida? Sou eu que teria de oferecer esse tipo de hipoteca aos senhores, e não o faço. Retirar uma ameaça não é fazer um pagamento, a negação de uma negação não é uma recompensa, a proposta de não me assassinar não é um valor.

– Quem... quem foi que falou em assassinar o senhor?

– O senhor até agora não falou em outra coisa. Se não estivesse me detendo aqui à força das armas, ameaçando minha vida, o senhor não teria nem mesmo a oportunidade de falar comigo. E isso é tudo o que as suas armas vão conseguir. Não pago pela retirada de ameaças. Não compro minha vida a ninguém.

– Isso não é verdade – disse o Sr. Thompson, animado. – Se o senhor quebrasse uma das pernas, pagaria a um médico para tratar dela.

– Não se fosse o próprio médico que a tivesse quebrado. – Sorriu em resposta ao silêncio do Sr. Thompson. – Sou um homem prático, Sr. Thompson. Não acho prático sustentar uma pessoa cuja única fonte de renda é quebrar os meus ossos. Não acho prático sustentar uma quadrilha de traficantes de produção.

O Sr. Thompson parecia pensativo; após algum tempo, sacudiu a cabeça.

– Não o considero um homem prático. Este não ignora os fatos concretos, não perde tempo querendo que as coisas fossem diferentes e tentando mudá-las. Ele encara as coisas tais como são. Estamos detendo o senhor. Isto é um fato. Quer o senhor goste, quer não, é um fato. O senhor deveria agir de acordo com isso.

– E é o que estou fazendo.

– Estou dizendo que o senhor deveria cooperar. Deveria reconhecer a situação, aceitá-la e se adaptar a ela.

– Se o senhor tivesse uma intoxicação, se adaptaria a ela ou tentaria mudá-la?

– Ah, isso é diferente! É físico!

– O senhor quer dizer que os fatos físicos podem ser corrigidos, mas não os seus caprichos?

– O que quer dizer?

– Está dizendo que a natureza física pode ser adaptada aos homens, mas os seus caprichos estão acima das leis da natureza, e os homens têm de se adaptar ao senhor?

– Estou dizendo que estou por cima!

– Com uma arma na mão?

– Ah, esqueça a arma! Eu...

– Não posso esquecer um fato da realidade, Sr. Thompson. Isso não seria prático.

– Está bem: então estou armado. O que o senhor vai fazer?

– Vou agir de acordo com o fato. Vou lhe obedecer.

– *O quê?*

– Vou fazer tudo o que o senhor me *mandar* fazer.

– Está falando sério?

– Sério. *Literalmente.* – Viu o entusiasmo do rosto do Sr. Thompson lentamente ser substituído por uma expressão de estupefação. – Farei qualquer movimento que o senhor me mandar fazer. Se o senhor me mandar entrar no escritório do ditador da economia, eu entro. Se me mandar sentar numa cadeira, eu sento. Se me mandar baixar um decreto, eu baixo.

– Ah, mas eu não sei que decretos devem ser baixados!

– Nem eu.

Houve uma longa pausa.

– E então? – perguntou Galt. – Quais são suas ordens?

– Quero que o senhor salve a economia do país!

– Não sei salvá-la.

– Quero que descubra um jeito!

– Não sei descobrir um jeito.

– Quero que o senhor pense!

– Como é que a sua arma vai conseguir isso, Sr. Thompson?

O Sr. Thompson olhou-o em silêncio, e Galt viu, na tensão dos lábios, no queixo levantado, nos olhos apertados, a expressão de um valentão adolescente prestes a emitir seu argumento filosófico básico: eu lhe arrebento a cara. Galt sorriu, encarando-o, como se tivesse ouvido a frase e a enfatizasse. O Sr. Thompson desviou o olhar.

– Não – disse Galt –, o senhor não quer que eu pense. Quando se força um homem a agir contra sua vontade e seu discernimento, é porque se quer impedi-lo de pensar. O senhor quer que eu me transforme num robô. Vou obedecer.

O Sr. Thompson suspirou.

– Não entendo – disse, num tom sincero de impotência. – Tem alguma coisa errada que não consigo entender. Por que está procurando encrenca? Com um cérebro como o seu, o senhor ganha qualquer um. Eu não chego nem perto do senhor, e sabe disso. Por que não finge que está do nosso lado, depois assume o controle e nos passa para trás?

– Pelo mesmo motivo pelo qual o senhor está propondo isso: porque os senhores sairiam ganhando.

– Como assim?

– Porque é justamente porque as pessoas superiores aos senhores tentam derrotá-los jogando conforme as *suas* regras que os senhores estão por cima há séculos. Qual de nós sairia vencedor, se eu fosse disputar com o senhor o controle dos seus brutamontes? Claro que eu poderia fingir – e eu não salvaria a sua economia nem o seu sistema, visto que agora eles já não têm mais salvação –, mas eu morreria, e o que os senhores ganhariam seria o mesmo que sempre ganharam no passado: um adiamento, mais uma prorrogação, mais um ano, ou um mês, comprado ao preço do que ainda resta de esperança e forças nos homens ao seu redor, incluindo eu. É só isso que os senhores querem e não vão além disso. Um mês? Ora, até uma semana já seria bom para os senhores, já que partem da premissa incontestada de que sempre poderão encontrar mais uma vítima. Mas encontraram a sua última vítima – aquela que se recusa a desempenhar o seu papel histórico. A brincadeira acabou, meu caro.

– Ah, isso é só teoria! – exclamou o Sr. Thompson, com uma ênfase um pouco exagerada. Zanzando de um lado para outro, como se compensassem por ele não estar andando de um lado para outro, seus olhos fitavam a porta, como se ele quisesse fugir. – O senhor está dizendo que se não abandonarmos o sistema vamos morrer? – perguntou.

– Estou.

– Então, considerando que o estamos detendo, o senhor vai morrer conosco?

– É possível.

– O senhor não quer viver?

– Muitíssimo. – Viu um brilho nos olhos do Sr. Thompson e sorriu. – Digo-lhe mais: sei que quero viver muito mais intensamente que os senhores. Sei que é com isso que estão contando. Aliás, sei que no fundo não querem viver. Eu quero. E quero tanto que não aceito substituto.

O Sr. Thompson se pôs de pé num salto.

– Não é verdade! – gritou. – Não é verdade que não quero viver. Por que o senhor diz isso? – Estava ligeiramente encolhido, como se tivesse sentido um frio súbito. – Por que diz essas coisas? Não sei o que quer dizer. – Afastou-se um pouco. – E não é verdade que sou um pistoleiro. Não sou. Jamais quis fazer mal a ninguém. Quero que as pessoas gostem de mim. Quero ser seu amigo... Quero ser seu amigo! – gritou para ninguém em particular.

Galt o observava, sem nenhuma expressão no rosto, sem lhe dar nenhuma pista do que estava vendo, apenas de que estava vendo algo.

De repente o Sr. Thompson começou a fazer uma série de movimentos bruscos e desnecessários, como se estivesse com pressa.

– Bem, tenho que ir embora. Tenho... tenho muitos outros compromissos. Depois a gente conversa mais um pouco. Pense bem. Não tenha pressa. Esteja à vontade. Peça o que quiser – comida, bebida, cigarros, tudo do bom e do melhor. – Apontou para as roupas de Galt. – Vou chamar o alfaiate mais caro da cidade para fazer umas roupas decentes para o senhor. Quero que se acostume ao que é bom e... A propósito – perguntou, num tom de voz forçadamente natural –, o senhor tem parentes? Alguém que gostaria de ver?

– Não.

– Nem amigos?

– Não.

– Namorada?

– Não.

– É que eu não queria que o senhor se sentisse só. O senhor pode receber visitas, quem quiser, se houver alguém que o senhor gostaria de ver.

– Não há.

O Sr. Thompson fez uma pausa perto da porta, se virou para olhar para Galt mais uma vez e sacudiu a cabeça.

– Não entendo o senhor – disse. – Simplesmente não entendo.

Galt sorriu, deu de ombros e disse:

– Quem é John Galt?

◄◄◄

Uma mistura de neve e chuva caía forte à entrada do Hotel Wayne-Falkland, e os guardas armados pareciam estranhamente indefesos naquele círculo de luz: curvados, de cabeça baixa, abraçavam suas armas para se aquecer – como se, mesmo que descarregassem toda a violência de suas balas contra a tempestade, não conseguissem sentir-se bem ali.

Do outro lado da rua, Chick Morrison, o condicionador do moral, a caminho de uma reunião no 59º andar, observou que os poucos transeuntes letárgicos nem sequer se davam ao trabalho de olhar para os guardas, assim como nem olhavam para a pilha de jornais ensopados que não haviam sido vendidos pelo jornaleiro esfarrapado e friorento e que ostentavam a manchete: "John Galt promete prosperidade."

Chick Morrison sacudiu a cabeça, preocupado. Havia seis dias que vinham sendo publicados artigos nas primeiras páginas sobre os esforços conjuntos da nação e de John Galt para elaborar novas políticas, que no entanto não haviam tido o menor efeito. As pessoas andavam como se não tivessem interesse em ver nada que as cercava. Ninguém se dava conta de sua presença, exceto uma velha mendiga, que esticou a mão para Morrison em silêncio quando ele se aproximou da entrada iluminada do hotel. Ele apertou o passo, e apenas gotas de água fria caíram na mão nodosa e nua.

Foi a lembrança daquela cena de rua que deu um tom cortante à voz de Morrison quando ele se dirigiu ao grupo reunido em círculo na suíte do Sr. Thompson, no 59º andar. A expressão que se via nos rostos casava com o som de sua voz.

– Pelo visto, não está dando certo – disse Morrison, apontando para uma pilha de relatórios elaborados pelos tomadores de pulso da nação. – Todos os nossos releases a respeito da colaboração entre o governo e John Galt estão dando em nada. As pessoas nem ligam. Não acreditam em nada. Alguns dizem que ele nunca vai colaborar conosco. A maioria nem acredita que ele está conosco. Não sei o que deu em todo mundo. Não acreditam mais em nada. – Suspirou. – Três fábricas fecharam em Cleveland anteontem. Cinco em Chicago ontem. Em São Francisco...

– Eu sei, eu sei – disse o Sr. Thompson, impaciente, apertando o cachecol em torno do pescoço. A calefação do hotel havia pifado. – Não há outra opção: ele *tem* de ceder e assumir o comando. Tem de ceder!

Wesley Mouch olhou para o teto.

– Não me peçam para falar com ele de novo – retrucou, estremecendo. – Já tentei, mas é impossível falar com esse homem.

– Eu... não consigo, Sr. Thompson! – exclamou Morrison quando o olhar do homem se deteve nele. – Eu renuncio, se o senhor quiser! Não posso falar com ele de novo! Não me obrigue a isso!

– Ninguém consegue falar com ele – disse o Dr. Floyd Ferris. – É perda de tempo. Ele não ouve uma palavra do que se diz.

Fred Kinnan deu uma risada.

– Ou seja: ele ouve até demais, não é? E, o que é pior ainda, responde.

– Então por que *você* não tenta de novo? – quis saber Mouch. – Você parece até que gostou da experiência. Por que não tenta convencê-lo?

– Porque sei que não adianta – respondeu Kinnan. – Não perca o seu tempo. Ninguém vai conseguir convencê-lo. Não vou tentar outra vez... Se gostei? – acrescentou, com uma expressão atônita. – É... é, acho que sim.

– O que deu em você? Está trocando de lado? Está sendo seduzido por ele?

– Eu? – Kinnan deu um risinho sem graça. – Para que ele ia querer me seduzir? Eu vou ser o primeiro a me dar mal quando ele ganhar... É só que... – Kinnan olhou para o teto – ele é um homem que diz as coisas na cara.

– Ele não vai ganhar! – gritou o Sr. Thompson. – Isso está fora de cogitação!

Fez-se uma longa pausa.

– Gente esfomeada está se amotinando na Virgínia Ocidental – comentou Mouch. – E os fazendeiros do Texas...

– Sr. Thompson! – exclamou Morrison em desespero. – Talvez a gente pudesse... mostrá-lo para o público... num grande comício... ou talvez na TV... só para que o vissem, para que acreditassem que realmente o encontramos... As pessoas teriam esperanças, por algum tempo... assim ganharíamos um pouco de tempo...

– Muito perigoso – disse o Dr. Ferris. – Não o deixem chegar perto do público. Nunca se sabe o que ele é capaz de fazer.

– Ele tem que ceder – disse o Sr. Thompson, teimoso. – Tem que passar para o nosso lado. Um de vocês tem que...

– Não! – berrou Eugene Lawson. – Eu, não! Não quero nem vê-lo. Não quero ter que acreditar naquilo!

– Em quê? – perguntou James Taggart, com um tom de zombaria perigoso na voz. Lawson não respondeu. – De que você tem medo? – O tom de desprezo em sua voz parecia anormalmente exagerado, como se, ao ver alguém com ainda mais medo que ele, Taggart se sentisse tentado a desafiar seu próprio medo. – Você tem medo de acreditar em quê, Gene?

– Não vou acreditar nisso! Não vou! – A voz de Lawson era uma mistura de grito com gemido. – Não vão me fazer perder a fé na humanidade! Vocês não deviam permitir que existisse um homem assim! Um egoísta implacável que...

– Que belos intelectuais vocês me saíram! – disse o Sr. Thompson, sarcástico. – Achei que vocês seriam capazes de falar a língua dele, mas ele apavorou vocês todos. Ideias? Onde estão as ideias de vocês agora? Façam alguma coisa! Façam com que ele se junte a nós! Convençam-no!

– O problema é que ele não quer nada – disse Mouch. – O que se pode oferecer a um homem que não quer nada?

– Você quer dizer – falou Kinnan –: o que se pode oferecer a um homem que quer viver?

– Cale a boca! – gritou Taggart. – Por que disse isso? Por quê?

– Por que você gritou? – perguntou Kinnan.

– Calem a boca, todos vocês! – ordenou o Sr. Thompson. – Vocês são muito bons quando se trata de brigar uns com os outros, mas quando se trata de brigar com um homem de verdade...

– Quer dizer que ele conquistou o senhor também, não é? – gritou Lawson.

– Ah, chega – disse o Sr. Thompson com uma voz cansada. – Ele é o osso mais duro de roer que eu já vi. Vocês não são capazes de entender isso. Ele é duro mesmo... – Um leve toque de admiração se manifestou em sua voz. – Duro mesmo...

– Sempre é possível convencer mesmo os mais duros – disse o Dr. Ferris, num tom de despreocupação –, conforme eu já lhe expliquei.

– Não! – gritou o Sr. Thompson. – Não! Cale a boca! Não vou dar ouvidos a *você*! Não quero ouvir falar nisso! – Suas mãos se moviam agitadas, como se lutasse para afastar algo que se recusava a identificar. – Disse a ele... que isso não é verdade... que nós não somos... que eu não sou um... – Sacudiu a cabeça violentamente, como se o que ele próprio dissera representasse um perigo inaudito. – Não. Escutem, o que quero dizer é que temos de ser práticos e... cautelosos. Muito cautelosos. Temos que agir com sutileza. Não podemos hostilizá-lo nem... nem machucá-lo. Não podemos correr o risco de... de alguma coisa acontecer com ele. Porque... porque se ele morrer, nós vamos junto. Vocês sabem disso. – Correu os olhos pelos homens ao seu redor: eles sabiam.

Na manhã seguinte, a neve caiu sobre jornais que anunciavam na primeira página que uma reunião construtiva e harmoniosa fora realizada entre John Galt e os líderes da nação na tarde da véspera, que produzira o "Plano John Galt", a ser anunciado em breve. A neve da tarde caiu sobre os móveis de um prédio cuja parede da frente havia desabado – e sobre uma multidão que esperava, em silêncio, em frente ao guichê do caixa de uma fábrica cujo proprietário desaparecera.

– Os fazendeiros da Dakota do Sul – disse Mouch ao Sr. Thompson na manhã seguinte – estão marchando em direção à capital do estado, queimando todos os prédios do governo que encontram pelo caminho e toda casa que valha mais de 10 mil dólares.

À tarde, Mouch disse:

– A Califórnia está mergulhada no caos. Há uma guerra civil lá, se é isso mesmo que está acontecendo, pois ninguém sabe informar direito. Declararam a secessão da União, mas ninguém sabe quem está no poder. Está havendo luta armada em todo o estado, entre o "Partido do Povo", liderado pela mãe de Kip e seus seguidores orientalistas que se alimentam de soja, e uma espécie de movimento denominado "Volta a Deus", comandado por ex-proprietários de jazidas de petróleo.

– Srta. Taggart! – gemeu o Sr. Thompson quando ela entrou em seu quarto no hotel na manhã seguinte, convocada por ele. – O que vamos fazer?

Ele não entendia por que antigamente achava que ela possuía algum tipo de energia que o tranquilizava. Aquele rosto à sua frente não exprimia nada e parecia controlado, porém aquele autocontrole se tornava perturbador quando se percebia que ele jamais se alterava, jamais traía qualquer emoção. *O rosto dela é como o das outras pessoas*, pensou ele, *só que há uma rigidez na boca que indica resistência.*

– Confio na senhorita. É mais inteligente que todo o meu pessoal. Fez mais pelo país do que todos eles e encontrou o homem. O que vamos fazer? Está tudo indo por água abaixo, ele é o único capaz de nos tirar dessa confusão, mas ele não quer. Ele se recusa. Simplesmente se recusa a mandar. Nunca vi nada assim: um homem sem vontade de mandar. Imploramos-lhe que dê ordens, mas ele responde que só quer obedecer! É absurdo!

– É.

– A senhorita entende? Quem é ele?

– É um egoísta arrogante – disse ela. – Um aventureiro ambicioso. Um homem de audácia ilimitada que está jogando com todo o mundo.

Era fácil, pensou ela. Teria sido difícil naquele tempo remoto em que considerava a linguagem um instrumento da honra, a ser usada sempre como se se estivesse sob juramento, um juramento de respeito à realidade e ao homem. Agora era só uma questão de emitir sons sem sentido dirigidos a seres inanimados que nada tinham a ver com conceitos como realidade, homem, honra.

Naquela primeira manhã, fora fácil dizer ao Sr. Thompson como encontrara a casa de John Galt. Fora fácil vê-lo sorrindo de admiração e exclamando a toda hora: "Isso, menina!", dirigindo olhares de triunfo a seus assessores, o triunfo de um homem cuja confiança nela se revelara justificada. Fora fácil manifestar um ódio raivoso por Galt – "Eu até que concordava com as ideias dele, mas não vou deixá-lo destruir minha rede!" – e ouvir o Sr. Thompson dizer: "Não se preocupe, Srta. Taggart! Vamos protegê-la dele!"

Fora fácil forjar uma expressão fria de esperteza e lembrar o Sr. Thompson da recompensa de 500 mil dólares, com uma voz nítida e cortante como o som de uma máquina de calcular que dá o resultado de uma soma. Vira a pausa instantânea nos músculos faciais do Sr. Thompson, depois um sorriso alegre, como se ele dissesse que não esperava por aquilo, mas que estava gostando de ver que fora aquilo que a motivara e que aquilo era o tipo de motivação que ele compreendia. "Mas claro, Srta. Taggart! Claro! A recompensa é sua, toda sua! O cheque lhe será enviado!"

Tudo isso fora fácil, porque era como se ela estivesse num não mundo em que suas palavras e seus atos não fossem mais fatos – não reflexos da realidade, e sim distorções como aquelas que se veem nos espelhos de parques de diversões, que deformam as imagens para pessoas cuja consciência não deve ser tratada como consciência. Uma ideia fina, única e quente, como a pressão de um fio dentro dela, como uma agulha que indicasse seu caminho, era sua única preocupação: preservá-lo do perigo. O restante era uma dispersão sem forma, misto de ácido e névoa.

Mas isto, pensou ela, com um arrepio, era o estado em que eles viviam, todas aquelas pessoas que ela jamais entendera; era este o estado que elas desejavam, esta realidade de borracha, este fingimento, esta distorção, esta mentira tendo como único objetivo e recompensa o olhar crédulo e apavorado de algum Sr. Thompson. *Aqueles que desejavam este estado*, pensou ela, *queriam mesmo viver?*

– Jogando com todo o mundo, Srta. Taggart? – perguntou o Sr. Thompson, ansioso. – Como assim? O que ele quer?

– A realidade. Este mundo.

– Não sei exatamente o que a senhorita quer dizer, mas... escute, Srta. Taggart, se acha que é capaz de entendê-lo... tentaria falar com ele mais uma vez?

Dagny pareceu ouvir sua própria voz, a muitos anos-luz de distância, dizendo que daria a vida para vê-lo – mas, naquele quarto, ouviu a voz de uma estranha dizendo friamente:

– Não, Sr. Thompson. Espero nunca mais ter de vê-lo.

– Sei que não o suporta, e até entendo, mas será que não podia tentar...

– Tentei argumentar com ele, na noite em que o encontrei. Só ouvi insultos por resposta. Acho que ele tem mais raiva de mim que de qualquer outra pessoa. Ele jamais me perdoará por tê-lo encontrado. Eu seria a última pessoa a quem ele se renderia.

– É... é... isso é verdade... A senhorita acha que ele vai acabar se rendendo?

A agulha interior tremeu por um momento, oscilando entre duas direções: deveria dizer que não e vê-los matá-lo? Ou dizer que sim e vê-los mantê-lo prisioneiro até destruírem o mundo?

– Vai, sim – disse ela com firmeza. – Ele cede, sim, se vocês o tratarem direito. Ele é ambicioso demais para recusar o poder. Não o deixem fugir, mas não o ameacem... nem lhe façam mal. O medo não terá efeito sobre ele. É imune ao medo.

– Mas e se... quero dizer, do jeito que as coisas andam... e se ele demorar demais para ceder?

– Não vai. Ele é prático demais para isso. A propósito, vocês o deixam se informar sobre o estado do país?

– Bem... não.

– Acho que deviam deixá-lo ler os relatórios confidenciais do governo. Ele verá que não há mais muito tempo.

– Boa ideia! Ótima ideia!... Sabe, Srta. Taggart – disse ele de repente com um tom de súplica desesperada na voz –, eu me sinto melhor sempre que falo com a senhorita. É porque confio na senhorita. Não confio em ninguém. Mas a senhorita... é diferente. É uma pessoa sólida.

Ela o encarou:

– Obrigada, Sr. Thompson.

Foi fácil, pensou ela – até que saiu à rua e percebeu que, sob seu casaco, a blusa estava úmida, grudada em suas costas.

Se fosse capaz de sentir, pensou Dagny, atravessando a plataforma do terminal, saberia que a indiferença pesada que sentia agora por sua rede ferroviária era ódio. Não conseguia se livrar da sensação de que todos os seus trens agora eram de carga: para ela, os passageiros não eram seres humanos, nem seres vivos. Parecia-lhe perda de tempo se esforçar tanto para evitar catástrofes, para proteger a segurança de trens que só transportavam objetos inanimados. Olhou para os rostos ao seu redor no terminal: se ele morresse, pensou ela, se fosse assassinado por aqueles que comandam este sistema, para que *aquelas* criaturas continuassem a comer, dormir e trabalhar, ela estaria disposta a trabalhar para que elas tivessem trens? Se ela lhes pedisse ajuda, alguma delas viria socorrê-la? Será que elas queriam que ele vivesse, aquelas que o tinham ouvido?

O cheque de 500 mil dólares foi entregue em seu escritório naquela tarde, acompanhado de um buquê da parte do Sr. Thompson. Dagny olhou para o cheque e o deixou cair sobre a mesa: não significava nada e não a fazia sentir nada, nem mesmo uma culpa vaga. Era um pedaço de papel, tão importante quanto os que estavam dentro da cesta de papéis. Tanto fazia que ele lhe permitisse adquirir um colar de brilhantes, o depósito de lixo da cidade ou seu último prato de comida. Jamais seria gasto. Não representava nenhum valor, e nada que ele pudesse adquirir teria valor. Mas isso, pensou ela, essa indiferença inanimada era o estado permanente das pessoas ao seu redor, dos homens que não tinham objetivo nem paixão. *Esse* era o estado da alma que não tem valores. *Aqueles que optavam por esse estado*, pensou ela, *queriam viver?*

As luzes não estavam funcionando no corredor do prédio em que ela morava, de modo que, ao chegar a casa à noite, exausta, Dagny só percebeu o envelope no chão quando acendeu a luz dentro do apartamento. Era um envelope em branco, lacrado, que fora enfiado debaixo da porta. Ela o pegou e, no instante seguinte, começou a rir, meio ajoelhada, incapaz de sair dali, de fazer o que quer que fosse senão olhar para aquele bilhete escrito por uma mão que ela conhecia, a mesma mão que escrevera a sua última mensagem no calendário que pairava sobre a cidade.

> *Dagny,*
> *Aguente firme. Olho neles. Quando precisar de ajuda, ligue para mim: 076-5693.*
> *F.*

Na manhã seguinte, os jornais alertavam o público para não dar ouvido aos boatos segundo os quais estaria havendo algum problema nos estados do Sul. Os relatórios confidenciais enviados ao Sr. Thompson afirmavam que havia luta armada entre a Geórgia e o Alabama, em disputa por uma fábrica de equipamentos elétricos, a qual, por causa do conflito e da destruição dos trilhos da ferrovia local, não podia receber matérias-primas.

– O senhor leu os relatórios confidenciais que lhe enviei? – gemeu o Sr. Thompson aquela noite, mais uma vez sentado à frente de John Galt.

Viera acompanhado de James Taggart, que se oferecera para falar com o prisioneiro pela primeira vez.

Galt estava sentado numa cadeira rígida, de pernas cruzadas, fumando um cigarro. Parecia ao mesmo tempo tenso e relaxado. Os outros não conseguiram decifrar a expressão em seu rosto. Só sabiam que ela não traía nenhum sinal de apreensão.

– Li – respondeu ele.

– Não temos mais muito tempo – disse o Sr. Thompson.

– Não.

– O senhor vai deixar essas coisas continuarem a acontecer?

– Os *senhores* vão deixar?

– Como é que o senhor pode ter tanta certeza de que tem razão? – indagou Taggart num tom de voz não muito alto, mas que tinha a intensidade de um grito. – Numa época terrível como esta, como o senhor pode se agarrar a suas ideias ao preço de destruir o mundo todo?

– Eu deveria seguir as ideias de quem?

– Como o senhor pode ter certeza de que tem razão? Como pode *saber*? Ninguém pode ter certeza do que sabe! Ninguém! O senhor não é melhor do que ninguém!

– Então, por que me querem?

– Como o senhor pode jogar com a vida dos outros? Como pode se dar ao luxo *egoísta* de não ceder, quando as pessoas precisam do senhor?

– Em outras palavras: quando elas precisam das *minhas* ideias?

– Ninguém nunca está inteiramente certo ou errado! A realidade não é em preto e branco! O senhor não detém o monopólio sobre a verdade!

Havia algo de estranho na atitude de Taggart, pensou o Sr. Thompson, franzindo o cenho, um ressentimento estranho, demasiadamente pessoal, como se ele não tivesse vindo para resolver uma questão política.

– Se tivesse um mínimo de senso de responsabilidade – dizia Taggart –, não ousaria arriscar tanto com base apenas no seu próprio discernimento! O senhor se juntaria a nós, levaria em consideração outras ideias que não as suas e admitiria que talvez nós tenhamos razão, também! O senhor nos ajudaria com os seus planos! O senhor...

Taggart continuou falando com uma insistência febril, mas o Sr. Thompson não sabia se Galt estava ou não escutando: ele havia se levantado e agora andava de um lado para outro, não como se estivesse impaciente, e sim como um homem que sente prazer com os movimentos do próprio corpo. O Sr. Thompson percebeu a leveza dos passos, o porte altivo, o ventre plano, os ombros relaxados. Galt caminhava como se ao mesmo tempo não tomasse consciência do próprio corpo e se orgulhasse muito dele. O Sr. Thompson olhou para Taggart – a má postura de uma pessoa alta caída para a frente, distorcendo-se a si própria – e viu que este encarava os movimentos de Galt com tanto ódio que se retesou na cadeira, com medo de que o sentimento se tornasse audível. Mas Galt não estava olhando para Taggart.

– ... sua consciência! – dizia Taggart. – Vim aqui para apelar para a sua consciência! Como o senhor pode dar mais valor à sua mente do que a milhões de vidas humanas? As pessoas estão morrendo e... Ah, pelo amor de Deus, pare de andar! – exclamou ele.

Galt parou.

– Isso é uma ordem?

– Não, não! – disse o Sr. Thompson mais que depressa. – Não é uma ordem, não. Não queremos lhe dar ordens... Calma, Jim.

Galt recomeçou a andar de um lado para outro.

– O mundo está afundando no caos – disse Taggart, os olhos acompanhando Galt involuntariamente. – As pessoas estão morrendo, mas o senhor poderia salvá-las! Que importa quem tem ou não razão? O senhor devia se juntar a nós, mesmo pensando que estamos errados, e devia sacrificar sua mente para salvá-los!

– Salvá-los como?

– O que o senhor pensa que é? – gritou Taggart.

Galt parou.

– O senhor sabe.

– É um egoísta!

– Sou.

– O senhor tem consciência do tipo de egoísta que é?

– O *senhor* tem? – perguntou Galt, encarando-o.

Quando o corpo de Taggart lentamente se retraiu para as profundezas da poltrona, enquanto seu olhar continuava preso ao de Galt, o Sr. Thompson começou a sentir um medo inexplicável do que aconteceria em seguida.

– Escute – interrompeu o Sr. Thompson com uma voz alegre –, que tipo de cigarro o senhor está fumando?

Galt se virou para ele e sorriu:

– Não sei.

– Onde o arranjou?

– Um dos seus guardas me trouxe um maço. Disse que foi um homem que lhe pediu que me desse os cigarros como presente... Não se preocupe – acrescentou Galt. – O seu pessoal fez todo tipo de exame neles. Não encontraram nenhuma mensagem secreta. Foi só um presente dado por um admirador anônimo.

O cigarro que Galt tinha entre os dedos ostentava um cifrão.

James Taggart não tinha o menor talento para a arte de persuadir, concluiu o Sr. Thompson. Mas Chick Morrison, que ele trouxe no dia seguinte, não se saiu nem um pouco melhor.

– Eu... vou apenas me entregar à sua misericórdia, Sr. Galt – disse Morrison com um sorriso desesperado. – O senhor tem razão. Admito que tem razão, e tudo o que me resta é apelar para a sua piedade. No fundo do meu coração, não consigo acreditar que o senhor seja um egoísta completo, que não sinta a menor pena do povo. – Apontou para uma pilha de papéis que havia espalhado na mesa. – Eis uma petição assinada por 10 mil crianças, implorando que o senhor se junte a nós para salvá-las. Eis um pedido que veio de um asilo de inválidos. Eis uma petição enviada por religiosos de 200 seitas. Eis um apelo das mãos do país. Leia.

– É uma ordem?

– Não! – exclamou o Sr. Thompson. – Não é uma ordem!

Galt permaneceu imóvel e não pegou os papéis.

– São pessoas comuns, simples, Sr. Galt – disse Morrison, num tom de voz que visava manifestar a humildade abjeta daquela gente. – Elas não poderiam lhe dizer o que fazer. Não saberiam. Estão apenas implorando. São fracas, indefesas, cegas, ignorantes. Mas o senhor, que é tão inteligente e forte, não terá pena delas? Não pode ajudá-las?

– Deixando de lado minha inteligência e seguindo a cegueira delas?

– Elas podem estar erradas, mas é por ignorância!

– Mas eu, que não sou ignorante, devo obedecer a elas?

– Não posso discutir com o senhor. Estou apenas pedindo sua piedade. Elas estão sofrendo. Eu lhe imploro que tenha piedade dos que sofrem. Estou... Sr. Galt – disse Morrison, percebendo que Galt olhava para a distância pela janela e que seus olhos se tornaram subitamente implacáveis –, o que houve? Em que está pensando?

– Hank Rearden.

– Aaah... por quê?

– Essas pessoas tiveram pena de Hank Rearden?

– Ah, mas isso é diferente! Ele...

– Cale a boca – disse Galt sem levantar a voz.

– Eu só...

– Cale a boca! – gritou o Sr. Thompson. – Não ligue para ele, Sr. Galt. Ele não dorme há duas noites. Está apavorado, nem sabe o que diz.

No dia seguinte, o Dr. Floyd Ferris não parecia estar apavorado, mas foi pior ainda. Observou que Galt permanecia calado e nem sequer respondia a Ferris.

– É a questão da responsabilidade moral que o senhor talvez não tenha examinado com atenção suficiente, Sr. Galt – dizia Ferris com voz exageradamente descontraída, um tom forçado de informalidade. – No rádio, o senhor só falou sobre os atos culposos. Mas há também as faltas por omissão. Negar-se a salvar uma vida é tão imoral quanto assassinar. As consequências são idênticas – e, como julgamos os atos pelas consequências, a responsabilidade moral é a mesma... Por exemplo, tendo em vista a escassez desesperadora de alimentos, já houve quem sugerisse que se baixasse um decreto no sentido de que todas as crianças com menos de 10 anos e todos os adultos com mais de 60 fossem mortos, a fim de garantir a sobrevivência dos demais. O senhor não quer que isso aconteça, não é? Pois basta uma palavra sua para que não aconteça. Se o senhor se recusar e todas essas pessoas forem executadas, será por culpa *sua*, responsabilidade *sua*!

– Você está maluco! – berrou o Sr. Thompson, pondo-se de pé após emergir do estado de espanto em que aquela afirmação o colocara. – Ninguém jamais sugeriu tal coisa! Por favor, Sr. Galt! Não acredite nele! Ele não está falando sério!

– Ah, mas está, sim – disse Galt. – Diga a esse cachorro que olhe para mim, que se olhe no espelho, depois pergunte a si próprio se eu jamais pensaria que a *minha* estatura moral está à mercê dos atos *dele*.

– Vá embora daqui! – gritou o Sr. Thompson, levantando Ferris de sua poltrona à força. – Vá embora! Não quero ouvir mais nem um ai de você! – Escancarou a porta e empurrou Ferris para fora, para espanto do guarda que ali estava.

Virando-se para Galt, o Sr. Thompson abriu os braços e os deixou cair, num gesto de esgotamento e impotência. No rosto de Galt não havia sinal de nenhuma emoção.

– Escute – implorou o Sr. Thompson –, não há ninguém que possa falar com o senhor?

– Não há sobre o que falar.

– Temos que falar. Temos que convencê-lo. Não há ninguém com quem o senhor *queira* falar?

– Não.

– É porque... como ela fala, *falava* como o senhor, às vezes... talvez se eu chamasse a Srta. Taggart para lhe dizer...

– Essa? É, é verdade que ela falava como eu. Foi meu único fracasso. Achei que ela fosse do tipo que deveria estar do nosso lado. Mas ela me traiu, por causa da rede ferroviária. Ela seria capaz de vender a alma por causa daquela rede. Mande chamá-la, se quer que eu dê um tapa na cara dela.

– Não, não! O senhor não tem que falar com ela, se é assim que se sente em relação a ela. Não quero mais perder tempo com pessoas que só fazem irritá-lo... Só que... se não for a Srta. Taggart, não sei mais quem chamar... Se eu soubesse de alguém que... o senhor quisesse...

– Mudei de ideia – disse Galt. – Há uma pessoa com quem eu gostaria de falar, sim.

– Quem? – perguntou o Sr. Thompson, animado.

– O Dr. Robert Stadler.

O Sr. Thompson emitiu um assobio prolongado e sacudiu a cabeça, apreensivo.

– Esse aí não é seu amigo, não – disse ele, no tom de quem dá um conselho de amigo.

– É com ele que quero falar.

– Está bem, se o senhor quer. O que quiser. Amanhã de manhã ele estará aqui.

Naquela noite, jantando em sua suíte com Wesley Mouch, o Sr. Thompson olhava irritado para o copo de suco de tomate colocado à sua frente.

– O quê? Não tem suco de toranja?

O médico havia lhe recomendado suco de toranja para se proteger da epidemia de resfriados.

– Não tem suco de toranja – disse o garçom, com uma ênfase estranha.

– Foi o seguinte – explicou Mouch, desanimado –: um grupo de assaltantes atacou um trem na Ponte Taggart, sobre o Mississippi. Dinamitaram os trilhos e danificaram a ponte. Nada sério. Já está sendo consertada... mas o tráfego foi interrompido, e os trens que vêm do Arizona não podem passar.

– Isso é um absurdo! Não há nenhuma outra...? – ia perguntando o Sr. Thompson, mas sabia que não havia nenhuma outra ponte ferroviária sobre o Mississippi. Depois de uma pausa, disse, com a voz em *staccato*: – Mande tropas vigiarem a ponte. Dia e noite. Que escolham os homens a dedo. Se acontecer alguma coisa com aquela ponte...

Não terminou a frase. Estava recurvado sobre as porcelanas finas e os salgadinhos deliciosos à sua frente. A falta de um produto tão prosaico como suco de toranja de repente o fizera se dar conta, pela primeira vez, do que aconteceria com a cidade de Nova York se alguma coisa acontecesse com a Ponte Taggart.

– Dagny – disse Eddie Willers aquela noite –, a ponte não é o único problema. – Ligou o abajur da mesa de sua chefe, pois ela, de tão absorta em seu trabalho, havia se esquecido de acendê-lo quando escureceu. – Nenhum trem transcontinental pode sair de São Francisco. Uma das facções em guerra lá, não sei qual, tomou nosso terminal e impôs uma "taxa de partida" a nossos trens. Ou seja: tomaram os trens como reféns. O administrador do terminal largou o emprego. Ninguém sabe o que fazer.

– Não posso sair de Nova York – disse ela, rígida.

– Eu sei – disse ele em voz baixa. – Por isso *eu* resolvi ir lá dar um jeito nas coisas. Pelo menos, achar alguém para ocupar o cargo de administrador.

– Não! Não quero que você vá. É muito perigoso. E para quê? Não faz mais diferença. Não há mais o que salvar.

– Ainda é a Taggart Transcontinental. Lutarei por ela. Dagny, aonde quer que você vá, sempre conseguirá construir uma ferrovia. Eu, não. Nem quero começar de novo. Não quero mais, depois das coisas que vi. Você devia. Eu não posso. Deixe-me fazer o que posso.

– Eddie! Você não...? – Parou, sabendo que era inútil. – Está bem, Eddie. Se é assim que você quer.

– Vou pegar um avião para a Califórnia esta noite. Arranjei lugar num avião do Exército... Sei que você vai desaparecer assim que... assim que conseguir sair de Nova York. Talvez quando eu voltar você não esteja mais aqui. Quando achar que chegou a hora, vá. Não se preocupe comigo. Não me espere para me avisar. Vá assim que puder. Eu... vou me despedir de você agora.

Dagny se levantou, e ficaram um de frente para o outro. Na meia-luz da sala, o retrato de Nathaniel Taggart na parede estava entre os dois. Estavam pensando em todos os anos que haviam transcorrido desde que tinham aprendido a andar pelos trilhos de uma ferrovia. Ele baixou a cabeça e a manteve assim por algum tempo.

Ela estendeu a mão:

– Até logo, Eddie.

Ele apertou a mão dela com firmeza, sem olhar para os dedos. Olhava para o rosto dela.

Ele já ia saindo, mas parou, se virou para ela e perguntou em voz baixa, nem em tom de súplica nem de desespero, mas como um último gesto consciencioso, para esclarecer uma velha dúvida:

– Dagny... você sabia... o que eu sentia por você?

– Sabia – disse ela em voz baixa, dando-se conta naquele momento de que sabia, sem palavras, há anos. – Sabia, sim.

– Até logo, Dagny.

O ruído de um trem subterrâneo estremeceu as paredes do edifício, abafando o ruído da porta se fechando.

Na manhã seguinte começou a nevar, e as gotas de neve derretida ardiam nas têmporas do Dr. Robert Stadler enquanto ele caminhava pelo longo corredor do Hotel Wayne-Falkland, em direção à suíte imperial. O professor era escoltado por dois homens corpulentos, um de cada lado. Eram do Departamento de Condicionamento do Moral, mas não se davam ao trabalho de disfarçar qual o método de condicionamento que gostariam de ter a oportunidade de empregar.

– Não esqueça as ordens do Sr. Thompson – disse um deles com desprezo. – A primeira palavra errada que você disser... vai se arrepender.

Não era a neve nas têmporas, pensou o Dr. Stadler. Era uma pressão, uma ardência que o incomodava desde aquela cena, na noite anterior, em que gritara para o Sr. Thompson que não podia falar com John Galt. Fora um grito de pavor cego: ele implorara a um círculo de rostos impassíveis que não o obrigassem a fazer aquilo, soluçara que faria tudo, menos aquilo. Os rostos não haviam se dignado discutir com ele, nem mesmo ameaçá-lo. Apenas lhe deram uma ordem. Ele passara a noite em claro, dizendo a si mesmo que não obedeceria, porém estava caminhando em direção àquela porta. A pressão em suas têmporas e a leve náusea de irrealidade que o deixavam tonto vinham da consciência de que ele não conseguia sentir que era o Dr. Robert Stadler.

Percebeu o brilho metálico das baionetas nas mãos dos guardas à porta, e o som de uma chave girando numa fechadura. Viu-se andando em frente e ouviu a porta sendo trancada atrás de si.

Do outro lado da sala alongada, viu John Galt sentado no peitoril da janela, alto e esbelto, de calças e camisa, uma das pernas apoiada no chão, a outra dobrada, as mãos entrelaçadas sobre o joelho, os cabelos com mechas douradas contra o fundo de um céu cinzento – e de repente o Dr. Stadler viu a figura de um rapaz sentado na grade da varanda de sua casa, perto do campus da Universidade Patrick Henry, os cabelos castanhos banhados em sol, a cabeça levantada contra o fundo de um céu azul de verão, e ouviu a intensidade da própria voz dizendo, 22 anos antes: "O único valor sagrado no mundo, John, é a mente humana, a inviolável mente humana..." Então, exclamou para aquele rapaz, separado dele pela extensão da sala e pelo intervalo de 22 anos:

– Não foi culpa minha, John! Não foi culpa minha!

Agarrou-se à beira da mesa à sua frente, para se apoiar e usá-la como barreira protetora, embora a figura na janela não tivesse se mexido.

– Não fui eu que fiz isso com você! – gritou. – Não era minha intenção! Não tive culpa! Não era isso que eu queria!... John! A culpa não é minha! Não é! Eu não podia nada contra eles! Eles dominam o mundo! Não me deixaram nenhum espaço no mundo!... O que é a razão para eles?! O que é a ciência?! Você não sabe como eles são perigosos! Não os entende! Eles não pensam! São animais irracionais movidos por sentimentos irracionais – por seus sentimentos gananciosos, possessivos, cegos, inexplicáveis! Agarram tudo o que querem, é só isso que sabem: se querem uma coisa, danem-se a causa, o efeito, a lógica – eles *querem*, e pronto, esses porcos famintos!... A mente? Você não sabe como é vã a mente contra essas hordas irracionais? Nossas armas são ridiculamente infantis: a verdade, a honestidade, o conhecimento, a razão, os valores, os direitos! A força é só o que *eles* conhecem, a força, a fraude e o saque!... John! Não olhe para mim desse jeito! O que eu podia fazer contra a força bruta deles? Eu tinha que viver, não é? Não foi por mim, foi pelo futuro da ciência! Eu tinha que dar um jeito para que me deixassem em paz, tinha que me proteger, precisava entrar em acordo com eles – não há como viver se não se aceitam as condições deles, não há! Está me ouvindo? Não há!... O que você queria que eu fizesse? Passasse toda a minha vida mendigando empregos? Implorando a gente inferior a mim que me desse verbas e doações? Queria que o meu trabalho dependesse do bel-prazer dos brutamontes que têm o talento de ganhar dinheiro?

Galt percebia o desespero no tom de voz e nos olhos de Stadler, mas não disse nada. Este prosseguiu:

– Eu não tinha tempo de competir com eles, de brigar por dinheiro nem por mercados nem por nenhuma dessas preocupações materiais miseráveis deles! Você acha que seria justo gastarem o dinheiro deles em bebida, iates e mulheres enquanto as horas preciosas da *minha* vida seriam desperdiçadas por falta de equipamento científico? Persuasão? Como é que eu poderia persuadi-los? Que língua eu poderia usar para me dirigir a homens que não pensam?... Você não sabe como eu me sentia só, que falta eu sentia de uma fagulha de inteligência! Como me sentia só, cansado, impotente! Por que um cérebro como o meu teria de barganhar com idiotas ignorantes? Eles jamais dariam um tostão à causa da ciência! Por que não forçá-los? Não era a você que eu queria forçar! Aquela arma não estava apontada para o intelecto! Não para homens como você e eu, apenas para os materialistas irracionais!... Por que me olha desse jeito? Eu não tinha opção! Não há alternativa senão derrotá-los no jogo deles! Ah, o jogo é *deles*, sim, são *eles* que fazem as regras! Para que servimos nós, os poucos que sabemos pensar?! O máximo que podemos ambicionar é passar despercebidos – e saber usá-los para nossos fins!... Você não sabe como era nobre o meu objetivo, a minha visão do futuro da ciência? O conhecimento humano libertado das amarras materiais! Um objetivo ilimitado, sem restrições de meios!

Stadler o encarava e continuou se explicando:

– Não sou um traidor, John! Não sou! Eu estava servindo à causa da inteligência! O que eu via à frente, o que eu queria, o que eu *sentia* não podia ser contado em miseráveis dólares! Eu queria um laboratório! Eu precisava de um laboratório! A mim pouco me importava de onde ele viesse ou como seria obtido! Eu poderia fazer tanta coisa! Podia subir tanto! Você não tem pena?... Eu *queria*!... Que importância tem se teria que ser conseguido à força? Quem são eles para pensar, afinal? Teria dado certo, se você não os tivesse levado embora! Teria dado certo, eu garanto! Não seria... assim!... Não me acuse! Não podemos ser culpados... todos nós... há séculos... Não podemos estar tão completamente enganados!... Não somos malditos! Não tínhamos alternativa! Não há outra maneira de viver nesta Terra!... Por que não me responde? O que você está vendo? Está pensando naquele discurso que fez? Não *quero* pensar nele! Aquilo era apenas lógica! Não se vive só de lógica! Está me ouvindo?... Não olhe para mim! Você está pedindo de mim o impossível! Os homens não podem viver à sua maneira! Você não permite momentos de fraqueza, não leva em conta as fraquezas humanas, os sentimentos humanos! O que quer de nós? Racionalidade 24 horas por dia, sem nenhuma brecha, nenhum descanso, nenhuma fuga?... Não olhe para mim, seu desgraçado! Não tenho mais medo de você! Está ouvindo? Não tenho medo! Quem é você para me acusar, seu fracassado? Eis onde o *seu* caminho veio dar! Ei-lo aqui, preso, impotente, sob vigilância, pronto para ser morto por esses brutamontes a qualquer momento – e você ousa me acusar de não ser prático! Ah, você vai ser morto, sim! Não vai vencer! Não podem deixar que vença! *Você* é o homem que tem de ser destruído!

A interjeição que o Dr. Stadler soltou foi um grito sufocado, como se a imobilidade do vulto à janela tivesse servido como um refletor silencioso e, de repente, lhe fizesse ver o significado integral das próprias palavras.

– Não! – gemeu o Dr. Stadler, sacudindo a cabeça, para escapar daqueles olhos verdes imóveis. – Não!... Não!... Não!

A voz de Galt tinha a mesma austeridade inflexível de seu olhar:

– O senhor disse tudo o que eu queria lhe dizer.

O Dr. Stadler esmurrou a porta. Quando ela foi aberta, ele saiu correndo.

◢◢◢

Durante três dias, ninguém entrou na suíte de Galt, fora os guardas que lhe traziam as refeições. No fim da tarde do quarto dia, a porta se abriu e Chick Morrison entrou, acompanhado de dois homens. Vestia smoking e tinha nos lábios um sorriso nervoso, porém estava um pouco mais confiante que de costume. Um dos homens era um camareiro. O outro era um indivíduo musculoso cujo rosto parecia não casar com seu traje: era um rosto de pedra com pálpebras sonolentas, olhos claros e inquietos e um nariz achatado de boxeador. Os cabelos estavam raspados, restando apenas uns cachos louros no alto da cabeça. Sua mão direita estava enfiada no bolso da calça.

– Vista-se, por favor, Sr. Galt – disse Morrison, num tom persuasivo, apontando para a porta do quarto, onde havia um armário cheio de roupas caras que Galt resolvera não usar. – Ponha um smoking. – Acrescentou: – É uma ordem, Sr. Galt.

Galt caminhou em silêncio para o quarto e os três homens o seguiram. Morrison ficou sentado na beira de uma cadeira, acendendo e amassando um cigarro após outro. O camareiro ajudava Galt a se vestir, com mil trejeitos exageradamente delicados, entregando-lhe as abotoaduras, segurando o paletó para ele. O homem musculoso ficou parado num canto, com a mão no bolso. Ninguém disse nada.

– O senhor vai cooperar conosco, por favor, Sr. Galt – disse Morrison quando Galt estava pronto, apontando para a porta com um gesto cortês.

Tão depressa que ninguém viu sua mão se mexer, o homem musculoso agarrou Galt pelo braço e apertou uma arma invisível contra suas costelas.

– Não dê nenhum passo em falso – disse ele com voz neutra.

– Isso eu nunca faço – disse Galt.

Morrison abriu a porta. O camareiro permaneceu na suíte. Os três homens de smoking caminharam em silêncio até o elevador.

Permaneceram calados dentro do elevador. Os números que se acendiam acima da porta indicavam os andares por que passavam.

O elevador parou na sobreloja. Dois soldados armados seguiram à sua frente e dois vieram atrás, acompanhando-os pelos corredores longos e escuros. Não havia ninguém nos corredores senão as sentinelas armadas nas curvas. O braço direito do homem musculoso estava encostado no esquerdo de Galt – se houvesse algum observador, ele não veria a arma. Galt sentia a pressão do cano da arma contra seu corpo. Ela era calculada para não chegar a incomodar, por um lado, e para não passar nem um instante despercebida, por outro.

Chegaram a uma porta grande, fechada. Os soldados desapareceram nas sombras, quando a mão de Morrison tocou na maçaneta. Foi sua mão que abriu a porta, mas o súbito contraste de luz e som deu a impressão de que ela tinha sido aberta por uma explosão: a luz vinha das 300 lâmpadas dos candelabros do grande salão de baile do Wayne-Falkland; o som era o aplauso de 500 pessoas.

Morrison foi na frente, até uma mesa colocada numa plataforma elevada cercada de mesas. As pessoas pareciam adivinhar que, das duas pessoas que vinham atrás dele, era o homem alto e esbelto de cabelo cor de cobre que estavam aplaudindo. Seu rosto tinha as mesmas qualidades da voz que tinham ouvido no rádio: era calmo, confiante e inatingível.

Havia sido reservado para Galt o lugar de honra no meio da mesa comprida. O Sr. Thompson o aguardava no assento à sua direita, e o homem musculoso se colocou com muito jeito à sua esquerda, sem largar o braço nem diminuir a pressão do cano da arma. As joias nos ombros nus das mulheres refletiam o brilho dos candelabros na escuridão das mesas encostadas nas paredes distantes. O preto e branco severo dos trajes dos homens mantinha o clima de luxo suntuoso do salão, apesar da intrusão das câmeras, dos microfones e dos equipamentos de televisão. A multidão estava de pé, aplaudindo. O Sr. Thompson sorria e olhava para o rosto de Galt, com a expressão ansiosa de um adulto que aguarda a reação de uma criança a um presente espetacularmente generoso. Galt olhava para a plateia, nem ignorando nem reconhecendo a ovação.

– O aplauso que vocês estão ouvindo – gritava um locutor de rádio ao microfone, num canto do salão – é uma saudação a John Galt, que acaba de sentar-se à mesa dos oradores! Sim, meus amigos, John Galt *em pessoa*. Como aqueles que ainda têm televisões poderão ver com os próprios olhos daqui a pouco!

Preciso ter em mente onde estou, pensava Dagny, cerrando os punhos sob a toalha, na escuridão de uma das mesas laterais. Era difícil manter a consciência da dupla realidade quando sentia a presença de Galt a 10 metros dela. Percebia que não podia haver perigo nem dor no mundo quando podia ver seu rosto – e, ao mesmo tempo, um pavor gélido, quando olhava para aqueles que o tinham em seu poder, quando pensava na irracionalidade cega do que estavam fazendo naquele momento. Esforçava-se para manter rígidos os músculos faciais, para não se trair por um sorriso de felicidade ou um grito de pânico.

Dagny não entendeu como ele conseguiu encontrá-la em meio àquela multidão. Viu a pausa breve em seu olhar, que ninguém mais poderia ter notado. O olhar fora mais do que um beijo: fora como um aperto de mãos que a aprovasse e lhe desse forças.

Ele não voltou a olhar para ela. Dagny não conseguia se obrigar a desviar a vista. Era surpreendente vê-lo de smoking e mais estranho ainda constatar que as roupas lhe caíam bem, com tanta naturalidade. Ele as ostentava como um uniforme de trabalho de honra. Sua aparência lembrava o tipo de banquete, num passado remoto, em que ele estaria recebendo algum prêmio industrial. *As comemorações*, pensou Dagny, lembrando suas próprias palavras com uma pontada de saudade, *deveriam ser apenas para aqueles que têm o que comemorar.*

Ela desviou os olhos. Esforçava-se para não fitá-lo o tempo todo, para não atrair a atenção de seus companheiros de mesa. Havia sido colocada numa mesa em posição proeminente o bastante para ser exibida à multidão, mas obscura o bastante para não ficar bem à vista de Galt, juntamente com os que haviam despertado a ira dele: o Dr. Ferris e Eugene Lawson.

Dagny percebeu que seu irmão, Jim, havia sido colocado mais perto do estrado e viu seu rosto contrariado ao lado das figuras nervosas de Tinky Holloway, de Fred Kinnan e do Dr. Simon Pritchett. Os semblantes torturados dos ocupantes da mesa dos oradores não estavam conseguindo ocultar seu pânico. A calma do rosto de Galt parecia radiante entre eles. Dagny ficou se perguntando quem seriam os verdadeiros prisioneiros naquela mesa. Seu olhar percorreu lentamente os rostos: o Sr. Thompson, Wesley Mouch, Chick Morrison, alguns generais, alguns deputados e, absurdamente, o Sr. Mowen, escolhido como uma espécie de suborno para John Galt, como representante dos grandes industriais. Ela olhou ao redor, procurando o rosto do Dr. Stadler, mas ele não estava presente.

As vozes que enchiam o recinto ora subiam demais, ora caíam num silêncio relativo. Gargalhadas súbitas eram interrompidas, fazendo com que nas mesas ao lado cabeças se virassem. Os rostos estavam deformados pela forma mais óbvia e menos digna de tensão: por sorrisos forçados. Essas pessoas, pensou Dagny, sabiam, não por meio da razão, e sim de seu próprio pânico, que esse banquete era o clímax, a essência nua de seu mundo. Sabiam que nem o Deus delas nem as suas armas eram capazes de transformar essa comemoração naquilo que estavam tentando com todas as forças fingir que era.

Dagny não conseguia engolir a comida colocada à sua frente. Era como se sua garganta estivesse obstruída por uma convulsão rígida. Percebeu que seus comensais também estavam apenas fingindo comer. O Dr. Ferris era o único cujo apetite parecia intacto.

Quando viu uma bola de sorvete meio derretida numa tigela de cristal ser colocada à sua frente, percebeu o súbito silêncio ao seu redor e ouviu o rangido do equipamento de televisão sendo arrastado para a frente. *Agora*, pensou ela, com uma expectativa tensa, e sabia que todos ali tinham a mesma dúvida. Todos olhavam fixamente para Galt, mas o rosto dele permanecia inalterado.

Ninguém teve que pedir silêncio quando o Sr. Thompson fez o sinal para um locutor: foi como se todos prendessem a respiração.

– Cidadãos – exclamou o locutor ao microfone – deste país e de qualquer outro que possa captar esta transmissão: diretamente do grande salão de baile do Hotel Wayne-Falkland, em Nova York, transmitimos a vocês o lançamento do Plano John Galt!

Um retângulo de luz azulada e nervosa apareceu na parede atrás da mesa dos oradores. Era uma tela de televisão, projetando para os convidados as imagens que todo o país ia ver.

– O Plano John Galt de Paz, Prosperidade e Produção! – gritou o locutor, enquanto a imagem trêmula do salão aparecia na tela. – O alvorecer de uma nova era! Fruto da colaboração harmoniosa entre o espírito humanitário de nossos líderes e o gênio científico de John Galt! Se a sua fé no futuro foi abalada por pérfidos boatos, vocês verão agora com os próprios olhos a família unida e feliz que guia os destinos da nação!... Senhoras e senhores – disse o locutor, enquanto a imagem da televisão descia até a mesa dos oradores, e o rosto estupefato do Sr. Mowen enchia a tela –, o Sr. Horace Bussby Mowen, o industrial americano! – A câmera mostrava agora um ajuntamento de músculos faciais velhos que imitavam um sorriso. – O general de exército Whittington S. Thorpe! – A câmera, como o olho de uma testemunha confrontando suspeitos numa delegacia, passava de um rosto a outro. Eram semblantes marcados pelo medo, pela evasão, pelo desespero, pela incerteza, pelo ódio de si mesmos, pela culpa. – O líder da maioria no Congresso Nacional, Sr. Lucian Phelps!... O Sr. Wesley Mouch!... O Sr. Thompson! – Aqui a câmera se deteve mais um pouco. O chefe de Estado deu um grande sorriso para toda a nação e depois se virou para o lado esquerdo, com um ar de expectativa triunfal. – Senhoras e senhores – disse o locutor, solene –: John Galt!

Meu Deus!, pensou Dagny, *o que eles estão fazendo?* Daquela tela, o rosto de John Galt encarava a nação, o rosto sem dor, nem medo, nem culpa, tornado implacável por obra da virtude da serenidade, invulnerável por obra da virtude do amor-próprio. *Esse rosto*, pensou ela, *entre os demais?* O que quer que estejam planejando, está perdido. Nada mais pode nem precisa ser dito. Um é o produto de um código; os demais, de outro. E todo aquele que for humano poderá reconhecer isso.

– O secretário particular do Sr. Galt – disse o locutor, enquanto a câmera passava apressada pelo rosto seguinte, que mal pôde ser visto, e foi em frente: – O Sr. Clarence "Chick" Morrison... o almirante Homer Dawley...

Dagny olhava para os rostos ao seu redor e pensava: *Teriam eles visto o contraste? Teriam compreendido? Haviam-no visto? Queriam que ele existisse?*

– Este banquete – disse Morrison, que assumira a função de mestre de cerimônias – é uma homenagem à maior figura de nossa época, o produtor mais capaz, o homem do know-how, o novo líder da nossa economia: John Galt! Quem ouviu sua admirável transmissão radiofônica não duvida de que *ele* sabe fazer as coisas funcionarem. Agora ele está aqui para lhes dizer que fará as coisas funcionarem para *vocês*. Quem foi levado pelos extremistas antiquados a acreditar que ele jamais se juntaria a nós, que é impossível qualquer fusão entre as posições dele e as nossas, que uma coisa exclui a outra, verá hoje que tudo pode ser unido e reconciliado!

Uma vez que o tenham visto, pensou Dagny, terão vontade de ver qualquer outra pessoa? Uma vez que souberem que alguém como *ele* é possível, que é assim que o homem pode ser, o que mais poderão querer? Poderão sentir vontade de realizar outra coisa senão o que *ele* realizou? Ou serão influenciados pelo fato de que os Mouch, os Morrison, os Thompson da vida não optaram por realizá-lo? Será que vão considerar os Mouch o humano e Galt o impossível?

A câmera agora varria o salão, mostrando à nação os rostos dos convidados de maior destaque, os rostos tensos e desconfiados dos líderes e – de vez em quando – o rosto de John Galt. Seus olhos perceptivos pareciam examinar os homens que não estavam naquele salão, que o estavam vendo por todo o país. Era impossível saber se ele prestava atenção no que se dizia, pois nenhuma reação alterava seu rosto.

– Orgulho-me de homenagear – disse o líder do Congresso, o orador seguinte – o maior organizador econômico que o mundo jamais conheceu, o mais brilhante administrador, o mais brilhante planejador: John Galt, o homem que vai nos salvar! Estou aqui para lhe agradecer em nome do povo!

Isso, pensou Dagny, achando graça e sentindo-se enojada ao mesmo tempo, *é o espetáculo da sinceridade dos desonestos*. O que tornava aquela farsa particularmente fraudulenta era o fato de que eles estavam sendo sinceros. Estavam oferecendo a Galt o melhor que sua visão da existência tinha para dar, estavam querendo tentá-lo com o que constituía, para eles, o máximo que se pode atingir na vida: aquela adulação irracional, a irrealidade de um fingimento imenso – aprovação sem padrões, tributo sem conteúdo, honra sem causas, admiração sem razões, amor sem código de valores.

– Deixamos de lado todas as nossas divergências mesquinhas – dizia Mouch –, todos os sectarismos, os interesses pessoais e as ideias egoístas a fim de servir à liderança altruísta de John Galt!

Por que eles estão ouvindo isso?, perguntou Dagny a si mesma. *Será que não veem a marca da morte naqueles rostos, e a marca da vida no rosto dele? Que Estado preferem? Que Estado buscam para a humanidade?...* Ela olhou para os rostos no salão. Eram nervosos e vazios e só exprimiam o peso esmagador da letargia e a esterilidade de um medo crônico. Olhavam para Galt e para Mouch, como se não pudessem perceber nenhuma diferença entre eles nem se interessassem pela existência de uma diferença, com um olhar vazio, acrítico, desprovido de valores, que parecia dizer: "Quem sou eu para saber?" Dagny estremeceu, lembrando-se do que Galt dissera: "O homem que afirma: 'Quem sou eu para saber?' está dizendo: 'Quem sou eu para viver?'" *Estariam eles interessados em viver?*, pensou ela. *Não pareciam interessados nem mesmo em formular essa pergunta...* Viu alguns rostos que pareciam estar interessados. Olhavam para Galt com uma súplica desesperada, com uma admiração trágica e com as mãos impotentes largadas sobre as mesas à sua frente. Eram os homens que viam quem Galt era, que viviam numa ânsia frustrada pelo mundo dele – mas que, se o vissem ser assassinado à sua frente amanhã, desviariam a vista, com as mãos tão impotentes quanto agora, dizendo: "Quem sou eu para agir?"

– A unidade de ação e de objetivos – disse Mouch – nos conduzirá a um mundo melhor...

O Sr. Thompson se debruçou para perto de Galt e lhe cochichou, com um sorriso simpático nos lábios:

– O senhor vai ter de dizer algumas palavras à nação, mais tarde, depois que eu falar. Não, não, nada de discursos longos, só uma frase ou duas, mais nada. Algo assim como "Oi, gente", só para reconhecerem a sua voz. – A pressão ligeiramente acentuada do cano da arma do "secretário" contra suas costelas acrescentou um parágrafo silencioso. Galt não disse nada.

– O Plano John Galt – dizia Mouch – vai reconciliar todos os conflitos. Protegerá a propriedade dos ricos e dará mais aos pobres. Reduzirá a carga tributária e lhes concederá mais benefícios governamentais. Baixará os preços e elevará os salários. Dará mais liberdade ao indivíduo e fortalecerá os vínculos das obrigações comunitárias. Combinará a eficiência da livre iniciativa com a generosidade de uma economia planejada.

Dagny observou alguns rostos – e foi difícil acreditar no que estava vendo – que olhavam para Galt com ódio. Taggart era um deles. Quando a imagem de Mouch aparecia na tela, esses rostos ficavam tranquilos, num contentamento entediado que não era prazer, e sim o conforto de saber que nada lhes era exigido e nada era firme nem certo. Quando a câmera mostrava a imagem de Galt, seus lábios se apertavam e suas feições adquiriam uma expressão estranha de cautela. Dagny sabia que eles temiam a precisão do rosto de Galt, a clareza inflexível de suas feições, aquele olhar de quem é uma entidade, de quem afirma a existência. *Eles o odeiam por ser ele próprio*, pensou ela, sentindo um horror frio, como se a natureza daquelas almas se tornasse real para ela. *Eles o odeiam por sua capacidade de viver. Será que eles querem viver?*, pensou ela, zombando de si própria. O entorpecimento de seu cérebro não a impediu de se lembrar da voz de Galt dizendo: "O desejo de não ser nada é o desejo de não ser."

Agora era o Sr. Thompson que berrava ao microfone, com todo o seu charme demagógico:

– E digo a vocês: deem um chute na cara de todos esses céticos que andam espalhando o medo e a desunião! Eles diziam que John Galt jamais se juntaria a nós, não diziam? Pois ei-lo aqui, em pessoa, por livre e espontânea vontade, sentado a esta mesa, chefiando nosso Estado! Pronto, disposto, capaz de servir à causa do povo! Jamais voltem a duvidar, a fugir ou a desistir! O amanhã chegou – e que amanhã! Com três refeições diárias para todos os habitantes da Terra, um carro em toda garagem, energia elétrica *gratuita*, produzida por um motor que a gente nem imagina o que seja! E tudo o que se exige de vocês é que tenham um pouquinho mais de paciência! Paciência, fé e unidade – é *essa* a receita do progresso! Devemos permanecer unidos entre nós e ao restante do mundo, como uma grande família feliz, todos trabalhando pelo bem de todos! Encontramos um líder que vai quebrar os recordes do que há de mais próspero em nossa história! É o seu amor pela humanidade que o fez vir aqui – para servi-los, protegê-los, tomar conta de vocês! Ele ouviu as suas súplicas e atendeu ao apelo do dever humano! Todo homem é responsável por seu irmão! Nenhum homem é uma ilha! E agora vocês ouvirão a voz, a mensagem, a palavra do nosso líder!... Senhoras e senhores – disse ele, solene –, John Galt, falando à família da humanidade!

A câmera apontou para Galt. Ele permaneceu imóvel por um instante. Então, com um movimento tão rápido e destro a ponto de seu secretário não ter tempo de acompanhá-lo, Galt se pôs de pé, inclinando-se para o lado e fazendo com que, por um momento, a arma apontada fosse mostrada para todo o mundo. Endireitando o corpo, encarando as câmeras, olhando para toda a sua plateia invisível, disse:

– Saiam da minha frente!

CAPÍTULO 9

O GERADOR

— Saiam da minha frente!

O Dr. Robert Stadler ouviu a frase no rádio de seu carro. Não sabia se o som seguinte, uma mistura de interjeição de espanto com grito e riso, tinha partido dele ou do rádio, mas ouviu o estalido que interrompeu os dois. O rádio ficou mudo. Não se ouviu mais a transmissão do Hotel Wayne-Falkland.

Ele começou a trocar de estação. Não ouviu nada, nenhuma explicação, nenhuma desculpa de "problema técnico", nenhuma música para encobrir o silêncio. Todas as estações estavam fora do ar.

Stadler estremeceu, apertou o volante, debruçou-se sobre ele, como um jóquei no início de uma corrida, e pisou fundo no acelerador. O pequeno trecho iluminado de estrada à sua frente se sacudiu com o vibrar dos faróis. Além daquela faixa iluminada, só havia o vazio das planícies de Iowa.

Não sabia por que tinha começado a ouvir a transmissão, nem por que estava tremendo agora. Deu uma risadinha abrupta – parecia um rosnado malévolo – dirigida ao rádio, às pessoas da cidade ou ao céu.

Olhava para as raras placas por que passava. Não precisava consultar o mapa: havia quatro dias que aquele mapa estava impresso em sua mente, como uma rede de linhas marcadas com ácido. *Ninguém será capaz de me tirar esse mapa*, pensou. *Ninguém poderá me deter.* Tinha a impressão de que o perseguiam, mas por muitos quilômetros não havia nada atrás dele além das duas lanternas traseiras de seu carro, como duas luzes vermelhas indicando perigo, correndo pela escuridão das planícies de Iowa.

O evento que motivara aquela corrida ocorrera havia quatro dias. Fora o rosto do homem sentado na janela, e os semblantes que vira ao fugir daquela sala. Stadler gritara que não conseguiria enfrentar John Galt, nem ele nem ninguém, que destruiria todos eles, a menos que o destruíssem antes.

– Não banque o espertinho, professor – respondera o Sr. Thompson friamente. – O senhor vive gritando que detesta o homem, mas não fez nada para nos ajudar. Não sei de que lado está. Se ele não ceder por bem, talvez tenhamos que apelar para a pressão. Por exemplo, fazer reféns que ele não gostaria que fossem molestados, e o senhor é o primeiro da lista.

– *Eu?* – gritou ele, estremecendo de terror e dando uma gargalhada amarga e desesperada. – Eu? Mas ele me odeia mais do que a qualquer outro!

– Como posso ter certeza disso? – respondeu o Sr. Thompson. – Soube que o senhor foi professor dele. E não esqueça que o senhor foi a única pessoa que ele pediu para ver.

A mente liquefeita de terror, Stadler via-se esmagado entre duas paredes: estaria perdido se Galt se recusasse a se render – e estaria mais perdido ainda se Galt se juntasse a eles. Foi então que uma imagem distante brotou em sua mente: a de uma estrutura com uma cúpula em forma de cogumelo no meio de uma planície de Iowa.

Depois disso, todas as imagens começaram a se fundir em sua mente. O Projeto X, pensara ele, sem saber se era a visão daquela estrutura ou se a de um castelo feudal dominando o campo que lhe sugeria uma época e um mundo que eram seus... *Sou Robert Stadler*, pensou, *aquilo é propriedade minha, foi criado com base nas minhas descobertas, eles disseram que fui eu que o inventei... Eles vão ver!*, pensou, sem saber se estava se referindo ao homem sentado na janela ou aos outros, ou a toda a humanidade. Seus pensamentos se tornaram como pedacinhos de madeira flutuando na água, sem interligações:*Assumir o controle... Eles vão ver! Assumir o controle, mandar... Não há outra maneira de se viver na Terra...*

Essas foram as únicas palavras que deram forma a seu plano. O restante lhe parecia claro, sob a forma de uma emoção selvagem que gritava, em tom de desafio, que não era necessário torná-la explícita. Ele assumiria o controle do Projeto X e dominaria uma parte do país como seu feudo particular. Os meios? Sua emoção respondera: de algum modo. O motivo? Sua mente repetia incessantemente que o motivo era o terror que lhe inspirava a gangue do Sr. Thompson, que ele não se sentia mais seguro entre eles, que seu plano era uma necessidade prática. Nas profundezas de seu cérebro liquefeito, sua emoção continha um outro tipo de terror, imerso na mesma água em que flutuavam os pedacinhos desconexos de seus pensamentos.

Esses pedacinhos haviam sido a única bússola que o orientara nos últimos quatro dias e noites, enquanto ele seguia por estradas desertas, atravessando um país à beira do caos, elaborando métodos ardilosos de comprar gasolina ilegalmente com a perícia de um monomaníaco, dormindo algumas horas acidentais em motéis obscuros, sob nomes falsos. *Sou Robert Stadler*, pensava, repetindo aquilo como se fosse uma fórmula de onipotência. *Assumir o controle*, pensava ele, furando os inúteis sinais vermelhos de cidades semiabandonadas, atravessando a Ponte Taggart, aquela extensão de aço vibrante sobre o Mississippi, passando aqui e ali por ruínas de fazendas nos descampados de Iowa. *Eles vão ver*, pensava ele, *podem tentar me perseguir, não vão me impedir dessa vez...* Havia pensado nisso, embora ninguém o perseguisse, como ninguém o perseguia agora senão as lanternas de seu carro e o motivo afogado em sua mente.

Olhou para o rádio silencioso e riu. Aquele riso tinha o significado emocional de um punho sacudido aos céus. *Eu é que sou um homem prático*, pensou ele, *não tenho opção... não há outra saída para mim... eles vão ver, aqueles gângsteres insolentes que esquecem que sou Robert Stadler... Todos eles vão ser destruídos, mas eu não!... Vou sobreviver!... Vou vencer!... Eles vão ver!*

As palavras eram como pedaços de terra firme em sua mente, no meio de um pântano feroz e silencioso no qual as conexões permaneciam submersas. Se fossem ligadas, as palavras formariam a frase: "Ele vai ver que não há outra maneira de viver na Terra!..."

As luzes esparsas ao longe eram do acampamento construído no local do Projeto X, agora chamado Harmony City. Ao se aproximar, o Dr. Stadler percebeu que havia algo de anormal. A cerca de arame farpado estava partida e não encontrou sentinelas na entrada. Porém alguma atividade fora do comum estava em andamento na escuridão e nos trechos iluminados pelos holofotes nervosos: viu caminhões blindados, homens correndo, ordens gritadas, baionetas brilhando. Ninguém deteve seu carro. Perto de uma barraca, viu no chão o corpo inerte de um soldado. Bêbado, preferiu pensar Stadler, sem entender por que se sentia inseguro.

A estrutura em forma de cogumelo surgiu numa elevação à sua frente. As fendas estreitas das janelas estavam iluminadas e os funis disformes sob a cúpula apontavam para a escuridão ao redor. Um soldado o deteve quando ele saltou do carro à entrada da estrutura. O militar estava armado, porém sem capacete, e seu uniforme parecia desalinhado.

– Aonde você vai, companheiro? – perguntou ele.

– Deixe-me entrar! – ordenou o Dr. Stadler em tom de desprezo.

– O que você quer?

– Eu sou o Dr. Robert Stadler.

– E eu sou Papai Noel. O que quer? Você é um dos novos ou um dos antigos?

– Deixe-me entrar, seu idiota! Sou o Dr. Robert Stadler!

Não foi o nome, e sim o tom de voz e a maneira de se exprimir que pareceram convencer o soldado.

– É um dos novos – disse ele e abriu a porta, gritando para alguém que estava lá dentro:

– Ei, rapaz, tome conta do vovô aqui, veja o que ele quer.

Na sala vazia, de concreto armado, veio atendê-lo um homem que parecia ser um oficial, porém sua túnica estava desabotoada no colarinho e havia um cigarro insolente no canto de sua boca.

– Quem é você? – perguntou ele, rapidamente levando uma das mãos à arma na cintura.

– Sou o Dr. Robert Stadler.

O nome não surtiu o menor efeito.

– Quem lhe deu permissão de vir aqui?

– Não preciso de permissão.

Essa afirmativa aparentemente teve efeito e o homem tirou o cigarro da boca.

– Quem o mandou aqui? – perguntou, um pouco inseguro.

– O senhor me permitiria falar com o comandante, por favor? – exigiu o Dr. Stadler, impaciente.

– O comandante? Chegou tarde demais, companheiro.

– O engenheiro-chefe, então.

– Quem? Ah, o Willie? Tudo bem, ele é um dos nossos, mas no momento não está.

Havia outras figuras na sala que acompanhavam o diálogo com uma curiosidade apreensiva. O oficial fez sinal para que um deles se aproximasse, um civil barbado, com um sobretudo surrado sobre os ombros.

– O que você quer? – perguntou a Stadler, irritado.

– Será que alguém poderia me dizer onde estão os cientistas do projeto? – perguntou o professor no tom cortês e peremptório de uma ordem implícita.

Os dois se entreolharam, como se uma pergunta daquelas fosse irrelevante naquele lugar.

– Você é de Washington? – perguntou o civil, desconfiado.

– Não. Quero deixar claro que rompi com aquela gangue de Washington.

– Ah! – O homem parecia satisfeito. – Então você é dos Amigos do Povo?

– Eu diria que sou o melhor amigo que o povo já teve. Sou o homem que deu tudo isso ao povo. – Apontou para o prédio ao redor.

– É mesmo? – perguntou o homem, impressionado. – Você é um dos que fecharam o negócio com o chefe?

– De agora em diante, *eu* sou o chefe aqui.

Os homens se entreolharam e recuaram alguns passos. O oficial perguntou:

– Seu nome é Stadler?

– *Robert Stadler*. E, se vocês não sabem o que esse nome representa, vão descobrir rapidamente!

– O senhor poderia me acompanhar, por favor? – pediu o oficial com uma polidez nervosa. O que aconteceu em seguida não ficou muito claro para o Dr. Stadler, porque sua mente se recusava a aceitar a realidade das coisas que via. Nas salas mal iluminadas e bagunçadas, havia figuras esquivas, todas com armas na cintura. Elas lhe faziam perguntas sem sentido com vozes que alternavam entre a impertinência e o medo. Stadler não sabia se algum deles estava tentando lhe dar uma explicação. Recusava-se a ouvir, não podia permitir que isso fosse verdade. Não parava de repetir, num tom de senhor feudal:

– *Eu* é que mando aqui de agora em diante... *Eu* é que dou as ordens... Vim para assumir o controle... Isto aqui é meu... Sou o Dr. Robert Stadler e, se vocês não conhecem *esse* nome *neste* lugar, vocês não tinham nada que estar aqui, seus imbecis! De tão ignorantes, vão acabar voando pelos ares. Pelo menos estudaram física no ensino médio? Vocês têm cara de que nunca nem entraram numa sala de aula! O que estão fazendo aqui? Quem são vocês?

Quando se tornou impossível para sua mente continuar a bloquear o fato, levou algum tempo para ele entender que alguém tivera a mesma ideia que ele, só que antes: alguém que tinha a mesma concepção da existência resolvera concretizar o mesmo futuro. Percebeu que aqueles homens, que se autodenominavam Amigos do Povo, haviam tomado o

Projeto X, algumas horas antes, com o objetivo de instaurar um domínio seu. Stadler riu deles, com um misto de desprezo e incredulidade.

– Vocês não sabem o que estão fazendo, seus delinquentes! Acham que vocês – *vocês*! – vão saber manejar um instrumento científico de alta precisão? Quem é o seu líder? Exijo falar com o seu líder!

Foram seu tom de autoridade arrogante, seu desprezo e o pânico por ele inspirado – o pânico cego de homens de violência irracional, que não têm padrões de segurança e perigo – que os fizeram hesitar e pensar que talvez o Dr. Stadler fosse um líder do primeiro escalão da própria facção, de identidade secretíssima. Eram homens que desafiavam ou obedeciam qualquer autoridade com a mesma facilidade. Depois de ser levado de um oficial nervoso a outro, o Dr. Stadler se viu por fim conduzido por uma escada de ferro e em seguida por uma sucessão de longos corredores subterrâneos de concreto armado, para ter uma entrevista com "o chefe" em pessoa.

O sujeito havia se refugiado na sala de controle subterrânea. Em meio às complexas espirais da delicada maquinaria científica que produzia o raio sonoro, em frente a um painel repleto de chaves reluzentes, mostradores e ponteiros, conhecido como "Xilofone", Stadler viu o novo senhor do Projeto X: Cuffy Meigs.

Trajava uma túnica apertada, semelhante à militar, e perneiras de couro. As carnes abundantes de seu pescoço extravasavam o colarinho e os cachos negros de seus cabelos estavam empapados de suor. Ele andava de um lado para outro, nervoso, à frente do Xilofone, gritando ordens para os homens que entravam e saíam, apressados.

– Enviem mensageiros para todas as sedes de condado dentro do nosso raio de ação! Digam que os Amigos do Povo venceram! Que não aceitem mais ordens de Washington! A nova capital da Comunidade do Povo é Harmony City, agora denominada Meigsville! Diga-lhes que espero receber 500 mil dólares por cada 5 mil habitantes até amanhã de manhã, senão eles vão ver!

Levou algum tempo para que a atenção e os olhos turvos de Meigs se focalizassem no Dr. Stadler.

– O que é? O que é? – perguntou, irritado.

– Sou o Dr. Robert Stadler.

– Quem? Ah, sei, sei! O cara dos espaços siderais, não é? O tal que pega átomos, sei lá. Que diabo está fazendo aqui?

– Eu é que lhe devia fazer essa pergunta.

– Hein? Escute bem, professor, não estou aqui para brincadeiras.

– Vim aqui assumir o controle.

– Controle? De quê?

– Deste equipamento. Deste lugar. Do território dentro do raio de ação.

Meigs o olhou sem entender por um tempo e depois perguntou em voz baixa:

– Como o senhor chegou aqui?

– De carro.

– Não, quem o trouxe?

– Ninguém.

– Que armas trouxe?

– Nenhuma. Meu nome basta.

– Veio sozinho, com seu nome e seu carro?

– Vim.

Meigs caiu na gargalhada.

– O senhor acha que é capaz de operar um equipamento como este? – perguntou o Dr. Stadler.

– Caia fora, professor, caia fora, antes que eu mande fuzilá-lo! Aqui a gente não precisa de intelectual, não!

– O que o senhor sabe a respeito *disso*? – O Dr. Stadler apontou para o Xilofone.

– E daí? Hoje em dia a gente compra técnico às dúzias! Caia fora! Aqui não é Washington, não! Estou cheio desses sonhadores teóricos! Não vai dar em nada, isso de negociar com o fantasma do rádio e fazer discurso. O negócio é ação direta! Suma daqui, professor! Seu tempo acabou! – Ele zanzava de um lado para outro, com passos inseguros, de vez em quando se apoiando numa chave do Xilofone. O Dr. Stadler percebeu que Meigs estava bêbado.

– Não mexa nessas chaves, seu idiota!

Meigs tirou a mão do painel num movimento súbito e involuntário, depois a agitou à frente do painel, num gesto de desafio.

– Eu mexo no que eu quiser! Quem é o senhor para me dizer o que fazer?

– Largue esse painel! Saia daqui! Isto é meu! Entendeu? É propriedade *minha*!

– Propriedade? Ah! – Meigs disse, dando uma risada.

– Fui eu que inventei! Eu que criei!

– É mesmo? Muito obrigado, professor. Muito obrigado, mas a gente não precisa mais do senhor, não. Nós temos técnicos.

– Faz alguma ideia dos conhecimentos que adquiri para inventar isso? O senhor não seria capaz de projetar uma única válvula! Nem uma porca!

Meigs deu de ombros:

– E daí?

– Então como o senhor ousa dizer que isso é seu? Como ousa vir até aqui? O que justifica a sua posse?

Meigs deu um tapinha no coldre.

– *Isto.*

– Escute, seu idiota bêbado! – gritou o Dr. Stadler. – Está brincando com fogo!

– Não fale assim comigo, seu velho cretino! Quem é o senhor para falar comigo desse jeito? Eu posso quebrar o seu pescoço com as minhas mãos! Não sabe quem eu sou?

– Um marginal apavorado que se meteu onde não deve!

– Ah, é, é? Eu sou o chefe! Eu mando aqui, e não vai ser um espantalho velho que nem o senhor que vai me atrapalhar! Vá embora daqui!

Ficaram se encarando por um momento, ao lado do painel, ambos acuados pelo terror. A base não reconhecida do terror do Dr. Stadler era o seu esforço desesperado para não admitir que estava olhando para o produto final de seu trabalho, seu filho espiritual. Já o terror de Meigs tinha bases mais amplas, pois englobava toda a existência. Ele vivera toda a sua vida num terror crônico, mas agora estava se esforçando desesperadamente para não admitir o que temia: no momento de seu triunfo, quando se julgava senhor da sua sorte, aquele ser misterioso e oculto – o intelectual – se recusava a temê-lo e desafiava seu poder.

– Vá embora daqui! – rosnava Meigs. – Vou chamar meus soldados! Vou mandar fuzilá-lo!

– Vá embora daqui o senhor, seu retardado, estúpido, animal! – rosnou o Dr. Stadler. – Acha que vou deixá-lo se dar bem em cima da *minha* vida? Acha que foi pelo *senhor* que eu... que eu vendi... – Não concluiu sua frase.

– Pare de mexer nessas chaves, seu idiota!

– Pare de me dar ordens! Não preciso que me digam o que fazer! O senhor não vai me assustar com essa enrolação empolada! Eu faço o que me dá na telha! Para que serve a minha luta, se não posso fazer o que quiser?

– Deu uma risadinha e pegou uma chave.

– Ei, Cuffy, espere aí! – gritou alguém no fundo da sala, correndo de repente.

– Pare! – rosnou Meigs. – Parem, todos vocês! Pensam que tenho medo? Vou mostrar a vocês quem é o chefe!

O Dr. Stadler saltou para detê-lo, mas Meigs o empurrou para o lado com uma das mãos, deu uma gargalhada quando viu Stadler caindo no chão e, com a outra, acionou uma das chaves do painel.

O ruído ensurdecedor – um estrondo de metal se rasgando e pressões se entrechocando num mesmo circuito, o som de um monstro destruindo a si próprio – só foi ouvido dentro do prédio. Fora dele não se ouviu nada. Viu-se apenas a estrutura subir, repentina e silenciosamente, se rachar em uns poucos pedaços grandes, emitir jatos de luz azul para o céu e cair no chão, num monte de ruínas. Em um raio de 150 quilômetros, atingindo quatro estados, postes de telégrafo caíram como palitos de fósforo, edifícios foram demolidos e esmigalhados instantaneamente, sem que os corpos retorcidos das vítimas tivessem tempo de soltar um gemido. Na periferia do círculo, do outro lado do Mississippi, a locomotiva e os seis primeiros vagões de um trem de passageiros foram jogados, em meio a uma chuva de metal, nas águas do rio, juntamente com a metade ocidental da Ponte Taggart, cortada ao meio.

No lugar onde antes ficara o Projeto X, nada restou de vivo entre as ruínas, além de, por mais alguns minutos infindáveis, uma massa de carne dilacerada e dor lancinante que antes havia sido uma grande mente.

◄◄◄

Ao se dar conta de que uma cabine telefônica era o seu único objetivo imediato e absoluto, sem que lhe importasse nenhum dos objetivos dos transeuntes ao seu redor, Dagny sentiu uma sensação de leveza e liberdade. Não que fosse indiferente em relação à cidade: era como se, pela primeira vez, sentisse que ela lhe pertencia e que a amava, que nunca a amara antes tanto quanto naquele momento, com um sentimento de posse tão pessoal, solene e confiante. A noite estava tranquila e o céu, limpo. Dagny olhou para cima. Tal como seu estado de espírito, que era mais solene do que alegre porém continha a promessa de uma alegria futura, o ar também não estava quente, mas continha a sugestão de uma primavera ainda longínqua.

Saiam da minha frente!, pensava ela, sem ressentimento, quase com humor, numa sensação de desligamento e libertação, dirigindo aquele imperativo aos passantes, ao tráfego quando ele impedia sua corrida, a todos os medos que já experimentara no passado. Dagny o ouvira dizer aquela frase menos de uma hora antes, e a voz dele ainda parecia perdurar no ar das ruas, fundindo-se com o som de uma risada distante.

Ela rira exultante no salão do Wayne-Falkland quando o ouviu dizer aquela frase. Rira com a mão escondendo a boca, de modo que apenas seus olhos riram – os seus e os de Galt, quando ele a encarou e Dagny percebeu que ele a tinha ouvido rir. Encararam-se por um segundo, por cima das cabeças da multidão atônita, que gritava por entre os ruídos dos microfones sendo destroçados, embora todas as estações tivessem sido tiradas do ar imediatamente, por entre o som de vidro quebrando, provocado pelas mesas derrubadas pelas pessoas que saíam correndo em direção às portas.

Então Dagny ouviu o Sr. Thompson gritar, apontando para Galt: "Levem-no de volta para o quarto, e ai de quem o deixar fugir!" – e a multidão abriu alas para que Galt passasse, escoltado por três homens. O Sr. Thompson pareceu desabar por um momento, a cabeça caída sobre o braço, mas logo se endireitou, se pôs de pé, fez um gesto vago para seus capangas, para que o seguissem, e saiu apressadamente por uma porta lateral. Ninguém deu nenhuma explicação ou instrução aos convidados: alguns corriam às cegas para a saída, outros permaneciam sentados, imóveis, com medo de se mexer. O salão era como um navio sem comandante. Dagny se enfiou na multidão e foi atrás dos oradores. Ninguém tentou detê-la.

Encontrou-os reunidos numa saleta: o Sr. Thompson jogado numa poltrona, agarrando a cabeça com as duas mãos; Wesley Mouch gemendo; Eugene Lawson chorando como uma criança pirracenta; Taggart fitando os outros com uma estranha intensidade no olhar, repleta de expectativa. "Bem que eu avisei!", gritava o Dr. Ferris. "Eu disse a vocês, não disse? É nisso que dá essa 'persuasão pacífica' de vocês!"

Dagny permanecia parada à porta. Os outros pareciam estar cientes de sua presença, porém indiferentes a ela.

– Eu renuncio! – berrou Chick Morrison. – Renuncio! Para mim, chega! Não sei o que vou dizer à nação! Não consigo pensar em nada! Nem vou tentar! Não adianta! Não pude fazer nada! Não ponham a culpa em mim! Eu já renunciei! – Agitou os braços, num gesto vago de despedida ou de impotência, e saiu rapidamente.

– Morrison tem um esconderijo todo pronto esperando-o no Tennessee – disse Tinky Holloway, num tom de voz pensativo, como se ele também houvesse tomado o mesmo tipo de precaução e agora estivesse pensando se já teria chegado a hora.

– Mas não vai poder ficar lá por muito tempo, se é que vai conseguir chegar – retrucou Mouch. – Com essas gangues de salteadores e com o transporte do jeito que está... – Abriu as mãos e não concluiu a frase.

Dagny sabia quais eram os pensamentos que preenchiam aquele silêncio: sabia que, quaisquer que fossem as fugas individuais que esses homens já haviam preparado, eles agora compreendiam que estavam presos numa armadilha.

Observou que não havia medo em seus rostos, apenas alguns sinais, mas de uma espécie de medo rotineiro. As expressões variavam de uma apatia inerte ao alívio do trapaceiro, que já sabia que o fim seria esse mesmo e que agora não se arrependia de nada nem contestava nada; à petulância cega de Lawson, que se recusava a se conscientizar do que quer que fosse; à estranha intensidade de Taggart, cujo rosto sugeria um sorriso secreto.

– Então? E então? – perguntava o Dr. Ferris impaciente, com a energia fervilhante de quem se sente em casa num mundo de histeria. – O que vocês vão fazer com ele *agora*? Discutir? Debater? Fazer discursos?

Ninguém disse nada.

– Ele... tem... que... nos... salvar – disse Mouch lentamente, como se forçasse o que restava de sua mente a se esvaziar e entregasse um ultimato à realidade. – Ele tem que... assumir o controle... e salvar o sistema.

– Por que não escreve uma carta de amor para ele? – perguntou o Dr. Ferris.

– Temos que... *fazê-lo*... assumir o controle... Temos que obrigá-lo a mandar – acrescentou Mouch, como um sonâmbulo falando.

– *Agora* – disse o Dr. Ferris, baixando a voz de repente – vocês finalmente percebem o valor do Instituto Científico Nacional?

Mouch não lhe respondeu, mas Dagny observou que todos pareciam entender a que Ferris se referia.

– Vocês rejeitaram aquele meu projeto de pesquisa por achar que não era prático – retrucou Ferris baixinho. – Mas o que foi que eu disse?

Mouch não respondeu. Estava estalando as juntas dos dedos.

– Não é hora de ficarmos cheios de escrúpulos – disse Taggart com um vigor inesperado, porém também em voz baixa. – Temos que agir com hombridade.

– A meu ver... – disse Mouch, com uma voz sem vida – o fim... justifica os meios...

– Tarde demais para ter princípios – disse Ferris. – Agora só funciona a ação direta.

Ninguém disse nada. Todos agiam como se desejassem que suas pausas, e não suas palavras, exprimissem o que pensavam.

– Não vai dar certo – disse Holloway. – Ele não vai ceder.

– Isso é o que você pensa! – exclamou Ferris com uma risadinha. – Ainda não viu nosso modelo experimental em funcionamento. No mês passado arrancamos três confissões em três casos de assassinato até então insolúveis.

– Se... – começou o Sr. Thompson, e, de repente, sua voz virou um gemido – se ele morrer, todos nós morremos!

– Não se preocupe – disse Ferris. – Não vai morrer, não. O Persuasor Ferris elimina essa hipótese.

O Sr. Thompson não respondeu.

– A meu ver... não temos outra alternativa... – disse Mouch, quase sussurrando.

Permaneceram calados. O Sr. Thompson se esforçava para não ver que todos olhavam para ele. Então gritou de repente:

– Ah, faça o que quiser! Não posso fazer nada! Faça o que quiser!

O Dr. Ferris se virou para Lawson.

– Gene – disse, numa voz tensa, ainda sussurrando –, ligue para o escritório de controle da radiodifusão. Diga a todas as estações que fiquem de sobreaviso. Diga-lhes que o Sr. Galt falará daqui a três horas.

Lawson se pôs de pé num salto, com um risinho súbito, e saiu correndo da sala.

Dagny sabia o que pretendiam fazer e o que havia neles que tornava tal coisa possível. Eles não pensavam que isso daria certo. Não pensavam que Galt fosse ceder, não queriam que ele cedesse. Não achavam que houvesse alguma saída para eles agora, não queriam encontrar uma saída. Movidos pelo pânico de suas emoções não identificadas, tinham lutado contra a realidade durante todas as suas vidas e agora haviam chegado a um momento em que finalmente sentiam-se em casa. Não precisavam saber por que se sentiam assim – apenas experimentavam uma sensação de reconhecimento, como se *isso* fosse aquilo que estavam procurando, *isso* fosse o tipo de realidade decorrente de todos os seus sentimentos, suas ações, seus desejos, suas escolhas, seus sonhos. Era essa a natureza, o método de sua rebelião contra a existência, de sua busca indefinida por um nirvana não identificado. Eles não queriam viver, queriam era que *ele* morresse.

O horror que Dagny sentiu foi apenas uma pontada súbita, como uma repentina mudança de perspectiva: ela percebeu que os objetos que imaginava serem humanos não eram. Restava-lhe uma sensação de clareza, de resposta final e a necessidade de agir. Ele estava em perigo; não havia tempo nem espaço em sua consciência para desperdiçar emoções em atos de seres infra-humanos.

– É fundamental – cochichava Mouch – que ninguém jamais venha a ficar sabendo...

– Ninguém jamais saberá – disse Ferris. Falavam no tom cauteloso de conspiradores. – Fica numa unidade separada, secreta, isolada das outras do Instituto... à prova de som e bem distante das outras... Só uns poucos funcionários já entraram lá...

– Se pegássemos um avião – disse Mouch e parou de repente, como se tivesse captado algum sinal de alerta no rosto de Ferris.

Dagny viu o olhar de Ferris se virar para ela, como se de repente ele tivesse se lembrado de sua presença. Ela o encarou, deixando que ele visse a indiferença tranquila de seu olhar, como se não entendesse nem estivesse interessada. Então, como se tivesse simplesmente percebido que se tratava de uma conversa privada, com um leve movimento de ombros ela saiu da sala. Sabia que, no ponto em que estavam, já não se preocupavam com ela.

Caminhou com a mesma indiferença e sem pressa pelos corredores do hotel e saiu. Mas a um quarteirão de distância, depois de dobrar a esquina, levantou a cabeça e sentiu as dobras de seu vestido longo baterem contra suas pernas como se fossem uma vela, com a súbita violência da velocidade de seus passos.

E agora, correndo pela escuridão, pensando apenas em encontrar uma cabine telefônica, percebia uma nova sensação irresistível brotando dentro de si, mais forte que a tensão imediata do perigo e da preocupação: a sensação de liberdade de um mundo que jamais deveria ter sido obstruído.

Viu a faixa de luz na calçada, que vinha da janela de um bar. Ninguém a olhou duas vezes quando ela atravessou o bar semideserto. Os poucos fregueses ainda estavam esperando e cochichando nervosamente à frente do vazio azulado da tela da televisão.

No espaço apertado da cabine telefônica, como se estivesse na cabine de uma espaçonave prestes a decolar para outro planeta, Dagny ligou para 076-5693.

A voz que atendeu foi a de Francisco.

– Alô?

– Francisco?

– Olá, Dagny. Eu estava mesmo aguardando o seu telefonema.

– Ouviu a transmissão?

– Ouvi.

– Agora eles estão planejando obrigá-lo a ceder. – Manteve o tom de voz neutro de quem dá uma informação. – Pretendem torturá-lo. Eles têm uma máquina chamada Persuasor Ferris numa unidade isolada do Instituto Científico Nacional, em New Hampshire. Falaram em pegar um avião. Comentaram que ele falaria no rádio daqui a três horas.

– Sei. Você está ligando de um telefone público?

– Estou.

– Ainda está de vestido longo, não está?

– Estou.

– Agora ouça com atenção. Vá para casa, troque de roupa, pegue algumas coisas essenciais, suas joias e todas as outras coisas valiosas que puder pegar. Leve agasalhos também. Não vamos ter tempo para isso depois. Encontre-me daqui a 40 minutos na esquina noroeste do Terminal Taggart, dois quarteirões a leste da entrada principal.

– Está bem.

– Até logo, Slug.

– Até logo, Frisco.

Menos de cinco minutos depois, Dagny já estava em seu quarto, arrancando o vestido longo. Deixou-o no chão, como se fosse o uniforme de um exército que havia abandonado. Vestiu um conjunto azul-escuro e – lembrando-se das palavras de Galt – um suéter branco de gola alta. Encheu uma mala e uma bolsa a tiracolo. Colocou as joias num canto da bolsa, entre elas o bracelete de metal Rearden que havia ganhado no mundo exterior e a moeda de ouro de 5 dólares que ganhara no vale.

Foi fácil sair do apartamento e trancar a porta, embora ela soubesse que provavelmente jamais voltasse a abri-la. Pareceu-lhe mais difícil, por um momento, quando chegou a seu escritório. Ninguém a vira entrar e a antessala de seu escritório estava vazia. O grande Edifício Taggart parecia anormalmente silencioso. Por um momento, Dagny ficou contemplando aquele escritório e todos os anos que ele havia contido. Então sorriu – não, não era tão difícil assim, pensou –, abriu o cofre e pegou alguns documentos. Não havia mais nada que quisesse levar de lá, a não ser o retrato de Nathaniel Taggart e o mapa da Taggart Transcontinental. Ela quebrou as duas molduras, dobrou o retrato e o mapa e os guardou na mala.

Estava trancando a mala quando ouviu passos apressados. A porta foi aberta de repente e o engenheiro-chefe entrou, confuso. Ele tremia, e seu rosto estava distorcido.

– Srta. Taggart! – exclamou ele. – Ah, graças a Deus a senhorita está aqui! Nós a estávamos procurando por toda parte!

Ela não disse nada, porém olhou para ele com um ar interrogativo.

– A senhorita já soube?

– De quê?

– Então não sabe! Ah, meu Deus, a senhorita não... é que... não consigo acreditar até agora, mas... Ah, meu Deus, o que é que vamos fazer? A... a Ponte Taggart foi destruída!

Dagny ficou olhando para ele, sem conseguir se mexer.

– Destruída! Foi uma explosão, ao que parece, uma coisa instantânea! Ninguém sabe direito o que aconteceu, mas parece que... eles acham que houve algum problema no Projeto X e... foram os tais raios sonoros, Srta. Taggart! Não se pode entrar em contato com nenhum local situado dentro de um raio de 150 quilômetros! Não é possível, não pode ser, mas parece que tudo dentro desse círculo foi completamente destruído!... Ninguém responde! Os jornais, as estações de rádio, a polícia, nada! Ainda estamos verificando, mas as informações que estão vindo da periferia do círculo são... – Ele deu de ombros. – Só uma coisa é certa: a ponte foi destruída! Srta. Taggart, não sabemos o que fazer!

Ela correu até sua mesa e pegou o telefone. Sua mão parou de repente. Então, lentamente, com o maior esforço que já fizera na vida, Dagny começou a recolocar o fone no gancho. Parecia-lhe que o movimento estava sendo muito demorado, como se seu braço tivesse de vencer uma pressão atmosférica que nenhum corpo humano seria capaz de enfrentar. Durante esses segundos, no silêncio de uma dor que a cegava, ela compreendeu o que Francisco havia sentido naquela noite, 12 anos antes – e o que um rapaz de 26 anos sentira ao olhar para seu motor pela última vez.

– Srta. Taggart! – gritou o engenheiro-chefe. – Não sabemos o que fazer!

Com um leve estalo, o fone voltou ao gancho.

– Eu também não sei – disse Dagny.

Ela rapidamente compreendeu que era o fim. Ouviu a própria voz dizendo ao homem que reunisse mais dados e viesse falar com ela depois e esperou que o eco de seus passos desaparecesse no silêncio do corredor.

Atravessando a plataforma do terminal pela última vez, Dagny olhou de relance para a estátua de Nathaniel Taggart e se lembrou de uma promessa que fizera. Não passaria de um símbolo agora, pensou, mas seria a espécie de despedida que Nathaniel merecia. Por falta de outra coisa para escrever, pegou na bolsa o batom e, sorrindo para o rosto de mármore do homem que teria compreendido seu gesto, desenhou um grande cifrão no pedestal.

Foi a primeira a chegar à esquina, dois quarteirões a leste da entrada do terminal. Enquanto esperava, observava os primeiros sinais do pânico que em breve envolveria a cidade: havia carros correndo demais, alguns cheios de objetos de uso doméstico, um número anormal de carros de polícia passando a toda e sirenes de todo tipo soando ao longe. Pelo visto, a notícia da destruição da ponte estava se espalhando por Nova York e as pessoas estavam se dando conta de que a cidade agora estava condenada, e tentavam fugir, mas não tinham para onde ir, e ela não tinha mais nada a ver com aquilo.

Viu o vulto de Francisco se aproximando e reconheceu a rapidez dos passos antes mesmo de divisar o rosto sob o chapéu enfiado até os olhos. Dagny percebeu o momento em que ele a viu, já mais perto. Fez sinal com a mão e sorriu. Certa tensão naquele gesto era a marca dos D'Anconia, o sinal de boas-vindas dado a um viajante esperado há muito, nos portões da propriedade.

Quando ele se aproximou, Dagny retesou o corpo, numa atitude solene, e, encarando-o, de frente para os edifícios da maior cidade do mundo – as testemunhas que ela gostaria mesmo de ter –, Dagny disse lentamente, com uma voz confiante e firme:

– Juro... por minha vida e por meu amor a ela... que jamais viverei por outro homem, nem pedirei a outro homem que viva por mim.

Ele inclinou a cabeça, em aceitação. Seu sorriso agora era uma saudação.

Então D'Anconia pegou a mala dela com uma das mãos e o braço de Dagny com a outra e disse:

– Vamos.

A unidade denominada "Projeto F" – em homenagem a seu criador, o Dr. Ferris – era uma pequena estrutura de concreto armado situada no sopé do morro no alto do qual, mais à vista do público, se localizava o Instituto Científico Nacional. Apenas um pedaço do teto cinzento da estrutura podia ser visto das janelas do Instituto, em meio às velhas árvores. Parecia apenas uma tampa de bueiro.

A unidade consistia de dois andares, um cubo colocado simetricamente em cima de outro cubo maior. Não havia janelas no primeiro andar, apenas uma porta com espigões de ferro. No segundo, havia apenas uma janela, como uma concessão relutante feita à luz do dia, como um rosto com um único olho. Os funcionários do Instituto não sentiam nenhuma curiosidade em relação àquela estrutura e evitavam os caminhos que levavam até lá. Ninguém jamais fizera nenhum comentário, mas muitos tinham a impressão de que lá se realizavam experimentos com germes de doenças letais.

Os dois andares estavam ocupados por laboratórios cheios de jaulas com cobaias, cães e ratos. Mas o âmago da estrutura era um recinto subterrâneo, a vários metros de profundidade. As paredes tinham sido precariamente forradas com folhas porosas de material de isolamento acústico, porém ele começara a ceder, e a pedra nua de uma caverna aparecia pelas rachaduras.

A unidade era sempre protegida por um esquadrão de quatro guardas especiais. Naquela noite, ele fora reforçado: mais 12 guardas haviam sido convocados de Nova York por telefone. Cada um deles, assim como todos os outros funcionários do "Projeto F", tinha sido escolhido a dedo, com base num único critério: uma capacidade ilimitada de obedecer.

Os 16 guardas foram colocados ao redor do prédio e nos laboratórios vazios do primeiro e do segundo andares, onde ficaram sem demonstrar nenhuma curiosidade sobre o que acontecia no subsolo, cumprindo as ordens à risca.

No andar subterrâneo, o Dr. Ferris, Wesley Mouch e James Taggart estavam sentados em poltronas encostadas a uma parede. Num canto à sua frente, havia uma máquina que parecia um pequeno armário de formato irregular. A parte da frente ostentava dois mostradores de vidro, em cada um dos quais existia um segmento vermelho. Havia uma tela quadrada que parecia um amplificador, fileiras de números, sequências de botões de madeira e de plástico, uma única chave em um dos lados e um único botão de vidro vermelho do outro. A aparência da máquina parecia mais expressiva do que o rosto do técnico dela encarregado. Era um rapaz atarracado que trajava uma camisa manchada de suor, com as mangas arregaçadas acima dos cotovelos. Seus olhos azul-claros estavam vidrados por causa de sua imensa concentração, e, de vez em quando, seus lábios se mexiam, como se ele estivesse recitando uma lição decorada.

Um fio curto unia a máquina a uma bateria elétrica atrás dela. Longas espirais de fio, como os braços retorcidos de um polvo, se estendiam sobre o chão de pedra, da máquina até um colchão de couro iluminado por um cone de luz violenta. John Galt estava preso a ele, nu. Pequenos eletrodos de metal haviam sido afixados a seus pulsos, ombros, quadris e tornozelos, e um dispositivo que lembrava um estetoscópio fora preso a seu peito e ligado ao amplificador.

– Preste atenção – disse o Dr. Ferris, dirigindo-se a Galt pela primeira vez. – Queremos que você assuma o controle da economia do país. Queremos que você se torne um ditador, que você mande. Entendeu? Queremos que você dê ordens e elabore as ordens corretas a serem dadas. E vamos conseguir o que queremos. Agora não há discurso, lógica, argumento nem obediência passiva que seja capaz de salvá-lo. Queremos ideias, senão... Não vamos deixá-lo sair daqui até que nos diga quais são exatamente as medidas necessárias para salvar o nosso sistema. Depois você vai explicar tudo para todo o país pelo rádio. – Ferris ergueu o pulso, exibindo um cronômetro. – Vou lhe dar 30 segundos para resolver se quer começar a falar logo ou não. Se não quiser, então *nós* começamos. Você entendeu?

Galt os encarava sem nenhuma expressão no rosto, como se entendesse demais. Não respondeu.

Em meio ao silêncio, eles ouviram o tique-taque do cronômetro contando os segundos e o som da respiração sufocada e irregular de Mouch, que agarrava com força os braços da cadeira.

Ferris fez sinal para o técnico. O homem acionou a chave, então o botão de vidro vermelho se acendeu e dois sons foram ouvidos: um, o zumbido baixo de um gerador elétrico; o outro, batidas regulares, como o som de um relógio, porém abafadas. Só depois de algum tempo se deram conta de que o som vinha do amplificador: eram as batidas do coração de Galt.

– Número três – disse Ferris, levantando um dos dedos para o técnico.

O encarregado apertou um dos botões sob os mostradores. Todo o corpo de Galt estremeceu e seu braço esquerdo se sacudiu em espasmos súbitos, convulsionado pela corrente elétrica que circulava entre o pulso e o ombro. A cabeça caiu para trás, os olhos fechados, os lábios apertados com força. Ele não emitiu nenhum som.

Quando o técnico tirou o dedo do botão, o braço de Galt parou de tremer. Ele não se mexia.

Os três homens se entreolharam com uma expressão de dúvida nos rostos. Os olhos de Ferris estavam vazios, os de Mouch apavorados, os de Taggart desapontados. As batidas continuavam a ressoar no silêncio.

– Número dois – chamou Ferris.

Desta vez, a perna direita de Galt é que foi sacudida por convulsões. A corrente agora circulava entre o quadril e o tornozelo. Suas mãos agarraram as beiras do colchão. Sua cabeça virou de um lado para outro, depois ficou imóvel. As batidas do coração se aceleraram um pouco.

Mouch recuava, apertando-se contra o encosto da poltrona. Taggart estava sentado na beira da poltrona, debruçado para a frente.

– Número um, gradual – disse Ferris.

O torso de Galt subiu de repente, baixou e se contorceu em prolongados estremecimentos, forçando as correias nos pulsos – pois agora a corrente corria de um pulso a outro, atravessando os pulmões. O técnico estava lentamente rodando um botão, aumentando a tensão da corrente, enquanto o ponteiro do mostrador se aproximava do segmento vermelho que assinalava perigo. Galt respirava de maneira irregular, emitindo sons entrecortados com seus pulmões convulsionados.

– Já chega? – rosnou Ferris quando a corrente foi desligada.

Galt não respondeu. Seus lábios se moveram debilmente. As batidas do coração estavam disparadas. Mas o ritmo de sua respiração estava se normalizando graças a um esforço consciente de relaxamento.

– Você está sendo muito bonzinho com ele! – berrou Taggart, olhando para o corpo nu estendido no colchão.

Galt abriu os olhos e os observou por um momento. Eles nada entenderam daquele olhar. Viram apenas que ele era firme e plenamente consciente. Depois Galt deixou a cabeça cair para trás, como se tivesse se esquecido deles.

Seu corpo nu parecia estranhamente deslocado naquele porão. Os outros sabiam disso, embora ninguém fosse capaz de admiti-lo. As linhas alongadas de seu corpo, dos tornozelos aos quadris lisos, até o ângulo da cintura, até os ombros retos, lembravam uma estátua grega antiga, com o mesmo significado, mas com uma forma estilizada, mais longa, mais leve, mais ativa, e uma força maior, que apontava para uma energia mais intensa – não o corpo de um cocheiro, mas o de um construtor de aviões. E como o significado de uma estátua grega antiga – a estátua de um homem deificado – não combinava com os salões deste século, seu corpo também não combinava com um porão dedicado a atividades pré-históricas. A discordância era particularmente intensa porque ele parecia harmonizar-se com fios elétricos, aço inoxidável, instrumentos de precisão, painéis de controle. Talvez – e era este o pensamento que mais despertava resistência nas mentes dos espectadores, o pensamento do qual só tinham consciência como um ódio difuso, um terror vago – fosse a ausência de estátuas desse tipo no mundo moderno que tivesse transformado um gerador em um polvo e entregado um corpo como aquele a seus tentáculos.

– Ouvi dizer que você entende de eletricidade – disse Ferris com uma risadinha. – Nós também entendemos, não acha?

Dois sons lhe responderam no silêncio: o zumbido do gerador e as batidas do coração de Galt.

– Ação combinada! – ordenou Ferris, fazendo sinal para o técnico. Agora os choques vinham a intervalos irregulares, imprevisíveis, um depois do outro, ou separados por minutos. Apenas as convulsões das pernas, dos braços, do torso ou de todo o corpo de Galt indicavam se a corrente estava passando entre dois eletrodos específicos ou por todos eles ao mesmo tempo. Os ponteiros dos mostradores a toda hora se aproximavam da zona vermelha, depois recuavam: a máquina fora projetada para proporcionar o máximo de dor sem danificar o corpo da vítima.

Foram os espectadores que começaram a achar insuportável aguardar aqueles minutos de pausa, em que só se ouvia o bater do coração, agora num ritmo irregular. As pausas eram calculadas para deixar que o órgão voltasse a um ritmo normal, sem dar trégua à vítima, que aguardava a volta dos choques a qualquer momento.

Galt estava relaxado, como se não tentasse resistir à dor e se entregasse a ela, sem tentar negá-la, e sim suportando-a. Quando seus lábios se entreabriam para respirar e um choque súbito os apertava de novo, ele não resistia à rigidez de seu corpo, porém a deixava desaparecer tão logo a corrente era interrompida. Apenas a pele de seu rosto estava tensa e a linha de seus lábios se contorcia de vez em quando. Quando um choque percorria seu peito, seus cabelos dourados se balançavam com a cabeça, como se sacudidos pelo vento, batendo contra o rosto e os olhos. Os espectadores não entendiam por que os cabelos pareciam estar escurecendo, até que se deram conta de que estavam ficando encharcados de suor.

O terror de ouvir o próprio coração se debatendo como se estivesse prestes a explodir a qualquer momento também fazia parte da tortura. Mas eram os torturadores que tremiam de terror ao ouvirem o ritmo irregular das batidas, prendendo a respiração cada vez que o coração parecia parar de bater. A impressão que tinham agora era a de que ele estava batendo freneticamente contra a caixa torácica, em agonia, numa raiva desesperada. O coração protestava, mas não o homem. Ele permanecia imóvel, os olhos fechados, as mãos relaxadas, ouvindo seu coração lutar com todas as forças.

Mouch foi o primeiro a não aguentar mais.

– Ah, meu Deus! Floyd! – berrou ele. – Não o mate! Não ouse matá-lo! Se ele morrer, nós morremos também!

– Não vai morrer, não – rosnou Ferris. – Vai sentir vontade de morrer, mas não vai! A máquina não deixa! Foi matematicamente programada para isso! Não há perigo!

– Ah, será que já não foi o suficiente? Agora ele vai nos obedecer! Garanto que vai!

– Não! Não é o bastante! Não quero que ele obedeça! Quero que ele *acredite*! Que *aceite*! Que *queira* aceitar! Temos que fazer com que ele trabalhe para nós *voluntariamente*!

– Continue! – exclamou Taggart. – O que está esperando? Será que não dá para fazer a corrente ficar mais forte? Ele ainda nem gritou!

– O que há com você?! – exclamou Mouch, olhando para o rosto de Taggart no momento em que uma corrente contorcia o corpo de Galt. Taggart olhava para a vítima com atenção. Os olhos do empresário pareciam vidrados e mortos, porém, em torno daquele olhar inanimado, os músculos de seu rosto formavam uma caricatura obscena de prazer.

– Já chega? – berrava Ferris a toda hora. – Está pronto para querer o que *nós* queremos?

Não tiveram resposta. Galt levantava a cabeça de vez em quando e olhava para eles. Tinha olheiras escuras, mas seu olhar era firme e consciente.

Num pânico cada vez maior, os espectadores perderam a noção do contexto, e as três vozes se fundiram numa progressão de gritos indiscriminados:

"Queremos que você assuma o poder!... Que você dê as ordens!... Ordenamos que dê as ordens!... Exigimos que seja o ditador!... Ordenamos que você nos salve!... Que você pense!..."

A única resposta eram as batidas daquele coração do qual suas próprias vidas dependiam.

A corrente percorria o peito de Galt espasmodicamente, e as batidas de seu coração estavam cada vez mais irregulares, como se tropeçassem numa corrida. De repente, seu corpo se imobilizou: as batidas haviam cessado.

O silêncio foi como um golpe estonteante, e, antes que tivessem tempo de gritar, algo ainda mais horrível aconteceu: Galt abriu os olhos e levantou a cabeça.

Então se deram conta de que o zumbido do motor também tinha cessado e a luz vermelha havia se apagado: a corrente havia parado; o gerador estava desligado.

O técnico apertava o botão com insistência, mas de nada adiantava. Ele baixava a chave uma vez após outra e chutava a máquina. A luz vermelha permanecia apagada e o zumbido não voltou a ser ouvido.

– E então? – perguntou Ferris, irritado. – O que foi?

– O gerador pifou – respondeu o técnico, impotente.

– O que aconteceu?

– Não sei.

– Pois descubra o que foi e conserte!

O homem não tinha formação de eletricista. Fora escolhido não por ser qualificado profissionalmente, mas por ter capacidade de apertar botões sem fazer nenhuma pergunta. O esforço que ele precisava fazer para aprender essa tarefa era tal que sua consciência não podia assimilar mais nada. Ele abriu a tampa de trás da máquina e olhou, confuso, para o emaranhado de fios, mas não viu nada que estivesse claramente onde não devia estar. Calçou as luvas de borracha, pegou um alicate, apertou alguns parafusos a esmo e coçou a cabeça.

– Não sei, não – disse ele, com uma voz cheia de docilidade impotente. – Quem sou eu para saber?

Os três homens haviam se levantado e estavam ao redor da máquina obstinada, olhando para ela. Agiam por reflexo apenas, pois sabiam que não sabiam.

– Mas você *tem* que consertar! – berrou Ferris. – *Tem* que funcionar! *Temos* que consertar o gerador!

– Precisamos continuar! – gritou Taggart. Ele estremecia. – Isso é ridículo! Não admito! Não admito ser interrompido! Não permito que *ele* escape! – gritou, apontando em direção ao colchão.

– Faça alguma coisa! – gritava Ferris para o técnico. – Não fique aí parado! Faça alguma coisa! Conserte o gerador! É uma ordem!

– Mas eu não sei qual é o defeito dele – disse o homem, pestanejando.

– Então descubra!

– Como vou descobrir?

– Ordeno que conserte esse gerador! Você está me ouvindo? Faça-o funcionar, senão eu o despeço e o ponho na cadeia!

– Mas eu não sei qual é o defeito. – O homem suspirou, confuso. – Não sei o que fazer.

– É o vibrador que está pifado – disse uma voz vinda de trás deles. Todos se viraram. Galt estava ofegante, porém falava num tom firme e competente de engenheiro. – Puxe o vibrador e retire a tampa de alumínio. Você vai encontrar dois contatos grudados. Separe-os, pegue uma lima e limpe as superfícies. Depois recoloque a tampa e o ponha na máquina, que o gerador voltará a funcionar.

Houve um longo intervalo de completo silêncio.

O técnico olhava fixamente para Galt, que o fitava – e até o técnico foi capaz de reconhecer a natureza do brilho que havia naqueles olhos verde-escuros: um brilho de zombaria e desprezo.

Então o técnico deu um passo para trás. Na penumbra incoerente de sua consciência, de algum modo informe, ininteligível, pré-verbal, até percebeu de repente o significado do que estava acontecendo naquele porão.

Olhou para Galt, fitou os três homens e dirigiu o olhar para a máquina. Estremeceu, largou o alicate no chão e saiu correndo dali.

Galt caiu na gargalhada.

Os três homens estavam recuando lentamente da máquina, se esforçando para não permitir a si próprios entender o que o técnico havia compreendido.

– Não! – gritou Taggart subitamente, olhando para Galt e dando um salto para a frente. – Não! Desta ele não vai escapar impune! – Caiu de joelhos, procurando freneticamente pelo cilindro de alumínio do vibrador. – *Eu* vou consertá-la! Eu mesmo! Temos que continuar! Temos que vencê-lo!

– Calma, Jim – disse Ferris, constrangido, levantando-o com um puxão.

– Não seria... não seria melhor a gente parar por hoje? – perguntou

Mouch, implorando. Com um misto de inveja e terror, olhava para a porta pela qual o técnico fugira.

– Não! – gritou Taggart.

– Jim, você não acha que já foi suficiente? Não esqueça, temos que ter cuidado.

– Não! Não foi o bastante! Ele ainda nem gritou!

– Jim! – berrou Mouch de repente, apavorado com algo que viu no rosto de Taggart. – Não podemos matá-lo! Você sabe!

– Não me importo! Quero derrotá-lo! Quero ouvi-lo gritar! Quero...

E então foi Taggart que gritou. Foi um grito prolongado, súbito e lancinante, como se tivesse visto algo subitamente, embora não estivesse olhando para nada e seus olhos parecessem cegos. O que ele estava vendo era algo dentro de si próprio. As paredes protetoras da emoção, do fingimento, de pensamentos incompletos e palavras falsas, construídas por ele ao longo de toda a sua vida, haviam desabado num único momento – o instante em que ele compreendeu que queria que Galt morresse, apesar de ter plena consciência de que ele próprio morreria em seguida.

De repente, Taggart estava compreendendo qual a motivação que orientara todos os atos de sua vida. Não era sua alma incomunicável, nem seu amor pelos outros, nem sua obrigação social, nem nenhum dos termos fraudulentos por meio dos quais ele mantinha seu amor-próprio: era a volúpia de destruir tudo o que era vivo, em benefício do que não era. Era o impulso de desafiar a realidade destruindo todos os valores vivos, com o fim de provar a si próprio que *ele* podia existir em desafio à realidade e jamais teria de ser limitado por qualquer fato sólido e imutável. Um instante atrás, ele fora capaz de sentir que odiava Galt mais do que a qualquer outro homem, que o ódio era prova de que Galt era mau, e essa maldade era algo que não precisava ser definido. Fora capaz de sentir que queria que Galt fosse destruído para garantir a própria sobrevivência. Agora sabia que queria a destruição daquele homem mesmo que o preço fosse a sua destruição subsequente. Sabia que jamais quisera sobreviver, tinha noção de que era a *grandeza* de Galt que ele queria torturar e destruir – estava vendo que ele próprio aceitava aquela grandeza, que era grandeza pelo único padrão que existia, quer se quisesse admiti-lo ou não: a grandeza de um homem que era senhor da realidade de um modo que jamais fora igualado por ninguém. No momento em que ele, James Taggart, se vira frente a frente com o ultimato de aceitar a realidade ou morrer, fora a morte que suas emoções haviam escolhido – a morte, em vez da rendição àquele reino do qual Galt era um filho radiante. Na pessoa de Galt, Taggart sabia, procurara a destruição de toda a existência.

Não era por meio de palavras que esse conhecimento confrontava sua consciência. Assim como qualquer conhecimento seu sempre consistira em emoções, ele agora também estava dominado por uma delas e uma visão que não tinha poder de dispersar. Não conseguia mais evocar a neblina que escondia todos aqueles becos sem saída que sempre se esforçara para não ter de ver. Agora, no fim de cada beco, via seu ódio à existência: via o rosto de Cherryl Taggart, com sua ânsia de vida, e era justamente esse anseio que ele sempre quisera derrotar; e via o próprio rosto como o de um assassino que todos os homens devem abominar, que destruía valores por serem valores, que matava a fim de não descobrir seu próprio mal irremediável.

– Não... – gemeu Taggart, contemplando aquela visão, sacudindo a cabeça para se livrar dela. – Não... não...

– Sim – disse Galt.

Taggart viu os olhos de Galt fixos nele, como se o homem estivesse vendo as coisas que ele via.

– Eu lhe disse isso no rádio, não disse? – insistiu Galt.

Era aquela confirmação que Taggart sempre temera, a confirmação da qual não havia como fugir: o selo e a prova da objetividade.

– Não... – disse ele, com uma voz tênue, mas não era mais a voz de uma consciência viva.

Ficou parado um momento, o olhar morto perdido no espaço. Depois suas pernas foram cedendo, dobrando-se de fraqueza, e ele sentou-se no chão, ainda com o olhar perdido, inconsciente do que estava fazendo e do que acontecia ao seu redor.

– Jim! – chamou Mouch.

Não houve resposta.

Mouch e Ferris não se perguntaram o que teria acontecido a Taggart: sabiam que jamais deveriam tentar descobrir, para não sofrer o mesmo. Sabiam quem fora derrotado naquela noite e que esse havia sido o fim de James Taggart, quer seu corpo físico sobrevivesse ou não.

– Vamos... vamos tirar Jim daqui – disse Ferris, trêmulo. – Vamos levá-lo a um médico ou algo assim...

Colocaram Taggart em pé. Obedecendo letargicamente, ele não ofereceu resistência e mexeu as pernas quando o empurraram. Fora ele que atingira o estado a que queriam reduzir Galt. Segurando-o pelos dois braços, um de cada lado, seus dois amigos o retiraram do recinto.

Taggart os salvou da necessidade de admitir que queriam mesmo fugir do olhar de Galt. O homem os olhava com uma expressão perceptiva e austera, insuportável.

– Vamos voltar – disse Ferris ao chefe da guarda. – Fiquem aqui e não deixem ninguém entrar. Entenderam? Ninguém.

Levaram Taggart para o carro, que estava parado ao lado das árvores à entrada do prédio.

– Vamos voltar – disse Ferris, a ninguém em particular, às árvores e à escuridão do céu.

Naquele momento, a única coisa de que tinham certeza era que tinham que fugir daquele porão – o porão em que o gerador vivo foi deixado amarrado ao lado do morto.

CAPÍTULO 10

EM NOME DO QUE HÁ DE MELHOR EM NÓS

Dagny caminhou até o guarda parado à porta do "Projeto F". Seu andar era resoluto, espontâneo, uniforme, e seus passos ressoavam no silêncio do caminho entre as árvores. Ela levantou a cabeça, para que seu rosto fosse iluminado pelo luar e o homem a reconhecesse.

– Deixe-me entrar – disse ela.

– Entrada proibida – respondeu ele, como um robô. – Por ordem do Dr. Ferris.

– Vim por ordem do Sr. Thompson.

– De quem?... Eu... não estou sabendo de nada.

– Pois eu estou.

– Isto é... o Dr. Ferris não me disse nada... não, senhorita.

– Pois *eu* estou lhe dizendo.

– Mas eu só *posso* cumprir ordens do Dr. Ferris.

– Você quer desobedecer ao Sr. Thompson?

– Não, senhorita, não quero! Mas... mas, se o Dr. Ferris mandou que eu não deixasse ninguém entrar, então não estou autorizado a deixá-la passar... – e acrescentou, incerto, como que implorando: – Não é?

– Você sabe que eu sou Dagny Taggart. Já viu a minha foto no jornal com o Sr. Thompson e os principais líderes do país, não viu?

– Sim, senhorita.

– Então resolva se você quer ou não quer desobedecer às ordens deles.

– Não, senhorita, não quero de jeito nenhum!

– Então me deixe entrar.

– Mas também não posso desobedecer ao Dr. Ferris!

– Então escolha.

– Mas eu não posso escolher! Quem sou eu para escolher?

– Pois vai ter que escolher mesmo assim.

– Olhe – disse ele, tirando uma chave do bolso e se virando para a porta –, vou perguntar ao chefe. Ele...

– Não – disse ela.

Algo no tom de voz dela fez com que ele se virasse rapidamente: Dagny estava apontando uma arma para seu coração.

– Ouça com atenção – disse ela. – Ou você me deixa entrar ou eu o mato. Você pode tentar me matar primeiro, se conseguir. Tem essa opção, mas nenhuma outra. Agora resolva.

Ele abriu a boca e deixou a chave cair no chão.

– Saia da minha frente – disse ela.

Ele sacudiu a cabeça em desespero, encostado à porta.

– Meu Deus! Srta. Taggart! – disse ele, num apelo desesperado. – Eu não posso atirar na senhorita, já que vem a mando do Sr. Thompson! E não posso deixá-la entrar, por ordem do Dr. Ferris! O que devo fazer? Sou apenas um joão-ninguém! Estou apenas cumprindo ordens! Não cabe a mim decidir!

– Sua vida está em jogo – disse ela.

– Se a senhorita me deixar falar com o chefe, ele me diz, ele...

– Não vou deixar que fale com ninguém.

– Mas como eu posso ter certeza de que a senhorita veio mesmo a mando do Sr. Thompson?

– Não pode. Talvez eu não tenha vindo a mando dele. Talvez eu esteja agindo por conta própria, e nesse caso você vai ser punido por me obedecer. Talvez eu tenha, e nesse caso você vai ser preso por me desobedecer. Talvez o Dr. Ferris e o Sr. Thompson estejam de acordo quanto a isso. Talvez não, e nesse caso você vai ter que desafiar um ou outro. Não há ninguém que lhe dê instruções, ninguém com quem você possa falar, ninguém que lhe diga como deve agir. Você vai ter que decidir o que faz sozinho.

– Mas eu não posso decidir! Por que eu?

– Porque é o *seu* corpo que está me impedindo o caminho.

– Mas eu não posso decidir! Isso não cabe a mim!

– Vou contar até três – disse ela. – Depois vou atirar.

– Espere! Espere! Eu ainda não disse nem sim nem não! – exclamou ele, apertando-se contra a porta, como se a imobilidade do corpo e da mente constituísse sua melhor proteção.

– Um – contou ela, fitando os olhos aterrorizados do homem. – Dois. – Dagny percebia que a arma o aterrorizava menos do que a obrigação de escolher. – Três.

Tranquila e impessoal, Dagny, que teria hesitado antes de atirar num animal, puxou o gatilho e mirou no coração de um homem que queria existir sem a responsabilidade imposta pela consciência.

Sua arma tinha silenciador. Não se ouviu nenhum barulho que chamasse a atenção, apenas o baque surdo de um corpo caindo.

Ela pegou a chave no chão e então esperou alguns segundos, conforme o combinado.

D'Anconia foi o primeiro a chegar, vindo de trás do prédio, depois veio Hank Rearden e, por fim, Ragnar Danneskjöld. Dos quatro guardas dispostos entre as árvores, um fora morto e os outros estavam amarrados e amordaçados no mato.

Sem dizer nada, Dagny entregou a chave a D'Anconia. Ele destrancou a porta e entrou, sozinho, deixando-a ligeiramente aberta. Os outros três ficaram esperando do lado de fora.

O corredor era iluminado por uma única lâmpada no meio do teto. Havia um guarda ao pé da escada que levava ao segundo andar.

– Quem é você? – gritou ele ao ver D'Anconia entrar com jeito de proprietário do lugar. – Ninguém pode entrar aqui hoje!

– Pois eu entrei.

– Por que Rusty deixou você entrar?

– Ele deve ter tido suas razões.

– Mas não era para deixar!

– Alguém alterou as suas suposições. – D'Anconia corria os olhos pelo ambiente. Um segundo guarda, que estava no patamar no meio da escada, olhava para eles e escutava.

– O que você quer?

– Muitas coisas.

– O que disse? Quero dizer, quem é você?

– Meu nome é grande demais para dizer a você. Vou dizê-lo ao seu chefe. Onde ele está?

– Quem faz as perguntas sou eu! – Porém o homem deu um passo atrás. – Não... não banque o mandachuva senão eu...

– Mas ele é mesmo, Pete! – exclamou o segundo guarda, paralisado pelos modos de D'Anconia.

O primeiro estava se esforçando para ignorá-los. À medida que seu medo aumentava, sua voz se elevava, e ele gritou para Francisco:

– O que veio fazer aqui?

– Já respondi que vou dizer a seu chefe. Onde ele está?

– Quem faz as perguntas sou eu!

– Não vou responder.

– Ah, não vai, é? – rosnou Pete, que só tinha um recurso em caso de dúvida: levar a mão ao coldre.

A mão de D'Anconia foi rápida demais para os olhos dos dois, e sua arma também era silenciosa. O que eles viram e ouviram em seguida foi a arma voar da mão de Pete, juntamente com o sangue de seus dedos despedaçados. No instante em que o segundo guarda compreendeu o que acontecera, a arma de Francisco já estava apontada para ele.

– Não atire, doutor! – gritou ele.

– Desça daí com as mãos para cima – ordenou Francisco, apontando a arma para o guarda e fazendo com a outra mão um gesto para os três que esperavam lá fora.

Quando o guarda terminou de descer a escada, Rearden já estava lá para desarmá-lo, e Danneskjöld, para amarrar suas mãos e seus pés. A aparição de Dagny pareceu assustá-lo mais que a dos outros dois. Ele não conseguia entender: os três homens estavam de chapéu e blusão de couro e, não fossem seus modos, podiam perfeitamente formar um grupo de salteadores, mas a presença daquela mulher era inexplicável.

– Onde está seu chefe? – perguntou D'Anconia.

O guarda indicou a escada com um movimento de cabeça.

– Lá em cima.

– Quantos guardas há no prédio?

– Nove.

– Onde eles estão?

– Um está na escada do porão. Os outros todos estão lá em cima.

– Onde?

– No laboratório grande. O da janela.

– Todos?

– Sim.

– O que há nessas salas? – perguntou, indicando as portas que davam no corredor.

– Laboratórios, também. Estão trancados.

– Quem tem a chave?

– Ele – respondeu, indicando Pete.

Rearden e Danneskjöld pegaram a chave no bolso de Pete e foram rapidamente examinar as salas, com passos silenciosos, enquanto D'Anconia prosseguia o interrogatório:

– Há outras pessoas no prédio?

– Não.

– Nenhum prisioneiro?

– Ah... é, deve ter. Senão a gente não estaria aqui.

– Ele ainda está aqui?

– Isso eu não sei. Eles nunca dizem nada à gente.

– O Dr. Ferris está aqui?

– Não. Saiu 10, 15 minutos atrás.

– O tal laboratório lá de cima – ele dá direto para o patamar da escada?

– Dá.

– Há quantas portas lá?

– Três. E a do meio.

– E as outras salas, o que são?

– O laboratório pequeno fica de um lado e a sala do Dr. Ferris do outro.

– Há portas de ligação entre essas salas?

– Sim.

D'Anconia ia se virar para seus companheiros quando o guarda implorou:

– Doutor, posso fazer uma pergunta?

– Pode.

– Quem é o senhor?

Ele respondeu com o tom solene de quem se apresenta num salão:

– Francisco Domingo Carlos Andrés Sebastián d'Anconia.

Deixou o guarda boquiaberto e foi cochichar rapidamente com os outros.

Segundos depois, Rearden subiu, sozinho, as escadas rápida e silenciosamente.

Gaiolas com ratos e cobaias se empilhavam contra as paredes. Haviam sido colocadas ali pelos guardas, que jogavam pôquer na mesa comprida no centro do laboratório. Seis deles estavam jogando, enquanto outros dois, de arma na mão e em cantos opostos do recinto, vigiavam a porta de entrada. Foi o rosto de Rearden que os impediu de atirar nele no momento em que entrou: era muito conhecido e inesperado. Viu oito rostos o reconhecerem, incapazes de acreditar que era ele.

Ficou parado à porta, as mãos enfiadas nos bolsos da calça, com um jeito tranquilo e confiante de executivo.

– Quem manda aqui? – perguntou com a voz abrupta e educada de um homem que não desperdiça tempo.

– Você... você é... – gaguejou um indivíduo magro e carrancudo que estava jogando.

– Eu sou Hank Rearden! Você é o chefe?

– Sim! E você vem de onde?

– De Nova York.

– O que está fazendo aqui?

– Pelo visto, você não foi avisado.

– Então eu devia... quer dizer, avisado de *quê*? – A rápida suspeita ressentida de que seus superiores haviam passado por cima de sua autoridade ficou evidente em seu tom de voz. Era um homem alto e escaveirado, com movimentos abruptos e os olhos inquietos e embaçados de um viciado em drogas.

– Da minha missão aqui.

– Você... você não pode ter missão nenhuma aqui – disse ele, dividido, sem saber se aquilo era um blefe ou se ele de fato não fora informado a respeito de uma decisão importante. – Você é um traidor, um desertor, um...

– Pelo visto, você está mesmo desinformado, meu caro.

Os outros sete encaravam Rearden com uma incerteza medrosa, supersticiosa. Os dois que tinham armas nas mãos continuavam a apontá-las para ele numa pose impassiva de autômato. Rearden parecia não se dar conta da presença deles.

– E o que você diz que é a sua missão aqui? – perguntou o chefe.

– Vim pegar o prisioneiro que você tem que entregar a mim.

– Se você veio do quartel-general, sabe muito bem que não sei nada a respeito de prisioneiro nenhum... e que ninguém pode pegá-lo!

– Ninguém, menos eu.

O chefe se pôs de pé rapidamente, correu até o telefone e pegou o fone. Não chegou a encostá-lo no ouvido: deixou-o cair de repente, com um gesto que provocou uma onda de pânico no recinto – ele já havia percebido que o telefone estava mudo, que alguém cortara os fios.

Virou-se para Rearden com um olhar de acusação, porém o outro o desarmou com um tom levemente desdenhoso de voz:

– Não é assim que se guarda um prédio... se foi isso que você permitiu que acontecesse. É melhor me entregar logo o prisioneiro, antes que alguma coisa aconteça com ele, se não quer que eu dê parte de você por negligência, além de insubordinação.

O chefe se jogou pesadamente na cadeira, se debruçou sobre a mesa e olhou para Rearden com uma expressão que fez seu rosto escaveirado se parecer com o dos animais que estavam começando a se remexer nas jaulas, inquietos.

– *Quem* é o prisioneiro? – perguntou ele.

– Meu caro – disse Rearden –, se os seus superiores imediatos acharam que não deviam dizer a você, não sou eu quem vai lhe dizer.

– Eles também não me disseram que você vinha aqui! – gritou o chefe, confessando a impotência de sua raiva perante seus subordinados. – Como vou saber se você está dizendo a verdade? Com o telefone desligado, quem vai me dizer? Como posso saber o que fazer?

– Isso é problema seu, não meu.

– Não acredito em você! – Seu grito foi estridente demais para exprimir convicção. – Não acredito que o governo o mandaria aqui numa missão, se você é um dos traidores, um dos amigos do John Galt que desapareceram e...

– Então você não está sabendo?

– De quê?

– John Galt entrou em acordo com o governo e trouxe todos nós de volta.

– Graças a Deus! – exclamou um dos guardas, o mais jovem.

– Cale a boca! Você não pode ter opiniões políticas! – gritou o chefe e se virou para Rearden. – Por que isso não foi anunciado no rádio?

– E desde quando você pode ter opiniões quanto à maneira e o momento de divulgar medidas políticas?

No longo silêncio que se seguiu, ouvia-se o ruído dos animais arrastando as garras nas grades das jaulas.

– Gostaria de lembrar – disse Rearden – que não cabe a você questionar ordens, e sim obedecer. Não cabe a você *conhecer* nem entender as políticas de seus superiores, nem julgar, nem escolher, nem duvidar.

– Mas não sei se devo obedecer a *você*!

– Se você se recusar, terá de assumir as consequências.

Encostado na mesa, o chefe correu o olhar lentamente, como se calculando, do rosto de Rearden para os dois homens armados nos cantos. Com um movimento quase imperceptível, os homens endireitaram a pontaria.

Um ruído nervoso percorreu o recinto. Um animal soltou um guincho estridente em sua jaula.

– Gostaria de lhe avisar também – disse Rearden com uma voz ligeiramente mais dura – que não estou sozinho. Meus amigos estão esperando lá fora.

– Onde?

– Por todos os lados.

– Quantos?

– Isso você vai ficar sabendo... de uma maneira ou de outra.

– Escute, chefe – disse um dos guardas com a voz trêmula –, é bom a gente não se meter com esse pessoal, eles...

– Cale a boca! – rosnou o chefe, pondo-se de pé num salto e brandindo a arma na direção do homem que falara. – Não quero ver nenhum de vocês se acovardar! – Ele gritava para não se dar conta de que era isso que havia acontecido. Estava à beira do pânico, lutando contra a consciência de que alguma coisa, de algum modo, desarmara seus homens. – Não há motivo para medo! – berrou, tentando convencer a si próprio, lutando para recuperar a segurança na única esfera em que se sentia bem: a da violência. – Nem nada, nem ninguém! Vocês vão ver! – Virou-se e, com a mão trêmula, atirou em Rearden.

Alguns dos homens viram Rearden balançar, a mão direita agarrando o ombro esquerdo. Os outros, no mesmo instante, observaram a arma cair da mão do chefe, enquanto ele gritava e o sangue esguichava de seu punho. Então todos viram D'Anconia parado à porta da esquerda, a arma com silenciador ainda apontada para o chefe.

Todos agora se levantaram e sacaram suas armas, porém não ousaram atirar.

– Se eu fosse vocês, não atiraria – disse D'Anconia.

– Meu Deus! – exclamou um dos guardas, tentando se lembrar de um nome. – Esse é... é o cara que explodiu todas as minas de cobre do mundo!

– É, sim – confirmou Rearden.

Sem querer, os guardas começaram a recuar de Francisco e, quando se viraram, perceberam que Rearden permanecia em pé à porta da frente, com uma arma na mão direita e uma mancha escura no ombro esquerdo.

– Atirem, seus miseráveis! O que estão esperando? Matem esses dois! – gritou o chefe para os guardas vacilantes, com um dos braços encostado na mesa e o outro sangrando. – Vou dar parte de quem não atirar! Vai ser pena de morte para quem não me obedecer!

– Larguem as armas – ordenou Rearden.

Os sete guardas permaneceram imóveis por um instante, sem obedecer a ninguém.

– Quero sair daqui! – gritou o guarda mais jovem, correndo em direção à porta da direita.

Abriu a porta, mas deu um salto para trás: Dagny estava na soleira, de arma em punho.

Lentamente, os guardas se concentraram no centro da sala, lutando uma batalha invisível na névoa de suas mentes, desarmados pela sensação de irrealidade provocada pela presença daquelas figuras lendárias que jamais esperaram ver de perto.

– Larguem as armas – repetiu Rearden. – Vocês não sabem por que estão aqui. Nós sabemos. Não sabem quem é o prisioneiro que estão guardando, mas nós sabemos. Não sabem por que seus superiores querem que o vigiem, mas nós sabemos por que queremos tirá-lo daqui. Vocês não sabem por que estão nessa luta, mas nós sabemos por que estamos lutando. Se morrerem, não vão saber por que estão morrendo. Se o mesmo acontecer conosco, saberemos por quê.

– Não... não escutem o que ele diz! – rosnou o chefe. – Atirem! É uma ordem!

Um dos guardas olhou para o chefe, largou a arma e, levantando as mãos, se afastou do grupo, aproximando-se de Rearden.

– Desgraçado! – gritou o chefe, em seguida agarrou sua arma com a mão esquerda e atirou no desertor.

No momento em que o corpo caiu, o vidro da janela se despedaçou e, de um galho de árvore – como se tivesse sido lançado por uma catapulta –, a figura esbelta de um homem voou para dentro da sala, caiu em pé e atirou no primeiro guarda que viu.

– Quem é você? – gritou uma voz apavorada.

– Ragnar Danneskjöld.

Ouviram-se três sons: um gemido prolongado de pânico, quatro armas caindo no chão e um tiro saído da quinta arma, disparado por um dos guardas na testa do chefe.

Quando quatro dos sobreviventes da guarda começaram a entender o que estava acontecendo, já se encontravam estirados no chão, amarrados e amordaçados. O quinto foi deixado em pé, com as mãos amarradas às costas.

– Onde está o prisioneiro? – perguntou D'Anconia ao quinto guarda.

– No porão... eu acho.

– Quem tem a chave?

– O Dr. Ferris.

– Onde fica a escada do porão?

– Atrás de uma porta na sala do Dr. Ferris.

– Vá na frente.

Quando saíram, D'Anconia se virou para Rearden:

– Você está bem, Hank?

– Claro.

– Quer parar e descansar?

– De jeito nenhum!

Da soleira da porta da sala do Dr. Ferris, olharam para uma escada de pedra íngreme que descia e viram um guarda no patamar lá embaixo.

– Suba até aqui com as mãos para o alto! – ordenou D'Anconia.

O guarda viu a silhueta de um estranho decidido e o brilho de uma arma, e isso bastou para que obedecesse imediatamente. Ele pareceu aliviado por escapar daquela cripta úmida. Foi amarrado e largado no chão do escritório, juntamente com o guarda que os levara até a escada.

Agora os quatro estavam livres para descer a escada correndo até a porta de aço trancada que havia no fim. Até então, agiam e se moviam com precisão e controle. Mas a partir daquele momento, era como se tivessem rompido suas rédeas.

Danneskjöld tinha as ferramentas necessárias para quebrar a fechadura, e D'Anconia foi o primeiro a entrar no porão. Seu braço deteve Dagny durante a fração de segundo necessária para que ele se certificasse de que a cena era suportável e então deixou que ela corresse à sua frente: por trás do emaranhado de fios elétricos, D'Anconia vira Galt levantar a cabeça e sorrir.

Dagny caiu de joelhos ao lado do colchão. Galt olhou para ela com o mesmo olhar que havia lhe dirigido naquela primeira manhã no vale, e seu sorriso era como o de quem jamais tivesse sido atingido pela dor. Então disse com voz suave e baixa:

– Nós nunca devíamos ter levado nada daquilo a sério, não é?

As lágrimas escorreram pelo rosto de Dagny, mas seu sorriso mostrava uma certeza completa, confiante, radiante quando ela respondeu:

– Não, nunca.

Rearden e Danneskjöld estavam cortando as correias de couro que o prendiam enquanto D'Anconia levou um frasco de conhaque aos lábios de Galt. Apoiado num dos cotovelos, ele bebeu e pediu:

– Me deem um cigarro.

D'Anconia lhe ofereceu um cigarro com a marca do cifrão. Ao acendê-lo no isqueiro, a mão de Galt tremia um pouco, porém a de D'Anconia tremia muito mais.

Fitando-o por cima da chama, Galt sorriu e disse a D'Anconia num tom de resposta às perguntas que o outro não chegara a fazer:

– É, foi terrível, porém suportável... e o tipo de tensão que eles usaram não deixa sequelas.

– Vou descobri-los algum dia, sejam eles quem forem... – retrucou D'Anconia, e seu tom de voz, uniforme, morto e quase inaudível, concluiu seu pensamento.

– Se algum dia você os encontrar, verá que nada resta deles para matar. – Galt observou todos ao seu redor e viu a intensidade do alívio em seus olhos, bem como a violência da raiva em seus rostos. Então percebeu que eles estavam agora revivendo sua tortura.

– Já passou – disse ele. – Não sofram mais por isso do que eu próprio sofri. – D'Anconia desviou o olhar.

– É que foi você... – sussurrou ele – *você*... se fosse qualquer outro que não você...

– Mas tinha que ser eu, pois eles estavam fazendo a última tentativa – justificou Galt, com um gesto que varria aquele recinto e tudo o que representavam os que o haviam construído para os desertos do passado –, e não há mais o que dizer.

D'Anconia concordou com a cabeça, ainda sem encarar Galt, e sua resposta foi o aperto violento que deu no pulso dele por um momento.

Recuperando lentamente o controle dos músculos, Galt sentou-se. Olhou para o rosto de Dagny, quando ela se adiantou para ajudá-lo, e viu nele a luta entre o sorriso e a tensão das lágrimas contidas. Era a luta entre a consciência de que nada tinha importância diante do corpo nu e vivo de Galt e a consciência de quanto aquele corpo havia sofrido. Encarando-a, ele levantou a mão e tocou na gola do suéter branco que ela usava, num reconhecimento das únicas coisas que teriam importância dali em diante. Os lábios de Dagny, que tremiam mas começavam a relaxar e a formar um sorriso, mostraram a ele que ela tinha entendido.

Danneskjöld encontrou as roupas de Galt largadas no chão num canto do recinto.

– Você acha que consegue andar, John?

– Claro.

Enquanto D'Anconia e Rearden ajudavam Galt a se vestir, Danneskjöld, com gestos tranquilos e sistemáticos, sem nenhuma emoção aparente, reduziu a máquina de tortura a frangalhos.

Galt não estava muito firme sobre as pernas, mas conseguiu ficar em pé, apoiado no ombro de D'Anconia. Os primeiros passos foram difíceis, mas quando chegaram à porta ele já estava caminhando normalmente. Um de seus braços se apoiava no ombro de D'Anconia, o outro, no de Dagny. Ao mesmo tempo que se apoiava nela, ele lhe dava forças.

Não disseram nada enquanto desciam a ladeira, protegidos pela escuridão sob as árvores, que escondia o brilho morto da lua e o brilho mais morto ainda que vinha das janelas do Instituto Científico Nacional.

O avião de D'Anconia estava escondido numa campina atrás de um morro. Não havia nenhuma casa num raio de quilômetros dali, por isso ninguém viu os faróis do avião iluminarem o descampado, nem ouviu o barulho do motor sendo ligado por Danneskjöld, que o pilotava.

Quando a porta se fechou e as rodas começaram a girar, D'Anconia sorriu pela primeira vez.

– Esta é minha única oportunidade de dar ordens a você – disse ele, ajudando Galt a se acomodar no banco do avião. – Fique imóvel, relaxe os músculos, descanse... Você também – acrescentou, virando-se para Dagny e lhe indicando o lugar ao lado de Galt.

As rodas agora giravam mais depressa, ganhando velocidade, objetivo e leveza – pareciam ignorar os obstáculos impotentes das irregularidades do solo. Quando, de repente, o movimento se tornou uniforme, quando viram as formas escuras das árvores desaparecendo, Galt se inclinou para o lado e apertou os lábios contra a mão de Dagny. Com esse gesto, estava saindo do mundo exterior com o único valor que pretendera levar de lá.

D'Anconia havia pegado um estojo de primeiros socorros e agora estava tirando a camisa de Rearden para fazer um curativo em seu ombro. Galt viu o pequeno fio de sangue escorrendo do ombro até o peito dele.

– Obrigado, Hank – disse ele.

Rearden sorriu e disse:

– Vou repetir o que você disse quando eu lhe agradeci, na primeira vez que nos vimos: "Se você compreender que agi por interesse próprio, saberá que não cabe nenhuma gratidão."

– Vou repetir – disse Galt – a resposta que você me deu: "É por isso que eu agradeço."

Dagny viu que eles se encaravam como se seu olhar fosse um aperto de mãos que selasse uma união firme demais para exigir qualquer comentário. Rearden percebeu que ela os observava – e com uma leve contração dos olhos aprovou o olhar dela, como se repetisse agora a mensagem que lhe enviara quando estava no vale.

De repente ouviram a voz alegre de Danneskjöld falando com ninguém e se deram conta de que ele estava utilizando o rádio:

– Sim, estamos todos sãos e salvos... Ele não está ferido, apenas um pouco abalado, mas está descansando... Não, nada de grave... Sim, estamos todos aqui. Hank Rearden está ligeiramente ferido, mas – neste ponto Danneskjöld olhou para trás rapidamente – está sorrindo para mim neste momento... Não, não houve perdas do nosso lado. A única coisa que perdemos por alguns minutos foi a paciência, mas já a estamos recuperando... Não tentem chegar antes de mim ao vale de Galt, pois eu vou chegar primeiro e ajudar Kay a preparar o seu café da manhã no restaurante.

– Alguém no mundo exterior pode ouvir Ragnar? – perguntou Dagny.

– Não – respondeu D'Anconia. – Eles não têm equipamentos para captar essa frequência.

– Com quem ele está falando? – perguntou Galt.

– Com pelo menos a metade da população masculina do vale – respondeu D'Anconia –, com todos os que couberam nos aviões disponíveis. Estão nos seguindo agora. Acha que alguém ia ficar em casa sabendo que você estava nas mãos dos saqueadores? Estávamos preparados para salvá-lo. E, se fosse necessário, atacaríamos o Instituto ou o Hotel Wayne--Falkland. Mas sabíamos que, se fizéssemos isso, correríamos o risco de que fosse morto quando percebessem que estavam derrotados. Foi por isso que nós quatro decidimos tentar agir sozinhos primeiro. Se fracassássemos, os outros partiriam para um combate geral. Estavam esperando a menos de um quilômetro de lá. Alguns homens tinham se posicionado no morro, entre as árvores. Eles nos viram sair e avisaram os outros. Estavam sob o comando de Ellis Wyatt. Aliás, ele está no seu avião. Só não chegamos a New Hampshire ao mesmo tempo que o Dr. Ferris porque nossos aviões vinham de lugares longínquos e ocultos, enquanto ele saiu de um aeroporto mais próximo. Mas essa vantagem ele não vai continuar a ter por muito mais tempo.

– Não vai, não – disse Galt.

– Foi o único obstáculo que encontramos. O restante foi fácil. Depois eu lhe conto os detalhes. O fato é que nós quatro conseguimos derrotar toda a guarda.

– Mais cedo ou mais tarde – disse Danneskjöld, virando-se para os outros por um momento –, esses brutamontes particulares e públicos que acham que podem dominar os superiores pela força vão descobrir o que acontece quando a força bruta se confronta com o poder da inteligência.

– Eles já descobriram – disse Galt. – Não é essa a lição que você vem lhes ensinando há 12 anos, Ragnar?

– É verdade. Mas o semestre terminou. Hoje cometi meu último ato de violência. Não precisarei mais fazer esse tipo de coisa. Foi minha recompensa por esses 12 anos. Meus homens já começaram a construir suas casas no vale. Meu navio está escondido num lugar onde ninguém jamais poderá encontrá-lo, até que eu consiga vendê-lo e ele seja usado para fins bem mais civilizados. Vai passar a funcionar como um transatlântico. Apesar de não ser muito grande, será um excelente navio de passageiros. Quanto a mim, decidi mudar o tipo de aulas que dou. Vou reler as obras do primeiro mestre do nosso professor.

Rearden deu uma risada:

– Gostaria de assistir à sua primeira aula de filosofia numa sala universitária – comentou. – Quero ver como os seus alunos vão conseguir se concentrar no tema da aula e como você vai responder às perguntas irrelevantes que eles vão fazer, aliás, cobertos de razão.

– Vou responder que eles encontrarão as respostas na matéria.

O terreno que sobrevoavam tinha poucas luzes. O campo era uma imensidão escura, com uma luz aqui e ali na janela de algum prédio do governo, e velas bruxuleantes nas janelas das casas habitadas por gente que gastava mais. Há muito tempo que a maior parte da população rural já fora reduzida àquela condição de vida dos tempos em que a luz artificial era um luxo exorbitante, em que o pôr do sol punha fim às atividades humanas. As cidades eram como poças deixadas pela maré vazante, ainda contendo algumas gotas preciosas de eletricidade, porém secando num deserto de racionamentos, cotas, controles e normas de conservação de energia.

Mas, quando surgiu à frente deles o lugar que no passado fora a fonte das marés – a cidade de Nova York –, suas luzes ainda se elevavam até o céu, desafiando as trevas, quase como se, num esforço final, num último pedido de socorro, a cidade agora estendesse seus braços para o avião que cruzava seus céus. Involuntariamente, todos se endireitaram em seus lugares, como se em respeito àquela grandeza moribunda.

Ao olhar para baixo, viram as últimas convulsões: as luzes dos carros correndo desesperados pelas ruas, como animais presos num labirinto, procurando uma saída a todo custo; as pontes apinhadas de veículos; os acessos às pontes repletos de faróis acesos; engarrafamentos que imobilizavam o trânsito, e os gritos histéricos das sirenes que chegavam fracos até o avião. A notícia de que a artéria principal do país fora cortada já havia atingido a cidade: em pânico, homens abandonavam seus lares, tentando escapar. No entanto, todas as estradas estavam bloqueadas e não era mais possível nenhuma espécie de fuga.

O avião sobrevoava os mais altos arranha-céus quando, de repente, como se a terra houvesse engolido tudo, a cidade desapareceu. Levaram um momento para entender que o pânico chegara às centrais de energia e que as luzes de Nova York haviam sido apagadas.

Dagny não pôde conter uma exclamação.

– Não olhe para baixo! – gritou Galt, no tom de quem dá uma ordem. Dagny o fitou. Havia no rosto dele aquela expressão de austeridade com que ele sempre encarava os fatos.

Ela se lembrou da história que D'Anconia havia lhe contado. "John havia largado a Século XX e foi morar em uma água-furtada num cortiço. Foi até a janela e apontou para os arranha-céus da cidade. Disse que teríamos de apagar as luzes do mundo e que, quando víssemos as luzes de Nova York se apagarem, saberíamos que nossa missão estava cumprida."

Lembrou-se disso ao ver que os três – John Galt, Francisco d'Anconia e Ragnar Danneskjöld – se entreolharam em silêncio por um instante.

Dagny se virou para Rearden. Ele não estava olhando para baixo, e sim para a frente, tal como ela já o vira mirar um campo deserto: com o olhar de quem calcula as possibilidades de ação.

Quando viu a escuridão à sua frente, ela se lembrou de outra cena – a do momento em que, sobrevoando o aeroporto de Afton, vira um avião prateado se erguer, como a fênix, da escuridão da Terra. Agora sabia que o avião em que estavam trazia dentro de si tudo o que restara da cidade de Nova York.

Dagny olhou para a frente. A Terra ficaria tão vazia quanto o espaço pelo qual aquele avião se deslocava – tão vazia e tão livre quanto o espaço. Sabia como Nat Taggart se sentira no início de tudo e por que agora, pela primeira vez, ela o estava seguindo com uma lealdade completa: tinha a sensação confiante de quem encara um vazio e sabe que tem de construir um continente.

Ela viu toda a luta de sua vida se elevar à sua frente e cair, deixando-a ali, no cume daquele momento. Sorriu, e as palavras em sua mente, que avaliavam e fechavam o passado, eram as palavras de coragem, orgulho e dedicação que a maior parte dos homens jamais chegava a compreender, palavras de um homem de negócios: "Não dê preço a nenhum objeto."

Dagny não se sobressaltou nem tremeu quando viu, no meio da escuridão lá embaixo, uma pequena fileira de pontos de luz avançando lentamente em direção ao oeste, seguida pelo longo feixe de luz de um farol para garantir sua segurança. Não sentiu nada, muito embora aquilo fosse um trem e ela soubesse que seu único destino era o nada.

Virou-se para Galt. Ele observava seu rosto, como se estivesse lendo seus pensamentos. Dagny viu o reflexo de seu sorriso no dele.

– É o fim – disse ela.

– É o começo – retrucou ele.

Então permaneceram imóveis, encarando-se em silêncio. Cada um só tinha como consciência a presença do outro, e ela era o somatório e o significado do futuro. Porém isso incluía a consciência de tudo quanto tinha que se merecer para que um passasse a representar, para o outro, o valor da própria existência.

Nova York já estava distante quando ouviram Danneskjöld atender a um chamado do rádio:

– Está acordado, sim. Acho que esta noite ele não vai dormir... Acho que pode. – Virou-se para trás por um instante. – John, o Dr. Akston gostaria de falar com você.

– O quê? *Ele* também está num dos aviões?

– Claro.

Galt saltou para a frente e agarrou o microfone.

– Alô, Dr. Akston – disse ele com um tom de voz baixo e tranquilo, que era a imagem audível de um sorriso transmitido pelo espaço.

– Alô, John. – A firmeza excessiva da voz de Hugh Akston confessava quanto lhe fora duro aguardar o dia em que voltaria a pronunciar essas duas palavras novamente. – Só queria ouvir a sua voz... saber que você está bem.

Galt deu uma risadinha, e no tom de voz de um aluno orgulhoso que apresenta o dever de casa, mostrando que aprendeu direito a lição, respondeu:

– Claro que estou bem, professor. Tenho que estar. A é A.

◄◄◄

O Cometa Taggart seguia para o leste quando sua locomotiva pifou no meio de um deserto no Arizona. Parou de repente, sem nenhum motivo aparente, como um homem que se recusava a admitir que estava sobrecarregado demais. Alguma peça excessivamente desgastada se estragara de vez.

Quando Eddie Willers chamou o chefe do trem, esperou um bom tempo até que o homem chegasse. Ao ver o olhar de resignação no rosto dele, já previu a resposta à sua pergunta.

– O maquinista está tentando descobrir qual é o problema, Sr. Willers – o chefe do trem respondeu em voz baixa, num tom que dava a entender que ele tinha a obrigação de ter esperança, porém há anos que não tinha mais nenhuma.

– Então ele não sabe?

– Está tentando descobrir. – Por polidez, o chefe do trem esperou meio minuto e depois se virou para ir embora, mas se deteve para dar uma explicação, como se algum vago hábito racional lhe dissesse que qualquer tentativa de explicação tornava o terror não assumido mais fácil de suportar. – Essas nossas locomotivas a diesel já não deviam mais estar rodando, Sr. Willers. Há muito tempo que nem adianta mais consertá-las.

– Eu sei – admitiu Willers em voz baixa.

O chefe do trem sentiu que sua explicação era pior do que não ter dado nenhuma: ela levava a perguntas que não se faziam mais nos dias atuais. Então sacudiu a cabeça e foi embora.

Willers ficou contemplando a escuridão lá fora. Aquele era o primeiro Cometa a sair de São Francisco havia vários dias, e só saíra porque ele fizera o possível para reinstituir os trens transcontinentais. Nem ele mesmo sabia quanto aqueles últimos dias haviam lhe custado, nem o que ele fizera para salvar o terminal de São Francisco do caos cego de uma guerra civil, travada sem que ninguém fizesse ideia do porquê. Tampouco havia como lembrar os acordos que fechara com base em mil e uma circunstâncias momentâneas. Só sabia de quatro coisas: que havia conseguido que os líderes de três facções em guerra garantissem a imunidade do terminal; que encontrara um homem para preencher o cargo de administrador do terminal, um sujeito que parecia ainda não ter entregado os pontos completamente; que conseguira que mais um Cometa Taggart partisse rumo a Nova York, com a melhor locomotiva a diesel e a melhor tripulação encontradas; e que havia tomado o trem para voltar a Nova York, sem imaginar quanto tempo duraria a viagem.

Jamais trabalhara tanto. Fizera o que tinha de ser feito, com o mesmo afinco de sempre, mas era como se estivesse trabalhando num vácuo, como se sua energia não encontrasse transmissores e tivesse se perdido na areia de um desses desertos que ele via pela janela do trem. Willers estremeceu: por um momento, sentiu empatia com a locomotiva pifada.

Depois de algum tempo, chamou o chefe do trem outra vez.

– Como está indo? Já descobriram o problema? – perguntou-lhe.

O chefe do trem deu de ombros e sacudiu a cabeça.

– Mande o foguista procurar um telefone e pedir à sede da divisão o melhor mecânico que houver por lá.

– Sim, senhor.

Não havia nada para ser visto pela janela. Quando apagou a luz, Willers viu uma paisagem cinzenta, com manchas escuras de cactos, sem começo nem fim. Como os homens haviam se aventurado a atravessar aqueles desertos, e a que preço, no tempo em que não havia trens? Ele desviou a vista da janela e acendeu a luz.

É apenas porque o Cometa pifou no deserto que me vem essa ansiedade incômoda, pensou ele. O trem estava parado em trilhos que não eram da Taggart, e sim da Sul-Atlântica, no Arizona, trilhos que a Taggart estava usando sem pagar por eles. *Preciso tirar o trem daqui*, pensou. Ele não se sentiria assim se voltassem aos trilhos da Taggart. Mas o entroncamento parecia muito distante, a uma distância inacessível: à margem do Mississippi, perto da Ponte Taggart.

Não, pensou ele, *não é só isso*. Tinha de admitir quais eram as imagens que lhe proporcionavam uma sensação de mal-estar que não conseguia nem definir nem erradicar: eram muito sem sentido para definir e muito inexplicáveis para erradicar. Uma era a de uma estação secundária pela qual tinham passado sem parar havia mais de duas horas. Willers observara a plataforma vazia e as janelas fortemente iluminadas do pequeno prédio da estação: as luzes vinham de salas vazias, e ele não vira nenhum vulto humano, nem no prédio nem nos trilhos. A outra imagem era da estação secundária seguinte, em cuja plataforma vira uma multidão exaltada. Agora estavam longe das duas estações, das luzes da primeira e do tumulto da segunda.

Preciso tirar o Cometa daqui, pensou ele. Não entendia por que achava que isso era tão urgente, nem por que lhe parecera tão importante reinstaurar as viagens do trem. Apenas um punhado de passageiros ocupava os vagões vazios – ninguém tinha para onde ir, nenhuma meta a atingir. Não era por causa daqueles passageiros que se esforçara tanto. Ele não sabia por quem. Duas expressões lhe ocorriam, com a indefinição de uma prece e a força avassaladora de um absoluto. Uma era: "De oceano a oceano, para sempre." E a outra: "Não abandone o trem!"

O chefe do trem voltou uma hora depois com o foguista, cujo rosto estava estranhamente soturno.

– Sr. Willers – disse o foguista lentamente –, ninguém atende na sede da divisão.

Willers se retesou no assento, recusando-se a acreditar no que ouvia, porém compreendendo de repente que, por algum motivo inexplicável, era *essa* a resposta que ele esperava ouvir.

– Impossível! – disse ele em voz baixa. O foguista o encarava, imóvel. – O telefone deve estar com defeito.

– Não, Sr. Willers. Não está com defeito. A linha estava funcionando. A sede é que não estava. Quer dizer, não tinha ninguém lá para atender, ou pelo menos ninguém que quisesse atender.

– Mas você sabe que isso é impossível!

O foguista deu de ombros. Ninguém mais considerava nenhum desastre impossível.

Willers se levantou num salto.

– Vá percorrendo todo o trem – ordenou ao chefe do trem. – Bata em todas as portas, quer dizer, aquelas em que há passageiros, e veja se encontra algum engenheiro eletricista.

– Sim, senhor.

Willers sabia que os dois homens, tanto quanto ele, não acreditavam que fossem encontrar engenheiro algum entre aqueles rostos letárgicos e apagados que haviam visto pegar o trem.

– Vamos – disse Willers ao foguista.

Subiram juntos na locomotiva. O maquinista grisalho estava sentado no seu banco, olhando para os cactos. O farol continuava aceso, e o feixe de luz se estendia pela noite, reto e imóvel, iluminando apenas os dormentes dos trilhos, até onde a vista alcançava.

– Vamos ver se a gente descobre qual é o problema – disse Willers, tirando o paletó, num misto de ordem e súplica. – Vamos tentar mais um pouco.

– Sim, senhor – concordou o maquinista, sem ressentimento nem esperança.

O maquinista havia esgotado seu escasso repertório de conhecimentos técnicos e verificara todas as possíveis fontes de defeitos que conhecia. Em seguida, se enfiou embaixo da locomotiva e começou a desatarraxar e a reatarraxar peças do motor, tirando-as e as recolocando a esmo, como uma criança que desmonta um relógio, porém, ao contrário da criança, sem acreditar que o conhecimento é possível.

O foguista continuava debruçado à janela da cabine, olhando para a escuridão silenciosa e tremendo, como se fosse porque a noite estava esfriando.

– Não se preocupe – disse Willers, adotando um tom confiante. – Temos que fazer o melhor que podemos, mas, se não conseguirmos, eles vão mandar alguém para nos socorrer mais cedo ou mais tarde. Não se abandona um trem assim no fim do mundo.

– Antigamente, não – disse o foguista.

De vez em quando, o maquinista levantava o rosto sujo de graxa para contemplar Willers, também com o rosto e a camisa sujos.

– Para que isso, Sr. Willers? – perguntava ele.

– Não podemos abandonar o trem! – respondia Willers, feroz. Ainda que de modo vago, sabia não estar se referindo apenas ao Cometa nem somente à Taggart Transcontinental.

Indo da cabine às três unidades do motor e voltando à cabine, com as mãos sangrando e a camisa empapada de suor, Willers se esforçava por lembrar tudo o que já soubera a respeito de locomotivas, tudo o que aprendera na faculdade e antes dela – tudo o que aprendera no tempo em que os agentes da estação de Rockdale o botavam para correr quando ele queria brincar nas escadas das locomotivas de manobras. Mas nada conseguia, seu cérebro parecia emperrado. Sabia que não entendia nada de motores e que agora era uma questão de vida ou morte ter esses conhecimentos. Continuava olhando para os cilindros, as pás das hélices, os fios, os painéis de controle com luzes que ainda piscavam. Esforçava-se para não deixar entrar em sua mente o pensamento que agora tentava se intrometer nela: qual a probabilidade de que homens primitivos, sem conhecimentos técnicos, conseguissem mexer nas peças certas e consertar aquele motor? E quanto tempo isso levaria?

– Para que isso, Sr. Willers? – gemeu o maquinista.

– Não podemos abandonar o trem! – exclamou ele.

Ele não sabia quantas horas haviam se passado quando ouviu o foguista gritar de repente:

– Sr. Willers! Olhe!

O foguista estava debruçado na janela, apontando para trás.

Willers olhou. Uma luz estranha bruxuleava ao longe e parecia estar se aproximando lentamente. Era impossível identificar o que seria aquilo.

Depois de algum tempo, começou a distinguir uns vultos escuros que avançavam lentamente, seguindo um curso paralelo aos trilhos. A luz vinha perto do chão, balançando-se. Tentou ouvir alguma coisa, mas não conseguiu.

Então percebeu um som abafado e ritmado que parecia ser produzido por cascos de cavalos. Os dois homens a seu lado observavam apavorados os vultos escuros, como se alguma aparição sobrenatural estivesse saindo do meio do deserto e da noite. No momento em que eles começaram a rir de felicidade, reconhecendo as formas, Willers de repente assumiu uma expressão de terror, como se visse um fantasma mais assustador do que qualquer aparição que os outros dois temessem ver: era um comboio de carroções puxados por cavalos.

A lanterna parou de balançar ao lado da locomotiva.

– Ô camarada, quer uma carona? – gritou um homem que parecia ser o líder e que estava rindo. – Está preso aí, não é?

Os passageiros do Cometa estavam todos à janela e alguns já começavam a saltar e a se aproximar da caravana. Rostos de mulheres apareceram nas janelas das carroças, em meio a pilhas de objetos de uso doméstico, e de um dos últimos carroções vinha o choro de um bebê.

– Você é maluco? – perguntou Willers.

– Não, estou falando sério, companheiro. O que não falta aqui é espaço. Por um preço razoável, dou uma carona a vocês todos, se quiserem sair daqui. – Era um homem magricela, nervoso, de gestos largos e voz insolente, que parecia um camelô.

– Isto aqui é o Cometa Taggart – disse Willers, engasgado.

– Cometa, é? Mais parece uma lagarta morta. O que foi, companheiro? Assim você não vai a lugar nenhum, e, mesmo se tentasse, não ia conseguir.

– Como assim?

– Está pensando que vai para Nova York?

– Nós *vamos* para Nova York.

– Quer dizer que você não soube?

– De *quê*?

– Puxa, há quanto tempo não se comunica com alguma estação da rede?

– Não sei!... Soube de *quê*?

– Que a tal da Ponte Taggart desabou. Sumiu. Foi uma explosão de raios sonoros, sei lá. Ninguém sabe direito. O fato é que não tem mais nenhuma ponte sobre o Mississippi. E assim não tem mais como chegar a Nova York – pelo menos para gente como você e eu.

Willers não soube o que aconteceu em seguida. Ficou jogado ao lado do banco do maquinista, olhando pela porta aberta da unidade do motor. Não soube quanto tempo ficou lá, mas, quando por fim virou a cabeça, viu que estava sozinho. O maquinista e o foguista haviam saído da cabine. Ouviam-se vozes lá fora, gritos, soluços, o riso do líder da caravana.

Foi até a janela da cabine e viu que os passageiros e os tripulantes do Cometa estavam reunidos em torno do líder do comboio e de seus companheiros maltrapilhos. O homenzinho agitava os braços, dando ordens. Algumas das senhoras mais bem-vestidas do Cometa, cujos maridos, pelo visto, haviam sido os primeiros a negociar com o líder, entravam nas carroças, chorando e agarrando seus delicados estojos de maquiagem.

– Vamos lá, minha gente, vamos lá! – gritava o líder, alegre. – Se espremer dá pra todo mundo! Fica apertado, mas anda. É melhor do que ficar aqui para virar comida de coiote! O tempo do cavalo de ferro terminou! Agora só tem o cavalo, mesmo! É lento, mas chega lá!

Willers foi até a escada de saída da locomotiva para ver a multidão e para ser ouvido. Agitou uma das mãos, agarrando-se à escada com a outra.

– Vocês não vão com eles, vão? – gritava para os passageiros. – Vão abandonar o Cometa?

Os passageiros viraram o rosto, como se não quisessem vê-lo nem lhe responder. Não queriam ouvir perguntas que não teriam capacidade de pesar em suas mentes. Então viu o pânico naqueles rostos cegos.

– O que há com esse cara de graxa? – perguntou o líder da caravana apontando para Willers.

– Sr. Willers – disse o chefe do trem em voz baixa –, é inútil...

– Não abandonem o Cometa! – gritou Willers. – Não o abandonem!

– *Você* é maluco? – perguntou o líder. – Não faz ideia do que está acontecendo nas estações e na sede da sua rede! Os homens estão correndo tontos de um lado para outro que nem galinhas sem cabeças! Acho que amanhã de manhã não vai ter mais nenhuma ferrovia funcionando a oeste do Mississippi!

– É melhor vir também, Sr. Willers – disse o chefe do trem.

– Não! – gritou Willers, agarrando-se à escada de ferro como se quisesse se fundir a ela.

O líder da caravana deu de ombros.

– Bem, a vida é sua...

– Para onde estão indo? – perguntou o maquinista, sem olhar para Willers.

– Por aí, companheiro! Procurando um lugar para parar... por aí afora. Estamos vindo de Imperial Valley, Califórnia. O pessoal do "Partido do Povo" levou toda a nossa colheita e a comida que a gente tinha guardada. Disseram que era para fazer estoque. Então o jeito foi pegar as trouxas e ir embora. Tem que viajar de noite, por causa do pessoal lá de Washington... Estamos só procurando um lugar para morar... Pode vir também, companheiro, se você também não tem casa para morar, ou então a gente leva você a alguma cidade.

Os homens daquela caravana, pensou Eddie, indiferente, pareciam vis demais para fundarem uma comunidade livre secreta, mas não o bastante para se tornarem um bando de saqueadores. Não tinham destino, como o feixe de luz do farol da locomotiva, e, como ele, se dissolveriam em algum lugar do deserto.

Willers continuava parado na escada, olhando para o farol, por isso não viu os últimos passageiros do Cometa Taggart serem transferidos para os carroções.

O último foi o chefe do trem.

– Sr. Willers! – gritava ele, em desespero. – Venha também!

– Não – respondeu Eddie.

O líder da caravana fez um gesto em direção a Willers.

– Espero que você saiba o que está fazendo! – exclamou num tom que era um misto de ameaça e súplica. – Talvez apareça alguém para pegá-lo, semana que vem ou mês que vem! Quem é que viria aqui, nos dias de hoje?

– Vá embora – retrucou Willers.

Ele voltou para dentro da cabine quando a caravana partiu, balançando e rangendo, e sumiu na noite. Permaneceu sentado no banco do maquinista de uma locomotiva parada, a testa encostada no regulador inútil. Sentia-se como um capitão de um transatlântico avariado, que preferia afundar com o navio a ser salvo na canoa de selvagens que zombavam dele, considerando-se superiores em sua arte.

Então, de repente, sentiu uma raiva cega. Pôs-se de pé e agarrou o regulador.

Tinha que dar a partida naquela locomotiva. Em nome de alguma vitória que não conseguia identificar, tinha que fazer aquele motor funcionar.

Já não pensava, não calculava, nem temia nada. Movido por uma indignação empolgante, acionava chaves a esmo, puxava e empurrava o regulador, pisava no pedal de interrupção automática, tentava divisar a forma de alguma visão que parecia ao mesmo tempo próxima e longínqua, sabendo apenas que sua batalha desesperada era alimentada por aquela visão, travada em seu nome.

Não abandone!, gritava sua mente – enquanto ele via as ruas de Nova York. *Não abandone!*, enquanto ele via as luzes dos sinais ferroviários. *Não abandone!*, enquanto ele via a fumaça se elevar orgulhosa das chaminés das fábricas –, tentando atravessar a fumaça e alcançar a visão que era a raiz de todas essas visões.

Willers puxava fios, unia-os e os separava, enquanto uma visão de sol e pinheiros surgia na periferia de sua consciência. *Dagny!*, ouviu sua mente exclamando. *Dagny, em nome do que há de melhor em nós!...* Acionava chaves inutilmente, apertava botões que nada faziam... *Dagny!*, gritava ele para uma menina de 12 anos numa clareira ensolarada no bosque, *em nome do que há de melhor em nós, preciso fazer este trem pegar!... Dagny, era isso... e você já sabia, mas eu não... você sabia quando se virou para olhar para os trilhos... Eu disse: "Não é trabalho nem modo de ganhar a vida"... mas Dagny, trabalho, modo de ganhar a vida, aquilo que há num homem que torna isso possível – isso é o que há de melhor em nós, era isso que tinha de ser defendido... Para salvar este trem, Dagny, preciso dar a partida nele agora...*

Quando se deu conta de que estava largado no chão da cabine e que nada mais havia a fazer ali, se levantou e desceu a escada, pensando vagamente nas rodas da locomotiva, embora soubesse que o maquinista as tinha examinado. Sentiu o pó do deserto sob seus pés quando saltou para o chão. Permaneceu imóvel e, naquele profundo silêncio, ouviu as ervas mortas sendo arrastadas pelo vento, como se rissem por poderem se mexer enquanto o Cometa não podia. Ouviu um som mais nítido bem perto e viu a forma pequena e cinzenta de um coelho cheirando os degraus de um dos vagões do Cometa Taggart. Com uma súbita fúria assassina, partiu para cima do coelho, como se pudesse derrotar o inimigo encarnado naquela pequenina forma cinzenta. O coelho sumiu na escuridão, mas Eddie sabia que não havia como detê-lo.

Foi até a frente da locomotiva e viu as letras TT. Então caiu sobre os trilhos e ficou soluçando, sob o feixe de luz imóvel que se perdia numa noite sem fim.

◂◂◂

A música do Quinto Concerto de Richard Halley saía do piano, passava pela janela e se espalhava pelo ar, pairando sobre as luzes do vale. Era uma sinfonia de triunfo. As notas fluíam, falando de uma ascensão – e elas próprias eram essa elevação, a essência e a forma do movimento ascendente. Pareciam a concretização de todo ato e pensamento humano que visava ascender. Era uma explosão luminosa de som, que saía do esconderijo e se espalhava no espaço aberto. Continha a alegria de uma libertação, a tensão de um propósito. Varria todo o espaço e só deixava o êxtase de um esforço livre de obstáculos. Apenas um leve eco nos sons falava daquilo que a música deixara para trás, porém falava com a felicidade de quem descobre que não há dor nem feiura, nem nunca precisou haver. Era o canto de uma libertação imensa.

As luzes do vale iluminavam a neve que ainda cobria o chão. Havia neve nas encostas de granito e nos ramos pesados dos pinheiros. Porém os galhos nus das bétulas estavam um pouco virados para cima, como se confiassem na promessa das folhas que viriam com a próxima primavera.

O retângulo de luz que se via numa encosta era a janela do gabinete de Mulligan, que estava sentado à sua mesa, com um mapa e uma coluna de cifras à sua frente. Fazia uma lista do ativo de seu banco e elaborava um plano de investimentos. Anotava os lugares que escolhia:

– Nova York, Cleveland, Chicago... Nova York, Filadélfia... Nova York... Nova York... Nova York...

O retângulo de luz no fundo do vale era a janela da casa de Danneskjöld. Kay Ludlow estava sentada à frente de um espelho, examinando as diferentes tonalidades da maquiagem para cinema contidas no estojo surrado à sua frente. Deitado num sofá, Danneskjöld lia um volume das obras de Aristóteles: "... pois estas verdades dizem respeito a tudo o que há, e não a algum gênero especial distinto dos outros. E todos os homens as usam, por serem verdades do ser enquanto ser... Pois um princípio que deve ser aceito por todo aquele que compreenda qualquer coisa que seja não é uma hipótese... Evidentemente, tal princípio será o mais certo de todos. Que princípio é esse, veremos agora: é aquele segundo o qual o mesmo atributo não pode pertencer e não pertencer simultaneamente ao mesmo sujeito no que se refere ao mesmo aspecto..."

O retângulo de luz no meio de uma fazenda era a janela da biblioteca do juiz Narragansett, que estava sentado a uma mesa. A luz de seu abajur iluminava a cópia de um documento antigo. Ele assinalara e riscara as contradições internas que no passado haviam causado sua destruição e estava acrescentando uma nova cláusula: "O Congresso não aprovará leis que restrinjam a liberdade de produção e comércio..."

O retângulo de luz no meio de uma floresta era a janela da cabana de Francisco d'Anconia, que se encontrava estirado no chão ao lado da lareira, debruçado sobre folhas de papel, completando o desenho de sua oficina de fundição. Hank Rearden e Ellis Wyatt estavam sentados junto da lareira.

– John vai projetar as novas locomotivas – dizia Rearden – e Dagny vai operar a primeira ferrovia entre Nova York e Filadélfia. Ela...

E, de repente, ao ouvir a frase seguinte, D'Anconia levantou a cabeça e caiu na gargalhada – um riso de saudação, triunfo e libertação. Não estavam ouvindo a música do Quinto Concerto de Halley, que naquele instante passava por cima do telhado da cabana, mas o riso de D'Anconia equivalia a ela. Na frase que ouvia, ele via o sol da primavera iluminando os gramados das casas de todo o país. Via as fagulhas dos motores, o brilho do aço das estruturas dos novos arranha-céus, os olhos dos jovens que encaravam o futuro sem incerteza nem medo.

A frase que Rearden pronunciara fora a seguinte:

– Ela provavelmente vai querer cobrar tarifas de frete de arrancar os olhos da cara, mas... eu vou poder pagá-las.

O leve brilho que se deslocava lentamente no ponto mais alto a que se tinha acesso de uma montanha era a luz das estrelas nos fios de cabelo de Galt. Ele olhava não para o vale lá embaixo, e sim para a escuridão do mundo exterior. A mão de Dagny estava pousada em seu ombro, e o vento confundia os cabelos dos dois. Ela sabia por que Galt quisera caminhar pelas montanhas aquela noite e o que ele havia parado para ver. Sabia que palavras ele ia dizer agora e que ela seria a primeira a ouvi-las.

Não podiam ver o mundo além das montanhas. Viam apenas um vazio de escuridão e pedra, porém a escuridão ocultava as ruínas de um continente: casas sem tetos, tratores enferrujados, ruas escuras, trilhos abandonados. Mas, ao longe, nos confins da Terra, uma pequena chama tremulava ao vento – a chama teimosa da Tocha de Wyatt, retorcendo-se, insistindo, recusando-se a ser arrancada ou apagada. Parecia estar evocando e esperando as palavras que John Galt ia pronunciar agora.

– O caminho está desimpedido – disse Galt. – Vamos voltar ao mundo. – Levantou a mão e por sobre a terra desolada traçou no espaço um cifrão, símbolo do dólar.

SOBRE A AUTORA

Ayn Rand nasceu em 1905, em São Petersburgo, na antiga Rússia czarista. Precoce e determinada, aos 9 anos decidiu que seria autora de livros de ficção e acabou se tornando uma das escritoras mais influentes dos Estados Unidos.

A fim de escapar da Revolução Russa, em 1917, mudou-se com os pais para a Crimeia. No entanto, após a vitória dos comunistas, o estabelecimento comercial de seu pai foi confiscado, e sua família passou fome.

Na escola, ficou muito impressionada com as aulas de história americana e considerou os Estados Unidos o modelo de nação em que os homens poderiam ser livres, princípio presente em toda a sua obra.

Ao retornar da Crimeia, foi estudar Filosofia e História na Universidade de Petrogrado, onde se formou em 1924.

Em 1925, obteve permissão para visitar parentes nos Estados Unidos. Embora tenha informado às autoridades soviéticas que sua estada em território americano seria breve, nunca mais voltou à Rússia.

We the Living é sua obra mais autobiográfica, baseada nos anos em que viveu sob o regime comunista em sua terra natal. *A nascente* apresenta o herói típico de Ayn Rand: o homem idealista, que tem a felicidade como objetivo moral de sua vida, a realização produtiva como atividade mais nobre e a razão como seu único princípio absoluto.

Porta-voz do individualismo, Ayn acreditava que o homem nasce livre e pode fazer o que desejar. Ateia e opositora ferrenha do socialismo e de outras formas de coletivismo, sempre defendeu o indivíduo contra o Estado e qualquer tipo de divindade ou religião que o obrigue a abrir mão de seus direitos em favor do bem público.

Em 1957, publicou sua última obra de ficção, *A revolta de Atlas* – cujo título original é *Atlas Shrugged*. Neste livro, a grande realização de sua carreira, Ayn Rand foi brilhante ao transformar sua filosofia em uma história de mistério, combinando elementos da ética, da metafísica, da política, da economia e até da ficção científica.

Para saber mais sobre os títulos e autores da Editora Arqueiro,
visite o nosso site e siga as nossas redes sociais.
Além de informações sobre os próximos lançamentos,
você terá acesso a conteúdos exclusivos
e poderá participar de promoções e sorteios.

editoraarqueiro.com.br